LANTANA ROAD BRANCH
ARY

D0560095

LA
Redención
DE ALEXANDER SEATON

SHONA MACLEAN

LA
Redención
DE ALEXANDER SEATON

bóveda

Título original: *The redemption of Alexander Seaton*
Editado en Reino Unido por Quercus
21 Bloonsbury Square
London. WC1A 2NS

Primera edición: febrero, 2009

© Shona MacLean, 2008
© traducción: Carlos Valdés, 2009
© de esta edición: Bóveda, 2009
Avda. San Francisco Javier 22
41018 Sevilla
Teléfono 95 465 23 11. Telefax 95 465 62 54
www.editorialboveda.com
Composición: Grupo Anaya
ISBN: 978-84-936684-3-3
Depósito legal: M-8-2009
Impresión: Huertas, I. G.
Impreso en España-Printed in Spain

Reservados todos los derechos. El contenido de esta obra está protegido por la Ley, que establece penas de prisión y/o multas, además de las correspondientes indemnizaciones por daños y perjuicios, para quienes reprodujeren, plagiaren, distribuyeren o comunicaren públicamente, en todo o en parte, una obra literaria, artística o científica, o su transformación, interpretación o ejecución artística fijada en cualquier tipo de soporte o comunicada a través de cualquier medio, sin la preceptiva autorización.

ÍNDICE

Prólogo

Banff, 26 de marzo, 1626, 10 en punto

L A MÁS JOVEN DE LAS DOS PROSTITUTAS REVOLVIÓ EN LOS bolsillos del hombre con dedos expertos. Maldijo en voz baja. Nada.

—Pues déjalo —dijo su hermana—. El corregidor estará aquí en cualquier momento.

Mary Dawson puso al hombre boca abajo. Él gimió, después tuvo arcadas, y ella volvió a maldecir cuando le vomitó bilis sobre el pie.

—Cerdo —dijo, y le dio una patada. El viento envió cuesta abajo un barril que pasó rodando a su lado para estamparse contra el muro de abajo. En algún sitio un perro empezó un aullar demente.

—Déjalo —insistió su hermana.

La chica dio la espalda al bulto caído en el sumidero desbordado. Janet tenía razón: no había nada que sacar de allí esa noche. En un cuarto de hora podían estar a salvo de aquella tempestad. Cogió a su hermana por el brazo, dispuesta a volver a casa, y entonces se quedó helada. Una mano se había levantado del suelo y agarraba su tobillo. Las palabras sonaron con una aspereza fantasmal.

—Ayúdame —dijo.

Incapaz de mover el pie, la joven prostituta miró a su hermana en silencio, con miedo contenido. La otra se llevó un dedo a los labios y fue despacio hacia el agonizante. Sin preocuparse de sus ropas mugrientas, se arrodilló en el arroyo y acercó su boca a la oreja del hombre.

—Dilo otra vez.

Esta vez las palabras salieron incluso con mucho más trabajo.

—Ayúdame —repitió. Tuvo otra convulsión. La presión que hacía en el tobillo de la jovencita se aflojó y su cara se hundió en el barro.

Janet Dawson levantó poco a poco la mirada hacia su hermana, pero la joven empezó a negar con la cabeza.

—Oh, no. No podemos. Aquí ha pasado algo malo. Ese no está borracho. Piensa en quién es. El corregidor vendrá enseguida; nos detendrán por esto.

—No podemos dejarle.

—Por favor —rogó la chica—. Nos detendrán. Vámonos ya.

—Por la mañana estará muerto si lo dejamos.

Mary miró el bulto que aún convulsionaba a sus pies.

—De todas formas ya está muerto.

La campana de encima del reloj del ayuntamiento empezó a dar la hora. La voz de la chica urgió:

—Son las diez. El corregidor... Vámonos —pero sabía que sus palabras eran inútiles.

Janet Dawson, ahora sobre sus manos y sus rodillas, puso el brazo izquierdo del hombre sobre su cuello y levantó los ojos hacia su hermana.

—¿Qué? ¿Tengo que hacerlo yo sola?

Las dos mujeres lo pusieron en pie a pulso, él no tenía ya fuerza ninguna, incapacitado por la parálisis que lentamente se extendía por su cuerpo. Con su carga medio suspendida medio a rastras, recorrieron los adoquines de Water Path hacia la vieja escuela. El viento les echaba el pelo a la cara y la lluvia azotaba sus espaldas a través de las ropas gastadas. La cabeza de él, sin fuerzas para erguirse, colgaba primero hacia una y luego hacia la otra. Salieron unas palabras forzadas de su garganta constreñida, pero se perdieron en la oscuridad cuando la tormenta se adueñó de la noche.

El cerrojo del portalón que llevaba al patio trasero de la casa supuso poco problema para las hermanas, y pasaron llevando al hombre en el último par de yardas de su viaje. Una ráfaga cerró la puerta con un golpe y el retablo quedó fuera de escena. La escuela estaba en total oscuridad: ninguna luz de candil o de vela titilaba desde las grietas de los postigos, pues la negrura se cernía desde el tercer piso hasta la estrecha calle de abajo. Tampoco se oía nada: ni ajetreo en el patio de atrás ni animales asustados ni golpes en la puerta; otro cerrojo no habría retenido durante mucho tiempo a aquellas mujeres, demasiado acostumbradas al trabajo nocturno. No pasó mucho tiempo antes de que volvieran, esta vez dos en lugar de tres, a emprender el mismo camino de vuelta.

—¿Crees que lo encontrarán? —preguntó Mary.

—Lo encontrarán.

—Sí, pero, ¿a tiempo?

Su hermana ahora estaba cansada, ansiosa por descansar y ponerse a salvo de la tormenta.

—No lo sé; hemos hecho lo que hemos podido. Ahora está en manos de Dios.

Cerraron el portón tras ellas y subieron aprisa por Water Path. Al torcer a la izquierda, Janet miró hacia atrás. No se había equivocado: alguien las vigilaba. La figura se topó con su mirada por unos instantes, después se perdió en la oscuridad. No le contaría a Mary a quién había visto, al menos hasta que no estuvieran a salvo en casa. Quizá lo mejor sería no contarle nada en absoluto.

CAPÍTULO UNO

LA TEMPESTAD

Banff, 26 de marzo, 1626, 8 en punto

L A ANCIANA LEVANTÓ SU CANDIL PARA VERME MEJOR.
—¿No estará pensando en salir esta noche?
—Sí, señora, y lo haré.

Me frenó con una mirada que yo conocía bien.

—En una noche como esta ningún hombre honesto se apartaría de su hogar.

—Por supuesto que no, señora —dije—. Pero, como usted me recuerda a menudo, no soy un hombre honesto.

Descolgué mi sombrero y, sin decir ni «hasta luego», salí a la implacable tormenta.

El viento, que desde mi cuarto en el ático de la vieja escuela ululaba en cada grieta y rendija como una legión de lascivas arpías, se había transformado con la noche en la ira desatada del mismísimo Dios. Ningún farol podía resistir su fuerza y todas las ventanas estaban cerradas contra sus embates. El mar bramaba por encima de los diques del puerto y me empapó con sus salpicaduras. No había una sola luz en la ciudad de Banff para guiar los pasos de un hombre decente. En cuanto a mí, conocía mi camino lo suficientemente bien. Me envolví aún más con mi gran capa forrada de piel y seguí adelante. Desperdicios de todo tipo pasaban a prisa junto a mis pies por los sumideros abiertos que iban al mar. Podían limpiarse muchas calles en una noche como aquella. Me alegraba la oscuridad.

Un poco delante de mí, quizá a solo diez yardas, estaban la iglesia de St. Mary y la posada Market; la primera ofrecía redención, la segunda, condena. En otro tiempo creí saber dónde estaba situada cada una. En otro tiempo, pero no ahora. En el camposanto de la iglesia giré a la derecha y enseguida abrí la puerta de la posada.

Por supuesto, Jaffray ya estaba allí. Charles Thom estaba sentado frente a él, pero ni movió la cabeza cuando entré, a pesar del viento que me seguía que hizo que los postigos se golpearan con sus bisagras. Los estibadores del puerto levantaron la vista de su partida junto a la chimenea, pero al no ver a nadie de interés, volvieron a sus dados sin hacer comentarios. Desde un rincón sombrío, el más alejado del fuego, vigilaba James Cardno, el presbítero. Mi llegada no provocó en él otro saludo que la lenta sonrisa de satisfacción con la que, de manera enfermiza, tensó sus labios. Era los ojos y oídos del corregidor Buchan, que a causa de algún despiste por parte de Belcebú, no podía estar en dos sitios a la vez. Pensé en lo desafortunado que sería el corregidor visitándose a sí mismo en aquella noche infernal.

Jaffray me saludó cuando me acerqué a su mesa.

—Vaya nochecita, Alexander.

—Ya lo creo, doctor —contesté mientras me sentaba en mi sitio habitual a su lado.

Charles Thom no dijo nada, y continuó mirando su cerveza con gesto triste. Lo mejor era dejarlo solo con su pesadumbre, así que no le diría nada. Pero Jaffray se empeñaba en sacarlo de su estado.

—Esta noche Charles no está del mejor de los humores, Alexander. No he podido sacarle más que dos palabras en esta última media hora —chupó su pipa con ostentación—. He extraído muelas más complacientes.

El joven maestro de la escuela primaria de la ciudad reaccionó ante aquello.

—¿Qué querría que le dijese? ¿Que hace una noche del demonio? ¿Que la cerveza está buena? ¿Que hoy mis alumnos cantaron bien? ¿Que ayer hacía frío en la iglesia y parece que mañana será igual? Elija usted, doctor, por favor —y volvió a la contemplación de su cerveza.

Eché una mirada burlona a Jaffray.

—Marion Arbuthnott —replicó en un tono no demasiado bajo. Y aún más alto—: y el sobrino de nuestro buen alcalde, un tipo interesante.

Aquello fue suficiente para sacar de su indiferencia a Charles una vez más.

—¿Y precisamente qué es lo que resulta tan interesante de él? ¿Que ha viajado? Bueno, usted también, doctor.

Jaffray enarcó una ceja bonachona.

—¿Y no crees que soy más interesante por eso? Te aseguro que era más lerdo que Cardno antes de partir en mi *peregrinatio*.

Al menos aquello arrancó una sonrisa a Charles; a mí mismo me costó no soltar una sonora carcajada, consciente de que detrás de mí ardía el ceño fruncido del presbítero. El viento seguía aullando a través de los postigos y bajaba por el tiro de la gran chimenea de la posada, amortiguando los altibajos de las conversaciones en el salón de la señora Johnston. Entre discusiones esporádicas sobre las tiradas de dados, los estibadores consideraban con pesimismo la posibilidad de que la tormenta amainase antes del fin de semana. Ningún barco podría echar el ancla en el puerto con un tiempo así, y tampoco podría zarpar ninguno. Sin trabajo no habría salario, y en toda la costa de los alrededores pasaría lo mismo.

—Sacarán para ellos el cepillo de la iglesia antes del fin de semana —dijo Jaffray, mientras hacía un gesto con la cabeza a Anne Johnston para que les sirviera otra ronda de cerveza.

—Pues habrá bastante poco en él —afirmó Charles, sin levantar la cabeza de su jarra.

—Ah, ¿sí? ¿Quién te ha dicho eso?

—John Barclay —replicó Charles—. El chico tiene la voz de un auténtico ángel y ni un par de zapatos que ponerse. En otra época y otro lugar, tendría un puesto en el coro de la catedral y cantaría en las misas por los difuntos ricos. Pero aquí, en esta devota comunidad nuestra...

—Está a salvo de los tentáculos del idólatra y puede confiar en que la caridad cristiana del pueblo de Dios y la Iglesia le llenen la panza y le cubran con un abrigo.

Charles miró al doctor con muda incomprensión, pero Jaffray mantuvo los labios apretados y se limitó a indicar con la mirada a Charles hacia donde se sentaba el presbítero, que tomaba nota de cada una de sus palabras.

—Amén —dijo Charles entendiendo al instante, y ocultó su cara traviesa, divertida y subversiva, la que reservaba para Jaffray, para mí y pocos más, tras su gesto de director del coro. No recibía sueldo alguno por ser maestro de la escuela primaria, excepto los honorarios por las clases de aquellos alumnos que podían pagarle. Sin embargo, como privilegio por su cargo, y era lo que le permitía ganarse la vida, estaba obligado a empezar el salmo en la iglesia de la ciudad y también a hacer la lectura para mayor edificación de sus conciudadanos. Yo sabía que la mirada de completa miseria que se instalaba en su persona mientras realizaba estas tareas, nacía de un profundo desinterés hacia los sentimientos por cuyo canto le pagaban, y de una intensa incomodidad a causa del frío. Pero para los del ayuntamiento o la congregación que tenían inclinaciones presbiterianas, ambas conductas se avenían tanto, que ni el mismo Samuel Rutherford[1] podría haberles contentado más. Las ambiciones de mi amigo eran simples: que les dejaran en paz a él y a su música. Su falta de preocupación por el bien de su alma, me había provocado gran angustia en los días previos a mi caída. Aunque alrededor del año pasado, Jaffray y yo habíamos observado en él una alteración del espíritu, esa que aparece cuando un hombre se da cuenta de que ya no desea estar solo. Edward Arbuthnott, el boticario de Banff, bajo cuyo tejado se alojaba Charles, tenía una hija y ya me había convencido Jaffray, era de aquella chica de quien Charles se había enamorado; pero, como yo, pocas posibilidades tenía Charles de abrirse camino hacia una posición más próspera en la vida, y si bien Edward Arbuthnott no era un hombre en exceso ambicioso, había tantas probabilidades de que le concediera a su hija en matrimonio como de que James Cardno me invitase a un trago.

Bebí un poco del vino del Rhin que me había traído Anne Johnston y le pregunté con indiferencia:

—Entonces ¿crees que Marion está embelesada por el nuevo forastero?

Charles me miró de mala gana.

—Su madre desde luego lo está. Patrick Davidson es la respuesta a las oraciones de ese viejo adefesio. Al viejo Arbuthnott aún le quedan unos años, pero su mujer no puede mirarle sin ver seis pies de buena tierra de cementerio amontonados sobre él, y a ella y a su hija en la calle. Casaría a Marion con Patrick en el mismo momento en que él acabara su periodo de aprendiz, y si por ella fuera, Arbuthnott podría caerse muerto al día siguiente.

---

[1] N. del T.: Samuel Rutherford (c. 1600-1661), teólogo escocés presbiteriano.

No era difícil creer aquello de la matrona en cuestión, y aún así no tenía sentido discutir del tema con Charles, eso lo podía ver hasta Jaffray. La idea de que Marion Arbuthnott se casara con el aprendiz de su padre y mantuviese así el negocio en la familia, era más que lógica. La chica no tenía hermanos y su madre no era un trofeo por sí misma.

—¿Y Marion? ¿Qué piensa ella?

Él dudó.

—¿Quién puede decirlo? No creo que le disguste.

—Oh, venga ya, Charles.

Charles miró a Jaffray.

—No, doctor. Me temo que estoy en lo cierto. Desde que Patrick Davidson vino a alojarse con los Arbuthnott casi no la he visto, y he hablado con ella aún menos. A la hora de almorzar, él nos obsequia con historias de sus viajes. De Francia y los Alpes, y lo que queda del Imperio. Es un buen cuentista, se lo aseguro. Y de la guerra —dijo, bajando la voz—, nos habla de los horrores de la guerra.

El aprendiz de boticario no había sido el primero en hacer el viaje hasta nuestro rincón de Escocia con relatos sobre la brutalidad, las hambrunas, la rapiña y la enfermedad que campaban a lo largo y ancho del Sacro Imperio Romano. Hijos, hermanos y amigos habían zarpado de nuestras costas para luchar a favor o en contra del Imperio, y nunca habían vuelto a casa. Las continuas llamadas de la Iglesia para hacer recolectas con las que apoyar a nuestros sufrientes hermanos en la fe que estaban lejos, mantenían viva la causa en quienes habrían preferido olvidarla. Así era en la mente de Charles, yo lo sabía, y las historias de padecimientos que había oído de Patrick Davidson, con el que entonces compartía su habitación del ático en casa del boticario, habían grabado en su cabeza imágenes que no compartiría ni reconocería siquiera. Intentó cambiar de tema.

—En cualquier caso, por la noche él hace de gran héroe, mientras yo solo puedo tocar mis melodías... la mitad prohibidas por el pastor y sus devotos hermanos. Y de día, bueno, de día, mientras desperdicio mi talento intentando arrancar una melodía de los pícaros de esta ciudad, o cortejando a una muerte prematura en el frío gélido de esa iglesia, él va tras Marion por los campos, recolectando bayas y plantas y solo el Señor sabe qué más, para las fórmulas esenciales y los jarabes y ungüentos del padre de ella.

Jaffray apoyó una mano en su brazo para advertirle.

—Piensa lo que dices, Charles. Ya se ha hablado de ello en la congregación, y los oídos de Cardno filtran cada una de tus palabras.

La expresión del otro se oscureció.

—¿Qué ha oído Cardno?

—Hay quienes ponen en duda la virtud de toda mujer que no está casada —añadió el doctor en voz baja—, por no hablar de los que ven brujas por todas partes.

Vi las ascuas de un terror ya viejo destellando en los ojos de Charles Thom que tuvo la cordura de no decir nada más. Sabía que Jaffray no era un chismoso, pero el lecho de un enfermo no es lugar para dar malas noticias. El doctor no se percató de nada. El aviso dado debía acatarse con respeto. Por encima del fragor de la tormenta, la campana del ayuntamiento repicó cuando el reloj de la ciudad dio las nueve, y Charles apuró el final de su cerveza.

—En fin, caballeros, tengo que dejarles. Esta no es noche para corazones dolientes —recogió su sombrero y su capa y salió con cara atribulada, sin parar siquiera a responder a las apenas audibles «buenas noches» de James Cardno.

Después de que la puerta se hubo cerrado tras él, durante un rato Jaffray y yo bebimos en silencio, conscientes del interés de Cardno por nuestra conversación. Una disputa ruidosa junto al fuego, acerca de una sospechosa tirada de dados, nos permitió retomarla en voz baja.

—¿De verdad hablan de brujería?

—Siempre están vigilando. El nuevo rey muestra menos interés en el tema del que prestó su padre en tiempos, pero no deja de ser una gangrena y dudo que alguna vez sea atajada del todo.

Sabía que Jaffray hablaba más del ansia de la caza de brujas que de antiguos conjuros y pociones paganos. Para demasiados de mis conciudadanos no había desgracia que no pudiera atribuirse a la acción diabólica del otro. Ignorancia, negligencia, locura y pereza: cuando no se podía culpar de sus frutos a un extraño, en su lugar se buscaba la desgracia de algún vecino con el que no se tenía amistad. Un buen consejo para los vulnerables y solitarios era no llamar la atención en épocas de infortunio.

—¿Y la congregación no ve que la hija del boticario y su aprendiz tienen buenas razones para recolectar plantas? —algo en la expresión del doctor me hizo dudar—. ¿O es que hay algo más?

Jaffray dio un hondo suspiro.

—En las fétidas mentes de la congregación siempre hay algo más. Si se considerase a Marion Arbuthnott menos que pura y virtuosa, habría bastantes almas en esta ciudad que querrían verla pagar por ello. Que un joven sano y una chica bonita puedan deambular a su aire y sin caer presa del deseo carnal es más de lo que nuestro buen corregidor y sus secuaces pueden concebir.

Miré un rato los posos del vino en el fondo de mi copa de peltre.

—Quizá tengan razón, no lo sé.

Jaffray no me lo perdonó.

—Esta no es manera de vivir para un hombre joven, Alexander. Tienes que dejarlo ya.

—No puedo, doctor, esto no saldrá de mí.

—Pues aléjate de ello, porque te envenenará. He conocido a otros hombres, hombres buenos, que no se alejaron de tanta amargura: ahora son viejos y tienen el alma muerta. Aléjate de eso, Alexander.

—No puedo. No tengo a donde ir.

Ambos habíamos soltado nuestra parte y nos quedamos un momento sentados en silencio, pero lejos de su hogar el doctor no se sentía a gusto con los silencios. Pidió más vino a la posadera y volvió a nuestra conversación anterior como si no hubiera habido pausa.

—No obstante, no creo que Marion esté del todo perdida para nuestro joven maestro de primaria. Cuanto más insista su madre en lo interesante que es Maese Davidson, más se inclinará ella hacia Charles —encogió los hombros con descuido—. Así son las cosas con las mujeres. Mi querida esposa, que Dios la tenga en su Gloria, solo accedió a casarse conmigo porque su madre a duras penas podía soportar la mención de mi nombre.

Yo sabía que aquello último era una de las mentiras más autodespreciativas y parciales de Jaffray. Cuando regresó de Basilea a su ciudad natal, hacía casi treinta años, con su título de doctor en la mano y la *summa cum laude* de su titulación aún resonándole en los oídos, todas las madres de Banff ponían a sus hijas en su camino. Tuvo lo mejorcito de la cosecha para elegir, y había escogido, según me contaba a menudo, la más bonita y delicada flor de todas. A pesar de los estragos que sufrieron por la tragedia continua de perder a sus niños, durante trece años vivió con el amor de su vida, hasta que el último de los niños perdidos se la llevó con él. Nunca había intentado casarse de nuevo, y yo sabía que nunca lo intentaría.

—De todas formas, la madre de Marion es una mujer tremenda. Charles no lo va a tener fácil. Aún no he visto al aprendiz, no viene por aquí ninguna tarde.

—¿Tendrá mejores distracciones en casa que los estibadores y tú?

Me reí.

—Sí, puede ser. Él ya no necesita más escolarización y yo no he tenido que recurrir al boticario desde que se marchó usted al sur, así que no nos hemos conocido.

—¿Y no te han invitado a compartir alguna cena con el alcalde?

La pregunta era en broma. Dudaba que el alcalde quisiera alentar una amistad entre su sobrino y yo, y bastante bien sabía el doctor que no lo haría. También sabía que me preocupaba muy poco.

—No puedo creer que usted aún no se haya hecho presentar, doctor. Hace ya casi dos días que volvió usted de su temporada en Edimburgo.

—Sí, señor, y tendría que haber vuelto antes. Aquello está lleno de pastores, y no hay ni una cara amable entre ellos. Extienden su amargura como una plaga silenciosa. Dios no permita que gente como esa se apodere de estos pagos. Que el reverendo Guild trompetee tan alto como pueda mientras nos podamos reconfortar porque nadie le escucha —Cardno se revolvió y Jaffray sonrió con malicia—. Pasará más de un largo día antes de que me aventure otra vez por allí, o quizá no vuelva. Al menos el joven Barclay se las arregló para no acabar con muchos de nuestros conciudadanos en mi lugar. En cuanto al aprendiz de boticario, sí, tenía la esperanza de encontrarme con él en casa de su tío el alcalde la noche pasada, pero no estuvo presente. Una lástima, porque había mucho de lo que podríamos haber hablado —meditó en silencio por un instante y después salió de su ensoñación: era evidente que había tenido una idea—. Pero, por supuesto. Le invitaré a la cena de su tío mañana por la noche, y también a ti, Alexander. Al ser él el único que ha regresado del continente en los últimos tiempos, parece el más indicado para contarnos cómo van las cosas. Y él y yo juntos extenderemos ante ti las maravillas del mundo. Me duele pensar en lo que nunca has visto, en lo que quizá no veas nunca. Oh, los alumnos disipados y las antesalas del aprendizaje, las grandes catedrales y las ciudades reducidas a escombros por esta locura de la guerra. Abismos abiertos que tus profesores de Teología de Aberdeen fueron incapaces de rellenar —se lamentó—. Pero Patrick Davidson y yo los rellenaremos para ti, desmenuzaremos el continente hasta los huesos. Y, por supuesto, una pieza muy fina de venado que tengo para semejante ocasión.

—Así que de nuevo está en contacto con el lord de Banff, ¿no? —Jaffray, yo lo sabía, era visita regular del lord, cuya habilidad para mantenerse lejos de los problemas y del alcance del filo de una espada no era peor que la del resto de los de su rango por estos lares.

El doctor se inclinó hacia mí con una sonrisa conspiradora y una mirada cauta en dirección al presbítero.

—En realidad no, pero su administrador quedó enormemente agradecido por mi ayuda en la aclaración de una conjetura no hace mucho —se reclinó en su asiento, satisfecho ya con la velada que entonces iba tomando forma en su mente—. Sí, mañana tengo que recoger algunos ungüentos de Arbuthnott; me las arreglaré para conocer al joven Davidson y él estará sentado frente a ti en mi mesa mañana a eso de las siete de la noche. ¿Estarás libre a esas horas?

—Libre del todo.

Durante los meses de verano, al Consejo del municipio y a casi todos les bastaba con que mis alumnos y yo estuviéramos presentes en la escuela desde las siete de la mañana hasta las seis de la tarde. Cuando empezaban a llegar las noches de invierno, un poco de piedad humana y de sentido común se alojaban en nuestros buenos magistrados, y permitían a los niños llegar a las ocho y marcharse a casa a las cinco. Incluso así, yo sabía que, en los meses más fríos del año, muchos de mis alumnos tenían que trastabillar en la oscuridad una buena mitad del camino a casa sin un abrigo sobre el cuerpo y sin zapatos apropiados en los pies; y si no fuera por Jaffray y unos pocos como él, habría muchos más así. Mi amigo el doctor practicaba lo que otros predicaban. Decía que él solo era administrador de su riqueza, y que en vida devolvía a Dios lo que era de Dios. Una vez me había contado que, puesto que el Señor se había llevado a todos los niños que le había otorgado, él cuidaría de todos aquellos que el Señor había dejado atrás. Más de un huérfano y de un hijo de pobre debía su educación a la intensa piedad personal de James Jaffray. Uno de ellos era Charles Thom.

—¿Cenará Charles con nosotros?

Jaffray me miró exasperado.

—Alexander, juro que nunca he visto a un hombre más inteligente y con menos buen juicio que tú. ¿Qué hay mejor que apartar a Patrick Davidson de la mesa de Arbuthnott mañana por la noche para franquearle el camino a Charles? Pasaré por la escuela primaria al volver de casa del boticario para darle a nuestro amigo la buena noticia y que haga sus preparativos. Incluso le daré algunos consejos yo mismo.

—Yo empezaría recomendándole que quitara ese ceño que traía esta noche.

Jaffray asintió enérgico.

—Ya lo creo. En más de una ocasión me he visto forzado a mirar a Cardno en busca de alivio.

Antes de que se hubiera extinguido nuestra risotada o de que Cardno hubiese dominado su evidente furia, la puerta de la posada se abrió de golpe y el mozo de cuadras de Jaffray, empapado del todo, entró a trompicones. El tono de urgencia de su cara cortó en seco nuestra risa.

—Doctor, debe usted venir. Lady Deskford está de parto en Findlater. Milord le insta a que se apresure.

Jaffray apuró el vino y se envolvió en su capa.

—Por el amor de Dios, en una noche como esta.

Levanté una mano para detenerle.

—James, es una locura, nunca llegará a Findlater.

El castillo de Findlater se alzaba impenetrable, excavado cincuenta pies en una roca de ochenta, a nueve millas al este de Banff, mirando sobre la ría hacia Sutherland, Caithness y más allá. De hecho, era tan impenetrable como para ser virtualmente inhabitable. Su Señoría había construido una casa nueva formidable en Cullen, pero su madre se negaba a marcharse e insistía en mantener a su nuera junto a ella.

El doctor apartó mi mano mientras su sirviente le acercaba el sombrero, aún mojado.

—Si yo no lo consigo, Alexander, ella tampoco lo hará. Aquel último crío estuvo a un pelo de matarla. Ya es hora de que Deskford se eche una amante y deje a esa chica en paz.

Y con aquello salió en dos zancadas sin volverse a mirar a los parroquianos, sobre quienes había caído un silencio pasmoso, excepto por el inconfundible sonido de James Cardno, que estuvo a punto de ahogarse con su cerveza aguada.

Permanecí en la posada otra media hora o así sin que nadie me molestara. Con poca cosa que atrajera su atención, Cardno se había ido no mucho después que el segundo de mis acompañantes, y me quedé solo, pensando. Habría sido mejor comprar carbones para el fuego de mi casa que gastar el dinero bebiendo en la posada de Market. La señora Youngson había dejado de decírmelo: era una causa perdida. Nueve meses atrás ni habría pensado en dedicar mis tardes a beber allí, en compañía o solo, si no tenía acompañantes. Sería algo pasable, por poco, para James Jaffray o Charles Thom, pero no para el pastor de la Iglesia de Escocia que yo entonces aspiraba a ser. En cambio, ahora estaba tan bien allí bebiendo, como lo hubiera estado sentado en mi hogar, porque ya no tenía vocación. Y ¿cómo se puede vivir una vida así? Pedí otra copa de vino del Rhin y me la bebí de un trago. Así, aunque la tormenta aún continuara, apenas la notaría.

Ya fuera de la posada, di gracias porque el camino de vuelta era corto. A pesar de la hora y de que la severidad de los elementos no había disminuido, había otras criaturas a la intemperie en High Shore. Incluso en una noche como aquella, las chicas de la calle buscaban cómo ganarse la vida. El Consejo y la parroquia habían proclamado que no tolerarían la prostitución dentro de sus dominios, pero Mary Dawson y su hermana Janet conocían demasiado a muchos de ellos como para que se les aplicara otra cosa que el más suave correctivo. La discreción era su parte en el trato acordado tácitamente con los guardianes de la estabilidad y la moral en nuestro burgo. Ellas me llamaron desde su refugio del cementerio.

—Señor Seaton, ¿no le gustaría algo para calentarse en una noche tan horrible como esta? Debe de tener una cama muy fría en la escuela.

La justificable apoplejía que podría sufrir la señora Youngson si encontrase a las prostitutas de la ciudad, o incluso a cualquier mujer en mi cama, hacía que la perspectiva casi fuera apetecible. Casi.

—Como siempre, señoritas, no puedo decidirme entre ustedes, y no quisiera desairar a ninguna de las dos por nada del mundo.

La voz de sirena de Janet replicó:

—Nadie le ha pedido que elija, señor Seaton —a lo que siguió una risita bienintencionada de ambas hermanas.

Era una oferta que ya me habían hecho más de una vez, oferta que aún no me había tentado.

—Acabarían conmigo —respondí, arrojándoles el último chelín de mi bolsa.

—Es usted el único hombre decente de Banff, señor Seaton... —y el resto de sus palabras se perdieron en el viento cuando seguí adelante, con el vino y el calor de la posada conduciéndome a casa.

Según me aproximaba a la escuela, noté que había un compañero de viaje al otro lado del camino, al pie de Water Path. Levantó una mano como para saludarme, pero le falló el equilibrio y cayó de rodillas. Me gritó algo mientras intentaba enderezarse, pero no esperé a oírle. El Buen Samaritano retumbaba en mi conciencia, pero me había visto en casa en peores condiciones que la suya más de una vez, y en peores noches que aquella. Llegar a mi cama me preocupaba bastante más que ayudar a un extraño a que llegase a la suya. Las buenas hermanas le robarían, desde luego, si es que no había gastado todo su dinero en bebida aquella noche, pero lo llevarían a algún refugio antes de hacerlo. Pasé bajo el portalón al lado de la escuela para cerrar la puerta detrás de mí y dejé al tipo en manos de su destino.

Como siempre a aquella hora, la escuela estaba completamente a oscuras. Mis ojos estaban acostumbrados a la oscuridad de la noche. Al pasar, eché un vistazo a mi aula. Los bancos, desgastados y estériles, me devolvieron el eco de los encantamientos de fantasmas de antiguos alumnos, el mío incluido. *Amo, amas, amat... amo; amo; amo.* Todo estaba vacío y en calma. La estufa estaba fría, pero sabía que John Durno recordaría sus tareas de ayudante y la encendería antes de que yo bajara de nuevo, en un par de horas, para retomar mis tareas.

Treinta y siete escalones a oscuras hasta el último piso de la casa. Tan solo el sonido de mis pies en la escalera rompía el silencio del interior. Encontré mi cuarto y mi cama sin ayuda de lámpara o candil, como ya había hecho muchas veces desde aquella noche del último verano en que al fin regresé, después de mucho vagabundeo, del encuentro con la hermandad en Fordyce. No era pastor entonces, ni lo sería nunca, condenado para siempre a mi bata de maestro.

La cena festiva de la señora Youngson habría quedado fría e intacta en la mesa, dos pisos por debajo. Se la acabarían comiendo las ratas. No era necesario ya que me esforzase en el escritorio hasta pasada la medianoche con el griego, el hebreo, el siriaco. No era necesario tampoco discutir con Belarmino[2], forcejear con Pablo, meditar sobre las *Instituciones* o maravillarme con Agustín, armarme contra los armenios, los socinianos[3], los jesuitas y todos los que buscaban llevar a mi buen aunque iletrado rebaño a las profundidades de la perdición. Ya no necesitaba quemar aceite de madrugada, así que mi candil permanecería apagado. Sin embargo, como había hecho cada noche desde entonces, recé, tratando de llegar a Dios, intentando llegar al lugar en el que está la fe. Pero, como cada noche ocurría, aquel lugar estaba vacío. Había sido abandonado a la primera prueba; y yo aún no sabía a qué otro sitio dirigirme. Ni

---

[2] N. del T.: San Roberto Belarmino.
[3] N. del T.: Seguidores de Lelio Socino, que, entre otras cosas, rechazaban el dogma de la Santísima Trinidad.

las ceremonias complacientes ni la urgencia de la desesperación podían restaurar en mí aquella seguridad con la que una vez había entendido toda mi existencia. La retirada de Dios me dejó sin más medios para justificar mi lugar en este mundo que comenzar de nuevo. Y el comienzo era siempre mañana.

Por lo común, dormía de un tirón y con tranquilidad, y pocas veces era consciente del paso de la noche al día. Aquella noche, en cambio, el golpeteo de los postigos en la tormenta caló en mi conciencia y me arropé, ciñendo cada vez más la ropa de cama a mi cuerpo. Cuando las primeras luces del día se colaron desde la calle por la ventana de mi ático, el golpeteo se hizo más insistente y, poco a poco, fui cayendo en la cuenta de que alguien pronunciaba mi nombre con creciente urgencia. Era mi casera.

—Señor Seaton, señor Seaton, por el amor de Dios, despierte. Patrick Davidson yace muerto en su aula. Señor Seaton...

CAPÍTULO DOS

EL ROSTRO DE UN HOMBRE MUERTO

Y ASÍ ERA. SENTÍ EL HEDOR DEL CADÁVER INCLUSO ANTES de que mis pasos llegaran al pie de la escalera. La señora Youngson, que me había esperado mientras yo buscaba a tientas mi capa y me la echaba sobre los hombros, bajó la escalera a la luz de su vela, pero al llegar a la puerta de mi clase vaciló, como si no quisiera llamar la atención de la muerte. Pasé por delante de ella a la habitación débilmente iluminada. Las ventanas que daban al oeste y dejaban pasar algo de luz para mis alumnos durante gran parte del día, permanecían cerradas. La única vela estaba al otro lado de la habitación, en la mano de su marido, Gilbert Grant, mi amigo y maestro en la escuela de Banff. Había enseñado a todo alumno llegado de la ciudad en los últimos cuarenta años, pero lo cierto es que ahora era yo quien desempeñaba cada vez más sus tareas conforme la fatiga de la edad iba apoderándose de él. Levantó su mirada hacia mí y dijo con tristeza:

—El muchacho está muerto, Alexander, está muerto.

Su esposa, que aún se mantenía en el umbral, añadió:

—He enviado al mozo a por el doctor Jaffray.

Moví despacio la cabeza mientras me acercaba al bulto caído sobre mi mesa.

—Jaffray no está. Lo llamaron ayer a última hora de la noche para que fuera a Findlater...

No tenía mucho sentido decir más. Aunque estaba a unas yardas de él, podía ver que hacía varias horas que, para Davidson, el buen hacer de Jaffray era ya inútil. La forma sin vida de Patrick Davidson, atravesada sobre mi mesa, con la cabeza a un lado, hundida en su propio vómito, transmitía un aire de inevitabilidad. El brazo izquierdo yacía extendido, y en el gesto de la mano se adivinaba un último intento por sostener la cabeza; de entre los dedos de su mano derecha, colgaban un par de briznas de la misma hierba que flotaba en el vómito. No había conocido al aprendiz de boticario, pero supe que los rasgos agónicos del cadáver tendido a menos de ocho yardas de donde yo estaba, eran los del hombre al que había dejado en la cuneta la noche anterior. Desde el momento en que había salido a trompicones de mi cama supe que sería así. Dios había empezado un nuevo juego conmigo.

Grant y yo guardamos una sombría vigilia sobre el cuerpo, mientras esperábamos la llegada de aquellos a quienes había que informar de lo sucedido. Al mozo enviado a buscar a Jaffray también se le había dicho que avisara al corregidor y a los dos alguaciles de la ciudad. Se había enviado a una criada a por el reverendo Guild. El médico y el pastor eran, uno, incapaz ya de prestar su ayuda en este mundo, y el otro, incapaz de ayudar para el siguiente. Los pecados de Patrick Davidson serían añadidos a su cuenta pese a cualquier sensiblería que el señor Guild pudiera entonar.

—Era un buen muchacho, ¿sabes? —dijo Grant—. Un muchacho bueno y brillante —me sonrió—. Como tú mismo. Y prometía mucho, igual que tú de no haber sido por el señor de Hay —no había intención de herirme en aquello, decía la verdad. Gilbert Grant me conocía hacía más que cualquier otra persona, y no había necesidad de disimular entre nosotros—. Pero la memoria me falla, Alexander. ¿Estuvisteis juntos alguna vez de niños en la escuela? Ahora, los chicos de vuestra generación son todos para mí como los días de un largo verano. Mi mente ha perdido los límites del tiempo.

—Creo que no. Yo estaría en la universidad en la época en que él salió de la escuela primaria. Puede que mi madre lo mencionara, pero en vacaciones yo estaba más a menudo en Dalgetty que aquí, en Banff. Y cuando estaba en casa, era un tipo demasiado altanero como para preocuparme de los chicos más jóvenes.

Los ojos de Grant brillaron con una triste sonrisa.

—Sí, siempre ha sido así. El joven estudiante que vuelve a su ciudad natal, es demasiado espléndido como para mirar hacia abajo y ver de dónde proviene; no fuiste el primero en marcharse sin ánimo de volver.

Tenía razón: otros como yo se habían ido antes y no habían vuelto durante muchos años, con fortunas y reputaciones hechas y preparados para reencontrarse, como eran antes, en los ojos de quienes los conocían. Pero mi vuelta había sido distinta. Hacía nueve meses que había regresado. Yo, el muy laureado estudiante, había regresado con el testimonio de mi profesor de Teología brillando en el documento que traía en mano, con empalagosas recomendaciones sobre mi moralidad y mi caridad cristiana rebosando de mis bolsillos y la aprobación y buena voluntad de una congregación completa que deseaba que fuera su pastor. Me proclamaron muy versado en lenguas bíblicas, en manejo de controversias, en historia eclesiástica y con buenos fundamentos de fe y doctrina. Entonces no quedaba más que el sexto y último juicio ante la hermandad, pastores de aquel presbiterio: pronunciar un sermón ante ellos y ante la gente que allí estuviera, con la aprobación de todos. Y así prediqué en la iglesia de Boyndie, cuyos parroquianos querían que fuese su pastor, y elegí como texto Miqueas, capítulo siete, versículo nueve:

Soportaré la indignación del Señor, pues he pecado contra él, hasta que juzgue mi causa y haga justicia conmigo: entonces me conducirá a la luz y contemplaré su rectitud.

¿Cómo podía haber hallado favor mi sermón sobre aquel texto? Y aun así, ocurrió. Yo, que había vivido una vida bendecida, que aún no conocía la indignación del Señor, que ocultaba mi pecado, incluso ante mí. Las palabras deberían haberse atragantado en mi garganta a causa de la vergüenza; pero no lo hicieron. Mi sermón encontró favor entre la gente y también entre los hermanos. Es verdad que el reverendo Guild hizo una o dos objeciones, pero no tuvieron importancia y así fueron tratadas.

Y más tarde, en el presbiterio, las palabras que me habrían dado licencia para abrir mi boca y predicar como pastor de la Iglesia de Escocia ya estaban en labios del moderador cuando la entrada repentina en la iglesia de sir Alexander Hay, lord de Dalgetty, padre de Archie y benefactor mío en los días de escuela y universidad, las detuvo donde estaban. Ante la hermandad al completo declaró su ferviente oposición a que yo fuese aceptado en el ministerio, y me denunció como persona libertina y escandalosa, inapropiada para tan devota vocación. Declaró además que mi pecado no se podía tolerar entre hombres de bien y rogó que el Presbiterio no me tratase ya más como aspirante al sacerdocio. Y aquella tarde de junio, brillante y clara, en Fordyce, en aquel antiguo y sagrado espacio, todos los muros de mi engaño se derrumbaron a mi alrededor. El moderador, el señor Robert Dun, hombre justo y devoto, rehusó condenarme por la palabra de una sola persona, y aún recuerdo la bondad suplicante en sus ojos cuando se dio la vuelta y me cedió la palabra para que me defendiera. Al final, mudo al darme cuenta de que milord de Dalgetty tenía razón, no pronuncié ni una palabra en mi defensa y salí de la iglesia dando tumbos, como saldría un ciego de un edificio en llamas. Tal había sido la gloriosa vuelta a casa de Alexander Seaton. Y allí, ante mí, estaba la vuelta a casa de Patrick Davidson.

—¿Cómo llegó a esto, Gilbert? —pregunté.

Bajó la vista hacia el cuerpo, el trabajo de Dios corrompido por un hecho repugnante. No era algo que se pudiera comprender en el universo del aula.

—No lo sé —dijo él—. De verdad que no lo sé. Quizá nos lo diga el doctor o el corregidor, sin duda. Pero nunca tendría que haber llegado a esto. Yo había visto otra vida marcada para él —calló—. Pero nunca una muerte así.

—¿A qué dedicó su vida, Gilbert? —pregunté.

El anciano se apartó de la imagen que tenía delante y buscó un descanso para su mente.

—Una vida de amor —contestó por fin—. La suya era una vida de amor. Su padre, abogado en Aberdeen, murió cuando Patrick aún era un bebé, y entonces su madre lo trajo a vivir con su hermana aquí en Banff. Su hermana era Marjorie, la primera esposa de Walter Watt, aunque por entonces él aún no era alcalde, sino un próspero mercader. Walter y Marjorie no habían tenido hijos; ella se quedó en estado varias veces, pero nunca cumplía los nueve meses completos. Jaffray hizo todo lo que pudo por ella, pero ninguno de los hijos vivió. Creo que ella habría... —dudó—. Creo que lo habría dado todo por que uno solo hubiera vivido. Pero no obtuvo esa bendición, y esto acabó por agotarla al final. No había cumplido los treinta cuando murió. Pero el muchacho, este muchacho, Patrick Davidson, el hijo de su hermana, fue la luz de su vida. Amaban al chico tanto como si fueran sus padres. Siempre se le veía junto a las faldas de Marjorie en el mercado, en la iglesia, o sobre los hombros de Walter cuando este iba a revisar sus cargamentos al muelle, o cuando paseaba por lo alto de los acantilados durante sus escasos momentos de ocio. Pero entonces la madre del chico se casó otra vez, y se lo llevó con ella cuando su nuevo marido, un pastor, fue puesto a cargo de la parroquia de Fife. Al final, a Marjorie se le partió el corazón y murió poco después. Cuando Patrick rondaba los catorce, se matriculó en la universidad en St. Andrew. No creo que viniese mucho por aquí antes de volver para empezar su aprendizaje en casa de Arbuthnott. Es una lástima que no hayas podido conocerlo. Era un muchacho magnífico.

Le vi acariciar la fría frente. No pronunció ni una palabra más. Era evidente que pensaba en el hombre que hubiera sido aquel chico; yo pensaba en el extraño que se tambaleaba pidiendo compasión, en el hombre agonizante tomado por un borracho. La vergüenza que roía mis entrañas habría sido demasiado para quien no viviera cada día con semejante sentimiento. No podía encontrar palabras para consolar a mi viejo amigo. No sé cuánto tiempo estuvimos allí sentados antes de que nuestra extraña compañía de tres hombres fuese interrumpida por la llegada de la señora Youngson con el tazón de gachas y leche templada que me entregó.

—Súbaselo a su cuarto y vístase, Alexander. El corregidor y sus hombres pronto estarán aquí, y después habrá bastante poco tiempo para comer y beber.

Nueve meses habían pasado sin que ella pronunciara mi nombre de pila, y quedé tan sorprendido por la inusual ternura que, sin acordarme de agradecérselo, subí a mi cuarto enmudecido.

Volví al aula quizá un cuarto de hora después, para descubrir que los oficiales del burgo y de la Iglesia ya estaban allí. En la habitación, junto a Gilbert Grant, había otros cinco hombres más: el corregidor William Buchan, árbitro autoproclamado sobre todas las cuestiones morales o de cualquier tipo en el burgo; los dos alguaciles de la ciudad; James Cardno, el presbítero, cuyo informe sobre mis movimientos la noche anterior aún podía, no tenía dudas, estar resonando en los oídos del corregidor, y el señor Robert Guild, pastor de Banff y hermano de Geleis, la joven esposa del alcalde. Guild no era amigo mío. No lo había sido durante aquellos nueve meses en Fordyce y no lo era ahora. Sin embargo, me alegraba verlo allí: su conocida antipatía hacia William Buchan prometía que el corregidor no tendría vía libre en lo que quisiera que fuese a destaparse allí.

El corregidor se dirigió a mí sin mover la cabeza:

—Se ha unido a nosotros en último lugar, señor Seaton. El mal ha estado trabajando aquí —echó un leve vistazo en mi dirección—. ¿Estuvo fuera hasta tarde la noche pasada?

—Hasta tarde. Hasta bastante tarde —recorrí la habitación a lo largo hasta mi mesa.

El corregidor siempre estaba abierto a la posibilidad (o probabilidad) de que el mal influyese en los quehaceres de sus conciudadanos, pero, al mirar de nuevo la cara del hombre muerto, supe que al menos por esta vez tenía razón. Los ojos de Patrick Davidson estaban congelados en una grotesca comprensión de lo que le estaba pasando. No podía haber duda: no había sido una muerte natural ni era la consecuencia accidental de demasiada bebida mala. Algún agente humano externo había sido empleado en poner fin a aquella existencia terrenal. Yo había visto bastantes hombres muertos, incluso hombres asesinados en las calles de Banff y de Aberdeen, pero aquello era diferente. El asesinato como yo lo había conocido no era un acto característico de la callada oscuridad, no se cometía en silencio ni con sigilo. Como acción o reacción, era abierto y honesto en su violencia. Un hombre podía ser asesinado en una pelea de borrachos, en cuestión de segundos. Un honor familiar burlado sería resarcido en sangre con el tiempo. Una banda de hombres armados subiendo High Street no disimularía ni oscurecería su propósito, y los males podrían devolverse, espada por espada, ante el compañero. Pero aquello había nacido de la premeditación y el sigilo, más allá de cualquier estructura de justicia u honor. Era el trabajo de un cobarde guiado por el miedo. Pensé en voz alta:

—Veneno.

—Poca duda cabe —fue el corregidor quien habló, pero los demás murmuraron su asentimiento.

El pastor, tras guardar un silencio bastante largo, intentó hacerse valer.

—¿Jaffray lo ha...? —pero no terminó su pregunta. Gilbert Grant negó con la cabeza.

—Mi buena esposa mandó buscar al doctor en el momento en que el mozo, John Durno, lo encontró. Jaffray no estaba en casa. Ayer tarde por la noche lo requirieron en Findlater. Milady Deskford... —se le quebró la voz—. La diferencia habría sido muy poca —devolvió a su sitio con delicadeza un cabello de la frente del cadáver—. Ya estaba frío. Muy frío.

No, Jaffray no podría haber hecho nada. Patrick Davidson había pedido ayuda muchas horas antes mientras se tambaleaba a la sombra de la muerte, pero el hombre que quizá hubiera podido salvarle había pasado de largo por el otro lado de la calle. No hablé más, y durante un momento me ignoraron. Cardno murmuró algo al corregidor, algo inaudible para los demás, y el corregidor asintió con la cabeza antes de volverse para dar instrucciones a los alguaciles de la ciudad, en silencio y de pie junto al brasero, aún sin encender. El presbítero fue hacia la entrada seguido de los alguaciles. Se dirigió a la señora Youngson según pasaba, con las manos puestas en las llaves de su cinturón.

—Salimos a por la mortaja, señora. Haga que su chica lo adecente.

La anciana lanzó una mirada fulminante al clérigo.

—Ese no es trabajo para ninguna chica, James Cardno. Si es indigno para usted y sus hombres hacer ese trabajo por el muchacho, yo misma lo haré.

Y con aquello, la mujer del maestro se marchó despacio hacia el patio, más encorvada y frágil de lo que nunca la había visto.

El pastor habló de nuevo:

—Y asegúrate de que sea la mejor vestimenta, Cardno. Es el sobrino del alcalde.

El presbítero miró hacia el corregidor, y solo al percibir su conformidad continuó su camino. El desagrado de Guild era tan impotente como evidente. Desde el día y la hora en que fue designado responsable de Banff, Buchan había sido su castigo, una sombra que lo frustraba a cada momento. Yo sabía que Guild era hombre de intelecto inferior, de ceremonias, más que de fe, y con una gran ambición mundana. Parecía parte del justo castigo de Dios que alguien semejante estuviera entre los que se sentaron ante mí en el juicio, y que me declarara inadecuado para unirme a las filas de su ministerio. Había que reconocerle a Buchan que fueron la ausencia de fervor en la prédica de Guild, su lasitud al perseguir la disciplina de la parroquia y su buena opinión de correligionarios, las que le habían ganado la enemistad y desconfianza del corregidor. El poder de Buchan sobre el Consejo y su perseverancia en la congregación, le dieron un grado de influencia entre la gente de la ciudad que el pastor no podía soñar con ejercer. Mientras las puertas del aula se cerraban tras Cardno y los alguaciles, el corregidor se volvió hacia el pastor y le habló directamente:

—Creo que no deberíamos llevarnos a engaño aquí, señor Guild, antes de que reclame el parentesco en virtud de su hermana. Como bien sabe, es el sobrino de la primera esposa del alcalde, que yace enterrada en el cementerio desde hace ocho años.

Aclarada de esta forma su posición, nos dio la espalda a ambos y no dijo nada más.

* * *

Poco más de media hora después, me uní a la pequeña y lúgubre procesión que se abría camino a través de los ciudadanos reunidos con infrecuente solemnidad, subiendo desde el edificio de la escuela hacia Castlegate y la casa del alcalde. Pese a que aún era temprano, los rumores sobre lo que había ocurrido por la noche ya habían empezado a circular en la ciudad y, conforme nuestro cortejo emergía a la luz del día naciente, fuimos recibidos por los murmullos del pequeño grupo que ya se había reunido frente a la escuela.

—Una gran pérdida para el alcalde.

—Sí, y también para Arbuthnott.

—Mejor no entrometerse.

—Un escándalo para la ciudad.

—Que se haga la voluntad de Dios.

La tormenta de la noche previa había amainado del todo, dejando pocas huellas de su paso, aparte de las calles empapadas que ralentizaban el paso de los portadores del cuerpo. El interés morboso que por lo común producía la visión de la mortaja, se había incrementado al haberse corrido la voz de la identidad del hombre asesinado. Volví la vista hacia la ciudad: a lo largo de la residencia de lord Airlie entre los viejos patios de los Carmelitas, en ruinas desde hacía ya setenta años, y el gran muro del jardín del palacio de lord de Banff, cada vez más ciudadanos hacían una pausa en sus labores de primera hora de la mañana. Sin embargo, muchos ya habían visto antes cosas similares con demasiada frecuencia, y enseguida continuaron su camino hacia el sitio del mercado para abrir sus tiendas, o a sus talleres y huertos. Los postigos todavía estaban cerrados en el despacho de la botica y arriba, en casa de Arbuthnott. Creí oír lamentos de mujeres por encima del cartel pintado de la botica, que se balanceaba en la brisa ligera. El mismo Arbuthnott se había sumado a nuestra procesión; busqué a Charles Thom a su lado, pero Charles no estaba allí.

Aún no había señales de vida en Market Arms, y poco revuelo en el cementerio de enfrente. Janet y Mary Dawson poco querían saber de los ciudadanos de Banff durante las horas de luz; es más, tampoco querían saber de las horas de luz. No podía creer que tan solo la noche anterior me hubiese reído allí con las prostitutas de la ciudad, mientras Patrick Davidson trastabillaba agonizante hacia su muerte. Mi sentimiento de incomodidad aumentaba mientras subíamos Water Path. La fuerza de la lluvia nocturna había dejado los sumideros limpios. No quedaba ninguna marca donde la noche anterior había visto vacilar y caer, volver a vacilar e intentar levantarse a Davidson. Había, eso sí, un eco de las palabras que no oí a través del viento feroz, pero sabía que habían sido pronunciadas. Palabras que yo había ignorado. «Ayúdame». Ahora sí podía oír aquellas palabras.

Cerca de lo más alto de Water Path, que cerraba la entrada a los terrenos del castillo, pasamos por el sitio donde el pastor había conseguido por fin persuadir al Consejo para que le construyeran su casa. A la cabeza del cortejo, Guild se permitió una sonrisa complaciente mientras Buchan miraba al frente con determinación.

Las grandes puertas de roble de la casa del alcalde permanecían abiertas, en espera de nuestra llegada. Walter Watt y su esposa, Geleis Guild, la hermana más joven del pastor, permanecían un poco separados en el extremo más alejado de la enorme entrada. Watt se adelantó con gravedad al encuentro del corregidor, que, como todos nosotros, se había quitado el sombrero al entrar. El corregidor inclinó la cabeza ante el alcalde y dijo algo que no pude oír. Watt asintió con la cabeza y se acercó más a los portadores del cuerpo. A una señal de Buchan, Cardno, el presbítero, levantó un extremo de la mortaja, lo justo para revelar la cara cerosa, ahora misericordiosamente limpia, del joven. La mujer del alcalde lanzó un gemido y estalló después en un llanto incontrolado.

—Es él —dijo el alcalde tras una larga pausa, y permaneció un momento más largo con la mirada sobre el rostro muerto antes de acudir a consolar a su esposa. Creo que le envidié aquella tarea. La conocía desde que éramos críos; siempre había sido de naturaleza amable, y su belleza así lo demostraba. En el burgo era más querida que su marido o su hermano.

—Es voluntad de Dios, señora —dijo el corregidor—. Debemos buscar el mal en la mano que cometió este crimen, pero no debemos cuestionar la voluntad del Señor.

Acercándose un poco más a su joven esposa, el alcalde contestó:

—Debe perdonar a mi mujer, corregidor. Es joven y aún demasiado sensible. Acogió al muchacho en nuestra casa y lo quiso bien, por mi esposa anterior y por mí. Y, a fin de cuentas, es una mala muerte. Una mala muerte —repitió, más para sí que para los que estábamos allí reunidos. El corregidor mantuvo la mirada del alcalde por un instante, pero no dijo nada más sobre la voluntad de Dios. Geleis Guild se liberó del abrazo de su marido y buscó en su bolsillo el pañuelo de encaje con el que enjugó sus ojos. El alcalde la apartó un poco de su lado y le dijo:

—Ahora ve con los niños. No dejes que se disgusten por esto. Dudo que la joven Arbuthnott venga hoy a ayudarte. Ahora vete.

Comprendiendo por fin, ella asintió lentamente, y dejó la sala sin haber pronunciado una palabra.

El alcalde se volvió hacia el resto de nosotros, y nos quedó claro que las buenas maneras se habían marchado con su esposa. Hombre grande e imponente, pasaba holgado de los seis pies de altura, con una cabellera espesa y oscura que le llegaba hasta los hombros. Sentí toda la fuerza de su personalidad cuando de nuevo cruzó a lo largo la habitación hasta donde se había depositado el cuerpo. Volvió a levantar la mortaja y tocó la fría mejilla. Le oí murmurar en voz baja:

—Oh, Marjorie, que hayamos llegado a esto.

—Quiera Dios preservarnos de tal juicio —entonó el pastor.

—Haría bien yendo a ver a su hermana, señor —respondió el alcalde, sin llegar a dominar un evidente desprecio por su cuñado. El pastor salió con renuencia y evidente satisfacción para el alcalde no sin antes sentir la ira de este—. ¿Y tú crees que es voluntad de Dios, William Buchan, que un muchacho como este muriera ahogado en un desagüe, en su vómito, como cualquier vagabundo corriente? —y cuando el corregidor abrió su boca para replicar, Walter Watt alzó una mano prohibitiva—. Ahórrame el sermón, hombre, que ya tenemos bastantes pastores. En cuanto a lo que a ti te concierne, cuéntame lo que sepas. ¿Los rumores que he oído son correctos? ¿Lo encontraron en un aula, cubierto de suciedad y vómito?

Fue Gilbert Grant quien contestó.

—Ay, es cierto, cierto. Lo encontró el mozo John Durno a eso de las seis menos cuarto, cuando entraba a encender el brasero en el aula del señor Seaton.

El alcalde me echó una mirada de sospecha. Pocas veces me encontré merecedor de su interés como aquellos días, lo cual me alegró.

—¿Estuvo con él anoche? ¿Bebieron? ¿Cuándo estuvo con él?

Quería mi suerte que se hicieran tales suposiciones, pero aquella no iba a dejarla pasar. No por mi nombre, sino por el del hombre muerto que habíamos llevado hasta aquella cámara.

—No estuve con él. Nunca... nunca nos conocimos.

—¿Y cómo llegó a estar en su aula, en esas condiciones y a esa hora? ¿Cómo pudo ser, señor Seaton?

—No sabría decirlo —de nuevo la media mentira casi se clavó en mi garganta, pues sospechaba cierta implicación de las hermanas Dawson, pero no tenía ninguna idea sobre su naturaleza o sobre cómo se había hecho—. Volví de la posada un poco antes de que el reloj diese las diez. Cerré la puerta del edificio de la escuela; la señora es muy especial al respecto —en este punto, Grant murmuró su conformidad favorable; me había oído en más de una ocasión sermonear alto y extensamente sobre los peligros de dejar la puerta de atrás abierta por la noche. Para la señora Youngson, era poco menos que una invitación al mismísimo diablo para que viniera a llevarse lo que quisiera—. La casa estaba en silencio y a oscuras. En invierno, el maestro y su señora siempre se retiran a la cama antes de las nueve, y la criada pocas veces más tarde. No había nadie en el aula cuando pasé —y me pregunté qué me hizo mirar dentro. No lo sabía.

—¿Y no vio en la casa ni un rastro de mi sobrino en aquel momento? ¿No sabe si estaba allí entonces?

—No estaba allí —dije con voz apagada.

—¿Y no tuvo usted trato con él por la noche? —El alcalde parecía empeñado en convertirme en acompañante de Davidson durante su última noche en este mundo.

—Ninguno —respondí con énfasis. Un frío impreciso empezó a extenderse sobre mí al darme cuenta de que en el burgo habría quienes sospechasen que yo había sido instigador en la muerte de Patrick Davidson. Gracias a Dios, el alcalde no insistió en aquella dirección. Volvió a recorrer la habitación y regresó.

—¿Y el doctor? ¿Dónde está? ¿Llevaba muerto muchas horas mi sobrino cuando lo encontraron? ¿Qué dice Jaffray de la manera en que murió? ¿Estaba el muchacho bebido?

De nuevo, esta vez en beneficio del alcalde, se contó la historia de milady Deskford y la petición de que Jaffray fuera a Findlater. Arbuthnott aún no la había oído.

—¿Cómo? Jaffray está loco. En una noche semejante.

—Bueno, Jaffray siempre ha sido un loco en cuestiones de partos. Como si por salvar un día a una mujer o a un niño fuese a expiar los sufrimientos de su esposa —el alcalde habló como solo podía hablar quien supiera y hubiera soportado lo que Jaffray había padecido. Pocas veces había atisbado a la persona que se ocultaba tras el barniz, pero aquella vez creí verlo. Sin embargo, Cardno y Buchan levantaron sus miradas con dureza. A sus oídos, aquellas palabras se hallaban en la trampa que llevaba del papismo a la brujería, y dudé de si pasaría mucho tiempo antes de que el nombre del alcalde se pronunciase en la congregación con el mismo aliento que los de otras manifestaciones del mal.

Gilbert Grant se apresuró a devolver la conversación al tema que nos ocupaba.

—Yo diría que el muchacho llevaba muerto un buen rato antes de encontrarlo. Y... —y aquí respiró hondo— y creo que murió en aquella aula.

Arbuthnott asintió.

—Sí, porque los muertos no vomitan —me miró directamente—. Si se encontró al muchacho en el estado que he oído, murió en su mesa.

Desde luego, no podría haber ocurrido de otra forma. Pero yo habría dado mucho por poder creer que Patrick Davidson no había tenido esa muerte de inmundicia y abandono en mi mesa mientras yo dormía solo treinta y siete escalones por encima de él.

—¿Estuvo en casa Davidson la noche pasada? —la pregunta iba dirigida a Arbuthnott. Se sobreentendía que la «casa» de la que hablaba el corregidor se refería a la del boticario más que a la del alcalde. Un aprendiz vivía en casa de su maestro, sobre el taller de este, sin que importase quién era o dónde vivía su familia.

—Estuvo un rato —Arbuthnott repasó la noche previa en su mente—. Cenó con nosotros, pero comió poco. Mi esposa le reprendió por ello. Yo los dejé sobre las siete: tenía trabajo que hacer en el taller, unos preparados que no podía dejar para más tarde. El muchacho solía ayudarme por las noches, pero no tuve necesidad de él la noche pasada. No estaba del buen humor habitual; en general, era tan simpático como cenizo es Charles Thom. En las noches oscuras en que yo trabajaba, su compañía era un tónico para mi mujer y mi hija —el corregidor miró a Edward Arbuthnott con los ojos entrecerrados, y la cara del presbítero volvió a mostrar su maliciosa satisfacción. Pero el boticario no se amedrentaba—. Deje que el pecado se quede en su cabeza, James Cardno, porque no hay mancha alguna en el nombre de mi hija.

—Preocúpese de que así sea.

El alcalde no estaba interesado en aquella pendencia.

—Esto no tiene que ver con el tema que nos concierne, James Cardno. Escucharé lo que sabe el boticario sobe los movimientos de mi sobrino la noche pasada. Guarde sus figuraciones para la congregación. Adelante, Arbuthnott. ¿Vio salir al muchacho?

—No, no lo vi. Estuve en mi taller hasta pasadas las nueve. Y no oí nada en casa de las idas y venidas. No oí más que el viento que aullaba y las embestidas del mar.

El corregidor lo miró con cierta sospecha.

—¿Está seguro de que habría visto pasar a cualquiera por la calle?

El taller de Arbuthnott daba directamente a su tienda y de allí al mercado. Una escalera de la casa bajaba directamente al taller.

El boticario respondió con indiferencia:

—La familia sabe que no hay que molestarme en mi trabajo nocturno. Cualquiera que hubiera salido lo habría hecho por la escalera exterior que da al patio de atrás.

La voz del presbítero revivió con expectación.

—¿Y qué trabajo nocturno que deba hacerse con tanto secreto se trae entre manos, boticario?

Arbuthnott no escondió su desprecio.

—Cálmese, Cardno. Usted no sabe nada de mi oficio. Trabajo en silencio, no en secreto. Tendrá que buscar en cualquier otro sitio las negras artes que ansía.

La respiración del presbítero se volvió agitada, pero no consiguió dominar su lengua lo suficiente como para contestar antes de que el alcalde interviniera una vez más.

—¿Y su mujer y su hija? ¿Qué dicen de sus movimientos?

—¿Mi mujer y mi hija? —sonó la voz del boticario—. Hay tal duelo en mi casa hoy, señor, que no he oído una palabra que pudiese entenderse de ninguna de ellas desde que mi vecino nos despertó con esta terrible noticia.

Hubo un momento de silencio, y entonces habló el presbítero.

—¿Y dónde está Charles Thom?

Lo repentino de la pregunta de Cardno me alcanzó como un frío cuchillo. Toda la conversación de la última noche con Charles y el doctor volvió a mí. Y con ello, todo lo que James Cardno había escuchado.

Ahora Arbuthnott dudaba, y respondió despacio.

—No lo sé.

—¿Qué quiere decir, hombre?

—Quiero decir lo que digo. No sé dónde está. No lo he visto desde que nos sentamos a la mesa la noche pasada. Estaba taciturno, como lo ha estado desde hace un tiempo. Supongo que se iría temprano a la cama —ante eso el presbítero gruñó, pero Arbuthnott no le prestó atención—. Mi vecino llegó con la noticia más o menos a nuestra hora habitual de levantarnos. Hay mañanas en que Charles se levanta más tarde, y no me pareció extraño no verlo entonces —sonreí por dentro al pensar en la visión frecuente de mi amigo pasando a toda prisa junto a mi ventana en dirección a la escuela primaria después de que mis alumnos estuvieran bien sentados—. Pero me pregunto por qué no se ha unido a nosotros todavía. Puede que esté consolando a las mujeres... —pero su voz fue apagándose, y ni siquiera yo, que probablemente era el mayor defensor de Charles Thom en aquella sala, lo creí.

Cardno susurró algo al oído del corregidor, y Buchan asintió. No me cabía duda de que el corregidor ya había sido bien informado de la conversación de Charles Thom y de su conducta en la posada la pasada noche, y de la hora a la que se había marchado. Buchan se volvió hacia los dos alguaciles de la ciudad, que habían estado esperando todo este tiempo en la entrada.

—Encontrad a Charles Thom y traedlo aquí. Mirad primero en casa del boticario, y si no lo encontráis, id a la escuela primaria, aunque dudo que esté allí. Había demasiados bribonzuelos en el camino mientras veníamos hacia aquí —volvió sus ojos acusatorios hacia mí—. Debe de haber mucha maldad hoy en las calles de Banff con las escuelas de primaria y secundaria cerradas.

Miré el cuerpo de Patrick Davidson, que aún yacía sobre la mesa de la gran sala del alcalde donde lo habían dejado.

—Ya había mucha maldad en las calles de Banff antes —dije en voz baja. Incluso en un momento como aquel, en que un joven de buena familia, una gran promesa, yacía asesinado por una mano desconocida, las autoridades del burgo no pensaban en nada más que en el orden público. El temor a alborotos en la ciudad, a algaradas en jardines y patios y tiendas, a altercados en el mercado y a que acosaran a los ciudadanos que iban a sus negocios cotidianos, guiaba casi todo lo que nuestros maestros cívicos hacían. Esta misma semana, Francis Brown, pocos años más joven que Patrick Davidson, de hecho, apenas mayor que un niño, sería colgado en el patíbulo por su empeño en colarse en puestos y talleres y robar cualquier insignificancia que pudiera llevarse de ellos. Sería colgado por su locura un muchacho que había permanecido ante los magistrados vestido con la misma camisa que había robado de un jardincillo trasero mientras se secaba. Sería colgado por unos sacos de maíz, un poco de cuerda, clavos, una cesta de turba y un puñado de botones y lazos, pero sobre todo le colgarían porque al burgo no le gustaba que interfirieran en su vida.

Cuando se hubieron marchado los alguaciles, el alcalde se sentó fatigado en un banco junto al fuego. Llamó a un sirviente y pidió que lo encendiera y que trajera un refrigerio. Por primera vez noté lo cansado que estaba. Los círculos oscuros que rodeaban sus ojos hablaban de muchas noches en vela, y el esfuerzo de afrontar la noticia de la última hora le había quitado casi todas sus fuerzas. Nunca le había visto tan fatigado, de hecho, nunca le había visto cansado. Su porte habitual era de gran fuerza y seguridad. Su ambición sobrepasaba la de su cuñado, el pastor, tanto en sus logros como en sus aspiraciones, con una distancia considerable. Hijo de un exitoso comerciante burgués de Banff, no era de orígenes humildes, pero estaba claro, y nadie dudaba de ello, que pretendía terminar su vida en una categoría más alta que en la que la había empezado. Fue el primero de su familia en alcanzar la posición de alcalde, el ciudadano más importante de la ciudad. Y, en realidad, era el primer alcalde de varias generaciones que no procedía de los Ogilvy, lords de Banff y de muchas de las fortalezas y demás posesiones de los alrededores. Con todo, Walter Watt se las había arreglado para arrancar la alcaldía de manos de los Ogilvy sin sentir la fuerza de su ira, como podría haber correspondido a un hombre inferior. El lord y los suyos vieron con claridad que Watt no era su semejante, puede que ni siquiera uno de su posición, sino alguien con quien podría merecer la pena hacer negocios. Walter Watt era el tipo de hombre que triunfaría, y aquellos con sentido común podían verlo. No era un hombre acorde a mis gustos, y yo dudaba que, con independencia de mi desgracia personal, hubiéramos sido amigos.

Sobre el gran hogar de piedra junto al que se sentaba, estaba el retrato pintado por Jamesone[4] del que ya antes yo había oído hablar, pero nunca había visto. Poco sabía yo de pin-

---

[4] N. del T.: George Jamesone (c. 1587-1644), retratista escocés muy famoso en su época.

tura, y sospechaba que el alcalde apenas sabía más, pero entendí que el retrato de Walter Watt y su primera esposa, Marjorie, era una declaración de intenciones. Había sido pintado no mucho antes de la muerte de Marjorie, y bastante antes de que su marido hubiese alcanzado las cumbres de la alcaldía. Muy pocos de la aristocracia terrateniente adornaban sus paredes con retratos; había oído que en las ciudades más grandes, como Edimburgo, o incluso Aberdeen, se estaba poniendo de moda entre hombres de cierto prestigio hacer que les pintaran un retrato, pero que un simple mercader de un pequeño burgo, como era Banff, hubiese encargado semejante trabajo hacía ocho años era inusual por entonces. Sí, el retrato era una declaración de intenciones. Walter Watt sería alguien. Ningún retrato con su actual esposa o sus cuatro hijos, renuevos de su dinastía, adornaba las paredes. Podía ser que los servicios de George Jamesone tuviesen entonces un precio más allá del alcance del alcalde de Banff. O quizá no fuese eso en absoluto. Estaba claro que quería mucho a Geleis Guild. Sin embargo, tal vez, por más hijos fuertes y sanos que le diera, nunca pudiese ocupar el lugar de la joven y pálida mujer que permanecía en silencio a su lado sobre nosotros, con un ramo de delicadas flores en su mano, algunas de las cuales ya habían caído al suelo.

El corregidor se situó enfrente del alcalde, dándome la espalda. El alcalde le indicó un asiento y, para mi sorpresa, el corregidor se sentó. Su costumbre, cuando estaba ocupado en asuntos públicos (y nunca lo vi ocuparse de ningún otro), era permanecer de pie, alzándose frente a aquellos con los que tenía que tratar. De constitución enjuta (su naturaleza mostraba el ascetismo de su vida), era sin embargo un hombre alto, y empleaba su estatura para reforzar sus palabras. Todo el mundo sabía que él y el alcalde, obligados como estaban a tratar a diario el uno con el otro sobre los temas del burgo, tenían bastante poco que decirse en otros momentos. No se trataba de la misma antipatía que existía entre Buchan y el pastor, por la que el uno habría visto con alegría cómo el otro era expulsado de su posición, sino más bien un discreto eludirse. Pensara lo que pudiera pensar sobre la vida del alcalde, bien sabía el corregidor Buchan que nunca podría derrocarlo; incluso dudo que alguna vez hubiera querido hacerlo. Por su parte, el alcalde sabía bien que William Buchan nunca usurparía su puesto. No obstante, entre los dos hombres existía un rechazo palpable y sobreentendido por ambas partes. Como si la comprensión de esto fuese la misma base sobre la que podrían continuar funcionando juntos. Tan cómodo como sus principios le permitían estar, el corregidor siguió con su investigación.

—¿Cuándo vio por última vez al muchacho?

El alcalde reflexionó un momento.

—Fue el domingo por la noche, después de la misa de tarde. Estuvo aquí poco después de las seis, iba a cenar con Jaffray y conmigo. El doctor siempre está sediento de noticias del continente y de la guerra.

En aquel momento el profesor de la escuela, que había hablado poco desde que llegamos a casa del alcalde, asintió.

—Así es, pobre Jaffray. A veces pienso que solo trajo parte de su corazón a casa cuando volvió a Banff. Está aquí con nosotros, pero creo que en alguna parte de su mente todavía está en Helmstedt, o Basilea o Montpellier, con sus queridos amigos de juventud, ahora dispersos.

Sabía que lo dicho por Gilbert Grant era cierto. El mayor entretenimiento de Jaffray era leer y releer las cartas de aquellos compañeros de sus años de estudiante. Desde luego, algunos habían muerto ya, pero solo unos pocos: ahora, sin embargo, a duras penas sabía quién vivía aún y quién había muerto. Los estragos de aquella guerra infernal, que habían reducido el

Imperio a pedazos estos últimos ocho años, deformaron las viejas líneas de comunicación hasta el extremo de que muchas ya no existían. En ocasiones, el doctor tenía un golpe de suerte, cuando algún mercenario escocés de vuelta se abría camino a Aberdeen o Banff con noticias sobre un doctor o un estudioso anciano que preguntaba con cariño por su viejo amigo James Jaffray. Era tal su impaciencia por aquellos fragmentos de sus viejas relaciones, que no me sorprendí al enterarme de que, tras volver de Edimburgo, Jaffray había pasado su primera noche en Banff en casa del alcalde.

El corregidor no tenía interés en aquel desvío.

—Ha dicho usted que «iba a cenar». ¿No esperó a la cena?

—No. Bebió un poco de vino conmigo, pero no se quedó a cenar. Dijo que tenía trabajo en casa de Arbuthnott, lo que entendí como preparación de medicinas o algún tipo de elaboración. Se fue quizá media hora después, antes de que llegara Jaffray. El doctor quedó muy decepcionado —el alcalde miró hacia la gran mesa de la sala donde se había instalado el cuerpo y suspiró profundamente—. No volví a verlo otra vez hasta ese momento.

Arbuthnott, que había estado pensando por su parte, levantó la mirada.

—No tenía trabajo que hacer en mi taller a aquella hora. Cualquiera que fuese su cita, no era conmigo.

—Puede ser, entonces —sugirió el presbítero, que no dejaba pasar una oportunidad para la malevolencia—, que tuviera algún trabajo con otra persona de su familia a aquella hora.

Fui yo quien al final apartó al boticario de la garganta del presbítero. Gilbert Grant era demasiado mayor y estaba demasiado disgustado, el alcalde, demasiado perdido en sus asuntos particulares, y el corregidor... observó como observaría un niño vagabundo el juego de un gato con un ratón: con la curiosidad morbosa de mirar para ver qué pasa.

A una distancia segura de cinco yardas del boticario, Cardno continuó con sus pullazos.

—No puede negar que su hija ha estado pasando mucho tiempo en compañía del señor Davidson desde que él volvió a este burgo. Se cuenta y se comenta por toda la ciudad.

El boticario dominó su enojo y yo aflojé mi agarre.

—La ciudad puede comentar lo que le plazca. Ella es mi hija y él, mi aprendiz. Vivía bajo mi techo y cenaba en mi mesa. ¿Cómo tendrían que haber estado si no fuera en compañía el uno del otro? También debería usted sospechar de mi esposa.

Intercambié una sonrisa disimulada con Gilbert Grant. Los encantos de la esposa del boticario se consideraban, cuanto menos, limitados. Era poco probable que la congregación encontrase alguna acusación de comportamiento inmoral contra aquella matrona.

—La cuestión sigue siendo que se ha visto mucho a Marion en compañía de Davidson por los alrededores de su casa y su tienda. Se les vio juntos en los Greenbanks, en la colina de Doune y en Elf Kirk. No es adecuado que una joven soltera vaya por las afueras, y por lugares como esos, en compañía de ningún hombre. Debería vigilar a su hija, Arbuthnott. No es adecuado —esto vino del corregidor, que en realidad fue más moderado sobre el tema de lo que yo hubiera esperado.

Pese a su furia inicial, el boticario reconoció aquello.

—Sí. Tiene razón. Pero pensé que ningún mal vendría de aquello. Y lo mismo pensó su madre. De hecho, mi mujer lo alentaba. Decía que Marion sería capaz de decirle a él dónde podría encontrar las mejores plantas, semillas, hierbas y otras cosas que necesito en mi trabajo, pues la chica sabe estas cosas casi tan bien como yo mismo. Y... bien —dudó, incómodo, sin querer poner en palabras el pensamiento que tenía en mente.

—¿Bien? —insistió el corregidor.

—Yo pensaba que Marion y Charles Thom, el maestro de música...

El corregidor asintió lentamente y Cardno no pudo contener su placer.

—Otro hombre joven alojado bajo su techo, Arbuthnott, que encuentra su diversión no lejos de casa.

—No hay nada deshonesto en lo que Charles siente por esa muchacha. Si hay algo vergonzante en este tema, está en sus mismos pensamientos, James Cardno —el asombro del presbítero ante mis palabras apenas podía haber sido mayor que el mío, pero sentí los primeros estímulos de una libertad olvidada hacía mucho cuando las pronuncié.

El corregidor Buchan reaccionó antes de que su secuaz se recuperara.

—Aquí no se está hablando de sentimientos, señor Seaton, sino de hechos. Y en cuanto a vergüenza y honor, estas no son materias para ser juzgadas por alguien como usted.

Ante esto, Gilbert Grant se puso de pie con firmeza.

—Si hay mancha alguna en el nombre del señor Seaton, dígala ahora mismo, William Buchan. Él ha cumplido sus penas. Ha soportado nueve meses de esos oscuros rumores. No los aguantará ya más tiempo. Escúcheme bien, esto no seguirá así.

El corregidor inclinó su cabeza y, en tono conciliador, dijo:

—Quería decir que compete a la congregación, no a ningún individuo, juzgar estas materias.

El alcalde se levantó y se dirigió al corregidor.

—Tengo que recordarle, William Buchan, que esto no es la congregación de la Iglesia. Soy alcalde de este burgo, usted, corregidor de este burgo. Ocúpese de sus asuntos. Es de mi sobrino de quien quiero saber, no de los nimios quehaceres de este maestro de escuela —volviéndose al boticario, prosiguió—. Arbuthnott, ¿cómo iban las cosas entre mi sobrino y el maestro de música?, ¿había enemistad entre ellos por su hija?

El boticario meditó.

—No puedo decirle con seguridad que la hubiese. Quizá Charles estaba un poco más apagado que de costumbre, pero nunca ha sido un joven de gran entusiasmo. Juntos eran bastante amistosos, pero ambos estaban muy ocupados con sus trabajos. A menudo hablaban de música, creo, pero Charles no sabía nada de Botánica, y poco podía aportar a nuestras conversaciones vespertinas sobre ciudades y pueblos de Europa. No pensaría en ellos como compañeros naturales, pero tampoco eran enemigos. Haría flaco favor, tanto al que vive, como al que ha muerto, decir lo contrario. En cuanto a mi hija, no encontrará escándalo alguno, lo mire como lo mire —bajó la voz—. Creo que se le ha roto el corazón.

El corregidor Buchan había oído todo lo que necesitaba referido al maestro de música. Cualquier otra pregunta sobre aquel tema podría esperar. Su interés estaba ahora puesto en el mismo Patrick Davidson.

—Cuénteme, alcalde —dijo—, y con todo el respeto a usted debido, Arbuthnott, y a su oficio, dado por Dios y por ello honrado, ¿cómo fue que un joven con la familia y educación de su sobrino llegó a colocarse de aprendiz de un boticario?

Aquella pregunta incomodó al alcalde, en apariencia más que al boticario. Pero era una buena pregunta; podía verse en las caras de todos los presentes en aquella habitación que era una buena pregunta. Después de graduarse en la Universidad de St. Andrew, Patrick Davidson se había arriesgado, algo inusual, a cruzar el mar hasta los Países Bajos, y luego había viajado a los grandes centros de conocimiento de Francia y Suiza. Me lo había contado todo Jaffray, aunque en su momento le había prestado poca atención. El de Patrick Davidson fue un viaje académico que debería haber acabado con una licenciatura del grado más alto, quizá en Medicina, más que en un puesto de aprendiz en el despacho de un boticario de un pequeño burgo del norte de Escocia. Estaba tan interesado como el corregidor en oír la explicación del alcalde.

El hombre se removió un poco en su silla, pero no pudo ponerse cómodo y, al final, se puso de pie dándonos la espalda, apoyado en el cuerpo de la chimenea, ahora encendida. A un hombre cuya vida era una inacabable búsqueda de la mejora personal, la elección de la carrera de su sobrino, y su realización en aquel burgo, poco placer podía haberle dado.

—¿Quién puede decir qué extravagantes decisiones toma la mente de un hombre joven? Fue un chico que prometía mucho, como sin duda les dirá el señor Grant. Su mente era rápida y ágil, capaz. Desde su más tierna infancia mi esposa consideró que sería abogado, aunque su madre prefería que fuese pastor de Iglesia —esto último lo dijo de manera bastante despectiva, sin duda para beneficio del reverendo Guild, que de agún modo, había encontrado el camino de vuelta a la sala—. El año de su graduación en St. Andrew, vino a visitarme aquí a Banff y conoció a Geleis. Es un recuerdo que atesoro... que atesoraré. No lo había visto desde el año de la muerte de Marjorie, y me sentí orgulloso del joven elegante en que se había convertido. Pasamos muchas largas noches charlando sobre el pasado, también sobre el futuro, el suyo. Aún se mantenía firme en su determinación de ser abogado; por su tía, me dijo. Su intención era partir a Leiden y proseguir allí sus estudios. Yo mismo le conseguí un pasaje en un barco de Aberdeen, en cuyo cargamento tenía intereses comerciales. Pero no se quedó mucho tiempo en Leiden: encontró las clases aburridas, y a su tutor más aburrido aún. Y... podría decirse que cayó en malas compañías —se permitió una risotada—. No quiero decir, señores, que se dedicara al juego ni a las prostitutas. Dios no lo permitiera. No, el lugar estaba plagado de médicos y conoció a algunos estudiantes de Medicina de Edimburgo que marchaban para Basilea y Montpellier. Había oído mucho de aquellos sitios en su hogar, de boca del mismo doctor Cargill.

El nombre de James Cargill me era bien familiar, aunque no lo había conocido. Era un galeno de Aberdeen que había marchado como estudiante pobre a estudiar Medicina en Basilea. Allí la Botánica lo había fascinado y, al regresar a Aberdeen, había mantenido una activa correspondencia con las mentes más destacadas en la materia de entonces. Era uno de los compañeros a los que Jaffray echaba de menos con más cariño, y su sobrino, William, había sido uno de mis amigos más cercanos en mis días de estudiante. El alcalde se mantuvo rememorando en silencio antes de volver al tema que se traía entre manos.

—De cualquier forma, Patrick se fue a Basilea con aquellos compañeros, y aunque se matriculó en Medicina, lo único que tenía en mente era la Botánica. Por sus cartas se me hacía cada vez más evidente que nunca se graduaría. Según se iba agravando la situación en el Imperio, le escribí en más de una ocasión rogándole que regresara a Escocia y continuara con sus intereses aquí. Prometí conseguirle un trabajo con Arbuthnott, pues sabía que amaba los campos de nuestros alrededores y que encontraría abundante material para sus estudios. En los primeros años de su infancia era yo mismo quien lo llevaba a dar largos paseos por los acantilados o por los bosques y le enseñé los nombres de plantas, semillas y bayas —se giró y volvió a hacer un gesto hacia donde reposaba el cuerpo—. ¡Y miren en qué ha quedado todo esto ahora!

Gilbert Grant se le acercó y puso una mano en su hombro.

—Venga, amigo mío. No se puede deshacer lo que está hecho. Es la voluntad de Dios.

La esposa del alcalde regresó a la sala, seguida por un sirviente que traía bandejas con dátiles, nueces, pan y queso, y otro, con vino y copas. Geleis Guild tomó el vino ella misma y sirvió cantidades generosas para los que quisieran beber. Después cogió las bandejas del sirviente, las colocó sobre un caballete junto al fuego y nos animó a comer. El corregidor no quería comer ni beber. Sus ojos mostraban su desaprobación ante semejante opulencia en un momento así, o, como yo sospechaba, en cualquier momento. El presbítero habría comido y bebido con gusto si no hubiera sido consciente, como lo éramos todos, de la mirada del corregidor Buchan puesta sobre él. Rechazó el sustento ofrecido por la señora Guild con genuino y evidente pesar. Incluso yo tenía bastante poco apetito después de las gachas que la señora Youngson me había servido, pero hacía mucho más de un largo día que no probaba un dátil y así fui tentado. Era muy temprano para el vino, pero sospeché que el alcalde tenía una buena bodega y acepté agradecido una copa. No me decepcionó. Todos los demás comieron y bebieron con moderación, excepto el pastor, cuyo entusiasmo por saciar su apetito estaba, pensé, fuera de lugar. Estábamos entretenidos de esta forma cuando, desde la entrada, nos llegó el sonido de un alboroto en la calle. Me volví a tiempo para ver a mi amigo, el profesor de primaria, empapado y lleno de salpicaduras del barro por el que lo arrastraban los dos alguaciles, que a toda prisa lo apartaban y aislaban de la multitud vociferante. Aunque era gruesa, la puerta no podía apagar los gritos repetidos de: «¡Asesino!», ni el estridente sonido de una voz que chilaba: «¡Morirás ahorcado, Charles Thom, morirás ahorcado!».

CAPÍTULO TRES

LA PRISIÓN

J AFFRAY NO DIJO NADA DURANTE UNOS INSTANTES. SE DEJÓ caer con pesadez en su silla y cerró los ojos con fuerza. Era un hombre más allá del agotamiento. El chico que se había arrodillado para quitarle las botas, esperó sin gracia y me miró buscando orientación. Fui hacia la puerta y él se levantó y salió en silencio de la habitación.

—No puedo creerlo, Alexander. Su locura, Dios mío, su locura.

Me agaché delante de él y empecé a quitarle las botas yo mismo. El viejo rostro familiar estaba surcado por las líneas de desesperanza que normalmente disimulaba delante del peor de los sufrimientos humanos. Ya fuera por la gran fatiga de sus trayectos de noche y de día, ya por el amor hacia el joven que entonces yacía inmovilizado por los grilletes en prisión, no podía enmascararlo más. Le persuadí para que tomara un poco del vino que la chica había traído, pero no quiso comer nada. Había tenido poco descanso y poco alimento desde que dejó la posada la noche anterior, y solo el rechazo ciego de los dos alguaciles al impedirle acceder a Charles en la prisión, le había fozado a estar en casa.

—¿Entonces usted también piensa que fue veneno?

—Estoy casi seguro. Sabré más mañana. Mi examen debería revelar algo sobre la naturaleza del compuesto o sobre la manera en que se administró. Quisiera con todo mi corazón tener más conocimiento en esta materia, Alexander, pero tengo destreza con los vivos, no con los muertos —bebió un poco de vino y su cara empezó a mostrar determinación—. Pero tengo que mejorar en esto, y Arbuthnott me asistirá porque no hay nadie más. No hay nadie más que pueda hacer este trabajo por el chico —no sabía si era de Charles Thom o de Patrick Davidson de quien hablaba. Pero apenas importaba. Nadie en Banff tenía mayor conocimiento de medicinas que James Jaffray, ni de esencias y compuestos que Edward Arbuthnott, nadie, aparte, quizá, del mismo Patrick Davidson, y lo que él hubiera sabido ahora dependería de aquellos dos hombres.

El examen inicial que Jaffray le hizo al cuerpo había sido necesariamente superficial. Se había avisado al vigilante de West Port para que lo detuviera y lo enviara directamente a casa del alcalde cuando volviese al burgo desde Findlater. Ya conocía toda la historia (o al menos tanto como cualquiera) en el momento en que bajó de su exhausto caballo en Castlegate. El corregidor y los dos alguaciles de la ciudad ya se habían llevado a Charles, en estado de completo ensimismamiento, hacia la prisión. El cadáver permanecía en la gran sala de casa del alcalde. La decoloración de la boca, la lengua y los dedos fue suficiente para decirle a Jaffray que el joven había sido envenenado. Tal era el estado del cuerpo que pudo ver lo que ya sabíamos del caso: que Davidson llevaba varias horas muerto. También había algo más; él no aludió a ello, pero por su actitud supe que había algo más. Por fin el alcalde y el pastor habían accedido con desgana a que se retirase el cadáver de Patrick Davidson de su lugar de reposo y se llevase a casa del doctor, donde este con ayuda del boticario y de uno de los barberos del burgo, efectuaría la necesaria autopsia. Incluso mientras hablábamos, pude oír al sirviente preparar el instrumental que el doctor necesitaría para la operación. El barbero traería el suyo. En poco más de dos horas, aquellos tres hombres comenzarían su truculenta tarea. Le dije a Jaffray que debía dormir.

—¿Dormir? Los viejos no necesitan dormir. No tendría descanso durmiendo, si es que pudiera. Ya habrá tiempo para dormir, y no es hoy —miró el fuego unos instantes, sin decir nada. Empecé a pensar que lo mejor sería dejarle solo, pero se levantó con cierta agitación—. ¡Malditos sean, de todas formas, Alexander! ¡Malditos sean! ¿Qué parte de toda la Creación les ha hecho pensar que Charles podría haber hecho esto? ¡Charles! ¿Qué piensan estos locos? Tienen a un hombre inocente bajo arresto, mientras un asesino se ríe en la sombra. Si tan solo hubiera estado aquí —empezó a deambular por el cuarto, repitiéndose la imprecación—. Si tan solo hubiera estado aquí.

—No podría haber hecho nada, estando o no. Yo hice todo lo que pude, pero no me sirvió de nada. Ni le sirvió de nada a él.

—Sí, pero tú... —Jaffray se detuvo y el silencio se cernió sobre la habitación; se lamentó por lo que había estado a punto de decir. No necesitaba disculparse, pues yo sabía que era la verdad. Yo no era un hombre cuya palabra pudiera salvar a otro. La promesa de alguien como yo no tenía valor. Jaffray tenía prestigio y respetabilidad. Jaffray era de confianza y bien apreciado. Si algún hombre pudiera elegir a uno de nosotros para que respondiese por él, nadie me habría elegido. Sin embargo, ni James Jaffray podría haber impedido que Charles Thom fuese encerrado en la prisión de Banff. Y Charles permanecería en prisión, en espera de la decisión de la Corte de

Magistrados y después de la sentencia, bajo la acusación de haber asesinado a Patrick Davidson.

—Ni usted podría haberle ayudado, James. Lo habrían condenado antes de que abriese la boca siquiera. En realidad, si no fuera porque lo conozco y lo quiero bien, yo mismo lo habría condenado.

Mis palabras hicieron que al fin Jaffray se quedara quieto.

—¿Cómo, Alexander? —de su rostro y de su voz nacía una tensa incomprensión—. ¿Tú piensas tal cosa de Charles? —movió su cabeza y se alejó de mí—. Nunca lo hubiera creído.

Caminé hacia él y puse una mano en su hombro.

—No lo crea, porque no lo creo yo. Pero la acusación contra él es mala, James; es grave para él y él no dice nada en su defensa. Todavía anoche usted y yo bromeábamos con él sobre esto. Cardno, como usted sabe, anotó cada una de nuestras palabras. La ciudad entera sabe que Charles está loco por la chica, pero también se sabe que ella había puesto su ojo en otra parte.

Jaffray conocía bastante bien las maneras de los cotilleos del burgo para descartar aquel argumento.

—Están equivocados, de eso estoy seguro.

—Oh, están equivocados —dije—, pero los males de la noche pasada han dado alas a su malicia. Han olido la sangre y la tendrán. No sé cómo vamos a ayudarle.

—¡Pero tenemos que hacerlo! No puede sufrir esta injusticia. Tenemos que asegurarnos de que lo pongan en libertad.

No esperaba menos, pero las pasiones de Jaffray tendrían que entibiarse con una apreciación sobre lo mal que estaban las cosas.

—Hay mucho en su contra, James. Y él no se está haciendo ningún favor. Cuando fueron con la noticia a casa de Arbuthnott esta mañana, no encontraron a Charles. Tampoco fue a su escuela esta mañana ni apareció por la casa del alcalde hasta que lo llevaron los alguaciles por orden del corregidor. No lo encontraron en la botica ni en la escuela, sino en la iglesia. Rezando.

Pude ver que aquella revelación conmocionaba a Jaffray tanto como me había asustado a mí. La formalidad de la observancia religiosa de Charles Thom fue en una ocasión gran tema de debate entre él y yo. Sabía yo que para él los ensalmos por cuyo canto en la iglesia le pagaban no eran más que vacías incoherencias, y que tenía poca fe en realidad. Para mí había sido un tema de preocupación, puesto que lo apreciaba y entonces yo no podía ver cómo un hombre podía ser auténticamente feliz sin andar con la seguridad de la fe en Dios. No podía entender cómo podía existir día tras día ocupándose solo de las superficialidades de la vida, las necesidades del cuerpo, y no las del alma. En aquel momento, sin embargo, no hablábamos de ese tema. Yo sabía demasiado bien cómo podía un hombre existir en tal estado, aunque la noción de felicidad no era relevante. A favor de Charles estaba el hecho de que ni una vez se había regodeado en mi nuevo entendimiento. Sabía que le apenaba en mí la pérdida de lo que él nunca había tenido. Que Charles Thom hubiese sido encontrado rezando con desesperación en la iglesia la mañana después del asesinato de Patrick Davidson, fue para mí mayor causa de preocupación que cualquier cosa que hubiera ocurrido en las últimas doce horas. Fue una gran suerte para él que Jaffray fuese el otro único hombre en Banff que entendiera esto.

Comenzó con dudas.

—Entonces está desesperado.

—Sí, James. Me temo que sí.

Se sentó otra vez y repasó aquello de nuevo en su mente. Por fin levantó la mirada.

—¿Y no ofrece defensa alguna? ¿Ninguna explicación?

Negué con la cabeza.

—Ninguna. Todo lo que dijo al corregidor fue que había ido directamente a casa de Arbuthnott al dejar la posada la noche anterior. El boticario parecía sorprendido al oír aquello, y tengo que decir que tampoco yo lo creí del todo —esta vez el doctor no me reprochó mis dudas—. Declaró haberse levantado temprano esta mañana para atender unos asuntos en su escuela, pero de nuevo es algo sobre lo que tengo dudas, igual que los que lo oyeron.

—¿Y los rezos?

Sonreí, pues incluso en la gravedad del momento presente había compañerismo.

—Ellos no lo conocen como nosotros, James. Ni el pastor ni tampoco el corregidor, el alcalde o el presbítero. Ninguno de ellos le preguntó por los rezos.

—¿Y a ti, Alexander? ¿No quiso decirte nada a ti?

Negué con la cabeza.

—No hubo oportunidad de una conversación privada entre nosotros. Estuvo en casa del alcalde, pero poco tiempo antes de que se ordenase que fuera encerrado en la prisión —mi voz bajó de tono—. No me habrían dejado ir con él.

Pero yo había ido con él. En mi mente y en mi alma, había ido con él. Porque cuando lo arrastraban afuera por las puertas de roble de casa del alcalde, él me llamó justo como lo había hecho el hombre agonizante la noche anterior. Me había llamado por encima de su hombro mientras se lo llevaban a rastras, con desesperación en sus ojos: «¡Ayúdame, Alexander! ¡Por el amor de Dios, ayúdame!». Esta vez no miraría a otra parte.

—Y le ayudarás, Alexander. Y yo contigo. Pues prometí a su madre en el lecho de muerte que cuidaría de aquel chiquillo, y mi promesa aún no está cumplida —meditó unos instantes sobre el recuerdo. Nunca lo habría imaginado ni me había preguntado antes por aquello. James Jaffray había cuidado y mantenido al huérfano Charles Thom durante su infancia y los primeros años de su madurez tan solo porque una madre agonizante se lo había pedido. «Te mostraré mi fe a través de mis actos», Santiago, dos, versículo dieciocho. La esposa de Jaffray había bordado aquellas palabras para que colgaran sobre su chimenea hacía muchos años y aún colgaban allí, como principio rector de su vida. Las buenas obras pueden no salvar a un hombre, pero aquel a quien salven hará buenas obras. Yo lo sabía, y en la crisis más profunda de mi fe, aún lo creía. De todas las almas que había encontrado en mis veintiséis años sobre esta tierra, pocas había que se pudieran comparar con el doctor James Jaffray.

La criada entró con más carbones para el fuego, y Jaffray, que ya había descansado, se puso en marcha para la actividad. Indicó a la chica que preparara una cesta de comida (pan, queso, un poco de cualquier caldo que hubiese por la cocina) con algo de cerveza, y que estuviese lista para que yo se lo llevara cuando saliese. Iba a llevárselo a Charles a la prisión, y a insistir en que me permitiesen verlo. De un armario en su cuarto de trabajo, el doctor cogió también un jarabe balsámico.

—Dile que se lo tome; le animará el corazón y hará desaparecer su melancolía. Se lo he recomendado en muchas ocasiones, pero ahora tiene que tomarlo.

Le aseguré al doctor que no me iría hasta que Charles hubiese tragado parte de la medicina. También me pusieron en los brazos una gruesa manta cuando me preparaba para salir.

—Eres una buena chica, Ishbel —dijo Jaffray—. Yo ni había pensado en el frío.

La chica replicó en voz baja:

—Él siempre se está quejando del frío, doctor —y en aquel momento vislumbré lo que ya casi había olvidado: vi las plácidas tardes junto al fuego de Jaffray, el joven maestro de primaria y el viejo doctor charlando, riendo, permaneciendo juntos en silencio. Vi a Ishbel traer comida y bebida, los carbones para el fuego, y sonreír cuando Charles le suplicaba que echase más sobre las brasas ardientes. La vi de pie en la entrada, escuchando, mientras él tocaba el laúd o cantaba una melodía de la raza del Highland. Vi los pequeños momentos que Dios nos da para ayudarnos a atravesar este valle de lágrimas.

Tomé lo que ella me daba.

—Sabrá que viene de ti, Ishbel.

Puede que ella dijera algo más, pero no estaba seguro, porque ella se había dado la vuelta para dejar la habitación.

—Le dirás, Alexander, que moveremos cielo y tierra, tú y yo, para sacarlo de aquel lugar.

Así, cargado de vituallas y de instrucciones, dejé la casa del doctor, pero casi en la puerta recordé algo que había permanecido medio olvidado en mi mente todo el día.

—Doctor —dije—, ¿cómo fue su misión en Findlater? ¿No llegó demasiado tarde?

— Solo por dos días.

—¿Dos días? No lo entiendo.

—Menos lo entiendo yo, hijo mío, menos lo entiendo yo. Pero te diré una cosa, el diablo estuvo de por medio, porque la señora no estaba allí. Tampoco estaban la vieja dama ni ningún otro familiar. El guardián de la puerta me dijo que habían partido todos a Cullen hacía dos días; al final su señoría consiguió lo mejor de su madre. No seguí hasta Cullen, porque sé que consultan a Reid cuando están allí (a él la edad le previene de viajar a Findlater). Convenía a los propósitos de alguien que yo no estuviera en Banff anoche.

—¿Quién trajo el mensaje, James? —pregunté.

Jaffray suspiró.

—No lo sé. Todo el camino de vuelta desde Findlater me hervía la sangre y estaba furioso, y me prometí que llegaría al fondo de esto. Aunque a duras penas tuve tiempo para pararme a respirar en West Port antes de que me dieran las noticias de esta catástrofe de ahora. Eso barrió absolutamente todos los demás pensamientos de mi mente.

Salió por la puerta en dirección a la entrada de la cocina y llamó al mozo del establo. El muchacho aún estaba atendiendo al exhausto caballo del doctor. Parecía asustado cuando Jaffray le preguntó, temeroso de que se le culpara de la caza de gamusinos del doctor. La voz de Jaffray, aunque amable, era firme.

—¿Quién trajo el mensaje de Findlater la noche pasada, chico? ¿Era alguien que conocieses del castillo?

El chico tartamudeó.

—No lo sé, señor. Nunca he estado tan lejos del burgo. No conozco a la gente del castillo.

—¿Pero no era alguien de la ciudad? Piénsalo.

El muchacho intentó pensar, o pareció que lo intentaba. De hecho, casi estaba al borde de las lágrimas. Sus palabras surgieron apuradas.

—Lo siento, señor; casi no pude ver si había alguien allí, porque no había luna y mi candil no aguantó el viento. Todo lo que pude ver fue a unas personas en la oscuridad, con capas que revoloteaban a su alrededor y capuchas que casi tapaban sus caras contra la tormenta. Gritaron a través del patio que se le necesitaba en Findlater. Que no debía perder ni un momento, porque milady estaba de parto y necesitaba de usted. Eso fue todo, no sé quiénes eran. Casi no pude verlos y a duras penas oírlos —me miró con cara de súplica—. Pero dijeron Findlater, señor, eso lo sé, porque les pregunté dos veces por la noche que hacía.

—Hiciste lo correcto, Adam. Pero, ¿reconociste la voz? ¿Era un hombre o una mujer?

De nuevo el muchacho pareció desamparado.

—No lo sé. Creo que era un chico, pero nadie que conociera.

Le lancé al muchacho una moneda.

—Ve y cuida del caballo. No has hecho nada malo.

Con gran alivio dio la vuelta hacia el patio.

—¿Quién puede haber sido, James? —pregunté.

Él encogió los hombros, sin respuesta.

—No lo sé. ¿Un sirviente o un vagabundo pagados para hacer la tarea y olvidar lo que han hecho? Poco importa. El efecto ha sido el mismo: Patrick Davidson murió sin que yo pudiera haberle aportado ayuda o consuelo alguno. Permití que me sacaran de mis cálculos, que me engañaran, y ahora él está muerto.

—Poco podrías haber hecho por él, estando aquí o no. Habría muerto solo antes de que te hubieran llamado.

—Puede ser, pero el asesino no lo sabía y no quiso correr riesgos. ¿Y quién puede decir que las cosas no podrían haber sido diferentes de haber estado yo aquí? Pero alguien se cuidó de que no estuviera, y el muchacho está muerto —no encontraba consuelo, pero su respuesta tampoco buscaba la autoindulgencia—. Tenemos que buscar a ese mensajero y averiguar quién lo envió.

Un guardián vigilaba día y noche en cada entrada del burgo por temor a la plaga que se rumoreaba había en el sur. Cualquiera que entrase en el burgo habría tenido que demostrar su identidad, su lugar de origen y su ocupación. A mí mismo me había llegado mi turno con el guardián de Sandyhills la noche anterior a la pasada. Solo con gran dificultad podría haber entrado en Banff cualquier extraño de día o de noche cuando el guardián estaba en su puesto. Pensé que sería más probable que el mensajero y su jefe fuesen nativos del burgo, pero necesitaba cerciorarme. Le prometí a Jaffray que preguntaría en cada puerta de la ciudad si había entrado algún mensajero con un recado para él la noche pasada. Antes de irme, insistí en que debería dormir, y al final aceptó. Le di instrucciones a Ishbel para que no fuese molestado más que en caso de urgencia, y los dejé tranquilos.

No fui directo a la prisión, pues el corregidor me había advertido que no se permitiría a nadie entrar a ver a Charles hasta después de que el Consejo se hubiera reunido, y eso sería después de una hora o más. Hacía un día claro y fresco de primavera. El mar batía con determinación en la orilla, pero sin rastro de la vehemencia de la noche previa. Todo parecía limpio y nuevo, en contraste con la gangrena sin forma que se extendía por el corazón de la ciudad. Me embargaba el deseo de huir de ella por un tiempo, para estar a mis anchas. Era un momento extraño para un día de asueto, con un hombre asesinado en mi aula y un amigo encadenado en prisión, pero era un día libre. Hoy no habría escuela ni sermón que escuchar en la iglesia, no habría salmos guiados por el director del coro ni lecciones leídas por él, languideciendo como estaba en la cárcel de la ciudad. Dejé mi carga en la escuela, y salí en dirección a la costa, hacia el oeste. Me bajé el sombrero e ignoré los saludos y las preguntas de los ciudadanos y de mis conocidos del vecindario mientras cruzaba Low Shore, bajo Rose Craig y pasadas las obras del nuevo puerto de Guthrie's Haven. Me habría detenido un rato a mirar los cormoranes y los correlimos en Meavie Point, aguantando hasta el último momento en sus apoyos escarpados hasta que al final el mar irresistible los reclamaba para sí, pero no estaba aún lo suficientemente lejos de la ciudad, así que seguí adelante. Pasé las chozas de los pescadores en el Seatoun. No me molestarían; de hecho, se cuidaban de evitarme. Al menos, con ellos sabía que no era por una aversión especial hacia mi persona, sino hacia mi posición, o por lo menos aquella a la que había aspirado. Para ellos era tan mala suerte, decían, conocer a un pastor como cruzarse con una mujer de camino a sus barcos. El mar implacable había reclamado a demasiados de los suyos como para que se cuestionasen su precaución. Yo no me había convertido en pastor. Había fallado en el último obstáculo, además, casi en el último momento; pero había estado tan cerca como para que los pescadores evitasen mi persona y mi mirada cualquiera de los días en que planeaban sacar sus barcos.

Al pasar la hilera de sus miserables chozas, eché la mirada hacia arriba, hacia el gran promontorio rocoso conocido desde tiempos antiguos como Elf Kirk. Era un lugar que la congregación de la Iglesia consideraba profundamente sospechoso, y las madres advertían a sus hijos que no fueran por allí. No dudo que algunas no respetaran el sentir de la congregación; otras tenían un miedo tremendo del gran barranco y de las rocas afiladas que asomaban entre las aguas arremolinadas de debajo. Cualesquiera que fuesen sus razones, pocos ciudadanos querían ser vistos allí. Pero también podía ser un lugar de gran belleza en cuanto la primavera daba paso al principio del verano, y las rocas se vestían de cascadas de terciopelo verde con bolsas de prímulas amarillas y delicadas armerias rosas colgando hasta doblarse. Pero aquel día no había flores; fue algo de un blanco que fluía, ondeando con ligereza en la brisa, lo que llamó mi atención. Los pliegues de la capa de una mujer. Llevaba la cabeza descubierta, y su larga cabellera pelirroja, normalmente recogida en una trenza gruesa, colgaba suelta por su espalda. Incluso a aquella distancia reconocí a Marion Arbuthnott. La habría llamado, pero no me hubiera oído. Permanecí mirando y, al poco, ella miró más allá del barranco, hacia el mar. Levanté un brazo y me vio, pero no me devolvió el saludo. Se quedó mirándome un buen rato y entonces, echándose por encima la capucha de su capa blanca, se encaminó hacia la ciudad. Tenía el aire de una criatura más alejada de los vivos que de los muertos: noté dentro de mí el presentimiento de que había tenido en mente hacerse daño, y agradecí que la Providencia me hubiese permitido al menos impedirlo.

Seguí adelante, pasé Seatoun y caminé a lo largo de los arenales hasta la playa de Boyndie Bay. A menudo llevaba a mis alumnos allí, pero esta vez el lugar estaba desierto. Me senté en una roca larga y plana y miré hacia el horizonte, recordando. Me acordé de mis días de escuela y de la alegría cuando el maestro anunciaba, al final de la lección de la mañana, si nos habíamos esforzado lo suficiente con Juvenal u Ovidio, y habíamos repetido nuestra lección a su gusto, y habíamos hecho algún avance con nuestra aritmética; que podríamos jugar, que iríamos a Boyndie Bay. Entonces yo no caminaba, sino que corría, corría todo el camino hasta la playa, parando apenas para quitarme la ropa antes de zambullirme en el mar. Gilbert Grant era más joven entonces, y estaba más en forma también, pero no podía con la horda de críos exaltados en la libertad del fresco aire marino de un día de verano. Cualquier madre que hubiera pasado por allí a hacer un recado le hubiera gritado: «¡Señor Grant, señor Grant, no pierda de vista a mi chico!». O habría advertido a su hijo sobre la fuerza de las olas o el cuidado de sus ropas. Ninguno hacíamos caso mientras corríamos, riendo y gritando, como el viento. Y siempre, a la cabeza de todos nosotros, estaba Archie. Archibald Hay, señor de Dalgetty y heredero del castillo y sus tierras. Archie, compañero de mi infancia, mi amigo del alma. Más próximo que un hermano y querido sin medida. Habría dado cada grano de arena de la playa, cada uno de los días que me quedaran, por tener a Archie sentado junto a mí en aquel momento. Con Archie no hubiera habido discusión tranquila ni pensamientos serios como mejor forma de proceder para ayudar a Charles Thom. Aún no se había construido la puerta ni había nacido el hombre que pudiera haber evitado que Archibald Hay asaltara aquella prisión y liberase a Charles por la fuerza. El corregidor, el alcalde y el pastor podrían resoplar y amenazar tanto como quisieran; Archie tenía siempre una única respuesta para la gente como ellos: él respondería ante su Creador y ante nadie más.

Las escapadas del señor de Hay ya eran una leyenda en el norte antes de que hubiese acabado sus días de escuela. Nuestros compañeros de clase estaban demasiado impresionados por él como para objetar ante cualquier plan que pudiera tener, pero yo conocía a Archie hasta lo más profundo de su corazón, y yo, solo yo, podía hablar claro con él sobre sus planes salvajes. Sus padres lo sabían, y bastantes veces delante de mí, que solo era un niño, dieron las gracias a Dios por nuestra amistad, pues Archie era toda su esperanza, la luz de su vida. Puede que se enfurruñara y se enrabietara y me abandonara unos días después de un episodio semejante, enfurecido al serle negada la oportunidad de probar su valor. Era raro que los berrinches le duraran más de una semana, porque no podía hacer sin mi compañía más de lo que podía yo sin la suya; las nuevas amistades, los interesados, eran abandonados, y Archibald Hay y Alexander Seaton corrían juntos de nuevo.

Pero Archie no estaba ahora a mi lado, ni lo estaría nunca, y no iba a haber asalto a la prisión ni burla por la indignación de los dignatarios del burgo y de la Iglesia. Debía recurrir a mis propias reservas para ayudar a Charles y esperar no encontrarme carente de ellas. Me levanté de mi asiento provisional y empecé la vuelta al burgo mientras las nubes traían la lluvia desde el oeste.

En la escuela recogí las provisiones de la despensa de atrás donde las había dejado. No me sorprendió mucho encontrar que el caldo estaba más caliente y la cesta pesaba bastante más. Miré a la anciana en busca de un nuevo tono en su discurso, porque las palabras amables eran muy inusuales entre nosotros, pero no vinieron.

—Su madre fue una buena cristiana —dijo ella—. Y siempre le tuve mucho cariño al muchacho.

No aminoré el paso para hablar con nadie mientras caminaba por el mercado y el viejo lugar de los Carmelitas, hasta que llegué a la prisión, al pie de Strait Path. El guardián de la puerta de atrás me dejó pasar sin comentarios ni preguntas: para cualquiera de la ciudad había poco misterio sobre el asunto que había allí hoy. Era raro que yo pusiera allí el pie, a no ser que fuera para pagar algún nuevo impuesto para el que la corona o el burgo habían descubierto alguna necesidad. Al no ser día de tributación, el sitio estaba casi en silencio, paralizado. Otro guardián, tras preguntarme por el motivo de mi visita, me abrió la pequeña puerta de la derecha, que daba a la casa de los guardianes y a la escalera que me llevaría hacia la cárcel. Solo había franqueado aquella puerta una vez antes en mi vida, cuando el consejo del burgo había considerado apropiado para instruir que Gilbert Grant tomase a su cargo una visita a la prisión, pues la visión del destino de los que hacen mal podría desalentar para emprender tal camino en un futuro. Nosotros, los chicos de la ciudad, estábamos acostumbrados a todo tipo de olores, a humedad, comida, carbón, turba, animales y desechos corporales. Estábamos acostumbrados al hedor del patio del curtidor y de la jabonería, al de las velas baratas de sebo y, a veces, de cera, al de la levadura y la destilación de malta, al de las tripas de pescado y al de la grasa de foca y al de las algas. Los chicos del campo fingirían asco ante la miasma de olores que envolvía nuestro día a día, pero para nosotros significaba el hogar, la comodidad, la seguridad. Recuerdo bien mis primeros días en el King's College de la vieja Aberdeen, separado de todas las preocupaciones cotidianas de la masa humana por salas de claustro y jardines de hierba; y recuerdo cómo echaba de menos el consuelo de aquellos olores. Pero la prisión era diferente: pocos de mis compañeros de escuela conocían aquella fetidez que salía a recibirnos en las escaleras de la prisión del burgo. Todos los olores corporales que alguna vez nos hubiéramos encontrado estaban comprimidos y magnificados entre aquellos muros pétreos, gruesos y casi sin ventanas. La humedad y el frío y los parásitos, competían para dominar aquel lugar, lleno de desesperanza, dejado de la mano de Dios. Como muchos otros, tuve pesadillas hasta semanas después sobre lo que había visto allí, y había jurado que nunca más volvería a poner los pies en semejante sitio. Ahora estaba atónito porque mi joven persona no hubiera comprendido los límites de la justicia y el poder del destino.

Subí las escaleras de piedra, estrechas y retorcidas, con cautela, pues la luz era muy escasa. A dos tercios del ascenso, oí pasos que empezaban a descender en mi dirección. Permanecí quieto un instante y, de pronto, emergiendo de la cercana oscuridad, apareció la silueta del corregidor Buchan. No forzó una sonrisa ni pretendió una cortesía sobreactuada, como habrían hecho su criatura, el presbítero, o incluso el reverendo Guild.

—Señor Seaton. Ya había pensado yo que lo vería por aquí tarde o temprano.

Si le satisfizo la ambigüedad de sus palabras, no dio señales de ello.

—Y hubiera estado aquí antes, de no ser porque la puerta estaba cerrada para mí. Por órdenes suyas.

—Prohibición que atañía a más gente, además de a usted, pero haría bien pensando mucho más en ello. No son estos asuntos adecuados para que usted se entrometa, señor Seaton.

—No es entrometerse prestar socorro a un amigo, o desear ver que se ha hecho justicia.

—Ruego a Dios que pueda verlo, señor Seaton, y que sea pronto. Los magistrados han convocado al maestro de primaria a una vista ante el *sheriff,* para comenzar el proceso por el asesinato del señor Patrick Davidson.

Tan rápido. Se me secó la garganta. Mis palabras apenas pudieron oírse.

—En el nombre de Dios.

—Todos hacemos nuestro trabajo en el nombre de Dios.

Negué despacio con la cabeza.

—No es trabajo de Dios lo que usted hace aquí. ¿De qué cargos le acusa?

Buchan me miró directamente.

—Yo no le acuso, señor Seaton. Es todo el cuerpo de magistrados que se sienta en el Consejo quien le acusa. Él, y no lo negará, pues sin ir más lejos usted y Jaffray hablaron de ello anoche, tiene la reputación de estar encaprichado de la chica de Arbuthnott. Ella, como sabe toda la ciudad, ha vagabundeado como una perdida por la mitad de la comarca tras el aprendiz de su padre. Charles Thom no da una explicación de sus movimientos de anoche tras dejar la posada, o al menos ninguna que tenga una onza de verdad. No durmió en su cama en casa del boticario (la esposa de Edward Arbuthnott dará fe de ello) y no crea que no atendí al asunto del rezo. ¿Me cree tan hipócrita como para no poder decir cuándo alguien está vacío de fe? Su amigo está perdido, señor Seaton, da igual lo que parezca. ¡Tenga cuidado de no perderse usted!

Después de aquello, siguió bajando y me dejó atrás, con sus últimas palabras repitiéndose en mi cabeza.

Subí como pude los últimos veinte peldaños hasta arriba, con el corazón más apesadumbrado que cuando había subido los treinta primeros. El guardián de la puerta al final de la escalera registró mi cesta.

—No hay armas aquí.

No hizo caso de mis palabras y continuó el registro hasta el final. Su mano se cerró alrededor del pequeño paquete de fruta seca que la señora Youngson había deslizado en la cesta.

—Déjalo, o el corregidor sabrá de esto y estarás dentro enseguida —le advertí. Devolvió el paquete con un gruñido y se echó a un lado para que yo pasara encorvado por la estrecha puerta hacia las celdas.

El lugar era como lo recordaba. Exactamente como lo recordaba. Pero recordar es trabajo de la mente, mientras la experiencia es el trabajo apropiado para los sentidos. Mi mente lo había recordado, pero mis sentidos lo habían negado hasta entonces, cuando estaban ya asediados por el hedor, la humedad y el triunfo final de la desesperanza. El sitio (no lo llamaría habitación) estaba muy débilmente iluminado, solo por una trémula luz amarilla que llegaba a través del enrejado de hierro de la puerta, e intuí, más que ver, dos bultos tirados o acuclillados contra los muros. Cuando mis ojos se fueron acostumbrando a la semioscuridad, distinguí la figura de mi amigo Charles Thom, la más cercana a mí, sentado con la espalda contra el muro y la cabeza apoyada en los brazos cruzados sobre las rodillas. Una barra de hierro recorría a lo largo la habitación, y él estaba encadenado a ella. Miró hacia arriba cuando me acerqué más a él, y, olvidando sus grilletes, intentó levantarse para agarrarme del brazo. La cadena con la que estaba sujeto lo envió con dureza de vuelta al suelo, pero aun así sonrió.

—Alexander, estás aquí.

—Y hubiera estado aquí antes si me lo hubieran permitido. Y Jaffray; les costó no pocos esfuerzos evitar que nuestro buen amigo el doctor asaltase sus muros. Estará aquí mañana por la mañana a más tardar, si su examen del cuerpo le retrasa mucho —hubiera querido no hablar tan pronto de la muerte de Patrick Davidson, pero de todas fomas aquel no era lugar para cortesías.

—Me han dicho que lo envenenaron —la voz de Charles cayó hasta un leve murmullo y no me miró.

Aparté un poco de paja y me senté junto a él sobre el suelo de madera podrida.

—Por la mañana Jaffray sabrá más sobre la naturaleza de la sustancia o la forma de administración. Arbuthnott va a ayudarle. Debemos rezar a Dios para que tengan éxito.

Él sonrió con tristeza.

—Ha pasado mucho tiempo desde que me exhortaste a que rezara, amigo mío, y hoy he rezado.

—Oí que te encontraron en la iglesia. ¿Qué te llevó allí, Charles?

Sacudió la cabeza y sus hombros quedaron un poco más bajos. Empezó a hablar despacio, inseguro de sí mismo.

—Creo que quería perdón —esperé, y al rato continuó—. Yo no le deseaba nada bueno a Patrick Davidson, Alexander. Tampoco le deseaba ningún daño. Le deseaba poco éxito en los esfuerzos que emprendió aquí, y que estuviera lejos de Banff.

—¿Por causa de Marion?

—¿Por qué si no? Solo por Marion. De hecho, no había ninguna otra razón por la que no debiera gustarme. Donde a mí, como bien sabes, se me consideraba huraño, él estaba seguro, relajado en compañía, sin ser arrogante, y me gustaba por eso. Trajo viveza a la mesa y al fuego del boticario, un interés que antes estaba del todo ausente. Antes de su llegada a Banff, si yo no estaba en casa de Jaffray, o ayudándote a ahogar tus penas en la posada, echaba mis tardes mirando a Marion e intentando fingir algo de interés en sus conversaciones con su padre sobre hierbas y semillas y cortezas y toda suerte de recetas para curar dolencias de las que apenas había oído hablar. Así que, cuando Patrick Davidson llegó, trajo consigo perspectivas del todo nuevas para conversar. Podía charlar de hierbas y esencias y compuestos tan bien como Arbuthnott; y sospecho que solo la diplomacia por su parte le impedía mostrar cuánto más sabía que su maestro. Pero hablaba de muchas cosas: lugares y gente que había llegado a conocer en el continente, nuestras universidades y sus méritos varios, las maneras de los pastores de Edimburgo (¡qué bien hubiera encajado allí el reverendo Guild!). Y algo sabía también de música. No era un experto, pero tenía buen oído y era mucho más culto que la mayoría de nuestros vecinos burgueses. Lo que yo habría dado por haber estado donde él había estado y por haber oído lo que él había oído.

—¿Qué quieres decir, Charles?

—Me refiero a la música, las misas en las grandes catedrales de Francia y los Países Bajos, que no han sido reducidas a cajas huecas para el canto, como se ha hecho con nuestras iglesias.

—Quieres decir la música de los papistas —solo Charles podría haber hablado incluso aquí con tanta libertad y tanto desprecio por nuestra iglesia. Temí por él.

—Si así lo quieres —dijo él—, la música de los papistas. Pero, Alexander, no tienes ni idea de lo que hemos perdido.

—¿La gran vanidad humana de sus ceremonias? ¿La formalidad y los boatos que no tienen en cuenta al hombre común? Eso no es pérdida, creo yo.

Me sonrió.

—Oh, pero qué equivocado estás, Alexander. Mientras nuestros pobres salmos son para edificar al hombre, esas misas aspiran al oído del mismo Dios. Las he visto en mi mente, saliendo de las páginas de esos pocos fragmentos de libros corales que escaparon de las antorchas de nuestros iconoclastas, pero ¡cuánto habría dado por haberlos oído cantar, por haberlos visto en sus sitios correctos, como hizo Patrick Davidson!

Comencé a entender entonces que la formalidad de mi amigo en sus tareas de la Iglesia no se debía a la ausencia de fe, como siempre había creído, sino a un entendimiento distinto de aquello, y aunque seguí pensando que estaba equivocado, le quise más por ello.

—¿Patrick Davidson era papista, Charles? —pregunté.

Él pareció sorprendido.

—No lo sé. Nunca hablamos de ello de esta manera. Me hablaba, cuando estábamos en nuestro aposento, de la música y la belleza de las iglesias. Y yo tocaba para él. Con todo, yo había empezado a pensar en él como un amigo. Y como para ti, esto no es un galardón que yo otorgue a la ligera o con frecuencia.

Bien lo sabía yo. Charles Thom era considerado seco y áspero por la mayoría de los que lo conocían. No lo era. Pero se guardaba su cordialidad y su inteligencia y no las mostraba con facilidad, ni a muchos. Respiró con grave profundidad y siguió.

—Pero después, claro, cuando me di cuenta de que había perdido a Marion, rechacé cualquier otro intento de amistad en su compañía, y deseché todas las esperanzas respecto a Marion. Incluso dudo de que ella se diese cuenta, pero él sí se dio cuenta. Y lo siento por eso, Alexander. Por eso estaba rezando esta mañana. Si hubiera algo que estuviese en mis manos para cambiar todo lo que ha sucedido este último par de días, sería eso. Antes de oír a Marion decir que a él le daba igual y que sería mía, borraría en la mirada de Patrick Davidson aquel dolor que yo le había causado en mi locura infantil.

Ahora sabía que me estaba diciendo la verdad. Deseé poder haber hecho algo para reconfortarlo, pero no me venían las palabras.

—¿Y le contaste esto al corregidor?

—¿Qué? ¿A William Buchan? A nuestro intachable corregidor nada le importan los sentimientos ni los remordimientos. Pecado, crimen, castigo y la ira del Señor sobre aquellos como yo es de lo que se ocupa el corregidor. No, no le he contado nada de esto. El informe de James Cardno sobre mi conversación y mi conducta anoche en la posada le mostró todo lo que necesitaba saber sobre mis sentimientos. Lo que el corregidor quería saber de mí es dónde había estado la noche pasada y a primeras horas de esta mañana.

Me miró y esperó. Yo también esperé, reacio a asumir el papel de inquisidor.

—¿Y dónde estuviste, Charles?

Suspiró profundamente, entonces me miró justo a los ojos.

—Estuve con Marion Arbuthnott.

—No te entiendo —dije por fin.

Bajó su voz aún más, de manera que era casi inaudible.

—No debes contárselo a nadie, Alexander, a nadie.

—Pero...

—Dame tu palabra y ya no hablaremos nada más de esto.

Con la mayor resistencia, le di mi palabra. Por Dios que desearía no haberlo hecho: se habría evitado otro asesinato.

Más seguro por mi promesa, continuó.

—Cuando salí de la posada, hice lo que tenía previsto hacer: fui directo a casa de Arbuthnott, porque no quería nada más de esa noche que mi cama y dormir un poco. No tenía ganas de estar fuera con aquella tormenta ni un momento más que el que tardara en ir de la posada a la casa del boticario. Había dado la vuelta hasta la puerta trasera y ya tenía el pie puesto al principio de la escalera exterior cuando la puerta de arriba se abrió. Supuse que debía ser Davidson, porque ni Arbuthnott ni su esposa se aventuran a salir de noche, y en el caso de Marion habría sido un escándalo. Pero era Marion. Estaba asustada, y cuando me vio, bajó las escaleras y me pidió que no le dijera a nadie que la había visto. Bien, no podía pensar en nada que le hubiera hecho salir en una tormenta tan maligna como aquella más que una cita con Patrick Davidson, y de hecho, espoleado por la cerveza que había bebido en la posada, la acusé de tanto o más.

—¿Y ella lo negó?

Me miró cansado.

—No, Alexander, ni lo negó. Es decir, no había cita, pero ella salía a buscarlo. No quiso decirme por qué o a dónde había ido él, tan solo que temía por él y no descansaría hasta que volviera a casa. No quería escuchar mis protestas por la tormenta y la oscuridad, y el escándalo si era vista deambulando en una noche como aquella. Ella no oía nada de aquello, y nada de lo que me oyera iba con ella. Cuando insistí en que no la dejaría marchar sola, me rogó que entrara en casa y que no fuera con ella.

—¿Quería estar sola cuando lo encontrase?

Me echó una mirada directa, casi asustada.

—No. Yo lo había pensado también, por supuesto, pero ella insistía en que no era eso. No me dejaría ir con ella porque, dijo, hacerlo me pondría en un terrible peligro; no por la tormenta, sino a causa de algún mal auténtico del que ella estaba asustada de verdad. Ella solo quería que yo entrase y salir ella sola a por Patrick Davidson.

—¿Y qué hiciste?

Sonrió.

—Subí las escaleras y entré en la casa como me había pedido ella. Esperé unos momentos (no mucho, pero lo suficiente) y entonces salí tras ella; no soy el gran cobarde por el que la mayoría me tiene.

—Sé que no lo eres —le dije—. ¿A dónde iba ella?

—Al principio del todo fue hacia el cementerio, pero creo que vislumbró a Janet y Mary Dawson, porque de golpe dio un giro brusco y siguió en dirección a Rose Craig. Subió por el empinado camino hacia los terrenos del castillo, y allí la perdí durante un par de minutos. Estaba demasiado oscuro, y aún temía que me descubriese, porque me habría visto fácilmente si hubiera mirado atrás. Cuando creí que era seguro subir por el camino, lo hice. Primero no podía verla, y ya había llegado demasiado lejos para incluso aventurar una respuesta razonable como en qué dirección podía haber ido desde allí. Una puerta de la muralla del castillo batía. Al principio, no pensé nada de aquello, creí que solo era el viento. Pero entonces me di cuenta de que había un pequeño trozo de tela enganchado en una astilla de la madera. Ya sé que la mitad de las mujeres de Banff tienen el mismo estampado en sus ropas, pero pensé que aquello solo podía ser de Marion. Entré por la puerta y, al tropezar en la oscuridad, casi caí en el viejo foso. Aún seguía sin verla, y decidí emplear algo de tiempo en buscar por los jardines. Debí de estar allí media hora o más, buscando detrás de cada muro, debajo de cada árbol... De haber estado el *sheriff* en casa, incluso podría haber encontrado una excusa para entrar en el mismo castillo.

—Más bien para que te dispararan —dije yo.

Frunció los ojos con una sonrisa.

—Sí, puede ser. De todas formas, al final me di cuenta de que era inútil seguir buscando: si había estado en los jardines del castillo, ya no estaba allí entonces. Todo lo que podía hacer era regresar a casa. No había manera de que me aventurase cuesta abajo desde Rose Craig ni sabía cómo habíamos subido los dos allí con aquel viento y aquella lluvia. Decidí volver por Water Path, que no es tan empinado y donde mis pasos habrían sido más firmes. Me dirigía hacia la puerta de la muralla que lleva a Water Path cuando aquella se abrió y Marion entró por allí en mi dirección. No pude hacer nada porque ella estaba directamente frente a mí, aunque no estoy seguro de si ella me había visto incluso antes de que le hablara, de tan distraída como iba. Estaba calada hasta los hueso, y su cabello revoloteaba a su alrededor, y no pude sacarle nada con ningún sentido. Pronunció el nombre de él en cuanto se dio cuenta de que había alguien en el camino, y cuando pude hacerle entender que no era Patrick Davidson, sino yo mismo quien estaba allí, casi se desmayó. Todo lo que podía decir era «No puedo encontrarlo, no lo encontrarán». Creo que debí de haberla bajado medio a cuestas por Water Path hasta High Shore. Gracias a Dios que nadie nos vio... Bueno, nadie más que las hermanas Dawson, eso es. Una vez abajo, en la ciudad, nos mantuvimos en la parte cercana al mar del cementerio por miedo a ser vistos, y por fin me las arreglé para llevar a Marion de vuelta a casa de su padre. Su madre toma un preparado para dormir por la noche, y como hicimos poco ruido, no creo que molestáramos a su padre.

—¿A qué hora llegasteis a la casa del boticario?

Lo pensó un momento.

—Fue algo después de las diez, creo. No mucho después.

Me dio un vuelco el corazón. Lo habían perdido por un par de minutos, si acaso. Cinco minutos o menos antes, bajando Water Path, habrían encontrado a Patrick Davidson, y ellos no lo habrían abandonado en la cloaca y a su suerte. Me pregunté si alguna vez le contaría aquello a Charles. Dudé que lo hiciera alguna vez. Pensé que podía adivinar el resto.

—¿Y volvisteis a salir a buscarlo esa mañana temprano, al ver que no había vuelto?

Negó con la cabeza.

—No, yo salí otra vez por la noche. Marion estaba en tal estado que era la única cosa que evitaría que saliera ella. Y yo no sé si su espíritu, o incluso su entereza, podría haber aguantado más de aquello.

Me contó después cómo había recorrido los límites del burgo, evitando las puertas de entrada a petición de Marion. Le había preocupado casi tanto que nadie supiese que Charles Thom estaba buscando a Patrick Davidson, como que Patrick Davidson fuese encontrado. Había recorrido cada calle, cada pasaje, cada callejón en su búsqueda del aprendiz de boticario. Se había arriesgado a ahogarse en las obras del nuevo puerto buscando allí, y a que le atacasen muchos de los perros del burgo al ir de patio en patio. Y todo en vano. Había buscado metódicamente durante toda la noche hasta que, enfebrecido y exhausto, tambaleándose en dirección a casa a primeras horas de la mañana siguiente, había oído que Patrick Davidson yacía muerto en mi clase. Y todo el tiempo yo había estado dormido.

Una pregunta se había ido formando en mi cabeza.

—Charles, ¿por qué crees que Marion estaba tan asustada de que alguien supiera que estabas buscando a Patrick Davidson?

Reflexionó un momento.

—Creo que pensaba que fuese cual fuese el peligro que acechaba a Patrick Davidson, también amenazaría a cualquiera que supiese que él estaba en peligro. Tuvo un presentimiento de que él estaba en peligro la noche pasada, y muy probablemente a manos de quién y por qué, aunque no quiso decírmelo. De verdad, creo que su presentimiento de lo que pasaba anoche la puso en peligro de muerte, Alexander. Si alguien supiese de esto, tengo la determinación de que no la relacionen a ella a través de mí.

Podía ver la razón de lo que él decía, y que tenía poco sentido intentar disuadirlo de su decisión.

—Entonces, ¿qué le has contado al corregidor?

Se rio en voz baja.

—Nada que se haya creído. Le he dicho que volví a mi cama en casa del boticario, pero que, como había bebido demasiada cerveza en la posada, me vi fozado a levantarme otra vez y a salir al aire libre dos horas o así después, porque temía vomitar. Le dije que bajé caminando hasta los Greenbanks y seguí hacia el banco de arena de la desembocadura del río para dejar que la tormenta me arrancase las náuseas y con la esperanza de que pudiera devolverme la sobriedad. Que una vez allí, empecé a darme cuenta de mi locura al salir con semejante tempestad y busqué refugio en la cabaña del piloto del transbordador, que se había quedado varado al otro lado del río con sus barcas. Allí caí dormido, y no desperté hasta los primeros rayos de sol —sonrió—. Siempre pienso que es buena cosa darles al corregidor Buchan, a James Cardno y los que son como ellos un poquito de lo que quieren. Es tan firme su creencia en el libertinaje de los demás, que es poco probable que lo cuestionen cuando se les presenta como una confesión. Por cierto, Cardno asentía con deleite mientras les ofrecía esa explicación.

—Pero no el corregidor.

Él dejó escapar un suspiro.

—No, el corregidor no. William Buchan tiene más conocimiento de sus semejantes de lo que muchos puedan pensar, creo yo, y no es tonto. Sus preguntas volvían una y otra vez a Marion. Sospecha que de algún modo estuvo involucrada anoche, y no se rendirá hasta que llegue a la verdad —Quedó en silencio por unos instantes, sus palabras flotaban en el aire entre nosotros—. Ahora no puedo hacer nada más por ella, Alexander, no desde aquí. El corregidor tiene intención de interrogarla en cuanto tenga los resultados del examen de Jaffray. Temo que a ella no le vaya bien si se queda a solas con él.

Pensé en la chica perdida que había visto aquella mañana, que miraba a las profundidades desde Elf Kirk, y le prometí que haría lo que pudiera, pero en realidad no tenía ni idea de por dónde empezar. No era indiferente a la suerte de Marion Arbuthnott, pero no me sentía seguro de que fuese tan inocente en toda la triste historia como Charles Thom pensaba que era. Ella tenía secretos, y ahora Charles se encontraba entrampado por uno de ellos. Mi ansiedad por él se incrementó. Hice mi último asalto a su resolución.

—Pero, ¿qué hay de ti? Debes hacer algo para ayudarte.

Mi voz iba subiendo de tono, pues hasta ahora habíamos estado hablando en susurros.

—No puedo hacer nada, Alexander —me cogió de la mano—. Tengo que depender de mis amigos, y de la misericordia de Dios.

¡Cómo habían cambiado las cosas para nosotros! Para mí, que me había abandonado la fe a la primera prueba real, y para él, que no había tenido fe hasta que los problemas de la vida de otros se habían estrellado contra él. Yo, que había sermoneado con tanta frecuencia sobre la infinita misericordia de Dios, no podía encontrar una respuesta adecuada. Al final me levanté, exasperado por su obstinación y mi propia incapacidad.

—Pero no puedes quedarte aquí —le dije—. Esto casi no es adecuado ni para las bestias.

—O para los niños —dijo él, indicando con un ligero movimiento de cabeza el lugar, en la esquina más alejada, donde yacía Francis Brown, el ladrón adolescente, capturado por robos sin sentido en demasiados puestos, tiendas y bodegas, por hurtar botones y lazos. Charles habló en voz baja—. Le colgarán, ¿verdad, Alexander?

Asentí. Colgarían al muchacho, solo un azote más para la comunidad, que notaría su ausencia, pero no lloraría su pérdida.

—¿Y yo? ¿Bailaré con él en Gallowhill?

—No lo permita Dios, Charles. Jaffray y yo haremos todo lo que esté en nuestras manos para sacarte de este sitio. Y más —hice una pausa y respiré profundamente, consciente de que la promesa que estaba a punto de hacer me comprometería en cosas de las que nada sabía—: haré todo lo que pueda para descubrir quien mató a Patrick Davidson, porque sé que no lo hiciste tú.

Cerró con fuerza sus ojos y los volvió a abrir, mientras empujaba su cabeza contra el muro.

—No, yo no lo maté. Pensaba que Marion lo era todo para mí, pero hizo su elección. Vivo o muerto, sé que él fue su elección. Matarle no me hubiera servido de nada. Y, de todas formas —levantó la mirada con un brillo extraño en los ojos—, si yo fuera del tipo asesino, hay algunas buenas piezas en Banff cuyos nombres estarían en mi lista antes que el de Patrick Davidson.

Al marcharme, dejé caer un par de cosas de la cesta de comida y bebida que había traído a los pies de Francis Brown, como Charles me había pedido que hiciera. Charles agarró con alegría la manta enviada por la criada de Jaffray, Ishbel, y según bajaba los peldaños de la prisión, pude oír los sones claros y lastimeros de una melodía de algún lugar de las tierras altas. Nunca traté de dominar la lengua gaélica como había hecho Charles, pero las palabras que me llegaban al corazón hablaban de pérdida, de una pérdida irremediable, cuyo dolor estaba más allá de lo que podía traducir el poder de nuestro inglés de Escocia.

Una vez fuera, de nuevo, a la luz húmeda de la tarde, no tuve ganas de volver a la escuela, pero tampoco podía sentarme en el mercado como un holgazán cualquiera. Así que decidí buscar la verdad que había tras la llamada a Jaffray para que fuese a Findlater. Desde el grande hasta el más pequeño de los transbordadores habían estado amarrados la noche pasada, por temor a perderlos en el mar tempestuoso, pero un extraño podría haber entrado en Banff por alguna de las puertas que daban al campo. Las puertas de la ciudad eran vigiladas día y noche en épocas de miedo a la pestilencia. Que se pudiese mantener fuera tan horrenda manifestación del disgusto de Dios por la astucia de los ciudadanos de Banff, a los que se llamaba para cumplir las guardias, era algo de lo que yo dudaba mucho. El Consejo de la ciudad, sin embargo, no veía contradicción en declarar que tales visitas eran justo castigo divino por las iniquidades de nuestros ciudadanos y, aun así, intentar rechazarlas mediante acciones prácticas y humanas. Una vez le expresé este pensamiento a Jaffray, quien me dijo que no fuera bobo. Salí a hacer el recorrido de todas las puertas del burgo, empezando en Sandyhill y encaminándome a través de Gallowhill y Boyndie Street hacia Caldhame y Seatoun, pero mis pesquisas no sirvieron de nada. No hubo información sobre ningún extraño (ni sobre ningún ciudadano) que intentase entrar al burgo desde el exterior la última noche, y solo se sabía de la salida de Jaffray y su sirviente. No había llegado ningún mensaje para el doctor desde Findlater ni desde ningún otro lugar fuera de los límites de Banff la noche pasada. No había sido el primero en hacer esas preguntas, el corregidor había estado allí antes que yo. Y ahora estaría seguro, como lo estaba yo mismo, de que el asesino de Patrick Davidson no era alguien de fuera de Banff, sino un habitante de la ciudad.

Volví a la ciudad dando un rodeo, por el camino de Gallowhill. Y allí me topé con el patíbulo. Estaban poniendo la horca a punto. Desde aquí Francis Brown vislumbraría las últimas imágenes de la ciudad en la que había nacido y vivido toda su vida, desde donde tendría una última vista del rostro de su descorazonada madre; y desde donde, con su voz, pronunciaría sus últimas palabras sobre este mundo. Decidí que Charles no sufriera el mismo final. Aunque no lograse nada más en mi ahora pecaminosa existencia, aquello lo lograría. Pasé un momento mirando desde arriba la ciudad y, más allá, el mar, mientras me preguntaba si se encontraría allí la verdad, o si ya se habría ido por el desagüe, de la misma forma que desaguaba sin fin el río Deveron tras correr hacia el mar. Me recordé a mí mismo las líneas de Alexander Craig, el poeta, que había construido su casa en Rose Craig mirando con soberbia hacia fuera de la ciudad. Charles Thom, Marion Arbuthnott, quizá incluso Patrick Davidson mismo habían representado juntos su último y trágico acto bajo sus muros la noche pasada. Sus palabras adquirieron para mí un sentido que dudo que hubiera querido darles:

Ven, amor mío, y vive conmigo
Y miremos los ríos correr
Con su estruendo delicado y fino
Y cómo, noche y día, mi Dovern
Con dulces serpenteos se desliza
Para pagar sus deudas al mar.

¿Qué habrían significado esas palabras para Marion, para Charles, para Patrick Davidson, y qué significaban ahora? ¿Qué deudas habían sido pagadas anoche y cuáles se debían aún? Creo que me quedé allí un largo rato, bajo la horca, meditando sobre aquellas líneas, pero no tengo idea de cuánto pudo haber sido. Tuve conciencia de sentir más frío, pues la bruma marina se extendía desde el mar y robaba a mi vista parte del burgo. Poco a poco, me sacó de mi ensoñación el sonido de un tambor. Era el tambor que precedía al verdugo. La culpa y el miedo resonaban en mi cabeza con los lentos redobles del tambor que se acercaban cada vez más, y me di cuenta de que era incapaz de moverme. Abrí la boca para llamar a alguien, pero no vino ningún sonido. Mi garganta ahogaba las palabras y noté que me suponía un esfuerzo respirar. Cerré los ojos y sentí que mi cuerpo se mecía con el viento. ¿Cómo sería mecerse u oscilar sobre el suelo de la colina, sobre la ciudad, para siempre? Yo esperaba, y el tambor se acercaba más. Una mano me alcanzó y tocó mi cuello, una mano humana. Por un instante, un breve, breve instante, mi corazón dejó de latir en mi pecho.

—Oh, señor Seaton, tenga piedad, señor Seaton, por el amor de Dios —antes de que hubiese abierto los ojos y localizado la voz en mi memoria, una mano más recia apartó la primera de mí. Se oyó una voz más fuerte, la de uno de los alguaciles de la ciudad.

—Janet Dawson. No pongas tus asquerosas manos sobre ningún ciudadano de este burgo. Ya se te ha comunicado la sentencia de los magistrados, ¡no finjas ignorancia!

Entonces, el otro alguacil empezó a recitar con evidente satifacción:

—Serás desterrada fuera de estos límites. Una vividora lasciva y licenciosa, una ramera, mantenedora de casas de lenocinio. Tú y también tu hermana. Serás azotada por el verdugo en ese lugar de ahí, y nunca volverás a la libertad de este burgo, bajo pena de muerte —se volvió al verdugo del burgo, a quien pertenecía la tosca mano que había interrumpido el suave tacto de los dedos suplicantes de Janet Dawson en mi cuello—. Desnúdala hasta la cintura.

Aparté mi vista, incapaz de mirar cómo Janet Dawson, que había tenido su dignidad como prostituta, era privada de su dignidad de mujer. Oí al verdugo levantar su látigo y el zumbido seco cuando el cuero nudoso se curvó sobre su carne desnuda. Era el castigo, usado con demasiada ligereza, que los prohombres del burgo aplicaban a cualquier mujer cuyo honor fuese cuestionado sin que ella pudiese demostrar lo contrario sin lugar a dudas. Pero el negocio de las hermanas Dawson era ya una notoria institución, y que ahora Janet estuviese siendo expulsada del burgo entre azotes, bajo pena de muerte en caso de que volviera alguna vez, no podía entenderlo. Di unos pasos vacilantes hacia atrás y oí de nuevo el silbido demente del latigazo. Y oí una voz, mi propia voz; gritó: «¡No!». El látigo se estampó en el costado de la mujer. El alguacil de la ciudad me miró.

—No saco placer de esto, señor Seaton.

—Pues vístela otra vez y deja que se vaya de aquí sin ser molestada. Tú ya has cumplido la orden de los magistrados —miré a Janet, acurrucada mientras se echaba por encima su corpiño desgarrado y revolvía la tierra en busca de su chal—. Yo lo testificaré.

El oficial lanzó un áspero «¡Déjala!» al verdugo, que miró con disgusto a su presa. Janet se acercó de pronto a mi lado, y se agarró a mi cuello. El oficial hizo ademán de agarrarla, pero lo alejé. Ella me habló con urgencia, con una prisa suplicante.

—Una palabra, una palabra amable, señor Seaton. Una moneda, una moneda cualquiera. Para ayudar a una pobre mujer, una palabra amable, señor Seaton.

Rebusqué en mi bolsillo y saqué un par de peniques, muy poco útiles para ella en la situación en la que estaba. Los cogió y alzó su cara hacia la mía, como si quisiera besarme. Pero no me besó. Justo cuando vinieron a llevársela de mi lado, susurró con apuro en mi oreja:

—«James y las flores», señor Seaton. Son las últimas palabras que pronunció.

Me quedé quieto mirándola, mientras ellos recomenzaban los azotes y la alejaban de las afueras del pueblo al redoble del tambor.

CAPÍTULO CUATRO

LOS MAPAS

LA ESCUELA CONTINUÓ AL DÍA SIGUIENTE, TRAS UN MACA-
bro festivo. Ruidos de entusiasmo y de excitación llegaban desde la clase de Gilbert Grant, pero mis alumnos
estaban más apagados de lo que habría esperado. No hice alu-
sión a los hechos del día anterior, excepto por una petición en
nuestra oración matinal para que el Señor favoreciese al justo,
tanto en este mundo, como en el siguiente. Y después, continué con cierto alivio las tareas rutinarias de examinar a los chicos de gramática y castigar a quienes cometían errores. La nor-
malidad y la monotonía triunfaron. Según avanzaba la mañana
y me aventuraba con algunos de los alumnos más avanzados en
De civitate, de Cicerón; dudo que alguno de ellos hubiera tenido en mente una preocupación mayor que el que yo los hiciera
quedarse hasta tarde en clase y perdieran así su almuerzo. Un
poco antes de mediodía, cuando ya mi interés personal en el
gran orador iba cediendo a los urgentes gruñidos de un estómago vacío, uno de los alumnos de Gilbert Grant entró de
pronto en mi aula. Estaba sin aliento, y sus palabras salían atro-
pellándose unas con otras.

—Señor Seaton, señor Seaton. Tienen que ir juntos a la prisión. Usted y el maestro, les requieren a los dos allí. No pierdan ni un momento.

En la habitación de la puerta de al lado, Gilbert Grant ya había cambiado su bata por una buena capa gruesa y me confirmó, casi sin aire, que habían preguntado por nosotros. El sentimiento de aprensión que me había acompañado constantemente el día anterior aumentó. Reuní mi sombrero y mi capa y salimos hacia la prisión, dejándole recado a la señora Youngson de que no habría clase esa tarde.

En la prisión se nos permitió pasar sin preguntas, y nos señalaron sin gran ceremonia la gran puerta de madera de la cámara del Consejo. Solo una vez había entrado yo antes en aquella sala, la vez que Gilbert Grant nos había llevado, de niños, a las celdas de la cárcel, dos pisos por encima; también a él le había sido permitido meternos en aquel lugar santificado. Aún podía recordar las palabras del viejo alcalde, cuyo nombre había olvidado ya entonces, otro Ogilvy, sin duda, mientras permanecíamos intimidados en la habitación recubierta de paneles de roble con su enorme mesa, pulida con delicadeza, y sus sillas talladas con mucho ornato.

—Debéis esforzaros mucho, chicos, por evitar la sala de arriba. Esto, esto —había repetido, moviendo su mano con ademanes de propietario—, es a lo que debéis aspirar.

Yo nunca lo hice.

En la sala no solo nos esperaban el alcalde y el corregidor, sino también Edward Arbuthnott, el boticario, y Thomas Stewart, notario público del burgo de Banff. A diferencia del corregidor Buchan y James Cardno, para el notario el mundo no empezaba y acababa en la iglesia. No era un impío, sino un hombre de mundo, un hombre comedido que entendía las necesidades y las flaquezas de sus congéneres sin ver el pecado en las raíces de todas ellas. No sabía dónde había estado ayer, pero me alegró de corazón verlo hoy. Stewart no nos miró cuando Grant y yo entramos en la sala, pues estaba ocupado sacando unos papeles de un arcón abierto que había al fondo del cuarto. Estaba llevando los papeles con meticulosidad, hoja a hoja, a una fila de montones iguales sobre la mesa. El boticario miraba como conmovido, molesto, pero fue la actitud del alcalde lo que más me llamó la atención en cuanto entramos en la sala. Su rostro tenía la mayor palidez que nunca le había visto, y le temblaba tanto la mano, que tenía que mantenerla estirada apoyándola sobre el respaldo de una silla. Respiraba con pesadez y tragaba como si tuviera miedo de poder estar enfermo. En ningún momento levantó la vista de Thomas Stewart y los papeles.

Mi compañero fue el primero en hablar.

—Hemos venido, alcalde, porque enviasteis a buscarnos, pero no puedo imaginar la razón. ¿Por qué motivo se nos requiere aquí?

Walter Watt, que apenas lo oyó, creo, no dio respuesta. Fue el alguacil quien replicó:

—Es lo que aún tenemos que esclarecer, señor Grant. Me agrada verlos a los dos aquí; no queríamos haber tenido que molestarles en sus trabajos de la escuela, pero este es asunto de gran importancia. Requerimos de su asistencia, y también de la del señor Seaton, aquí presente —movió la cabeza en mi dirección de manera mecánica—, para examinar estos papeles —indicó el arcón sobre el que se había inclinado otra vez Thomas Stewart—. El notario y yo fuimos esta mañana a casa de Arbuthnott para examinar las pertenencias de Charles Thom con la esperanza de encontrar alguna prueba de malas intenciones contra Patrick Davidson, puesto que él niega su implicación en el crimen. Me alegra decirles, y le rogaría que tomara nota de mis palabras, señor Seaton, que no pudimos encontrar nada entre las pertenencias de Charles Thom que sugiriese otra cosa que una vida intachable por parte de ese joven —debió de notar la relajación involuntaria de mis hombros y manos, pues continuó, enfatizando sus siguientes palabras—. Sin embargo, la ausencia de culpa evidente no es igual que una prueba de inocencia, y esa no la hemos encontrado.

—Ni la encontrarán —contesté—, a no ser que Patrick Davidson se levante y les diga el nombre de quien lo asesinó.

El alguacil me observó con una sostenida mirada impávida.

—Eso nunca podría pasar, señor Seaton. El señor Davidson debe confiar en que ahora otros hablen por él.

—¿También Charles Thom?

—Charles Thom tiene libertad para hablar por sí mismo, pero ha elegido no hacerlo. Si sus motivos le son conocidos, haría bien en divulgarlos. Sería lo mejor para ustedes dos —sus ojos buscaron los míos por un momento, pero volvió al tema que nos ocupaba—. Pero no es en el caso de Charles Thom en el que necesitamos su ayuda y la del señor Grant. Los papeles que deseamos que examinen pertenecían al señor Patrick Davidson.

Entonces pensé que entendía algo de la palidez del alcalde. Grant y yo nos acercamos a la mesa y nos dirigimos al notario.

—¿Qué son esos papeles?

Stewart dio la vuelta a la primera pila y la cambió de sitio en la mesa.

—Eso es lo que nos gustaría que nos dijeran, aunque sabemos, a grandes rasgos, lo que son. Lo que queremos que nos aseguren es qué significan.

Le acerqué una silla a Gilbert Grant, pero yo permanecí en pie. Buchan colocó una nueva vela encendida junto al codo del maestro de escuela. Mi vista era, con mucho, mejor que la de mi anciano colega. De un primer vistazo vi lo que eran los papeles. Tuve que elegir mis palabras con cuidado.

—Son mapas —dije.

—En efecto —convino Buchan—. Pero ¿ha visto alguna vez mapas parecidos, señor Seaton?

Miré de nuevo y negué con la cabeza. Era la verdad. Había visto uno o dos planos de ciudades y mapas en mis años de universidad. La biblioteca del King's College poseía una copia de la *Cartographia* de Ptolomeo, y un antiguo estudiante de Teología, el señor Thomas Sandilands, me había enseñado una edición de las *Urbes Britanniae* de Camden que le había dejado su tío, John Johnston, un profesor de St. Andrew's que había contribuido al original con algunos versos sobre temas escoceses. Tenía pensado viajar con Sandilands a St. Andrew's, donde la biblioteca del St. Mary's College se había beneficiado de la más que grande colección de mapas de su tío, incluyendo una primera edición del *Theatrum* de Ortelius, pero Sandilands era uno de los muchos amigos con los que había cortado la relación en el último año.

Las compañías clericales y la búsqueda de la verdadera erudición eran esparcimientos que ya no estaban abiertos para mí. Pero, de todo lo que vi en mis años pasados, nunca había visto un trabajo como aquel. Los mapas (pues no cabía duda de que lo fueran), puede que una docena en total, no eran copias impresas, sino originales a mano: bocetos de dibujos que mostraban accidentes naturales de costas, como bahías, desembocaduras de río, bancos de arena y rocas, todos ellos con notas y con sus nombres. Allí estaban las Collie Rocks, Meavie Point, Maiden Craig, Bow Fiddle Rock y muchos otros más. Las colinas y los acantilados que se erguían por encima de ellos, aparecían con sus nombres. Pero también aparecían las construcciones de los hombres: las obras del nuevo puerto de Banff, el puerto de Sandend, la fortaleza de Findlater sobre la bahía de Darkwater. Y había caminos, y puentes, iglesias, municipios, fortines. Toda la línea costera desde Gamrie y Troup Head hasta Findlater, llegando a Cullen, estaba recogida de forma que, para quien conociese aquellos lugares, no había error posible. Al borde de cada boceto había una flecha, junto a lo que solo podía ser un camino, con anotaciones como «A Elgin», «A Turriff», «A Srathbogie». Fue esto último lo que empezó a darme la clave, si es que la hubiera necesitado, del posible significado del descubrimiento de aquellos documentos y de la desazón que causaban a los que estaban en la habitación, no menos al alcalde. Gilbert Grant me pasó papel tras papel.

—Estos son asombrosos. Nunca he visto un trabajo semejante —miró hacia Thomas Stewart—. Creía que esta parte de la costa no estaba cartografiada.

—Y no lo está; mejor dicho, no lo estaba —contestó el notario—. Por supuesto, los pescadores tienen sus cartas de navegación, pero son rudimentarias y oscuras, y solo las pueden entender quienes tienen un buen conocimiento del mar de los alrededores. Las cartas más detalladas están en sus mentes y más allá de estos mapas.

Grant meneó la cabeza asombrado.

—¿Y de dónde los sacó? ¿Quién trabajó en ellos?

—Él mismo —la voz del corregidor Buchan sonó seca y pausada, con la finalidad en sus palabras de condenar al hombre muerto más allá de toda duda.

—No puede estar seguro —de nuevo el alcalde mostró la precipitación del pánico. El corregidor perdió la paciencia y casi escupió.

—Arbuthnott lo confirma —le tendió un papel al alcalde—. ¿Niega usted que esto sea de su propia mano? —y después otro, y otro—. ¿O esto? ¿O esto? —el alcalde asintió despacio; entonces se sentó en una silla y apoyó la cabeza en las manos. Recogí los papeles que había dejado caer al suelo. Aquello no eran mapas, sino notas, notas numeradas y símbolos con su significado. Un símbolo para un puente, para un pozo, para un molino, para una granja, un transbordador, un vado. Notas sobre fortines y los nombres de sus dueños: Ogilvy, Ogilvy, Ogilvy, Gordon, Gordon, Gordon, Hay, y así. Findlater, Inchgower, Carnousie, Dalgetty, Rothiemay, Frendraucht... Todos y muchos más estaban allí. Para mi sorpresa, Buchan pareció dirigirse a mí más que a Gilbert Grant—. ¿Qué le parecen estos documentos?

Escogí con cuidado mis palabras.

—Mis conocimientos de cartografía no son muy amplios.

—¿Diría que esto se enseña en alguno de los colegios universitarios de Aberdeen?

Lo sopesé.

—No. Se habla algo de un profesor de Matemáticas del Marischal College, un protegido del doctor Liddell que enseñó en Alemania; pero aún no se ha encontrado a nadie para ocupar el puesto. El salario es pobre, aunque hay esperanzas de que el doctor William Johnston regrese de Francia. El doctor Liddell sí especificó Geografía, pero en cuanto a la Cartografía... No creo que sea lo que tiene él en mente.

El corregidor asintió, satisfecho.

—No, tampoco lo creo yo. ¿Señor Grant?

Mi anciano colega suspiró.

—Poco puedo añadir a lo que ha dicho Alexander. El trabajo manual y la destreza con la pluma son de alta calidad; pero en cuanto a Cartografía, casi nada sé de ella.

—¿Y por qué debería saber? —preguntó el corregidor—, pues los mapas son de poco interés para los hombres honestos.

El notario se aclaró la garganta y el alcalde se levantó.

—Tenga cuidado, Buchan. No debería difamar a los muertos, pues se arriesga a difamar más a los vivos. Se sabe que Robert Gordon de Straloch tiene interés en la materia.

Buchan no se amilanó.

—Uno de los Gordon no está bajo sospecha. Bien puede ser que Straloch tenga parte en esto. ¿Habló el muchacho de algún encargo, de algún cliente para este trabajo?

Arbuthnott, a quien iba directamente dirigida la pregunta, afirmó, con cierta vehemencia, que Davidson no le había hablado de aquel trabajo en ningún momento. También el alcalde negó haber oído nunca mencionar que su sobrino estaba enrolado en semejante empresa.

El corregidor volvió a mí. En apariencia, su opinión sobre que los mapas no eran asunto para hombres honrados, no excluía la convicción de que yo lo sabía todo sobre ellos.

—¿Cuál diría, señor Seaton, que es el propósito de estos mapas?

—No puedo contestar a eso, corregidor. Solo Patrick Davidson, y quienquiera que fuera su patrocinador, podrían hacerlo.

—Y de nuevo yo le digo que Patrick Davidson no puede responder de nada, no en este mundo, aunque ha encontrado su juicio en el siguiente. Pero usted adivina más de lo que admite, señor Seaton, o no habría hablado de un «patrocinador».

El corregidor tenía razón, aunque yo detestara admitirlo. Sabía más de mapas y Cartografía y de sus razones y usos de lo que deseaba contar, pues Archie me había escrito sobre ello. Archie, que en su vida había mirado un mapa, que nunca lo había necesitado, pues toda su tierra en el norte estaba inscrita en su misma alma, había descubierto su gran don divino al dejar las costas de Escocia en dirección a las grandes guerras del Imperio. Había descubierto el valor, la necesidad de los mapas para el soldado y el ejército extranjeros. Sucedió que, en la mayor de las dificultades, y confiando casi del todo en mí y en mis poderes de disuasión, los padres de Archie le previnieron contra abandonar sus estudios en Aberdeen y marcharse a la guerra en Bohemia en cuanto hubo oído sobre la derrota de las fuerzas bohemias en la Montaña Blanca[5]. El elector Frederick, recién elegido rey de Bohemia, el rey del invierno, campeón del protestantismo contra los Habsburgo papistas, había sufrido una derrota ignominiosa. Como Archie me había contado, y en más de una ocasión, le importaban un comino los bohemios o la causa protestante, pero moriría por defender a la reina de Frederik, Elizabeth Stewart, hija del rey James y hermana de nuestro rey actual, Charles.

Hacía cuatro años, en 1622, Archie había dejado hogar, familia y país para luchar hasta la muerte, como había dicho, en defensa de Elizabeth Stewart, la reina del invierno. Así, había marchado luchando desde Bohemia, a través de las tierras alemanas y de vuelta hacia la república holandesa. Luchó a la cabeza de una compañía de vagabundos y hombres sin amo, criados en los burgos escoceses, hombres que habían sido alistados en la causa porque, de haber permanecido en sus casas, estarían en peligro de pena de muerte por sus crímenes. Los burgos quedaban satisfechos de librarse de ellos, y Archie se enorgullecía de liderarlos. Como le oí fanfarronear a un veterano que había regresado, en una posada de Aberdeen, «Bajo el mando de sir Archie dejamos de ser hombres sin amo». Siempre

---

[5] N. del T.: La Batalla de la Montaña Blanca (1620) fue una de las primeras de la Guerra de los Treinta Años, y enfrentó a católicos y protestantes.

que pudo, Archie me escribió, un pequeño puñado de cartas que aún guardaba conmigo. Me escribía sobre la lucha, sobre la inmundicia, las privaciones, la brutalidad de los Habsburgo y los sufrimientos de los campesinos. Y me escribía sobre mapas. Archie, que apenas asistía a una de cada tres lecciones en nuestros años universitarios, se apasionó por el arte de la Cartografía. Aprendió el arte y sus usos de estudiantes de las nuevas escuelas militares francesas y alemanas. Empleaba a espías y, a veces, bajo la protección de un disfraz, él mismo iba a territorio enemigo para cartografiar y reconocer los accidentes del terreno. En Alemania descubrió una habilidad para las lenguas extranjeras que le había pasado del todo desapercibida en sus trabajos de latín y griego. Conseguía y adquiría conocimientos locales de un lugar y su territorio, y armado con ese conocimiento y sus mapas, recorrió los confines del Imperio. Reclutó a ingenieros y designó jefes de alojamiento.

Aquellos hombres estudiaban con minuciosidad sus mapas, consultaban a distancia con sus espías y planificaban la ruta de una marcha según el tipo de terreno y el clima, teniendo en cuenta las áreas para acampar y alojarse y los pormenores del abastecimiento de comida. Por aquel entonces yo ya estaba maravillado por las cartas, por el entusiasmo de Archie ante este nuevo tipo de conocimiento, y me maravillaba el mismo conocimiento. Pero ahora, en esta sala del Consejo en la prisión de Banff, sabía más de lo que nunca hubiese querido sobre Cartografía. Y sabía con mucha probabilidad lo que significaban los documentos que el corregidor Buchan me estaba acercando. También lo sabía el corregidor, pero quería oírlo de mis labios.

—¿Por qué cree que Patrick Davidson dibujó estos mapas, señor Seaton?

La sala se sumió en el silencio. El notario dejó de sacar papeles; el alcalde se envaró y levantó la cabeza para mirarme;

Arbuthnott pareció estremecerse. Todos estaban esperando mi respuesta, pero yo no podía darla. No había más que una única respuesta que tuviera sentido. Lo que Davidson había dibujado era un plano para una fuerza invasora que tomaría tierra en la costa de Moray y marcharía, más allá del sur, a Aberdeen, a Edimburgo, al mismísimo Londres, pero primero a través de Strathbogie. Strathbogie, el centro de poder de los Gordon, patria chica de los marqueses de Huntly, que comandan el noreste, siempre a punto para levantarse, a favor o en contra de su soberano, como han hecho de tiempo en tiempo durante los últimos sesenta años, en nombre de Roma. Las confiscaciones, los destierros, la muerte en el campo de batalla o bajo el hacha del verdugo no habían conseguido saciar la sed de los Gordon por el regreso de Escocia al yugo del Papado.

Y Strathbogie estaba a menos de veinte millas de donde yo me encontraba. Pero yo no lanzaría aquella acusación sobre alguien a quien no había conocido, a quien ya había juzgado mal y que ya no podía contestar en defensa propia.

Poco importaba: las palabras que se aferraban a mi garganta salieron enseguida de boca del corregidor.

—Creo que es evidente, ¿verdad, señor Seaton?, que Patrick Davidson era un espía papista.

Soltó las palabras en una habitación en calma, y abrió la puerta a una tempestad. Mientras yo intentaba articular alguna respuesta, Gilbert Grant se levantó, la rabia y la consternación luchando dentro de él por prevalecer.

—Es una atrocidad, Buchan, que se acuse al muchacho de tales acciones —miró alrededor en busca de ayuda—. Porque desde su más tierna infancia tuvo gran sed de conocimiento, grandes deseos de estudiar y comprender el mundo a su alrededor. Un don semejante, regalo de Dios, para encontrar el sentido de lo que veía. ¿Y por esto le condena usted como papista y espía? —volvió sus ojos desesperados e implorantes hacia mí—. Alexander, díselo, diles qué tontería están diciendo. Díselo, Alexander...

Pero la voz de mi viejo colega se desvaneció, ahogada por el silencio de la certeza que llenaba ahora la habitación.

El notario fue el primero en hablar.

—Considero apropiado que estos papeles se guarden en lugar seguro. Propongo, alcalde, que hasta que no hayamos hecho un examen más pormenorizado de estos documentos, el arcón se mantenga bajo llave en esta misma sala, aquí, en la prisión.

Volviendo en sí en cierto modo, el alcalde asintió. Thomas Stewart y yo subimos el arcón a la mesa, lejos del fuego, que fue encendido a petición de Walter Watt. El corregidor, tras la estricta amonestación de que no debería decir palabra de nada de aquella reunión, pidió al boticario que nos dejara. Dedicó también unas palabras, palabras inusualmente amables, a Gilbert Grant: que no necesitaba demorarse más con nosotros si no lo deseaba. Mi anciano colega se incorporó con rigidez.

—Me iré aliviado, porque no tengo estómago para esto. Era un buen muchacho, un buen muchacho.

El alcalde estrechó su mano con firmeza.

—Gracias, Gilbert. Le ha hecho justicia.

Mientras Grant y Arbuthnott se estaban marchando, se le pidió al alguacil que trajera al pastor. Aquello fue, de nuevo, sugerencia de Thomas Stewart y, aunque el corregidor y el alcalde, estaba seguro, habrían objetado si hubieran podido, todos consentimos en que lo correcto era que se informase al pastor de lo que se había hallado. Después, el alcalde se sentó en su asiento habitual a la cabeza de la mesa y nos invitó a los demás a que también nos sentáramos. En tan solemne y sombría reunión, a duras penas me podía hacer idea de los libertinos encuentros que, se decía, tenían lugar en aquella sala en nombre del bien común de la comunidad. Cada visita de un dignatario, cada nacimiento o deceso real, cada evento de gran consecuencia nacional tenía que ser celebrado, en nombre del burgo de Banff, con el correr del vino, comiendo confituras y pasteles, fumando el más fino de los tabacos, por los representantes elegidos de la comunidad. Se sabía que, de todos los cargos de la ciudad, solo el corregidor no tomaba parte de todos aquellos encuentros. Más del gusto de William Buchan eran los fastos que nos imponía la Iglesia para aplacar al iracundo Dios que nos había enviado inundaciones, sequías, hambre, enfermedad para castigarnos por nuestros pecados. Me pregunté si la muerte de Patrick Davidson era el augurio de otra visita de la ira divina al burgo y a Banff, y por cuál de nuestros pecados había pagado él el precio.

No pasó mucho antes de que el pastor apareciera. Mientras el señor Guild, casi sin aliento, se quitaba el sombrero y la capa, el notario empezó un relato abreviado de lo que había resultado del registro de la habitación de Patrick Davidson.

El pastor parecía realmente asombrado.

—¿Un espía? Un papista, ¡nunca lo hubiera creído! —Thomas Stewart no había mencionado lo de papista, no hacía falta. ¿Qué otro enemigo podía tener nuestro país? El pastor miró a su cuñado—. Alcalde, no puede ser verdad, hombre: era su sobrino.

El alcalde, que había permanecido sentado durante la narración de Thomas Stewart, mantuvo su compostura.

—Preferiría perder mi propia vida antes que creerlo. Nunca ha existido tal mancha sobre el nombre de mi familia. Nunca. Ni una insinuación de romanismo, de deslealtad a la Iglesia o a la Corona se ha hecho nunca sobre mí o los míos, ni se hará. Si se prueba que es cierto, que el muchacho se volvió papista o espía, seré el primero en condenarlo, después de usted. Pero si se demuestra su inocencia, quiero una retractación por escrito de esa injuria —no estaba yo seguro de si eso último se refería a Buchan o a mí mismo. Y entonces, el alcalde añadió, con menos vehemencia, pero, pensé, con mayor sinceridad—. Y ruego a Dios que no sea cierto, en el nombre del muchacho y la memoria de su tía, que está muerta, pues ella amaba al crío con locura, y él a ella.

Para mi sorpresa, el corregidor, que no era muy dado a los sentimentalismos, manifestó su conformidad.

—Se sabe y es bien recordado que así era. Y nunca tuvo un crío ejemplo más cristiano ante sus ojos. Y si se demuestra que el chico anduvo extraviado por el camino de Roma, ninguna culpa se asociará con la memoria de ella.

Al pastor, siempre dispuesto a ponerse en desacuerdo con Buchan, no le gustó aquello del todo.

—Ni tampoco con la del alcalde, corregidor Buchan. Ni con la de su familia.

En todo aquello, como en todo lo demás, el reverendo Guild se preocupaba por sí mismo. Nunca se había retrasado en recordar a todo el que escuchara, que su hermana era ahora la esposa del alcalde, pero cualquier insinuación de escarceos con Roma por parte de aquella familia dejaría su huella en él. Recordaba yo que, entre risas, uno de los hermanos de Fordyce me había contado que Guild aspiraba a la mitra obispal. La relación con la desgracia de Patrick Davidson le haría un flaco favor a esa ambición, por lo ridícula que era tanto para aquellos que apoyaban el gobierno de los obispos, como para aquellos, como Buchan, que se manifestaba en contra. Pero, puede que para Walter Watt fuese diferente. Él había trabajado toda su vida para cosechar posición, influencias, riqueza y poder, y aspiraba a algo más alto que la alcaldía de Banff. ¿Qué parte de todo lo que había conseguido en este gran trabajo de su vida le quedaría si el nombre de su familia se apestaba con el olor de la traición? Ni siquiera podría aproximarse a la posición de los marqueses de Huntly, perdonados una y otra vez por sus indulgentes monarcas. El rey no distinguía a Walter Watt, acalde de Banff, de cualquier otra criatura de sus reinos. Para Watt y para su cuñado el pastor, la revelación de Patrick Davidson como un espía del Papa sería un desastre personal. Para sus enemigos de Banff, sería un regalo perfecto. El corregidor parecía poco convencido, incluso falto de interés, por la afirmación del pastor en defensa del alcalde.

—Que ninguna culpa esté relacionada con el alcalde, su familia actual o incluso cualquier otro morador de este burgo, habrá que verlo, señor Guild. Cuando nuestra comunidad está amenazada por los más negros de los males, como sucede ahora, la atención en el Señor lo es todo.

El alcalde se recostó hacia atrás, sus ojos fríos y duros.

—No hay nadie más atento del buen nombre de este burgo que yo, corregidor, como bien debe saber.

Buchan no se conmovió.

—¿Y del bien de su alma, alcalde? Pues, no se equivoque, por lo que estamos lidiando hoy es por el bien de su alma.

El notario, acostumbrado a los interminables forcejeos por prevalecer entre el corregidor y el alcalde, esperaba en silencio mientras ellos se levantaban la voz. Al llegar la pausa natural, como él sabía que llegaría, se hizo cargo una vez más del debate.

—Si se demuestra que Patrick Davidson era un espía del Papa fuera de toda duda, se harán preguntas a todos sus conocidos —asintió con respeto hacia Walter Watt—. Digo esto sin ningún ánimo de deshonrar a nuestro muy respetado alcalde o a ningún otro en este burgo, pero todos nosotros sabemos la desazón que el rumor y los miedos dan a la vida. Espero que se entienda esto y que acordemos entre nosotros que debemos tener mucho cuidado en cómo se maneja este asunto... Que no se extienda esta noticia por el burgo hasta que conozcamos la naturaleza exacta de lo que tenemos que tratar aquí...

—De nuestra adversidad —interrumpió el corregidor.

—Sí —continuó el notario—, de nuestra adversidad. Sospecho que Arbuthnott mantendrá la boca cerrada sin problemas —hubo un asentimiento general a esto. El boticario deseaba embarrarse con sospechas de traición tanto como el pastor o el alcalde. En aquel momento de su vida, había llegado a aprender que la soga del ahorcado nunca está tan lejos como uno podría pensar—. Cualquier sospecha sobre que algún habitante de la ciudad tiene trato con enemigos extranjeros produciría una división ponzoñosa en el burgo. Se lanzaría acusación contra acusación, el recelo crecería como un hongo en los corazones de los habitantes. Las viejas enemistades se inflamarían con nuevas lágrimas. El comercio y la seguridad del burgo se desbaratarían —con qué rapidez había atajado Stewart hasta el corazón del problema. Mientras algunos, como el pastor y el alcalde, temían por su posición personal, otros, como el corregidor, tenían auténtico temor por las almas inmortales de los habitantes de Banff. En realidad, la verdadera precupación no era la Iglesia o el rey, sino la seguridad y el comercio de nuestra ciudad—. Este asunto debe ser tratado con el mayor secreto.

—Pero, ¿cómo puede ser? —farfulló el pastor—. Si alguna autoridad mayor conociera esto de bocas que no fueran las nuestras, entonces todos podríamos ser considerados culpables de apostasía y traición.

—Creo —dijo el alcalde— que es un riesgo que debemos correr.

El corregidor estuvo de acuerdo, y yo, que aún me preguntaba por qué había sido admitido en aquel secreto, no me sentía llamado a decir nada. Thomas Stewart intentó apaciguar las preocupaciones del reverendo Guild.

—Se tendrá especial cuidado en la seguridad de estos papeles, pastor, y en cuanto tengamos mejor conocimiento de su verdadera importancia, serán enviados al *sheriff*. Tiene mi palabra. Divulgar noticias sobre ellos justo ahora traería un mayor riesgo para todos en esta ciudad. Propondría que el tema se mantuviese en secreto incluso para el ayuntamiento y la congregación.

El sobresalto del corregidor fue momentáneo, y no dijo nada.

El pastor aún no estaba satifecho.

—No estoy seguro de que se pueda guardar este secreto. Yo pondría en cuestión, por ejemplo, la presencia en esta sala del señor Alexander Seaton. No cuadra que, ni por posición ni por reputación, deba ser uno de nuestro grupo ni tener conocimiento de esto.

Para mi sorpresa, el corregidor Buchan habló en mi defensa.

—El señor Seaton está aquí como alguien que tiene especial conocimiento del tema frente a nosotros. Usted será consciente, estoy seguro, de la gran amistad que tuvieron en su infancia él y el señor de Hay, ¿verdad? —el pastor reventaba por interrumpir, pero Buchan no iba a permitírselo—. Podrá hacer sus objeciones cuando haya acabado, pastor. Sir Archibald Hay murió por la causa de nuestra fe y la defensa de nuestra Iglesia contra las fuerzas idólatras del Imperio. En el curso de ese servicio, como recordará de la oración de su funeral leída por Earl Marischal, se hizo experto en la elaboración y empleo de mapas. También en el curso de ese servicio, escribió muchas cartas desde las tierrras de Alemania y los Países Bajos a su amigo de infancia, el señor Seaton —miró hacia mí como si esperase alguna protesta—. Es algo sabido, señor Seaton. Pocas cartas entran en esta ciudad sin que yo lo sepa. Lo que sé de sus contenidos depende de la gravedad de los tiempos. Considero probable que sir Archibald le haya revelado al menos un poco de su nuevo conocimiento y su práctica —yo sabía, igual que todo el mundo, cuáles eran los centros de poder en nuestra comunidad, pero hasta aquel momento no había entendido el verdadero alcance del control de Buchan sobre el conocimiento en la ciudad, y nunca habría previsto su franqueza sobre este tema.

Tenía poco sentido reclamar un anhelo de privacidad o indignarse porque hubiese sido infringido; semejante protesta habría sido tomada como mínimo por aceptación de complicidad en algún acto de traición o vicio privado. Simplemente acepté que él tenía razón en su creencia, y que Archie me había escrito bastantes cosas sobre su nueva pasión por el arte de los cartógrafos. Buchan asintió, satisfecho—. Así lo creo yo. Y por fortuna lo hizo, porque no podría haber pensado en nadie más de la ciudad con algún conocimiento seguro sobre la materia que hubiera sido capaz de aconsejarnos.

Aquello no era suficiente para el señor Guild.

—Citar la vieja amistad del señor Seaton con el señor de Hay, cuando es sabido en toda esta tierra que su padre ya no lo acepta en su casa, que fue él quien apartó al señor Seaton del camino del sacerdocio, es más de lo que puedo soportar —el pastor casi no podía contener su rabia impotente—. Debería haber consultado a una autoridad más alta antes de tomar tal decisión.

—Lo hizo —interrumpió el alcalde—. Puedo rezar con fervor para que mi sobrino no haya sido de ninguna manera un hereje traidor, pero yo, no menos que cualquiera entre nuestros conciudadanos, no tengo ningún interés en esconder su crimen en el caso de que sea probado fuera de dudas. Puede que la posición del señor Seaton en el burgo sea humilde, pero es reconocido como un hombre de gran formación y no sé de otro en esta ciudad que pueda entender de mapas. En cuanto a su reputación, poco sé y menos me preocupan sus chismorreos, pero sí me consta que nunca hasta ahora ha habido ninguna insinuación de herejía o de pacto con las fuerzas de la idolatría.

—Pero su madre, la irlandesa...

—Murió —dije—. Murió hace mucho tiempo.

Escarmentado por fin, el pastor no habló más de lo indigno que yo era de esta confianza, sino que se sumió en el silencio, provocado por la doble afrenta, a su dignidad y a su persona.

Hacía muchos meses que nadie, salvo mis amigos más cercanos del burgo, me trataba sin una cauta sospecha o desprecio manifiesto. Por supuesto, estaban aquellos, como las hermanas Dawson, los estibadores, los peones viajeros, aquellos de los márgenes de nuestra comunidad, poco impresionados por mi formación universitaria y mi avance hacia el sacerdocio, por lo que su conmoción por mi caída había sido menor. Ahora la mayoría restante consideraba conveniente evitarme. Todos, menos mis amigos más próximos. Nunca me preocupé de exigir amistad a conocidos casuales, y el primer par de meses tras mi expulsión por el Presbiterio de Fordyce, evité la compañía incluso de mis pocos buenos amigos: el doctor, Charles Thom y Gilbert Grant en Banff, y los dos o tres compañeros de mis días de estudiante que aún vivían en Aberdeen. Ellos, ahora me asombra, se mantuvieron a mi lado durante mis más oscuros días de autodesprecio. Mi sorpresa, cuando por fin comprendí que en realidad no era apropiado para ser pastor, casí me hizo perder la razón. Los días de salvaje vagabundeo a lo largo de los acantilados y la línea de costa, hacia el este y después hacia el oeste, con poca conciencia de dónde estaba, habían terminado, no con mi muerte sobre las rocas, como bien se podía esperar, sino con un colapso por fatiga en la costa, bajo Findlater. Allí me encontró una sabia mujer local a la que muchos tenían por bruja, pero que no creo que lo fuese.

Ella me arrastró, solo Dios sabe cómo, a lo largo de la playa hasta la cueva en la que vivía verano e invierno, y allí me atendió. Cuando mi delirio se disipó al fin, envió recado a Jaffray sobre dónde podían encontrarme. El hecho de que aún viviera fue motivo de gozo para él, igual que para Gilbert Grant y, entonces, incluso para la señora Youngson. No lo fue para mí. Bebí, me refocilé en la autocompasión, bebí más, me quejé de mi destino con amargura, con ira, a todo el que se me acercó; fui con mujeres cuyos nombres a duras penas conocía. Fui llevado tres veces ante la congregación, forzado las tres a sentarme frente a toda la parroquia y a proclamar un arrepentimiento que no sentía.

Aquello duró cerca de seis meses, hasta que todos los que me quedaron fueron James Jaffray, Gilbert Grant y Charles Thom. Nadie más con decencia o posición me miraba a la cara, y recibía poco respeto de mis alumnos. La señora Youngson, la estéril señora Youngson, que me había llevado a su casa y me había querido como si fuera el hijo de su marido, apenas soportaba mirarme. Seis meses, hasta que al final ya estaba sobre el precipicio entre la existencia y la muerte. No estaba muerto, y aunque no vivía, podía existir. Primero me confié casi por completo a Jaffray: se mantuvo a mi lado, beligerante e implacable, sin tener en cuenta mis afirmaciones de que no le necesitaba;

Charles Thom, a su peculiar manera pasiva y taciturna, había hecho lo mismo. Gilbert Grant simplemente esperó, esperó con paciencia a que yo redescubriera al menos algo de civismo, como supo que haría. Mi vergüenza por mi conducta con él, cuando por fin me arrastré fuera de mi pozo de agresiva desesperanza, fue profunda. Su perdón fue calmado y completo. Pero su mujer nunca pudo perdonarme; nunca podría perdonar el daño que le había causado a su marido, e incluso a ella, pues, como me djo una vez, entonces había visto el lado oscuro de mi alma. Y aquí y ahora, en aquella sala, con mi defensa por parte del alcalde, una puerta de regreso al mundo de los hombres se abría ligeramente. Y habría respeto en ese mundo, y pesaría por encima de todo lo demás, porque la mano que había abierto la puerta no era la de un amigo.

Moví la cabeza un poco hacia el alcalde con gesto de gratitud.

—Ayudaré todo lo que pueda en este asunto. No puedo alegar un gran conocimiento del arte de la Cartografía, pero ustedes sabrán todo lo que me fue dado a entender por sir Archie. En cuanto a mi discreción, el señor Guild no debe temer: nada diré de lo que aquí se hable.

En retirada forzosa, el pastor me favoreció con una mirada de ensayado desprecio.

Sin hacerle caso, el corregidor se dirigió hacia el arcón.

—Entonces pongámonos manos a la obra con la tarea, pues hemos perdido ya bastante tiempo.

Durante las tres horas siguientes, hasta que la luz empezó a disminuir y otros deberes reclamaron la atención de notario, corregidor, alcalde y pastor, nos dedicamos a estudiar los mapas a fondo. Señalé la forma en que Patrick Davidson había indicado la altitud de las colinas y los pasos al nivel del mar entre ellas. Expliqué, aunque casi no fue necesario, el significado no solo de la delineación de lugares de desembarco seguro a lo largo de la costa, sino también las posibles rutas desde ellos, a través de fincas y granjas bien abastecidas, hasta los caminos principales de la región. En realidad no pasó mucho hasta que los demás, en especial, el notario, pudieron comprender los dibujos tan bien como yo. En bastante poco tiempo todos fuimos capaces de relacionar los esbozos que teníamos delante con la línea de costa, los ríos y las colinas que conocíamos de toda una vida.

Los ojos de nuestras mentes vieron las cosas de una manera en la que nunca antes las habían visto. Según avanzaba nuestro examen de los mapas, surgió la pregunta de a qué usos militares servirían. Una o dos sugerencias fueron un tanto fantasiosas: el pastor dijo temer que la horda idólatra quemara y profanara las iglesias marcadas. Yo más bien creía que estaban indicadas como monumentos, y que una fuerza invasora que desembarcara a muchas millas de los centros de poder no perdería el tiempo quemando iglesias en los Presbiterios de Fordyce o Turriff.

Mucha inquietud producía la gran minuciosidad con la que Davidson había llegado a describir los generosos contenidos de los jardines y huertos del Señorío de Banff, así como la naturaleza y horarios del mercado de carne del burgo y la ubicación de los grandes corrales de Dalgetty y Rothiemarie, rebosantes de maíz y cebada. Una fuerza invasora llegada por mar y con una larga marcha por delante, podría aprovisionarse bien con tal información. Poca duda cabía en nuestras mentes sobre que el enemigo sería papista; la pregunta era tan solo de dónde vendría. El pastor y el corregidor, unidos por una vez, sospechaban de Francia. Yo, junto con Thomas Stewart, el notario, me inclinaba por España.

El corregidor tenía pocas dudas.

—Los franceses, gente impía desde hace tiempo y desde siempre enemigos de Escocia. Francia nos habría tenido en sus garras hace sesenta años, cuando aún no nos habíamos librado del todo de la servidumbre a Roma. La madre del difunto rey no fue más que un títere en sus planes. Me apena mucho que su nieto haya caído una vez más en otro matrimonio francés, porque ningún bien vendrá de ahí.

El rey Charles había subido al trono hacía solo un año, y en dos meses se había casado con una novia francesa. Aquel «jugueteo con Roma» había incomodado a muchos, a mí incluido.

El alcalde se dirigió a Thomas Stewart.

—Usted considera a España el adversario más probable. ¿Cuál es su razonamiento?

El notario extendió uno de los mapas en la mesa, delante del alcalde.

—¿Hemos acordado que una fuerza extranjera considerable podría desembarcar aquí o aquí? —el alcalde asintió, y el notario trazó con el dedo una línea más o menos al norte y al oeste del mar de Banff—. Sería más probable que una flota invasora llegara aquí. Un viaje hacia el oeste de Escocia y alrededor de Cape Wrath o incluso las Orcadas estaría lleno de peligros para la navegación, y no podrían escapar de ser detectados lo suficiente como para sorprendernos. Este es el camino por el que los franceses tendrían que venir, pues difícilmente podrían cruzar el Canal de la Mancha con la esperanza de bordear la costa por el oeste sin llamar la atención. Todo el esfuerzo sería inútil. Pero, piense en los españoles. Piense en los Países Bajos.

Lo que decía era cierto: desde la revuelta de los holandeses hacía veinte años, España ya no dominaba el norte de los Países Bajos, reunidos ahora en una república bajo los auspicios de sus Estados Generales. Pero aún dominaba el sur, y soldados y ducados fluían desde Madrid a Amberes y Bruselas para mantener una red de espías e intriga sobre un supuesto suministro ilimitado de oro de las Américas. Quizá Patrick Davidson tan solo había sido una pieza más en la enorme maquinaria española que dirigía la voluntad de los Habsburgo a través de Europa y más allá.

El alcalde empezó a asentir despacio, pensando aquello para sí mismo.

—Una flota, ¿lo llaman *armada*[6]?, podría salir de Flandes y navegar hacia el norte con posibilidades de evitar ser detectada. Un viento favorable los traería a nuestras costas en bastante menos tiempo. Pero, ¿por qué aquí? ¿Por qué tan hacia el norte?

El pastor ya no pudo contenerse por más tiempo.

—En el nombre de Dios, ¿nos da miedo decirlo? No hay uno solo de nosotros que no sospeche de la mano de Huntly en todo esto.

Walter Watt lo había moderado.

—Tenga cuidado... —pero por una vez el pastor no iba a ser intimidado por su cuñado.

—No, alcalde, no lo tendré. ¿Hasta cuándo tendremos que vivir con miedo a los degenerados del papista Gordon? ¿Quién vendería nuestra nación al puterío de Roma por el precio de una misa? No tendré cuidado. Los Gordon no pierden oportunidad de prostituirse por el tintineo del oro español. Una y otra vez, en cada generación, lo han intentado, y ahora los vemos intentarlo de nuevo.

Aquello era lo más sensato que nunca había oído decir al reverendo Guild, porque lo que decía era cierto. Era de dominio público que los Gordon nunca habían aceptado la reforma

---

[6] N. del T.: En español en el original.

de la religión en nuestro país, y siempre estaban luchando por el regreso a Roma. No aminoraban sus esfuerzos ante la traición o la guerra civil. Y ahora, con el rey de Inglaterra y todo el continente europeo en guerra, ¿no iban a intrigar con España como lo habían hecho antes? El alcalde se dirigió a mí.

—¿Tiene algo que añadir, señor Seaton? ¿Qué le parece la opción española?

Pronuncié mi respuesta con cuidado.

—Creo que si nuestro país va a sufrir un asalto de los españoles, será porque el mismo rey les ha llevado a ello.

Eran palabras peligrosas, lo sabía. Palabras peligrosas para usar en compañía de hombres sin razones para quererme bien. El alcalde, que no me gustaba, pero en quien estaba llegando a creer que podía confiar, habló el primero, y con lentitud.

—¿En qué se basa para mantener esa posición, señor Seaton?

—Me baso en lo que todos nosotros sabemos: que tras su acceso al trono, el rey Charles perdió poco tiempo en abandonar la política de su padre y en mostrarse a sí mismo como el enemigo de España. Inglaterra será siempre el premio para España, pero ellos pensarán, con razón, que conseguirían mucho en Inglaterra si golpearan primero a nuestro rey en su reino de Escocia, y ¿en qué otro lugar encontrarían los españoles una amistad tan firme y bien situada como el marqués de Huntly?

Thomas Stewart pareció un tanto incómodo.

—Creo que todos estamos de acuerdo en una cosa: que si nuestra nación está amenazada por alguna fuerza extranjera, entonces esa fuerza vendrá de España, y que si Patrick Davidson estuvo espiando para alguien, fue a instancias de Madrid. Sin embargo...

—Sin embargo —interrumpió el alcalde—, no tenemos pruebas en absoluto de que mi sobrino estuviera implicado en ninguna actividad semejante; estos mapas pueden ser fruto de un inocente pasatiempo.

Me sentí un poco como puede que se sienta una mosca cuando es empujada a una trampa por una araña. El alcalde nos había visto jugar durante un rato y había dejado que nos enredáramos cada vez más en la telaraña de especulaciones que nosotros mismos habíamos tendido, y ahora que nos habíamos enredado lo suficiente, ya estaba listo para saltar sobre nosotros en defensa de su sobrino muerto. Sentí que era tan responsable como cualquiera de mi fracaso, por hablar claro por él cuando Gilbert Grant me lo había pedido, por la acusación que ahora se hacía contra el hombre asesinado; no era una responsabilidad que me agradara.

—No soy experto en estos mapas, alcalde, y no tengo interés en calumniar a un hombre inocente.

El corregidor estuvo presto.

—¿Ni siquiera para salvar a su amigo?

—Ni siquiera para eso.

Él asintió.

—Bien. Como yo pensaba.

No supe cómo entender las palabras del corregidor, pero tuve poco tiempo para buscar la información en mi mente. Thomas Stewart me miró con calma.

—Hagamos lo que hagamos, no le colgaremos el muerto, Alexander; no ha hecho usted más que lo que le hemos pedido, y bien hecho, aunque creo que no deberíamos seguir adelante sin tener otras opiniones.

El pastor estaba harto de escuchar opiniones ajenas cuando las suyas estaban tan claras para él.

—¿Y a qué otro réprobo debemos dirigirnos ahora, antes de poder actuar como cualquier grupo de magistrados devotos y honestos?

La injuria a mí dirigida se dejó pasar, pues el notario respondió con voz fime.

—Robert Gordon de Straloch.

El pastor resopló con sorna y el alcalde tragó como si su garganta se hubiera secado de repente. El corregidor se levantó de su asiento con cierta alarma.

—El riesgo es demasiado grande.

—Straloch no es papista —afirmó el notario.

El reverendo Guild volvió a resoplar.

—¿No es papista? ¡Es un Gordon! Maman incienso con la leche de sus madres.

El notario se repitió a sí mismo, con el filo de su voz afilado por su creciente impaciencia.

—Robert Gordon de Straloch no es papista. Es juez de paz y uno de los hombres más respetados del reino. El mismo rey no le hace ascos a pedirle consejo.

—Sí —replicó el pastor—, y Huntly no se suena la nariz sin consultarle primero.

—Puede ser. Pero muchas han sido las veces en que ha sido la mano que lo ha contenido, el mesurado consejo de Straloch el que ha refrenado al marqués, cuando su propia naturaleza impetuosa nos habría precipitado a todos al desastre.

Cuando el corregidor habló, sus palabras fueron pausadas y comedidas.

—¿Y qué dice usted, alcalde? ¿Deberíamos consultar a Robert Gordon de Straloch sobre este asunto de los mapas?

Observaba al alcalde de cerca, como esperando que algo en la reacción del hombre pudiera revelar complicidad o inocencia en los quehaceres de su sobrino.

Un momento antes de que Walter Watt comenzara su réplica, y mientras hablaba, entendí qué era lo que le había apartado de sus padres al haber crecido en este burgo, y lo que le había colocado entonces por encima de ellos. La ambición puede llevar a un hombre muy lejos, pero solo los dones divinos lo llevarán más allá. Walter Watt, cuando lo decidía, podía hablar y razonar con un grado de autoridad que silenciaba a otros hombres. Como debía de ser a menudo en el ayuntamiento, así fue en aquel extraño consejo interno nuestro: la palabra decisiva fue la suya.

—También a mí me incomoda que nos acerquemos tanto al centro del poder de los Gordon con una cuestión en potencia tan peligrosa para todos nosotros. No obstante, lo que dice Thomas Stewart tiene sentido. No podemos proceder a una investigación sobre estos mapas sin una opinión experta sobre su naturaleza. Sería injusto para con mi sobrino y una perniciosa pérdida de nuestro tiempo y trabajo. Se sabe que no hay un hombre en toda Escocia que tenga mayor entendimiento del arte de la Cartografía que Straloch. Que es un Gordon y un confidente del marqués no se puede negar, pero lo que dice el notario es verdad. Es tan respetado como cualquier otro hombre, y muchas veces puede haber sido la única voz que haya aconsejado contra la catástrofe. Incluso aunque no se pueda confiar en él, y yo mismo mantendría que no se puede, alertarle del hecho de que los mapas, y cualquier traición derivada de su uso, han sido descubiertos, solo podría resultarnos ventajoso. Deberíamos consultar a Straloch. Deberíamos pedirle su opinión sobre uno de los mapas, solo uno. Porque si mi sobrino cayó en semejante traición blasfema como pudo haber caído, estoy dispuesto a que estos papeles ardan hasta las cenizas y que no se pose sobre ellos ninguna otra mirada.

Caí en la cuenta de que aquello habría sido una innecesaria y destructiva pérdida de lo que, bajo mivisión inexperta, era un trabajo magistral, que, con seguridad, podría ser usado tanto para bien como para mal. Sin embargo, mi labor era la de dar una opinión solo cuando me la pidiesen, así que me guardé mi parecer. El pastor, el corregidor y el notario llegaron por fin, y en distintos grados, a un acuerdo con el alcalde en cuanto a la manera de proceder. Quedaba pendiente la cuestión de cómo se iba a transportar con seguridad el documento elegido hasta Straloch, porque no se podía esperar que él viniese a Banff para echar un vistazo a un pedazo de papel, o que su presencia en el burgo no fuese a causar algún revuelo y curiosidad. En aquellas circunstancias, con un asesino o bien paseando por las calles del burgo o bien tendido en la prisión sin haber sido juzgado, no se podía prescindir ni del notario ni del corregidor. El pastor manifestó que no era su intención compartir la mesa con los idólatras Gordon, que los defendiera quien pudiera, y el alcalde no estaba dispuesto a a hacer recados. La mirada del corregidor cayó sobre mí, y entonces entendí que estaba esperando, que esperaba que yo dijera si iría o no. Debía de saber lo que, en el torbellino de los últimos dos días, yo mismo casi había olvidado: que se me había encargado viajar a Aberdeen al día siguiente. Él mismo habría firmado la autorización para descargarme de mis tareas por un par de días. Su mirada empezó a preocuparme y me aclaré la garganta.

—Estoy obligado a viajar a la ciudad mañana. Dos de las becas del doctor Liddell en Marischal College han quedado vacantes y uno de mis alumnos más prometedores podría hacer una especie de alegación para competir por una de ellas. Como ningún estudiante de Banff se ha presentado antes a una de las becas del Marischal College, voy a viajar a Aberdeen para averiguar lo que pueda sobre qué se exigirá al muchacho en la prueba y para adquirir algunos libros que se necesitan para la escuela. Mi viaje me llevará a unas dos millas de Straloch.

Y así, tras mucha protesta del pastor, silenciada por el alcalde, y sin más comentarios míos, se resolvió que sería yo quien llevara el mapa a Robert Gordon. Tenía que contarle sobre esa historia tanto como sabíamos y estábamos dispuestos a decirle a él, y pedirle su opinión sobre su naturaleza e importancia. Nunca había conocido al señor de Straloch, pero sabía por su reputación que era un hombre de mucha cultura y amplia experiencia. No temía, como el reverendo Guild, ser infectado de papismo solo por comer en la mesa de un Gordon. Yo estaba lejos, muy lejos de mi Dios, pero sabía sin dudarlo que el mío aún era el Dios de Calvino y Knox[7], fuera cual fuese la entidad en la que el reverendo Guild temía que hubiese aprendido a creer en el regazo de mi madre.

Ahora la luz era gris, y el mar empujaba las nubes tierra adentro desde el oeste, mientras el campanero de la ciudad tocaba las cinco. Se acordó que yo regresara allí a las siete de la mañana siguiente. El alcalde se encontraría conmigo y confiaría a mi cuidado uno solo de los mapas dibujados por su sobrino. En el caso de que regresara a Banff más de cinco días después o sin el mapa que tenía a mi cuidado, me encontraría confinado en la prisión con mi amigo Charles Thom.

Al salir al encuentro de la tarde gris, pensé en Charles, encadenado y con frío en su celda cochambrosa. Cuántos estragos había traído el asesino a la vida de Charles. Hacía dos días a estas horas, mientras se estaba preparando para dejar su escuela y a sus alumnos al final de otro día, Charles no habría dudado en considerarse el más miserable de los hombres, enamorado de una mujer que amaba a otro y obligado a malgastar sus días al servicio de una fe en la que no tenía convicción. La noche que le esperaba después, con un viejo viudo y un maestro de escuela amargado, le depararía pocas diversiones. Cuán

---

[7] N. del T.: John Knox (1510-1572), sacerdote escocés fundador del presbiterianismo.

llena de posibilidades debía de parecerle aquella vida ahora, y qué valiosa su promesa frente al dogal del verdugo. Y yo, que también me había considerado el más miserable de los hombres, indigno de las oraciones de aquellos que me amaban, caí en la cuenta de qué dones incalculables eran vida y libertad. Estaba lleno de miedo a lo que los papistas llaman «libre albedrío». No me dirigí a mi aposento ni a la promesa de la magra pero sana cena de la señora Youngson, sino a casa de Jaffray. Con todos los vínculos de mi vida rotos en aquel último par de meses, el doctor se había convertido en el único tónico que conocía.

CAPÍTULO CINCO

POST MÓRTEM

LOS OJOS DE LA CHICA BULLÍAN LLENOS DE PREGUNTAS.
—Déjame entrar, Ishbel, y te contaré.
La sirvienta de Jaffray parecía avergonzada mientras me abría del todo la puerta y me ayudaba a quitarme la capa.

—El doctor está en su estudio, señor Seaton. Le traeré algo de cenar.

—Pero no he venido a cenar.

Se quedó impasible.

—El doctor me dijo que usted vendría en cuanto acabara su tarea en la prisión. Dijo que querría cenar.

Se dio la vuelta y fue hacia la cocina. Era inútil que protestara más, así que seguí por el largo corredor que llevaba al estudio de Jaffray en la parte trasera de la casa. Allí James Jaffray solía observar a su esposa en el jardín, por la ventana del pequeño estudio, y yo creía que aún la observaba. En más de una ocasión entré en el cuarto para encontrármelo a oscuras mirando hacia fuera, con su mano sobre la página de un libro abierto del que no habría podido decirme el título. Llamé con suavidad a la puerta. Un ligero arrastrar de pies y después su voz familiar y campechana.

—Sí, Ishbel, está bien, pasa.

Entré.

—Lamento decirle que no soy Ishbel. ¿Está esperando su cena?

Entonces empezó a reír con franqueza.

—Bueno, aún podrías ser pastor, con tu andar sigiloso y esa manera de llamar a la puerta como una muchacha.

Después su rostro mostró arrepentimiento, pero no había ninguna malicia en su broma.

—Hoy has estado muy ocupado con ese asunto, Alexander. Yo he pasado la mañana revisando los anaqueles del boticario, comprobando que solo tuviera los venenos legales. Cuando terminé, me enteré por Arbuthnott de que estabas en la prisión, pero apenas oí nada más antes de que su esposa me echara a la calle y casi me cerrara la puerta en las narices. Por un instante temí que la suerte de Charles Thom también hubiera recaído sobre ti. Fue un poco antes de que el alguacil pudiera convencerme de que estabas retenido en la cámara del Consejo y no arriba, en las celdas.

—Si alguna vez sufro tal desgracia, dudo que pueda mostrarme tan estoico como Charles; nunca me hubiera imaginado su fortaleza.

Los ojos del doctor se iluminaron.

—Entonces, aún no lo han sometido. Gracias a Dios. Sin embargo, yo no lo hubiera dudado. Él es mejor que todo lo que le puedan hacer. Siempre ha sido mejor. Pero su cuerpo no es fuerte.

—No —dije—, y lo tienen en un sitio del demonio.

—Lo sé, he estado allí demasiado a menudo para aliviar las heridas de las pobres almas que se pudren dentro —Jaffray revivió sus recuerdos unos instantes, y yo pensé en Francis Brown, que sería colgado en el plazo de dos días, de cuyas heridas se pensaba que no merecían curarse.

—¿Le permitieron entrar hoy en la prisión?

Él bufó con desprecio, como haría un toro furioso separado de los buenos pastos por una endeble puertecilla.

—El corregidor dejó instrucciones de que no se me dejara conversar con Charles. Las limitaciones de su estrechez de miras se han expandido para imaginar que no tengo más objetivo al visitar al muchacho que el de pasarle detalles de lo que he encontrado en mi examen, para que así Charles pueda estar en mejor posición para negar su complicidad —entonces me preguntó en voz más baja—. Tú has estado con él, Alexander. ¿Qué está ocultando? Con seguridad él no forma parte de este asunto. No es un hombre simpático, pero no es malvado por naturaleza. Está guardando algún secreto, ¿verdad, Alexander?

Dudé. Charles me había hecho prometer que no contaría a nadie su noche con Marion en busca de Patrick Davidson, aunque el eslabón de honor y amistad que nos unía hubiera sido forjado por James Jaffray. Los secretos que Charles habría guardado frente a Jaffray eran los que un hijo no le contaría a su padre, pero el silencio de Charles ante el corregidor Buchan era de distinta naturaleza: se debía al miedo a poner en peligro la vida de Marion Arbuthnott. Esperé hasta que pude oír los pasos de una Ishbel decepcionada retirándose de nuevo a la cocina y, cuando estaba seguro de que nadie más que el doctor pudiera oír mis palabras, le conté lo que sabía. Él escuchó con atención, en silencio, sin interrumpir, y cuando llegué al final de mi breve monólogo, asintió lentamente.

—Tal y como yo sospechaba. Charles no dirá nada en su defensa por miedo a poner en peligro a Marion —atizó el fuego con la mirada ausente—. Así que nos corresponde a ti y a mí probar su inocencia, Alexander. ¿Has tenido oportunidad de charlar con Marion?

Negué con la cabeza.

—Nadie lo ha conseguido, por lo que he podido saber. Creo que el corregidor lo ha intentado, pero ha sacado de su boca aún menos que lo que sacó de Charles. Y es una lástima, porque hay cosas de las que Charles me habló sobre las que me gustaría preguntarle.

El interés del doctor se despertó.

—¿Qué cosas son esas?

Llené mi vaso con más vino del que nos había dejado Ishbel y empecé a hablarle de los mapas. Me escuchaba con gran interés y, para mi sorpresa, con no poco conocimiento del tema, interrumpiéndome de vez en cuando en busca de aclaraciones sobre algún punto o para preguntar sobre las reacciones de quienes estaban implicados en el estudio de los dibujos y sus notas. Antes de que le hubiese contado la mitad de la historia, ya aconsejaba una visita a Straloch.

—El pastor estaría en contra, por supuesto, pero se le puede ignorar.

Le conté que esa misma conversación, con el mismo resultado, había tenido lugar y le agradó. Fue Jaffray quien sacó entonces la cuestión del espionaje, y, como yo, sospechaba de la mano de España y, desde luego, de Huntly.

—¿Y cómo se tomó la noticia el alcalde? ¿Defiende al chico?

Reflexioné.

—Nada más llegar Gilbert Grant y yo a la prisión, el alcalde estaba afectado, muy afectado. Era como un hombre que casi no pudiera enterarse de lo que sucede, y menos aún controlarlo. Nunca antes lo había visto en tal estado.

Jaffray recordó.

—Yo sí. Una vez —dijo. Yo esperaba más explicación, pero él movió la mano con desdén—. No es importante. Continúa.

—En poco tiempo se dominó. Su defensa del sobrino se hizo más razonada. Si su autoridad no se hubiese sumado a la precaución y buen sentido de Thomas Stewart, aún seguiríamos allí.

Jaffray sonrió.

—Escuchando mientras el pastor levantaba una pira para herejes y después se las arreglaba para estar encima de ella.

—Quisiera tener su facilidad para las palabras, doctor, porque hubiera sido exactamente eso lo que habría sucedido —¿Y quién habría estado a salvo entonces en Banff? Yo podría haber escrito allí y en aquel momento los nombres de veinte papistas que no habían alardeado de su fe, pero tampoco la habían ocultado lo suficiente. Y de cada uno de aquellos había amigos, familiares y vecinos, que habrían sido todos condenados por asociación, sin importar cuántas veces hubieran asomado sus caras por la iglesia. Si en efecto se hubiera demostrado que Patrick Davidson era un espía papista, solo Dios sabría lo que hubiera sucedido en nuestra ciudad. Estaba claro que la mente de Jaffray se movía en la misma dirección.

—¿Preguntaron al alcalde sobre la temporada en que su sobrino estuvo fuera, sobre si contactó allí con papistas? Creo que estuvo por la región de Douai, o puede que en París.

—¿Cree que pudo haber ido a alguno de los seminarios escoceses de allí?

—Bueno, ¿has oído hablar alguna vez de un sacerdote recién ordenado que volviera de París para declararse tal? Todos vienen por carreteras clandestinas, disfrazados de estudiantes, profesores, incluso doctores.

Aunque no había conocido a Davidson, no podía concebir que un cura párroco se ocultara como aprendiz de boticario en una ciudad pequeña de mínima importancia.

—No creo que fuera sacerdote. El tema no iba por ese camino. No se ha hecho mención de Douai, ni siquiera de París. Sin embargo...

—¿Sin embargo? —inquirió el doctor.

—Cuando hablé con Charles, mencionó el amor de Davidson por la música, las misas, las grandes catedrales que vio en sus viajes. Creo que bien pudo haber tenido inclinaciones papistas —si este había sido el caso, había muchos, y muchos Gordon eminentes entre ellos, fácilmente alcanzables desde Banff, con quienes podía haber hecho causa común.

La mente de Jaffray seguía caminos similares a los míos.

—Si Davidson tenía tratos clandestinos con papistas, debieron de tener lugar, como su confección de mapas, durante sus expediciones de recolección.

—Con Marion —dije.

—Así es, de nuevo volvemos a Marion, y yo estaría más que asombrado de que el corregidor no hubiera llegado al mismo razonamiento. La interrogará a fondo, muy a fondo, sobre esto si sospecha que ella tiene algún conocimiento que a él le sea útil. Puede que ella lo haya aguantado hasta ahora, pero dudo que tenga la fuerza de voluntad suficiente para hacerlo indefinidamente. Y en cuanto él encuentre una grieta en su comportamiento, la presionará y la presionará hasta saberlo todo.

Pensé en la muchacha como la había visto el día anterior, mirando con persistencia las profundidades y, después, a través de mí cuando la saludé en Elf Kirk. No estaba tan seguro como Jaffray de que el corregidor Buchan pudiese llegar a lo que ella sabía. De todas formas, el doctor no necesitaba asegurarse.

—Es necesario que sepamos lo que ella esconde si es que queremos ayudar a Charles —cerró los ojos, lo mejor para concentrarse en el problema, con un gesto que yo conocía bien—. Iré a verla, mañana —llamó a Ishbel y le dio una nota garabateada, dirigida a Arbuthnott—. Haz que el mozo lleve esto a casa del boticario. Dile que solo debe dársela en mano a Arbuthnott y que debe asegurarse de que la lee en el momento. Que no pierda tiempo —Ishbel, a quien ya se le habían encargado extraños recados antes, salió deprisa, sin preguntar. Miré a mi amigo en busca de una explicación—. Le he dicho que Buchan irá esta nocha a buscar a su hija, y que le dé a la chica una pócima para dormir y que vigile que se la toma. Le he dicho que yo iré a verla por la mañana, y que no debe dejar entrar a nadie más hasta que la haya visto yo.

—¿Lo hará?

Jaffray estaba seguro.

—Lo hará. El hombre está al borde de un estado de terror, con un asesinato y ahora quizá traición, y todo originado en su propia casa. Si el corregidor Buchan va a buscar a su hija, Arbuthnott sabrá que no es con buenos propósitos hacia Marion o su familia. Él debe de saber tan bien como tú y yo que la chica está implicada hasta el cuello.

En aquellas circunstancias, era un juicio terrible sobre la situación de Marion Arbuthnott. La soga del ejecutor rodearía su grácil cuello, pues no era de tan alta cuna como para colocarlo debajo del hacha. El saber que el destino de Charles estaba en sus manos, se sumó a mi sentimiento creciente de aprensión. El mal esperaba en los callejones y los pasajes, en los patios y las tierras que rodean Banff. Vigilaba. Y no vigilaría por siempre. Faltaban solo diez días para que el *sheriff* regresara. Diez días quizá para salvar a mi amigo.

—¿Querrá ella hablar con usted, doctor?

—Ya lo creo que querrá. La conozco desde que respiró su primer aliento. Creo que, en cierta manera, ella lo sabe. Sabrá distinguir a sus amigos de aquellos en los que no puede confiar, o de los que no pueden ayudarle.

—Con Davidson muerto y Charles en prisión, ¿qué amigos le quedan?

Me sonrió con tristeza.

—Tú y yo, Alexander. Tú y yo, y tiene que saberlo pronto. Estoy seguro de que sea cual sea la naturaleza de su carga, no puede cargar sola con ella mucho más tiempo.

Y entonces me asaltó un pensamiento, y me maravilló que no se le hubiera ocurrido también a él.

—Bueno, está la hermana del pastor. Geleis Guild —la esposa del alcalde—. Son amigas, ¿verdad?, ella y Marion. Y Marion le ayuda con los niños. ¿Acaso no se lo confiaría a ella?

Jaffray lo meditó.

—No había pensado en ello. Sí, ella podría, cuando empiece a volver en sí. Pero esas son cosas de mujeres. No podemos hacer nada por un corazón asesinado, pero quizá podamos ayudarle a disipar sus temores más inmediatos. Mañana hablaré con ella —repitió Jaffray, y no vi necesidad en hacer más preguntas sobre el asunto.

Las velas que había sobre la repisa de la chimenea ardían con poca fuerza. La campana de la iglesia había dado las siete, pero aún entraba luz por la ventana. Al graznido habitual de las gaviotas, que probaban suerte en la costa y en las basuras de la ciudad, se unían ahora los cantos del crepúsculo de los pajarillos de primavera. Por fin, según se acercaba abril, íbamos saliendo a rastras de los últimos coletazos del invierno y nos dirigíamos hacia la luz y la libertad de la primavera y el verano. Como si la tormenta de hacía dos noches hubiese empujado la oscuridad de vuelta hacia los mares del norte. El doctor pasó de contemplar los generosos carbones a mirar por la ventana.

Suspiró y se levantó de su silla. Noté cierta tirantez mientras se levantaba.

—Me siento un poco más viejo cada primavera, Alexander. Creo que los pájaros jóvenes se burlan de mí con sus cantos.

Se acercó a su mesa y cogió una hoja de papel que me entregó.

—Esto es lo que he encontrado en mi examen del cadáver de Patrick Davidson —esperé—. Fue envenenado —una afirmación de los hechos, algo ya conocido por todos. Seguí esperando. Cogió el papel de mi mano, lo arrugó y lo echó al fuego—. Patrick Davidson era uno de los más sanos especímenes que me ha sido dado examinar. Y aún así, está muerto. Muerto porque alguien cogió la raíz de una linda florecita y se la hizo comer. Era tan letal que empezó a matarlo incluso antes de alcanzar su estómago, pues había poco rastro de ella allí. Empezó a dejar este mundo en cuanto la tragó.

Jaffray no estaba siendo poco claro a propósito, pero aún así yo no entendía.

—¿Una flor? Pero... Si no quedaba rastro, ¿cómo puede usted saber...?

—Lo sé porque lo encontramos en el vómito, Arbuthnott y yo, antes de tener al barbero ayudándonos a abrirlo. Encontramos partes de la raíz, trozos y dos cortes enteros en el vómito solidificado en su cabello y sus ropas. La señora Youngson es una mujer con experiencia y conocimiento, sabe qué hay que lavar y qué hay que dejar. Fue el boticario quien lo descubrió. El hombre tiene una vista de águila, y sus conocimientos de Botánica superan con mucho los míos. Aún así, cuando me lo señaló y manifestó su suposición, supe que estaba en lo cierto.

—¿Con qué fue?

—*Colchicum Mortis*, el cólquico de la muerte.

Una flor. «James y las flores». Las palabras de Janet Dawson, susurradas ayer, apresuradamente, volvían a mí ahora. Pero Jaffray se estaba animando con su tema, y no se dio cuenta de que yo me estaba abstrayendo.

—No habrás oído hablar de ello, Alexander. De hecho, no tienes por qué. Ni yo mismo me había encontrado con un caso antes. Desde luego otras variedades de *colchicum* se utilizan en medicina y para cocinar.

—¿Para cocinar? —yo sabía que los venenos solían usarse para preparar medicinas, pero que se pusieran en los alimentos era algo nuevo para mí.—. ¿No es peligroso?

Jaffray sonrió por un momento.

—No te alarmes, Alexander. Ni Ishbel ni tu buena casera piensan dejarte tieso con un plato de caldo. De hecho, dudo que la señora Youngson esté en absoluto acostumbrada a las *delicatessen* que se pueden obtener del *colchicum*, aunque sé que Ishbel ha experimentado una o dos veces con ello.

Me quedé anonadado y no pude decir nada. Jaffray reía ahora con descaro.

—Azafrán, Alexander, azafrán. Muchas mujeres lo usan por su color y por su aroma. Se obtiene del estambre del *colchicum* y Arbuthnott lo almacena sin mayor precaución en sus anaqueles. Yo mismo lo he prescrito a menudo para el tratamiento de la gota y la artritis. No obstante, una dosis alta puede ser peligrosa, pues produce parálisis y ataques. Arbuthnott, como cualquier buen boticario, medirá sus dosis con cuidado.

—Así que alguien ha estado almacenándolo con intenciones asesinas.

Jaffray meneó la cabeza.

—No. Fue la raíz, ¿recuerdas?, fueron rodajas de raíz lo que encontramos. Casi como una pequeña cebolla descolorida;

por el aspecto que tenían, debió de comerlo en un guiso. Hay muchas variedades de *colchicum* que, si se usan mal, pueden perjudicar a un hombre, pero solo hay una que mataría a un hombre a esa velocidad. El *colchicum mortis*. A juzgar por el rostro de Patrick Davidson, y por la compostura de su cadáver cuando fue descubierto, sufriría convulsiones y parálisis antes de morir.

Recordé los rasgos crispados y la grotesca postura del cuerpo muerto que vi en mi mesa, y no repliqué al doctor. Él continuó.

—Nunca vi un caso así antes, pero oí hablar de ello en mis días de estudiante. Nuestro profesor de Anatomía en Montpellier nos habló de un sujeto que él mismo había examinado. Describió el proceso de la muerte y el efecto en los órganos vitales. La planta crece en los Alpes y sus propiedades son bien conocidas allí, donde nadie la tocaría a pesar de su belleza. Yo solo la había visto una vez y a distancia, en aquella misma lección en Montpellier, hará unos treinta años. No puedo pretender recordarla con claridad o describirla al detalle. Pero más tarde, un par de años después, vi algunos bocetos de la flor.

Yo era tan ignorante en Botánica como solo era posible que lo fuera un estudiante de Teología. Siempre había estado tan absorbido por el mundo interno del hombre, que el externo, con todas sus bellezas sujetas a cambios estacionales, había permanecido para mí como un misterio. Y aún seguía lleno de dudas.

—Y, con ese conocimiento, ¿puede usted identificar la raíz de una plantita?

De nuevo Jaffray echó mano de su pipa.

—No puedo asegurar que hubiera pensado siquiera en ello si Arbuthnot no hubiera llamado mi atención sobre el residuo en el pelo y hubiera sugerido la posibilidad. La raíz, bulbo, de hecho, podía ser de varias plantas, pero no hay ninguna con un efecto tan letal e instantáneo como el *colchicum mortis* —paró un momento a pensar, sombrío—. Envenenar es un acto de cobardía velada y despreciable, nacido de la región más negra del corazón de un hombre. No deja posibilidad de que la víctima se defienda. Es más... —y dudó.

—¿Es más qué?

—No creo que, al final, el asesino fuera capaz de ocultar del todo su crimen al muchacho. Puede que el cólquico no tuviera sabor, pero creo que, en sus últimos minutos antes de morir, Patrick Davidson sabía que había sido envenenado. La muerte no llegó lo suficientemente deprisa para ninguno de los dos.

En mi mente afloró de nuevo la imagen abrasadora de un hombre que me llamaba, un hombre caído, intentando levantarse, pidiéndome ayuda. Una oleada de náusea me recorrió. La mía había sido la segunda cara que lo había condenado a muerte aquella noche. Yo no quería que aquello fuera cierto.

—¿Por qué piensa eso, James?

Jaffray levantó sus cejas, sorprendido.

—La hierba, Alexander, la hierba. Cualquier idiota, cualquier chiquillo, pregunta en tu propia clase mañana, te diría que un perro come hierba para purgarse. En esta época del año no se puede conseguir nuez blanca, que le hubiera hecho buen servicio, así que, en sus últimos momentos de consciencia en este mundo, Patrick Davidson recurrió al comportamiento de los perros con la intención de salvar su vida. Intentó provocarse el vómito porque sabía que había sido envenenando.

—¿Cuánto tiempo habrá sufrido? —mi voz a duras penas resistió la pregunta.

Jaffray movió la cabeza.

—Más de lo que debería. Quince, puede que veinte minutos.

¿Y cuándo, en aquellos quince o veinte minutos, lo había visto yo? ¿Cuán cerca de la muerte o de la posibilidad de salvación estaba Patrick Davidson cuando me hizo su petición agónica y sin esperanza?

—¿Arbuthnott es de su misma opinión?

—No discutí este punto con el boticario. Confío del todo en él en materia de plantas y compuestos, pero la mente humana está más allá de sus capacidades —sonrió con picardía—. De no ser así, no se habría casado con semejante mujer.

No pude hacer más que sonreír, pese a lo grave del tema. El doctor había visto tragedias mayores y peores males antes, sin duda, y era su humor lo único que le permitía soportarlo día tras día. Decía que su humor era un don de fe, una bendición. Era un don malinterpretado por algunas de las mentalidades más estrechas de nuestra comunidad, aquellas cuyo mayor deleite en la vida era lanzar miradas fulminantes y palabras de reproche. Aquellos como el corregidor Buchan, James Cardno e incluso, como alguna vez pensé, mi casera, la señora Youngson. No entendían qué gran bendición de Dios era el humor para los que conocían la verdadera desolación.

—¿Qué tiene que decir Arbuthnott sobre la procedencia de la raíz? ¿La sacaron de su tienda?

Jaffray negó moviendo la cabeza.

—Nunca la ha tenido ni la tendría. Dice que no hay, y yo le creo, porque yo mismo tampoco conozco ningún uso en medicina o higiene para la raíz de esa variedad de la especie. Hoy he revisado cada anaquel y cada cajón de esa tienda; no hay ningún veneno bajo el techo del boticario que no esté en la lista de los venenos permitidos.

—¿Entonces fue cultivado aquí? —yo sabía que muchas plantas nativas de los Alpes se habían convertido en favoritas para los jardines de propietarios y profesionales que habían vuelto a nuestras costas después de estudiar fuera. Algunos las cultivaban para estudiarlas mejor, pero muchos, yo lo sabía, lo hacían solo por disfrutar.

Jaffray dudaba otra vez.

—Ese fue mi siguiente pensamiento. Sé bastante poco sobre el cultivo de plantas (es Ishbel quien atiende el jardín de Elizabeth), así que fui y pregunté por Gilbert Jack.

Como siempre, el doctor había visto el meollo del asunto: si algún hombre sabía de flores en Banff, era el jardinero del lord de Banff. Los jardines del palacio de milord corrían paralelos al cementerio en dirección a los Greenbanks, abarcando gran parte de lo que una vez había formado los patios y jardines de los Carmelitas en el burgo. Tres generaciones de jardineros, el padre de Gilbert Jack y su abuelo antes que él, habían rescatado lo mejor de aquellos jardines (el herbario, el jardín de la cocina, el huerto con sus muchos tipos de manzanas, ciruelas y peras) y los habían ampliado, según habían vuelto los sucesivos señores de viajes continentales trayendo nuevas especies de hierbas, frutas y flores. Con grandes cuidados, muchos ensayos y algunos errores, aquellas tres generaciones de señores y sus jardineros habían creado un jardín que era la gloria del norte. Si Gilbert Grant no podía hacer crecer algo en Banff, era probable que no se pudiera hacer crecer aquí en absoluto.

—¿Y?

—Y no se puede hacer crecer aquí. Los vientos y el aire salado son demasiado ásperos. Lo sabe porque lo intentó una vez, hace muchos años, con bulbos que el señor había traído del continente, y falló. Así que eso tendría que haber sido el final del tema.

—Pero no lo ha sido.

—No —suspiró entristecido—. No lo ha sido —fue a encender otra vela contra la luz mortecina—. Me temo que mi examen está a punto de resultar inútil. No nos ha aportado nada para acercarnos más a la identidad del asesino de Patrick Davidson. Y tampoco ha aportado nada para abrir los cerrojos de la prisión a Charles —volvió a su silla con pesadez.

—Aún podría servir de algo.

—No veo cómo.

—«James y las flores» —murmuré lentamente para mis adentros, y después se lo repetí a él, esta vez con más claridad— «James y las flores».

—¿Alexander? —La cara de Jaffray era un dibujo de la incomprensión.

—Esas fueron las últimas palabras que pronunció Patrick Davidson: «James y las flores».

Me miró, incapaz de entender nada.

—Pero, Alexander, ¿cómo lo sabes?

Había olvidado del todo hablarle de mis encuentros con las hermanas Dawson, tanto en la noche del asesinato, como con Janet Dawson ayer. Y reconocí ahora, con el alma cayéndoseme a los pies, que había olvidado completamente hablarle de mi encuentro con Patrick Davidson la noche de su muerte. Y así se lo conté todo. No dijo palabra a lo largo de toda mi narración, pero sus ojos, cuando le conté que había abandonado a mi prójimo pidiendo ayuda, decían mucho de lo que había en su mente y en su corazón. Vi en él una tristeza profunda y sincera, y un disgusto que no podía enmascarar, lo primero por Patrick Davidson, lo segundo por mí. No me disculpé porque sabía que no había disculpas posibles. James Jaffray me conocía, conocía las tribulaciones de mi mente y de mi corazón. Sabía que lo que había dentro de mí me había hecho sordo a los lamentos, y sabía del remordimiento que ahora se debatía en mi alma. Terminé mi historia y él se sentó en silenciosa contemplación de lo que le había contado. Un rato después habló.

—¿Y dices que fue poco antes de las diez? ¿Hacia dónde se dirigía, Alexander? ¿O de dónde venía?

Negué con la cabeza.

—Eso no se lo sé decir. Estaba —me aclaré la garganta—, estaba apoyado en el muro de los terrenos del castillo, antes de caer. Puede que se hubiera caído antes, no lo sé. No me —y mi voz falló—, no me quedé lo suficiente como para ver si se enderezaba o hacia dónde intentaba ir.

Jaffray estaba pensando, intentando figurarse la noche en su cabeza.

—Y en aquellos diez, quince minutos desde que había partido del lado de su asesino, pudo haber caminado bastante lejos —suspiró profundamente—. No, esto no nos ayuda —se calló, y después volvió a agitarse—. Pero ¿qué crees que significa, Alexander, «James y las flores»?

Le confesé que no tenía ni idea: el asunto había quedado casi del todo fuera de mi mente por el descubrimiento de los mapas, y las explicaciones que me sugerían no me gustaban.

Jaffray cargó su pipa de nuevo y tomó una astilla encendida del fuego para prenderla.

—Es evidente que —dijo— las flores se refieren al *colchicum*: el muchacho sabía exactamente con qué lo habían envenenado. Y en cuanto a «James»... Bien, me temo que solo puede haber una conclusión.

Dudé antes de decirlo: había estado evitando el pensamiento.

—¿El asesino?

—¿Qué si no?

—Entonces no nos ayuda mucho, porque de cada diez hombres de Banff, dos se llamarán James. Por lo menos.

Jaffray sonrió.

—Oh, vamos. Olvidas a los Williams, Roberts, Davids y a los Johns. Incluso estamos inundados de Alexanders. Yo diría que uno de cada diez. Puede que uno de cada diez hombres de Banff se llame James. Uno de cada ocho como mucho, si te place más. Uno de los cuales soy yo mismo.

Miré su viejo y querido rostro.

—A usted, amigo mío, lo descarto. Pero, en cuanto al resto, ¿cómo podemos decir cuál tenía trato con Patrick Davidson y cuál no?

—Preguntemos. Preguntemos a Arbuthnott, preguntemos al alcalde, preguntemos a Marion y preguntemos a Charles. Preguntemos a cualquiera que lo conociese. A la vez, debemos ver hacia dónde puede apuntar cualquier otra evidencia, y si también apunta a James, pues entonces mucho mejor —Jaffray estaba animado porque tenía una idea, un plan. No era un hombre al que le gustara esperar a que las cosas sucedieran.

—Por otra evidencia solo se me ocurre que se refiera a esa flor, ¿el *callicum?*

Jaffray meneó la cabeza con fingido desespero.

—¿Aprendiste algo en la facultad, Alexander? *Colchicum, colchicum mortis.* Y, sí, pienso que si podemos rastrear el origen de esos bulbos, entonces podremos rastrear al asesino de ese pobre muchacho, y sacar a Charles de la prisión y alejarlo de la soga del verdugo.

Puse mi mente a trabajar. El asesino de Patrick Davidson debía de tener un conocimiento minucioso de las plantas y sus propiedades, mejor incluso que el de un médico y tan bueno como el de un boticario. No solo de plantas nativas, sino también de las especies alpinas más exóticas, que no se podían encontrar o cultivar en nuestro crudo pedazo de la tierra de Dios. Y para saber de ese *colchicum mortis,* tendría que haber viajado o haber estado en contacto cercano con alguien que lo hubiera hecho. Mientras el doctor estaba sentado contemplando el fuego con tristeza, recorrí el burgo en mi mente, en busca del más probable envenenador. Estaba el boticario, Edward Arbuthnott. Solo tenía su palabra para asegurar que no había tenido acceso a ninguna reserva de raíces de *colchicum*. Pero entonces, ¿por qué se lo habría señalado a Jaffray, y qué posible motivo habría tenido para asesinar a su aprendiz? ¿Y el doctor? No podía aceptar tal cosa. Estaba Marion Arbuthnott. ¿Podría habérselas arreglado para conseguir la planta sin conocimiento de su padre?

De nuevo, no encontré una razón posible por la que ella hubiera querido a Davidson muerto. Todas las apariencias indicaban que ella lo amaba. ¿Su madre? No. Según Charles, el matrimonio de Marion con Patrick Davidson era el objetivo de su madre. ¿Y si hubiera habido algún escándalo? El compromiso de matrimonio, no el asesinato, era la respuesta a ese tipo de escándalo, al menos para gente como Marion y Davidson. Estaba seguro de que Charles no tenía ni conocimientos ni interés en botánica. Vale, él habría tenido acceso a las existencias de Arbuthnott, pero si Arbuthnott no almacenaba el veneno...

Otra vez estaba dando vueltas en círculo y llegando al punto del que había partido. Rostros y voces inundaban mi mente, hasta que no pude encontrar ningún sentido en ellos. Al menos esta vez no estaban gritándome; yo era un simple espectador que intentaba oír a través del balbuceo en vez de trastabillar hacia atrás avergonzado. Pero estaba cansado y un dolor empezaba a extenderse por mi cabeza desde las sienes.

—Debo irme, James. La luz ya se va apagando y mañana me levanto pronto.

—¿Mañana? —me miró un poco confuso.

—Sí, casi se me había olvidado. Tengo que ir a Aberdeen, por el asunto de las becas.

Jaffray se interesó.

—¿De veras? ¿Las becas? Pues, claro, ya me acuerdo. ¿Y el hijo de Bella Elmslie va a intentar conseguir una?

—Es un muchacho muy prometedor —le dije—. Su madre es la prima a la que el doctor Liddel le dejó la dote. Aún tengo amigos, como ya sabe, entre los directores de la facultad, y el rector Patrick Dun también ha prometido verme para aconsejarme sobre el contenido y el proceso del concurso. El doctor Liddel especificó que sería deseable que sus alumnos tuvieran alguna soltura tanto en griego como en latín. Yo mismo he ayudado al chico con el griego, pero hay una nueva gramática que le quiero conseguir. He encargado una a Melville, el librero, entre algunas otras compras para mí... y también para usted, si se acuerda, amigo mío.

—Oh, por supuesto —nunca había visto tan distraído al doctor, ni tan viejo. El tema de la apremiante situación de Charles Thom estaba drenándole la misma vida. Él siempre había sido un hombre vigroso, pero ahora veía que era un hombre agotado, que envejecía—. Lo había olvidado. Una copia nueva de la *Descripción del cuerpo del hombre,* de Reid, mi vieja copia está muy deteriorada. Y ¿qué más era? ¡Ay! —exhaló con pesadez—. Necesitarás el dinero. Eran diez libras, eso decía Melville en la nota de la cuenta, ¿no? Es un robo. Cuando yo estudiaba en Basilea, me hubiera parecido que con diez libras tenía para medio año. Y ahora los libreros las consiguen en un momento.

No le conté que yo mismo tendría que trabajar duro en clase tres meses para ganar semejante suma.

—Llama a Ishbel antes de marcharte: ella guarda la llave del cofre de mi dinero junto con todas las otras llaves de la casa. Te dará el dinero. ¿Encontrarás alojamiento en la facultad o en la ciudad?

—En la ciudad. Me alojaré con mi viejo amigo William Cargill...

—¿El sobrino de James Cargill? —me interrumpió el doctor.

—Sí. Ahora William está casado y tiene su propia casa en el barrio Green. Ha estado levantando un lucrativo negocio de abogado desde su vuelta de Leiden. Será el fiscal de la ciudad de Edimburgo en poco tiempo.

Jaffray estaba impresionado.

—Qué pena que no siguiera los pasos de su tío en Medicina. Los jóvenes... —estaba a punto de lanzarse a una de sus bien repetidas diatribas contra la pereza y la ingratitud de mi generación, de las que no creía ni una palabra, cuando se detuvo de repente—. Claro, James Cargill. Los cuadernos de Cargill... ¡Allí fue donde vi el dibujo! Si había alguien en el norte de Escocia que conociese esa flor, tiene que haber sido James Cargill.

—Pero el doctor lleva muerto estos últimos diez años o más —protesté con razón.

Él dejó de lado mi afirmación.

—Poco importa eso. Sus apuntes eran lo más exacto que he visto nunca. Era un médico excelente, y un hombre que respiraba generosidad. «Por sus obras los conoceréis». Sí, James Cargill fue un verdadero cristiano. Su gran placer, pasión si quieres, era el estudio de la Botánica. En una ocasión me contó que nunca había sido tan feliz como el verano que pasó en Montbeliard con Jean Bauhin recolectando y estudiando flores. Fue solo su conciencia de la gran deuda que tenía con su burgo de nacimiento y con aquellos que le habían ayudado a financiar sus estudios, porque él era, como yo, un alumno pobre, lo que le hizo volver a Aberdeen. Después de volver a casa, prestó un decente servicio, tanto a ricos, como a pobres, por los años que le quedaban, aunque no recibía subsidio, como muchos; incluido yo, hemos recibido. Sin embargo, hasta su muerte mantuvo correspondencia con muchos de sus eruditos colegas del continente, y no como yo, por cotilleo, ya sabes, sino para obtener nuevos conocimientos de la flora de su tierra o de la de ellos. El mismísimo Lobelius, dicen, lo tenía en gran consideración, y bien que debía. Estas vicisitudes del Imperio le habrían partido el corazón si hubiera vivido hoy. Pero, sí, tengo que ver los cuadernos de James Cargill. Si su sobrino no los tiene, los tendrá la facultad (me han contado que su biblioteca crece). Le pondré una nota al doctor Dun; si los cuadernos están en la facultad, será necesaria su autoridad para ponerlos a tu cuidado. Si los tiene su sobrino, confío en que te las arreglarás para persuadirle de que nos los preste un poco.

—No lo dude. Pero, ¿cómo podrían ayudar?

Jaffray refunfuñó en voz alta por mi alelamiento.

—Nos mostrará la flor. Arbuthnott no tiene más que una vaga memoria de su aspecto, y yo ninguna. Si al menos conociéramos la apariencia de la planta de la que se recolectan esos nocivos bulbos, podríamos obtener alguna información. Aún puede resultar que Gilbert Jack esté equivocado, quizá sí fue cultivada aquí, pero nunca lo descubriremos si no sabemos qué aspecto tiene.

Sentí que Jaffray y yo íbamos cada uno más y más lejos en la misma caza de gamusinos, pero no teníamos otro lugar al que ir si queríamos ayudar a nuestro amigo. Le aseguré al doctor que lo haría lo mejor que pudiera para conseguir los cuadernos de James Cargill.

—Bien, bien —dijo—. Pero este asunto de los mapas, Alexander, dudo que sirva de algo a Charles Thom. Si Davidson estaba espiando para todos los papistas de aquí a Madrid, ¿qué tiene de bueno para Charles Thom descubrirlo?

Aquella era una pregunta que yo mismo me había hecho mientras caminaba hacia la casa del doctor desde la prisión.

—Si Davidson era un espía papista, eso supondría, al menos, otro motivo para el asesinato que no fuera esa tontería de los celos por una mujer. Puede que, al descubrirse sus actividades, fuese asesinado para prevenir que sus mapas cayesen en manos de quienes se los habían encargado. Incluso en este caso, ¿por qué no acusarle y juzgarle públicamente?

—Porque eso causaría pánico, hijo mío. Y podría dejar al descubierto a otros a los que las autoridades no quieren descubrir.

Ahora mi dolor de cabeza latía implacable. Los rostros de Patrick Davidson, el alcalde, Marion Arbuthnott, el corregidor Buchan, Charles Thom y el desconocido Gordon de Straloch se cernían sobre mí. Me acordé de la cara del alcalde mientras nos inclinábamos sobre los mapas por la mañana temprano, y mientras él discutía con el pastor para defender mi presencia en la misión. Vi otra vez el disgusto de Gilbert Grant al tiempo que yo no decía nada en defensa de su antiguo alumno.

El particular gesto de Jaffray era desalentador.

—Creo que debemos rezar para que Gordon declare la inocencia de esos mapas, y la de Patrick Davidson.

—Pero, ¿cómo pude decir eso, doctor? ¿No está de acuerdo en que, si se descubriese que era un espía, la lista de sospechosos incluiría a muchos más que Charles?

—Oh, de hecho una lista de sospechosos muchísimo mayor, Alexander: nuestra ciudad, nuestra nación, todo un barril de pólvora de sospechas. Recorre las calles, abre bien los ojos, escucha con atención. El vecino de tu izquierda será un cripto-católico; el de tu derecha, un presbiteriano rabioso que sospecha de él. Pero, si este barril de pólvora se enciende por la evidencia de una conjura papista, entonces será el hombre del centro quien arda. Tú y yo y otros hombres con sentido y moderación, porque no habrá piedad con los que son como nosotros en la explosión de sospecha, acusación e intolerancia que se asentará en nuestra comunidad. No, debemos rezar para que esos mapas sean considerados inocentes.

Por su parte, Jaffray se encargaría de investigar las relaciones de Patrick Davidson en el burgo y sus alrededores, ya fuesen los Gordon, los papistas o los «James», mientras yo estuviese fuera. Mi dolor de cabeza se desvaneció después de tomar un compuesto de láudano que me dio Jaffray de su reserva personal, y él y yo hablamos, hasta mucho más entrada la noche de lo que yo había planeado, entre otras cosas. Por fin, tras prometerle que dejaría en la prisión provisiones frescas para Charles antes de salir de Banff al día siguiente temprano, y recibir de Ishbel las veinte libras para el librero, me despedí de la casa del doctor hasta que volviera de Aberdeen.

CAPÍTULO SEIS

UN VIAJE

YA HABÍA MUCHO MOVIMIENTO EN LA COSTA CUANDO pasé por allí de camino a la prisión a la mañana siguiente. Se habían sacado a puerto los primeros barcos desde la gran tormenta del lunes, y sus utensilios estaban siendo descargados para hacer sitio al salmón, al grano y los vellones con destino a su almacén en Aberdeen. Los estibadores que habían pasado la noche del lunes jugando en la posada, ahora se dedicaban laboriosos a sus tareas. Comerciantes y mozos de mercadería transportaban bienes desde el puerto al mercado en pequeños carritos o cargándolos en sus espaldas. Las gaviotas volaban en círculos y graznaban alrededor del sitio donde las mujeres destripaban el pescado que llegaba, para limpiarlo y salarlo. Todo estaba como siempre había estado, como si el asesinato no hubiese sido más que el cuento de un buhonero. La ligera bruma traía olor a algas estancadas de la orilla; nunca me gustó. Me alegré de que, en gran medida, mi viaje de hoy fuese a llevarme a muchas millas de la costa, casi hasta llegar a Aberdeen.

El alcalde no estaba aún cuando llegué a la prisión, así que me enviaron a su casa en Castlegate. Yo esperaba ver a

Charles antes de partir, pero el alguacil tenía órdenes estrictas de que a nadie (y algo en sus formas implicaba que se referían a mí en particular) se le permitiera el acceso a la cárcel. Se disculpó con algunas excusas relativas al ahorcamiento de Francis Brown en espacio de dos días, pero no le creí. Quedaba claro que Charles iba a ser apartado de cualquier comunicación con sus amigos.

Al acercarme a casa del alcalde, lo vi esperándome en la entrada abierta. Me saludó desde una distancia de diez yardas.

—Señor Seaton. Me complace que esté preparado para el recado tan temprano. ¿Llegará a Aberdeen con la luz del día?

No hubo ninguna disculpa por su propio retraso y yo tampoco la esperaba.

—De sobra. Tengo el caballo de Gilbert Grant, y cambiaré de montura en Turriff. No tengo planeado entretenerme por el camino.

Le echó un ojo de experto al animal. No era un pura sangre, pero era una bestia resistente y de confianza.

—Manténgase ojo avizor mientras viaja. Hay mucho vagabundo en los caminos que no tendría escrúpulos en atacar a un maestro de escuela. El mapa no debe caer en manos inapropiadas.

—Puedo cuidar bastante bien de mí mismo —no había nada que Walter Watt me pudiera decir sobre los vagabundos de las carreteras. Tres veces en cuatro años fuimos atacados Archie y yo mientras volvíamos de la universidad al bastión de su padre en Dalgetty. Pero Archie había aprendido a arreglárselas con la espada antes de aprender a manejar una pluma y, desde los albores de nuestra amistad, siendo aún niños pequeños, al darse cuenta de hasta qué punto yo era un caballero sin remedio, me había enseñado lo que él sabía. Habíamos salido de cada asalto con algunas magulladuras y un par de arañazos, pero con nuestras bolsas y nuestros orgullos intactos.

El alcalde parecía satisfecho. Me mostró una bolsa de cuero que contenía el mapa elegido.

—Ya sabe lo que va a preguntarle a Straloch. Y recuerde que tiene que ser usted quien le pregunte a él. Nuestros asuntos aquí en el burgo a él no le conciernen.

—Poco sé de los asuntos de este burgo, alcalde, aparte de este que se me ha encomendado.

—Apostaría a que sabe más que eso. No conté toda la verdad ayer, cuando le dije al pastor que sabía poco sobre su mala reputación. Lo sé todo, señor Seaton: la bebida, el alcahueteo, los intentos de hacerse daño. Tuvo usted una temporada salvaje con aquellas cosas, seis meses o más.

—Es todo agua pasada —dije.

—Puede ser. El corregidor, por su parte, es de la opinión de que puede que así sea, y eso es algo a su favor, pues durante mucho tiempo él pensaba lo contrario. Me preocupa poco la censura de la Iglesia, pero le he visto a usted vestido con un saco en el banco del arrepentimiento. No sé nada sobre el estado de su alma o el alcance de su arrepentimiento, pero sé de su humillación delante de toda la ciudad. Hombres mejores fueron desterrados de esta ciudad por cosas más inofensivas que las que usted ha hecho.

—Sé tan bien como cualquiera lo que he sido y lo que soy, alcalde. Sobre el estado de mi alma no puedo contestarle, pero mi arrepentimiento es completo. Si tuviera la oportunidad, no estaría aún aquí. Pero no tengo otro lugar en el mundo —No hablé de mi lugar en el siguiente, ya había otros muchos para hacerlo por mí.

—Gracias a Dios, yo no soy el pastor o el corregidor Buchan, señor Seaton. No tengo interés en la separación de los mundos, en sus dos reinos. Mi interés es lo que sucede dentro de las puertas de este burgo, hoy, mañana y hasta el día en que muera. Mi vocación es de este mundo. Ya me arriesgaré en el siguiente. Le aconsejo que haga lo mismo —además del mapa, sostenía una autorización escrita para que Straloch me tratase como representante del burgo de Banff. Me alcanzó las dos cosas con una instrucción final—. No debe contarle a nadie el propósito de su visita a Straloch. Habría derramamiento de sangre y disputas en esta ciudad si el miedo a una conjura papista se hiciera de conocimiento general. Se le ha confiado un asunto de gran importancia. No deshonre a este burgo. O a sí mismo.

Aquello no requería respuesta. Desapareció en la oscuridad de su entrada y me despedí de su espalda. Mientras dejaba la casa, aunque era por la mañana temprano, oí el sonido de un crío llorando por encima del muro del jardín. Di un paso hacia la puerta y me paré: una niña pequeña, la hija del alcalde, de quizá tres o cuatro años de edad, estaba tirada en el camino empedrado donde acababa de caer, su bracito regordete raspado y sangrando. Habría ido a levantarla, pero Marion Arbuthnott, que me había pasado desapercibida hasta entonces, llegó antes que yo. Levantó a la niña con ternura y después examinó la herida. Murmurando unas palabras reconfortantes, besó con suavidad su cabellera rizada y llevó a la niña dentro con su madre. Cuando estaba a punto de cruzar el umbral, se volvió hacia mí y movió ligeramente la cabeza en reconocimiento. Todo iría bien para la chica por la que yo había sentido tantos temores hacía solo dos días, en Elf Kirk; todo iría bien.

Cuando alcancé el banco de arena en la desembocadura del Deveron, el mayor de los dos transbordadores de la ciudad estaba esperando. La marea estaba alta, no como aquel día, de hacía doce años o más, en que Archie y yo habíamos estado cabalgando de Banff a Dalgetty. Él insistió en que el agua estaba bastante baja y el banco de arena era lo suficientemente ancho para que nuestros caballos vadeasen el río con facilidad. Los caballos lo consiguieron, pero solo la diligencia de Paul Black, el piloto del transbordador, salvó a sus dos jóvenes jinetes de ahogarse. La reprimenda que nos dio a cada uno, una vez que nos había puesto a salvo con la punta de su bichero, no fue nada comparada con la azotaina que ambos recibimos de manos del capataz de los establos de lord de Banff por haber puesto en peligro los caballos. Ocho años más tarde, aquel mismo capataz había enviado a su único hijo a la Guerras Bohemias para servir al joven señor de Hay, y los dos padres, amo y sirviente, lloraron juntos cuando recibieron las noticias de que ninguno de los dos regresaría. Y aquí estaba yo ahora: con un caballo prestado, poco más que un mensajero de no mucha valía para aquellos que se tenían por mis amigos, y para mí, de ninguna.

Paul Black todavía se ocupaba de pilotar el transbordador. Me saludó a distancia, con un bichero idéntico en la mano.

—Tráigalo por este lado, señor Seaton.

Me ayudó a colocar y atar el caballo, luego fue a cobrar a otro viajero. Con los años, había visto a muchos habitantes dejar el burgo de Banff y a la mayoría volver de nuevo a casa, algunos igual, otros, cambiados de alguna manera. Algunos, por destino o elección, nunca más volvieron. Me había transportado a la ida y a la vuelta a través del río desde que podía recordar, desde la niñez hasta la madurez, y hasta me salvó aquel día que me enganchó con la punta de su bichero, y maldijo y blasfemó lo bastante como para enviarse a sí mismo al banco del arrepentimiento por una semana, pero ni una vez me preguntó o me sermoneó con sus opiniones sobre mi progreso en el mundo. Tras haber visto a los otros viajeros, no levó anclas, sino que vino a hablar conmigo.

—Lo siento, señor Seaton, se va a enfadar hoy. El barco más pequeño no sale.

—No tengo necesidad del barco más pequeño —le dije, sin entender.

—No, pero eso significa que tendremos que esperar a Sarah Forbes —señaló hacia la ciudad con la cabeza y yo seguí la dirección de su mirada. El nombre de Sarah Forbes me resultaba algo familiar, pero no sabía por qué. Entonces, al mirar hacia la ciudad, recordé, y la desolación de aquello me alcanzó de lleno. Un gentío, no muy grande, pero sin embargo llamativo, se abría camino pasados los Greenbanks hacia el embarcadero del transbordador. A su cabeza iba el tamborilero de la ciudad marcando un ritmo incesante. La imagen en mi cabeza era la de George Burnett, el maestro cantero. El último domingo se había sentado en la iglesia en el banco del arrepentimiento, como yo mismo había hecho delante de toda la congregación muchas veces antes. Su escarnio público era la recompensa por haber sido hallado culpable del pecado de fornicación, fornicación adúltera, con una de sus sirvientas, lo que él había negado hasta que el vientre de ella, hinchado de seis meses, reveló su mentira. Él se sentaría en el banco otras dos semanas, para bien de su alma y edificación de sus vecinos, y pagaría una multa de seis chelines que se pondría en manos de la bolsa de Teología del Presbiterio, como yo mismo había hecho una vez. En cuanto a Sarah Forbes, que podía cumplir su castigo pero no podía pagar su multa, y su hijo nonato habían sido condenados a destierro del burgo, y a no ser nunca encontrados de nuevo dentro de sus límites so pena de muerte. Así era la justicia en nuestra piadosa comunidad.

Con el sonido del tambor, pensé de inmediato en Mary Dawson; no la había vito desde la noche del lunes, y no había oído hablar de ella por la ciudad desde el destierro de su hermana Janet. Me pregunté cuál sería su destino.

Cuando la procesión se detuvo, el alguacil de la ciudad leyó en voz alta las condiciones del destierro de Sarah Forbes una vez más. Una mujer escupió, otra tiró una piedra que no dio a la chica, pero golpeó en la mejilla al tamborilero. Le dijeron algunos nombres indecentes y después se acabó la función. Paul Black subió a la chica y sus escasas pertenencias al barco y el gentío se dio la vuelta, con las rutinas del día reclamando su atención una vez más. Una vez a bordo, la chica hurgó en un pequeño bolsillo de cuero y sacó una moneda que entregó a Paul Black. Él asintió con un movimiento de cabeza y cerró sus dedos sobre ella. Ella misma se situó al final de un banco frente a mí y miró hacia delante, directamente hacia el mar, no desafiante, sino con la mirada vacía, como si allí no hubiese nada que sentir. No habló con nadie y nadie habló con ella durante el breve trayecto a la otra orilla del Deveron. Cuando atracamos en la ribera este del río, tuve que esperar a que Paul Black me ayudara a bajar con el caballo, y permanecí rezagado mientras él tomaba el fardo de la muchacha y después su mano para asegurarla mientras ella bajaba con cautela de cubierta.

—Eres un buen hombre, Paul —le dije mientras él desataba por mí el caballo de Gilbert Grant.

—«El que acoge a un niño como este en mi nombre, a mí me acoge».

Como no había viajeros esperando para cruzar el río hacia Banff, se puso a los remos con sus tres hijos y el barco salió enseguida hacia la orilla contraria del río.

Sarah Forbes caminaba en dirección a King Edward. Yo tenía un recado que hacer allí con un paquete de la señora Youngson para la esposa del pastor, que era su hermana. Me había dado a entender que si no entregaba en buen estado aquel paquete en mano a su hermana, pondría en peligro mi estancia continuada en la escuela, aunque su marido protestara tanto como pudiera. Aún a pie y tirando de mi caballo, alcancé a la chica desterrada en menos de un minuto. No podía montar en el lomo del animal y adelantarla.

—Eres Sarah, ¿no es así?

Me miró y después miró a lo lejos sin expresión.

—Sí. Creo que soy bien conocida, en especial hoy.

—¿Tú eres amiga de Ishbel, Ishbel MacGilivray?

Su rostro se iluminó un poco cuando lo giró hacia mí de nuevo.

—Sí. Ishbel es amiga mía. Dudo que vuelva a verla más, de todas formas. Tampoco al doctor, que fue bueno conmigo. Intentó... —Se calló, insegura sobre cómo continuar.

—Debes saber que el doctor es amigo mío. Eres libre para hablar conmigo. Mi nombre es Alexander Seaton.

Ahora al menos sonreía, una sonrisa que reveló un rostro fuera de lo común y disipó parte de la preocupación de sus ojos.

—Sé quien es, señor. Su nombre también es conocido —miró hacia el suelo como si se arrepintiera de ser tan franca, y entonces dijo—: Ishbel dice que es un buen hombre, y que el doctor piensa bien de usted.

—La consideración del doctor hacia mí es mejor de lo que merezco. Entonces, ¿intentó ayudarte?

Asintió.

—Se dio cuenta de mi estado hace dos meses. Me defendió ante la congregación y en el Consejo, pero eso no les influyó. ¿Por qué debería hacerlo? Soy una mujer perdida.

—¿A dónde irás ahora? —le pregunté.

—No tengo sitio a donde ir más que la casa de mi tío, en la parte lejana de King Edward. Si es que quiere acogerme.

—¿Temes que no quiera?

Me echó una mirada de duda y miró hacia su vientre.

—No tenía muy buena opinión de mí antes de enviarme a trabajar a Banff, y ahora la tendrá peor. De todas formas, tengo que seguir. La bruma marina está entrando. Adiós, señor Seaton.

Permanecí inmóvil junto a mi obediente montura mientras ella seguía adelante por la pista con determinación.

—Espera —le dije—. Espera, por favor.

Se dio la vuelta y bajó la cabeza.

—Sarah...

—¿Qué quiere de mí?

—Yo... —no conocía la respuesta—. Es un largo camino hasta King Edward. Seis millas, quizá.

—No es tan largo. En dos horas o un poco más estaré allí. Además, no tengo mucha prisa.

Esa parte podía creérmela bastante bien. La condena de los ciudadanos de Banff apenas se habría desvanecido de sus oídos antes de que su tía y su tío empezaran.

—Hará calor cuando se levante la bruma. Gran parte de tu camino será colina arriba. Yo voy a pasar por King Edward —le señalé la silla, espaciosa y desgastada por muchos años de servicio al viejo maestro de escuela—. Si muevo un poco estas bolsas y doblo esta manta, habrá espacio...

Me miró perpleja, y entonces empezó a reírse a carcajadas, una verdadera risa de auténtico regocijo.

—Señor Seaton, ¿dónde tiene los ojos? ¿Ha visto mi tamaño? El lomo de la pobre bestia se rompería conmigo también ahí arriba, y usted tendría que sentarse en sus orejas para hacerme sitio —y volvó a reírse con deleite.

Me hice a un lado del caballo y me acerqué a ella un poco más.

—No lo entiendes, Sarah. Si puedes ponerte cómoda ahí arriba, yo caminaré.

Ella separó ligeramente sus labios y tomó aliento como si fuera a decir algo, pero no dijo nada. Me miró un momento y después miró hacia otro lado, mientras sus pálidos ojos verdes, que habían mirado hacia el mar sin expresión a bordo del transbordador, amenazaban con dar salida a sus sentimientos. Tomó la mano que le había tendido y me dejó subirla sobre el caballo.

Solo nos cruzamos con una o dos personas en el camino, un quincallero que se dirigía a Banff con las últimas noticias de Aberdeen, y algunos de los hombres de lord de Banff, que regresaban de algún negocio en Turriff. El quincallero nos saludó como si fuéramos un joven matrimonio, animándome a que le comprara un almanaque para mi «esposa». Uno o dos de los hombres del señor de Banff nos reconocieron, y se burlaron después de haberse cruzado con nosotros. Hicieron una broma sobre la perdida guiada por el maldito, y siguieron carcajeándose con palabras aún más repugnantes. El ruido de sus burdas risotadas resonó un largo rato sobre los campos y los brezales que nos rodeaban, reanudado por las burlas del rey de codornices y del urogallo.

Le hablé a Sarah por primera vez desde que habíamos empezado nuestro camino juntos.

—Lo siento. No quería darte aún mayores problemas.

Ella se giró para mirarlos por detrás.

—Y ¿cómo cree que me hubieran tratado de encontrarme sola en el camino? Una mujer perdida y una puta. Para ellos no hay diferencia. Excepto en que a la puta hay que pagarle.

Pensé en su anterior amo, el padre de su hijo. Nunca me había gustado aquel hombre, y tampoco le gustó a mi padre. Recordaba a mi padre al volver a casa de las reuniones del gremio de artesanos, hablando de la arrogancia y ordinariez de

George Burnett. Pero los canteros eran un gremio poderoso en Banff, y Burnett, el más habilidoso entre ellos.

—¿Se hará cargo de su hijo George Burnett? —no era inusual que un padre criara a un hijo natural con los tenidos en su matrimonio.

Volvió a reír, pero una risa diferente esta vez.

—¿Hacerse cargo de su hijo? George Burnett está demasiado ocupado para implicarse en algo de tan poco provecho. Las últimas tormentas le han costado el trabajo de muchos días, y la multa que le puso la congregación es más de lo que piensa que valemos mi bebé o yo. Por el momento, tendría que ir mucho más adelantado con la construcción de la nueva casa del pastor, pero el clima le ha retrasado tanto, que aún debe desbrozar gran parte del terreno del jardín antes de poder siquiera terminar los cimientos. Cuanto más le lleve, más tendrá que esperar a que le paguen. Mi suerte le interesa bien poco, excepto que debo estar fuera de la vista de su mujer y dejar de causarle inconvenientes. No reconocerá al niño. Pero lo tendré de todas maneras —esperé a que continuara, y siguió—: llegué a Banff como doncella, no como prostituta. Lo he dejado ya sin ser doncella, pero tampoco soy una prostituta. Mientras me quede aliento en el cuerpo, él nunca pondrá una mano sobre mi bebé.

Puso una mano sobre su vientre, y en ese momento supe que mataría para proteger a su bebé si tuviera que hacerlo. Empecé a temer un poco menos por Sarah Forbes.

No hablamos mucho durante el resto de nuestro viaje y llegamos a King Edward sin mayores incidentes. El tío de Sarah vivía en la parte alejada del distrito, donde el camino bajaba y luego volvía a subir hacia Turriff. La hermana de la señora Youngson vivía, claro está, en la casa rectoral junto a la iglesia de su marido. Según nos acercábamos a la puerta del cementerio, noté que la joven se removía inquieta en el lomo del caballo.

—¿Ocurre algo?

Sonrió, una sonrisa deslumbrante.

—Estoy bien, gracias, estoy bien. Pero creo que quizá sería mejor si caminase desde aquí. No le haría bien a su reputación que le vieran aquí conmigo, y no merece usted ser calumniado por su amabilidad.

—Ni tú por tu estado. Creo, puede ser... —dudé, pero ella me miraba con atención—. Creo que quizá no fue tu voluntad que George Burnett hubiera... —aquello no era asunto mío, pero ahora había ido demasiado lejos para volver atrás.

Ella miró al frente.

—No, no fue mi voluntad.

—Lo siento —dije.

Levanté los brazos para ayudarle a bajar de lomos del animal, pero, mientras la dejaba con cuidado en el suelo, sin darme cuenta de lo que hacía, dejé mis manos un momento en su cintura. Desde la calidez bajo mis dedos noté la fuerza plena de una pequeña patada, un toque de otro mundo. Retiré mi mano como si quemara, y después volví a tocarla maravillado. Ella sonrió, un poco confundida, igual que estaba yo. No había conocido tal intensidad en el contacto humano, diferente y a la vez más intenso que el que había conocido en mi pasión por Katharine Hay. Creo que habría permanecido allí de aquella forma toda una vida. El sonido de la puerta del establo al abrirse me sacó de mi ensueño, y logré apartarme un paso o dos de Sarah Forbes antes de que la hermana de la señora Youngson apareciese llevando un balde de leche recién ordeñada.

Esther Youngson, esposa del pastor de King Edward, me reconoció al minuto. Cargando el balde con cuidado, caminó hacia nosotros, sonriente, como raras veces se permitía sonreír su hermana.

—Es usted el señor Seaton, ¿verdad? —y miró más allá de mí y posó el balde—. Sarah Forbes. Oh, Sarah, chiquilla, así que es verdad, entonces.

Sarah Forbes, que había mantenido la cabeza alta mientras se alejaba de los insultos y las piedras del populacho en Banff, no pudo soportar la ternura de una mujer mayor que la conocía desde su infancia. Bajó la cabeza y lloró. Lloró como si todos los ángeles del cielo estuvieran derramando lágrimas en su alma. No le quedaba fuerza alguna. La señora Youngson pasó junto a mí y sujetó a la muchacha hasta que la crisis pasó. De momento no iría aún a casa de su tío. Con la leche y el paquete que me había llevado hasta allí, seguí a las dos mujeres dentro de la casa rectoral.

Hamish MacLennan, un predicador formidable y ferviente de la disciplina de la Iglesia, no estaba en casa. Su esposa insistió en que Sarah se tumbase en la cama de la sirvienta que había empotrada en la pared de la cocina. Pese a que se quejó de que no estaba cansada, fue solo diez minutos antes de que la subida y bajada del nivel de su respiración nos mostrara que se había dormido. Durmiendo parecía aún más joven de sus dieciocho o diecinueve años, casi una niña. La señora Youngson la tapó con otra manta y vino adonde yo estaba sentado en el asiento de debajo de la ventana.

Había pan cociéndose en el horno y su aroma llenaba la habitación. El calor de la cocina me envolvía de tal manera, que yo mismo podría haberme dormido. En mi infancia, buscaba a menudo la cocina y el asiento bajo la ventana. Desde allí veía a mi madre trabajar y escuchaba las historias de su patria en el Ulster y sus leyendas. Había muchas leyendas, sobre reyes y princesas y gigantes, y sobre el pueblo de las hadas, cuentos que habrían llevado a mi madre ante la congregación, solo por contarlos, si se hubiese sabido. Había terror y risas y tragedia en aquellos cuentos, y la expectativa nunca se disipaba, sin importar cuántas veces los hubiera oído. La historia más triste para mí no era de princesas, o de gentes del mar o de hadas, sino la de una muchacha, la hija de un rico burgués de Carrickfergus. La chica se había enamorado de un soldado escocés que volvía a casa a través de Irlanda del exilio en Francia con su señor. El padre de la joven se había opuesto con vehemencia a cualquier relación entre ellos; su hija no había sido criada para ser mujer de un simple soldado, un simple herrero. Había sido educada en las maneras de una dama para ser esposa de un letrado o un funcionario o un comerciante adinerado. Le prohibió a su hija que viese nunca más al soldado, y su familia pensaba que el trabajo estaba bien hecho cuando, tres semanas después, una noche, milord de Dalgetty puso proa, con sus hombres, a Belfast Lough y más allá, hacia Escocia, lejos de su amada hija. Pero, cuando la criada fue a despertar a la chica por la mañana, vio que se había marchado, se había ido navegando a Escocia con el señor de Dalgetty y su armero, Andrew Seaton, mi padre.

Nunca me cansaba de oír la historia mientras estaba sentado en silencio en el asiento bajo la ventana, viendo cómo amasaba mi madre el pan y desplumaba aves y destripaba pescados; la veía aplicarse los ungüentos de la botica que Jaffray le prescribió para su manos resecas y callosas, que habían sido destinadas a coser, a sacar adelante un hogar y a tocar el laúd. O me sentaba allí a trabajar en mi latín y mi griego hasta que la luz se iba o me encontraba mi padre y me llamaba a su vez a la herrería, donde él y su aprendiz trabajaban duro ante el horno rugiente sobre hachas y lanzas de caza y espadas de toda clase. Mi madre fingiría que no me había visto allí, pero sé que él no la creía.

—La chica está agotada —era la voz de la señora Youngson la que irrumpía en mi ensoñación—. ¿Vino a caballo con usted todo el camino desde Banff o se encontró usted con ella en el camino?

—La encontré en el transbordador. Hizo buenos esfuerzos para persuadirme antes de consentir en subirse al caballo. Se había hecho a la idea de caminar —una idea cruzó mi mente mientras la pregunta de la señora Youngson se repetía en mi cabeza—. El niño no es mío —dije—. Nunca había hablado con ella hasta hoy. Yo...

La anciana sonrió.

—Tranquilo, muchacho. Sé de quién es el crío. No deberían haber enviado a la chica a trabajar a casa de ese hombre. Mi hermana, la esposa de tu maestro, me contó qué tipo de hombre era, y yo advertí a su tío y a su tía que no la colocaran allí.

—¿Y aún así lo hicieron?

Ella asintió.

—Una boca menos que alimentar y una paga en sus manos. No son buena gente —meneó la cabeza y miró a la chica, que dormía— y este es el resultado.

Me pregunté a qué tipo de casa estaba volviendo la chica, a qué tipo de lugar en este mundo estaba llevando a su hijo.

—¿La aceptarán?

—Sí, lo harán. No lo harán amablemente o a voluntad. Sabrán que tendrán que responder ante mi marido en una iglesia llena si no lo hacen. Pero ella pasará una mala temporada por esto —se acercó fatigada al hogar y revolvió la olla desde la que me llegaba un aroma a guiso de carnero. Recordé el encargo que me había hecho su hermana, olvidado por todas las tribulaciones de Sarah, y le alcancé el paquete.

Los ojos de la señora Youngson se encendieron. Recibió el paquete con la misma ilusión que lo haría un niño.

—Es una tontería, lo sé.

Estaba fuera de lugar que yo le dijese que no era una tontería, sino algo adorable en este mundo nuestro ver aquello en alguien que había vivido años cargados de problemas. Había poco misterio en el primer paquete: cuatro arenques frescos, comprados antes de que fuera de día en la costa de Banff. El segundo paquete reveló un tarro de miel, regalo de las colmenas del gran jardín del señor de Banff, colmenas que se cuidaban desde los tiempos en que los Carmelitas estaban en Banff. Había una carta, a la que la mujer mayor daba vueltas en sus manos, sin abrir, y su calidez se extendió hasta sus labios y sus ojos. La subió a la repisa de la chimenea, para cuando pudiera tomarse su tiempo y leerla a solas. Lo último de todo era un paquete voluminoso y blando, envuelto en un paño de muselina y atado con cáñamo. Había una nota cosida en el paño. Desde el otro lado de la mesa, mientras la esposa del pastor desdoblaba un chal de punto de lana, del color de la harina de avena, con un pequeño lazo de seda bordado en un extremo, pude leer las palabras: *Para el retoño de Sarah Forbes.* ¿Cómo había llegado a pasarlo por alto, a haber perdido el afecto y el respeto de una mujer de comportamiento tan severo y, al mismo tiempo, tan llena de reposada amabilidad?

La esposa del pastor insistió en que tomara un poco del guiso de carnero que había preparado para la comida de su marido.

—Aún hay un largo camino hasta Aberdeen, a caballo o no, y ¿qué sentido tiene gastar dinero en comer en una posada cuando puedes comer buena comida aquí a cambio de nada? De todas formas, el señor MacLennan no prestará atención a ningún guiso de carnero cuando ponga los ojos sobre esos arenques.

Me sirvió una buena escudilla de su olla humeante y fue a la alacena a por harina de avena con la que rebozar el pescado. Tomé mi comida en deleitoso silencio mientras ella se ocupaba de la preparación de la nueva comida de su esposo. Quizá debí haberle preguntado por su hijo Andrew, compañero mío de estudios en las lecciones de Teología de Aberdeen. Era estudioso y melancólico, y muy capaz, y habíamos disfrutado afilando nuestras mentes en muchos debates sobre las controversias de la Iglesia y los panfletos ponzoñosos que salían de las imprentas de los jesuitas. Le había admirado mucho, aunque no habíamos sido buenos amigos. Creo que no aprobaba demasiado mi amistad con el señor de Hay, las escapadas con bebida y mujeres de las que yo había sido testigo y en las que alguna vez había participado, todos los líos de los que había sacado a Archie antes de que las autoridades de la universidad o su padre se enteraran. Andrew MacLennan ya se habría ordenado pastor en algún lugar, pero yo no sabía dónde; él no pisotearía sus creencias personales ni desoiría su vocación.

Para cuando hube terminado mi comida, Sarah Forbes aún dormía profundamente. No había razón por la que pudiera encontrar palabras o una voz para quedarme hasta que ella se despertara, aunque no me apetecía partir. La señora Youngson me había asegurado que ella misma iría con Sarah a casa de su tío, una vez que estuviera despierta y hubiera tomado una buena comida caliente. También me aseguró que haría saber en términos muy claros que ella y su marido vigilarían cómo se trataba a la chica. Aun así, pude ver que todavía temía por el bienestar de Sarah y el de su hijo. Salí por la puerta de la casa rectoral y me di la vuelta hacia la señora Youngson con la mano en el bolsillo. Puse unas monedas en su mano. Cinco libras, bastante poco, el precio de los dos libros que iba a comprar para mí en Aberdeen.

—Déselas a ellos. Dígales que son de amigos de Banff. Son para su comida, y no deben hacer que trabaje después de mediodía.

Cerró su mano sobre las monedas y pude ver lágrimas en sus ojos.

—Andrew siempre hablaba bien de ti, pese a... pese a todo lo demás que podía haber sucedido —eran innecesarias mayores explicaciones. Le agradecí su simpatía y me alejé a caballo de King Edward.

El camino se hizo más transitado el último par de millas antes de Turriff, con gente del campo que volvía del mercado matinal en la ciudad. Algunos podían haberme conocido, pero me calé bien el sombrero y, evitando sus ojos, fijé la mirada directamente hacia el frente. No giré a la izquierda donde el camino se ramificaba hacia Dalgetty. Podía contar con los dedos de una mano el número de veces que había llegado a aquel cruce y había seguido derecho en lugar de girar a la izquierda y tomar el camino que me llevaría a aquel gran bastión. Ningún viaje a Turriff o a Aberdeen fue nunca tan importante o requirió tanto apuro que no pudiese parar primero en Dalgetty. Había recorrido aquella carretera más veces de las que podría empezar a contar, y solo podía recordar con vaguedad mi primera visita allí. Puede que tuviera poco más de cinco años la primera vez que cabalgué con mi padre, con su fuerte brazo rodeándome la cintura, por la oscuridad del coto de caza hacia las bellas torres del bastión de los Hay. Me quedé atónito. Nunca en mi vida había estado tan lejos del mar. Hasta aquel día no supe que existía un lugar «lejos del mar». Cada paso del caballo me introducía más en aquel extraño mundo inimaginado. Entonces vi el castillo. No sería exagerado decir que estaba aterrorizado. Solo un ogro, un gigante como los que tenían su dominio en las historias de mi madre, podía vivir en un lugar como aquel. Y era allí adonde me llevaba mi padre, lejos de mi madre y de mi maestro, de mis libros y de mi perro, Dileas. Solo con la mayor de las dificultades y un buen tirón en la oreja, me había mantenido mi padre sobre el caballo. Por más que lo intentase, no podía hacerme creer que el señor de aquel castillo era el mismo hombre jovial que iba a la fundición con una gran comitiva de hombres, encargar armas para luchar o para la caza, y hablaba de los días de exilio en Francia e Irlanda. Bromeaba con mi padre sobre mis dedos finos y mis manos pálidas, aunque aún era un niño, y me pedía que le enseñara dónde estaban mis músculos de herrero. Recordaba que mi madre salió en una ocasión y, dejándolo clavado con la que yo sabía que era su mirada más peligrosa, le dijo: —Este niño no será herrero—, antes de tomar mi brazo de entre las manos de él y llevarme de vuelta a la cocina. Mi padre quedó tan avergonzado, que pasaron días antes de que le oyese dirigirle una palabra. Si bien el señor de Dalgetty no volvió a burlarse de mí otra vez.

Pero aquello había ocurrido hacía más de veinte años, la primera de muchas visitas, aquella vez que conocí a Archie, el bullicioso hijo del señor, que, incluso a los cinco años, me paralizó y me abrumó con su espíritu embriagador. Y fue también cuando conocí a Katharine, la seria Katharine de tres años, que ya entonces miraba a su hermano con una silenciosa cautela muy impropia de su edad. Ahora Archie estaba muerto y Katharine ya no estaba allí: se había ido lejos, muy lejos de su casa y su familia por mí, y su padre me arrojaría desde las murallas del castillo antes que darme la bienvenida entre sus paredes una vez más.

Al no recibir otra orden, el caballo siguió recto, y estuve en Turriff en un cuarto de hora. Como había comido y bebido en la casa rectoral de King Edward, no tuve necesidad de entretenerme en la ciudad más que para cambiar mi caballo y entregar una carta de Jaffray a uno de los doctores de allí. Rechacé la oferta del doctor de refrescarme, y, con el viento a mi espalda, dejé Turriff y galopé hacia Aberdeen.

La primera vez que Archie y yo tomamos este camino juntos tendríamos poco más de quince años, todavía unos críos, en dirección a nuestros estudios en el King's College de Aberdeen. Habíamos cabalgado desde las puertas de Dalgetty, mientras su madre y su hermana observaban desde una ventana superior, mi cabeza llena de latín y griego y la de Archie llena de peleas y mujeres. A nuestra cabeza cabalgaba milord, y detrás de nosotros, una comitiva de veinte hombres armados. La madre de Archie se había quejado porque no era necesario, porque solo metería más ideas estrafalarias en la cabeza del muchacho. Su padre no haría nada de aquello.

—Si un advenedizo como Pitsligo tiene una docena de hombres para asistir a su hijo, ¿esperas que yo sea menos?

—¿Pitsligo? No lo creo.

—Pues sí, mujer, te lo aseguro. Me he enterado por Barclay, de Turriff, no hace más de dos días —y tras golpear su espada, montó en su mejor caballo—. No, verán que con Dalgetty no se juega.

Mi padre ya no cabalgaba con lord Hay. Él ya era un burgués de Banff, y debía su lealtad primero a la ciudad y después al rey. Cualquier arrepentimiento que sintiera viendo a los otros hombres cabalgar tras su señor y el heredero de este, yo lo sabía, era superado por el orgullo dentro de él al ver a Archie salir al mundo con su nueva y flamante espada, el trabajo más perfecto de mi padre, que había sido el regalo de despedida del señor a su hijo. Yo iba armado con más austeridad, como correspondía a mi posición. El hijo de un burgués artesano, un alumno distinguido por la Iglesia, que iba a la universidad como sirviente de su mejor amigo, el hijo del viejo amo de mi padre. El señor me hubiera dado un caballo casi idéntico al de Archie, pero mi padre no lo había permitido, la primera vez en su vida que se enfrentó a lord Hay. Y el caballero, entendiendo a mi padre mejor que yo, no insistió más en aquel punto, pero hizo que el capataz de sus establos me trajera un rechoncho potro ruano, una montura respetable para alguien de mi posición. Por entonces mi padre había dejado de creer que yo sería alguna vez aprendiz de su oficio. Yo era tan alto, fuerte y capaz como cualquier hijo que hubiera deseado tener, pero tenía mis ojos en otros premios y poca consideración por el oficio en que él sobresalía. Creo que con gusto habría quemado en su horno más ardiente los libros que me daba mi madre si hubiese pensado que ella se lo perdonaría alguna vez. Ella no lo habría hecho, y él lo sabía bastante bien. Pero hubo palabras, palabras amargas entre ellos la víspera de mi marcha de Banff hacia la universidad.

La tarde había empezado bastante bien. Jaffray vino a casa y trajo al joven Charles Thom con su violín para ofrecernos un poco de música. En su bolsa, el doctor trajo también una jarra de *uisge bheag* destilado por la gente de la montaña, la gente de Glenlivet con la que viajaba cada año en verano. Aquello se prohibía y perseguía desde todos los púlpitos, pero poco se cuidaba el doctor de tal persecución cuando estaba entre amigos. Mi madre hizo una pequeña escena de protesta antes de irse a por tazas para los hombres, y cuando se hubo dado la vuelta, mi padre permitió al doctor que sirviera una pequeña cantidad en mi taza.

—Asegúrate de sorberlo, muchacho. Una prueba. No vas a necesitar tragarlo.

Nunca había probado nada como aquello. Me entumeció los labios y prendió fuego a mi lengua antes de desaparecer, más dulce y suave que la miel más delicada, en el paladar. Miré a mi padre con asombro y él y el doctor intercambiaron una sonrisa de satisfacción y confianza. Puede que incluso de vanidad. También estaba allí Gilbert Grant para despedirse de mí, con los ojos relucientes de orgullo por el alumno que tanto le debía a su amable y rigurosa orientación. Él también había traído un regalo. Primero pensé que sería un balón de fútbol (a veces se exigía a los alumnos novatos que se los presentaran a los veteranos como presente por la matrícula). El anciano rio escadalosamente cuando le dije lo que pensaba, y al desenvolver la tela, apareció un reluciente pudin totalmente redondo, hecho hacía una semana por su mujer con una receta secreta, afamada en toda la ciudad. Solo preparaba aquella delicia, un pudin lleno hasta reventar de frutas y especias, para la más especial de las situaciones. El maestro, impostando su porte más serio, nos informó de que también estaba obligado a devolver la promesa de que el pudin me acompañaría hasta Aberdeen, donde su señora estaba segura de que no habría una comida decente, y que no más de dos rebanadas se abrirían camino hasta la panza implacable del señor de Hay.

En sus días de escuela en Banff, Archie había sido el auténtico terror de las criadas en la cocina de la señora Youngson, y el azote de su despensa. Durante cuatro años, él y ella se habían enzarzado en una batalla campal con resultado final de empate. Más tarde, Archie me escribiría desde las tierras alemanas, asoladas por la guerra, que, por mucho que lo intentara, todas las legiones del infierno no le metían en el cuerpo el temor de Dios que le daban aquella buena anciana y su rodillo.

Y mientras avanzaba la tarde, comíamos y cantábamos y reíamos y los elogios de mi maestro y del doctor me llenaban los oídos. Pero, según crecía el bullicio y las alabanzas se volvían más llamativas y exageradas, yo me daba cuenta de que mi padre estaba cada vez más callado, hasta que, al fin, no pudo escuchar más. Se levantó y le pidió a Charles Thom que dejara de tocar. Apartó de él la comida y la bebida, y después se dirigió a mí. Si alguien hubiese esperado unas palabras finales de despedida con amor o consejos u orgullo paterno, habría quedado decepcionado. Delante de mi madre y de mis amigos, mi padre me dijo que recordara que la única y sola causa de mi marcha al King's College era servir al señor de Hay. Fueran cuales fueran las vanidades en las que me pudiese recrear, o las tonterías que otros pudieran meterme en la cabeza, tenía que recordar que todo aquello se lo debía a la familia de Dalgetty, de la cual era un sirviente.

Terminado su discurso, llamó al perro y salió por la puerta. En el silencio repentino de la habitación, miré el rostro de mi madre y vi la muerte en él. Durante años, en silencio y con calma, pensaba ella, había nutrido mi mente, me había traído libros, había hablado conmigo sobre todo lo que sabía del mundo, de filosofía y poesía y religión. Había hecho de mí el hijo que siempre habría tenido, dondequiera que la hubiera llevado la Providencia, y en su lucha por conseguirlo, había chocado con el hombre que sabía que era mi padre y le había dado algo más. Al hacerme tan completamente suyo, me había apartado de él, y yo nunca lo había visto hasta aquella noche. No sé si mi madre volvió a hablar una palabra con mi padre.

Sin embargo, mi padre estaba en lo cierto. Mi latín e incluso mi escasa noción de griego serían tan buenos, si no mejores, que los de cualquier joven embarcado en su curso de Filosofía en la universidad, pero todo aquello no me habría garantizado nada de no haber sido por mi relación con Archie. Del par de becas disponibles entonces para alumnos pobres en King's College, yo no era apto para ninguna. Todos los recursos de que disponía la Iglesia se dedicaban a que el becario de Teología del Presbiterio sobreviviese a sus estudios sin morir de hambre o frío. Y en cuanto al burgo, su interés estaba en la escolarización de sus niños. Pagaban el salario del maestro de la escuela y su ayudante, más de lo que hacían algunos burgos, y reservaban algunos fondos para ayudar a los hijos de los pobres. Mi padre no era pobre, pero de ninguna forma podría haberme mantenido cuatro años en la universidad mientras formaba al aprendiz del que, de otra manera, no hubiera tenido necesidad. Así que, como un puñado de otros jóvenes afortunados, yo emprendería mis estudios con mis tasas pagadas y viviendo en la universidad con pensión completa, como sirviente de un amigo noble. Los becarios de la universidad tenían que llevar una vestimenta humilde para marcar su estatus, mientras desarrollaban tareas de poca importancia como celadores, limpiadores y camareros.

Tenían que vaciar orinales, fregar escaleras y, al romper el día, ir con una campana a todas las salas y a las puertas de las cámaras para despertar a los demás estudiantes. Y, por si alguien no había notado lo baja que era su situación, estaban obligados a tomar sus comidas en la mesa más baja de la sala, después de que hubieran comido todos los otros estudiantes, los catedráticos y los profesores. Pero no fue esa mi vida con Archie, mis tareas eran de diferente naturaleza, tal como yo, y creo que sus padres, había pensado que serían. Tenía que despertarlo dos veces por la mañana, después de que hubiera pasado el becario con su campana; tenía que encontrar la manera de pasar con él por delante del celador después de que hubiese sonado el toque de queda nocturno y hubiesen cerrado las puertas de la universidad, llevándolo tan derecho como pudiera para intentar disimular un poco su grado de embriaguez; más de una vez tuve que hacer con él el recorrido inverso, ocultando entre nuestras dos capas a alguna bella muchacha que debería haber estado en la cama en casa de su padre muchas horas antes; tenía que llevarlo a la capilla de la universidad a las horas del servicio religioso y hacer lo que pudiera para mantenerlo despierto mientras estuviera allí; tenía que intentar, aun sin grandes esperanzas de éxito, transmitirle algo de lo que había aprendido en nuestras lecciones, pues sus propias notas y apuntes sobre ellas tenían poca relación con el tema que trataban. Y limpiaba sus botas. Archie solía reprenderme por ello, pues decía que no lo necesitaban y aunque así fuera, ese no era asunto mío, pero yo las limpiaba de todas formas, por mi padre.

En todo, hice lo que pude por mantenerle alejado de los problemas, y sobre todo, lejos de peleas. No importaba dónde fuera la pelea, ni por qué ni quiénes estaban implicados; si a Archie le llegaba el menor tufillo de una, estaría metido en ella en minutos, o, con bastante frecuencia, empezaría una pelea donde no la había en absoluto. Un compañero noble, un heredero de una familia terrateniente, un burgués arrogante y su aprendiz, un hermano enfadado o, lo peor de todo, un estudiante del Marischal College, rival advenedizo de New Aberdeen, todos eran una provocación en sí mismos para el honor del señor de Hay.

—Cuídalo bien, Alexander —me había dicho la madre de Archie al despedirse—, y, por el amor de Dios, mantenlo a salvo.

Lo mantuve a salvo tanto como pude, después él siguió su camino y yo el mío. Ahora él estaba muerto y yo no. Algo tuve que ver en su muerte. Seguí cabalgando. Turriff quedó atrás enseguida, y después Old Meldrum. Llegué cerca de Straloch a media tarde, y mi mano fue por instinto a la alforja donde estaba escondido el mapa. Atravesé las tierras baldías al norte y al oeste de Aberdeen; solo el caballo compartía conmigo el completo aislamiento. Después giré hacia el Don y seguí el curso del río que recorría su último par de millas hacia el mar, hasta que por fin vi las agujas gemelas de la catedral de St. Machar sobre sus robustas torres, desafiando al impío a acercarse a Aberdeen. Impío o no, mi corazón se arrobó con la vista.

La sede del Santo Irlandés, que se elevaba por encima del gran río donde este se curvaba con la forma de un báculo de obispo, siempre fue para mí la entrada a un sitio que sentía como mi hogar. No pasó mucho antes de que los cascos de mi montura resonaran en los adoquines de Brig O'Balgownie y yo estuviera saludando a los arrieros y otra gente del campo que, a caballo o a pie, volvían a casa después de sus negocios en las dos ciudades. La carretera emergía pasado Bishop's Ward sobre los arenales en dirección al mar, la costa este, que miraba hacia Noruega, Dinamarca y después el Báltico, no visto, pero lleno de posibilidades.

Muchos, muchos de mis compañeros, mis amigos estudiantes y aquellos que habían estudiado en las salas de King's College antes que nosotros, se habían embarcado en aquel viaje, por la excitación de tierras y experiencias desconocidas, por la oportunidad de fortunas en el comercio y de glorias en la guerra, o simplemente por querer algo para traer a las orillas de su hogar. La carretera bajaba de nuevo hacia la ciudad y atravesé el puerto hacia Bishop's Green y Chaplain's Court. Un maestro de escuela, un estudiante que regresaba era poca cosa para despertar el interés en este burgo, y se me permitió seguir mi camino con pocas preguntas. Machar Kirk quedaba ahora detrás de mí, a la derecha, y, por vez primera en casi un año, estaba de vuelta en la vieja Aberdeen.

Enfilé Don Street hacia Market Cross, donde Chanonry se cruzaba con High Street. No podía ver más allá de las fachadas, pero sabía que detrás de las casas, las flores se estarían abriendo en los árboles de los huertos y los jardines de College Bounds. El mercado había cerrado ya, y los tenderos habían recogido sus puestos y se habían ido a casa. Los perros y las gaviotas se ocupaban de acabar con las mercancías desechadas y los productos que habían caído al suelo. Las palomas del viejo palomar del obispo siempre comían bien los días de mercado. También habían acabado las clases del día, y los estudiantes que ya no estaban con sus estudios o jugando al fútbol en los campos de las afueras, ahora regresaban a sus alojamientos y a disfrutar de la comida que la escasez de sus pensiones podían ofrecerles.

Más tarde, después de que hubieran comido y una vez que los buenos burgueses de la ciudad vieja empezasen a recogerse para la noche, algunos de los estudiantes volverían a salir a las calles para ir a beber o a jugar en casas de mala reputación, o bajarían en grupos a la ciudad nueva, donde los estudiantes de Marischal College les esperarían en su territorio. Todo lo que en el fondo yo no echaba de menos. Pero al pasar la majestuosa torre de la corona de la iglesia de la universidad, me dio un vuelco el corazón.

Yo fui parte de aquellas piedras de un siglo de edad o más; pertenecí a aquel lugar, con todos los otros que se habían ido antes que yo y con los que estaban por venir. Aunque en aquel momento, en aquella hora y día de mi vida, no tenía sitio allí. Un estudiante pasó deprisa a mi lado, con la cara seria y un fajo de apuntes en la mano. Puede que fuera al cuarto de algún compañero para comentar y debatir los apuntes. O quizá se dirigía a la biblioteca, a examinar las notas de la lección escritas a mano. O podía estar de camino a casa para leer y memorizar los puntos importantes. Llamé su atención por un segundo, deseando que parase y me pidiera que fuera con él para participar en la exposición, en el debate, en la reflexión. Yo habría ido. Pero no se paró, sino que se apresuró. No tenía necesidad de mí ni mis pensamientos.

Dejé atrás College Bounds y subí hacia Spittal Hill, pasadas las ruinas de Snow Kirk a mi izquierda y después Spital Kirk a mi derecha. Hubo muchas profanaciones de iglesias estos últimos sesenta años, todas en nombre de Dios. Más abajo, cuando el camino descendía hacia la ciudad de New Aberdeen, pasé junto a la antigua leprosería. Aunque estos enfermos no eran bienvenidos dentro del burgo, al menos tuvieron un lugar con un poco de compasión para su reposo.

Como quedaba una hora de luz o más, aún había jornaleros en los campos de maíz de King's Meadow, y el sonido de los arrieros de la ciudad llamando a sus bestias me llegaba desde los pastos. Más cercano, y más ruidoso, llegaba el graznido de los gansos que volvían al norte y comían en los prados del viejo Loch. Una leve brisa agitó las aspas del molino de viento en Windmill Hill, que se erguía sobre los campos de maíz allí donde bordeaban la ciudad. No tardé mucho en alcanzar Calsey Port, blasonado con las armas reales para dar peso a su autoridad, y, después de que me preguntaran por mi nombre, lugar de origen, negocios en el burgo y alojamiento cuando estuve allí, cabalgué Gallowgate abajo hacia el corazón de New Aberdeen.

Las casas se elevaban a ambos lados, con tres y cuatro pisos de altura. Algunas se habían dividido en pisos, a los más altos de los cuales se llegaba por los salientes de madera de escaleras exteriores. Otras viviendas eran mayores, casas de ricos mercaderes, profesionales y terratenientes con negocios en la ciudad. Sospeché que no pasaría mucho antes de que mi amigo William Cargill se convirtiera en uno de ellos. En Marischal College y su iglesia de Grayfriars, salvada por el buen criterio de seguir el destino de otros monasterios de Aberdeen, doblé hacia Upperkirkgate. Aquí las casas no eran tan magníficas como las de Gallowgate, los alquileres eran más baratos, pero muchas de esas casas tenían pretensiones, con sus porches de alegres pinturas que daban a la calle. A mitad de camino hacia abajo, frené al caballo delante de una modesta casa de dos plantas con el letrero *E.P. 1624 W.C.* grabado en elegantes letras doradas sobre el dintel. Elizabeth Philip y William Cargill. Até el caballo en un poste del camino y llamé a la puerta. Parecía haber un gran alboroto dentro. Por fin alguien contestó. La esposa de mi amigo estaba allí en la puerta, con sus ojos brillantes y sus mejillas encendidas, llena, *mirabile dictu,* de felicidad por encontrarme allí.

—Alexander, oh, Alexander. Cuánto te hemos echado de menos —extendió su mano hacia mí y yo di un paso hacia delante, quitándome el sombrero al tiempo. Miró de nuevo mi cara, mis ojos. Su brazo cayó a su costado—. En el nombre de Dios, Alexander. ¿Qué te ha ocurrido?

CAPÍTULO SIETE

DESTINO

AL DÍA SIGUIENTE, DESPERTÉ EN UNA MAÑANA DE ABERdeen clara y brillante como no las había conocido en ningún otro lugar. Tumbado, con las manos detrás de la cabeza, miraba el techo curvado encima de mí cuando la campana de la iglesia de St. Nicholas empezó a dar la hora: una, dos, tres... tocó nueve veces. Las nueve en punto. No podía recordar la última vez que había dormido hasta esa hora. Ahora tendría que llevar unas dos horas de tareas en mi clase de Banff, preparado para enviar a los chicos de la ciudad a casa a por sus desayunos. Nunca se me había permitido dormir tanto en mi habitación del ático de la escuela. Habían dejado un pichel de agua fresca junto a la jofaina de porcelana en mi habitación. Alguien debió entrar en las horas siguientes al amanecer, pero yo no había oído nada.

No había oído nada de tan profundamente como había dormido. Mi cuerpo estaba cansado después de la larga cabalgada y el extraño encuentro, pero no había visto a William hacía cerca de un año, y cierto alivio al llegar hizo que mi corazón y mi cabeza encontraran una calma desconocida durante muchos de los meses pasados. Las estrechas calles de Aberdeen, las casas altas llenas de ventanas, el bullicio de la gente, los perros, las bestias..., todo aquello me aliviaba tras haber recorrido las desgastadas calles de Banff. Después, una vez que Elizabeth se había convencido de que en realidad no estaba enfermo y nos trajo una magnífica cena, a base de capones asados y empanada de jamón, nos dejó charlando, y le conté a William mi historia.

Cuando acabé, él dudaba.

—Es —arrancó—, un poco lo que me había figurado, aunque no lo hubiera imaginado del todo. ¿Y no has sabido nada de Katharine desde entonces?

—Nada desde el último encuentro en el camino de Fordyce, aunque por un tiempo ni siquiera conseguía recordarlo. Sin embargo, ahora las palabras están grabadas a fuego en mi alma, cada una de ellas, las suyas y las mías.

—No debes insistir en eso, Alexander.

—Eso es lo que dice también Jaffray, de muy diferentes maneras que él considera sutiles.

William sonrió.

—El doctor tiene los sentimientos a flor de piel, y pese a todo su conocimiento y experiencia del mundo, no puede ocultarlo. Aun así creo que su consejo es bueno.

Me encogí de hombros.

—Oh, es bueno, pero es un consejo más fácil de dar que de seguir. He intentado con todas mis fuerzas no recrearme en eso. He intentado ahogarlo en vino en mi corazón y en mi cabeza. En mis peores días, me he envilecido con otras mujeres, deshonrándolas más a ellas con todo esto, pero al final el recuerdo de aquello acaba por alcanzarme de nuevo.

Le conté todo, incluso la última parte, aquella sin la cual me hubiera sido más fácil mirarme a mí mismo. Él había adivinado, mucho antes que Archie, cuáles eran mis sentimientos hacia Katharine Hay, la hermana pequeña de Archie. La tranquila y atenta chiquilla se había convertido en una tranquila y atenta joven, que se había tomado un tiempo en intentar entender el mundo, mientras que su hermano simplemente se había arrojado sobre él.

No recuerdo cuándo supe por primera vez que la amaba. Durante los años que Archie y yo estudiamos en la antigua Aberdeen, sus padres venían a menudo a la casa que tenían en Castlegate, en la ciudad nueva, y siempre traían a Katharine con ellos. Al principio, por la naturaleza de los chicos, le prestaba poca atención, pero según pasaba el tiempo y Archie buscaba cada vez aventuras más salvajes, empecé a interesarme por Katharine.

Llegó un momento en que empecé a hablarle de cosas distintas de los tópicos sobre nuestra infancia compartida: su hermano, Banff, Dalgetty, los personajes que habitaban su espacio y el mío. Según pasaba el tiempo, empezamos a charlar de otras cosas: del estado del reino, de las confusiones en la religión, del mundo y sus bellezas y sus peligros. Sus conocimientos de lenguas, filosofía, poesía e historia sobrepasaban los de su hermano, y no pasó mucho antes de que yo pudiera pasar por la casa de la ciudad de los Hay, tanto si Archie estaba conmigo, como si no. Sus padres eran indulgentes, incluso les divertía. Se preocupaban poco de Katharine, excepto para quererla. Archie era toda su esperanza, y la vida de Katharine era de ella.

Archie y yo lo hablamos por primera y única vez en la víspera de su marcha a las Guerras Bohemias. Aquella noche hubo un gran festín y discursos en la casa de la ciudad de los Hay. La flor y nata burguesa y terrateniente de Aberdeen había brindado por la familia de Archie, por su valor, su honor y su salud, y después brindaron otra vez. Archie y yo habíamos participado juntos en muchas noches como aquella, pero en esta ocasión me di cuenta de que aunque sonreía y se unía a los brindis, en realidad comía poco y bebía menos, y la sonrisa se desvanecía tan pronto como dirigía su atención a cualquier otro sitio. Ahora me preguntaba a menudo si Archie sabría entonces que marchaba hacia su muerte, y que no volvería a ver otra vez aquellas caras ni la puesta de sol en aquella ciudad. El ruido de las copas, las risas y la música creció, y la luz del fuego hacía que los rostros danzasen dentro y fuera de las sombras cambiantes. Y mientras los invitados se reían a carcajadas de una historia lasciva sobre un pastor de Edimburgo y la esposa de un rico comerciante de Leith, sentí la mano de Archie en mi hombro y él se se acercó a mi oido.

—Ven, Alexander, salgamos.

Creo que nadie se dio cuenta de que nos escabullíamos, menos Katharine, cuyos ojos se fijaban en todo lo que yo hacía.

Bajamos por las escaleras de servicio y salimos al jardín trasero por la cocina. La luz de las ventanas de arriba evitaba que nuestros pies tropezasen en el patio, y salimos de la casa por una puerta lateral a un pasaje que daba a Broadgate.

No necesitaba preguntar a Archie adónde íbamos: habíamos usado aquella ruta con frecuencia, para escapar primero de los ojos de sus padres, después de su tutor y en alguna ocasión, de los de alguno de los oficiales de la ciudad que podían haber venido a buscarle. En un par de instantes estábamos fuera, en Broadgate, y nos dirigimos hacia Guestrow, en dirección a la casa de Maisie Johnston. Hacía cuarenta años que Maisie Johnston elaboraba cerveza en el burgo, y no había más que un puñado de burgueses en el Ayuntamiento o en la congregación que pudiera jurar que nunca los habían llevado desde su salón, incapacitados, a casa, o que no habían salido, borrachos y a medio vestir, por la puerta trasera cuando la congregación, en una de sus rondas, llamaba a la puerta de delante. Maisie no contaba todo lo que sabía.

El chucho del patio apenas se movió cuando Archie llamó a la puerta trasera de la casa. Sabía de sobra a quién se permitía estar allí y a quién no. Nos abrió la puerta la señora, me saludó y nos guió escaleras arriba hasta un apartado en el que nunca antes había estado. No tenía el gusto de Archie por las prostitutas, y mis anteriores visitas a casa de Maisie habían acabado siempre en el salón de la bebida al pie de la escalera. Así que sentí cierto alivio cuando vi que la habitación que nos abría estaba vacía, y que había preparado una mesa con comida y bebida y dos sillas. Maisie aceptó una moneda de Archie, movió la cabeza otra vez y abandonó la habitación sin decir palabra.

Archie se hundió en un asiento y dejó escapar un gran suspiro cuando la puerta se cerró tras ella.

—Gracias a Dios, por fin un poco de paz —aquella no era su manera de hablar habitual.

—¿Desde cuándo buscas paz? —le pregunté.

Se mantuvo en silencio un largo rato.

—Anhelo... cierto tipo de paz, tiempo para la caza y el baile y los días sin trascendencia. Anhelo la paz que llega cuando un hombre encuentra su sitio, cuando él...

Estaba buscando las palabras.

—¿Cuándo encuentra su vocación?

—Sí —dijo, como si justo ahora se diese cuenta de ello—. Cuando encuentra su vocación.

—¿Y es para eso para lo que zarpas mañana? ¿Para encontrar tu vocación?

Se desabrochó la capa y dejó que su sombrero cayera al suelo.

—Bueno, no es aquí donde la voy a encontrar. No puedo hacer el tonto toda mi vida. Algún día tendré que regresar aquí, a Dalgetty, asumir el lugar de mi padre, hacerme cargo de las tierras, los arrendatarios, el legado de la familia. Tendré que pelear con mis vecinos como harán ellos conmigo. Mi honor será mancillado y pisoteado por el de otros. Me casaré con una mujer a la que no amaré y tendremos tantos críos como ella pueda traer al mundo. Moriré y dejaré a mi hijo mi legado y mis tierras y mis riñas, y así seguirá todo. Pero, Alexander, no me digas que esa es mi vocación. Esa es la que me dio mi nacimiento, pero no puedo creer que Dios desde su cielo no pida algo más de mí en la tierra.

Aquel era un Archie del que solo había captado destellos a lo largo de los años de nuestra infancia, fijos ahora en el marco de la memoria, y nuestra juventud y nuestra madurez temprana, que ambos estábamos a punto de dejar atrás. Siempre había sabido que en mi amigo, en el hermano adoptivo que él mismo se había declarado, había algo más que las carcajadas, la bebida y los peligros característicos del adorado hijo de la nobleza, pero era una parte de él que se tomaba muchas molestias en no revelar, incluso a mí. Esa noche, sin embargo, no habría disimulos por parte de ninguno. No habría misterios ni preguntas sin respuesta, ni falta de entendimiento por los años que nos quedaban hasta la muerte, en el caso de que no nos volviéramos a ver. Era el último regalo que me hacía Archie: que yo lo conociera a él de verdad, y él a mí. Nos separaríamos con tanta honestidad como cuando nos habíamos conocido.

—¿Y crees, Archie, que en esas guerras extranjeras puedes hacer algo que no podrías hacer en casa? Aquí no necesitas probar tu honor o tu coraje.

Sirvió vino en los vasos, que eran de una elegancia mayor de la que hubiera esperado encontrar en aquella casa, y me acercó uno.

—No es cuestión de coraje. Lo que aquí pasa por coraje no es más que un caso de Archie haciendo lo que se supone que hará, lo que hicieron aquellos que vinieron antes que yo y lo que harán los que vengan después. No cambiará nada. Pero esas guerras en el continente no son un asunto de robo de ganado, de invasión de tierras, de intercambio de faltas e insultos al honor. Estas guerras extranjeras son apuestas mayores que nuestros nimios quehaceres en estas costas. Tengo elección. No tengo que ir allí, pero elijo ir, quiero jugar en el gran juego y marcar la diferencia.

Permanecí callado un instante, buscando unas palabras apropiadas que se llevara consigo.

—Creo que te equivocas —dije.

—¿Por qué?

—Creo que hay que diferenciar algo aquí. Los cambios en el mundo no siempre proceden de los reyes y sus causas. Un cambio en un hombre, da igual lo bajo que él sea al principio, puede afectar a muchos al final.

Sus ojos brillaron y una sonrisa jugueteó en su boca, igual que ocurría cuando sabía que tenía mejores cartas que yo, o cuando yo había hecho un movimiento descuidado en el tablero de ajedrez.

—Y ahí lo tienes, Zander. Yo no podría haberlo expresado mejor. Como siempre, te entregas a ti mismo sin saber que lo haces.

—No lo entiendo.

—Está en tus palabras, Alexander, en tus palabras. Hablas del cambio en un solo hombre. Esa es tu vocación, no la mía. Tu misión es cambiar lo que son los hombres. La mía es cambiar aquello a lo que los hombres deben enfrentarse, corregir a la fuerza el daño hecho cuando los de tu vocación han fallado. La mía es intentar alterar los destinos de reinos desde arriba, la tuya, desde el componente más pequeño de ellos. Ninguno de los dos tendrá éxito solo, pero puede que algún día nos acerquemos el uno al otro en nuestros caminos —apuró su vaso y lo rellenó—. Pero, hasta entonces, hay comida, hay bebida y hay mujeres, por Dios, hay mujeres —su rostro, sus modales habían vuelto a su viejo ser. La máscara acostumbrada estaba en su sitio, me había dicho lo que tenía que decir y no necesitaríamos volver a tocar el tema de nuevo. Esa sería nuestra última noche juntos en Aberdeen, escenario de tantos alborotos, tumultos y escándalos a lo largo de nuestros años de estudiantes, y esa noche podríamos andar de juerga y recorrer las calles una vez más, porque el heredero de Hay se despediría de la valiente ciudad de manera apropiada. Como siempre, estaría a su lado cuando se despertara.

—Archie...

Levantó un poco la cabeza del muslo de gallina que estaba royendo con ganas.

—Archie, hay algo que quería decirte, quería hablarlo antes de que te fueras. Yo...

De nuevo sus ojos brillantes, su sonrisa pícara.

—Estás enamorado de mi hermana pequeña.

Noté que me quedaba sin aliento, y no pude decir nada por un momento.

Él meneó su cabeza y rio.

—Oh, Zander, al final me consideras un lerdo. ¿Cuántos años hace ahora? ¿Uno, dos? La mitad de las chicas bonitas de Aberdeen y Banff se arrojaban a tus pies mientras yo tenía que apañármelas con las disolutas, y tú las has evitado. Por ahora sé que no tienes tendencias contra natura. Sé que te gustan las mujeres y que en el pasado te gustaban mucho, lo que está muy bien para alguien que aspira a la Iglesia. Así que, ¿qué podía entender yo de ese apartarse de ellas?, ¿que de pronto te habías vuelto mojigato? No, porque a mí nunca me sermoneaste acerca de mi vida libre y licenciosa. No necesitabas hacerlo cuando muchos otros de tus compañeros esperaban en fila para hacerlo por ti. No. Yo soy la eterna víctima de mujeres desconcertantes, pero conozco a los hombres, y a ti mejor que a ninguno. Hace doce meses o más, amigo mío, que me di cuenta de que estabas enamorado. No hizo falta una gran búsqueda para encontrar el objeto de tus afectos. Al principio me quedé perplejo, lo confieso. La idea de que mi hermana pudiese ser vista por cualquier hombre como yo veo a otras mujeres no se me había ocurrido, y me llevó algún tiempo asentarla en mi mente. Y después razoné que era el hecho de que ella hablase con más sentido que yo, y sé que lo hace, lo que te llevaba a buscar su compañía, pero al final no pude negar lo que para otros hacía tiempo que era obvio.

Me dio un vuelco el corazón.

—¿Para otros?

—Pues claro. Para mi madre y la tuya.

Aquello fue terrible; sentí ganas de vomitar.

—Eh, Alexander. Estás pálido como un pescado muerto, y casi tienes la misma expresión. Aguanta, hombre. No es tan malo. Mi madre está casi contenta, la tuya, encantada, y por supuesto, tu padre no lo sabe.

—Agradecido sea Dios. ¿Y el tuyo?

Archie se encogió de hombros y eligió un pedazo de carnero.

—Mi padre lo sabe, pero en estos temas confía en mi madre, y Katharine puede poner su corazón donde le plazca.

—¿Esa es la opinión de tu padre?

Él asintió.

—En la medida en que opine. Sabe que eres bueno y el hijo del mejor de los hombres. Quiere a su hija y querría verla feliz. Confía en mí, Zander. Volveré de esas guerras cubierto de gloria. Me casaré con la novia fértil y rica que mis padres elijan. A Katharine le dejarán que se case con quien ella quiera.

—Por Dios, espero que tengas razón.

Le arrojó un hueso de carnero a su perro, que estaba echado en el suelo entre nosotros.

—Claro que tengo razón, Zander, ¿acaso no la tengo siempre? Además —suspiró al levantarse y fue hacia la ventana para mirar la negrura en que se convertía el burgo de noche—, mis padres me quieren mucho, demasiado quizá. Se lo pediré y ella será tuya.

Como siempre, él seguía decidiendo sobre un tema sin dejar más que un pequeño resquicio para el razonamiento.

—Pero, ¿qué hay de Katharine? ¿Ella querrá?

Me miró asombrado.

—¿No lo sabes? ¿Nunca has intentado nada con ella?

—Yo nunca... No pensé que... No.

Movió su cabeza con divertida exasperación.

—Bien, Alexander, en ese tema no puedo ayudarte. Ahí tienes que arreglártelas por ti mismo. Pero creo que vas a encontrar a una compañera complaciente con tus peticiones. Ella se guarda sus pensamientos para sí misma, y más aún sus sentimientos, mi pequeña Katharine, pero he notado que se fija en ti más de lo normal. Creo que puedes tener esperanzas. Y entonces seríamos hermanos de verdad, y no habría nada más querido para mi corazón —sonrió con aquel pensamiento y en ese momento su sonrisa tomó un aire travieso—. Y tendrás la iglesia de Turriff, o la de King Edward o Banff, y atronarás desde el púlpito contra mis maneras perversas y lujuriosas.

Después intentó aligerar nuestra separación agradeciendo a Dios que pronto se libraría de mi cara severa y lacrimógena.

—Si alguna vez ha habido un sacerdote nato, ese eres tú, Zander. Les vas a quitar la vida a sermones.

Nos reímos y, cuando el sonido de nuestras risas se desvaneció, permanecimos en amistoso silencio, él golpeando un tronco con la puntera de su bota, yo observando la vela que titilaba y chisporroteaba con el aire. Me pregunté cúando volvería a ver aquel amado rostro noble y arrogante, cuándo volvería a oír aquellas risotadas estruendosas. Me pregunté cómo lo cambiaría la guerra, cómo vivir fuera, en el mundo, lejos de nuestra regalada vida universitaria, me habría cambiado a mí, cómo podría comparar mi práctica de la palabra de Dios con mi conocimiento de aquello.

Acabó con mi ensoñación arrojando su espada desnuda a mis pies.

—Basta ya de esa tontería del enfermo de amor, señor Seaton. Esta noche me acompañarás a despedirme de las «señoritas» de Aberdeen. No deberías ser un inexperto absoluto cuando te lleves a mi pobre e ingenua hermana a la cama y yo... no debería disgustar a las señoritas, pues mañana zarpo de nuestro seguro puerto, y ¡cómo llorarán por el señor de Hay!

Aquella noche con Archie fue la última de mis noches salvajes. Después, me abstraje durante dos años en mis estudios de Teología. Mi madre murió el segundo invierno después de mi graduación como Maestro en Teología. Para entonces había estado enferma mucho tiempo, demasiado enferma para viajar. Mi padre no vino a oírme presentar mi tesis (de todas formas, no sabía latín) y después de su muerte había estado muy en contra de que yo siguiera en la universidad. Fue la madre de Archie la que lo persuadió para que me permitiera continuar, y fue ella quien, para gran vergüenza de mi padre, había pagado mi manutención cuando mis flacos ingresos como becario de Teología del Presbiterio de Fordyce me habrían dejado en la pobreza. Durante aquellos dos años, mi cabeza estuvo enterrada con tanta profundidad en mis libros, y ella y su madre vinieron tan poco a la ciudad, que apenas vi a Katharine más de una docena de veces. No recuerdo de qué tonterías le hablé las primeras veces. Cuanto más luchaba yo por decir algo que grabara mi imagen en su alma, mayor era la tontería. Ella parecía confusa, dudosa, y yo no podía culparla. Pero entonces, un día, cerca de dos años después de que Archie partiera, caminé desde Old Aberdeen a la casa en la ciudad nueva. Los Hay se estaban preparando para el viaje de vuelta a su fortaleza para el invierno, y yo no los volvería a ver en varios meses. Fui a desearles un viaje seguro y a despedirme, como me había pedido lady Hay. Tomamos una cena fría y bebimos el buen vino que su señoría no quería dejar en la casa (no confiaba en sus criados de la ciudad como en los de Dalgetty). Lady Hay se entretuvo con muchas preguntas sobre mis estudios y mi progreso, y sobre la comodidad de mi habitación en la universidad.

Ella y mi madre habían sido amigas cercanas, aunque silenciosas, y ella, con afecto, hacía las veces de una madre para mí, al ser yo hijo de su amiga muerta. Su señoría, que ahora desconfiaba de mi familiaridad tan cercana con temas de religión, me preguntó sobre los cotilleos de la universidad; no tenía interés por las cosas de hombres que no fueran célebres, pero las noticias sobre disputas y peleas, traiciones y rencillas entre los hijos de sus vecinos de alta cuna, le proporcionaban un gran entretenimiento por el que su esposa le reprendía a menudo. Y a pesar de todo aquello, mientras seguía mis conversaciones con sus padres, mis pensamientos, mi mente, estaban todos en Katharine. Ella ya no era una niña (no lo era ya los últimos tres años) y la experiencia de su proximidad me abrumaba.

La comida acabó demasiado pronto. La partida llegaba con rapidez. Pero, mientras Katharine pasaba junto a mí en la entrada, justo cuando estaba a punto de salir a Castlegate, un gran sabueso suelto pasó a su lado para unirse a la jauría de su amo y la empujó a mis brazos. Sentí su blandura bajo sus pieles de invierno y la tibieza de su aliento contra mi cuello. Un ardor recorrió todo mi cuerpo, y la sujeté más de lo que era necesario. Ella se incorporó, y pude ver el rubor de la confusión en sus mejillas. Se marchó sin despedirse.

No volví a verla hasta las fiestas de Navidad de Dalgetty. La congregación de la Iglesia podría despotricar en contra como solía, pero el señor de Dalgetty tendría su banquete de Navidad, y todos sus allegados conocan su hospitalidad como si no hubiera habido una reforma de la religión en nuestro país. El baile y la música y las historias, más escandalosas con cada nuevo narrador, duraron tres días, y al final del primero yo había bailado, hablado, reído y cantado con Katharine más de lo que lo había hecho los dos años anteriores. Primero, en el baile, la emoción de poder tocarla delante de toda la concurrencia sin atraer la atención ni la censura, casi me paralizó. Al final de la noche no quería renunciar a abrazarla. No pude dormir aquella noche ni pude comer a la mañana siguiente.

No pude rezar, apenas conseguí leer el sermón en la capilla del castillo. Milord iba a cazar después del desayuno, pero a mí, estudiante de Teología, se me permitía prescindir de la obligación de unirme a él en su cacería. La madre de Katharine supervisaba el trabajo en las cocinas para los preparativos del banquete que tendría lugar por la noche. Katharine tendría que haber estado con ella, aprendiendo las tareas de la señora del castillo, pero los padres de Archie eran indulgentes, y la madre de Katharine la dejó con sus asuntos personales cuando ella no mostró mayor entusiasmo por aprender a rellenar aves y a preparar confituras.

Y así resultó que me la encontré en las escaleras. No tuvo mucho que ver la suerte. En realidad, había estado buscándola, como ella me buscaba a mí. La gran escalera de Dalgetty, que daba vueltas y vueltas a lo largo de noventa y siete escalones, era lo bastante amplia como para que nos cruzáramos con facilidad, pero no tanto como para que no pudiésemos tener un ligero traspié, un contacto. Un roce de su hombro en mi pecho.

—Alexander —dijo mi nombre y apeló a cada parte de mi cuerpo. Tiré de ella hacia mí y la abracé como si mi propia respiración dependiese de ello. Yo nunca había existido hasta aquel momento.

Estuvimos allí un buen rato. No sé por qué nadie del castillo vino hacia nosotros. Temí que si la dejaba marchar una vez, se iría para siempre, que nunca podría recuperar aquel momento, aquel sentimiento de existencia pura. Pero al final acabé aflojando mi abrazo. Ella no corrió ni se desvaneció, sino que cogió mi mano y me llevó escaleras arriba, y después bajó los tres peldaños hasta su cámara.

Yo no había puesto el pie en su habitación durante años, desde que Archie y yo, aún niños, nos arrastramos hasta allí para robar una muñeca, que después pusimos en una estaca en el patio del castillo y la quemamos como a una bruja. Desde aquel día, su madre nos había prohibido cruzar el umbral. La habitación en la que entré había perdido muchos de sus adornos infantiles: era la cámara de una doncella.

Los tapices de las paredes y la ropa de cama eran de rico damasco. Un tapiz, obra de la aguja de su madre, mostraba un ramo de bayas y flores, muchas más allá de mis conocimientos. Había sido tejido durante el exilio de la familia en Francia, antes de que Archie o Katharine nacieran, y antes incluso de que mi padre conociera a mi madre. Un espejo de la mejor calidad estaba colgado en la pared.

Katharine me tomó de la mano y me llevó a sentarme junto al fuego. Sacó unas mantas del arcón bajo del asiento de la ventana y cogió almohadones de la cama. Fuera, aunque no era aún mediodía, el cielo se estaba poniendo de un gris pesado y profundo, y la nieve empezaba a caer. Una vela titiló bajo su quemador de cobre, y llenó la habitación de un cálido olor a incienso invernal. Me pidió que atizara el fuego y bajó al gran salón a por vino, fiambre, queso, nueces y bollitos de la mesa lateral, servida para quienes quisieran tomar un aperitivo a mediodía. Dos o tres veces fue y volvió de su cuarto al salón, y nadie notó su presencia. Pasamos lo que quedaba del día juntos, envueltos en las mantas junto al fuego, abrazándonos el uno al otro y hablando de cuánto había pasado desde que empezamos a amarnos, y de nuestro amor y de cómo debíamos mantener nuestro secreto hasta que Archie volviese a casa. No podríamos casarnos hasta que yo hubiese acabado mis estudios de Teología, hasta que fuese convocado a mi púlpito, hasta que tuviese una posición de hombre en el mundo. Hasta que Archie volviera a casa. No hablaríamos de nuestro amor a nadie hasta que Archie volviese a casa.

Los meses pasaron, las Navidades habían acabado hacía tiempo, superé mi curso de Teología con la aprobación de todos mis profesores, pero Archie aún no había vuelto a casa. Acepté mi puesto para enseñar en Banff mientras esperaba que alguna parroquia quedara vacante. La parroquia de Boyndie, en mi mismo Presbiterio, a menos de cuatro millas de la ciudad de Banff, quedó vacante, y fui invitado a predicar allí para empezar mis pruebas para el sacerdocio. Archie no había vuelto a casa todavía.

Entonces llegaron noticias de que había muerto. «¡Llorarán por el señor de Hay!», había dicho él. Y lloraron. Todo el norte lloró, un torrente de dolor incesante por el heredero de Dalgetty. El mejor y el más valiente de nuestros jóvenes, la esperanza y el orgullo de su familia, masacrado en el fango alemán. Estuve con él diecisiete años, diferentes como el negro y el blanco, pero más íntimos que hermanos. Yo tendría que haber estado con él entonces. Tendría que haber caminado junto a su caballo por el barro, tendría que haber interpuesto mi cuerpo entre su corazón y la bayoneta que lo mató, tendría que haber acunado su cabeza en mi regazo mientras moría y me dejaba sin valor y solo. Mi padre a duras penas podía mirarme.

La familia de Archie no podía consolarse. Su madre lloraba como si le hubiesen arrancado el mismo corazón. Su padre encaraba el largo túnel de la muerte sin una luz detrás de él. Me querían con ellos a cada hora de sus días más negros. Porque yo era parte de Archie, no su sustituto sino parte de su hijo. Me miraban y nos veían trepando a los árboles con siete años. Nos veían cruzando a galope las puertas del castillo a los quince, en dirección a King's College y a los placeres de Aberdeen, cabalgando hacia la madurez y hacia nuestro futuro. Aún veían en mis ojos la brillante sonrisa de su hijo. En mis oídos, milord de Dalgetty rogaba el perdón de Dios por tan profundo dolor a causa de su hijo. El Dios de Escocia daba hijos y se los llevaba, y su voluntad no debía ser cuestionada. Vi cómo se rompía el corazón del viejo.

En cuanto a Katharine, fue casi del todo olvidada durante aquellas primeras semanas. La abandonaron, congelada en su pena, querida como la hija más pequeña, pero sin ser la compensación por el heredero que se había perdido, una indulgencia en el momento en que esta había desaparecido. Aquellas primeras semanas, yo estaba tan absorto en el torbellino de pesar y desolación en Dalgetty que no me di cuenta al principio. No lo vi, pero Katharine sí. Lo entendió casi de inmediato, antes de que su madre o su padre pudieran levantar la vista para recordar que todavía tenían una hija: Katharine, la única heredera de Dalgetty, ahora debía casarse, y casarse bien. Ningún pastor, ni siquiera un obispo, sino tierras y familia. Katharine tenía que ser desposada con un Hay con tierras. Los herederos de Dalgetty no nacerían del hijo, sino de su hermana, y todas mis esperanzas yacerían con Archie, donde él había caído.

No había nadie que hablara por nosotros. Encontraron a un pariente, un pariente viejo, rico, sin hijos. Katharine sería enviada a su torreón en Borders para casarse con él y darle hijos, y para volver algún día, o enviar a su hijo, y mantener Dalgetty para los Hay. Ella lo entendió, yo lo entendí. No cabían súplicas ni ruegos para que no la enviaran a la fría cama de un hombre tan viejo que podía haber sido su padre, ni protestas porque un día yo fuese a ser un hombre con el que su hija podría casarse sin deshonor. Todo aquello había terminado.

El destino, con toda su premeditada crueldad, o quizá ayudado en su avance por los ahora aterrados y celosos padres de Katharine, decretó que el día de mis pruebas finales en Fordyce fuese el día de la marcha de Katharine a su cárcel de la frontera. Teníamos cuatro semanas, un mes de aviso, pero en aquel mes solo pude verla una vez.

Mis preparativos de la prueba final, el trabajo en la escuela y la ronda de despedidas de Katharine de las damas y castillos de Banff, Moray y el Garioch nos dejó un único día, y una noche. Por más que desconfiara entonces, la madre de Archie no podía negarme aquella última hospitalidad. Su señoría estaba lejos de casa, pero ella nos vigilaba, apenas estuvimos solos dos minutos en todo el día. Y entonces, en la oscuridad de la noche, me escabullí hasta la cámara de Katharine y, por primera y única vez en mi vida, la tomé como mi esposa, y le dije que sería siempre mía, solo mía. Y dormimos, desnudos bajo la manta, entrelazados cada uno en los brazos del otro. No debería haberme quedado dormido y soñando con ella todas aquellas horas hasta el amanecer. La luz de la mañana de primeros de mayo y los cantos de los pájaros empezaron a jugar, poco a

poco, con mis ojos y mis oídos. La perfecta calidez y la comodidad de despertar con Katharine aún en mis brazos fue reemplazada poco a poco por el miedo creciente de saber que no
debería estar allí. No debería estar aún allí. Y, al abrir los ojos,
con la cabeza de Katharine y su cabello suelto sobre mi pecho
desnudo, su pálido brazo sobre mi hombro, me descubrió el
rostro horrorizado de lady Hay. Su piel quedó desprovista de
todo color, excepto el gris. Movía la boca, pero no salía ninguna palabra de ella. Sus ojos estaban llenos del frío desastre de
la escena que tenía delante. Y entonces habló. Despacio, con
calma.

—Fuera de aquí. Eres una escoria. Fuera de aquí —y
después, la mujer que me había querido como a un hijo, salió
tambaleándose de la habitación y vomitó.

Aquella fue mi despedida de Katharine, menos de tres
semanas antes de mi prueba final para el sacerdocio. No sé
cómo me mantuve cuerdo. Miento. Sí sé cómo me mantuve
cuerdo. Había perdido al hombre que se llamaba a sí mismo mi
hermano, había perdido a la mujer que debería haber sido
mi esposa. Había traicionado mi niñez. Todo en mi corazón, lo
que entendía como mi familia, se me vetaba. Para siempre. Aún
así me quedaba mi vocación; siempre había tenido mi vocación. Incluso en mi única noche con Katharine me decía a mí
mismo que no había pecado, porque la había tenido como esposa. Que ni a ella ni a mí no se nos podía medir por la fornicación de los demás, siendo como era aquello el cumplimiento
de la unión de dos almas. No reconocía mi error. Separado de
ella, tendría que haber estado retorciéndome de dolor. Pero
aún tenía mi vocación y las pruebas estaban ante mí. Me su-
mergí aún con más profundidad en mis libros. Durante aquellas tres semanas, o menos, leí la Biblia de cabo a rabo y la empecé de nuevo. Compuse el sermón de mi vida. No podía haber

posibilidad de fallo o de rechazo. Viviría por y a través de mi vocación. Así lo creí hasta que aquellas palabras salieron de la boca del moderador del Presbiterio de Fordyce, que me habría licenciado para predicar como pastor de la Iglesia de Escocia. Y entonces toda la tranquilidad, todo lo que aún comprendía del mundo se hizo añicos por el grito de lord Hay de Dalgetty. Al final su esposa no había aguantado y, aquella misma mañana, le contó lo que yo había hecho, y él había galopado hasta Fordyce con todos los demonios del infierno en sus talones. Hubiera muerto antes que verme como pastor. Me echaría en cara mi traición a él mismo y a su familia, y todas y cada una de las cosas que ellos habían hecho por mí a lo largo de los años de mi vida.

No me puso un dedo encima, pero ante los hermanos yo era como un hombre apaleado hasta el estupor. El moderador, aterrado, con un ruego en sus ojos, me pidió que me defendiera. Pero yo no pude pronunciar ni una palabra. No tenía respuesta para quien me acusaba porque no quedaba ninguna que darle, y con mi dignidad perdida, salí a rastras de la iglesia de Fordyce, convertido en un hombre maldito.

Aquello, o lo más esencial, William Cargill ya lo sabía, o lo adivinaba. Sabía desde hacía tiempo de mis sentimientos por Katharine. Sabía lo que la muerte de Archie habría significado para nosotros. Todo el norte supo de mi humillación, mi gran caída en Fordyce, a manos del señor de Dalgetty. Pero si mi humillación había sido pública, la de Katharine había sido peor. Lo que no se sabía, se intuía, y se murmuraba en los caminos, en las tabernas, en los grandes salones de los castillos y junto a las chimeneas de las casuchas. Su nombre era pronunciado por quienes no merecían siquiera mirar su rostro. Abundaron las teorías salvajes hasta que la gente encontró algún nuevo escándalo para mantener sus lenguas entretenidas y sus espíritus satisfechos, pero yo había destruido lo que más amaba, y Katharine, desterrada de aquel frío lecho matrimonial, nunca podría regresar de nuevo a Dalgetty.

Algunos pudieron adivinar la verdad, y William fue uno de ellos. Nunca habíamos hablado de eso antes de la noche pasada.

—¿Y por eso, por lo que muchos hombres han hecho, entre ellos también pastores, fuiste expulsado de tu hermandad y ellos nunca te permitirán convertirte en pastor? Alexander, es una hipocresía, y no deberías doblegarte ante eso. Porque incluso Dalgetty fue un adúltero notorio en sus años mozos.

Había oído aquel argumento antes, de Charles Thom, que también había intuido con acierto el meollo del escándalo. Jaffray no había argumentado de aquella manera, porque me conocía mejor.

—La hipocresía fue la mía, William. Que otro hombre peque o que haya pecado no justifica que también yo lo haga. Lord Hay es cabeza de familia, un magnate, un soldado, un líder de hombres. Lo que él haga en su cama o en la de otro no tiene consecuencias. Pero yo aspiraba a ser un pastor de la Iglesia de Dios, para guiar a la gente del camino de la perdición a la bendita seguridad de la rectitud. William, yo sabía que lo que hacía estaba mal. Y fue tal mi arrogancia ante los ojos de Dios que pensé que no importaba porque era yo quien lo hacía. Y...

—¿Y qué?

—Fue una traición. Y cada recuerdo de toda mi vida hasta aquel momento está impregnado ahora por la conciencia de aquella traición. No hay nada en mí que no esté podrido.

William no podía permitir aquello.

—No, no voy a tolerar eso. Hiciste lo que otros hombres, hombres peores, han hecho. Amabas a esa chica y ella a ti. Dios, en su Providencia, decretó que ella no fuese tu esposa. Al menos en eso puede que seas desdichado, pero no estás podrido, porque no fue tu trabajo el que mató a Archie y apartó a Katharine de ti.

Si solo hubiera sido eso, yo me habría considerado un ser más tolerable con el que convivir cada día. Pero no era así. William no lo sabía; nadie lo sabía, excepto Katharine y yo. Tuve una oportunidad, solo una, de agarrarme a los despojos de mi vida y hacer de ellos algo nuevo. Pero la había rechazado, tirándola a la cloaca. Porque el día de mi caída en Fordyce, también Katharine había escapado a caballo de Dalgetty. Había cogido el mejor caballo que quedaba en los establos y había cabalgado como ninguna mujer antes que ella pudo haberlo hecho.

No le sirvió de nada. No pudo unirse al grupo de su padre, ni pudo adelantarle ni rogar por mi causa ante los hermanos, como había jurado a su madre que haría. Para cuando llegó a Fordyce, la iglesia y el cementerio estaban vacíos y los hermanos se habían ido. Preguntó por los alrededores, pero nadie supo decirle dónde estaba o qué camino había tomado. Al final dio con un buhonero que me había visto en el camino hacia Sandend. Después no le llevó mucho encontrarme. Yo iba a pie, y mi forma le resultó tan bien conocida como la suya propia. No nos habíamos visto desde aquella mañana temprano en su cámara de Dalgetty. Qué a menudo, desde entonces, yo había meditado sobre las palabras, tomadas del *Libro de los proverbios* y escritas en las vigas del techo de su cuarto: *Si tu trabajo haces con honestidad, el trabajo avanzará y el honor esperará por ti. Si a algún vicio te dedicas, la deshonra permanecerá cuando el placer haya acabado.*

La deshonra me abrasaba por dentro, me quemaba tanto los ojos que apenas podía ver. Y creo que la deshonra engendró en mí una especie de locura. Allí en el camino, ella bajó de su montura y dio un paso hacia mí.

—Quieta —dije yo.

—Alexander...

—No te acerques. No vengas junto a mí.

—Pero, Alexander...

—Tú sabes qué ha pasado. Debes de saberlo. Está perdido, todo perdido.

—Pero, no, Alexander. No. Todo eso no es nada para mí. Te amo más que a la vida. Desobedecería a Dios, a mi padre, a mi madre y a todas las legiones del infierno para estar contigo. Alexander, no voy a irme. No me casaré con él. Soy tuya. Seré tuya. Alexander. Podemos casarnos y vivir en cualquier sitio.

Negué con la cabeza en su dirección, retrocediendo mientras ella daba otro paso hacia mí.

—Has perdido la cabeza.

—No, Alexander, pero sí he encontrado mi voluntad. No te dejaré.

Ella estaba delante de mí, con toda su palidez y su relajada belleza, y una tropa de demonios estaba apoderándose de mi mente.

—Debes dejarme, Katharine, porque yo no te tendré. ¿Dices que no significa nada para ti? Bien, para mí lo significa todo, y tú me has costado todo. Todo.

¿Todo? ¿Qué «todo» pensaba yo que habría sin ella? ¿Qué sacerdocio, qué vida pensaba que llevaría sin incluirla a ella? No había ninguna, lo supe entonces. Pero creo, de verdad, que en aquel momento yo estaba fuera de mis cabales, porque me di la vuelta y me alejé a zancadas, dejándola desmoronada y llorando en el camino, la mujer a la que había jurado amar hasta el día en que muriese. Algunas veces, de noche, cuando todo el edificio de la escuela estaba en silencio salvo por el ruido del mar en la orilla, yo me mantenía despierto por el sonido de los desesperados sollozos de Katharine Hay, mientras ella yacía llorando donde yo la había dejado, caída en la tierra del camino a Sandend. Cientos de veces aquellas noches había vuelto a ella, pero ella ya no estaba allí.

Fue aquello lo que le conté anoche a William Cargill, el primer hombre que oyó de mis labios cómo rechacé a la mujer que se había humillado y deshonrado por mí. Quise que William entendiera que yo era un ser podrido, y que hablar bien de mí era mentir. Quise que alguien me conociese por lo que era. La amargura de la que Jaffray siempre me aconsejaba que me alejara, estaba en la raíz de mi alma, y mi alma sabía lo que había hecho.

William permaneció sentado en silencio un buen rato después de que hubiera terminado. Echó más carbón al fuego y miró las llamas. Por fin se giró hacia mí y dijo: —Y aún así te tengo por un hombre bueno, Alexander. Y eso pasará. Todo el dolor pasará —no dijimos nada más sobre el tema y nos retiramos a nuestras camas poco después, antes de que la campana de St. Nicholas tocara a medianoche. Si él pudiera, yo sabía que William tomaría la gran carga de mis hombros y me diría que ya no necesitaba seguir llevándola, y le quise por ello. Pero William nunca entendería que en cuanto me descargara de aquella roca, el hombre que una vez yo había creído ser, sería destruido para siempre.

CAPÍTULO OCHO

MUCHO AJETREO EN LA CIUDAD

POR ESO HABÍA SEGUIDO DURMIENDO SIN OÍR LAS PRIMERAS campanadas de la mañana, ni el gallo en el patio trasero, ni el jaleo de los ciudadanos que iban de un lado a otro sobre los adoquines de las calles para sus negocios diarios. Seguí durmiendo sin oír el sonido de la criada que trajo agua fresca a mi habitación, y se me concedió el regalo de despertar con el suave sol que entraba por mi ventana y con la belleza de la risa de una mujer.

Abrí los postigos de la ventana y miré afuera. Elizabeth estaba en el patio trasero, recogiendo huevos de sus gallinas e intentando evitar, con poco éxito, que el cerdo pisotease el huerto. Era una mujercita demasiado pequeña y menuda para tal tarea, y enseguida el viejo criado salió al patio, pidiéndole a su señora que dejase aquel esfuerzo antes de que el amo se enterase. Ella sonrió ante la regañina y volvió a los huevos.

Me lavé y me vestí deprisa, pero, para cuando bajé al calor de la cocina, hacía rato que William se había marchado. Los ojos de Elizabeth rebosaban de amabilidad. Vi que William le había contado mi historia, aunque ella disimulaba como podía. William era un hombre afortunado. Amaba a Elizabeth desde el día en que la había conocido. Él, hijo de un maestro de escuela; ella, hija de un burgués tonelero. Habían estado prometidos seis años, mientras él completaba su curso de Filosofía en el Marischal College de New Aberdeen y durante toda su estancia en Leiden para estudiar leyes. Ninguno se había alejado del otro. Se casaron en los tres meses posteriores a su regreso de los Países Bajos y ahora, según me había contado él la noche anterior, ella estaba encinta de su hijo.

Me miró con un brillo travieso en sus ojos.

—Espero que haya dormido bien, señor Seaton. ¿O es que esta es la hora a la que acostumbran a levantarse los burgueses de Banff? Había oído hablar sobre sus maneras descuidadas por aquellos lares, pero apenas daba crédito.

Me reí en respuesta.

—Señora, es el lujo desacostumbrado de sus ropas de cama lo que me ha mantenido soñando. Nosotros, sencilla gente pescadora, no conocemos más que mantas corrientes y vendavales aulladores en nuestras desoladoras moradas. Soñé que había caído en medio de los lujos de Babilonia, y me resultaba odioso arrancarme de su abrazo.

Elizabeth movió un dedo amonestador hacia mí.

—La señora Youngson sabrá de esa licenciosa manera de hablar, y entonces veremos cuán corrientes serán las mantas que encuentre.

Ella conocía a mi casera tan bien como yo, y pertenecía al burgo de Banff sin duda más que yo mismo. Fue en la cocina de la vieja escuela de Banff donde William, que pasaba un verano en Dalgetty con Archie y conmigo, conoció a su mujer, por entonces sirvienta del maestro de la escuela y su mujer. Elizabeth quería mucho a la anciana, y el orgullo que ellos sintieron por su casamiento solo fue superado por la pena de perderla.

Me pidió que me sentara a la mesa y me sirvió un cucharón de gachas en una escudilla.

—Y después tomarás huevos. Mis gallinas ponen los mejores huevos de toda la ciudad. Yo les canto.

Repliqué que con las gachas estaría bastante bien, y que a ella los huevos le harían más falta. No quiso oír ni hablar de ello.

—Necesitas reponerte. Te has quedado muy flaco y demacrado, Alexander. Por favor, déjame cuidarte un poco. Verte bien me sentará mejor que todos los huevos de Escocia.

Humillado, no supe qué responder. Su amabilidad era casi más de lo que yo podía afrontar. Ella vio mi incomodidad y le quitó importancia.

—De todas formas, si como muchos más huevos, mi hijo nacerá con plumas.

Parloteó sobre lo vaga que había resultado como esposa para William, que hacía que comiera cuando no estaba echada y hacía que se echara cuando no estaba comiendo. Siempre había sido una chica pálida y menuda, y aunque el embarazo había puesto alegría en su mirada, sus mejillas estaban ajadas y sus ojos cansados. El cansancio de su cuerpo, con cinco meses por delante para llevar su carga, era ya evidente. Pensé en mi amigo, que tenía todas las promesas que la vida podía hacer a un hombre como él, y rogué a Dios que, si aún me escuchaba, no se las quitara.

Con el estómago lleno y una calidez en el corazón que hacía mucho que no sentía, salí para hacer mis recados de la mañana. Mi primera visita se la haría al librero. La tienda de David Melville en Castlegate había sido para mí un lugar de mayor disfrute que todas las tabernas de Aberdeen, y aunque mi bolsa era ahora más ligera, recorrí la calle con la ilusión de un crío una mañana de vacaciones. Hacía un día soleado y ya tibio.

Decidí tomar el camino corto a Castlegate, y evitar así los nocivos efluvios de los artesanos, que ya emanaban desde la dirección de Netherkirkgate y Putachieside, donde los curtidores y los tintoreros llevaban ya varias horas trabajando.

Miré hacia mi izquierda, a la iglesia de St. Nicholas. Se erguía, magnífica, dominando el horizonte de la ciudad. En los momentos tranquilos y honestos en que la ambición sobrepasó a la vocación, yo había aspirado a un púlpito en aquella iglesia. El edificio había sido seccionado en dos partes para permitir una forma más adecuada de culto, ahora que nos habíamos arrancado de las zalamerías de Roma. Pero yo ya nunca predicaría en ninguna iglesia, del este o del oeste. Tendría que haberle evitado aquel monumento a mis sueños frustrados, de haber sido posible.

Seguí mi camino cruzando Upperkirkgate. La calle estaba más abarrotada que cualquiera de Banff: arrieros, bestias, aprendices y criadas se apresuraban en una u otra dirección sin gran necesidad de levantar la vista y ver hacia dónde se dirigían. Yo no tenía práctica, y me gané las maldiciones de un arriero, que venía traqueteando desde Stockethill en dirección a la ciudad y que casi volcó su cargamento de madera al echar su bestia a un lado para evitar atropellarme.

Las calles ya estaban llenas de trabajo para los limpiadores; perros, cerdos, caballos dejaban su excremento donde podían, y no todos los ciudadanos guardaban sus desperdicios para el montón de estiércol de sus patios. Bajé hacia Guestrow, pasado el hospital de St. Thomas, con cuidado de evitar a otro pequeño arriero que transportaba harina desde el molino cuyas aspas giraban con obstinación en lo alto. Nadie me prestaba ninguna atención: tenían sus asuntos y los de sus vecinos para mantenerse ocupados. Al final de Guestrow salí a Broadgate, justo enfrente de Grayfriars' Kirk, que ahora pertenecía al

Marischal College. Los edificios y jardines de Grayfriars habían sido donados a la universidad hacía treinta años por su generoso fundador. Aquellas tierras y edificios dedicados antaño, aunque con motivos equivocados, al servicio de Dios y su obra en el mundo, ahora se dedicaban al gran trabajo de construir una devota comunidad aquí en la tierra, en nuestro país. Y una vez yo había tomado parte en ese empeño. El fracaso me roía por dentro.

En ese momento me alegré de entrar en Castlegate, el gran mercado del burgo y centro de su gobierno. Las casas de los poderosos de la ciudad, hombres de peso e importancia en todo el campo de los alrededores estaban aquí, o la mayoría de ellas, pues los Gordon se mantenían en Old Aberdeen, más seguro para ellos en el caso de que tuvieran que emprender una retirada rápida hacia sus tierras. Pero allí era donde los Menzies, con generaciones de alcaldes entre ellos, tenían su casa de la ciudad; aquí estaba Earl Marischal, que por lo demás se quedaba en su inexpugnable fortaleza de Dunottar, labrada en la roca más alejada de la costa, a la puerta de los Mearns y que miraba ceñuda hacia el mar del Norte.

Y allí mantenían aún su casa los Hay, si bien ahora era un lugar oscuro, y yo ya no era bien recibido allí. No iba a llamar a aquella puerta o a la de cualquiera de las otras casas de los ricos. Tampoco me interesaban los productos del mercado: pescado, ropa de diversa procedencia y aspecto, grano y herramientas cambiaban de mano entre mercaderes al por menor y al por mayor, entre vendedores y artesanos. Tampoco tuve trato con los mercaderes más pequeños ni con los artesanos del campo que cargaban productos finos y bastos en los carritos de los que tiraban, en dirección a casas y talleres y a otras ciudades para continuar la gran cadena de beneficio y supervivencia. Pasé junto a la tienda de un zapatero: a través de la puerta abierta pude verlo trabajando al fondo, con una delicada pieza de cuero girando y moviéndose entre sus manos. Codicié aquel cuero; mis pies estaban doloridos y mis zapatos casi fuera del poder o de la voluntad de los zapateros de Banff de volver a arreglarlos. Quise comprar unas botas nuevas, pero el dinero para pagarlas, y mucho más, estaba ahora en las manos codiciosas del tío de Sarah Forbes en King Edward. Antes de dejar la ciudad, quizá probara uno de los zapateros más baratos que trabajaban junto a las curtidurías cercanas a Putachieside, en el Green.

Y entonces casi me derribaron. Un niño pequeño, puede que de ocho o nueve años, había encajado su cabeza en mi estómago y estuvo bastante cerca de hacerme perder el conocimiento. Cuando pude recuperar el aliento y él su equilibrio, eché una mano a su hombro.

—Oye, ¿qué pasa?, ¿la casa de tu madre está en llamas?

El crío estaba aterrorizado.

—¿Mi madre, señor? No tengo madre. Pero el amo me zurrará bien si regreso tarde con su libro.

Tomé el libro de su mano, una mano sorprendentemente limpia. Yo no solía ser lo suficientemente riguroso al inspeccionar las manos de los chicos de mi clase. Los chicos vivían con temor a que la señora Youngson, si es que tenía un raro momento de calma en sus tareas del día, los pillara y los arrastrara fuera, a la tina del patio de atrás, para cepillarles las uñas a fondo. Puede que aquel niño hubiera sido escogido para llevar el precioso libro por la limpieza de sus manos. Le di la vuelta al volumen en mi mano. Un volumen de poesía, en latín, del señor David Wedderburn[8], impreso en Aberdeen por las impren-

---

[8] N. del T.: David Wedderburn (c. 1580-1646), escritor y maestro de escuela de Aberdeen.

tas de Raban, en 1626. Pasé mi mano, maravillado, por la cubierta del libro. Encuadernado aquel mismo día, sacado al mundo para los ojos de los hombres aquel mismo día.

—¿El señor Wedderburn es todavía el maestro de la escuela?

El crío me miró como si yo fuese un pobre imbécil.

—Sí, señor. Claro. Siempre lo ha sido. Me lo dijo mi padre, porque el señor Wedderburn también era el maestro cuando él estaba en la escuela. Y también me contó que...

Levanté una mano. Había demasiadas historias que contar para un jovencito con prisa.

—Ahora vuelve corriendo a la escuela y dile al maestro que el señor Alexaner Seaton ha tenido una gran alegría al ver su libro. Vete ahora, ya te he entretenido bastante.

El chico asintió y bajó corriendo por Netherkirkgate en dirección a Schoolhill. David Wedderburn nos había enseñado Gramática en King's College, al tiempo que enseñaba Filosofía en Marischal College, todo ello manteniendo aún la escuela. Era el mejor gramático que conocía y un excelente maestro, aunque con exceso de trabajo. Añadí su poesía a la lista mental de mis deseos, y mis nuevas botas calleron en las manos de un futuro zapatero de alguna otra ciudad.

La puerta de la librería de David Melville aún estaba abierta, y pude oler las pilas de libros nuevos y las hileras de libros viejos bien encuadernados antes de estar del todo dentro de la tienda. El librero me daba la espalda, con un pedazo de papel en la mano mientras revisaba una hilera de gramáticos latinos de un estante. Pegada a la parte interior de la puerta de la tienda había listas de libros para uso de las escuelas de la ciudad (secundaria, primaria, lectura y escritura), que se amontonaban todas alrededor de la parte de atrás de St. Nicholas Kirk, en Schoolhill. Repasé de un vistazo la lista para la escuela secundaria; la gramática de Alexander Hume, la misma que usábamos en Banff, aunque era imperfecta, y yo sabía que Wedderburn estaba trabajando en una nueva que, era evidente, aún no estaba lista. Ediciones de Cicerón, de Virgilio, de Ovidio, ediciones mejores y más nuevas que las que Gilbert Grant conocía o que las que yo podía pagar. Una aritmética simple, al menos en aquello estábamos mejor preparados en Banff. Sonreí al echar un ojo a los títulos de la escuela de primaria (Charles Thom habría refunfuñado ante tales precios): libros de salmos, *scots,* inglés e incluso holandés, y una edición de las *Fábulas* de Esopo, pero nada de las baladas y romances que a él tanto le gustaba enseñar cuando se había terminado todo el trabajo necesario. Además, *Una exhortación moral para el Viejo y el Joven* que habría descansado bastante tiempo sin molestias en su estante. Melville acabó de recontar sus catecismos y se dio la vuelta para saludarme con el ceño fruncido y después con una amplia sonrisa.

—Que me aspen si no es el señor Seaton. He estado esperándole estos últimos días. Dijo que vendría antes del fin de marzo.

Le di la mano.

—Hemos estado muy ocupados en la escuela. El Presbiterio y el Consejo hacen su visita a finales de abril, y el señor Grant está decidido a que esta vez no tengan motivos para encontrar faltas.

El librero suspiró cansado.

—El Presbiterio y el Consejo siempre encuentran alguna falta. Es para eso para lo que están. Pero tendrán pocos motivos de queja por sus libros. Tengo aquí el Cicerón que quería, y el Buchanan, y esa gramática griega —me guiñó un ojo—. Tengo que esconderla del señor Wedderburn: si pensara que los chicos del campo están llegando a las pruebas de las becas armados con semejante nivel de griego, pondría patas arriba al Consejo para que también le dejaran enseñar griego... y le pagaran por ello.

—¿Sabe mucho griego?

—¿Eso le importa? El maestro tiene una gran carga con su esposa y su familia en estos tiempos, y no pierde la oportunidad de sacarse un penique extra para sus apuros.

Melville ató mis libros y después pasó una página en su libro de cuentas para revisar el resto de mi pedido. Fue hacia la pared del fondo de la tienda, donde se amontonaban Biblias del suelo al techo, y recorrió los estantes con el dedo hasta que encontró lo que estaba buscando. Sacó con mucho cuidado un libro encuadernado en un suave cuero rojo, de casi dos veces el tamaño de los que estaban cerca de él.

—Aquí está. Su buen maestro, el señor Gilbert Grant, me pidió hace muchos meses que le buscara una Biblia impresa en un tamaño lo suficientemente grande como para que alguien con vista cansada pudiera leerla. Y creo que la he encontrado. Recorrí el país —y después sonrió, un poco avergonzado— bueno, envié a buscarla por lo menos a Edimburgo, y aquí está.

Miré el imponente volumen que me acercaba, con una letra lo bastante grande como para que mi amigo pudiera leerla, aunque yo sospechaba que cada palabra de ella estaba ya impresa en el corazón del anciano. El librero estaba orgulloso de haber conseguido lo que se le había encargado, pero yo estaba un poco incómodo.

—El señor Grant no mencionó...

Melville alzó una mano conciliadora.

—Hace muchos meses que me la pidió. Puede hacer que otro correo traiga el dinero desde Banff una vez que tenga el libro en mano. Ahora, para el doctor Jaffray —miré el montón de libros sobre el mostrador y empecé a compadecerme del caballo que me llevaría a casa. El librero fue a otra estantería y eligió dos libros médicos que acercó y desató para que los examinara. Tomó el primero—. *Descripción del cuerpo del hombre,* del doctor Reid. Alexander Reid y su hermano se las arreglaron muy bien después de dejar nuestra humilde ciudad. ¿Sabe usted que Thomas Reid fue traductor oficial del difunto rey? —asentí—. Y su hermano se las arregla muy bien con su práctica médica. Sí, muy bien.

Se detuvo un momento, en sobrecogida contemplación de la riqueza que se podía cosechar en Inglaterra a la sombra de nuestro rey. Después se recuperó y dijo con viveza, mientras me pasaba el segundo libro:

—Pero, gracias al buen Señor por aquellos, como Jaffray, que vuelven a las costas de su hogar para atender nuestras enfermedades y necesidades. Le pido a Dios que el doctor obtenga mucho beneficio de ese trabajo —di la vuelta al libro. Francois Rousset, traducido al latín del francés por Caspar Bauhin, viejo conocido del doctor: *Foetus vivi ex matre viva.*

—Quiera Dios que así sea —pagué a Melville lo que se le debía por los libros del doctor y por los míos, y, apenado, decliné mirar los últimos trabajos sobre Teología llegados de Amberes que había allí. También decliné su oferta de los últimos tratados y panfletos que habían llegado a Aberdeen desde los Países Bajos y el norte de Inglaterra. Las argumentaciones sobre la forma correcta de adoración, de arrodillarse en la iglesia, vestimenta y libros de rezos tenían ahora poco interés para mí, aunque no consideré inteligente confiárselo al librero. Él apuntó hacia el techo sobre él, donde Raban, el impresor del burgo, ejercía su oficio.

—Raban está a punto de hartarse del tema. El doctor Forbes y el doctor Baron y los demás pastores no permiten a sus plumas dejar el asunto en paz. Y me temo que aún queda mucho más de esto por oír. De todas formas, si no puedo tentarle para que se una a la guerra de los panfletos, quizá haya algo más agradable que pueda enseñarle, si es que no lo tiene ya —de una estantería de detrás de él me pasó un delgado volumen en cuarto, impreso allí por Raban hacía solo tres años. *Recreaciones poéticas del señor Alexander Craig de Rosecraig.* Pensé en Charles Thom en la oscuridad y la mugre de la prisión de Banff. ¿Qué bien podría hacerle tener el volumen de Craig a la mano, evocando imágenes de ríos transparentes y libertad y amor en su mente? El precio del volumen era razonable. Mis botas sobrevivirían a otro arreglo más. Apalabré con el librero el envío de mi compra a casa de William Cargill. El chico esquelético que salió de la trastienda para empaquetar la pila, se alegró al comprender que no tendría que llevarlos lejos. Supuse que, por mis ropas y mi calzado, entendería que no habría un penique extra para él en aquel encargo.

Era solo mediodía, y no me iba a reunir con el rector Dun en la universidad hasta el día siguiente. Tenía un recado más que hacer y después el día sería mío para rellenarlo como quisiera, hasta que William regresara de sus negocios. Tenía una carta del alcalde en mi bolsillo. Iba dirigida a George Jamesone, artista, New Aberdeen. No necesité preguntar por la dirección de la casa de Jamesone. Estaba en Schoolhill, a menos de cinco minutos de casa de Cargill sobre Upperkirkgate. Recorrí a la inversa mi ruta de la mañana y en un corto espacio de tiempo estaba presentándome en la puerta de la calle de la formidable casa del artista.

Llamé con fuerza a la puerta y esperé. Un bonito rostro asomó de una ventana de la torre dos pisos por encima de mí, y después volvió a desaparecer en la oscuridad. Aún estaba mirando hacia arriba cuando la puerta que había ante mí se abrió hacia dentro y un anciano de cara severa me preguntó qué asunto me llevaba allí. Me miró con cierto recelo. Yo no iba vestido a la manera habitual de quien tenía negocios con su señor, y no me conocía. Me dijo que llamaría a la señora y se dispuso a cerrar la puerta.

—Willie Park, deja que entre el caballero. ¿No conoces al señor Seaton?

Willie me miró a los ojos, y lo hizo a fondo.

—Pues no lo conozco. Y le diré que tampoco lo conoce el amo.

—Oh, Willie, apártate y trae algo de vino.

Willie se fue arrastrando los pies, gruñendo que los tiempos en aquella casa habían cambiado, y ¿qué necesidad tenía el amo de una esposa?

—¿Y usted no me conoce, Alexander?

Mis ojos solo estaban empezando a acostumbrarse a la débil luz del interior. La cara bonita que me había mirado desde la torre emergió ahora, aún sonriente, de la escalera que había frente a mí. La joven llevaba en sus brazos un bulto de tela del que surgía un sonido quejumbroso. Vino directa a mí y se detuvo, radiante, casi tan alta como yo, y brillando de felicidad y orgullo por su bulto.

—Lo siento, yo no... y todavía... —y entonces algo tiró de un recuerdo en mi cabeza. Un hueco olvidado se rellenó con aquella sonrisa. Miré la cara de la mujer y vi el rostro de una niña de doce años, hacía seis o siete, corriendo con sus hermanos por el jardín de la casa de los Hay en la ciudad, arrojándonos castañas a Archie y a mí hasta que, bramando, nos levantamos para cazarla—. ¿Isabel? ¿La pequeña Isabel Tosh?

Ella asintió triunfante.

—La misma que viste y calza. ¿Cómo está usted, señor Seaton? Es un placer tenerlo en nuestra casa. Había oído que no estaba usted... No había oído nada de usted aquí en Aberdeen hacía mucho tiempo.

—No, he estado fuera un buena temporada. ¿Así que es usted la señora aquí? Se ha casado con George Jamesone.

—Así es, y le he dado un hijo, el primero de muchos, si Dios quiere.

—Que Dios la bendiga. Me alegro de verla.

—¿Recuerda los tiempos felices con los Hay? Aquellos fueron buenos tiempos. Antes de que esta horrible guerra alemana les privara de su luz. Y a usted de su amigo. Lamenté la pérdida de Archie tanto como lo habría hecho por la de un hermano. Tenía un corazón tan grande, y tanta vida en él —se detuvo a reflexionar un momento— y usted tiene negocios con George. Bien, entremos. Le llevaré ante él y después iré yo misma a la bodega. Así el vino estará antes que si lo llevara Willie.

Me guio hacia arriba por la escalera de caracol, hablando y señalando características de la casa. Había sido construida en la infancia de su marido por su padre, Andrew, un maestro albañil, y había llegado a George tras la muerte de su hermano mayor.

—La desgracia para un hombre es a menudo una bendición para otro.

No me gustó la verdad que había en aquello, así que no dije nada como respuesta. En el tercer piso, llamó a una puerta y entró delante de mí en la habitación. Esperé un momento hasta que reapareció y me dijo que su marido se alegraría de recibirme.

Nunca antes me había encontrado con George Jamesone, pero conocía al pintor de vista de los últimos días de mis estudios de Teología en Aberdeen. Desde sus tiempos en Amberes, vestía muy a la manera holandesa, y llevaba con afectación un sombrero negro de ala ancha en todo momento: ahora vi que el rumor de que incluso lo llevaba puesto cuando pintaba era cierto. Me saludó con un gesto de la mano mientras terminaba un detalle del retrato en el que estaba trabajando, indicándome que debía tomar asiento. Miré a mi alrededor y me conformé con un taburete que había junto a la puerta (sabía por mi padre que a ningún artesano le gusta ser molestado en medio de un trabajo).

La habitación era bastante grande y aireada, inundada de luz del norte por la gran ventana que daba al extenso jardín de la parte de atrás de la casa, y, más allá, a un extremo del bosque junto al lago. Jamesone trabajaba cerca de la ventana, en un gran lienzo que representaba a una mujer de la nobleza y a sus dos jóvenes hijas. La reconocí de las reuniones en Dalgetty: era Anne Erskine, condesa de Rothes. Había logrado un buen parecido.

Por toda la habitación había instrumentos y útiles de su oficio, algunos sobre cuyo uso yo no tenía ni idea. En una pequeña antecámara a mi izquierda, pude distinguir tarros, tinajas, jarras de cristal de una miríada de colores. Había boles de raíces, perdigones, piedras pequeñas como pedazos de cristal coloreado. Grandes botellas de un líquido pegajoso alineadas en un estante. Podría haber sido el almacén de un boticario excepto por alguno de los olores, que eran más semejantes a los del oficio del tintorero. Amontonados a la derecha de la puerta, había marcos y partes de marcos de varios tamaños, la mayoría negros, menos algunos dorados, esperando el fruto de las labores del pintor. Había también otros lienzos, algunos con simples dibujos delineados, otros a punto de ser acabados. Los abogados, los profesores, los doctores de Aberdeen no permitirían que sus logros, o como mínimo, sus caras, sucumbieran en la posteridad a la sombra de los magníficos y poderosos, cuyas imágenes también me miraban desde lienzos ya secos.

Por fin Jamesone dejó su tarea. Aún de espaldas a mí, estiró mucho sus brazos y bostezó, y después se quitó y colgó el blusón que llevaba. Se dio la vuelta y me obsequió con una amplia sonrisa. Me gustó al instante: era una sonrisa de auténtica fraternidad en una cara viva, con humor e inteligencia.

—Señor Seaton, me alegro de verle. Como sabe, no nos conocíamos, pero mi esposa me cuenta que son ustedes amigos hace tiempo, y como usted sabe en consecuencia, mi esposa no es una joven cuya aprobación pueda ser cuestionada. Venga, siéntese aquí, cerca de la ventana: estará más cómodo y yo podré ver mejor su cara. Me interesan las caras.

De no haber sabido ya que había viajado para aprender su oficio (a Edimburgo y a los Países Bajos), sus modales y su forma de hablar lo habrían revelado. No tenía el aire de un hombre que hubiera pasado toda su vida dentro de los confines de una única sociedad.

Hice lo que me pidió y me senté cerca de la ventana. Él siguió moviéndose por la habitación, limpiando y poniendo en orden sus pinceles, sus pinturas y sus telas. El viejo sirviente entró con una bandeja con vino y un plato de nueces y uvas pasas, y la posó ante mí entre refunfuños a petición de su señor.

—Ahora, señor Seaton, ¿tiene algún asunto conmigo?

Saqué la carta de la bolsa que tenía a mi lado.

—No yo, sino Walter Watt, alcalde de Banff —le alargué la carta—. Yo no soy más que un mensajero.

Jamesone me miró con el semblante de alguien que no está del todo convencido, pero no dijo nada, y en vez de eso cogió la carta que yo le alcanzaba.

—Así que ahora Watt se ha hecho nombrar alcalde, ¿eh? Bien, no puedo sorprenderme. Posó para mí hace varios años, él y su esposa. Era un hombre que no iba a esperar mucho tiempo al destino, creo.

Juzgué apropiado no añadir mis pensamientos a aquellos del artista. Él dejó el tema y dedicó su atención a la carta, cuyo sello acababa de romper.

—Su alcalde desea que vaya a Banff una vez más para pintarlos a él y a su familia —levantó la vista—. Me alegro de que hayan tenido hijos, creo que su falta era una gran tristeza para su mujer.

—No es la misma mujer. La primera murió hace algunos años.

—Lamento oír eso. Había una gran belleza y amabilidad en ella. Tendría que haber sido mejor bendecida —suspiró—. Pero el alcalde tiene poca idea de la presión que ejercen los clientes sobre mí en estos tiempos. Ahora raras veces viajo a donde están mis clientes, es un gran alboroto transportar todos mis materiales, y no me gusta estar muy lejos de mi esposa. Estos a los que pinto ahora vienen normalmente a posar para mí aquí. Pero me alegré bastante de nuestro negocio una vez, y no debería desdeñarlo. Además, sería interesante pintar la misma cara una vez más y ver cómo la han marcado los años —hizo un gesto hacia el trabajo al que se acababa de dedicar—. Voy a viajar con este retrato a Rothes a final de mes: la condesa tiene un encuentro con unos amigos a los que me quiere presentar. Volveré a casa por Banff y veré al alcalde y a su familia entonces. No puedo prometerle que pueda hacer nada más que un boceto de ellos allí; es bastante probable que tengan que venir a posar para mí aquí.

Yo asentí, aunque no anticipaba con ningún gran placer decirle al alcalde de Banff que, aunque estaba por encima del mundo, tenía menos importancia para George Jamesone que la que una vez había tenido. El pintor y yo hablamos un rato sobre Banff y los campos de los alrededores y la gente que él conocía allí. Evitó mencionar Dalgetty, y sospeché que las noticias sobre mi desgracia habían alcanzado Aberdeen y los oídos de aquellos que apenas me conocían. Hablamos de las universidades en las ciudades nueva y vieja, y de los profesores de ambas que habían acudido a él para que los retrara. Ahora había una gran confianza entre los eruditos y un gran deseo de dejar su huella en el mundo, en memoria de su sociedad. Hombres nacidos como yo, de artesanos y ciudadanos no muy reputados en la vida de la nación, estaban ascendiendo, haciéndose un nombre por el uso de dones otorgados por Dios y de sus méritos. Yo debería haber estado entre ellos. Con mi pecado y mi locura, había malgastado mis dones y enviado mi nombre a la infamia presente y a la futura oscuridad. Pero aquí había un hombre que no mantenía aquello en mi cuenta. Él había viajado por el mundo y como me contó, «Un pintor ve muchas cosas en la vida de los hombres que otros no ven».

—No estoy seguro de a qué se refiere —dije.

Se movió por la habitación para quedarse al lado de su lienzo de la condesa de Rothes.

—¿Qué ve aquí?

Examiné el retrato por un momento, pero no pude adivinar ningún gran secreto en él.

—Veo a Anne Erskine y a sus dos hijas.

Me puso a prueba.

—¿Es todo lo que ve?

Miré de nuevo y me encogí de hombros.

—Bueno, no. Veo una ventana, unos pesados y ricos cortinajes, una mesa, algunos artefactos.

Esperó aún más.

—¿Y?

Me levanté y me acerqué para escudriñar más de cerca la pintura.

—Hay una caja sobre la mesa con una gargantilla que cuelga por fuera de ella... de oro y zafiro y perla, creo. Hay algunos retratos en la pared detrás de la condesa. Hay un tablero de ajedrez con algunas piezas sobre la mesa —continuó mirándome expectante, pero yo había hecho lo que podía y mis poderes de observación estaban ahora agotados. Levanté mis manos con resignación—. Lo siento. Eso es todo.

Él sonrío amistoso y cogió un pincel limpio con la mano y lo usó como puntero.

—Usted mira, pero no ve con propiedad, no implica a su mente. Usted no se pregunta qué es lo que ve, porque piensa que ya lo sabe. Ve a la condesa de Rothes y a sus dos hijas. Sí. Ve una ventana; ¿está ahí solo por la luz? Yo no soy pintor de ventanas. Mire de nuevo: las armas de la familia aparecen en la vidriera; hay nobleza ahí. Y por si aún lo duda, mire los retratos detrás de ella: también hay linaje. El joyero de la mesa, ¿es que ella fue descuidada y no puso las cosas en su sitio antes de que llegara el pintor? Creo que no. Hay riqueza, opulencia del mundo dispuesta para que todos la vean. Y el tablero de ajedrez, desorden de nuevo. ¿Una partida jugada con prisas por la condesa y sus hijas? ¿Por qué no hay una muñeca ni una sonaja ni una peonza? Porque esta mujer y sus hijas no juegan juegos infantiles: el suyo es un juego de estrategia, esas chicas tienen buen entendimiento y formación. He empleado los trucos de mi oficio para mostrar todo eso; usted no habría adivinado que parte de la pintura se pintó aquí.

Admití que no.

—Y aún queda un elemento que usted no ha mencionado —volví a mirar. El pintor me estudiaba mientras yo hacía lo mismo con su pintura. Al final dije—: ¿las cerezas?

Asintió, por fin satisfecho.

—Eso es, las cerezas. ¿Creía usted que se trataba tan solo de una afectación en el color, un capricho del pintor?

Tuve que confesar que no había pensado en ellas en absoluto: tan solo estaban allí, como suele estar la fruta en retratos semejantes.

—Mire otra vez —me dijo una vez más—. La cría más joven las lleva en su delantal, racimos de rojas cerezas maduras. Su delantal está lleno de ellas. Su hermana mayor no viste delantal, pero lleva sus cerezas en la mano. Usted ve un retrato de la condesa de Rothes y sus hijas. Sí. Está en lo cierto. Y sus hijas, no hijos, porque no hay ninguno. Las fortunas de la familia pueden descansar con estas dos niñas pequeñas. Así, vea expuesto su linaje, su nobleza, su inteligencia, sus conocimientos y su riqueza. Qué buenas esposas serán algún día estas pequeñas. Qué buen partido para alguien de su misma posición. Pero, por encima de todo esto, hay una cosa que se requiere de ellas: fertilidad. Y mire, mire otra vez, señor Seaton. Vea qué fértiles, vea que maduras estarán.

Se dio la vuelta y caminó hacia la ventana, donde permaneció mirando su jardín arbolado y sus delicadas flores.

No dije nada, un poco incómodo ahora con la pintura. Él se giró y pude ver que no era del todo una fuente de placer para él.

—A veces pinto lo que se me pide que pinte. Mis clientes no siempre me piden directamente lo que de verdad quieren, pero a menudo pueden dejarlo claro por otras vías. Pinto lo que me piden que pinte y pinto lo que veo. No siempre son una misma cosa, aunque si hago bien mi trabajo, el que paga no siempre puede discernir lo que en realidad digo en mi pintura. Los modelos vivos de un retrato con frecuencia son poco más que el lienzo en blanco: a veces te dicen poco. Son los objetos, los detalles los que cuentan la historia —me señaló un conjunto de estantes detrás de mí y, mientras yo les echaba un vistazo, varias cosas que me habían confundido al entrar al principio al cuarto tenían ahora un poco más de sentido. Vino hacia mí y cogió el cráneo humano, que sonreía siniestro, del estante de abajo—. Yo no soy, como usted sin duda sabrá, un hombre de medicina. No me interesa este cráneo más que por la utilidad que tiene para mí en la descripción de la muerte, la certeza de la muerte. Estas conchas que ve usted aquí fueron recogidas, de hecho, durante un feliz paseo por la playa con mi esposa un día de verano, y son para mí un recordatorio de cosas placenteras, pero en una pintura se convertirían en símbolos de riqueza. Si mira usted esos libros de ahí, verá por sus títulos que no son de gran importancia. Los libros interesantes de verdad para mí, y para mi esposa, pues le encanta leer, están abajo, en mi librería. Estos libros de aquí son, de nuevo, meros adornos, pero han sido usados muchas, muchas veces para simbolizar la cultura de algunos de mis ilustres modelos, algunos de esos profesores de los que hemos estado hablando. Aún así, si uno de esos hombres cultos ojeara las páginas de estos volúmenes, desdeñaría perder el tiempo en seguir leyendo.

Yo empezaba a entender.

—¿Y este laúd?

Tomó el instrumento que había dejado apoyado en una silla.

—Ha adivinado mi secreto. No soy músico. El laúd, como muchos instrumentos musicales, es un símbolo del amor humano, incluso de la lujuria.

—¿Es por eso por lo que no ha arreglado la cuerda que está rota, porque nunca toca?

Él negó con la cabeza, con cierta seriedad.

—No, y desearía que ese fuera el caso. No todas las relaciones entre hombres y mujeres son tan felices como la unión con la que he sido bendecido. La cuerda rota es la falta de armonía, y se puede ver a menudo con tan solo mirar —quedó un momento en silencio y después sonrió y dijo con viveza—: ahora ya es usted un experto, señor Seaton. Cuando mire, verá.

—Me extrañaría. Dudo que alguna vez llegue a ver lo que en realidad existe.

—Creo que habla de algo más que de pintura.

—Puede ser.

Volvió a dejar el laúd apoyado en la pared.

—Creo que pocos de nosotros podemos mirar a otro hombre y afimar que realmente lo conocemos. Con todos mis trucos de dibujante, no soy experto en la naturaleza de los hombres. Creo que quizá sea más cuestión de la historia que cuentan sus caras, si es que puedo desentrañarla. Por eso me hago a la idea de aceptar este encargo de su alcalde, para ver qué historia de su vida, desde que lo pinté la última vez, me cuentan las líneas de su rostro.

Me reí un poco. No quería ser arrastrado demasiado lejos por este tema de conversación.

—Creo que correría mejor suerte si fuera a estudiar el corte elegante de sus ropas, el tamaño de su casa, el número de sus partidarios.

El pintor no estaba convencido.

—Semejantes cosas, es verdad, podrían decirme mucho sobre sus fortunas de este último par de años, pero es su cara la que me hablará del hombre —me miró un momento, con la cabeza un poco inclinada hacia un lado, antes de decir—: creo que hay cosas que puede decirme su cara.

Una curiosidad perniciosa, incluso vanidad, me invadió, y fui consciente de una fuerte necesidad en mí mismo de saber lo que otros veían cuando me miraban. Le pregunté:

—¿Qué cosas?

Me movió para acercarme y me senté delante de él en el asiento de la ventana.

—Sé por mi esposa que es usted maestro de escuela, un maestro menor en una escuela secundaria de burgo. Hay intensidad, fervor en sus ojos, aunque usted cuente poco. Creo, aunque puedo equivocarme, que es usted un hombre de amplia cultura; si es así, parece usted demasiado maduro para su actual posición en la vida. ¿Qué edad tiene? ¿Treinta y cuatro, treinta y cinco?

—Estoy en mi vigésimo séptimo año.

Movió la cabeza mientras se mordía el labio superior.

—Entonces es usted más joven de lo que parece. Y no es usted nativo del condado de Banff: es demasiado alto y de constitución enjuta, y sus ojos tienen una calidad en su color gris, casi verde, con esta luz, que no se encuentra por los alrededores. Y su cabello es demasiado oscuro, como el de un isleño o el de algunos de los irlandeses. ¿Me acerco a la verdad o me he cubierto de tontería?

—Soy nativo del condado de Banff, pues mi padre y su padre y antes muchas generaciones salieron de esa parte del país, pero mi madre era irlandesa, de estirpe irlandesa nativa, nacida en una familia del Ulster. También acierta usted en que soy muy viejo para ser un maestro menor en una escuela; tuve esperanzas de hacer otras cosas con mi formación, pero no fue ese mi destino, y...

Se encogió de hombros.

—Y no quiere usted hablar de ello con un hombre que hace unos veinte minutos era un desconocido.

El pintor había visto más de lo que quería. Esperé otros cinco minutos mientras él escribía una respuesta al alcalde, y se despidió de mí. Cuando estaba a punto de bajar las escaleras, me dijo: —Señor Seaton. Espero verle de nuevo en Banff. Si usted me lo permitiera, estaría encantado de pintar su retrato, como un estudio. El suyo no es un lienzo en blanco.

Respondí con más severidad de la que quería.

—Mi rostro no guarda grandes misterios, cualquiera en Banff le contaría mi historia. Estoy seguro de que hay muchos otros sujetos más adecuados para su trabajo.

—Yo no hago juicios, señor Seaton.

Meneé mi cabeza.

—Todos hacemos juicios, y seremos todos juzgados.

Él no replicó más y me fui, alegre de estar de vuelta en la calle y en compañía de extraños desinteresados.

Había planeado pasar la tarde estudiando más en profundidad la lista que había obtenido de David Melville, el librero, de libros que le había encargado el Consejo para suministrar a la escuela de secundaria. No quería que los estudiantes de Banff tuvieran desventajas en sus pruebas para una beca. Sin embargo, mi error fue tumbarme a trabajar en mi cama, en lugar de sentarme a la mesa. Enseguida me sumí en un profundo, reconfortante y cálido sueño a la luz del día. Una voz familiar en mi oído me despertó a última hora de la tarde.

—Eh, Alexander, date prisa, que llegas tarde a clase —salté de la cama, desparramando libros y papeles a mi alrededor, y me costó casi un minuto entero entender que ahora estaba en 1626, y no en 1618, y que ya no era un estudiante en King's College, en peligro por la ira de mis profesores. Mientras me ponía de pie, con un poco de dignidad, me saludó la sonrisa franca de William Cargill—. Te has hecho perezoso en tu madurez, Alexander. Nunca fuiste de los que van a peor. ¿Enseñas a tus alumnos por la tarde o, en vez de eso, los tienes ahuecándote las almohadas?

Me agaché para recoger los papeles caídos que quedaban en el suelo.

—Por las mañanas les enseño su gramática y a temer a Dios; por las tardes les enseño a desconfiar de abogados que tienen ropa de cama suave.

Él rio y se sentó en la cama arrugada. Después me miró con seriedad.

—Estás agotado, Alexander. Elizabeth me cuenta que has dormido media mañana, y ahora también has estado durmiendo gran parte de la tarde. ¿De verdad tienes que regresar a Banff tan pronto? ¿No puedes quedarte aquí con nosotros un poco más de tiempo? Quizá te haga bien. Yo no puedo deshacer lo que ya está hecho, esas cosas que me contaste anoche. Pero podemos darte descanso, comida y amistad. Quédate y déjanos ayudarte, Alexander.

Evité su mirada, que me buscaba, y me entretuve colocando las cuerdas de los envoltorios de mis libros.

—Eres muy amable, William, pero no paso hambre en Banff, y un hombre, incluso un hombre derrotado, debe trabajar. Y —ahora le miré—, también tengo amistades allí, diferentes de la nuestra, supongo, pero me sustentan.

—No pretendo ser un Jaffray, Alexander. Sé que te ha cuidado cuando pudiste haberte hundido más, que ha sido una roca para ti. Pero aún eres un hombre joven, y él ya no lo es, y tú necesitas, creo, mirar de nuevo el mundo con los ojos de un hombre joven. Hay otros caminos delante de ti, aún hay elecciones que puedes tomar.

—Mis elecciones han demostrado ser pobres, y la arrogancia y la insensatez con las que me divertía de joven, me han traído una gran vergüenza. Elegí mis caminos con mucha ligereza entonces, y no puedo volver de nuevo sobre ellos. Ni lo haría. He de aceptar mi sentencia.

—Ese día no es de este mundo. Todavía te queda una vida aquí, y no ha sido condenada por Dios.

Le agarré la mano.

—No sé cómo encontrarlo, William. No está aquí, aún no, si esto es todo. Tengo que ser un penitente y, ya sabes que no soy un papista, pero tengo que cumplir mi penitencia como me ha sido dada. De todas formas —dije deseando dar el asunto por terminado aquí y ahora—, si no estoy en Banff en cuatro días, el alcalde me hará arrojar a la prisión encadenado.

William me hizo bromear primero, pero poco a poco le di a entender que hablaba en serio. No le había contado nada del tema del asesinato en Banff, o del encargo para Straloch que llevaba en mi bolsa. Ni siquiera le había preguntado aún por los cuadernos de su tío, ni le había dicho aún nada de la causa de mi petición. Pero se lo conté todo en ese momento: le hablé de Charles Thom y Marion Arbuthnott, y del golpe que había supuesto para el encaprichamiento de Charles el regreso del sobrino del alcalde.

Le hablé de aquella última noche en la posada, con Charles, el doctor y yo, y del extraño desfile de nuestra vuelta a casa. No me guardé nada, ni mi vergüenza al haber ignorado y malinterpretado a propósito los ruegos del hombre moribundo en la tormenta, ni la grotesca visión que me dio los buenos días en mi mesa la mañana siguiente. Le conté la firme creencia de Jaffray y el boticario Arbuthnott sobre la forma de envenenamiento que había provocado la muerte de Patrick Davidson; William me prometió de inmediato que tendría los cuadernos y cualquier otra cosa que quisiera de su tío para llevárselo al doctor a Banff. Y le hablé de la rapidez con la que el dedo acusador había apuntado a Charles, sobre la base de poco más que insinuaciones y cotilleos, y después mi propia confusión al oír que Charles había sido encontrado en la iglesia, rezando. Le hablé de los temores de Charles por Marion y del silencio de la muchacha, y de la aparente determinación del corregidor por el ahorcamiento. William lo escuchó todo sin interrumpirme.

—¿Y cuándo es la vista ante el *sheriff?* —preguntó al final.

—En una semana a partir de mañana. No hay más que una semana para salvar a Charles de ser colgado en Gallow Hill.

William estaba serio. Sabía tan bien como yo que Charles no mataría a un hombre. Me miró con inseguridad.

—¿Tú no serás sospechoso, no?

—No, gracias a Dios, parece que no lo soy.

William estaba preocupado, su mente de abogado no quedaba satisfecha.

—Sin embargo, es extraño, ¿verdad? Dado que fue en tu aula donde se encontró el cuerpo de Davidson.

Lo sopesé. En mi determinación por ser el medio para que Charles saliera de prisión, la pregunta no me entraba en la cabeza. Pensé en ello. No tenía motivo, por supuesto, pero en una ciudad como Banff uno siempre podía ser encontrado. Yo no tenía conocimiento de venenos, pero tampoco Charles tenía ninguno. Sentí que una especie de pavor empezaba a filtrarse a través de mí, y mi mente se quedó vacía en una súbita oleada de miedo, como si estuviera atrapado en una habitación sin ventanas ni puerta. Para ser alguien que afirmaba valorar tan poco su vida, me encontré confrontado con el terror de la muerte.

—William, no sé por qué no soy sospechoso. De haber estado allí, ¿habrías sospechado de mí?

Me miró directamente, con serenidad, y dijo:

—Alexander, hemos sido amigos durante muchos años, y juraría por mi vida que tú no matarías a un hombre a sangre fría, pero si hubiera estado allí, y si no te hubiera conocido como te conozco, no te habría descartado.

—Pero, William, nunca lo conocí. ¿Qué razón podría tener para matar al aprendiz de boticario?

Su respuesta fue solemne.

—Quienquiera que matara a Patrick Davidson tenía una razón que aún no se ha descubierto, Alexander —la campana de St. Nicholas Kirk tocó cinco veces. El silencio que siguió fue roto por el sonido de la voz de Elizabeth llamándonos desde abajo.

—¿Os habéis quedado los dos dormidos ahí arriba? ¿No hay nadie más que yo para trabajar en esta casa? William, tienes que escribir dos cartas antes de que el correo salga para Edimburgo esta noche, y le dije a Bella Watson que estaríais preparados para cenar en su salón a las seis. ¿William, estás ahí?

Mi amigo le dijo a su mujer que bajaría en un minuto.

—Alexander, tengo que bajar y mirar lo de esas cartas. Pero tenemos que hablar más de esto esta noche. Elizabeth lo ha organizado para que nosotros, tú y yo, salgamos a cenar fuera. Le preocupa que yo esté demasiado en mi trabajo o a su lado, y que no sepa nada de mis amigos. ¿No te importa que vayamos a casa de Bella Watson?

—No, en absoluto —sonreí—. Siempre servía buena comida.

—Sí, y aún la sirve. Hablaremos después —se levantó para bajar, pero se dio la vuelta hacia mí en la puerta—. Pero, por el amor de Dios, Alexander, no le digas nada de esto a Elizabeth. Si oye algo, no tendrá en la cabeza nada más que volver a Banff con sus amigos hasta que esta sombra haya pasado. Ella no es fuerte, y no creo que pueda soportar algo así. Se preocupa mucho por ti, ya lo sabes.

Yo lo sabía. Le prometí que no diría nada, y me dejó solo hasta que hubo escrito sus cartas. Abrí la nueva Biblia de Gilbert Grant, pero las letras eran tan grandes que las palabras nadaban ante mis ojos y no podía hacer nada con ellas.

Poco más de una hora después, estábamos sentados junto a un magnífico fuego, bebiendo la cerveza de Bella Watson, de la que William afirmaba que era la mejor que se podía tomar en Aberdeen, y esperando que la chica nos trajera nuestras cenas de la cocina. Sería una buena comida, pues Bella cocinaba y elaboraba su cerveza igual de bien. Pero yo tenía poco estómago para comer y beber. Tuvimos suerte porque nadie más había llegado aún al pequeño salón trasero, y había paz para hablar, sin ojos entrometidos u oídos afilados. La hija de Bella trajo una fuente con dos cangrejos perfectos y de buen tamaño, recién sacados de la olla donde acababan de sufrir su muerte por escaldamiento. No había aliño ni guarnición, solo las dos bestias del lecho marino domadas, con aspecto feroz por su armadura completa. William se tomó el más cercano a él y partió una de las grandes pinzas.

—¿Has vuelto a pensar en lo que estábamos hablando esta tarde?

Yo también cogí una pinza.

—No he pensado en nada más.

—¿Y puedes encontrar alguna razón por la que aún no te hayan señalado con dedo acusador?

—No se me ocurre nada. Y —dudé, pero William me conocía bastante bien y no había necesidad de disimular— es del todo extraño, porque tengo pocos amigos en Banff y no se me tiene por alguien de confianza. Lo que los paisanos no saben de mi historia se lo inventan. Y creo que hay algunos a quienes les encantaría verme ahorcado, con la seguridad de que también arderé.

—Y aún así te mueves con libertad, sin acusaciones. ¿Charles es malquerido en el burgo, tiene enemigos?

Yo mismo había pensado en eso varias veces.

—¿Quién podría ser enemigo de Charles? Tú le conoces bien, William; ¿qué hay en él que pueda digustar? Es un amigo leal e imagino que sería un enemigo de poca trascendencia por el poco esfuerzo que haría. Esconde bien su desprecio por la congregación y los padres del burgo, dudo que haya muchos que puedan adivinar su falta de respeto por ellos. No ofende a nadie, no vulnera los derechos de nadie, no es un maestro codicioso ni severo y atrae poco la atención sobre sí. No busca mucha compañía, ni está siempre buscando amigos; aquellos que le tratan, le tratan lo suficientemente bien. Por supuesto, él es taciturno y es difícil sacarle algo, y aún así, cuando puedes ir más allá de eso, hay una cordialidad y un humor en él que llega al corazón. Tendría más amigos que enemigos si levantara la cabeza para mirar.

William sonrió entristecido.

—Algo difícil de hacer desde su situación actual.

Recordé a Charles como la última vez que lo había visto, encadenado en prisión, y la quejumbrosa melodía gaélica que había cantado él cuando me iba.

—Lo vi el primer día de su encarcelamiento. Ahora será mucho peor para él, y no sé cómo se le puede levantar el ánimo.

William agarró otra pinza de la fuente.

—Solo puede haber una manera, creo. Contigo y Jaffray trabajando de su lado, no necesita estar perdido. Pero, Alexander, si Charles no tiene enemigos, creo que tú debes de tener amigos, los conozcas o no.

También me había estado planteando aquello la última hora.

—No tengo un amigo en el pastor: Robert Guild es un hombrecillo egoísta, de pobre inteligencia y poca devoción.

—Un enemigo peligroso.

—Amigo o enemigo, no es un hombre en quien confiar. Y después está el corregidor: creo que al corregidor y a sus hombres les encantaría verme salir espantado de la ciudad, si no colgado en Gallow Hill. A veces temo que pueda estar jugando al gato y al ratón conmigo. Pero no sé cuándo ni cómo hace sus movimientos; todo lo que llego a saber es que los ha hecho.

William tenía una mente aguda, y pocas cosas le pasaban desapercibidas.

—¿Cómo es eso?

—Fue él quien me invitó al debate sobre los mapas porque sabía que yo tenía conocimientos sobre el tema. Admitió abiertamente que lo sabía por las cartas que me escribía Archie. En la prisión, cuando fui a visitar a Charles Thom, también sentí que el corregidor había estado esperándome. Creo que quiere algo de mí. Y me vigila.

—¿Crees que alguien te vio la noche que pasaste por el lado de Davidson, la noche de su muerte?

—Nadie más que las prostitutas de la ciudad, y no sé si ellas me verían. Desde luego ni el corregidor ni el presbítero, en el caso de que estuvieran en la calle a aquella hora, porque me habrían detenido por eso.

—¿Y hay otros en los que no confíes?

Solté una carcajada.

—William, ¿cuántas horas tenemos? No hay un hombre en la congregación de la Iglesia, salvo Gilbert Grant, que no se olvidaría de sí mismo y bailaría una giga diabólica por verme caer aún más a los ojos de Dios y de los hombres. Los modales y el aspecto extranjeros de mi madre, mi amistad con alguien tan por encima de mí como Archie Hay, y la enemistad, a su muerte, con mi propio padre, todo se ve de este modo, por no hablar de aquello a lo que una vez tuve pretensiones de aspirar para mí.

—¿Y como amigos? Quiero decir entre los que están en el poder.

Dudé otra vez, consciente de que lo que estaba a punto de decir podría hacerme pasar por tonto a los ojos de mi amigo.

—Sé que tengo un amigo en Thomas Stewart, el abogado de nuestro burgo.

William asintió complacido.

—Entonces eres afortunado: lo conozco bien. Es un hombre justo. Pero, continúa.

—Creo que quizá Walter Watt, el alcalde, al menos no me desea nada malo. Me defendió delante del corregidor y del pastor, aunque se hace pocas ilusiones conmigo, como se tomó la molestia de dejar claro. Es él quien me ha encomendado este encargo —saqué el mapa de mi bolsillo y se lo pasé por encima de la mesa. Pasó sus manos sobre el mantel que la chica nos había traído, y abrió el envoltorio. Desplegó el papel con cuidado y alisó el mapa. Lo estudió en silencio unos instantes y después levantó la vista—. ¿De quién es este trabajo?

—Es trabajo de Patrick Davidson.

Frunció el ceño.

—Pero me habías dicho que era boticario; es más, aprendiz.

—Lo era. Pero también, según parece, tenía interés en dibujar mapas. Este es solo uno de varios; los demás están guardados bajo llave en la prisión de Banff. Los encontraron buscando en la habitación que él compartía con Charles Thom en casa de Arbuthnott. No son trabajo de Charles y se ha confirmado que son labor de Davidson. No se puede sacar nada de Marion Arbuthnott sobre ellos, y parece que nadie más que ella sabía de los mapas, si es que ella sabía algo.

Los pensamientos de William fueron rápidamente al grano.

—¿Y los magistrados sospechan que es espionaje? —asentí, y él me devolvió el mapa; ahora no le gustaba su tacto. Lo doblé para devolverlo a su envoltorio y lo puse de nuevo en mi bolsillo.

—¿En qué consiste tu encargo? —preguntó William.

—Tengo que llevárselo a Robert Gordon de Straloch y pedirle su opinión. Bien puede ser que solo sea fruto de un inocente pasatiempo.

William estaba de acuerdo.

—Esperemos que así sea. Pero, Alexander —su voz era cautelosa, y pude ver por su cara que no le gustaba lo que ahora tenía que decir— ¿No se lo has mostrado a nadie más en Aberdeen?

Resoplé.

—Si se supiese que lo he enseñado, incluso a ti, por la mañana estaría pudriéndome entre rejas en Banff.

—Vale, pero, de verdad, Alexander, cuando estuviste hoy en casa de Jamesone, ¿no le contaste nada de esto?

No podía entender hacia dónde iba su curiosidad.

—Nada. Nada relacionado con esto. Pero, ¿por qué Jamesone? Seguramente el librero y el impresor hubieran tenido mucho más interés, y te puedo asegurar que ni se me ocurrió enseñárselo a ellos.

Bebió un trago de su vino y sirvió un poco más para mí y para él.

—¿Qué sabes de George Jamesone, Alexander?

Me encogí de hombros.

—Casi tan poco como sé de cualquier pintor... No, no es cierto, sé un poco más de él desde hoy. He sabido que pintó a muchos de nuestros más importantes compatriotas de por aquí. Muchos de la nobleza y algunos de clase más mediocre. No apostaría contra que algún día os pintara a Elizabeth y a ti.

—Quiera Dios que así sea —después esperó a que yo siguiera.

—Sé también que está casado con Isabel Tosh, a quien estoy sorprendido de haber encontrado crecida y ya sin el hábito de arrojar proyectiles a hombres jóvenes, y que le ha dado un hijo. Vive en una casa elegante y es una compañía interesante y un estudioso de la naturaleza del hombre. ¿Hay algo más que debería saber?

William apartó la fuente de su lado y se inclinó hacia delante, con los codos en la mesa.

—¿Sabes que estudió sobre todo en Edimburgo, pero que también pasó algún tiempo en Amberes?

—Sí, pero muchos de nuestros compatriotas siguen viajando para estudiar en los Países Bajos españoles. ¿Hay que imputárselo a todos como un crimen?

—Por supuesto que no. Pero, mientras estuvo en Amberes, estudió en el taller de Pieter Paul Rubens. ¿Has oído hablar de Rubens?

—No se habla mucho de arte en Banff; pero, sí, en los días en que estaba aquí incluso oí hablar de Rubens. ¿Así que Jamesone se ha formado con el más grande en su arte?

William estuvo de acuerdo con eso, pero no era la conclusión a la que quería llegar.

—Tú no sabrás, de hecho, ¿por qué deberías?, de las actividades diplomáticas de Rubens. Cuando estoy en Edimburgo por negocios, suelo coincidir en cenas de abogados con los mercaderes ricos de Leith. Conocen mejor los quehaceres de la gente en los Países Bajos y el Báltico que los nuestros aquí. Rubens es un bien conocido agente de Madrid: no ocurre nada en Amberes sin que él envíe su versión de los hechos a sus amos. No es un secreto. Pero, además, recibe salario de los Medici, donantes de Francia. Pocas intrigas pasan por las mentes exaltadas de Roma de las que Rubens no sepa, y pocas cosas suceden en los Países Bajos de las que no sea capaz de informar a sus amos españoles.

Hace menos de una semana habría considerado a mi amigo perdido en los vanos cotilleos de nuestra capital y su puerto de mar. ¿Qué relevancia podía tener semejante tontería para los burgueses de Banff, para Charles Thom, para mí? Pero la muerte de Patrick Davidson y el descubrimiento de sus prácticas de Cartografía habían cambiado las cosas.

—¿Jamesone es sospechoso de ser un espía de los españoles?

William negó con un movimiento de cabeza.

—No, él no, al menos nunca he oído rumores de tal cosa, y —aquí sonrió, un poco avergonzado—, hay pocos rumores que me pasen desapercibidos. Y puedo asegurarte que nada en absoluto esquiva los oídos o la atención de John Spalding, el clérigo del consistorio. Pocas veces me ha mencionado Spalding a Jamesone.

—Pero ¿crees que es posible?

—Creo que son posibles muchas cosas, y que casi todos los hombres tienen un precio. Jamesone se mueve con libertad en los círculos de los grandes y poderosos, de los advenedizos y de los hombres con influencias. De haber sido un abogado o un magistrado, un hombre involucrado abiertamente en política, muchos se habrían resentido del acceso que tiene a los influyentes y poderosos. Pero como es pintor, levanta pocos resquemores o sospechas. De hecho, difícilmente podría pensar en una ocupación que encajase mejor en la tarea del espionaje. Pero, no, en resumen, no, no creo probable que sea un traidor —tocó la campana para que viniera la chica y se llevara las carcasas de los cangrejos y nos trajera nuestra carne. Noté que aún estaba incómodo. Después de que la chica se fuera, no tocó la comida de inmediato, sino que volvió a nuestra conversación— pero, ¿qué estabas haciendo allí, Alexander? ¿Qué asuntos tenías con él?

Sentí la boca un poco seca.

—Tenía que entregarle una carta del alcalde de Banff.

La mente de abogado de William se puso alerta.

—¿Viste el contenido de la carta?

Negué con la cabeza.

—Él, Jamesone, me contó lo esencial, pero no, no lo leí yo mismo. Dijo que tenía que ver con un encargo para pintar a la familia del alcalde. En mi habitación de tu casa tengo la respuesta del artista.

Tuve la impresión de que mi amigo se estremecía un poco, pero solo por un momento.

—¿No has leído esa carta?

—Está sellada.

Se llevó los dedos a las sienes para pensar.

—Entonces tienes que entregarla. Debes ir a Straloch en cuanto puedas y cumplir con tu cometido allí, y después tienes que volver a Banff, entregar esa carta e intentar mantenerte alejado de más noticias del alcalde.

En aquel momento sentí que me encantaría no haber visto nunca al alcalde o no tener que volver a la ciudad de Banff. Pero encargos y promesas me pedían que volviera allí, y volvería. Decidimos que dejaría Aberdeen un día antes, en cuanto hubiera acabado el sermón del domingo. El señor de Straloch perdonaría mi intrusión en el Sabbath cuando supiera el propósito de mi encargo.

Evitamos el tema el resto de la noche y disfrutamos de nuestra comida como pudimos. Intentamos divertirnos hablando de los días felices que habían pasado, de escapadas de estudiantes y triunfos, de las glorias deportivas y las humillaciones, de muchos amigos que ahora estaban muertos y otras cosas mundanas. Hablamos hasta tarde, pero en realidad creo que nuestras mentes estaban entonces demasiado ocupadas en otras materias, y cuando al final dejamos la casa de Bella Watson, fue con una ambición poco mayor que acostarnos y que nuestras cabezas descansaran tan pronto como pudiéramos. Teníamos por delante un paseo tan largo como el que el burgo podía ofrecer. La casa de Bella estaba bajo un arco cerca de la Corte de Justicia, de camino a Heading Hill. Era tarde, y los ciudadanos honestos, así como muchos de los deshonestos, hacía rato que estaban en sus camas. La luna casi llena esculpía las casas que amenazaban sobre el silencioso mercado de Castlegate, convirtiéndolo en un escenario fantasmagórico. Hablábamos en voz baja y nos mantuvimos en las arterias principales de la ciudad; toda suerte de criaturas podía estar acechando en la oscuridad de pasajes y callejones ventosos a los incautos viajeros nocturnos. Nuevos temores agitaban mi acostumbrada apatía, y estaba alerta a cada movimiento.

William saludó al alguacil de guardia cuando torcimos desde Broadgate a Guestrow: la mirada del hombre me indicó que, de no haber estado con el señor Cargill, se habría entretenido en detenerme un buen rato para preguntarme sobre mis asuntos, por caminar en la calle a aquella hora. La luz de la luna nos ofrecía menos ayuda en las calles más estrechas y con más viento, cuyos edificios se mecían hasta tres pisos por encima de nosotros. Las sombras espiaban bajo escaleras exteriores y desde detrás de los arcos. Un perro que gruñía arrastró a su amo hasta la ventana y le hizo callar con una maldición cuando pasamos.

Nos manteníamos tan alejados como podíamos del centro de la calle, para evitar la suciedad y la basura del arroyo. Al dar la vuelta sobre Flourmill Lane, un movimiento en un piso superior llamó la atención de William, y puso su mano en mi brazo para pararme. Seguí la dirección de su mirada y vi un destello de luz en lo más alto de la escalera del patio trasero de una casa que conocía bien: la de Maisie Johnston. Era extraño, me di cuenta entonces que no me había fijado en ella de día, al pasar a su lado. De hecho, no recordaba haberme fijado nunca en la morada de Maisie durante el día. Era un espacio de la noche, y en mi mente siempre figuraría como el sitio en el que Archie y yo pasamos aquella última velada juntos. Una curva en el muro nos ocultaba, y pudimos ver la pantomima de lo alto de la escalera. Era la mismísima Maisie, y, aunque su cara estaba velada por un chal, la otra era evidentemente una mujer joven. Maisie estaba mirándola y hablaba con la joven en voz baja pero con tono apremiante todo el rato. William me susurró:

—Esto no es propio de Maisie. Se toma grandes molestias para no llamar la atención sobre su establecimiento y evitar la ira de la congregación.

—Pero todo el mundo sabe qué tipo de casa es la de Maisie.

—Todo el mundo lo sabe, pero Maisie no alardea de ello. Lleva la casa con discreción, y no da alojamiento a vagabundas que ejercen su oficio. A sus chicas nunca se las encuentra por la calle de noche, y así es como les gusta a Maisie, al Consejo y a la congregación.

Maisie echó un último vistazo a la calle, después le dio a la joven una taleguilla antes de abrazarla un instante y conducirla escaleras abajo. Cuando la joven emprendió su camino, su chal se abrió un poco y tuve que refrenarme para no llamarla. Estaba seguro de que era ella. Me aparté del muro y acababa de alcanzar la puerta del arco de entrada de Maisie cuando William me agarró del brazo.

—Alexander, has perdido la cabeza. Si te cogen aquí a esta hora, estarás acabado del todo.

Antes de que pudiera replicar, la puerta del arco se abrió y quedé cara a cara con Mary Dawson. —Mary —empecé a decir. La muchacha abrió la boca como para contestar, pero su instantáneo reconocimiento fue reemplazado por una mirada de auténtico terror. Casi perdiendo su paquete y con el chal arrastrando detrás de ella, se apartó de mí con un empujón y corrió. William aún me tenía cogido del brazo y pasaron varios segundos antes de que fuera capaz de soltarme.

—Alexander, por el amor de Dios... La mujer es una prostituta. ¿La conoces?

Murmuré una breve respuesta y salí detrás de ella, con William pegado a mis talones. Al principio no podía ver hacia dónde había ido Mary, pero el sonido de sus pies corriendo sobre los adoquines me llevó a un pasaje detrás de la calle en dirección al cementerio. Casi tropecé dos o tres veces, menos acostumbrado a correr de noche de lo que lo estaba Mary, que a menudo había tenido que salir huyendo para evitar ser pillada en el desempeño de su comercio nocturno. William se reunió conmigo cuando alcancé el cementerio.

—Te lo explicaré más tarde —le dije sin aliento—, pero tengo que hablar con esa mujer.

Nunca me habían gustado los cementerios ni saber que caminaba sobre los muertos. Pese a mis años en la escuela y en la Iglesia, y toda mi formación para el sacerdocio, nunca perdí cierto miedo supersticioso a los muertos, el pavor a los muertos vivientes. Mi madre decía que esos temores venían de sus antepasados, y que me traerían una bendición algún día. Pues bien, no sería esta noche. Miré atento las losas sobresalientes que guardaban la memoria de generaciones de antiguos habitantes muertos hacía mucho, y los montículos y elevaciones de tierra donde los pobres yacían sin ser apenas notados, pero no pude ver ni rastro de Mary Dawson. Los murciélagos hacían vuelos rasantes y giros desde el campanario de la iglesia y entre los árboles del patio. Un búho ululó e imaginé que podía sentir y oír cada cosa que había enterrada cerca de mis pies. Ella podía haberse escondido en cualquier sitio entre las lápidas, porque estaba seguro de que no podía haberse marchado sin ser vista. Corrí el riesgo y empecé a acercarme a la iglesia. Mientras lo hacía, percibí un rápido movimiento por el rabillo del ojo y entonces vi a Mary Dawson corriendo hacia Netherkirkgate, como si todos los demonios del infierno fueran tras ella. Eché un vistazo al camino y corrí detrás de ella, con William aún a mi lado, aunque sin saber más que lo que sabía al principio sobre mi persecución de la prostituta de Banff. Estaba claro que ella no era forastera en Aberdeen, pues conocía las calles y los pasajes de la ciudad mejor de lo que yo podía recordar. Desde Netherkirkgate, se dirigió al oeste de St. Katharine's Hill por Putachieside hacia el Green. El olor del trabajo de curtidores y tintoreros aún impregnaba el aire nocturno, aunque hacía mucho que se habían ido a sus tristes lechos. Casi la perdí en el Green por culpa de un gato que salió disparado desde detrás de un montón de basura, y estuvo a punto de tirarme al arroyo de Putachie. Cuando me levanté, no pude ver señal alguna de ella, pero un movimiento delante de mí me hizo empezar a correr otra vez en dirección al arruinado monasterio carmelita. William, encorvado con tanta carrera después de una cena semejante, agarró mi capa, jadeante.

—No. Se fue por ahí —indicaba la línea del arroyo en su camino hacia la desembocadura del Dee, y, recuperándose, tiró de mí detrás de él en dirección a Shore Brae: ella se dirigía al puerto.

El puerto nunca estaba en silencio, nunca descansaba: era el corazón y los pulmones del burgo. Mientras que, antes, el ruido de nuestra carrera había rebotado en el murmullo callado de la ciudad en la noche, nuestros pasos cadenciosos (y los de Mary Dawson delante de nosotros) entraron en el ritmo más pausado que se aproximaba desde el mar. El olor pútrido de los oficios ahora se había desvanecido, superado por el salitre y el olor a algas del muelle. Había linternas encendidas a lo largo del muelle, y los estibadores estaban atareados con su trabajo, cargando pieles y fardos de tela y barriles de salmón en un navío que claramente se estaba preparando para zarpar con el viento favorable del oeste y aprovechando la marea. Los hombres subían y bajaban sus cargas a la luz de la luna de tan clara que era la noche, pero un corrillo de comerciantes, inmerso en una reunión con el patrón del barco, se iluminaba con la luz de una linterna. Ni William ni yo pudimos ver nada de Mary Dawson. El grupo nos miró cuando nos acercamos.

—Parece que tiene unos pasajeros rezagados, capitán. Están totalmente sin aliento por llegar a tiempo aquí.

Otro comerciante nos miró.

—¿No es ese William Cargill? ¿Qué hace aquí a estas horas de la noche, señor Cargill? ¿Se embarca entonces hacia el Báltico? ¿Al final no va a necesitar que le pague?

William rio y respondió con tanta indiferencia como pudo.

—No, es que desde que mi mujer está encinta es más seguro para mí pasear de noche que aventurarme en la cama. El humor que tiene hace que un minuto llore y me regañe al siguiente.

El hombre rio.

—Será peor cuando llegué el retoño.

William sonrió de nuevo, y entonces se dirigió al capitán y se lo llevó aparte un momento para tener unas palabras en privado. Envidié su facilidad para moverse por el mundo sin ofender. Los comerciantes fueron a vigilar la carga de sus bienes y yo me quedé en las sombras, buscando alguna señal de Mary Dawson. En ese momento, William volvió a mi lado.

—El capitán tiene esta noche seis pasajeros además de su cargamento. En menos de una hora zarpan hacia Danzig. Tiene dos estudiantes, dos comerciantes, un maestro cantero y una mujer que dice ser viuda. Dice que es una viuda como no había visto antes, y que está seguro de que su recomendación es falsa, pero su dinero no lo es y dejará que suba a bordo sin hacer muchas más preguntas. Dice que es una mujer joven, de mediana estatura, esbelta, con el cabello del color del cobre bruñido y los ojos del mismo tono. ¿Esa es la mujer a la que buscas?

Afirmé despació.

—Se llama Mary Dawson. Ella y su hermana son... eran prostitutas en Banff. Juraría que ellas fueron las últimas caras que Patrick Davidson vio antes de dejar este mundo. Su ocupación era conocida hace mucho en Banff, pero se toleraba: eran bastante discretas. Aunque hace dos días Janet Dawson fue desterrada, después de una paliza del verdugo, sin retorno posible bajo pena de muerte. Lo vi con mis propios ojos —también podía haberle dicho que lo olí, que olí el olor enfermizo del cuero hendiendo carne humana estremecida—. Antes de que el alguacil la expulsara, ella me repitió las palabras que, según dijo, fueron lo último que pronunció Patrick Davidson sobre esta tierra: «James y las flores». Estoy seguro de que fueron las hermanas las que metieron a Patrick Davidson en mi aula para que muriera allí, y muy poco puedo hacer con la noticia de Janet sobre sus últimas palabras. Debo hablar con Mary Dawson antes de que deje estas costas. No puedo creer que esto y el destierro de su hermana de Banff no tengan su causa en el asesinato del aprendiz de boticario.

William sacó unas monedas de su bolsillo y me hizo seguirle. Caminó hacia donde estaban los estibadores y fue a hablar tranquilamente con uno de ellos y después con otro. Fue el tercer hombre el que por fin dio señal de entender qué se le estaba preguntando, y tras coger la moneda de William, nos hizo un gesto para que le siguiéramos. Detrás de un gran montón de carbón inglés encontré a mi presa, encogida como un perro asustado. Intentó salir disparada otra vez al verme, pero ahora fui demasiado rápido para ella: la cogí por los brazos y la obligué a volver atrás.

—Mary, tú me conoces. ¿Por qué corres? —aún se revolvía, pero la sujeté con firmeza—. Mary, soy Alexander Seaton, me conoces.

Por fin, cuando entendió que no podría liberarse de mí, dejó de luchar. Me miró directamente con unos ojos desafiantes, pero aún temerosos.

—Lo conozco, señor Seaton, y sé que tiene bondad en su interior, pero no se ha hundido lo suficiente este mundo como para que pueda confiar en usted. Déjeme ir, porque no va a sacar nada de mí.

—Dos palabras, Mary, eso es todo lo que pido, dos palabras.

Ella miró con sospecha hacia William.

—¿Quién es él?

—Un amigo, nada más.

—¿No lo han enviado a por mí con usted?

Poco a poco aflojé la presión sobre su brazo.

—¿Qué quieres decir? Mary, no me han enviado a por ti. No sabía dónde estabas hasta esta noche, hace media hora, cuando saliste de casa de Maisie Johnston. ¿Creías que me habían enviado a buscarte, a llevarte de vuelta a Banff?

Ella se frotó el brazo por donde la había agarrado, y dejó escapar una carcajada hueca.

—¿De vuelta a Banff? Nunca veré otra vez Banff en todos los días de mi vida, a menos que sea para que me cuelguen de la horca o me ahoguen en la playa. Ni usted ni ningún otro que venga será enviado para llevarme de vuelta, pero temo que alguien sea enviado para asegurarse de que no vuelvo.

Ahora entendía su terror, era parte de aquel mismo terror sigiloso que había estado viniendo a mí las últimas horas, pero en Mary Dawson había enraizado de tal manera que nadie podía razonar con ella, tanta era su certeza de un terrible castigo. El porqué empezaba a imaginarlo, pero de quién no lo sabía.

—Cuéntame lo que sabes, Mary.

Ella movió su cabeza con ferocidad, como una loca perdida en sí misma.

—Mary, no tienes nada que temer de mí. Juro ante Dios que yo no soy uno de ellos —yo no tenía ni idea de quiénes podían ser «ellos», pero mi juramento pareció calmarla un poco, aunque sus labios permanecían cerrados con firmeza. Tuve que probar con otra táctica—. Hay algo que me contó tu hermana...

Sus ojos relampaguearon hacia mí.

—¿Janet? ¿Dónde está? ¿Está aquí en Aberdeen?

Levanté mi mano para tranquilizarla, para soltarla tan delicadamente como pudiera.

—No. Ella no está aquí. No sé dónde está ahora. La última vez que la vi fue hace tres días. El verdugo y el alguacil estaban expulsándola a golpes de los límites del burgo. La llevaron hacia el oeste, a la carretera de Cullen.

Los ojos de Mary aún estaban ansiosos.

—Entonces no la tienen ellos. ¿Está a salvo?

—Por lo que puedo decirte, está a salvo. No sé adónde ha ido, pero sé —dudé, pero no hacía ningún bien con evitárselo—, sé que fue condenada a no volver nunca a Banff, bajo pena de muerte.

Aquella noticia no pareció importunar a Mary como yo esperaba que lo hiciera. Siguió moviendo la cabeza despacio, sonriendo para sí.

—Entonces está a salvo. Irá a ver a nuestro primo a Strathspey. Estará a salvo.

—Hasta Strathspey es un largo camino, por terreno difícil.

A Mary no le preocupaba.

—Conoce bien el país. Las últimas heladas casi han pasado. Se abrirá camino. Estará a salvo. Que Dios la ayude.

Me di cuenta entonces de que Mary Dawson no tenía esperanzas de volver a ver a su hermana. Se quedó en silencio con sus pensamientos y la dejé así un rato, pero yo sabía que estaba pasando el tiempo y que ni la marea ni el capitán esperarían, así que yo tampoco podría.

—¿Qué te hizo salir de Banff de esa manera?

Me miró con curiosidad.

—¿De verdad no lo sabe?

—¿Cómo podría saberlo? No formo parte del Consejo de magistrados.

Ella casi resopló con desprecio:

—¡El Consejo de magistrados! —y después, con mayor suavidad, dijo—: no fue el Consejo de magistrados, sino el jefe de los mendigos quien nos advirtió que dejáramos Banff. Sus avisos no son para tomárselos a la ligera.

—¿El jefe de los mendigos? ¿Lang Geordie? Pero, ¿por qué?

Ella contestó, y supe que habría adivinado la respuesta correcta.

—El aprendiz de boticario, nunca supe su nombre. Lo encontramos, Janet y yo, al final de Water Path. Estaba enfermo, a punto de morirse. Fuimos nosotras quienes lo llevamos a su mesa —miró hacia arriba—. ¿Y ellos dicen que nunca lo vio usted hasta que había muerto?

Me senté a su lado y me quité el sombrero. William miraba a distancia.

—No fui avisado hasta que lo encontraron ya muerto.

Sonrió con un gesto triste.

—Fue una decisión que tomamos. No fue más que una pequeña esperanza, pero esperanza al fin y al cabo. Sabíamos que se estaba muriendo, he visto antes a hombres morirse. Le habíamos visto pasar a usted hacía solo un momento, y no creímos que ya estuviera durmiendo. Esperábamos que pudiera oírle y encontrarle a tiempo para ayudarle.

—No oí nada —por décima, vigésima vez llevé mi mente de vuelta a aquella noche e intenté oír otra vez, intenté oír lo que no había oído entonces. No había nada, nada más que el ruido de la tormenta ahogando cualquier otra cosa que pudiera haber.

—¿Ni usted ni la señora Youngson?

—Ni siquiera ella.

Se ciñó más el chal alrededor de los hombros.

—Ya, bueno. No tenía que pasar. Era su hora de morir —entonces levantó la mirada bruscamente— pero no estaba borracho, señor Seaton, digan ellos lo que digan. No fue una muerte natural.

Aquello yo ya lo sabía, y estaba ansioso por continuar.

—Sin embargo, te habló, ¿no es cierto? —se sorprendió de que yo lo supiera—. ¿Janet? Ella asintió.

—Sí, me habló. Farfulló dos o tres veces sobre «James y las flores».

Aquello no tenía pies ni cabeza, pero estaba muy ansioso por eso.

—¿Y no dijo nada más?

—Nada. Había perdido el sentido para cuando lo llevamos a la escuela.

Algo de aquello me incomodaba.

—Pero, ¿cómo pasasteis el portalón y entrasteis en la escuela? Por lo que sé, cerré ambas puertas con llave.

Ella pareció enorgullecerse con el recuerdo.

—Crecimos en la herrería de Fordyce, señor Seaton. No hay cerradura o pestillo que no sepamos abrir. Y en cuanto a saltar el portón para abrirlo, bueno —y aquí hubo un rastro, solo un rastro, de su vieja sonrisa maliciosa—, mi hermana y yo tenemos fama de ágiles.

Sin embargo, aquellos pequeños misterios no tenían ahora gran importancia.

—Pero, ¿qué tiene esto que ver con Lang Geordie para que os dijera que corrierais? ¿Por qué, después de todo este tiempo, desterraron a tu hermana de la ciudad y por qué huiste tú?

Ella respiró profundamente y me miró a los ojos.

—Porque nos vieron. Y se nos hizo saber que nos habían visto. Geordie duerme en la misma casa que mi hermana y yo. El mensaje que nos dio fue que teníamos que estar fuera de la ciudad antes del amanecer, de lo contrario, nos arriesgábamos a cualquier destino.

—¿Qué? ¿Por ayudar a un hombre agonizante?

—Por ver a quien lo había matado. Alguien estaba vigilando. Nos vieron y apostaría a que antes le habían visto a usted. Alguien estaba vigilando para asegurarse de que moría, apostaría todo lo que tengo —todo lo que Mary Dawson había acumulado era muy poco, pero no dudé de la sinceridad de su voto. También me habían visto a mí. Pero yo aún no había recibido mi aviso.

En aquel momento llegó el aviso del capitán de que todo el que fuera a zarpar tendría que embarcar ahora o perdería su pasaje. Mary recogió su paquete y se puso en pie. La agarré del brazo.

—Mary, espera, ¿quién era? Dime quién era.

Ella se apartó de mí.

—No lo sabrá de mi boca. No me echarán en cara que nadie lo sabe de mi boca.

Empezó a correr hacia el barco.

—Mary, espera, por favor. ¿De qué vas a vivir?

—De mi oficio y mi inteligencia. Pero viviré, no tema. Nunca volveré a ver Escocia. Adiós, señor Seaton. Tenga cuidado de en quién confía —intenté ir tras ella, pero las velas ya estaban izadas y el ancla también: en menos de un minuto desde que ella embarcó, el navío estaba zarpando del muelle. Intenté salvar la distancia, pero un fuerte brazo tiró de mí hacia atrás. Era William.

—Deja que se vaya, Alexander. He visto a muchos testigos con miedo: no sacarás nada más de ella.

Nos quedamos de pie y vimos cómo el barco que se llevaba a Mary Dawson lejos de su hogar se perdía en la distancia, con la luz de la luna iluminando el blanco de sus velas en la noche. Pronuncié entre susurros una oración por ella. —Amén —dijo mi amigo William Cargill. Dimos la espalda al barco que partía y empezamos nuestra fatigosa caminata de vuelta a casa de William.

CAPÍTULO NUEVE

KING'S COLLEGE

I SUEÑO FUE IRREGULAR Y ESTUVO LLENO DE PESADI-
llas. En varias ocasiones a lo largo de la noche me
desperté al escuchar en la oscuridad los sonidos de la
casa, que dormía. Cada vez que volvía a deslizarme en el reino
del sueño era solo para encontrarme en algún nuevo espacio de
terror, con un agresor invisible esperándome. Siempre estaba
encadenado, bajo el altar de una iglesia ruinosa; en una cripta
llena de muertos, mis muertos; en mi mesa en Banff, con las manos frías de Patrick Davidson sujetando con firmeza mis muñecas. En cada sueño el terror se acercaba más, hasta que casi podía oler la tibieza de la carne humana. Al final creí divisar la cara
de mi agresor. Cuando desperté no pude decir quién era. No
volví a dormirme después de aquello, pero me quedé tumbado
en la oscuridad durante unas horas, mientras la campana de la
ciudad marcaba las etapas de la noche. Antes de las seis me levanté y me eché un poco de agua en la cara. Miré afuera, sobre
el jardín, pero había poco movimiento: los animales estaban descansando; el gallo aún no había cantado.

Removí las brasas aún brillantes del hogar y encendí el
candil de al lado de mi cama. Saqué una carta del cofrecillo a

los pies de mi cama, y le di vueltas en las manos. Iba dirigida a Walter Watt, alcalde de Banff, y estaba sellada por el anillo de George Jamesone. Le di unas cien o mil vueltas, aunque no se podía ver nada de lo que estaba escrito dentro. Este pasatiempo del espionaje era nuevo para mí, pero estaba seguro de que ni las grandes intrigas ni las traiciones podían prepararse en tan poco tiempo, y de que no había ningún mensaje de gran importancia en el par de líneas que había visto garabatear a Jamesone.

No podía pensar en nada de lo que se había dicho. Y después, con un escalofrío, pensé en Mary Dawson. Pero ella se había marchado; la había visto partir con mis propios ojos. Pensé en el corregidor y sus hombres, cuyos tentáculos alcanzaban cualquier aspecto de los asuntos, personales y privados, en la ciudad de Banff, pero no pensaba que pudieran llegar aquí. Pensé de nuevo en mi mano al alargarse para sujetar a la chica cuando ella huía hacia el barco, y supe lo que había perdido cuando ella se zafó de mí: perdidas como estaban para los ojos de mis conciudadanos, las palabras de las prostitutas de Banff aún podrían haber hecho algo a favor de Charles Thom. Ahora aquellas palabras se las habían llevado lejos el viento y las olas.

Devolví la carta al cofrecillo y me puse mi ropa de calle. Abajo en la cocina todo era calor y bullicio. Elizabeth aún no se había levantado, pero William ya estaba tomando su desayuno y dando las instrucciones del día, sobre todo que no se permitiese a la señora excederse trabajando y que la obligaran a reposar.

—No tema, amo, no pasará por encima de mí —el viejo criado respetaba como era debido a su amo, y también le quería. La señora que una vez había sido moza de cocina no era rival para la benigna dictadura que él ejercía en la casa.

Cuando William me miró para saludarme, vi a la primera que no había dormido mejor que yo.

—Veo que hemos estado soñando los mismos sueños —dijo.

—Dios no permita que tú o cualquier otro tenga los sueños que he tenido esta noche —me senté y tomé la escudilla de gachas calientes que me ofreció la criada. William le pidió a la chica que fuese a ver las cabras, pero no le dijo nada a su criado.

—¿Has encontrado alguna respuesta, después de los acontecimientos de la noche pasada?

Moví la cabeza.

—Tengo preguntas, más preguntas, pero pocas respuestas.

Partió un pedazo de pan de la hogaza que había sobre la mesa y le untó un poco de mantequilla por encima.

—¿No tienes ni idea de quién pudo haber sido aquel al que vieron las mujeres mientras arrastraban a Patrick Davidson hasta la escuela?

—Ni idea. Bueno, no. Eso es mentira. Estoy desbordado de ideas. Para cuando el reloj dio las cuatro esta madrugada, no había un alma de Banff de la que no sospechase.

William sonrió.

—Ya. Después de todas mis advertencias para que no le contases nada de esto, me fue difícil no despertar a Elizabeth y pedirle su opinión sobre el tema. Apostaría a que por la cocina de la escuela circulaban más noticias sobre las vidas de los hombres y mujeres de Banff de las que nunca alcanzarían tus brillantes oídos. Además, la señora Youngson siempre fue tan exigente con el comportamiento de los demás, que sospecho que habría pocas almas de las que no enseñara a desconfiar a sus chicas. De verdad me costó un buen esfuerzo persuadirla de que yo no era el diablo encarnado y que mis intenciones con Elizabeth eran honradas.

Sonreí recordando los intentos de William para ganarse su amor delante de la esposa del maestro.

—Tengo pocas dudas de que tu buena esposa conoce mejor el carácter y la historia de mis conciudadanos de lo que yo nunca conseguiré, William, pero creo que los últimos acontecimientos son propios de estos tiempos. Por nada del mundo expondría a Elizabeth al mal que ahora acecha Banff.

Sabía que William no aprobaría ningún otro pensamiento que pudiera colocar a su esposa en el camino de los peligros innombrables que, ambos temíamos, yo afrontaba ahora.

—Dios no lo permita —dijo—. Aún así tienes razón. Es un mal de ahora. Porque que se tolerase a las prostitutas tanto tiempo y solo ahora se las haya desterrado, forzándolas a huir con miedo por sus vidas, poco puede tener que ver con la naturaleza de su profesión. De hecho debieron de ver al asesino, y fueron vistas por él. Pero ¿quién asumiría el riesgo de enviarles un mensaje de aviso a través de un conocido mendigo?

—No lo sé, pero sospecho que puede haber sido Lang Geordie, o uno de su banda, quien fue utilizado para mandar a Jaffray a Findlater la noche del asesinato.

—Creo que tienes razón —dijo William—. A menos que fuese el mendigo quien mató al aprendiz —dijo esto con más esperanza que expectación, y no ofreció ningún argumento cuando no estuve de acuerdo con la idea.

—El veneno no sería el estilo de Lang Geordie. Un cuchillo en la espalda en un callejón oscuro y después abandonarlo para que se desangrase en el arroyo: esa hubiera sido la suerte de Patrick Davidson en manos de Lang Geordie o sus hombres.

—Sí —dijo William—, el veneno es la clave. Y después los mapas, y la premonición de Marion Arbuthnott de que algún mal le había sucedido al aprendiz de su padre —se frotó los ojos con el dorso de las manos, como para sacar la confusión de ellos—. ¿Qué sentido se puede sacar de todo esto?

Tragué la última cucharada de mis gachas.

—No lo sé. Estas y otras preguntas han estado incordiándome toda la noche. Pero quiero encontrarles un sentido, conseguir al menos un principio. ¿Estás ocupado esta mañana?

Él asintió.

—Sí. Tengo que encontrarme con el maestro de amortizaciones para intentar explicarle, y no por vez primera, cómo debe tratar el burgo con los herederos de uno de sus benefactores, si alguna vez se quieren ver los frutos de su donación. Los magistrados no entienden que la codicia y la precipitación ahora llevarán a futuras penurias. He estado dos veces en Edimburgo en los últimos tres meses por este tema y solo estoy dispuesto a ir una vez más. El fiscal de la capital ya no sabe qué hacer con la obstinación de los magistrados en este caso —como solía hacer cuando escuchaba a William, di gracias por no haber sentido nunca la vocación de las leyes—. Eso me llevará gran parte de la mañana, y después tengo que hablar con mi secretario. Pero estaré aquí antes de las doce, y después podemos ir caminando hasta King's College para comer con John y Matthew antes de que tengas que ir a tu cita con el rector Dun —hizo un alto—. ¿Aún te apetece que nos veamos con nuestros amigos una vez más?

Nada más recibir la carta en la que le contaba mis planes de hacer este viaje a Aberdeen y le preguntaba si podría alojarme con él, William la había tomado como una señal de que yo había emergido del gran tunel negro de desesperación en el que me había escondido desde mi desgracia. Me escribió una respuesta casi al instante, y sugería que buscáramos a algunos viejos amigos de nuestros días de estudiantes que fuesen a estar en la ciudad vieja mientras duraba mi visita. Mi primer impulso fue decir que no, que no podría afrontarlo, pero Jaffray me convenció para que no me precipitara. Al final fue con gran resistencia como acepté el bienintencionado, aunque mal pensado, plan de William. Ahora, sin embargo, mi mente estaba tan desbordada por los acontecimientos del último par de días, tanto en casa en Banff, como aquí en Aberdeen, que el encuentro ya no me llenaba de pánico. De hecho, el pensamiento de ver a aquellos amigos otra vez me producía cierto placer.

—Me encantará verlos —dije—. Pero en cuanto a la mañana, quiero emplearla en examinar los cuadernos de apuntes de tu tío. Jaffray está convencido de que si la flor empleada para envenenar a Patrick Davidson se encuentra en algún sitio, será en ellos.

—Entonces tendrás que usar mi estudio. La luz de allí es la mejor de la casa, y es la habitación más alejada de la cocina, así tendrás paz. Yo no sé qué le encuentran estas mujeres a cotillear durante todo el día. Estoy seguro de que el viejo Duncan solo finge la sordera para evitar tener que oírlas. ¿No es así, Duncan?

—No podría decirle, señor. Tengo sordera en un oído —dijo el anciano, con una sonrisa traviesa—. Mandaré a la chica a encender el fuego en su estudio para el señor Seaton. La habitación estará fría a esta hora de la mañana —y salió a buscar a la sirvienta, que aún estaba fuera, donde las cabras.

—Eres un buen amo, William —le dije a mi amigo—. Tus sirvientes te tienen cariño, y creo que harían mucho por ti.

—Soy muy afortunado. Pero está más allá incluso del poder de Duncan mantener a Elizabeth descansando. Él y la chica hacen todo lo que pueden, pero se acerca el momento en que ella necesitará más ayuda, y me temo que no quiera aceptarla.

—¿De verdad temes tanto por ella?

Él suspiró y soltó su pan.

—Sí, y con razón. Estuvo enferma a principios del invierno pasado, muy enferma, con fiebre. Apenas comió un bocado, un poco de caldo claro, poco más, durante cerca de tres semanas. A veces estaba tan afectada por la fiebre que casi no me reconocía. Estaba a punto de llamar a Jaffray cuando, gracias a Dios, empezó a recuperarse.

—Él habría venido, por tu tío y por ella —me sentí avergonzado por no haber sabido siquiera del sufrimiento de Elizabeth y del calvario de mi amigo.

William apartó su escudilla.

—Sé que habría venido. Pero también sabía que había enfermos en Banff, y el rector Dun es casi tan buen doctor como él. Estaba en manos de Dios.

—Pero, ¿ahora está bien?

Él hizo un gesto de impotencia.

—Nunca fue fuerte, y ni siquiera tiene la fuerza que tenía antes de su enfermedad. El embarazo le está resultando duro. Rezo a Dios noche y día para que sobreviva al nacimiento.

—Y el crío también.

Me miró con dureza.

—Oh, no me malinterpretes, Alexander. Quiero a ese niño que lleva en su vientre, pero ¿a qué precio debo convertirme en padre? Y entonces ella insiste en que alimentará a la criatura ella misma. No quiere a una chica de la ciudad en la casa, y no entiende que las mujeres de su posición tengan un ama de cría para sus hijos —recordé cómo la señora Youngson había pronosticado problemas para su sirviente si se convertía en señora de la casa de un joven abogado rico—. No entrará en razón sobre esto, Alexander; pero tampoco tendrá fuerzas o leche para amamantar a su propio hijo. Dun me lo ha advertido otro tanto. No sé qué hacer con ella.

Pero yo sí. Tuve una inspiración; un regalo de Dios en mi mente.

—William. Creo que puedo tener una respuesta. Hablaremos de camino a la ciudad vieja.

Me miró con curiosidad, pero poco optimismo.

—Está bien, Alexander. Te veré por la tarde —y, aún con la frente arrugada, cogió su sombrero y salió a sus tareas matinales.

Pasé el siguiente par de horas maravillado con los cuadernos de James Cargill, el tío de William. Había imaginado (y creo que Jaffray, con la emoción de su entusiasmo, también) que de vuelta a Banff llevaría conmigo un pequeño libro encuadernado con mimo para el estudio del doctor y el boticario. Pero cuando entré en el estudio de William, descarté aquella opción. Sobre la mesa, Duncan había colocado un viejo cofre de cuero con tapa curva; al lado estaba la llave. Duncan había sido el criado del doctor Cargill antes de ser el de William. Supe, por la reverencia con que giró la llave en la cerradura, que aquellos papeles eran para él un tesoro más valioso que joyas o perlas. Levantó la tapa y dejó que su mano reposara brevemente sobre el libro de arriba, después me hizo sitio.

—Los libros más valiosos del doctor están ahora en la Biblioteca del Marischal College, pero estos papeles no han sido tocados en estos trece años. Tenga cuidado con ellos.

—Así lo haré —le prometí al anciano, y él, satisfecho, salió.

Me puse a trabajar de inmediato, sacando libros y fajos de uno en uno e intentando ponerlos en orden. No había índice ni catalogación, ni, de hecho, ningún orden aparente en la forma en que las cosas se habían metido en el cofre. Por fin me las arreglé con la cronología como mejor medio para ordenarlos, y después de un poco de tiempo, tuve los cuadernos, los fajos de cartas y los papeles dispuestos ante mí en el orden en que habían sido escritos. Jaffray había sugerido que era más probable que el *colchicum* hubiera sido dibujado en la época de la estancia de Cargill en Montbeliard. En consecuencia, empecé por el primero de sus cuadernos de 1596. El trabajo era meticuloso: la escritura, una elegante cursiva, y con pecisas abreviaturas. Los dibujos eran tan detallados, cuidadosos y exactos como los habría hecho cualquier artista, los colores traducidos en palabras tan bien como Jamesone podría haberlos traducido en pintura.

No todo estaba en latín: los detalles científicos y geográficos estaban en claro y exacto lenguaje académico, pero mucho de lo que lo acompañaba estaba escrito en *scots,* el inglés de Escocia. Si no hubiera tenido entre manos una labor tan apremiante y de importancia, podría haber pasado muchas horas satisfactorias leyendo los diarios de los días de estudiante en el extranjero de James Cargill. Decidí que, una vez hubiera encontrado lo que estaba buscando, le pediría a William que me dejara llevar a Banff tres o cuatro cuadernos para Jaffray; cuántas tardes felices pasaría en compañía de los recuerdos que contenían aquellos diarios.

Por más que intentaba centrar mi atención en los bocetos de plantas, las descripciones en latín de sus atributos y propiedades y las explicaciones de dónde y bajo qué condiciones se encontraban, mis ojos erraban por los felices relatos de las expediciones para recolectar por montañas y prados de Suiza, de picnics y fiestas y sueños bajo las estrellas. Pude oír otra vez la voz de Jaffray instándome a que saliera de Banff, a que empezara de nuevo y ampliara mis horizontes viajando y estudiando en tierras extranjeras. Todavía quedaban partes de Europa en las que la vida académica no había sido corrompida y destruida por los Janos de las luchas religiosas y la guerra. Pero, ¿qué podía ganar yo de tales viajes? No podía escapar a mis demonios: el corazón, que estaba podrido, me acompañaría dondequiera que fuese.

Fue hacia el final del tercer libro cuando lo encontré por fin: *colchicum mortis*, la planta que acarrea la muerte. Cargill había dibujado y etiquetado todos sus aspectos, desde la semilla al pétalo. Todo detalle de cada parte de la planta había sido dibujado con lo que solo podía ser un gran esfuerzo de precisión, y, en el momento en que vi el boceto, aunque sin color, de la planta florida, supe que la había visto antes. Había visto su cabeza con forma de globo, y aún así delicada, sobre sus hojas estrechas y oscuras, con forma de asas. La descripción sobre su color, que Cargill daba en *scots,* era perfecta: «Los pétalos de la planta en flor», había escrito, «son como el pálido azul agrisado del cielo invernal sobre el Mar del Norte después de que haya nevado». Era justo así, exactamente.

También hablaba de las terribles propiedades de su exquisita flor, del veneno de sus semillas, que le produciría convulsiones a un hombre antes de paralizarlo; la certeza de la muerte. Acababa su relación diciendo: «Sólo se encuentra en los puertos de montaña entre Basilea y Montbeliard. No se sabe que se haya transportado o que se haya adaptado a otro lugar. *Dei Gratia».* Pero el Dios de Cargill, como el mío, había decidido cambiar su bendición, y la horrenda y bella planta había encontrado un santuario escocés y estaba creciendo en algún lugar de Banff. Lo sabía porque la había visto. La había visto en la mano de una mujer. Pero dónde, en qué manos, aunque cada latido de mi corazón dependiera de ello, no podía recordarlo.

Respiré hondo y cerré los ojos apretándolos bien, intentando forzar el recuerdo desde lo más recóndito de mi mente. No vendría. Me levanté y empecé a deambular por la habitación, a observar por la ventana el ajetreo fuera, en la calle, a mirar las llamas del fuego, pero ese recuerdo aún no venía. Imaginé a cada mujer que conocía, puse las flores en sus manos, pero el rostro siempre desaparecía y no pude ver nada ni distinguir nada. Busqué ayuda en mis horribles sueños de la noche pasada, pero no vino nada. Recé en voz alta, pero la habitación vacía me devolvía el eco de mis palabras sin respuesta.

La frustración y después la fatiga empezaron a apoderarse de mí. Faltaban aún dos horas hasta que volviera William de sus tareas. Devolví todo al cofre de cuero excepto una cosa, el diario especial, y volví a mi habitación a dormir el sueño que había eludido de noche.

* * *

William se alegró del paseo hasta King's College, contento de la oportunidad de salir de los confines de la ciudad por un rato, aunque solo fuera al burgo vecino, a menos de dos millas de camino. Hacía una tarde perfecta, y los escolares de Aberdeen se dedicaban con alegría a sus juegos en los altozanos y en King's Meadows. Esperé a que estuviéramos más allá del puerto de Gallowgate y a que hubiéramos pasado Mounthooly antes de hablarle a William de mi idea sobre cómo aligerar las venideras cargas para la fuerza de Elizabeth. Me escuchó con detenimiento, en silencio, sin hacer las objeciones que me esperaba, incluso de él. Por un momento, después de que hubiera acabado, no dijo nada, sumido en sus pensamientos, y después:

—Creo que es posible que funcione, Alexander. Es posible que ella esté de acuerdo —siguió caminando y después se detuvo—. ¿Puedes obtener las recomendaciones necesarias? —le aseguré que podría—. Entonces yo iré despejando el camino por aquí. Dudo que vaya a haber muchas objeciones del Consejo o de la congregación: el arreglo no es tan inusual como podrías pensar, aunque tenga sus peculiaridades para el niño. Pero tengo buena reputación y pocos enemigos en la ciudad. Lo conseguiré.

—Si Elizabeth lo permite.

William fingió una mirada de burlona indignación.

—¿Insinúa usted que no soy el amo de mi propia casa, señor Seaton? ¡Así lo quiero y así será!

Nos reímos los dos y creo que cada uno de nosotros hizo el resto del viaje más aliviado. A él la carga de la preocupación por su esposa le pesaba menos, y yo tuve la sensación de que había hecho bien.

Aún seguíamos riéndonos al entrar por la puerta de la posada. Matthew Lumsden y John Innes ya estaban allí, en nuestra mesa favorita, entre la ventana delantera y la puerta lateral de la posada. Aquel había sido un sitio útil para que Archie vigilase y escapase, en caso de que viera a alguien a quien no quería encontrarse subiendo por High Street. Primero Matthew y después John se levantaron y me abrazaron.

—Ha pasado demasiado tiempo, Alexander, demasiado tiempo.

Me quité el sombrero y me senté en mi antiguo asiento junto a la puerta.

—Así es, y la culpa es toda mía.

—Los viejos amigos no necesitan hablar de culpas. ¿Quién entre nosotros está libre de culpa?

Estudié su rostro amable y sincero.

—Tú nunca caerás como he caído yo, John. Nunca sentirás una vergüenza tan grande que no podrás mirar a tus amigos a la cara.

Él puso su mano sobre la mía.

—«Y tú debes recordar y avergonzarte, para que nunca más abras la boca, a causa de tu vergüenza, cuando yo perdone todo lo que hiciste, dijo el Señor Dios».

—Ezequiel, capítulo decimosexto, versículo sesenta y tres —dije. Matthew suspiró de forma audible y bebió de su cerveza. John sonrió.

—Sabía que no podías haber olvidado. Que hayas sentido semejante vergüenza es el testamento de la gracia de Dios en ti, su perdón.

—Veo que aún eres demasiado bueno, John —dije.

—Demasiado bueno a medias —dijo Matthew mientras hacía señas a la sirvienta para que se acercara a nosotros—. Aún le harán obispo si no se anda con cuidado.

—Frena tu lengua, Matthew —dijo John, ruborizándose con un rojo más intenso que el de su cabello.

—Entonces, ¿aún eres profesor en la universidad?

John asintió mientras tomaba otro trago de cerveza.

—Sí. Llevo ya mi segunda promoción, pero la competencia del Marischal College en la ciudad nueva está mermando nuestras filas.

—Bah —soltó Matthew con desprecio.

—No, es verdad. Que a tu maestro no le guste tener semejante institución delante de su puerta no es suficiente para prevenir que los jóvenes capaces se sientan atraídos por ella.

—Bah —resopló Matthew otra vez.

—Ya estamos —masculló William en mi oído.

John posó su cerveza.

—Tampoco lo es tu «¡Bah!», Matthew. ¿Cuál es tu objeción?

Matthew nunca había sido de los que piensan antes de hablar, pero esta vez se tomó un momento antes de responder. Habló en voz baja.

—Mi objeción es que el mismo lugar fue fundado como afrenta a los Gordon. El mariscal Earl cedió tierra de la Iglesia que, según la ley, no podía...

—Matthew —advirtió William.

—Que no podía donar como suya —continuó el hombre del marqués de Huntly—, al burgo de Aberdeen con la intención de congraciarse con los magistrados y pelear por la influencia en la ciudad con la familia del marqués. Pero, peor que eso: planeaba edificar un seminario más angosto y triste que Génova.

—Ahora no, Matthew.

—Lo siento, William, pero es cierto. Gracias a Dios el viejo diablo era demasiado mezquino para casar su donación con sus planes.

—Las intenciones de Earl no eran más oscuras que promover la necesaria educación en nuestro rincón de Escocia, donde a esta universidad le había costado tanto salir del lodazal de Roma. Y aquí había muchos que rechazaron aceptar los nuevos métodos de aprendizaje que Andrew Melville[9] trajo de Francia.

La sola mención del nombre de Melville, lo sabía, era garantía en sí misma de provocar una explosión de furia en Matthew. No me decepcionó.

—¡Melville! ¡Advenedizo presbiteriano! ¡Impertinente, desleal!

—No, eso nunca —rebatió John.

Matthew dio un trago largo a su cerveza y empezó a calmarse un poco. Temí por él, de tan evidente que era, para cualquiera que se preocupara de escuchar su simpatía por Roma.

—Bien, de todas formas el mariscal no dejó dinero suficiente para sus proyectos absurdos, y esperemos que llegue pronto el final de esto.

---

[9] N. del T.: Andrew Melville (1545-1622), erudito escocés conocido por sus reformas educativas y religiosas.

—No habrá un final para esto —dijo John—. Marischal College será una fuerza para el bien de esta tierra, y hay muchos que lo han visto así. Porque, incluso el tío de William...

—el tío de William, el doctor en cuyos cuadernos Jaffray y yo habíamos puesto tanta confianza y esperanza, había dejado fondos para ayudar a los alumnos pobres de la universidad.

Matthew se rindió al reconocimiento de su buen trabajo, mientras John continuaba:

—Y también otros: el doctor Liddel dejó becas para estudiantes de Filosofía, estudiantes de Teología, un curso de Medicina y para una cátedra de Matemáticas.

De nuevo, Matthew no pudo contenerse.

—¡Matemáticas! ¿Es que nunca veremos el final de esto? ¿Qué necesidad tenemos aquí de una cátedra de Matemáticas? Encima no pueden encontrar a nadie para el puesto. ¡Bah! —y Matthew volvió a beber cerveza.

—Qué puede importarte más, qué nos importaría a todos nosotros más que la donación del señor Copland para un profesor de Teología. Esperemos que el doctor Baron permanezca un tiempo en esa cátedra. El buen trabajo del obispo Forbes y su hijo aquí no debería ser destrozado por un zelote de la ciudad nueva.

—Dios no lo permita —dijo John—. El obispo no estará con nosotros para siempre, y ya hay tensiones en el sur por la política eclesiástica del nuevo rey. No ha aprendido nada de los errores de su padre.

—Y aún así todos somos amigos, y siempre lo seremos, espero, pese a todas nuestras diferencias. Recemos a Dios para que esos asuntos de política y religión nunca se interpongan entre nosotros.

—Amén a eso —corearon mis amigos. Nuestra conversación había ido derivando hacia aguas peligrosas, y yo había aprendido en Banff que había corrientes invisibles en aquellas aguas. Mirando a nuestro alrededor en la posada, era cierto que ni el corregidor Buchan ni un presbítero rabioso quedaban a la vista, pero ¿quién podía decir que no había otros a quienes temer igual? Conduje la conversación a terreno más seguro, preocupado de pronto porque mi amistad con Matthew pudiera ser utilizada contra nosotros dos. William y yo habíamos convenido que no diríamos nada a los otros dos sobre los problemas de Banff, y que, en especial, no se haría mención a Matthew de mi encargo en Straloch. Su lealtad a Huntly siempre había hecho de él una molestia.

El resto de nuestra comida pasó en alegre remembranza de hechos pasados y alguna contemplación de esperanzas futuras. Por mi parte, hubiera sido feliz escuchándolos a ellos; William lo sabía y creo que John también lo vio, pero Matthew no se enteró. Estaba decidido a arrancarme algo de optimismo, algún proyecto personal. Él nunca había dedicado tiempo a la doctrina baptista de la Predestinación. Él mismo había caído muchas veces, y la confesión delante de un sacerdote católico en una de las muchas casas seguras de Strathbogie le había salvado de ahondar más en su conciencia sobre esto. No admitiría que mi caída a los ojos de Dios y mi desgracia ante los hombres fuesen inevitables ni que el mal fuese algo inherente en mí. Yo sabía que, caído de esta forma, se me contaba ya entre los malditos.

—Eso es una tontería, Alexander, y debes saber que lo es. ¿Cómo? ¿Porque te llevaste a una chica a la cama (y no tengo dudas de que es eso lo que hay en el corazón del asunto, pero no te presionaré para saber quién era ella) te has revelado a ti mismo que eres unos de los condenados eternamente? Bien, si este fuera el caso, amigo mío, te encontrarías a ti mismo como el hombre más temido del país, pues ¿por qué ahora no deberías regodearte en tu condena? Ya eres libre para asesinar, violar y robar sin miedo a mayor castigo después de la vida, porque el rumbo de tu vida ya se ha fijado.

—¡Matthew!

—No, John, no vas a rebatir mi opinión. Ahora no estamos en clase. Y nada de tu Aristóteles o tu Melville podrá servirte de arma contra la lógica de lo que he dicho. Alexander, según su creencia particular, ha obtenido licencia para ser el hombre más inmoral de la tierra.

John insistió.

—Has estado escuchando a los antinomianistas[10].

—¿Anti qué? Ni siquiera sé deletrearlo.

No había discusión posible con Matthew cuando estaba de aquel humor, así que no lo intenté. Solo dije:

—Pero aún tengo conciencia, Matthew, aún conozco la ley de Dios, y ella me obliga a no tratar a mi semejante con desprecio en esta vida —aunque las palabras estaban en mi boca, me vino otra vez a la mente la imagen de Patrick Davidson—. Trataré de hacer lo que pueda en este mundo, venga lo que venga en el siguiente.

Matthew bajó su jarra, satisfecho.

—Eso es todo lo que quería oír, Alexander. Gemir mucho y rechinar los dientes es un despilfarro para un hombre capaz. Mortifícate en conciencia si tienes que hacerlo, pero no desperdicies por eso los dones que te ha dado Dios. Hay un pasaje en Yoel, ¿no es así?

John llegó en su ayuda:

—«Rasgad vuestro corazón y no vuestros vestidos, y volved al Señor, vuestro Dios: porque es clemente y misericordio-

---

[10] N. del T.: Supuestos seguidores del antinomianismo, doctrina que sigue la afirmación de san Pablo que dice «donde abundó el pecado, sobreabundó la gracia» (Romanos, 5:20).

so, tardo para la ira y abundante en gracia, y se duele en el castigo».

En ocasiones era demasiado fácil olvidar que bajo la bravuconería de Matthew había una simple pero firme humanidad. ¿Cómo podía haber aspirado alguna vez a ser sacerdote, cuando era tan pobre juez incluso de mis viejos amigos?

Un poco antes de las dos, nuestro grupo se disolvió. Llegó una partida de hombres de Huntly que se dirigía al sur, y Matthew tuvo que unirse a ellos por asuntos del Marqués. William volvía a casa con Elizabeth por la tarde. John y yo caminamos juntos hacia la universidad. Él, que siempre había sido amable y diligente, sabía que nunca sería obispo. Había sido un estudiante que trabajaba duro y ahora era un profesor competente, pero no tenía la agudeza mental que necesitaba para distinguirse de muchos otros. Yo también lo sabía, e incluso sabía que no sería obispo porque era demasiado bueno. El rey tendría que pisar con cuidado si los obispos sobrevivían, y ya había en Escocia cierto enojo por su arrogancia hacia nuestra Iglesia. Si los obispos sobrevivían a los problemas que iban a venir, tendrían que ser más duros y calculadores que mi amigo John Innes. Me temí que ya no veríamos a muchos más hombres de la valía de nuestro viejo obispo, Patrick Forbes. Aunque John no era ambicioso y se conformaba con estudiar y dar clase en el entorno seguro de la universidad. Solía extrañarme su falta de ambición, pero ahora creí envidiarla.

Nos llevó un par de minutos bajar High Street. Me hubiera gustado detenerme en los lugares familiares, bajar a la panadería a por una excelente empanada de carne, recién sacada del horno, como solíamos hacer Archie y yo, o descansar sobre la hierba bajo el gran roble, con el sol de primeras horas de la tarde jugando en mi rostro. Pero tenía que llegar a una cita y John debía atender sus asuntos. Pronto estuvimos en la entrada del colegio, bajo la torre de la gran corona de la capilla, símbolo de nuestra nación que ahora albergaba esperanzas imperiales. Pasamos el portalón de entrada y John me señaló la puerta al otro lado del patio donde se encontraría el doctor Dun. Me abrazó de nuevo y le prometí que no pasaría mucho antes de que volviéramos a vernos otra vez; después salió corriendo para su clase de la tarde.

Me encontraba un poco nervioso al acercarme a la puerta del doctor Dun. Él sabría poco de mí, eso esperaba, pero yo sabía mucho de él. Rector del Marischal College, era médico aquí y también en King's College, amigo y apoyo del obispo en sus esfuerzos por reformar la universidad y acabar con los abusos donde fuera que se encontrasen. Además de aquellas, ya de por sí, pesadas responsabilidades, andaba muy ocupado con su práctica médica entre las ricas familias terratenientes de las tierras de los alrededores. Era todo lo que Jaffray podía haber sido en el caso de que mi amigo no se hubiera contentado con su lucha diaria contra el dolor, la malnutrición y la enfermedad en nuestra pequeña ciudad.

Un estudiante me indicó el despacho del doctor Dun, donde fui recibido por un hombre alto y de aspecto enjuto de poco más de cuarenta años. Despidió al estudiante y me pidió que me sentara mientras acababa parte del trabajo en que estaba ocupado. Después de un rato, levantó la mirada.

—Bien, señor Seaton, ¿está usted aquí por el tema de las becas?

Agradecido por la ausencia de preliminares, solté con gratitud mi bien ensayado discurso.

—Tengo un joven alumno en Banff que promete mucho, y que, a través de su madre, ha solicitado una de las becas del doctor Liddel en Marischal College. Sé que bien puede haber varios muchachos compitiendo por el beneficio. Me inquieta que vaya a estar en desventaja a causa de alguna carencia por mi parte. En particular, quisiera saber qué estándar de griego se requiere a los solicitantes de las becas. Mis alumnos no están más que en un nivel elemental en sus estudios de griego, pero confío en que, con unas clases extra, seré capaz de subsanar cualquier deficiencia.

Dun sonrió abiertamente y dejó la pipa a la que había estado dando vueltas en sus manos.

—Señor Seaton, si sus alumnos tienen un mínimo conocimiento de griego, entonces no estarán en desventaja con los alumnos de la ciudad. El señor Wedderburn es, desde luego, un maestro excelente, pero tiene una gran presión por las obligaciones que soporta, y no siempre atiende la escuela tanto como sería necesario.

Era la segunda vez que oía aquello, y me sentí impelido a defender a mi antiguo maestro.

—Siempre encontré que el señor Wedderburn era un profesor serio y atento.

El doctor Dun se recostó en su silla.

—No me malinterprete, señor Seaton. Siento los mayores respetos y aprecios por el señor Wedderburn, pero, como muchos de nuestros maestros de escuela, en especial aquellos con esposa e hijos, apenas puede vivir con lo que le pagan las autoridades. Y un maestro de escuela que no puede hacer frente a la vida buscará otros caminos para complementar sus ingresos o ganarse el pan. El resultado es poca dedicación, poco disfrute en el desarrollo de su vocación y, al final, una educación pobre. Sé un poco de lo que hablo, señor Seaton. Estoy bien situado para juzgar los frutos de las labores de profesores infelices en su trabajo, y hasta ahora es el trabajo más importante que nuestro reino puede ofrecer. Si queremos construir la Comunidad Devota aquí en Escocia, la escolarización debe ser nuestro cimiento —había oído aquello antes, en muchos sitios, pero Dun hablaba con auténtica convicción. Si hubiera más hombres como él, el gran proyecto de nuestros reformadores podría tener una oportunidad. Se levantó y encendió su pipa—. ¿Está usted casado?

Negué con la cabeza.

—No —dijo, de acuerdo conmigo—, no tiene usted aspecto de hombre casado. Bueno, entonces las presiones sobre usted serán menos de las que podrían ser. Pero, dígame, ¿tiene otra ocupación o aspiraciones aparte de su trabajo como profesor de escuela en Banff?

—No tengo otra ocupación —dije, esperando con suficiente vehemencia como para que él no insistiera más.

Sin embargo, Dun no iba a dejarlo pasar.

—¿Y aspiración?

Me revolví en mi silla.

—Cualquiera de las aspiraciones que alguna vez pude tener ahora han acabado.

Aún insistió.

—¿Tiene alguna otra vocación?

Poco sentido tenía mentir ahora: le diría lo que estaba pidiendo.

—Una vez tuve esperanzas de ser pastor. En mis pruebas finales fui acusado en persona de un comportamiento incorrecto que no pude negar. El paso del tiempo no ha enmendado ese error. No recomenzaré mis pruebas para el sacerdocio.

Volvió a su mesa, con las puntas de los dedos apretadas unas contra otras.

—¿Y ahora ha encontrado otra vocación como maestro de escuela?

Quizá lo diplomático hubiera sido habérselo agradecido, pero resolví terminar con tal falsedad.

—Enseñar en la escuela nunca será una vocación para mí, pero es lo que hacía antes, mientras era estudiante de Teología durante mis pruebas, y es algo que puedo hacer; un hombre tiene que comer. Y ya sé, como usted me dirá, que desempeño un papel necesario en la sociedad, y que por eso, y por el afecto que siento por mis alumnos, lo hago tan bien como soy capaz, pero en cuanto a mí, tengo poco amor por la tarea y recibo poca satisfacción de ella.

—Lamento oír eso, señor Seaton, porque creo que un maestro de escuela que viaja cincuenta millas por el beneficio de un alumno, que se toma el tiempo de enseñar griego a los hijos de un pequeño burgo como Banff, y sobre cuya competencia en muchas disciplinas ya he oído hablar, tiene mucho que ofrecer. Si, como usted dice, nunca volverá a seguir su primera vocación, es una enorme lástima que obtenga usted poca compensación de la segunda. En cuanto a mí, no creo que Dios conceda a un hombre dones semejantes a los que usted ha tenido, solo para condenarlo a repetidos fracasos —no llamó a su sirviente para que me acompañara a la puerta, sino que se levantó y me acompañó al patio él mismo—. Las pruebas para la beca tienen lugar al final de junio, cuando espero que nos veamos otra vez. Que Dios le acompañe hasta entonces.

Se dio la vuelta y lo vi desaparecer más allá del claustro en la oscuridad del edificio. Me dirigí al pozo y saqué un poco de agua. Estaba fría y clara, y su sabor me devolvió a aquel lugar hacía varios años, cuando el futuro era el reino de las posibilidades, y el pasado algo para no tener en cuenta. Volví con arrepentimiento al presente, y consideré lo que había dicho el rector, pero no pude encontrar en ello nada auténticamente relevante para mí. Demasiadas personas estaban dispuestas a juzgarme demasiado bien; no sabían todo lo que sabía yo. Había ofendido a Dios con plena conciencia de lo que estaba haciendo, y Él me había dado la espalda.

Acabé el cacillo de agua que había sacado del cubo y estaba a punto de marcharme cuando oí pasos que venían hacia mí desde el portalón de la universidad. Conocía aquella manera de andar, y el corazón me dio un vuelco. De no haber parado a saciar mi sed, ahora podría haber estado lejos de aquel lugar: la puerta de la universidad estaba a menos de diez yardas del camino, los límites de la universidad, a solo dos minutos andando desde allí. Sin embargo, ahí estaba yo, en el centro de mi brillante pasado, sin medio alguno de evitar la mirada del único hombre de toda la ciudad de Aberdeen, ciudades nueva y vieja, al que más habría deseado no encontrarme. Miré hacia delante, esperando que llegara el juicio. El rostro que venía hacia mí se abrió en una sonrisa de auténtica alegría, y una mano se alargó y agarró la mía.

—Alexander Seaton, ¿de verdad eres tú? No pensé que fuera a verte por aquí de nuevo, aunque lo he deseado a menudo y he rezado por ello. ¿Qué te ha traído de vuelta a nosotros? ¿Por qué no me dijiste que vendrías? ¿Has estado esperándome mucho tiempo? He estado ocupado toda la mañana con mi padre por los asuntos de la universidad —el doctor John Forbes de Corse, hijo del obispo y profesor de Teología del King's College de Aberdeen, el hombre más culto que conocía, permaneció ante mí, con el rostro lleno de afecto. Era un hombre de la más profunda espiritualidad y había depositado en mí esperanzas más grandes que las que yo mismo había tenido nunca. Pocos profesores pudo haber más disgustados por el fallo de un alumno que él por el mío.

Tan conmocionado estaba yo al verlo allí que, por unos momentos, no pude encontrar palabras para contestarle. Pero creo que mi cara le mostró mis pensamientos, porque su mano cayó a un lado y su sonrisa se esfumó.

—Alexander, no has venido a verme a mí, ¿verdad?

—No —repliqué con voz seca—. Tenía un asunto con el doctor Dun, sobre las becas, y tuve que venir y encontrarme aquí con él —capté el dolor en sus ojos y maldije su orgullo—. Lo siento, debería haberle dicho que venía, pero me daba... —tenía poco sentido mentir a aquel hombre que durante cuatro años había sido mi guía espiritual y que había mantenido el fervor de mi vocación. Merecía al menos mi honestidad—. Me daba vergüenza —le dije.

El doctor Forbes conocía bien la causa de mi vergüenza. El asombro por mi fracaso en conseguir la aprobación del Presbiterio de Fordyce había dado paso a la furia, y ambos, él y su padre, habían escrito a los hermanos pidiendo una explicación. Los hermanos habían contestado indirectamente, pues no tenían la información para hacerlo de otra forma, y se habían dirigido al obispo y a su hijo a lord Hay de Dalgetty y a mí. El obispo Patrick había escrito entonces a Dalgetty, y su hijo a mí. Se me dio a entender que milord había dado una explicación clara y sincera sobre los fundamentos de su objeción a mi persona y a mi candidatura para el sacerdocio. Yo había escrito que, fuese lo que fuese aquello de lo que me acusaba la familia de Hay, yo era culpable ante Dios y ante el hombre. Cartas urgentes de amistad y súplica para que volviera a verlo en busca de consejo espiritual volaron desde los aposentos del profesor de Teología en King's College de Aberdeen a mi ático en la escuela de Banff. Ninguna fue contestada. Ahora estábamos aquí, frente a frente, sin el refugio del silencio.

El doctor Forbes permanecía de pie frente a mí.

—Hay un tiempo para avergonzarse y un tiempo para arrepentirse —su voz era mesurada, tranquila—. Tuviste razón en sentirte avergonzado por tus hechos, pero apegarse a esa vergüenza a expensas de todo lo demás es ser indulgente. Caíste en la carnalidad; ¿quién entre nosotros no ha sido tentado, quién no ha caído? Traicionaste la confianza de un amigo y mentor. De hecho fuiste desagradecido y descortés, pero ¿quién entre nosotros no ha sido culpable de ingratitud, de descortesía?

Miré al hombre. ¿Cómo iba yo a creer que alguna vez él hubiera llegado a tal comportamiento, a tal inmoralidad como había llegado yo? Se apoyó en el murete del pozo, ahora con aspecto cansado, y sus ojos buscaron en los míos un entendimiento que yo luchaba por encontrar.

—Puede que hayas pecado, Alexander, pero recuerda las palabras del Profeta: «Él espera ser misericordioso».

Sentí la resistencia filtrándose desde dentro de mí.

–Lo he intentado, créame, doctor, lo he intentado. He buscado a Dios, he invocado a Dios, pero solo me he encontrado a mí mismo en un páramo.

Habló con gentileza, citando a Ezequiel.

—«Porque mi Señor misericordioso se complació en dejarme ver que, al guiarme a aquel páramo, y suplicando allí conmigo, me haría entrar en los vínculos del Pacto». En todos tus años aquí, Alexander, forcejeaste con proposiciones teológicas más recónditas y las dominaste. Podías discutir cualquier punto con el que nos podían atacar los armenios, los jesuitas, los socinianos y todos sus semejantes casi tan bien como yo mismo. Pues todo aquel pensamiento, el más grande don de Dios en ti, era la pura fe con la que te había agraciado. Fue eso por encima de todo lo que yo pensé que te haría el más excelente de los pastores. No dudo que aún podrías argumentar con perspicacia y exactitud cualquier punto que yo te ponga delante, pero temo que hayas olvidado la lección más importante de todas: la promesa del Pacto.

Le miré expectante. Él respondió a mi pregunta no formulada.

—El Hijo de Dios vino a este mundo para salvar a los pecadores como tú y como yo. Ese es el Gran Pacto. No me pidas nunca que crea, Alexander, que te has hecho tan arrogante como para considerar tu pecado mayor que su sacrificio.

No podía mirarle. Sentí su mano en mi hombro.

—Piensa en esto, en nombre de la amistad, prométeme que lo harás —y entonces me dijo palabras que antes me había enseñado en su diario—: «El Señor nos aflige para que nos busquemos a nosotros mismos y nuestro camino, y para que confesemos nuestros pecados contra nosotros mismos a Dios. Él nos corrige para hacernos partícipes de su santidad, porque no debemos avanzar y continuar en pecado». Vuelve pronto y ven a verme, Alexander. Trabajaremos en esto juntos. Nunca te avergüences de llamarme amigo.

Estrechó mi mano y después me dejó.

* * *

Mi última noche con William y Elizabeth fue una velada satisfactoria. Elizabeth al fin accedió, para nuestro gran alivio, a mi sugerencia para aliviar sus cargas presentes y futuras. Me hizo muchas preguntas, y sentí que solo merecería la pena contarle toda la verdad, en la medida en la que yo la conocía, y eso hice.

—Alexander se encargará de todo el lunes —le aseguró William—. Todo irá bien, tan solo ten paciencia.

Tenía mucho que preparar para el viaje del día siguiente, y por una vez, me alegré de tener una excusa para irme pronto a la cama. Al echarme en mi cama en casa de William, con la vela apagada y los postigos abiertos aún, miré las estrellas del norte, la majestad de las obras de Dios. Me retaron, como me habían retado Matthew y el doctor Forbes, a que saliera de mi autoimpuesta indulgencia de penitencia y pereza, y a que me pusiera en marcha una vez más y con un propósito en esta vida terrenal. Mi último pensamiento antes de ser vencido por el sueño, fue que tenía ganas de que llegara el nuevo día.

CAPÍTULO DIEZ

STRALOCH

D EJÉ ABERDEEN AL DÍA SIGUIENTE A PRIMERA HORA DE LA
tarde. El servicio de mañana en West Kirk de St. Ni-
chlas se había alargado desde las diez hasta mediodía,
y compartí con William y Elizabeth un rápido almuerzo de caldo y pan antes de partir de su lado. Permanecí solo y de pie al
fondo de la iglesia durante el oficio. Sentarme con William en
su banco, habría sido llamar la atención sobre mí; alguien habría en la iglesia, estaba seguro, que aún me reconocería, y no
quise retrasarme en la partida.

Elizabeth insistió en que llegáramos pronto: no podía soportar la vergüenza, me dijo, de llegar tarde y caminar delante
de toda la congregación para afrontar la reprimenda del pastor.
Al contrario que nuestro reverendo Guild en Banff, los pastores de Aberdeen y sus mayores no respetaban a las personas y
se complacían por igual en la necesaria censura de ricos y pobres. Así fue que pude observar el gran desfile y conmoción de
los vecinos del burgo al reunirse para la adoración de Dios. En
primera fila, bajo la maza de su oficio, se sentaban los magistrados de la ciudad, sus esposas detrás de ellos, ostentosas en su
elegancia. Pensé que el corregidor Buchan habría tenido mu-

cho que decir sobre el tema. Hubo cierta trifulca cuando la esposa del tesorero del burgo no pudo hacer uso de su asiento porque había sido ocupado por una doncella de la esposa del decano del gremio. Elizabeth me había advertido sobre aquello. Era, me dijo, el incidente de la semana, y las doncellas eran tan implacables como descaradas eran sus señoras. Cada semana, la doncella que ofendía era obligada a moverse, pero solo después de diez minutos de mucho ruido y bullicio entre las mujeres, y gran bochorno para sus maridos.

Justo después de los magistrados, venía la cámara de comercio, con la historia de su riqueza o de sus deudas contada por la elegancia de sus esposas e hijas. Los comercios llenaron entonces sus lugares predeterminados, señalados con los símbolos de sus gremios, y así hasta el fondo de la iglesia, donde otros: sirvientes, jornaleros, humildes y extranjeros, se apelotonaban, sin asientos, entrando en la iglesia tanto como pudieran apretujarse. Entre ellos estaba yo, y entre ellos no me sentí avergonzado por la escasa miseria (todo lo que me quedaba en la bolsa) que pude aportar al cepillo cuando lo pasó el diácono de la parroquia. Muchos a mi alrededor, pensé, eran más de pedir las limosnas del cepillo que de darlas.

Con todo esto, poca atención se prestaba al lector que se abría camino salmodiando a través de su lectura con aún menos entusiasmo del que incluso Charles Thom tenía por costumbre mostrar. Se hizo el silencio, decreció el parloteo e incluso los chicos de la escuela, metidos con sus maestros en su altillo encima del púlpito, se sentaron, cuando el arcediano se levantó para guiar el primer salmo. Sentí que mi corazón se ralentizaba. Entonces, aquella voz que empezó a elevarse, penetrando en mi alma, creó un puente de cristal entre el bullicio y yo. Era el salmo cincuenta y uno, el segundo texto que yo había tomado para mi sermón en la iglesia de Boyndie, en mi penúltima prueba para el sacerdocio:

Esconde tu rostro de mis pecados y borra todas mis maldades.

Crea en mí, Oh, Dios, un corazón limpio, y renueva un espíritu recto dentro de mí.

No podía recordar cuándo había sido la última vez que había estado en una iglesia y había prestado atención al oficio o al sermón. Hacía ahora meses, pese a que lo intentaba, que no era capaz de evitar que mi mente vagabundease lejos, lejos de las palabras y los sentimientos emitidos desde el púlpito. El reverendo Guild de Banff era un predicador pobre y poco inspirador, pero hubo muchos otros visitantes en su púlpito en los últimos nueve meses, de los que sabía que eran hombres excelentes de amplia cultura y, a su manera, conmovedores. Ninguno había suscitado mi interés ni había penetrado en mi espíritu hasta el punto de que yo después hubiera podido hacer un relato apropiado del sermón, si no fuera porque mis alumnos estaban en su altillo en la iglesia tomando notas. Pero aquel día en St. Nicholas Kirk fue diferente.

Desde aquella primera nota lastimera de boca del arcediano, todas las demás distracciones quedaron olvidadas. Era el doctor Robert Baron, pastor de Grayfriars' Kirk, y, desde el año anterior, profesor de Teología en Marischal College, quien predicaba el sermón sobre aquel mismo texto. Había oído muchas cosas buenas sobre su humanidad y su cultura, pero nunca había estado ante él oyéndole hablar. Cuando yo mismo prediqué aquel texto, no tenía idea ni comprendía la degradación ni el desconsuelo del pecador reconocido. Y cuando fui descubierto y yo mismo encaré mi desgracia, había sido más fácil darle del todo la espalda a Dios y aceptar mi maldición autoimpuesta, que buscar el perdón de verdad. Si el doctor Robert

Baron no me conociera, sospechaba yo, no habría sido capaz de dirigirse a mí entre toda la congregación, pero yo sabía, con la certeza con la que sabía que mi nombre era Alexander Seaton, que él pronunció aquellas palabras de esperanza y redención directamente para mí.

Cuando salí de Aberdeen a galope aquella tarde, lo hice con la nueva determinación de ser lo que se me había otorgado que fuera. La necesidad de liberar a Charles de su presidio era tan fuerte como lo había sido desde el principio, ahora ya no solo por él, sino por mí mismo, porque sentía que había sido escogido para la tarea. No sentí mucha pena por dejar Aberdeen, como había temido que pasaría dos días antes, ni sentimiento de pánico ante la perspectiva de emprender el camino de vuelta a Banff. No me había decepcionado a mí mismo, no me había avergonzado ni había avergonzado a mi burgo desde que partí, y había llegado a entender, en el par de días con viejos amigos y nuevos conocidos, que no todo el mundo esperaba de mí que colgara mi cabeza avergonzado y no consiguiera nada.

* * *

Al cruzar el Don en Brig O'Balgownie y dejar las dos ciudades detrás de mí una vez más, mi mano fue hacia la alforja y comprobé de nuevo el cierre, temeroso de que pudieran haberlo forzado. Mi encargo de Banff, el precioso mapa, con la carta del alcalde que lo acompañaba aún estaba allí, todavía sellado, pero ahora lo acompañaban no uno, sino otros dos documentos sellados, cuyos contenidos permanecían como un secreto que me atormentaba. Estaba la carta, escrita ante mis ojos, del artista George Jamesone al alcalde de Banff, y estaba la otra, de la misma mano, que había llegado por un sirviente a la puerta de William la noche pasada, tarde, dirigida a Robert Gordon de

Straloch. El sirviente de Jamesone informó de que su señor solicitaba por favor que yo entregara aquella carta en mano al lord de Straloch. Como le había asegurado a William, nada le había contado sobre mi asunto en Straloch al artista, salvo que haría noche allí en mi viaje de vuelta a casa. William estaba inquieto porque hubiese contado lo más mínimo. No pude rehusar, pero no me gustaba el encargo.

No solo cartas, sino también voces me acompañaron al dejar atrás las dos ciudades y tomar el camino noroeste. Voces de ánimo, voces de advertencia, voces de terror. Cuando el caballo, que aún no estaba cansado por la carga extra de los libros recién comprados, emprendió la carretera hacia el norte, las torres y la costa de Aberdeen se difuminaron lejos en la distancia hasta que al final desaparecieron, así también las voces animosas de Matthew Lumsden, del doctor Forbes y el doctor Baron. Su lugar lo ocuparon el cada vez más insistente aviso de cautela de mi amigo William Cargill, y el definido terror de la partida de Mary Dawson. «¿Por qué tú, Alexander? ¿Por qué en tu aula? ¿Por qué este encargo? Ten cuidado, Alexander. ¿Por qué tú?» Los cascos del caballo resonaban al ritmo de las advertencias de William y cada vez más a menudo encontraban la respuesta de Mary Dawson en el viento: «Nunca volveré. Nunca más volveré. Nunca volveré».

El cielo se iba oscureciendo según me acercaba a Straloch al final de la tarde, y la tormenta rompió justo cuando giraba en una amplia curva del camino. Rayos y truenos rasgaron el cielo sobre mí y forcé al caballo a galopar el último par de cientos de yardas. Aún así, para cuando llegamos al patio delantero de la casa, yo estaba empapado, pobre ejemplar de visitante. Un sirviente respondió a mis toques a la puerta y llamó a un mozo del establo para que se llevara mi caballo. Escuchó mi apresurado encargo en la entrada y después, tras decidir que yo era quien decía ser, me permitió entrar en la casa. Desde la oscuridad del ala este, salió a la luz una mujer joven, para ver al visitante recién llegado. Se acercó; sus oscuras faldas de seda crujían casi al ritmo de la lluvia que corría por los canalones de fuera. Era demasiado joven para ser la esposa de Straloch, pero un poco demasiado mayor, pensé, para ser una de sus hijas.

—Es un mensajero de Banff —dijo el criado—, para el señor. Dice que tiene una carta del alcalde —el tono del hombre implicaba que no estaba del todo convencido de que lo que yo había dicho fuese cierto, pero la joven parecía satisfecha y le mandó marchar.

—Lo siento, señor —dijo—. El señor no está en casa en este momento. Todavía está fuera, cazando. Volverá en una hora, o antes, si esta tormenta no amaina. La señora está descansando, pero se levantará para cenar. ¿Puedo ser de alguna ayuda?

La miré, inseguro sobre cómo actuar. Su actitud era fuerte y franca, y su rostro hablaba de intelecto, aunque las serias advertencias del alcalde resonaban en mis oídos, y yo sabía que debía esperar una respuesta de Straloch.

—Lo siento, no se me...

Ella hizo un gesto de bochorno.

—Oh, perdone. No le he dicho quién soy. Me llamo Isabella Irvine. Mi tía es la señora de esta casa —esperó.

—Yo soy Alexander Seaton —dije—. He venido a ver al señor de Straloch por asuntos del burgo de Banff. Lo siento, pero se me ha encomendado dar mi recado en mano a Robert Straloch —aunque sus pies no se habían movido un paso, parecía como si todo su cuerpo se hubiese echado atrás, y no por haber rechazado yo su ayuda, sino por la mención de mi nombre. Se recuperó con bastante rapidez, pero era innegable que se había inquietado y que sus modales hacia mí habían cambiado en cierto modo.

Indicó una gran silla de respaldo alto junto al fuego.

—Si quiere esperar hasta que el señor regrese, puede sentarse ahí. Haré que le traigan algún refrigerio —después, con poca más conversación o ceremonia, se excusó y subió las escaleras hasta quedar fuera de mi vista. Me senté con alivio y, como parecía que no había nadie alrededor para verme, me quité las botas y dejé que mis pies se secaran con el fuego. Un sirviente trajo cerveza y panecillos templados. Mientras descansaba y tomaba mi refrigerio, intenté pensar en qué habría ocasionado el cambio en las maneras de Isabella Irvine hacia mí. ¿Podría ser que realmente la simple mención de mi nombre, que, aunque era malo en Banff, con seguridad no era conocido allí, fuese suficiente para provocar miedo o desprecio en las jóvenes de las casas señoriales de todo el norte? No lo creía yo así. Sin embargo, fue mi nombre lo que había señalado el cambio en ella, como si llegara sobre un viento frío desde el norte. Lo medité mientras la lluvia que repiqueteaba fuera competía con el rugido del fuego en el interior: conocía el nombre de Isabella Irvine, pero no recordaba cómo o de dónde.

No tuve mucho tiempo para reflexionar, porque, en un cuarto de hora, pude oír un alboroto de caballos y jinetes frente a la casa, y los sirvientes empezaron a moverse atareados de un cuarto a otro, cruzando la entrada y volviendo otra vez como hormigas ocupadas. Al abrirse la gran puerta de roble, una tropa de niños (al menos seis o siete, de distinta altura) bajó en barahúnda las escaleras desde una galería más alta, seguida por su prima, Isabella.

—Niños, dadle a vuestro padre un minuto para que recupere el aliento. ¡Chicos! Volved ahora mismo —dos de los críos más pequeños se precipitaron hacia la puerta, cuando vieron a su padre llegar de la caza. Volvieron un poco después, totalmente empapados, cada uno en un brazo de Robert Gordon de

Straloch. Los otros corrieron hacia él con preguntas sobre la caza y quejas porque su sobreprotectora carcelaria, su prima Isabella, no les había permitido salir. Tres chicos mayores y una chica acompañaban a su padre, la chica dando órdenes tras ella sobre qué había que llevar a la cocina y qué había que colgar en las despensas. Hubo discusiones y fanfarronadas sobre el tamaño de la presa, y risas por un cerdo salvaje que había escapado. Solo los perros notaron mi presencia, mientras competían entre ellos por aproximarse al fuego. Una vez que la excitación inicial por la vuelta a casa se calmó, Isabella Irvine me anunció a su tío. Habló en voz baja y sus ojos estaban llenos de silenciosa ira; me miró mientras hablaba.

El señor de Straloch se volvió hacia donde yo estaba, ahora de pie, entre sus perros y dando la espalda a la casa.

—¿Señor Seaton? ¿Está aquí por un asunto de Banff?

—Así es, señor. Tengo una carta del alcalde, Walter Watt, para la que me ha encargado que espere una respuesta.

Él asintió y dijo enérgico:

—Entonces veámosla en mi biblioteca. Robert, dale instrucciones a Hugh sobre el destripamiento, y vigila que cuelguen las aves. Margaret, ve con tu prima y mira a ver si puede convertirte otra vez en una dama. Me hartaré de oír a tu madre si ella no puede hacerlo.

Los niños más pequeños también se dispersaron, y yo seguí al lord a su biblioteca en el ala oeste de la casa. Era una habitación larga y de techos altos, con grandes ventanas al oeste, que proporcionaban la mejor luz posible. El pequeño y arreglado estudio de abogado de William Cargill no tenía comparación con aquel cuarto de trabajo de Straloch. Había más libros en aquella habitación de los que nunca había visto en el despacho de cualquier individuo, incluido el doctor Forbes. Desde donde yo estaba podía ver libros de todos los tamaños y colores. Era una habitación en la que cualquier hombre podría encontrar muchas cosas. Grandes mapas estaban desdoblados sobre mesas cerca de las ventanas, mesas sobre las que también se apilaban altos montones de libros y de papeles escritos. No tuve mucho tiempo para revisar las estanterías, pues el lord era un hombre con poco tiempo para gastar.

—Entonces tiene usted una carta para mí, señor Seaton —le acerqué primero la carta de Walter Watt, sin el mapa; también reservaría la misiva de Jamesone. Él rompió el sello y se llevó la carta hacia la ventana, dejándome poca posibilidad de averiguar su contenido. Tras leer hasta abajo la primera página, me lanzó una mirada. En su mente, como en la de su sobrina, había también algún conocimiento sobre mi nombre. No se paró para una larga cavilación, y continuó hasta el final sin una palabra. Cuando terminó de leer, dobló las páginas una vez más y caminó hasta su mesa, donde dejó la carta en una pequeña caja de madera que después cerró con llave. Me miró directamente— ¿conoce usted el contenido de esta carta?

Por un breve instante pensé en fingir que no tenía idea de lo que había en la carta, con la esperanza de que Straloch pudiese revelarme algo (¿qué?). Pero aquello era un juego peligroso, y yo siempre había llegado el último o demasiado tarde en los juegos de estrategia.

—Tengo una idea de su contenido, pero no lo he leído ni el alcalde me ha hecho un relato detallado de lo que escribió.

Straloch movió la cabeza.

—¿Y el mapa? —se lo tendí, pero él no lo tomaría en su mano. De sus mangas y otras partes de su ropa goteaba agua de lluvia, y no se arriesgaría a dañar el documento. En vez de eso me pidió que lo colocara sobre la mesa, junto a su cartera—. Asumo que no tiene otro asunto en algún otro lugar esta noche, señor Seaton.

Afirmé que no tenía ninguno.

—Bien, ¿entonces es libre para pasar la noche aquí? ¿No ha hecho planes en otro sitio? Estoy muy interesado en este asunto, y la estimación de un mapa no se puede hacer en un momento. Su alcalde deja claro el deseo de que el tema no se airee, y me temo que aquí no tendremos privacidad en la mesa de la cena, pero si se queda esta noche podemos hablar largo y tendido sobre la materia, y yo puedo examinar el mapa. ¿Puede quedarse?

No esperaba una respuesta rápida de Straloch sobre el mapa o su importancia, así que no había hecho nada para pasar la noche en otro sitio. Sin embargo, no me satisfacía del todo la perspectiva de encarar el frío desprecio de Isabella Irvine durante la cena. Acepté la oferta de su hospitalidad con cierta pesadumbre en el corazón.

—Mi sobrina hará que le preparen una habitación. Mi esposa aún se está recuperando de su último parto, y todavía no está preparada para volver a hacerse cargo de la casa —sonrió—. Como podrá ver, hemos sido bendecidos muchas veces. Haré que Isabella le traiga alguna ropa seca también, o morirá usted de fiebre antes de que acabe la noche, como me pasará a mí si no voy y me cambio pronto estos harapos de caza empapados —acabada nuestra entrevista en ese momento, abrió la puerta y mandó que trajeran a su sobrina. En dos minutos, apareció la misma muchacha, y aceptó sus instrucciones sin objetar, aunque no sin que el disgusto se reflejara en sus negrísimos ojos.

Apenas tuve tiempo de secarme y ponerme la ropa que me había traído un sirviente antes de que un *gong* en la sala de abajo llamara a reunirse y cenar. Seguí el sonido del eco del *gong* y de la corriente de gente que se derramaba desde los pisos superiores bajando la gran escalera hasta el enorme comedor de Straloch. La amplia y larga mesa de refectorio tenía asientos para veinte, pues los críos más pequeños ya habían sido alimentados por sus niñeras. Robert Gordon se sentaba a un extremo de la mesa y su esposa, con una sonrisa de bienvenida, pese a estar cansada y pálida, en el otro extremo. Al menos cuatro de los chicos mayores estaban allí, y una bandada de primos, amigos y parientes de los que a duras penas distinguía a unos de otros. No avanzamos mucho en la cena antes de que cayese en la cuenta de que, excepto Catherine Irvine y su sobrina, Isabella, yo era la única alma en la mesa que no llevaba el apellido Gordon.

Hubo poca conversación para empezar. Todos los cazadores estaban demasiado hambrientos para hablar y quienes se habían quedado en casa mostraban poco entusiasmo en hablar sin ellos. Me sentaron enfrente de Isabella Irvine, y aunque la miré una o dos veces, en un vano intento por recordarla, para encontrar ese pasaje en mi mente a través del cual ella ya había caminado, se las arregló para no mirarme en absoluto. Cuando se retiraron unos platos y se trajeron más, el hambre fue saciándose por partes y las conversaciones empezaron a surgir. Se charlaba, era inevitable, sobre la caza del día, sobre las persecuciones, las presas cobradas y las casi perdidas, la destreza de los caballos, el coraje de los perros y la astucia de las presas. La señora de la casa podía estar segura de que su despensa estaba bien abastecida. Tiempo después, la conversación derivó en otras batidas de otros lugares. Y enseguida, como debe hacerse en tales casos, se habló de desaires y ofensas, y escándalos y atrocidades y desgracias. El lord, que desde el principio había estado dedicado a su comida con aire de benévola complacencia, comenzó a parecer menos a gusto mientras sus hijos y los primos de estos empezaban a hablar acalorados de calumnias, tropiezos y cómo había que afrontarlos. Él conocía demasiado bien cómo debían acabar tales cosas, sabía de las luchas y de los fuegos y de las muertes y de los lamentos. Las baladas no serían reconfortantes para sus madres una vez que ellos se hubieran ido, y les aconsejó que no hablaran más de aquellas cosas delante de ella. Hubo una tregua, una pausa, antes de que se empezara a hablar de otras cosas, y se hizo mención de insatisfacciones en el sur y de rumores oídos en el norte, pero de nuevo aquello se silenció con rapidez, esta vez con una referencia a mi persona.

—El señor Seaton, aquí presente, puede que no tenga interés en la materia, estoy seguro; es un hombre de cultura, no de política. Habrá politiqueo de sobra en la ciudad de Banff para satisfacerle, no hay duda, sin que nosotros le obliguemos a escuchar nuestras inquietudes —se había dado el aviso, y fue el mismo lord quien lo dio: yo no era uno de los suyos y tampoco había que ponerme al tanto de los asuntos de los Gordon. Pude ver el mensaje reflejado en las caras de los hombres más jóvenes, quienes habían estado hablando con menos discreción de lo que deberían. Yo no era tutor de los niños ni ningún estudiante de Teología de paso con vínculos y obligaciones con la familia, como habían pensado. No era familiar suyo y el lord no era mi benefactor. Cuando fueron conscientes de esto, algo cambió en el ambiente, y centraron su atención en mí. La esposa de Robert Gordon, Catherine Irvine, vino en mi ayuda.

—Es usted maestro de escuela, señor Seaton.

—Lo soy, señora. Soy maestro ayudante de la escuela secundaria de Banff.

—He oído que es una buena escuela.

—Tengo muchos alumnos aptos, y el maestro, Gilbert Grant, es un hombre excelente de amplia cultura y muy disciplinado. Es tan querido y respetado en la ciudad como en el aula.

—El respeto es un bien escaso y precioso en los jóvenes —intervino Straloch—. Sin eso no puede haber buena instrucción, y sin esta el estado está en peligro.

Los jóvenes de la mesa, lo vi por sus caras, habían oído aquello antes muchas veces, pero tuvieron la buena educación de no replicar.

—¿Y fue usted estudiante allí, señor Seaton? —fue la señora esta vez.

No me gustaba aquel interés sobre mí.

—Sí, seguí toda mi formación secundaria allí, con el señor Grant.

—Bien, entonces —dijo la señora, con una sonrisa triste pero cálida surgiendo en su rostro—, seguramente debe de haber conocido a Archibald Hay, el heredero de Dalgetty.

—¿Quién no conoció a Archie? —dijo uno de los sobrinos de Straloch, mientas acababa con una chuleta y se lanzaba a por otra—. Nunca había una pelea o una fiesta en el norte de la que Archie no fuera el centro. ¿Recuerdas aquella vez en Rothiemary...?

Pero fue interrumpido por su hermano, que ahora me estaba mirando con los ojos entornados.

—Pero, seguro, ¿no eres tú aquel compañero, su compañero pastor, el que siempre estaba con él. ¿No eras tú?

No tuve oportunidad de contestar antes de que otro se uniera.

—Claro, sí. ¡Alexander Seaton! Siempre al lado de Archie. Me acuerdo de aquella vez en Slains cuando él perdió sus botas a los dados ¡y tú lo llevaste a cuestas por el barro hasta su caballo! Por eso pensaba que te conocía, no era de aquí en absoluto —el compañero estaba muy complacido, tanto por el recuerdo como por encontrar una excusa para haber hablado con tanta libertad de los asuntos de los Gordon delante de mí.

Otros se unieron con sus remembranzas de Archie, y sus vagos recuerdos de mí. Los hijos de Straloch no pudieron unirse, porque habían sido demasiado jóvenes para participar en las correrías de Archie antes de que partiera para la guerra. Sin embargo, conocían las historias, pues sabían cuándo reír antes de que el cuento terminase. En cuanto a mí, oí poco de lo que se contó. Nada me llegaba a través del muro de hielo que ahora se había alzado entre Isabella Irvine y yo. Ella había evitado mi mirada durante toda la cena, pero ahora me había clavado sus fríos ojos impávidos. Con un creciente sentimiento de náusea, empecé a recordar cómo conocí su nombre. Me habría levantado de la mesa en ese momento, alegando malestar o fatiga, o Dios sabe qué otra excusa, pero no iba a haber retirada para mí.

—¿Así que es usted el joven amigo en quien Dalgetty tuvo tantas esperanzas de que calmara a su heredero? Bien, hay algunos potros que no se pueden domar: es mejor dejar que corran en libertad. Lamento en el alma la pérdida de su amigo, señor Seaton. Murió por una noble causa —las palabras del lord encontraron eco alrededor de la mesa, y se hicieron brindis a la memoria de Archie, y a la de la reina Elizabeth de Bohemia, y a la de su hermano, nuestro rey. La charla volvió de nuevo a la política, esta vez a la alta política, la religión y las guerras, pero no podría decir si los más jóvenes habían sido indiscretos o no delante de mí, porque el lord había seguido hablándome directamente a mí. Habló de la familia de Dalgetty, y de la tragedia de la pérdida de Archie para la familia y para el país, y después de Katharine—. Y por qué enviaron a esa chiquilla al sur, desterrada con ese viejo, no lo sé. Una prole de buenos nietos a mano habría aliviado su dolor y su vejez.

—Robert —empezó su esposa, pero él no la oyó.

—Y en cuanto a la muchacha, enviarla tan lejos de sus amigas cuando se podía haber concertado un buen casamiento por los alrededores, con que solo hubiesen consentido en que el nombre de Hay quedase en desuso por una generación o así. Porque, aquí Isabella era... es amiga suya, pero está obligada a viajar días enteros por malos caminos solo para verla. Y ella está en un lugar frío y desapacible, ¿no es así Isabella?

—Ella no se queja —dijo la joven mujer, mirándome aún fijamente.

La esposa del lord intervino antes de que su marido pudiera decir nada más.

—No hace mucho que mi sobrina ha vuelto de visitar a Katharine Hay en la frontera. No se habían visto la una a la otra desde el matrimonio de Katharine con el primo de su padre —parecía incómoda, como si deseara que pudiera ponerse un final al tema, pero yo no podía dejarlo ahí. Hablé directamente a Isabella Irvine.

—¿Y ella cómo está? ¿Está... bien?

—Ella está bien, señor.

Todavía no podía dejarlo.

—¿Y es feliz?

—Ella está bien. No se queja. Sabe cuál es su deber —entonces se levantó—. Por favor, discúlpame, tía. Quisiera visitar a los pequeños antes de que se vayan a dormir —su tía aceptó y ella se fue sin más palabras o miradas para mí. El mismo Gordon parecía perplejo, pero su esposa cambió de tema.

—Mañana empiezas temprano, Robert. Quizá el señor Seaton y tú deberíais tratar vuestro asunto antes de que sea muy tarde. Puedes dejar que los jóvenes beban y cuenten sus historias aquí, no te echarán de menos —llamó a un mozo para que me mostrara el camino de vuelta a la biblioteca del lord, y también para que nos llevara allí fruta y vino. Le pidió a su marido que esperase un momento, pues había un tema referente a la casa que quería hablar con él. El lord parecía ahora más perplejo que antes, pero no objetó, y me llevaron a mí solo a la biblioteca.

La habitación que antes había visto a la menguate luz del día, ahora se había transformado en una caverna de luz menguante y sombras. Un fuego rugía en el gran hogar y se habían encendido las velas de los candelabros, aunque ninguno se había puesto aún en las mesas. Una corriente, un criado descuidado que tropezara con una mesa en la que hubiera uno encendido, podría haber destruido en instantes el trabajo de una vida, pues las notas de Straloch y los mapas cubrían cada mesa. Ahora yo era demasiado cauteloso con el tema de los mapas como para incluso desear mirar alguno. Me acerqué a descansar junto al fuego, donde la luz era mejor, y traté de ver los títulos de las estanterías que brillaban o quedaban en sombras por la luz.

El estante en el que se demoraron mis ojos estaba lleno de historias, historias de nuestro país y nuestra gente. A Spottiswood, Boecio, Buchanan y Knox los conocía bien, pero cogí con cuidado otro volumen del estante: había oído hablar del trabajo de Robert Johnson, pero nunca antes me lo había encontrado. Desaté los cordones de la encuadernación y abrí el libro: dentro de la cubierta, escrita por una pulcra mano, había una inscripción, en latín: «A mi querido amigo Robert Gordon, en memoria de días felices en París en la primavera de nuestra juventud, Robert Johnson». El libro aún estaba en mi mano cuando el pomo de la puerta giró y Straloch entró en la habitación. Me moví para devolverlo a su sitio, pero no había atado la encuadernación y así me quedé, desvalido, con él en las manos. Gordon se acercó y miró el volumen más de cerca.

—Una excelente elección, señor Seaton. Puede tomarlo prestado esta noche si lo desea, y devolverlo aquí a su sitio mañana antes de partir.

Se lo agradecí, pero decliné.

—El estudio del pasado es algo en lo que encuentro poco provecho y sosiego.

—Entonces ha sido poco afortunado. Quienes no conocen su historia no se conocen a sí mismos, y por lo tanto actúan para el futuro, sea cual sea, como un caballo de combate que parpadea.

Le pasé el libro, y él volvió a atar las cubiertas antes de devolverlo con cuidado a la estantería. Cuando se dio la vuelta para mirarme, pude ver que estaba a punto de hablar sobre un tema que le preocupaba mucho. Me pidió que me sentara y esperó a que el sirviente terminara de iluminar la habitación antes de proceder. Se aclaró la garganta.

—En el curso de mi tiempo, en mi trabajo, y debido, en cierto modo, a mi posición en este mundo, estoy obligado a comportarme ante todo tipo de hombres. Creo, aunque quizá no todos lo hacen, que Dios me ha concedido hacerlo sin ofensa para mis semejantes. Usted es un invitado en mi casa, señor Seaton, y aún así creo que esta noche, aunque sin ser consciente, he sido causa de descontento para usted y otras personas en mi mesa.

El corazón me palpitaba con fuerza, y sentí que mi respiración empezaba a hacerse más profunda. No me gustaban las confidencias de extraños, y pude adivinar cuál era la esencia de aquella. Deseé estar en cualquier sitio que no fuera aquella biblioteca.

—Lo siento, no sé de qué está hablando —me detuve, pensando en Isabella Irvine. No iba a pedirle un trato cordial—. He sido tratado con civismo y hospitalidad. No puedo pedir más en la casa de un extraño.

—Aún así, en esta casa debería —empujó hacia atrás su silla y fue hacia la ventana, a mirar la oscuridad de fuera—. Mi esposa me ha hablado, con brevedad, de su anterior intimidad y su actual distanciamiento de la familia de Hay. Me ha contado lo que la enemistad del conde le costó en este mundo. También me ha dicho, y no estoy jugando aquí con mis palabras, que la chica fue sacada de Dalgetty para cortar el apego que había adquirido por usted. Esta última parte ella la conoce por mi sobrina, y no tengo motivo para dudar de ello, porque ella es una chica honesta sin malicia ni ganas de calumniar. Sospecho que ha habido mucha charla de mujeres entre las dos sobre todo este tema, mucho antes de que usted pusiera el pie en esta casa. Debe excusar la frialdad de mi sobrina, me di cuenta en la cena; ella tiene todos los conceptos apasionados de alguien que aún no conoce el mundo. En cuanto a mí, nunca habría hablado como lo hice de haber sabido todo esto.

El calor del vino y del fuego se abría camino a través de mí, y sentí el deseo de compensar la honestidad del lord con una honestidad por mi parte.

—La conversación no me produjo ningún disgusto que no estuviera en mí de alguna forma. No me gusta el estudio de la historia porque esta no se puede cambiar, mi historia no se puede cambiar. No busco su simpatía. La familia de Hay merecía mejores cosas por mi parte.

Él cerró la ventana y se giró hacia mí.

—Puede que sea así. Pero tiene que haber un límite al castigo, o nuestra sociedad nunca prosperará, nuestra devota comunidad se marchitará y morirá antes incluso de dar fruto. El señor de Dalgetty puede ser el más cordial y leal de los amigos, pero también es un muy peligroso enemigo. Le aconsejaría que fuese cuidadoso con un enemigo semejante, señor Seaton —no había nada que responder por mi parte.

Straloch parecía aliviado por haber tratado aquel asunto, aquel asunto de mujeres. Se acercó a su mesa y sirvió un vaso de vino para cada uno. Ahora sus maneras eran directas, ya no dudaba.

—Bien, entonces, centrémonos en el tema que tenemos entre manos. Su buen alcalde escribe que el mapa con el que le ha enviado fue hallado entre las pertenencias de un visitante de su ciudad, y que aceptaría mi consejo sobre su naturaleza. Me pide que no hable a nadie más que a usted sobre el tema.

Cogió una llave de una cadena de su bolsillo y abrió la caja en la que le había visto meter el mapa cerca del atardecer. Sentí un ligero alivio por estar cumpliendo mi encargo al fin, y me recosté en el asiento a esperar. El lord desplegó el papel y tomó una lente de su escritorio. Empezó en la esquina superior izquierda y recorrió todo el papel muy despació con la lente por encima. Mientras lo hacía, examiné los tapices que colgaban de los muros panelados detrás de él, una serie muy trabajada que describía el viaje de la princesa egipcia Scota, hija del Faraón y progenitora de nuestra raza, a las frías costas. El mito había sido usado hacía trescientos años para justificar los derechos de nuestra nación contra el dominio de un rey inglés. ¿Qué pensaba Straloch de esos derechos, ahora que el rey de Inglaterra era el nuestro? Miré a mi anfitrión; no dejaba escapar una palabra. Por fin, posó la lente y se recostó con pesadez en su silla. Me miró.

—¿Ha visto usted este trabajo, señor Seaton?

Afirmé que lo había hecho.

—¿Y cuál es su veredicto?

De nuevo, no esperaba aquello, y tampoco esta vez tenía intención de hacer acusaciones contra un hombre que no podía contestar por sí mismo. Mi única salida fue mentir.

—No tengo ningún veredicto sobre esto, ninguno que signifique nada. Es un mapa, de la costa cercana a Banff, y es una pieza de trabajo prolijo y muy detallado.

No miré a Straloch a los ojos: sabía que no me creía.

—Vamos, señor Seaton, usted es un hombre de cierta inteligencia. ¿Este documento no despierta curiosidad ni ninguna conjetura en su mente?

Ahora le miré a la cara.

—Sólo un tonto no sentiría curiosidad —dije—. Tengo tanta curiosidad como nuestro alcalde y el resto de los implicados en este asunto por saber lo que significa este mapa. Pero en cuanto a conjeturar, he aprendido que es un hábito que se satisface mejor en soledad.

Straloch asintió.

—Creo que podría tener razón. Si muchos de nuestros compatriotas fuesen de la misma opinión, esta sería una tierra más apacible —dejó el mapa en una mesa cerca del fuego y me hizo un gesto para que me acercara con él allí—. Pero respecto a este mapa, debemos entrar en especificaciones, y no puedo creer que usted no se haya formado aún una opinión sobre por qué puede haberse dibujado. Las autoridades de Banff nunca me lo habrían enviado para que lo examinara sin tener en absoluto una idea sobre para qué podría usarse. Y usted debe ser de su opinión, ya que se le ha confiado el documento y mi respuesta, si es que decido darla.

Quizá hubiera alguna hostilidad en el tono del lord; no sabría decirlo, pues no lo conocía demasiado bien. No podía culparle por eso: si yo no iba a ser franco con él, ¿por qué tendría que serlo él conmigo? ¿Qué debía yo a la ciudad de Banff, o a aquellos que me habían enviado con este encargo, para tener que mentir por ellos? Y aún así no dije nada. Straloch regresó al mapa.

—Se lo diré llanamente. Este es un trabajo excelente, de los más excelentes que he visto. ¿De quién es? ¿Quién es este misterioso visitante del burgo que tiene tal cosa en propiedad?

El alcalde me había advertido de que no tenía que contestar las preguntas del lord, pero era un invitado en la casa del lord, y el alcalde no estaba allí.

—Es el trabajo del sobrino del alcalde, aprendiz de Edward Arbuthnott, boticario de Banff.

Straloch dejó el documento. La expresión de su rostro no permitía más disimulo.

—¿Me está diciendo que este mapa lo dibujó el hombre que fue hallado muerto hace poco en Banff? —vio mi incomodidad, pero la descartó—. ¿Su pastor y su corregidor creen realmente que esas cosas pueden mantenerse dentro de los límites de su burgo? El país entero bulle con la noticia y con lo de que el maestro de primaria está en prisión, sospechoso, todo por el amor de una mujer. Pero lo que hoy me trae usted no son engaños de amante. Creo que usted teme que tienen al hombre equivocado en la cárcel, y quizá por el crimen equivocado.

—Sé que el hombre equivocado está en la cárcel. Charles Thom no es más capaz de asesinar que yo, por una mujer o por cualquier cosa. Y, en cuanto al crimen... hablo solo por mí y no por quienes me han enviado, ¿entiende?

Él lo aceptó.

—No hay duda de que ha habido un crimen, y que ha habido un asesino, desde luego. La razón para el asesinato sí está en duda. Una vez que eso pueda establecerse, el resto vendrá de corrido. Pero, en verdad —y aquí yo sabía que me estaba desviando del todo del encargo que se me había hecho—, creo que aquellos en cuyo lugar he venido (el alcalde, el corregidor, el pastor y el notario público de Banff) han olvidado que alguna vez hubo un asesinato, de tan crecidos que están sus miedos por el descubrimiento del documento que tiene delante.

Straloch alzó la vista y habló despacio.

—Y ¿hay otros?

—Hay otros —dije yo—. Una serie que cubre toda la línea de costa desde Troup Head hasta Cullen, y el interior hacia Rothiemary y Strathbogie. Hay indicaciones en dirección sur en Turriff, Oldmeldrum y Aberdeen.

Straloch se enderezó y me miró directamente, sin mirar más el mapa.

—Así que las autoridades de Banff temen que su burgo sea la primera escala de un ejército invasor, y le han enviado a usted a preguntarme si el marqués de Huntly tiene la intención de dirigir la invasión en persona —una sonrisa asomó ahora a sus labios, pero sus ojos mantenían una seriedad mortal.

—Temen una invasión católica. La temen tanto, que no tendría sentido negarlo, pero no quieren ofenderles a usted o a su noble patrón, el marqués. Se le consulta a usted en virtud de su conocimiento y pericia en materia de Cartografía. Nosotros —y revelé ahora que yo mismo era parte del consejo interno—, pensamos que es posible que Patrick Davidson estuviera actuando por encargo, un encargo académico legítimo, y pensamos que nadie más que usted podría estar de alguna forma situado para saber sobre tales cosas.

Straloch pareció aceptar que aquello tenía algo de sentido. Pero también sabía que yo podría haberlo formulado de diferente manera. Podría haber dicho: «Las autoridades de Banff no confían en usted, y confían aún menos en su señor, pero no tenemos otra elección que pedirle consejo». Mi anfitrión se levantó y se acercó a una mesa al otro lado de la habitación. Estaba cubierta de mapas y montones de notas.

—Lo que ve aquí es el fruto, más bien el brote, de muchos años de trabajo, mío y de otros. ¿Ha oído hablar de Timothy Pont?

Le confesé que no. Mi ignorancia pareció sorprenderle, pero continuó.

—Pont pasó muchos años dedicado a cartografiar nuestro país. A su muerte, hace un par de años, la tarea permanecía incompleta. Como usted sabe, hace tiempo que tengo interés en este asunto, y es un interés que comparto, me enorgullece decirlo, con mi hijo James. Nuestros estudios van más allá de este trabajo del aprendiz de su boticario: tenemos gran interés en la genealogía, en nuestra historia local y sus antepasados, pero nuestra cartografía no es tan precisa como esta. Esto es el trabajo de un estratega, como es evidente por los detalles que decide incluir. Bien se podría sospechar que un ejército invasor podría darle mucho uso a un documento así. Estoy seguro de que no se hizo ningún encargo legítimo para la confección de este trabajo: yo me habría enterado con seguridad. Debe saber que es la experiencia y no la vanidad lo que me hace confesarle esto.

—No lo habría pensado de otra forma —dije.

—Puedo asegurarle, en consecuencia, que no sé de ningún otro proyecto más que en el que yo mismo estoy implicado: cartografiar esta parte del pais. También le puedo asegurar, y usted y sus maestros pueden tomar esto como gusten, que no sé de ningún plan para invadir nuestro país desde la línea de costa de la ría de Moray.

Me avergoncé de ser yo quien recibía tal garantía de un hombre tan culto y tan merecedor de respeto como Robert Gordon de Straloch. Mi incomodidad fue a mayores al saber que él conocía mi historia personal, y que yo no había resultado merecedor de confianza ni de respeto. Nunca tendría que haberme hecho tal declaración. Ahora yo era consciente, no solo de la grandeza de la habitación, de los cientos de libros que se alineaban en las estanterías, sino del retrato del mismo Robert Gordon que colgaba sobre la chimenea (trabajo de Jamesone, al parecer), el olor a madera de sándalo, el mural pintado en el muro más alejado. Este era un hombre de riqueza, familia y posición, y se había sentido forzado a defenderse ante mí. Ahora empezaba yo a ver por qué me habían enviado a mí, mejor que a cualquiera de los implicados en el asunto del burgo de Banff, y no me gustaba. Asumí que nuestra entrevista había terminado y me dispuse a marcharme, pero él movió una mano para detenerme.

—Quédese un poco, señor Seaton. Aún no es tarde y no le entretendré mucho. Quisiera saber más de este feo asunto de Banff, si es que usted desea contármelo.

En mi cabeza oí de nuevo las palabras de advertencia del alcalde: «Este asunto nuestro no es de su incumbencia», pero volví a pensar que el alcalde no estaba aquí y yo sí, y, con las admoniciones de William Cargill frescas aún en mi mente, no estaba seguro que confiara en Walter Watt ni en ningún otro de Banff de los que me habían enviado en esta misión.

—Poco más hay que contar; poco que yo pueda entender, en cualquier caso. ¿Qué es lo que desea saber?

Straloch señaló el mapa.

—Hábleme del hombre asesinado. ¿Qué hacía de aprendiz de boticario un hombre capaz de un trabajo como este?

Así que otra vez, esta a beneficio del lord de Straloch, repetí el cuento de la infancia de Patrick Davidson, sus años de estudio en casa y en el extranjero, su retorno a Banff bajo el techo de Edward Arburthnott y el rumor de su relación con la hija de Arbuthnott. El lord interrumpió una o dos veces el curso del relato con «buena universidad», «una ciudad maravillosa», «sabia elección», pero dijo poco más hasta que llegué al final. Del comedor llegaban risas y música; era al mismo tiempo un acompañamiento reconfortante e incongruente para nuestra conversación. Cuando terminé, el lord se levantó y removió el fuego.

—No tiene sentido, señor Seaton. No, no tiene sentido —se apoyó en la chimenea pensativo y después se giró para mirarme—. ¿Por qué regresó a Banff? ¿Por qué? ¿Cuándo se hizo tan fuerte su amor por la Botánica para apartarlo del estudio de las Leyes o incluso de la Medicina?

—Volvió para estudiar el oficio de boticario —dije, sin seguridad de que fuera aquello lo que preocupaba al lord. Para mí estaba muy claro que Patrick Davidson había vuelto a la ciudad de su infancia porque sus influyentes relaciones, su tío, podían asegurarle un puesto en el que formarse con un buen maestro. Pero esto no satisfizo a Straloch.

—No —dijo él—. Cuando uno tiene una pasión como esta, o incluso una vocación, eso invalida cualquier otra consideración. Si el avance en el estudio de la Botánica y en el uso de plantas fuese su deseo rector, no habría tenido que volver a Banff. Habría permanecido en Europa, con guerra o sin ella, donde habría aprendido mucho. ¿Qué hay en la flora de nuestro rincón de Escocia que pueda atraer el corazón y la mente de alguien que ya la conoce desde su infancia? Nada, me atrevería a apostar, frente a lo que los Alpes, los Pirineos, las tierras templadas del sur pueden ofrecer, por no decir nada de las exóticas riquezas del Este o los bosques y los pantanos intactos del Nuevo Mundo. No, alguien con verdadera pasión por el conocimiento de las plantas no dejaría todo lo demás de lado a fin de agotar su juventud en la ciudad de Banff.

Reconocí que había cierto sentido en lo que pensaba el lord, pero me parecía que no mencionaba los mapas a propósito, que en su lugar me estaba arrastrando hacia ellos. Levanté el documento.

—¿Cree que volvería para hacer esto? —pregunté.

Él habló en voz baja y despacio, sin mirarme.

—Creo que puede que así fuera —dijo—, y que, si lo hizo, lo mataron por eso —sus palabras se mantuvieron en el aire un momento, y entonces cambió su estrategia—. Pero, cuénteme también, señor Seaton; ¿dónde encontraron su cuerpo?

Tragué con dificultad. No era una pregunta extraña, pero incluso para alguien que, antes de que yo llegara, sabía del asesinato y del encarcelamiento de Charles Thom no era, pensé, una pregunta necesaria. Le miré directamente.

—El cuerpo fue encontrado en mi aula, tendido sobre mi escritorio.

Movió la cabeza, con aspecto satisfecho. Era como yo había pensado: me había hecho la pregunta como una prueba de mi honestidad y honradez. Robert Gordon ya sabía con exactitud dónde había sido hallado el cuerpo de Patrick Davidson. Me pregunté qué más sabría. Las canciones y las carcajadas del comedor se habían hecho más fuertes. Una voz gritó «Gray Steel», y a los sonidos de palmas y pataleos siguió el ruido de muebles arrastrados para dejar espacio libre en el suelo y poder bailar. Straloch cruzó la habitación y cerró con fuerza la puerta, que hasta entonces había quedado entreabierta.

—¿Cómo llegó hasta allí?

Tragué.

—Lo llevaron.

Ahora me estaba mirando de cerca.

—¿Quién lo llevó?

No conocía ninguna razón para desconfiar de lord Straloch, pero tampoco me satisfacía contarle todo lo que sabía.

—Por la protección de esas personas, no puedo decírselo.

—¿Fue el asesino?

Negué con la cabeza.

—No, de eso estoy seguro. Quienes lo encontraron vieron que el estado en que estaba exigía ayuda. Me habían visto entrar en la escuela poco antes, y pensaron que aún no me habría acostado, o que al menos no me habría dormido. Lo dejaron allí. No supe nada hasta por la mañana. Para entonces ya estaba muerto.

—¿Por qué no lo llamaron?

—No querían descubrirse —ya había hablado demasiado. Mary Dawson estaba fuera del país, y a salvo, pero podía ser que su hermana Janet aún no hubiera llegado a su refugio. No dije nada. El lord, notando mi resistencia, no me presionó más. Cambió un poco la dirección de sus preguntas.

—Me contaron que fue asesinado la noche de la gran tormenta. Aquí nos maltrató durante varias horas, y perdimos algunos árboles en el jardín. En una noche como aquella no podía haber mucha gente fuera de casa —recordé las palabras de la señora Youngson cuandó salí aquella noche hacia la posada: «Con una noche como esta ningún hombre honrado se separaría de su hogar». Me reí de ella entonces, pero la anciana tenía juicio. Tenía que haber aprendido que, en materia de comportamiento humano, con frecuencia tenía razón. De hecho había estado cerca de la verdad aquella noche. Straloch continuó:

—Esos samaritanos suyos, ¿no vieron a nadie más?

Como él insistía, mentí.

—No.

—A nadie más que a usted —Straloch no quedó convencido del todo con mi relato—. ¿Y no hay nada, en su pasado o en el de él, nada en estos mapas, que lo vincule a usted, de algún modo, con Patrick Davidson o su destino?

La sensación de miedo empezó a crecer dentro de mí, y sentí frío bajo mi piel.

—Nunca había visto a Patrick Davidson hasta que llegó a Banff hace un par de meses, nunca hablé con él, y nunca he puesto los pies más allá de nuestras costas.

Straloch estaba serio.

—Pero fue hallado muerto en su aula. Y además es su amigo, el maestro de la escuela de primaria, quien está en el calabozo mientras usted se mueve en libertad —me miró en silencio por un momento antes de continuar—. Me temo que hay un gran juego maligno en marcha sobre Banff, un juego que no terminará con una sola muerte. Debe tener mucho cuidado, señor Seaton, mucho cuidado —ninguno de nosotros había terminado su vino. Pasaron dos minutos completos antes de que alguno hablara.

Apuré mi copa y me levanté.

—Creo que ahora debo irme a la cama.

Straloch vino hacia mí y me ofreció su mano.

—Yo mismo tengo que madrugar. Salgo mañana a las siete. Tengo que ir a Edimburgo. Dudo que nos veamos otra vez antes de que me marche. Como puede ver, estoy rodeado de jóvenes y me acompañan a menudo, pero no encuentro con tanta frecuencia a alguien cuya conversación me resulte de interés. Espero que algún día podamos volver a encontrarnos.

Nos dimos la mano y le di la carta de Jamesone que casi había olvidado, y me dirigí hacia la puerta. Tenía la mano en el pomo cuando, de pronto, él me llamó.

—¡El mapa! —con qué rapidez había quedado olvidado en la conversación sobre el asesinato de su autor—. Escribiré unas líneas para que mañana las lleve de vuelta a su alcalde. En poco puedo ayudar a disipar sus temores. Esta es la obra de cartografía más refinada que he visto, y haría buen servicio a cualquier ejército. Pero se lo digo otra vez, no sé de ningún intento de invasión, y si hubiera alguna, la mano del marqués de Huntly no está en ella.

Le creí, tanto si el corregidor Buchan, el reverendo Guild y los demás hubiesen tenido otra pregunta como si no. Le aseguré al lord que yo mismo podía encontrar el camino a mi dormitorio, tomé el candil que me ofrecía y recorrí de vuelta el camino por el ala oeste hasta la gran escalera central. El sonido de una balada escandalosa y muchas risas llenaba todo el piso bajo de la casa.

Cuántas veces había participado en veladas similares, encuentros semejantes de amigos y conocidos, las historias, la música, las canciones a varias voces que se alargaban en la madrugada con poca atención para los cuidados de la mañana. Con Archie, que no podía cantar una nota pero aullaba más alto que ninguno, con William, Matthew y John, que a menudo me ayudaron a llevarlo hasta la cama, o con Charles Thom, cuya voz mantenía hechizado a su auditorio. Deseé entrar, solo para escuchar, para ser uno de ellos otra vez, por un momento. La balada terminó mientras yo estaba al pie de las escaleras. Y después, cuando la risa y los aplausos se apagaban, una voz de mujer, clara y solitaria, entonó un lamento. Alrededor todo era silencio. Isabella Irvine. Subí las escaleras.

Llegué a mi pequeño cuarto en lo más alto de la casa cuando recordé que un sirviente había puesto mi ropa a secar. Cansado, di la vuelta y empecé mi descenso otra vez. Me serví de mi conocimiento de casas semejantes para adivinar dónde podían estar las cocinas. Giré a la derecha al pie de las escaleras y supe que algo iba mal. Miré alrededor en la gran sala de entrada a la casa y no vi nada o a nadie que diera motivo de alarma, y aún así algo no estaba como debería estar. Permanecí quieto y escuché. No oí nada. Y eso era: donde antes había música y voces cantando y risas, ahora ningún sonido salía del comedor. Es más, no había oído a nadie subir las escaleras detrás de mí. Seguí el pasillo pasado el comedor hacia las cocinas, y me encontré con un criado que venía en la otra dirección. Llevaba mi ropa y mis botas de montar. Le di las gracias y las recogí. Mientras lo hacía, sonó una campana en el comedor y él se apresuró en contestar. Mientras permanecía ante la puerta abierta, pude ver la habitación más allá de él. Straloch estaba de pie dando la espalda a la chimenea, hablando en voz baja pero con autoridad a su hijos mayores y a uno o dos de los jóvenes que antes estaban en la mesa. De las mujeres no vi a ninguna. El criado cerró la puerta tras él, y en el oscuro silencio de la casa, subí las escaleras de nuevo y me fui a mi cama.

El sueño no tardó en llegar, pero no fue profundo. Aunque estaba en lo alto de la casa, era consciente de mucho movimiento y voces débiles en los pisos de abajo. En un momento dado, alguien se detuvo con una vela ante mi puerta. El destello de la luz se filtró por debajo durante un instante y después se retiró. Los pasos eran ligeros y enseguida dejé de oírlos. Y entonces, en algún momento, en la profundidad de la larga noche, el ruido de caballos reuniéndose en el patio, me despertó.

Consciente de la vigilancia que había pasado por mi puerta más temprano, me arrastré desde mi cama y me esforcé por ver a través de un hueco por entre los postigos de la ventana. Poco a poco los empujé para abrirlos más. A la luz de la luna llena pude ver, lejos por debajo de mí, a cinco hombres a caballo: los jóvenes a quienes Straloch había estado hablando en el comedor. Él no estaba allí ahora, pero pude ver a Isabella Irvine, con su ropa de dormir brillando como un fantasma blanco a la luz de la luna, que se despedía de sus primos y conocidos. En silencio, partieron alejándose de la casa, tomando velocidad solo cuando estaban lo bastante lejos como para no molestar a los que dormían en la casa. Isabella los miró hasta que desaparecieron de la vista, antes de volver a la casa. Al hacerlo miró directamente hacia arriba, a mi ventana. No sabría decir si me vio o no. Volví a mi cama, los postigos de la ventana permanecían abiertos, y miré el cielo nocturno hasta que los primeros rayos de la luz del sol aparecieron por el este.

El lord ya había partido cuando aparecí por el comedor para mi desayuno. La habitación era un ruidoso parloteo por los niños más pequeños de la casa y sus niñeras. Engullían escudillas de gachas con leche templada y bollos untados con dulces confituras, jugaban con ellos, los derramaban, se los echaban a los perros o los dejaban, todo ello para indignación de sus niñeras. A mí, al ser para ellos persona de poco entretenimiento, me dejaron que me ocupara de mí mismo. Las niñeras, acostumbradas a la procesión de visitantes en la casa, y con asuntos más apremiantes en los que mantener su atención, me hicieron poco caso. Observando a la feliz y bulliciosa pandilla a la mesa, me preguntaba si alguno de mis alumnos, en su somnoliento camino a mi clase en Banff, habría desayunado alguna vez la mitad de bien. Yo mismo tomé un buen desayuno, pues no tenía plan de demorarme en ninguna de las etapas de camino a casa. Justo antes de que el reloj de la capilla diera las ocho, me levanté de la mesa y volví a la habitación a recoger mis pocas pertenencias.

Al bajar las escaleras, el alivio porque pronto iba a dejar la extraña casa de las partidas nocturnas se volvió aprensión: Isabella Irvine estaba abajo, mirando y estaba claro que esperándome. Mantuve su mirada hasta que al final, en el último escalón, ella miró a otro lado.

—Buenos días —dije yo.

Ella no respondió a la cortesía y por un momento pareció desconcertada, sin saber cómo actuar. Por fin me tendió un pequeño paquete y una carta sellada.

—Mi tío me pidió que le entregara esto. La carta tiene que ser entregada a su alcalde, el paquete es para usted.

Los tomé de su mano y le di las gracias; ella tan solo movió la cabeza enérgica y se dio la vuelta para marcharse.

—Espere —dije, tocando su brazo con mi mano. Ella la miró como si fuera un objeto infectado. Dejé que mi mano cayera—. Por favor, permítame un momento.

Me miró impasible, esperando.

—Katharine Hay —empecé.

Ella suspiró con desagrado y se dio la vuelta otra vez.

—No, por favor —insistí—. Solo deseo saber cómo está en realidad, cómo es la vida para ella... tan lejos de casa.

Sus ojos centellearon.

—¿Cómo cree que es la vida para ella? —me preguntó—. Él es un hombre de cerca de sesenta años. Tendría usted que haber desenvainado su espada y haber acabado con su desgracia.

Los primeros días y semanas después de que ella se hubiera ido al sur, mi imaginación se había llenado de imágenes de Katharine y su marido, imágenes que yo forzaba, con la bebida, en una suerte de olvido, y ahora, estaban aquí, me las arrojaban a la cara. ¿Y cómo podría decirle a esta chica que no había nada que pudiera decirme, ninguna palabra de condena que no me hubiera dicho yo antes? ¿Qué podía decir para hacer que entendiera que cualesquiera que fuesen las profundidades de su repulsión, yo sabía que no eran lo bastante profundas? Tragué con fuerza. Las palabras que deseaba decir no vendrían: tenía poco sentido continuar aquella conversación. Le di la espalda a Isabella Irvine y caminé hacia la puerta. Sin embargo, quizá pudiera hacer llegar a Katharine de alguna forma todo eso; quizá esta era una última oportunidad que yo no había esperado. En la puerta de entrada, me giré para encararla de nuevo.

—Una cosa más.

Echó su cabeza un poco hacia atrás.

—¿Sí?

—La próxima vez que vea a Katharine, ¿le dirá que estaba equivocado y que lo lamento, que Alexander Seaton lo lamenta?

Me miró fríamente.

—No lo haré. Usted hizo su elección, señor Seaton, y debe vivir con ella, como hace Katharine.

No se despidió de mí y se marchó, se desvaneció en la oscuridad del ala este de donde la había visto salir la primera vez.

Una fina llovizna caía mientras salí a caballo de Straloch. Era una casa con mucha vida, con mucha felicidad, pero sobre la que mi sola presencia parecía haber arrojado una fría sombra, húmeda y funesta. Habría sido feliz allí, en agún momento del pasado, pero no podía serlo ahora. No tardé mucho en alcanzar la posada en New Machar, y me alegró ver allí la cara familiar y acogedora del viejo criado de William Cargill, Duncan.

Debía de haber dejado Aberdeen antes del alba. Me aseguró que había desayunado en la posada, y estaba tan ansioso como yo por seguir adelante. En muy poco tiempo, recogió del patio del establo el robusto poni y la carreta con los que William lo había enviado y nos pusimos en camino. Su único comentario fue que no había estado en aquel camino desde que fue a Banff con el amo para recoger a su novia, y que aquello había resultado bastante bien. El paso del poni era firme, pero lento, y estaba entrada la tarde cuando nos detuvimos en Fyvie para que descansaran las bestias y tomar algún refrigerio. Elizabeth había preparado una cesta... dos cestas, pero solo una era para nosotros. Había muslos de pollo, huevos, queso, panecillos de trigo untados con mermelada y frascos de buena cerveza. Duncan, un presbiteriano de pro, masculló por el exceso y por el número de hambrientos a los que tal banquete alimentaría. Me serví dos muslos de pollo y miré con gula el tercero, preguntándome qué pobre alma encontrada en el camino tendría aquello para cenar. Me lanzó una mirada acusadora cuando me llevé una segunda porción de pastel de manzana a la boca. Fingí no darme cuenta.

Por fin llegamos a King Edward cuando la luz del atardecer empezó a perder su tibieza y se tornaba en un gris más frío, presagio del ocaso. Duncan tenía instrucciones de su amo de alojarse en Turriff antes de la noche si podía hacerlo, y nada de pensar en intentar acabar el viaje de noche. Rara vez un aviso puede haber sido menos necesario: el viejo nunca habría sido tan insensato. Fuimos primero a la casa del pastor, donde, para mi alivio, hallé que estaba en casa. Su mujer nos ofreció comida, por supuesto, pero Duncan, agradeciéndoselo con profusión, dijo que habíamos cenado hasta hartarnos, y que un trago de agua para nosotros y el poni era todo lo que necesitábamos. Yo había cambiado de caballo en Turriff, y ahora estaba de nuevo sobre la montura de Gilbert Grant. Duncan se calentó en un asiento junto al fuego mientras yo fui conducido al estudio del pastor.

Hamish MacLennan era tan alto y delgado y tenía una mirada tan despierta como yo recordaba en su hijo. Cuando nos hizo entrar, estaba de pie junto a la ventana con un pequeño libro en las manos. Lo reconocí, pues era una edición idéntica a la que yo, y todos los profesores, usábamos con nuestros niños: el *Catecismo breve* de Craig. No lo cerró de inmediato, sino que terminó la sección que estaba leyendo. Su esposa me anunció, y, haciendo un gesto en mi dirección, me invitó a sentarme.

—Siento haberle interrumpido en su trabajo —dije.

—Siempre estoy trabajando. Aquí en mi estudio, fuera en la parroquia, en la iglesia, en cada momento de soledad. Mi vida está en mi vocación.

No supe cómo responder y él vio mi incomodidad.

—No pretendo criticarle, señor Seaton. Es el Señor quien lo juzga todo —se detuvo un momento pensativo, y yo me pregunté cómo era que la ciudad de Banff tenía que soportar al mediocre egoísta que era el reverendo Guild mientras esta pobre parroquia campesina tenía tan gran bendición en su pastor. MacLennan casi podía haber olvidado que yo estaba allí, pero su esposa, que aún no se había marchado, volvió a recordárselo.

—Hamish, el señor Seaton quisiera pedirte un favor. Por mi parte, espero que puedas sentirte capaz de concedérselo —dicho aquello, nos dejó con nuestro tema.

Ahora MacLennan sonreía, y había cordialidad en su cara austera.

—Estoy intrigado —dijo—. Mi esposa no es una mujer que pida favores, ni para ella ni para los demás. Por favor, dígame qué es lo que quiere.

Así que se lo dije. Me escuchó sin interrupciones, y una o dos veces asintió mientras yo hablaba. En alguna ocasión me miró con dureza, y supe sobre qué puntos me preguntaría cuando acabara. De hecho, cuando terminé, se levantó y permaneció de pie delante de la chimenea apagada. La tarde ya estaba cayendo y la habitación estaba fría, pero yo ya había conocido a muchos hombres de hábitos tan frugales y de auto renuncia, y no me sorprendió que Hamish MacLennan fuese uno de ellos. Finalmente respiró hondo y comenzó despacio.

—Creo, con todo, que lo que usted propone es una buena idea, y haré lo que pueda para que se lleve a cabo, pero hay una o dos cosas que quisiera saber primero.

Y así me hizo todas las preguntas que yo sabía que me haría. Me preguntó pimero, aunque afirmó que ya creía saber cuál era la respuesta, si era yo el padre del hijo de Sarah Forbes. Le dije que no lo era, y no insistió más en el tema. Después preguntó sobre William Cargill y su esposa, y la solidez de su matrimonio y la posición de su familia. Le hablé de la respetabilidad de William, de su amabilidad, su formalidad, la firmeza de sus propósitos y su mente sutil. Le hablé de la alegría de Elizabeth, de su lealtad y su celo por el trabajo duro, y del afecto con que era recordada por su buena cuñada y el marido de esta, Gilbert Grant. Le hablé del amor del uno por el otro, de su sensatez a la vista de sus diferencias de riqueza y posición en la vida cuando se conocieron. No oculté las dificultades que en ocasiones les había causado aquello, y afirmó lentamente cuando le conté que pensaba que el amor y aquellas diferencias habían dado lugar a una unión aún mayor. Le pregunté si Duncan podía entrar para dar testimonio del carácter de la familia de su señor, y observé maravillado mientras aquellos dos hombres devotos, uno de gran cultura y de poca el otro, conversaban sobre el tema sin ambages y con respeto mutuo. El pastor dio la mano al criado y pidió la bendición de Dios para él antes de despedirle. Volvió a leer la carta de William que yo le había llevado.

—Y dejarán también que ella se quede con su hijo. Creo que son buena gente, de hecho, y será mejor para el crío de esta manera, mucho mejor. Sarah es fuerte, y, Dios mediante, si puede salir del techo de su tío, ella y su hijo saldrán adelante. Ella podrá manejarse bastante bien con las dos criaturas —dobló la carta—. Fue una bendición para ella el día que la encontró en el camino cuando iba a visitar a su amigo.

—Y también para mí —dije.

—¿Cómo es eso? —me preguntó, por falta de costumbre en manterner conversaciones intrascendentes.

—Porque no recuerdo la última vez que se me llamó para ser un instrumento del bien y yo repondí a esa llamada.

Me miró durante un buen rato.

—Todos somos pecadores, pero el Señor nos concede hacer el bien. Como Jonás, a menudo huimos de su presencia antes de someternos a responder a su llamada, y aun así el Señor no nos da la espalda para siempre —acarició la cubierta del pequeño libro de catecismo, aún en su mano—. Lo que se enseña a los niños será siempre bien recordado por nosotros.

En poco más de diez minutos, Hamish MacLennan, pastor de King Edward en el Presbiterio de Turriff, escribió una recomendación de Sarah Forbs para la congregación de la iglesia de St. Nicholas de Aberdeen. Dio fe de que había sido buena persona, sin escándalos en sus maneras o conversación durante todo el tiempo que residió en su parroquia, antes y después de su estancia como sirviente en Banff. También atestiguó que ella afirmaba que su estado actual era el resultado de un ataque malicioso y escandaloso de manos de su antiguo amo en Banff, que él, Hamish MacLennan, creía con firmeza que aquello era la verdad del asunto. Afirmaba que ella había cumplido la pena y el castigo que le había impuesto la congregación de Banff, para su satisfacción, y que a tal efecto adjuntaba a la suya la carta de la congregación de Banff. Solicitaba que la congregación de St. Nicholas y los magistrados de Aberdeen no pusieran objeción al empleo de Sarah Forbes por el señor William Carill, abogado en Aberdeen, como sirvienta en su casa, y, Dios mediante, como ama de cría para el hijo que esperaba la esposa del señor Cargill. Solicitaba finalmente que los magistrados y la congregación tampoco pusieran objeción a que el hijo de Sarah Forbs fuese criado en casa del señor William Cargill.

No selló la carta, sino que la dejó abierta y nos pidió a Duncan, a su esposa y a mí mismo que le acompañáramos a la pequeña granja del tío de Sarah Forbes. La esposa del pastor rechazó subir a la carreta que Duncan tenía ya preparada para alejarse de King Edward, y caminó con decisión al lado de su marido. No mucho después, los caminos desgastados dieron paso al campo agreste, y así llegamos a la morada principal en el extremo exterior de la parroquia, que, enseguida entendí, era todo el hogar que Sarah Forbes conocía.

Una cara sucia, la de una mujer, miraba desde lo que parecía una ventana al grupo que se acercaba y se retiró deprisa, empujando de golpe el endeble postigo de madera. Un hombre pequeño, demacrado y de ojos huidizos, apareció en la puerta. No ofreció ningún saludo, sino que esperó, moviéndose incómodo en la entrada hasta que el pastor estuvo a diez pies de la casa.

—No he hecho nada, señor MacLennan, pese a lo que le haya dicho William West. Estuve muy enfermo para ir ayer a la iglesia a la hora del sermón. Apenas me tengo en pie.

—¿Nada? Tus alaridos y tus peleas de borracho se oyeron en mi propia casa la víspera del Sabbath. Pero ese es tema para la congregación; estoy aquí por otra cosa.

Vimos cómo el hombre se encogía. ¿Por qué crímenes temía ahora que algún vecino, malicioso y con ganas de venganza, diera parte al pastor? Solo Dios lo sabía. No prestó mucha atención a la esposa del pastor, pero nos miraba con recelo a Duncan, luego a mí y después otra vez a Duncan. Pronto Hamish MacLennan le dijo que el asunto tenía que ver con la sobrina de su mujer. El hombre llamó a gritos a la tía, mascullando duras palabras sobre la chica.

—Esa furcia ha traído al pastor a nuestra puerta. Te dije que nada bueno vendría de ella y su mocoso. La mía es una casa respetable.

La esposa del pastor favoreció al hombre con una mirada de desprecio contenido y después se volvió, con más gentileza, a la mujer que ahora aparecía en la puerta.

—¿Dónde está tu sobrina, Anna?

La mujer se adelantó, pasando junto a su marido, y suplicó.

—No es mala chica, señora Youngson. Por favor, no ha salido de nuestra tierra en cuatro días. Le daba miedo ir ayer a la iglesia por la vergüenza...

Pero la mujer enmudeció cuando Sarah Forbes apareció tras ella. Sentí que mi respiración disminuía al verla. Su rostro había empalidecido en el último par de días, y había unos círculos de oscuridad bajo sus ojos, pero había algo en aquellos ojos que todavía me hablaba. Pareció algo así como sobresaltada al verme, pero se recuperó bastante bien y se dirigió al pastor.

—Aquí estoy, señor MacLennan. Por favor, dígame qué ocurre.

Y él lo hizo. Le habló de William Cargill y de su esposa Elizabeth, de que necesitaban una sirvienta y que iban a necesitar una niñera. Le preguntó si sabía leer y entonces le enseñó la carta de William y la suya. Ella lo escuchó todo y lo leyó todo, y después me miró inquisitiva.

—William Cargill es amigo mío —dije—. Lo conozco hace muchos años. Es un hombre bueno y amable. Su esposa era moza de cocina en la escuela de Banff. Será una buena señora —en ese punto me volví hacia Duncan y él afirmó estar de acuerdo—. También acogerán al niño. Será un buen hogar para los dos.

Ella no dijo nada por un momento, y hubo silencio en la ladera de la colina. El silencio de las voces humanas magnificado por una brisa creciente y los pájaros, que terminaban sus labores del día. Sus ojos me preguntaban: «¿Por qué?».

—¿Irás? —dije.

—Iré —dijo ella.

Su tío empezó a protestar, diciendo algo sobre la decencia. Pidió más dinero. El pastor lo calló. La tía de la chica, que ya sabía los golpes que recibiría esta noche, no pudo esconder el ligero brillo de felicidad que cruzó su rostro. A Sarah Forbes no le llevó cinco minutos recoger sus pertenencias: el mismo paquete que había cargado desde Banff, pero ahora con el precioso chal añadido. Su tía le dio un apretón a su mano mientras ella cruzaba el umbral de entrada, y Sarah se agachó para besar la mejilla de la hermana de su madre muerta. No oí lo que le susurró a la anciana. La esposa del pastor tomó el paquete de la chica y lo llevó cuesta abajo donde el poni estaba atado a su carreta. El señor MacLennan entregó a Duncan su recomendación y la de la congregación de Banff, para que se las entregara a su amo, y mientras el viejo preparaba el poni, ayudé a Sarah Forbes a subir a la carreta. El criado de William me miró con sospecha, pero no dijo nada. Debía de haberme malinterpretado de alguna forma, por lo que, justo antes de montar mi caballo, le susurré al oído: «El crío no es mío, ya lo sabe».

Él siguió ocupado con las bridas.

—Ya, sí, podría haberse hecho peor, me atrevería a decir.

Antes de girar hacia el camino que la llevaría lejos de allí por su propio bien, Sarah Forbes me miró y sus labios se abrieron para pronunciar unas «gracias» silenciosas. La palabra hizo eco en la brisa y me trasportó las seis millas hasta casa, hasta Banff.

Pude sentir la cercanía del mar mucho antes de verlo, pero en el aire del moribundo ocaso había también algo más. Había miedo. Al enfilar la colina en Doune Hill y empezar a descender por Gellymill, vi una espesa nube de humo que se alzaba desde el mismo corazón de Banff. No podía oír nada, nada más que el sonido de la creación de Dios que se retiraba a mi alrededor, pero el viento estaba cambiando, y enseguida me llegó el olor de aquella nube de humo.

Tuve la suerte de que el transbordador aún no había sido recogido para la noche y no tendría que pasarla en la cabaña del piloto en la orilla este del Deveron. Era uno de los hijos de Paul Black el que se encargaba de la vigilancia aquella noche. Lo llamé a través del río y él se puso de pie despacio y estuvo mirándome durante un rato antes de soltar las amarras del barco. Incluso a esa distancia a través de la desembocadura del río, creí sentir cierta resistencia en él para cruzar a recogerme. A los hijos de Paul no les disgustaba el trabajo duro, yo lo sabía bien, pues mi padre solía decírmelo. No se dio prisa en cruzar con el barco, lo hizo sin urgencia, y cuando por fin llegó a la orilla del otro lado, no me miró.

—Eres Martin, ¿verdad?

—Sí, señor Seaton —replicó en voz baja, aún sin mirarme a los ojos.

—¿Qué sucede? ¿Qué está pasando esta noche en la ciudad?

Él no respondió.

—Martin, venga, tú me conoces. Digan lo que digan, no necesitas tenerme miedo.

Ahora sí me miró.

—No es usted, señor Seaton, es... la ciudad. Todo ha ido mal en la ciudad. Creo... —dudó antes de continuar—, creo que hemos sido maldecidos.

—¿Qué ha pasado?

Sus ojos tomaron un aspecto vidrioso y parecía que él miraba más allá de mí, a la nada.

—Marion Arbuthnott ha muerto, por su propia mano. Su cuerpo está en casa del doctor Jaffray.

No pude sacar nada más con sentido de él, y me costó algún esfuerzo persuadirle para que me cruzara de vuelta al otro lado. La moneda que le di una vez que la bestia y yo desembarcamos, cayó de su mano al suelo, pero no podía demorarme más con Martin Black. Monté el pobre caballo de Gilbert Grant y lo llevé a galope, con los libros y todo, hacia la ciudad. En cuestión de minutos estaba en la puerta de la casa de Jaffray. Mientras ataba de prisa a la bestia en el establo, golpeé la puerta trasera, pero fue en vano. Di la vuelta hasta el frente, pero tampoco allí hubo respuesta. Abrí la puerta de un empujón (no estaba cerrada con llave) y fui, mientras llamaba al doctor, hasta su cuarto de cirugía. Ishbel vino hacia mí tambaleándose, con la cara surcada de lágrimas. Pasé tropezando con ella hasta la habitación. Todo estaba en desorden. Botellas de cristal hechas añicos en el suelo, instrumental desparramado por la mesa de trabajo, el escritorio y el suelo, una sábana ensangrentada colgando de la mesa en la que habían dejado a la muerta. El mozo del establo intentaba poner algo de orden en el caos. En medio de todo aquello estaba sentado el doctor, con su ropa desgarrada y un feo corte en la mejilla. Miraba ausente hacia el frente.

Mi voz sonó ronca.

—Jaffray. En el nombre de Dios, ¿qué ha pasado aquí?

Él movió su cabeza y lentamente levanto la vista hacia mí.

—El infierno ha estado aquí, Alexander. Esta noche el infierno ha estado aquí. Se la han llevado, han cogido su pobre cuerpo muerto de esta habitación, de esa mesa, y la han quemado por bruja —su cabeza cayó hacia delante. No dijo nada más. Lágrimas de completa desesperación rodaron por sus mejillas.

CAPÍTULO ONCE

SOBRE LAS BRUJAS

POR LA MAÑANA TEMPRANO, LAS CENIZAS AÚN VOLABAN por el mercado. Todo estaba tranquilo. Las imágenes y los sonidos que me habían perseguido por la noche, ahora se habían ido, se habían ido del todo. Solo, al pie de la pira empapada y sin vida, se acurrucaba Edward Arbuthnott. No llevaba ni capa ni sombrero, y el viento inmortal soplaba a través de sus ropas sin remordimiento. Sostenía su cabeza entre sus manos manchadas de negro, y las lágrimas aún caían de sus mejillas empapadas. Caminé hacia él, consciente del sonido de mis pisadas entre los charcos y las cenizas.

—Venga, Edward, ella no está aquí. Nunca estuvo aquí.

El boticario levantó su mirada hacia mí y movió la cabeza despacio, como si yo no entendiera.

—La cogieron, la quemaron. Mi chica, mi princesa. La quemaron aquí.

Me quité la capa y se la eché por encima.

—Ella ya se había ido, su alma se había ido antes de que se la llevaran de casa de Jaffray. Será enterrada decentemente en el cementerio. No triunfarán sobre ella.

—¿De verdad? —preguntó él.

—De verdad —dije yo.

—Y puedo llevarle flores allí —no se resistió mientras lo ponía de pie. Se arrastró, sin quejarse, hacia delante, como una vieja mujer ya sin ningún interés por este mundo. Aún no lo llevaría a su casa: la histeria de su mujer no sería reconfortante, no le haría bien, y verlo a él en semejante estado bien podría acabar con ella.

¿Dónde estaba la gente, toda la gente que una mañana cualquiera de otro día laborable habría estado aquí? No se veía un alma, solo mi quebrado acompañante y yo, y donde normalmente había alboroto y calor humano, ahora solo había silencio y desolación. Levanté los ojos hacia el reloj de la ciudad mientras sacaba a Arbuthnott del cruce del mercado y lo llevaba hacia la escuela y la acogedora cocina de la señora Youngson. El alcalde podía esperar nuestra reunión sobre las cartas que llevaba en mi bolsa una o dos horas más; dudé incluso de que hubiera tenido un descanso para acordarse de mí o de mi encargo de estos últimos días. Desde luego, el hombre que había visto alzarse entre la furia de las llamas la noche anterior, tendría pocos pensamientos sobre mapas y pintores.

Había oído los alaridos del gentío mucho antes de verlo. Al correr desde la puerta de casa de Jaffray junto al jardín del palacio hacia el mercado, no sentía que me estuviera acercando a la turba, sino que ella se acercaba a mí. Primero el olor y después el calor se aferraron a mi garganta y escocieron en mis ojos mientras el clamor implacable por la carne de su víctima arreciaba en mis oídos. Y cuando torcí en la esquina para encarar el cruce del mercado lo que vi fue una visión del infierno que el mismísimo John Knox no podría haber conjurado. El pueblo de Banff se había convertido en una masa jadeante de prendas negras y densas, con las caras de un rojo brillante, algunas vivas con babas y espuma en la boca por la excitación, sus ojos relucientes y centelleantes con un deseo que no era de origen divino. La masa, se presionaba a sí misma según aumentaba el entusiasmo por su presa. Había cánticos, unos cánticos que crecían, y más allá chillidos y gritos peores que los de las gaviotas. Atravesaba todo aquello un gemido inhumano, emitido por la garganta del padre de Marion Arbuthnott. Gilbert Grant y algunos otros hombres decentes lo mantenían apartado para que no se agarrase a su niña mientras ella ardía. Y ella ardió. Hacia arriba, por encima de las cabezas de la multitud que se alimentaba de ella, su cuerpo desnudo, la piel de una chica que había sido tan blanca como para ser casi un fantasma en vida, ardió hasta ser de un negro oscuro y roto, un negro retorcido, seco e inefable, el pelo crepitaba, rizándose y fundiéndose, la boca muerta permanecía abierta en un grito silencioso.

El asco y el horror me desbordaron. Mi primer instinto fue salir corriendo de aquello, pero no podía moverme. Mis pies habían enraizado en el suelo y no podía hacer nada más que mirar, paralizado por el terror. Alguien me agarró del brazo y me sacó del estupor.

—¡Alexander! Gracias a Dios que ha regresado sano. Vamos, hombre, tenemos que acabar con esto.

Thomas Stewart, el notario de la ciudad, me arrastró con él rodeando a la multitud hacia las escaleras de la prisión. Fue entonces cuando vi a Walter Watt. Allí estaba, gritando órdenes a los alguaciles de la ciudad y a los hombres de lord de Banff que habían sido puestos a su disposición. También vi allí a algunos otros burgueses que no habían sucumbido al clamor de los alentadores de la caza de brujas. No había señal del corregidor. Los alguaciles estaban repartiendo pistolas a los hombres de guardia mientras los hombres del lord sacaban las suyas. A mí y a algunos otros nos dieron espadas y garrotes. Thomas Stewart nos gritó que teníamos que acorralar a la multitud, sin alejarnos unos de otros más que la distancia del brazo de un hombre con una espada extendida. Era difícil oír por encima del ruido del fuego y la creciente histeria de la turba, pero en poco tiempo el corro estaba en su lugar. Y entonces un disparo atronó en el aire. Walter Watt estaba en pie sobre el carro del cadalso, la luna ya con su mayor claridad detrás de él y el humo de su pistola elevándose en la amarilla oscuridad de la noche. Sus ojos brillaron a través de las llamas y su voz sonó clara por encima de los gritos.

—Atrás, perros, chusma asquerosa. ¿Qué tribunal es este? Tengo vuestros nombres, los de cada uno. ¡No trabajaréis un día más ni dormiréis otra noche en este burgo si no detenéis esta obra del diablo! —movió su brazo, el de la pistola, hacia la prisión—. Todos vosotros sudaréis ahí antes de que pase esta noche.

—¡Esto es obra de Dios, es obra de Dios! —gritó James Cardno. No me había fijado en el presbítero hasta ahora, pero también él estaba sobre una plataforma; a mano derecha del pastor estaba el reverendo Robert Guild. La cara del presbítero se agitaba con la certeza de su oportunidad; todos los días que esperó, vigiló, recibió órdenes, fue humillado, todos ellos le habían conducido a esto. El fervor de su certeza daba un reflejo a sus ojos que solo había vislumbrado antes.

El alcalde rio.

—¿Obra de Dios? Tú eres la puta del diablo, Cardno. Baja de ahí antes de que te dispare.

La risa era real, y era la risa del escarnio.

El presbítero se tambaleó un poco, como si el golpe hubiera sido real. Cuando se enderezó, había una huella de desesperación en su semblante y de pánico en su voz.

—¡Dios no es una broma! Alcalde o no, ¡arderás por tu blasfemia! ¡Ella era una bruja! Satán ha paseado y ha bailado en estas calles. ¡Será descubierto! ¡Ya no se ocultará más!

Algunos miembros del gentío habían abandonado su cántico demente para seguir el intercambio entre alcalde y presbítero, y algunos retomaron sus gritos de nuevo, animados por el desafío maniaco de Cardno. Otros, sin embargo, se mantenían en un silencio vigilante o empezaban a murmurar entre ellos mismos. Miré al pastor, y otros en la multitud se habían vuelto a mirarlo también. Él dio un paso atrás, una vez, y después se alejó de Cardno, pero no podía alejarse más porque había alcanzado el borde de la plataforma. No tenía más opción que enfrentarse a la masa y a su cuñado. Ahora el alcalde se dirigió a él directamente.

—¿Tú qué dices, pastor? Es hora de detener esta locura. Aún hay prostitutas en la ciudad que satisfarán tu lujuria, la tuya y la de los que son como tú, sin esta barbarie. Recuerda que una vez fuiste un hombre de Dios.

Aquello era demasiado para el reverendo Guild, pero a Cardno le vino como agua de mayo, y esperaba que su maestro respondiera de la misma manera. Robert Guild, sin embargo, no era hombre para contestar en aquel momento. El sudor bajaba rodando por su frente hasta sus mejillas carnosas. Su pecho se agitaba de indignación, furia e impotencia. Pero Cardno no iba a permitirlo.

—Háblele, pastor, háblele de lo que sabe: ¡de los aquelarres, la chica de Arbuthnott y el sobrino del alcalde en Elf Kirk, de su desnudez, sus invocaciones a los muertos! ¡Tu sobrino, alcalde! Dígaselo.

Ahora el gentío se había quedado en silencio. No se elevaba ninguna voz, y todo lo que se podía oír era el fuego, que ardía y crepitaba implacable, y el cadáver en su centro, con los acallados sollozos de Edward Arbuthnott. Los ojos se movían del pastor al alcalde. La cara de Walter Watt estaba desfigurada por el asco.

—Así que eso es lo que has propagado, esa bazofia. Tú, penosa imitación de hombre. Que haya tenido que aguantarte todos estos años por respeto a mi esposa. Tú y tus perversiones. Y tú guías a estos pobres idiotas contigo. Todo para hacerte un nombre.

El pastor meneaba la cabeza.

—No, es verdad. Es todo verdad. Hay brujas en el exterior de esta ciudad. Ninguno de nosotros sabe cuál de nuestros vecinos ha yacido con el diablo, o ha montado en escoba a su lado. Esta ciudad pagará, todos lo pagaremos caro por dar la espalda a la devoción. La tormenta fue la primera señal. Mendigos y hambre y pestilencia serán nuestro premio. E invasores —dijo con tranquilidad, pero con una mirada taimada hacia el alcalde—. ¡Las brujas deben arder!

Pude ver a través del humo espeso y por encima de las cabezas de los ciudadanos, que el pastor tenía poca fe en las palabras que salían con desesperación de su boca. El alcalde al menos lo había condenado abiertamente y le había abandonado, y no había retirada, así que él tenía que seguir adelante, aunque no tuviera ni la sabiduría ni las entrañas para ello. Para James Cardno, sin embargo, era suficiente. Recogió las palabras del pastor y alimentó con ellas a la multitud, elevando su voz más y más alto hasta que al final no era más que un chillido.

—Ellos han bailado con el diablo; han montado en escoba. Encontrad a las brujas. Las brujas deben arder.

La sangre se me heló dentro. Había una chica, un cuerpo, amarrada a la estaca y en llamas, pero Guild y Cardno hablaban de brujas. Ahora no les preocupaban las muertas, sino las vivas. Por la bruja cuyo cuerpo sin vida ardía ante ellos, había otras, que vivían, que respiraban en aquella ciudad, y que quizá estaban al lado de ellos. Miradas llenas de miedo iban de vecino a vecino. Cada hombre o mujer evitaba los ojos del otro, pues ser sorprendido sería hacerse vulnerable. Vulnerable al grito de «¡Bruja!». Mejor gritarlo que ser a quien se lo llaman.

Mantuve la vista fija delante de mí y me afiancé en el suelo. Ahora él puso de su parte a algunos más, no a todos, pero sí algunos. Retomaron otra vez el cántico, y había más amenza en su intención que en todo el caótico griterío de antes. Temí que el alcalde aún pudiera perder esta batalla. El cántico iba en aumento y, entre el gentío, varios empezaron a ponerse más nerviosos. Miré a Thomas Stewart, el notario, pero él estaba mirando a Walter Watt. Watt, sin embargo, ya no miraba en absoluto al gentío. Les había dado la espalda y miraba hacia el camino que había detrás de él, la cuesta empinada de Strait Path. Seguí la dirección de su mirada, como había hecho Thomas Stewart, y vi que un grupo de jinetes desconocidos se aproximaba con pisadas atronadoras; a su cabeza iba el corregidor Buchan.

Al acercarse, todos los caballos excepto el del corregidor relincharon aterrorizados por las llamas, y empecé a distinguir que todos los jinetes de delante iban vestidos de la cabeza a los pies de negro, del negro más profundo. Aquello solo significaba una cosa para mí y, cuando llegaron más cerca y sus caras cayeron bajo la luz de la luna y del fuego, vi que tenía razón. Los hermanos que habían presenciado y ratificado mi caída llegaban en tropel para presenciar la culminación de la caza de brujas de Banff, congregados por el corregidor William Buchan. Llegaron a la carga, gritando, berreando, como una legión del infierno, y temí que los cascos de sus caballos no se detuvieran hasta habernos pisoteado a todos. Fue un milagro que los cuellos de las bestias no se rompieran. Y aún así pararon, y fuera de los resoplidos de las bestias exhaustas, de sus corazones a punto de reventar y de sus cascos ya quietos sobre los adoquines, creció un silencio expectante. Puede que apenas fuera cosa de segundos, pero a mí me parecieron varios largos minutos. Mientras el corregidor tomaba aliento, yo esperaba oír nuestra destrucción.

—Alcalde, el moderador está aquí, como muchos de los hermanos, tal como ordenaste —y se dejó caer de su caballo, totalmente exhausto.

Hubo cierta confusión antes de que algunos entendiésemos que los hermanos no habían venido a avivar las llamas, sino a ponerles fin. En la conmoción momentánea, el alcalde ordenó que llevaran al corregidor a casa de Jaffray, y después él mismo aupó al moderador del Presbiterio de Fordyce para que ocupara su lugar sobre el carro del cadalso junto a él. El moderador, un hombre gentil y justo cuando yo lo había conocido, comenzó a hablar y su voz era un bramido.

—¡Sofocad esas llamas! Apagad el fuego o todos vosotros arderéis más y hasta quedar más negros que cualquier bruja que alguna vez montara una escoba. En el nombre de la Iglesia de Escocia, liberad a esa chica —hubo un gran intento de movimiento en todas partes de la multitud y ahora vi que se habían reunido cubos y cubos de agua, sacados de los pozos cercanos, y que una cadena de hombres se había colocado desde el jardín de lord de Banff hasta tan cerca del cruce del mercado como podían llegar. Ahora el alcalde ordenó que se abriera camino, y yo, junto con los otros del círculo, empezamos a forzar un pasillo entre la gente para los que llevaban los cubos. Cuando los primeros cubos de agua sisearon sobre la pira, el moderador volvió a reanudar su bramido.

—Y tú, Robert Guild, ¿con qué autoridad has aprobado esta orgía pagana? ¿En nombre de quién, de parte de quién actúas? ¡Miserable baboso! Bájate de ese estrado. Nunca más predicarás en esta ni en ninguna otra parroquia del Presbiterio.

Robert Guild abrió la boca para protestar, pero no oí lo que dijo porque dos de los hombres del alcalde lo arrojaron de su plataforma sin ceremonia. También se llevaron a la prisión a Cardno, que aún vociferaba sus acusaciones demenciales. Condujeron a la cárcel de la ciudad bajo las armas a otros, a los cabecillas y a aquellos de los que se pensaba que aún tenían en mente alborotar. La prisión estaba llena, y se le dio uso al calabozo del castillo. Habría mucho trabajo para la congregación, el juzgado del burgo y después el *sheriff,* cuando volviera de la ciudad en cinco días, o seguramente antes.

No sé cuánto llevó sofocar y apagar las llamas, o cuándo liberaron lo que quedaba del cuerpo roto de Marion Arbuthnott de la estaca carbonizada y se la llevaron, cubierta con la mortaja de la ciudad, con toda la dignidad que se pudo lograr, a la cripta de la iglesia de St. Mary. Cuando vi que el alcalde y Thomas Stewart, con los sacerdotes vecinos y los legisladores de la ciudad, tenían las cosas bajo control y ya no necesitaban más mi ayuda, me escabullí del cruce del mercado. No fui directo a la escuela, pasé por la iglesia y la escuela primaria hacia Low Shore. Ahora estaba oscuro, una oscuridad de brea sucedía al impresionante brillo de la hoguera, pero conocía mi camino de antaño. Tenía que limpiarme. Me alejé de la ciudad y de las luces que había y bajé a la misma orilla. Me quité el sombrero, las botas y la capa, y entré en las aguas glaciales. Olas tras olas venían a mí y seguí caminando hasta que el agua era tan profunda que no pude caminar más. Entumecido hasta los huesos por el frío, me giré y me dejé flotar sobre la espalda, mirando la clara luna llena. El cielo nocturno era el mismo, el mismo que siempre había sido. Reinaba impasible sobre la locura y la futilidad del hombre. Y sobre mí. Floté tanto como pude, preguntándome sobre la corruptible creación terrenal de Dios, pero no merecía la pena, nunca quedaría limpio. Nadé de vuelta a la orilla. Al envolverme en mi capa, aún pude percibir el olor a humo.

Y el olor aún estaba en mi cabello, esta mañana, cuando alejaba al boticario del escenario de la última degradación de su hija en dirección a la decencia de la escuela. No habría clases hoy; Gilbert Grant había asumido la responsabilidad él mismo.

—Pero, ¿qué pasa con la congregación, con el Consejo? —le había preguntado su esposa, temerosa y preocupada de la opinión general por una vez.

—Deja que ellos se ocupen del asunto que tienen entre manos, que yo me ocuparé de los míos. Hay una espiral de locura, de miedo en la ciudad, y debe ponerse bajo control, debe ser detenida. La ciudad debe detenerse un momento antes de que todos nos precipitemos de cabeza al abismo, empujando a nuestros vecinos delante de nosotros y arrastrando a nuestros amigos detrás con alguna ciega locura. No abriré la escuela hasta que se restablezca el buen sentido y el orden devoto en esta ciudad, y ninguna madre en sus cabales debería alejar a su hijo de sus faldas hasta que el mal sea arrancado de raíz. Pero, ¿cuál era el mal y dónde yacían sus raíces? Para erradicarlo tenía que ser conocido, y aún quedaba mucho por recorrer antes de conocerlo.

La señora Youngson se alegró de verme de vuelta. La última noche había alborotado la casa con mi empapado regreso y me había escabullido esta mañana sin comer. Cuanto más se oscurecían los hechos de la ciudad, menos malvado me hacía yo a sus ojos, y ahora se mostraba solícita con mi bienestar. Tras poner agua a calentar al fuego para el boticario y pedir mantas secas para arroparlo, puso ante nosotros dos escudillas de gachas y nos invitó a sentarnos. El boticario no comió nada, ni siquiera parecía darse cuenta de la cuchara que tenía en la mano, pero yo estaba hambriento y vacié mi plato en un instante.

—¿Dónde lo encontró? —preguntó ella en voz baja.

Se lo dije.

—¿Estuvo ahí toda la noche?

—No lo sé. Creo que sí. Que Dios le ampare.

—Amén. Ha perdido su única luz en este mundo. Ella era todo su orgullo y su tesoro. Es un milagro que no haya perdido también la cabeza —era Gilbert Grant el que hablaba. Se dio la vuelta para llamar a la sirvienta—. Tenemos que llamar a Jaffray.

—Ya he mandado a buscarlo —dijo su esposa.

No me había sentado así, en familia, en la cocina de la escuela hacía mucho tiempo, pero no parecía extraño hacerlo ahora. Ni Gilbert Grant ni su esposa preguntaron nada de mi asunto en Aberdeen; yo mismo tenía poco interés por el momento en aquellos temas. Mi equipaje y los paquetes del viaje estaban en mi habitación, donde los había llevado el mozo de establo de Jaffray la pasada noche antes de que yo regresara de mi baño nocturno. Nos quedamos sentados en silencio; incluso la señora Youngson, que rara vez descansaba, estaba quieta y en silencio.

—¿Cómo se ha podido llegar a esto? —pregunté al fin.

El maestro de escuela se puso en pie con esfuerzo y tomó una astilla del fuego para encender su pipa, algo que su esposa le habría prohibido en otro momento.

—¿Cuánto tiempo has estado fuera, Alexander? ¿Cuatro días, cinco?

Lo calculé.

—Partí a Aberdeen el jueves por la mañana, temprano, y regresé anoche. Cinco días. He estado fuera cinco días.

—Y podría haber sido toda una vida. Una gran pestilencia se ha arrastrado por esta ciudad en esos cinco días —pensó durante un momento, cansado—. Se estaba tramando una atrocidad antes de que te fueras. Desde la muerte de Patrick Davidson estaban haciendo ruido. Tú debiste de darte cuenta, ¿no?

No me había dado cuenta. Había estado demasiado involucrado en los hechos como para darme cuenta de cómo sus consecuencias estaban infiltrándose en las mentes de mis conciudadanos y alimentando su pronta capacidad para el miedo.

El anciano continuó.

—Las autoridades arrojaron a Charles a la prisión demasiado pronto, pero hay más gente aparte de nosotros que cree que él es inocente. Les conforta poco que un inocente esté entre rejas mientras un asesino está en la calle.

—Y aún está ahí.

—Sí —dijo la señora—, pero mejor ahí que en las manos de la turba de anoche. ¿Quién sabe hacia dónde podrían dirigirse después?

Y si no los hubieran controlado en su caza de brujas, ¿quién habría estado seguro a la fría y clara luz del día? Las llamas, el calor y la oscuridad podrían enloquecer las mentes de los hombres, pero la luz del día les hacía creerse cuerdos, y yo sabía que una caza de brujas legitimada por la luz del día era algo terrible. No quise continuar con ese pensamiento.

—¿Cuándo se volvieron contra Marion? —pregunté. No bajé mucho la voz; puede que estuviera a nuestro lado, pero Edward Arbuthnott no tenía noción de quién estaba en la habitación con él o de lo que decíamos.

Gilbert Grant suspiró.

—El terreno estaba preparado incluso antes de que el chico muriese. Había rumores, voces que se levantaban en la congregación, sobre Marion y Patrick y sus vagabundeos por el campo. Arbuthnott aseguraba que salían a recolectar plantas para sus fórmulas esenciales y sus compuestos, pero otros, de mentes más retorcidas, veían libertinaje y al final, detrás de ello, brujería. Los vieron en lugares donde es mejor que los que están bajo sospecha no sean vistos: se dijo que el pastor los vio en Elf Kirk. Los vieron en Darkwater e incluso, se decía, en Ordiquhill.

La imagen de Marion Arbuthnott allá arriba sobre las rocas en Elf Kirk, el día después de que Patrick Davidson fuese encontrado muerto, volvió a mí, como el fantasma de la chica, a mi mente. En cuanto al resto, pensé en los mapas. Tenía sentido que los hubieran visto allí, en Darkwater, esa oculta franja de playa bajo la fortaleza de Findlater, o en Ordiquhill, en el camino entre aquella y el bastión de Huntly en Strathbogie. Pero Gilbert Grant no estaba al tanto de toda la discusión sobre los mapas que habíamos encontrado, y yo no quería ponerlos en peligro a él o a su esposa contándoles más sobre el tema. Esa era consideración para otro momento: ahora Gilbert Grant estaba dispuesto a seguir hablando.

—Cuando el chico fue asesinado y Jaffray declaró que la causa fue un veneno, hubo quienes no vieron necesidad de mirar más allá de la tienda del boticario, pues ¿quién conocía las propiedades de las plantas mejor que Marion Arbuthnott? —yo no había sido consciente del crecimiento de esta sospecha en la ciudad por lo atrapado que estaba en lo apremiante de los hechos. Gilbert Grant continuó—: Y además, como se vio, las autoridades también tenían miedo por Marion: el corregidor y el doctor discutieron sobre su persona justo como el alcalde y el pastor discutían la noche pasada sobre su alma. Era fácil ver que el corregidor sospechaba que ella estaba involucrada en el asunto, porque era extraño que se apartara de la puerta de Arbuthnott. Jaffray lo igualaba en su constancia: estaba allí casi tan a menudo como el corregidor. El doctor es conocido por su debilidad hacia las mujeres jóvenes, es indulgente con sus faltas. Cuanto más se le veía protegiendo a Marion del corregidor, más oscuras se hacían las suposiciones de la gente sobre lo que ella podía saber. Sin embargo —su voz flaqueó, y por un momento pensé que había perdido el hilo de lo que estaba diciendo. Me equivoqué porque continuó, claro y con una amargura inusual—, ella aún se las arregló para escabullirse. Dicen que erró por el campo en estado de confusión. La gente estaba asustada. Enseguida se adjudicó la gran tormenta de la noche del asesinato a los conjuros de Marion Arbuthnott para ocultar sus repugnantes hazañas. Después hubo declaraciones de que había sido vista otra vez en Elf Kirk, conjurando negras corrientes bajo el mar. El sábado por la noche un barco de pesca se dirigía a casa para el Sabbath, se destrozó contra las rocas con la mar en calma. Solo por la gracia de Dios los hombres de a bordo llegaron a salvo a la orilla.

La señora Youngson se levantó a echar más carbón al fuego de debajo de la olla. Echó un vistazo a Edward Arbuthnott, casi temerosa, y habló en voz baja.

—Se dice que Marion volvió a acercarse a Darkwater.

—Calla, mujer. No escucharé esas tonterías en mi propia casa.

Quedé del todo asombrado: nunca antes había oído a Gilbert Grant reprender a su esposa, ni llegar a nada parecido.

—Es lo que se dice —repitió ella con determinación.

Miré a uno y a otro confuso.

—No lo entiendo —dije—. ¿Qué tendría que significar que ella estuvo en Darkwater?

No veía nada raro en que buscara consuelo allí. De hecho la larga playa blanca bajo la roca de Findlater Castle era un hermoso lugar, justo ahora los acantilados estarían coloreados de prímulas silvestres amarillas y con los primeros rubores de las armerías. Me acordé de mi madre y la esposa de Jaffray llevándome allí una vez, cuando era niño. También recordé otra ocasión, pero lo que fue siniestro entonces lo había sido por mis acciones.

La anciana pareja me miraba ahora con igual confusión.

—¿No lo sabes, Alexander? Pero seguro que lo recuerdas.

—No —dijo la mujer—. Él no sería más que un crío, si es que entonces había nacido. De hecho —ahora estaba pensando con atención—, ni siquiera había nacido. Fue antes de que su padre hubiera vuelto de Irlanda. Y para ella fue bueno que así fuera.

Gilbert Grant asentía despacio.

—Sí, creo que tienes razón, fue así.

—Por favor —dije yo, porque estaba perdiendo el hilo de la conversación—. No sé de lo que están hablando.

La señora Youngson se me acercó.

—Es la mujer sabia de Darkwater. La que le atendió a usted cuando estaba, cuando estaba...

—Cuando estaba delirando —terminé por ella. Nadie me hablaba abiertamente de aquella época, cuando Jaffray había recibido un mensaje de la anciana de Darkwater que decía que me había encontrado vagando, delirante, cerca del acantilado rocoso de Findlater, y me había puesto a salvo en su casa para atenderme. Por mí mismo tenía muy poco recuerdo de aquello, los días entre mi desgracia en Fordyce y la llegada de Jaffray para llevarme de vuelta a Banff se habían perdido de mi memoria, y yo hacía poco esfuerzo para buscarlos fuera.

La señora Youngson continuó.

—Vive en una especie de choza ¿verdad? O una cueva en el extremo lejano de la playa... Yo nunca he estado allí, así que no podría decirlo con seguridad —añadió, un poco demasiado deprisa—. Muchos la tienen por bruja. Ella da mucha importancia a los pozos sagrados y curativos, a charcas secretas que solo ella conoce. Se dice que se asocia con los espíritus, con la gente pequeña...

Gilbert Grant detuvo otra vez a su esposa. La sirvienta había vuelto de casa de Jaffray y sus ojos estaban abiertos como platos.

—Para volver a lo de antes —dijo la mujer—, en el último gran terror por las brujas, antes de que hubiera usted nacido o de que el viejo rey hubiera bajado a Inglaterra, la mujer de Darkwater tuvo la suerte de escapar de la estaca. Se decía que solo el temor a sus enormes poderes y su gran amistad con Belcebú evitaron que los otros la nombraran.

Por supuesto, yo había oído algo de aquellos tiempos, pero la gente no se preocupaba mucho de hablar de aquello. Hablar del tema con demasiada libertad podría dar vida a la memoria, a los temores en los corazones de la gente, y empezaría todo otra vez igual. No obstante, había algo que yo no sabía de antes. Miré a la anciana y mi voz estaba ronca cuando hablé.

—¿Y qué tuvo esto que ver con mi madre? Dijo usted que para ella fue bueno que aquello ocurriera antes incluso de que ella viniera aquí.

El viejo matrimonio permaneció en silencio, incómodo sin saber qué decir. Fue Edward Arbuthnott, casi olvidado en un rincón, quien habló.

—Porque ella era diferente, como mi Marion, tu madre era diferente.

La señora Youngson fue y se sentó a su lado en el banco.

—Sí que lo era —me miró y sonrió—. Su madre era alta y hermosa, con su largo pelo oscuro, suelto, y aquellos ojos de un verde grisáceo, como los suyos. Hablaba diferente, tenía modales diferentes. Y, aunque no era una papista, que fuese irlandesa era suficiente para muchos. Su padre lo sabía, que ella era diferente y que aquello no gustaba mucho, pero estaba orgulloso de ella por eso, hasta que aquello los rompió a los dos. Estaban los que le guardaban rencor a ella por su matrimonio, los que pensaban que su padre hubiera hecho mejor, para él y para la ciudad, eligiendo a una chica de aquí como esposa —miró hacia fuera un momento, y me pregunté si ella habría sido una de ellos—. No es un lugar fácil para ser diferente. Cuanto más estuviera aquí, más intrusa sería. Y...

—Y me temo que no le habría ido bien a manos de los cazadores de brujas —miré a Gilbert Grant, que me miraba directamente con honestidad, y sentí el corazón frío.

La habitación estaba casi en silencio ahora, excepto por el burbujeo del agua, que empezaba a hervir, y la respiración lenta y pesada de Edward Arbuthnott que miraba de nuevo las llamas.

—No sé por qué Marion estuvo allí —dijo—, en Darkwater. No hay una buena razón para que una joven soltera visite a una mujer como esa. No hay razón para que mi niña estuviera allí. La habrían quemado viva si hubieran podido capturarla, pero no pudieron, ella acabó con su vida antes de que ellos pudieran arrebatársela.

Otra vez vino la imagen a mi mente. Hablé en voz baja a Gilbert Grant.

—¿Fue en Elf Kirk? ¿Saltó ella desde Elf Kirk al final?

Grant y su esposa se volvieron hacia mí, ambos con gesto confuso.

—¿En Elf Kirk? No, seguro que lo has oído. Se envenenó ella misma en Rose Craig. Allí la encontraron muerta Geleis Guild y sus cuatro hijos la tarde del Sabbath; habían ido en esa dirección a recoger unas flores para Marion antes del oficio en la iglesia. Pero Marion ya tenía flores; cuando la encontraron, llevaba una guirnalda de beleño en el cabello.

Beleño: se decía que los errantes que esperaban su transporte para cruzar la Estigia llevaban beleño en el cabello. Y en las imaginaciones más salvajes de mis conciudadanos, el beleño era la flor especial de lo diabólico, de las brujas que volaban de noche en sus éxtasis satánicos. Pero Marion Arbuthnott no estaría en éxtasis. Pensé en la adorable, delicada y joven esposa del alcalde y en sus cuatro preciosos hijos. Recordé la escena que había presenciado desde mi clase hacía solo una semana. No era adecuado que unos niños tuvieran que ver tal cosa. Recé a Dios con sinceridad para que se llevara aquella visión de sus mentes. Agradezco no haber tenido que lidiar mucho con aquello, porque en la sala de entrada se oyó el sonido de un alboroto familiar y en la cocina de la escuela apareció de pronto James Jaffray. Sin saludos o ceremonias innecesarias, fue directo a donde estaba sentado el boticario y se arrodilló ante él, puso su mano izquierda sobre la del boticario mientras con la otra le tocaba la frente.

—Estás enfermo, amigo mío. Te está subiendo la fiebre. Tenemos que llevarte enseguida a tu cama. ¿Tu esposa puede preparar las fórmulas esenciales?

Arbuthnott intentó recomponerse.

—Tomaré malva, siempre hay un poco preparado para las fiebres.

El doctor asintió.

—Haré que también te prepare un plato de ruibarbo. Y una decocción de cardo de la melancolía en un poco de vino. Te avivará el ánimo un poco.

El boticario, cansado, estuvo de acuerdo.

—Para mí, ahora mismo, no deseo nada más que la muerte, pero la mujer no se las arregla sola. Sin mí o sin Marion, estaría desprotegida. Pero para mí, para mí —sus ojos lacrimosos se fijaron en alguna distante visión privada—, todo ha terminado.

—Venga, hombre —dijo Jaffray con amabilidad—, aún eres necesario en la ciudad. Yo no tengo ni la mitad de tu conocimiento sobre medicinas y curas, y ahora no hay nadie más.

Arbuthnott levantó sus ojos con amargura hacia él.

—¿Y tú crees que yo movería un dedo por ayudar a cualquiera de ellos, después de lo que le han hecho a mi preciosa chiquilla?

—No todos, en realidad.

—No —admitió el hombre—, no todos.

Después dejamos en la cocina al doctor, al boticario y a la señora, que se quedó para ayudar a bañar al enfermo y para persuadirle de que tomara un poco de caldo caliente antes de salir al frío de nuevo. Encontraron un traje gastado para él en el ropero de Gilbert Grant; mi único traje gastado lo llevaba puesto, el otro lo estaba refregando ahora la sirvienta en una pila del patio de atrás. Tendría que haberlo pensado mejor antes de mi baño nocturno. No me había hecho bien alguno.

El maestro de escuela se retiró después a su estudio, y me invitó a hacerle compañía. Era un lugar cómodo y bueno para reflexionar, un lugar para ejercitar la mente, y mi corazón siempre sentía simpatía por el anciano cuando me pedía que me reuniera allí con él.

—Primero, tengo algo para usted —le dije—. Bajaré en un minuto —subí las escaleras mientras él se ponía cómodo en su sillón. Los paquetes y el equipaje que había traído el mozo de establo de Jaffray, estaban junto a mi cama. Revisé que todo estuviera allí; que no se había perdido nada durante mi viaje. La penumbra de media mañana casi no aportaba luz a mi pequeña cámara, pero encontré lo que estaba buscando sin mucha dificultad. Estaba abajo en la puerta de Gilbert Grant solo unos minutos después de dejarlo. Él estaba sentado en contemplación junto a la única ventana de la habitación, con un candil apagado junto a su codo. A su alrededor había un aire de tristeza que solo había visto en él una vez antes, cuando por fin regresé a casa y le conté que aquello que él había oído sobre mi prueba final para el sacerdocio era cierto. Él siempre estaba demasiado dispuesto a compartir los sufrimientos de aquellos a quienes quería, y los de los inocentes. En sus largos años como maestro de escuela de Banff, había llegado a amar a muchos y había tenido causas para llorar con ellos demasiado a menudo. Su rostro se encendió un poco cuando se dio cuenta de que estaba en la puerta.

—Entra, Alexander, entra. Descansaremos aquí. Mientras no podamos ser útiles, al menos aquí podemos evitar estar en medio —sonreí al recordar las veces que había oído a su esposa regañándole por estar siempre en medio. Ella estaba siempre tan ocupada, en medio de mucho movimiento, y él prefería estar tranquilo y moverse poco, pero creo que ella sabía que la razón por la que él siempre estaba en su camino era porque la quería mucho. Antes de sentarme en la otra silla que quedaba en el cuarto, le entregué el paquete.

—Le he traído esto de Aberdeen, de la librería de Melville.

—Ah, ¿de verdad es de Melville? —él pensaba, buscaba en su mente, retrasando el placer al no desatar y abrir el paquete de inmediato—. No he tenido un minuto para preguntarte cómo te fue en tu viaje, o para interrogarte sobre las noticias de la ciudad. Por Dios espero que no tengan allí un asunto como el que tenemos entre manos aquí.

—Nada por lo que he visto —le aseguré—, aunque no sé qué pasará en los callejones o detrás de los portones de las casas de otros hombres. La semana pasada no habríamos pensado que tales cosas fueran posibles aquí en Banff.

Un poco sorprendido, levantó las cejas mirándome.

—Ah, ¿tú crees que no? —meditó en silencio por un momento—. Pero a veces olvido que tú eres joven, Alexander, ¡qué joven eres, en realidad! Tienes el aspecto de alguien que ha visto más mundo del que le interesa. Pero, aun así, eres joven, y no recordarás que ya hemos visto este tipo de cosas antes. Y, sin embargo, no hemos aprendido nada. Como los israelitas, una y otra vez le hemos dado la espalda a Dios y él ha escondido su cara de nosotros.

—¿Cree usted que esto anuncia el juicio de Dios sobre nosotros?

—No. Esto es el dar la espalda a Dios y no el juicio. Temo vivir para ver cómo será el juicio —ahora abrió el paquete, aunque todo el tiempo sabía que era la Biblia lo que había en él. Sin examinarla, sin acariciar con cuidado la excelente encuadernación del volumen como yo esperaba, abrió el libro y, con manos expertas, encontró el pasaje que quería. Empezó a leer, y aunque su dedo recorría las líneas, él no las miraba, pues las palabras ya estaban en sus labios.

—Oseas, capítulo cuarto:

Oíd la palabra del Señor, vosotros, hijos de Israel; porque el Señor tiene una controversia con los pobladores de la tierra, porque no hay verdad ni misericordia ni conocimiento de Dios en la tierra.

El perjurio, la mentira, el homicidio, el robo y el adulterio prevalecen, y homicidio tras homicidio se suceden.

Por ello la tierra vestirá luto, y se extenuará todo morador de ella, con las bestias del campo y las aves del cielo; también morirán los peces del mar.

Me aclaré la garganta.

—¿Pero no dice también el profeta *Yo los curaré de sus pecados, los amaré de buen grado?*

No había hablado de esa forma, predicando a otro ser humano, en muchos meses, y extrañamente las palabras salieron de mi boca sin pensarlas. Grant me sonrió entristecido.

—Así es, Alexander. Pero ¿cómo responderemos a este ofrecimiento de Dios? ¿Cómo respondieron los israelitas cuando se les envió al Redentor? ¿No lo asesinaron? ¿Y si ese joven, Patrick Davidson, también nos hubiera sido enviado por Dios? —Me miró con dureza—. No una mente redentora, sino un profeta, solo un mensajero, para decirnos algo, para ayudarnos a que nos enmendemos. Y ha sido asesinado. ¿Ahora cómo tratará Dios con nosotros?

Yo mismo no había pensado en Patrick Davidson como un mensaje de Dios. Durante su corta estancia en nuestro burgo, él recolectó plantas, dibujó mapas y cortejó a una chica. No dio discursos en publico, no predicó, no hizo admoniciones ni dio avisos. No hubo transmisión de mensajes. Y aun así no podía burlarme de los temores del anciano.

—Pero, Gilbert, usted no tiene nada de lo que responder, solo ha hecho el bien por igual a amigos y a extraños. Sea lo que sea que trajo esa visita de la oscuridad a nuestra ciudad, no fue por usted.

En menos de un instante vi que las palabras con las que intentaba confortarle, solo produjeron un enfado súbito y real.

—¿Que yo no tengo nada de lo que responder? ¿Quién entre nosotros no tiene nada de lo que responder, quién está limpio de pecado? Yo no. ¿Qué tontería has oído predicar en Aberdeen? Todos somos pecadores. Ninguno de nosotros es capaz de hacer el menor bien, a menos que sea el Señor quien lo ordene. Dios destruyó las ciudades de Sodoma y Gomorra, y solo pudo encontrar a un hombre bueno. Si hay aquí un hombre bueno, no soy yo.

«Si no es usted, entonces ¿quién es?», pensé. ¿De esta ciudad quién podría defender nuestro caso ante la ira del Creador?

—Pero eso no hace que deje de intentarlo —dije.

—Como se nos ha ordenado que hagamos. Y también tú, lo sé, Alexander, también tú intentas hacer el bien, como se te ha ordenado que hagas.

No pude responderle, y me alegró que me llamaran de la cocina para ayudar al doctor a llevar a Edward Arbuthnott de vuelta a su lóbrega casa.

—¿Cómo se las arreglará? —le pregunté a Jaffray, después de que viéramos a Arbuthnott tumbarse en su cama bajo los cuidados de su esposa, en quien la llegada de un verdadero desastre parecía haberle despertado algo de sentido común y, algo que yo nunca había apreciado antes en ella, afecto.

Jaffray frunció los labios.

—Me temo que será como un hombre que no espera más que la tumba. Marion era toda su esperanza y alegría.

La puerta de la consulta de Jaffray, escenario de la desolación de la noche pasada, estaba cerrada cuando llegamos a la casa, pero sospeché que todo estaría otra vez limpio y en orden. El doctor fue primero a la cocina, para avisar a Ishbel de que yo iría esa noche a cenar. Quería noticias frescas de mi viaje a la ciudad y preguntarme con tranquilidad, y había cosas que yo tenía que preguntar que solo podía ser a él. Salió de la cocina y me condujo en silencio hacia su estudio.

—Ella lo está llevando muy mal —dijo en voz baja—. No dejan que nadie entre a verlo, y aunque ella envía a diario cestas de comida a la prisión, yo no sé si llegan a él o no.

—¿No le han permitido a usted entrar a verlo?

—Sólo una vez. Fue Thomas Stewart quien convenció al alcalde. El corregidor se acercó por detrás de él para participar en la conversación, pero Stewart dijo que yo entraría con él y que sería suficiente —Jaffray se detuvo a recordar—. Y fue suficiente. El notario posee una tranquila autoridad que ni siquiera el corregidor puede cuestionar. Creo que algún día ocupará el puesto del alcalde.

Llegamos a la sala de estar de Jaffray en ese momento, y la mención del alcalde me había recordado mi cita previa.

—No puedo esperar mucho —dije—. Ahora tendría que estar viendo a Walter Watt, para informarle de mi asunto.

—Entonces no te entretendré.

—Pero cuénteme primero —dije yo—. ¿Cómo estaba Charles cuando lo vio?

Jaffray suspiró profundamente.

Estaba... menos optimista que como esperaba encontrarlo. Había en él un abatimiento que era... real. Diferente por desgracia de su feliz melancolía habitual —compartimos una sonrisa por la imagen familiar. A Charles le gustaba simular falta de entusiasmo, desánimo ante todas las cosas ajenas a su música. Algunos lo tomaban por misantropía, pero sus amigos sabíamos que aquello nacía de la timidez y una bien fundamentada desconfianza hacia el mundo que le rodea—. Ve poca perspectiva de éxito en nuestros esfuerzos por liberarlo. Y me temo que está enfermando.

—Cualquiera caería enfermo en ese agujero apestoso.

—Así es. Las mantas limpias de Ishbel solo pueden ayudar contra el frío y la humedad de ese sitio, y él ya ha estado una semana sin ejercicio apropiado. Creo que estar apartado de sus instrumentos y, resulta extraño decirlo, de sus alumnos, también le afecta. Temo que coja fiebre y no tenga voluntad de vencerla —entonces tuvo una idea que de algún modo le alegró—. Pero debes ir a verlo hoy, Alexander. ¿Seguro que te dejarán verlo?

—No tema por eso —dije yo—. O me dejan verlo o no sabrán nada de mi asunto en Aberdeen y en Straloch. Aunque no creo que haya mucho espacio en la prisión después de anoche.

—No. Y tampoco en el infierno —añadió Jaffray con amargura. Abrió la puerta y pidió a gritos que le trajeran algunas brasas para su fuego.

—¿Cree usted que hay algo de lo que la señora Youngson insinuó? ¿Que si Charles no hubiese estado seguro en prisión, anoche se habría vuelto también contra él?

Jaffray levantó la vista de sus esfuerzos con el fuego.

—Estoy seguro. Tú no los viste en su momento álgido, Alexander. Eran como una manada de lobos. Estábamos muy poco advertidos. Yo estaba haciendo el examen. Su madre insistió, contra los deseos de Arbuthnott, pero su mujer estaba segura de que su hija nunca se habría quitado la vida.

—¿Y lo había hecho? ¿Tuvo usted tiempo para descubrir tanto?

Jaffray me miró.

—Sí, y ella no lo hizo. Estoy tan seguro como nunca lo podré estar de que fue asesinada de la misma manera, y por la misma mano que Patrick Davidson.

—¿Cómo puede saberlo?

—El vómito, las contorsiones del rostro, las señales de que la parálisis había empezado a actuar... Era todo lo mismo. Y eso que no pude ir más allá para encontrar mejores pruebas. Fue el corregidor el que irrumpió primero por la puerta. Al principio no le entendía, pensaba que había perdido la cordura —la escena volvió a aparecer en su memoria—. «Jaffray, ya vienen, cúbrela. Por el amor de Dios, hombre, ¡vienen a por ella!» Y antes de que yo supiera sobre qué estaba divagando, el pastor y Cardno y toda una multitd de ellos entraron por la puerta. Habían apartado al mozo y tiraron a Ishbel al suelo. Casi aplastaron al corregidor a pisotones, hasta que llegaron a mí y pararon. Me ordenaron (lo hizo el pastor) que abandonase el examen y les entregara su cuerpo. Me negué. Les dije que mi trabajo no era de su incumbencia y que salieran de mi casa. Y entonces también a mí me echaron a un lado.

La multitud había metido sus manos en las mismas entrañas de ella de no ser porque el pastor empezó a chillarles que la dejaran, no fuese que se contaminaran con la sangre de la bruja. Entonces, por fin lo entendí. Era la caza de brujas, y el corregidor había venido para avisarme. Pasó en unos instantes. Destrozaron la habitación, cogieron el cuerpo desnudo de la mesa y se fueron, y también se fue el corregidor, para ir a caballo a Boyndie, donde se estaban reuniendo el Presbiterio y el moderador, para intentar que cesaran en su locura. Después llegaste tú y estábamos en el estado en que nos encontraste.

Ahora respiraba hondo y sus manos temblaban. El mozo de establo entró con las brasas para el fuego y vi en su cara una magulladura donde le habían golpeado para apartarlo la noche anterior.

—¿Le traerías al doctor un poco de su vino de Oporto? —le pregunté—. Y, ¿Adam?

—¿Sí, señor Seaton?

—¿Estás bien ahora?

El muchacho parpadeó y se mordió el labio.

—Sí, señor. Estoy bien.

—¿Quién fue el que te golpeó?

—Fue Lang Geordie.

El mismo Lang Geordie que había avisado a Janet y Mary Dawson de que se fueran de Banff.

—¿El mendigo? ¿Qué tenía él que ver con todo esto?

El chico me miró sorprendido.

—Él fue el primero que cruzó la puerta, señor. Después del corregidor y antes del pastor. En la ciudad dicen que Lang Geordie fue el primero en gritar bruja.

Después de que hubiese vuelto con el vino y se hubiese ido otra vez, le pregunté a Jaffray algo que me avergonzaba preguntar, pero que tenía que saber. No había una manera fácil de enfocarlo, solo con honestidad y abiertamente.

—¿Cree que ella lo era, James?

—¿El qué?

—¿Cree que Marion Arbuthnott era una bruja?

Se levantó con esfuerzo y se quedó mirando su jardín por la ventana.

—No. Ella no era una bruja: era una chiquilla que sabía de hierbas y flores, que era más bonita y más inteligente que muchas de las chicas de su edad, y que no se molestaba en desperdiciar su tiempo mezclándose con ellas. En vez de eso era compañía y amiga de la esposa del alcalde y trataba con un chico que había estado aquí y se había ido a viajar por tierras misteriosas. Y eso era más de lo que esta ciudad permitiría —su voz fue subiendo con la amargura y el dolor y la rabia, aunque yo aún no podía dejar el tema.

—Pero, ¿entonces por qué fue a la mujer sabia de Darkwater? No solo con Patrick Davidson, sino ella sola cuando él había muerto —Jaffray no dijo nada, y el silencio se instaló donde nunca existió entre nosotros.

—¿Consiguió que ella le hablara, Jaffray, tras la muerte de él?

—Sí —reconoció al fin, con la voz hueca—. Me habló solo una vez, pero nada de lo que me dijo tenía que ver con nuestro asunto ni con el de Charles.

Nunca le había visto así antes, y no estaba seguro de que no estuviera ocultándome algo.

—¿Qué le dijo, James?

El doctor no se dio la vuelta para mirarme al contestar.

—Hay cosas que ya no son de este mundo, que solo deben saber los muertos.

* * *

Con los pies pesados y el corazón más apesadumbrado, subí Strait Path hacia Castlegate, donde se encontraba la casa del alcalde. Había dejado dicho en la prisión que no podía esperarme más allí y que tenía que volver a casa con su mujer. Yo ya tenía pocas ganas de derrochar más tiempo y esfuerzo en sus recados, y poco interés, en el asunto de los mapas de su sobrino y las conjuras papistas.

Había peligros y males que se manifestaban ante nosotros, mientras nos despertábamos y caminábamos y dormíamos en la misma ciudad, que eran mayores que cualquier cosa que nos amenazase desde fuera o en el futuro. Y tan horrible como había parecido la muerte de Patrick Davidson para empezar, ahora era peor, y quizá hubiese cosas peores por llegar. Lo que más temía Charles ahora había llegado a pasar. Marion Arbuthnott estaba muerta y aquella muerte era parte de la cadena que había empezado con la de Patrick Davidson, de eso estaba seguro. Sin embargo, no estaba cerca de tener el más leve entendimiento de por qué ambos habían sido asesinados. ¿Quién habría escuchado a una mujer hablar sobre mapas? El burgo, por lo que ahora podía ver, volvía tranquilamente a su estado normal y a su ritmo de vida, y el único signo de la depravación de la última noche era el olor a madera ahumada que llevaba el viento, un olor que se asociaba con más frecuencia al ahumadero de pescado que al cruce del mercado. Pero quizá, como había insinuado Gilbert Grant, tales perversiones siempre habían estado acechando en los corazones de mis conciudadanos, nunca lejos de la superficie de su civismo y cordialidad, pero que yo jamás lo había visto. Con qué facilidad los buenos vecinos habían hecho suya la llamada de un mendigo holgazán, de un hombre sin amo, por lo común temido e injuriado. Cuán dispuestos habían estado a dejarse guiar por alguien a quien, por lo demás, con gusto habrían visto echar a latigazos del burgo. Pero Lang Geordie les había permitido dar rienda suelta a algo de lo que no se podía hablar, algo de la ira y la envidia y el miedo que había en ellos, y ellos habían corrido el riesgo con mucho gusto. Llamé a la puerta de la casa del alcalde, y el sonido resonó e hizo eco en la calle vacía.

Fue Walter Watt quien me abrió la puerta. Tenía un aire desaliñado y sus ojos estaban inyectados en sangre por la falta de sueño. También llevaba consigo el olor a humo de la noche pasada. Me di cuenta de que el hombre aún no había ido a la cama, y me sentí un poco avergonzado.

—Lamento no haber venido a reunirme con usted a la hora acordada.

Él quitó importancia a mi disculpa con un movimiento desdeñoso de la mano mientras dejaba que yo cerrara la puerta detrás de mí.

—De todas formas no habría tenido tiempo para verlo mucho antes de ahora. He estado ocupado con el corregidor y el decano del gremio la mayor parte de la mañana.

—Entonces, ¿el corregidor se ha recuperado? —pregunté sorprendido. No había pensado en preguntarle a Jaffray sobre su paciente de anoche.

Él me echó una mirada sagaz.

—El corregidor es un hombre de fuste. Donde otros se doblarían y se desplomarían, él se mantiene con una determinación que no ha nacido de mujer. Yo no temería por el corregidor.

—El decano del gremio, anoche, no me di cuenta... —de nuevo mi voz se fue apagando. No sabía qué partido había tomado el jefe de todos los artesanos de nuestro burgo.

No obstante, el alcalde captó el sentido enseguida.

—Estaba de nuestra parte, gracias a Dios. Si no hubiera sido así, habríamos estado en peor situación que en la que estamos.

Pensé en el tranquilo burgo laborioso por el que había pasado esta mañana.

—¿Cree usted que el comercio de la ciudad se resentirá? —dije.

Me sonrió, pero no había humor en sus ojos.

—Es usted un hombre culto, señor Seaton, pero también es hijo de artesano. Debe de saber que nada sucede en el burgo sin afectar, de algún modo, al comercio y al buen gobierno. Y yo sospecharía que su mente estaba más en otros temas esta mañana. ¿Por casualidad ha pasado por el patio de los toneleros?

Le confesé que no. No estaba en mi ruta.

—¿Cuántos panaderos estaban cantando sus productos en el mercado esta mañana?

Lo pensé.

—Puede que no muchos —empecé.

—¿Y, por ejemplo, estuvo usted delante de la curtiduría? ¿Pasó por allí y vio a los curtidores dedicados a su oficio? ¿Puede olerlos?

Era una pregunta extraña. Los curtidores hacían su trabajo fuera del centro del burgo, más allá de Greystone, entre Strait Path y Boyndie Street. Desempeñaban su nocivo trabajo en las pendientes de Gallowhill, como el verdugo, lejos de los ofendidos sentidos de los burgueses. A veces, con el viento que soplaba del oeste, los nauseabundos olores del trabajo de los curtidores bajaban hasta el burgo, y se podía notar en el aire y en la garganta. Pero hoy no. Había, de hecho, una ligera brisa del oeste, pero incluso por debajo de los acres olores posteriores al fuego, que predominaban sobre los demás, en el aire solo había una insinuación del negocio de los curtidores. El alcalde me estaba mirando y vio que empezaba a entender.

—La mitad de ellos está en pisión. Con tres de los panaderos. Maestros y aprendices por igual. La mayoría de los toneleros, junto con los cereros y Dios sabe cuántos de los sirvientes domésticos del burgo, así como dos o tres mercaderes cuyos nombres le sorprenderían, han sido repartidos entre la sala del tesoro de lord de Banff y el calabozo del castillo. Tememos que en algún momento puede que tengamos que llevar a algunos de ellos a Inchdrewer. Si el moderador y su hermandad hubieran llegado media hora más tarde, la defensa del burgo se habría roto por la tensión. Lo detuvimos casi en el último momento —me miró y habló con tal frialdad que un escalofrío recorrió mi cuerpo—. Estaban a punto de perseguir tanto a los vivos como a los muertos. Su amigo Charles Thom no habría sobrevivido esa noche si se hubiera dejado que la locura aumentara. Y entonces habríamos tenido entre manos más asesinos de los que podrían contener los calabozos de Banff. Hoy la ciudad está tranquila, sí, pero esto no ha terminado. Esta situación no se puede prolongar.

—¿Y cómo va usted a actuar? —pregunté, porque estaba claro que ningún otro hombre de Banff podría sacar los asuntos de la ciudad del cenagal en el que habían caído.

Se pasó una mano cansada por la frente.

—Oh, la mayoría de ellos pasará por el juzgado del corregidor por la mañana. Tendrán que pagar multas y reparaciones, por la casa del doctor, el mercado y las otras cosas que dañaron la noche pasada, aunque Dios sabe que nada se puede hacer por Arbuthnott. Después pasarán por lo que queda de la congregación de la Iglesia, a por más multas y penitencia pública, y luego se les dejará que vuelvan a sus trabajos. Crear más resentimientos no traerá ningún bien.

Yo esperaba un desquite mejor que aquel para Marion Arbuthnott y su padre.

—Entonces tendrán pocas causas de resentimiento. Lo habrían tenido peor de haber robado un cerdo o de haber difamado a una esposa gruñona.

El alcalde se ofendió un poco por esta apreciación.

—Oh, no me malinterprete, señor Seaton: los cabecillas serán castigados de manera apropiada. Serán castigados de acuerdo con su crimen y su posición. El pastor será expulsado de su púlpito. Nunca volverá a predicar dentro de los límites de este Presbiterio. Comparecerá ante sus hermanos, y no cabe duda de que será destituido de su cargo —era evidente que el pensamiento le producía no poca satisfacción.

—¿Y el presbítero? —pregunté yo.

Soltó una risotada superficial.

—¿James Cardno? Cardno también está acabado. El guardia que lo vigilaba anoche me ha contado que casi ha perdido la razón —bien podía creerme aquello: el hombre que había visto la noche pasada enardeciendo a la turba estaba al mismo borde de la insania—. Cardno —continuó el alcalde—, está a punto de verse desterrado del burgo, después de que también haya hecho penitencia pública —y después, casi en un aparte, añadió—: si es que es seguro dejar que la haga —siguió con aquel pensamiento y luego lo dejó—. Sí, y entonces la congregación se disolverá. El poder del pastor y de la congregación de este burgo nunca más cuestionará la estabilidad y el orden como hicieron anoche, y como amenazaron con hacer muchas veces antes.

Era aquello, ahora lo entendía, lo que a él le preocupaba, lo que le había preocupado la noche pasada. Ningún hombre en sus cabales habría permanecido en calma mientras el cuerpo desnudo de una joven inocente ardía, y Walter Watt no era más que un hombre cuerdo. Pero aquello que le había movido la noche anterior no era el sentimiento, humano o divino, por Marion Arbuthnott o su padre, sino por el burgo de Banff en sí.

—¿Y qué pasará con el corregidor? —pregunté. Sabía que él no lamentaría presenciar la marcha del reverendo Guild, pero el alcalde esperaba demasiado si pensaba que aquello sería suficiente para calmar al corregidor en el tema de la disciplina de la Iglesia.

—El corregidor es inamovible, tiene usted razón; pero aún así se atenuará tanto su poder, pues el humor de la congregación y del Consejo ha cambiado bastante por las consecuencias de este caso, que no será motivo de preocupación —el alcalde pronunció aquellas últimas palabras casi tanto para sí mismo como para mí. Me pregunté cuántos años había esperado este momento, el día en que de verdad arrancaría el control del burgo de Banff de aquellos que se proclamaban magistrados de Dios. Me pregunté por la ciudad, por cómo sería la vida en ella si llegara tal día, por los que quedasen de nosotros. El reverendo Guild encontraría algún pariente rico o alguna matrona insensata que lo mantendría, o, si se desesperaba, una iglesia que no supiese qué hacer para encontrar un pastor que se encargase de ella; había multitud de púlpitos vacíos en el norte, pues los hermanos del sur temían el frío clima y una bienvenida más fría en caso de visitar nuestras costas. Encontraría el juicio apropiado otro día, en otro lugar, y yo me alegraba de ello. Pero no me gustó la imagen que me vino a la mente del corregidor, desposeído de su poder sobre cada momento, de vigilia o de sueño bendecido, de sus conciudadanos. No podía entender la vida en esta ciudad si semejante situación llegaba a establecerse. En cuanto a Cardno, bien podía imaginarme a nuestro antiguo presbítero soltando amarras del mundo desvariando sobre brujas y el juicio de Dios y la maldad a todo el que lo escuchara. Su sonrisa taimada y satisfecha se convertiría en una carcajada estridente y maniaca. No sabía cuánto viviría, cuánto sería tolerado fuera de la seguridad de los confines de nuestra ciudad, desterrado para correr riesgos con vagabundos y mendigos reincidentes. Desterrado con los semejantes de Lang Geordie.

—¿Y qué hay de Lang Geordie? —pregunté.

El alcalde me miró con curiosidad y repitió el nombre.

—El mendigo. Ese lisiado grande y con barba. Él es el cabecilla de todos los que viven en los chamizos del extremo lejano del burgo, cerca de Sandyhill Gate.

—Ya sé quién es —dijo Watt—. Pero, ¿qué tiene que ver el mendigo con el asunto?

Le hablé de la participación de Lang Geordie tal como había oído. La expresión del alcalde se hizo un poco más pensativa.

—No me había dado cuenta; no lo vi en la hoguera.

Me di cuenta de que yo tampoco lo había visto, pero no tenía sentido dudar de la verdad del relato del mozo del establo: reconocer a un hombre o a una mujer en la caldera del mercado la noche pasada habría sido difícil, y los mendigos eran sigilosos. El alcalde todavía estaba pensando, la cuestión del mendigo le estaba dando más problema de lo que debería. Movía la cabeza.

—Bien puede ser que estuviera acostumbrado a soliviantar a la muchedumbre, a añadir el miedo a la violencia a lo que quiera que el pastor y Cardno fermentaron con sus palabras, pero creo que él tuvo poca trascendencia en los acontecimientos de anoche. Podríamos multarle, pero ¿qué sentido tendría? No tiene nada con que pagar una multa si no se lo roba a otro. No tiene casa ni posición dentro del burgo de las que se le pueda privar. Por lo menos no hay nada en ninguna escritura. Y aún así desempeña un papel aquí, y por eso, aunque reparará los estragos que hizo en casa del doctor, no presionaré para que lo destierren —estaba claro que yo no lo entendía, pero continuó—: Lang Geordie, como usted mismo dice, es el líder de todas las criaturas holgazanas, despreciables, vagas y licenciosas de este burgo. Él sabe que él mismo y ellos están aquí por la tolerancia, y que, si llaman demasiado a menudo la atención de las autoridades, no seguirán siendo tolerados. Pues que se ocupen de sus asuntos de holgazanes con discreción, dentro de las normas que ellos y nosotros entendemos. Son proxenetas y ladrones, lo admito. Pero son nuestros proxenetas y nuestros ladrones, y harán mucho para proteger su posición y sus privilegios. No necesitamos temer la llegada de hordas de mendigos mientras Lang Geordie y su pandilla estén en la ciudad.

Vi entonces que había un equilibrio en cada cosa, vista o no vista, admitida y sin admitir, de la vida diaria del burgo, que había un lugar para las cosas que en apariencia no lo tenían. Todavía no estaba satisfecho, pero no le conté más de Lang Geordie a Walter Watt.

Estábamos en la misma sala de casa del alcalde donde había reposado brevemente el cadáver de Patrick Davidson hacía justo seis días. Entonces era un lugar bastante sombrío, pero ahora era peor: un lugar muerto y vacío donde un hombre paseaba solitario.

—¿Cómo está su esposa? —le pregunté.

Había oído a Jaffray y también en la cocina de la señora Youngson, que Geleis Guild estaba desconsolada por la muerte de su amiga y ayudante, y que se temía que el trato que se había dado al cadáver de Marion Arbuthnott acabara con su cordura. A los niños ya los habían enviado a casa de la hermana del alcalde en Elgin por miedo a lo próximo que pudiesen ver u oír en nuestro burgo. Nadie podía adivinar cómo se habría tomado la joven mujer la participación de su hermano el pastor en todo lo que había pasado. Los ojos del alcalde estaban vacíos mientras me contestaba.

—Prácticamente no encuentra consuelo. Las cosas no deberían haber ido así para mi esposa —y, mientras hablaba, no podía evitar mirar el retrato en la pared. Me pregunté si no temería enviudar una segunda vez. En nombre de él y en el de ella, esperaba que no fuera así.

Pero, entonces, el hombre se convirtió en el alcalde y se hizo valer una vez más. —Y ahora, señor Seaton, vayamos al tema. ¿Vio usted a Straloch?

Le contesté que lo había visto y saqué la carta sellada de mi bolsillo. Él la cogió y caminó hacia la ventana del lado sur de la habitación, donde la luz del sol del final de la mañana empezaba a filtrarse a través del grueso cristal. Sus ojos se movieron veloces por la hoja. Antes de que alcanzaran el final, un aire de alivio recorrió su semblante y él asintió con la cabeza para sí.

—¿Ha leído usted esto, señor Seaton? —preguntó vivamente.

—No, alcalde, no lo he leído. La carta está dirigida a usted. Pero sí conozco lo esencial de la opinión de Straloch sobre el tema, y me alegro por ello.

Él me miró con cautela.

—¿Y confía usted en ese hombre?

Pensé en la conversación silenciosa en el comedor de Straloch después de que subiera por primera vez a mi dormitorio; pensé en el sonido de los jinetes que partían de noche, pero no deseaba más distracciones o recados para el alcalde.

—Confío en su palabra sobre esto, que si su sobrino hubiera sido un espía, él no habría sabido nada sobre ello antes de ver este mapa.

—Entonces, ¿aún piensa usted que mi sobrino era un traidor?

Le respondí tan honestamente como me atreví.

—Estoy bastante satisfecho con la respuesta de Straloch. Mi preocupación es ayudar a los vivos, no especular sobre los muertos.

Aunque, en verdad, aquello no era del todo honesto. Straloch no tenía conocimiento de los planes de ninguna invasión o del encargo a Patrick Davidson de aquellos mapas, pero yo había visto en sus ojos que él no estaba convencido de que no se hubiera hecho un encargo semejante. Bien podía él mismo haber cabalgado hacia el sur como me había dicho que haría, pero parecía igual de probable que sus jóvenes sirvientes hubieran cabalgado de noche, y con cierta urgencia, a Strathbogie y al marqués de Huntly. Yo no estaba preparado para descartar la posibilidad de la traición de Patrick Davidson con tanta facilidad como Walter Watt me habría hecho hacer. Si hubo traición, entonces hubo un motivo para el asesinato, y su descubrimiento acercaría la liberación de Charles Thom, porque ¿qué interés tenía él en traiciones y conjuras papistas? No me gustaba incidir en el tema en este lugar y compañía, y me alegré cuando el alcalde llevó la conversación a otro campo.

—Y ¿cumplió usted mi encargo privado?

—¿El de George Jamesone?

—El artista, sí. ¿Qué respuesta le dio?

Saqué de mi capa la segunda carta. No había fuego en la chimenea y el sitio estaba frío. El alcalde también llevaba puesta su ropa de abrigo. La carta de Jamesone, por lo que yo sabía, era más corta y no le había gustado tanto a Walter Watt.

—Veo que ahora está muy demandado entre los grandes, y no puede permitirse un momento para venir a nuestro humilde burgo. Bah, bien —añadió, arrugando la carta y arrojándola al hogar vacío—, quizá aún no es momento para pinturas, pero al final vendrá, y el retrato estará ahí, contando su historia, mucho después de que nos hayamos ido —se alejó de la ventana y se dirigió hacia la pequeña puerta de la parte de atrás de la habitación, que llevaba a la parte de atrás de la casa. Se volvió e hizo un gesto hacia la puerta principal, despidiéndome con brusquedad—. Ha cumplido usted su encargo bien y con discreción, señor Seaton. No se preocupe más del tema de mi sobrino. Que las autoridades competentes se ocupen de estos asuntos. Ahora tengo que quitarme esta peste a humo.

Me alegré al verme fuera y libre de más obligaciones con los que hacía poco que confiaban en mí. Cerré con fuerza la puerta de la sala vacía detrás de mí y salí a la luz del mediodía en la calle. Bajé por Water Path para volver a la escuela. Necesitaba descansar y pensar, y quizá incluso rezar antes de empezar mis tareas de la tarde. Por el rabillo del ojo, durante un breve y engañoso instante, creí vislumbrar una figura huidiza a través de la puerta en la muralla del castillo. De nuevo experimenté, esta vez con más fuerza, la sensación que me había rondado desde mi regreso a Banff la noche anterior, que me estaban vigilando.

CAPÍTULO DOCE

VUELTA A CASA

LA PLANTA BAJA DE LA PRISIÓN, QUE POR LO COMÚN SE DEdicaba al pago de tributos y al cobro de multas, estaba atestada hasta arriba de hombres armados y oficiales exhaustos con el aspecto de haber estado allí toda la noche. La pestilencia de las abarrotadas celdas de los pisos superiores superaba la capacidad de contención de puertas y paredes, y, combinado con el persistente olor del humo que se filtraba desde el exterior, creaba un miasma putrefacta que casi me abrumaba. No parecía que nadie estuviera al mando, así que pregunté a un guardia, y después a otro y después a otro; cuando por fin el cuarto me habló, no pude entender a la primera lo que decía. Pero después comprendí: media ciudad estaba encadenada y esposada en aquellas celdas, pero Charles Thom no estaba allí, se había ido. Charles se había ido de la prisión y nadie sabía decirme dónde estaba. «Fue trasladado. Por orden del corregidor. Se lo llevaron por la noche» era todo lo que el hombre sabía, me lo juró, y sus compañeros decían no saber más que él. Charles podía estar en los sótanos del palacio de lord de Banff, podía estar en el calabozo del castillo del *sheriff;* en ninguno me dejarían entrar ni contestarían a mis preguntas.

En el peor de los casos, yo esperaba que fuera el peor, estaría en la fortaleza Ogilvy de Inchdrewer, pero cabalgar hasta allí sería perder un tiempo del que no disponía. Un mensajero había partido aquella mañana, al amanecer, hacia Aberdeen a llamar al *sheriff* en persona para que juzgase en nuestro burgo. No tenía más opción que encontrar al corregidor Buchan.

Sabía que el corregidor vivía solo en los pisos de arriba de una humilde casa de vecinos, en un pasaje al oeste de High Shore. Nunca se había casado, y el cuidado de la casa que él se permitía, lo realizaba una vieja marchita y muda cuyo hijo se encargaba del alquiler de la casa. Nunca antes me había aventurado por allí. Nadie pasaba a ver al corregidor. Nadie lo visitaba. Era él quien visitaba a los burgueses de Banff. El pasaje era frío y oscuro, un lugar apropiado para que desde él William Buchan empezara la ronda de sus inspecciones nocturnas por nuestra ciudad. Puede que no siempre hubiera sido un lugar de semejantes presagios. Dos pares de iniciales y una fecha, 1572, estaban grabados en el dintel de encima de la puerta, una declaración de esperanza y fe. Golpeé fuerte la madera y las gallinas que picoteaban en el patio se dispersaron, cacareando por lo insólito de la intrusión. Fue la vieja quien vino a la puerta.

—Tengo que ver al corregidor con urgencia. No lo encuentro en la ciudad. ¿Dónde lo puedo buscar?

Me miró con ojos pálidos y húmedos y asintió dos veces antes de levantar un dedo huesudo hacia mí, para indicarme que esperara, supuse, y después cerró la puerta. Reapareció dos o tres minutos más tarde, abrió la puerta del todo y se retiró para dejarme pasar. Entonces señaló las escaleras y se volvió hacia su olla hirviente. Los olores mezclados de caldo de pescado y humo de turba me siguieron mientras subía a las habitaciones del corregidor. No había velas en la escalera y los escasos ventanucos de aquella casa a dos aguas ofrecían muy poca luz. Me abrí camino tanteando el granito de los muros de la escalera de caracol, y por fin llegué a una pequeña puerta abierta en el primer piso. Una luz tenue y titilante salía del hueco entre la puerta y su jamba, abrí la puerta despacio sin llamar. Sentado en una incómoda silla de madera, junto al pequeño fuego que resistía en el hogar, estaba el corregidor William Buchan. Frente a él, en una silla idéntica, y con una escudilla de caldo en la mano, estaba sentado Charles Thom.

—Esperaba que viniera antes, señor Seaton —había una pesadez y una seriedad en la voz del corregidor Buchan que la hacía casi monótona, sin su habitual deje de sospecha y acusación.

—He estado... ocupado —dije, mirando a Charles al hablarle al corregidor. No sé qué tipo de estampa les presenté, pues parecían mucho menos sorprendidos por mi llegada de lo que yo lo estaba por lo que me había encontrado. Me pareció que pasaba mucho tiempo antes de que el corregidor hablara de nuevo.

—Como puede ver, el maestro de música esta ahora aquí —indicó un banco junto a la pequeña mesa de pino que había contra la pared de un lado de la habitación—. ¿No quiere sentarse también, señor Seaton? —me senté sin decir una palabra y esperé, mirando aún a Charles, que se atrevió a lanzar una pequeña sonrisa y después bajó la mirada a sus pies. Estaba más flaco; los círculos alrededor de sus ojos castaños eran más grandes y oscuros que la última vez que lo había visto, hacía una semana, y en su piel había manchas, principio de llagas, que no estaban antes. Su cabello estaba limpio y cepillado y colgaba desenredado sobre sus hombros. Se había afeitado y llevaba una camisa blanca limpia y ropa de abrigo de lana basta, pero cálida, que yo no le conocía. No podían haber sido del corregidor, pues él era de constitución más enjuta que Charles.

Supuse que pertenecían al hijo de la casa. Aunque demacrado, Charles parecía en realidad en mejor estado de salud que el corregidor, que estaba enfermo de verdad. Su piel cetrina, habitualmente firme, parecía colgar de los huesos. Sus ojos tenían sombras oscuras en las órbitas, y su cuerpo se encorvaba y encogía por los arranques de tos. Me acordé de su caída del caballo la noche anterior y lo que Jaffray había dicho sobre su actividad incesante desde el descubrimiento del cuerpo de Patrick Davidson. Recordé también la afirmación del alcalde de que había estado de pie la mitad de la noche con el corregidor para poner cierto orden en los asuntos del burgo. El hombre que llevaron a casa del doctor la noche pasada tendría que haber ido a casa y dormir. Estaba claro que el corregidor no había hecho ninguna de las dos cosas. A diferencia de Charles, era evidente que él aún no se había lavado ni afeitado; yo lo veía en aquellas condiciones por vez primera, y el hedor del humo todavía perduraba a su alrededor, como pasaba con el alcalde.

Después de que me sentara, abrió la boca para volver a hablar, pero le sobrevino un ataque de tos que tardó unos momentos en remitir. Cuando se recuperó, alcanzó una taza de madera llena de agua y tomó un largo trago. No me gustó aquello. No me gustaba la voz que empezaba a susurrarme que debería sentir piedad por este hombre, este hombre enfermo, ese carcelero, inquisidor, espía.

—Me alegra ver que ha vuelto al burgo, señor Seaton. Después de todo, me preguntaba si habíamos hecho bien enviándole a Aberdeen en un momento así.

—¿Temía que me fugara? Corregidor, no tengo adonde ir.

—La ciudad de Aberdeen tiene bastantes peligros en sí, pero con todo lo que ha pasado en este burgo el último par de días, hay motivos para temer por todos los hombres —se inclinó un poco hacia mí y le dio otro ataque de tos, más breve—.

¿Tuvo algún problema en Aberdeen? —me acordé de Mary Dawson y su miedo a ser perseguida por hombres enviados desde Banff, su terror porque yo fuese uno de ellos. Puede que yo también hubiese sido vigilado en Aberdeen.

—No tuve ningún problema allí —dije.

—¿Y en cuanto a los otros asuntos?

—¿Quiere decir lo de Straloch?

Miró un segundo a Charles, pero evidentemente juzgó que Charles tendría menos interés, y quizá menos oportunidad, que cualquier hombre de Banff en difundir rumores sobre invasiones extranjeras y conjuras papistas. No me hizo callar.

—Sí, lo de Straloch. ¿Qué otro asunto tenía?

Decidí no contarle nada de mi visita a George Jamesone a petición del alcalde.

—Ninguno —dije.

Él quedó satisfecho.

—¿Qué dijo el lord de nuestro tema?

Me miraba con avidez, como si hubiera una respuesta en conreto que estuviera ansioso por recibir de mí.

—Dijo que no sabía de tal conjura, de ningún encargo cartográfico. Lo consideró un trabajo bien ejecutado. El alcalde tiene su carta —quedó de manifiesto que esta respuesta no le satisfizo, pero yo no tenía intención de perder más tiempo en el asunto de los mapas. Mi amigo, acusado de asesinato, estaba sentado ante mí, limpio y afeitado en la casa del corregidor y con la ropa de otro hombre. Ahora me preocupaban poco las conjuras y los mapas—. ¿Cómo es que estás aquí, Charles? —pregunté.

Él miró al corregidor, que le miraba a él fijamente.

—La última noche, a eso de las diez, me trajeron de prisión a esta casa bajo custodia del corregidor Buchan y el notario, Thomas Stewart. Me han dicho que me trajeron aquí porque temían por mi vida, temían que tuviera el mismo destino que Marion —su voz sonó inexpresiva, y decayó en la última palabra.

Miré al corregidor, pero él le estaba hablando directamente a Charles.

—La última noche se cometieron actos atroces y bárbaros en esta ciudad. Muchos de los culpables fueron llevados a la prisión. ¿Quién sabe hasta dónde habrían llegado los propagadores de la caza de brujas? Quemaron el cuerpo desnudo de una chica muerta. ¿Qué le habrían hecho a alguien vivo y encerrado con ellos? La tomaron por una bruja y tú habías tenido trato con ella. A ti te tenían por responsable de la muerte de un visitante ajeno a nuestra ciudad. Necesitaban menos, mucho menos, para alimentar su frenesí. Te habrían arrancado los miembros del cuerpo por la mañana. Sus ansias aún no se habían saciado.

Yo había visto a la muchedumbre la noche pasada. No discutí el argumento del corregidor.

—¿Y por qué aquí?

El corregidor se levantó y el ataque de tos le acometió de nuevo. Se sujetó en el brazo de su silla y recompuso su dignidad habitual.

—Porque no hay ningún otro sitio, señor Seaton. Cada prisión de Banff está llena, llena hasta los topes, y en cada una de ellas hay alguno de ellos que con gusto tendría al maestro de música como próxima víctima. Ningún otro sitio era seguro, y no quedaban guardias de sobra, así que me he convertido en guardia. El hijo de mi casera, que vigiló a Charles Thom por la noche, tenía que salir hoy por su trabajo legal. No soy más que un hombre, y debo descansar y cumplir con mis devociones si quiero ser apto para hacer aquí el trabajo del señor como debe hacerse. Así que recé para que usted viniera, y ha venido. Le pido una hora y media. Una hora y media para poder quitarme el olor de ese trabajo demoníaco de anoche, y descansar, y rogar a Dios que me guíe. Le pido que durante una hora y media vigile bien a su amigo, señor Seaton. ¿Tengo su palabra de que lo hará?

Me quedé estupefacto y no pude pensar en otra respuesta que no fuera que sí. Un leve brillo de alivio pasó por el rostro del corregidor y se fue hacia la pequeña puerta a la izquierda de la habitación, a la cámara en la que supuse que dormiría ese par de horas que consentía en dormir. Se detuvo ante la puerta y se dio la vuelta.

—Aconseje a su amigo que haga caso de todo lo que le he dicho, señor Seaton. Ahora nada puede hacer por la muerta, pero debe decir la verdad por los vivos; tiene que decirme lo que sabe. Aconséjele, señor Seaton.

Cogió una Biblia muy desgastada del estante al lado de la puerta y, sin más palabras, entró en su cámara dejándome con mi prisionero. Así que aquí estábamos Charles y yo, en el hogar de William Buchan. ¿Cuántas veces, cuántas noches nos habíamos entretenido con historias del corregidor, de su omnipresencia y omnisciencia? ¿Cuántas historias nos había contado Jaffray sobre las cercanas huidas de algunos de nuestros más valiosos ciudadanos, por rutas y medios la mayoría indignos, del castigo del corregidor que se acercaba? ¿Cuántas veces habíamos caído nosotros mismos bajo la mirada reprochadora del corregidor durante sus controles nocturnos de las posadas y tabernas de Banff para que no sirvieran vino o cerveza a ningún aprendiz, o criado, o borracho de mala fama? Muchas veces, demasiadas veces. Pero aquí estábamos junto a su fuego mientras él se lavaba, y rezaba, y dormía en la puerta de al lado. Fue Charles el primero en romper el silencio, con sus ojos arrugados en la sonrisa familiar, la sonrisa reservada solo a los amigos.

—Puede ser que hayamos ascendido en el mundo, Alexander, pues somos invitados en esta casa.

Me levanté y ocupé el asiento frente a él, el que acababa de dejar vacío el corregidor. Me incliné un poco hacia delante, bajé la voz.

—¿Tú crees que somos invitados, Charles, o somos los dos prisioneros? Creo que al corregidor le gustaría tenerme también donde pudiera echarme un vistazo.

Él rio.

—Bien puede ser que tengas razón. Estuvo muy agitado por tu ausencia en Aberdeen. No solo a mí, también a Gilbert Grant lo acosó en busca de información sobre tus planes allí: que cuáles eran tus asuntos, que dónde te alojarías, que a quién era probable que visitaras. Todo esto me lo contó Jaffray.

—Me contó que le dejaron entrar a verte.

Charles miró hacia el suelo.

—Sí, una sola vez. Pero yo no lo habría hecho; no le habría dejado verme en aquel lugar. Era suficiente saber que pensaba en mí: lo hubiera sabido sin todas las cestas que me envió. No le habría dejado verme allí.

Había un fuerte sentimiento de fracaso, de haber decepcionado, en su voz. Él no necesitaba cargar también con ese peso.

—Charles, él ha visto y sufrido mucho en esta vida. Tiene pocas ilusiones sobre lo que el destino puede hacer a quienes no lo merecen. Nada le habría detenido —le dije—. Los que tenían la autoridad le cerraron la puerta tanto como pudieron, pero seguro que no esperarías que él descansara hasta después de verte, ¿verdad? Aún no ha descansado. No descansará hasta que te vea libre y que se ha hecho justicia —dudé, inseguro de la forma de explicar mejor lo que había que decir—. Cualquiera que sea la justicia que se puede hacer ahora.

Charles dejó su escudilla vacía sobre la chimenea, y removió las cenizas con el dedo un momento.

—¿Qué justicia se puede hacer? ¿Cómo se podría hacer justicia en esta vida a Patrick Davidson o a Marion?

Dejó de remover y se recostó en la silla con la cabeza hacia atrás, sus ojos cerrados con fuerza. Cuando al fin los obrió, pude ver que estaban llenos de lágrimas silenciosas. No tenía nada con lo que animarle y él tenía razón: no había justicia; solo podría haber castigo. Pero Charles no era hombre con gusto por el castigo, y solo le volvería más la espalda a las formas de este mundo bárbaro. Tenía poco sentido disimular ante él. Hablar sin rodeos nos llevaría más lejos.

—¿Crees que ha terminado, Charles?

—¿Que ha terminado qué?

—La matanza —dije yo.

Se retiró el cabello de la frente con un gesto que yo conocía bien.

—¿La matanza o la muerte? No lo sé. Patrick fue asesinado, creo que eso nadie lo duda. Pero —respiró profundamente y tragó con esfuerzo—, Marion... me dijeron que se mató ella misma.

Pensé en el revuelo de la pasada noche. Seguro que Jaffray se lo había contado a alguien, a alguna autoridad que no fuera solo yo. Bajé todavía más la voz, consciente como era, incluso, de la respiración del corregidor al otra lado de la puerta.

—Charles, ¿no te lo ha contado nadie? Marion no se mató ella misma, Jaffray es inflexible en eso. Jura ante Dios que la mató la misma mano, y de la misma forma, que a Patrick Davidson.

El rostro de Charles perdió el color que tenía. Sus dedos agarraron los invisibles grilletes de sus muñecas.

—Entonces la matanza no ha acabado —dijo después de un rato.

Lo miré fijamente, buscando algún parpadeo, cualquier señal que me dijera algo.

—Charles, ¿tiene razón el corregidor? ¿Sabes algo?

Él se mordió el labio inferior y movió su cabeza despacio.

—No sé nada, Alexander, nada. Ojalá supiera algo. Desde la muerte de Marion, el corregidor ha estado encima de mí noche y día, como antes estuvo encima de Marion, para que le contara solo Dios sabe qué, porque yo no, y ella tampoco lo sabría. Ni siquiera sé qué tipo de información busca. Es como un perro acechando una madriguera en la que solo hay una vía de escape para la liebre. No se detendrá, Alexander. Espera una palabra, un nombre, la confesión de una idea, un descubrimiento, incluso una promesa, y yo no puedo decirle nada —apartó la mirada hacia las moribundas brasas del precario fuego—. Es como si él supiera muy bien qué es lo que busca, pero debe encontrar a otro para que se lo diga.

Ahora un pensamiento iba tomando más forma en mi mente, un pensamiento que llevaba ya varios días definiéndose.

—¿Crees que es posible que lo que el corregidor busca establecer no es lo que tú sabes, sino que lo sabes? Recuerda lo que me contaste sobre el comportamiento de Marion la noche que buscasteis juntos a Patrick Davidson: tenía casi tanto interés en que nadie supiera que había confiado en ti como lo tenía por encontrar a Davidson. Temía tanto por ti mismo como por él. Era consciente de que la mera sospecha de que tú sabías en qué andaba Davidson pondría tu vida en peligro. ¿Quién puede decir ahora que se equivocaba? Ella misma pagó el precio —ahora estaba hablando en un susurro apremiante, y pude ver, por la cara de Charles, que no había perdido mi línea de razonamiento—. Tú dices, y también se lo he oído a Jaffray, que el corregidor raras veces dejaba de interrogarla, y ahora, desde que ella murió, él te ha tomado a su cargo —la frialdad que sentí tenía poco que ver con la habitación desnuda y sombría en la que estábamos sentados—. Charles, tienes que seguir haciéndote el ignorante, tienes que seguir aferrándote a que no sabes nada.

Me miró con los ojos exhaustos, con el alma exhausta.

—Eso no será un gran triunfo ni un gran logro, porque, Alexander, en realidad no sé nada. Si tú no me crees, ¿cómo podría convencer al corregidor? Pues Marion no me confió nada más que su certeza del mismo peligro. De haber sido de otro modo ya se lo habría contado a él. Yo no tengo tu determinación.

Hizo su último comentario con calma, y creo que, cosa sorprendente, dirigido a nosotros dos.

—Y no tengo tu humanidad.

Pensé en Marion Arbuthnott, en la chica que siempre había sido distante, indiferente, independiente, hasta que Charles fue capaz de arrancarle algo del calor de la amistad. Me pregunté otra vez a dónde podría haber llevado aquello de no haber llegado Patrick Davidson tan de repente, y con él la primera experiencia del amor. Pero la de Charles y ella no habría sido una unión feliz; ninguno de los dos habría estado contento si alguna vez uno de ellos encontrara el amor.

Charles rompió el silencio.

—Cualquiera que fuese la carga que llevaba Marion tras la muerte de Patrick Davidson, la llevaba ella sola. Yo no pude ayudarle, pues nunca me permitieron verla después de que lo encontraran a él, y no creo que ella intentase siquiera ir a la prisión a verme.

—Para entonces estaba perdida en sí misma, Charles. Nadie podía llegar a ella excepto los críos, los niños de Geleis

Guild, porque ella no quería otro contacto humano, y creo que tampoco consuelo.

—Pero, eso es, por supuesto —Charles estaba pensando, dándole vueltas a algo en su mente. Después, al parecer, se decidió—. Hay alguien en quien puede que ella confiara. Desde luego, no en el corregidor, porque ella le tenía miedo. No, pero sí en Geleis Guild. Creo que puede que lo hiciera, porque ella, la esposa del alcalde, vino una vez a verme a la prisión; los guardias no se atrevieron a impedirle el paso. Fue hace tres días. Recuerdo que también ella andaba ojo avizor, ansiosa por evadir la vigilancia del corregidor.

—¿Por qué fue a verte?

Charles estuvo a punto de hablar y entonces se detuvo. Me miró con el ceño un poco fruncido.

—No lo sé —dijo—. En aquel momento yo estaba tan alegre de ver un rostro amable que ni me lo pregunté —de nuevo pensaba—. Me dijo que no daba crédito a la idea de que yo pudiera haber matado a Patrick o a nadie. Habló de sus ansias de ver a Marion otra vez, a solas, porque eran compañeras, y ella sabía lo duras que serían todas estas cosas para ella. Creo de verdad que Marion era su única amiga. Estaba ansiosa por verla, pero nunca podía escapar a los ojos vigilantes del corregidor, menos aún eludirlos en la puerta de la casa del boticario. Por Dios espero que ella no consiguiera ver a Marion, o ahora estaría en peligro.

—Yo tendría poco temor por eso. Creo que la mente del alcalde, aunque ocupada por tanto desorden en el burgo, está decidida a proteger a su esposa de cualquier cosa que aún esté por venir.

—Entonces creo que es un hombre sabio —dijo Charles con tranquilidad—. De todas formas, ¿le preguntarás a Jaffray sobre esto?

—Lo haré —le prometí. Charles estaba muy cansado y parecía a punto de dormirse. No lo pondría a prueba ni le interrogaría más. Mientras sus ojos parpadeaban y luego se cerraban, me moví despacio en mi silla. Nunca me había interesado por la casa del corregidor, nunca lo había considerado como una persona privada, pues para él la vida del individuo era siempre cosa pecaminosa e impía, una ofensa a Dios y una traición a la comunidad. Poco consuelo había en aquel cuarto, y sospeché que habría poco más en la pequeña cámara que salía de él, a la que había ido a lavarse y donde ahora dormía. William Buchan era un mercader que desarrollaba un comercio estable; debía de haber sido hombre de cierta riqueza, aunque aquí había pocas (si es que había alguna) señales de ello. No había tapices en las paredes, como los que incluso se podían encontrar ahora en las casas de algunos de los más ricos mercaderes de Banff, solo una simple tela bordada sobre la puerta de la cámara de corregidor. Cada esquina estaba adornada con un pequeño símbolo de las estaciones del año: un cordero, un anciano, una manzana rojiza, una ramita de acebo; pero eran las palabras del centro lo que atraía la atención. Supe, sin mirar la cuidada leyenda de debajo, que se habían tomado de la primera carta de Pablo a los corintios; era un verso sobre el que yo mismo había reflexionado con frecuencia.

Quisiera, pues, que estuvieseis sin congoja. El que no está casado cuida de las cosas que pertenecen al Señor, de cómo puede agradar al Señor.

En la esquina del final, en letra pequeña, estaban las iniciales *MB* y la fecha de *1610*. En mi vida había visto muchos versículos de la Biblia presentados en hilo y tela, pero nunca había visto uno parecido a aquel. ¿Era aquello entonces lo que guiaba al corregidor, lo que yacía en el corazón de su inhumanidad? ¿Era aquello lo que su madre le había inculcado para que siguiera este recorrido de frialdad hacia sus semejantes como una supuesta búsqueda de la devoción? No podía pensar en nadie más que pudiera haber hecho eso.

La habitación en sí apenas estaba menos desnuda que sus paredes. Los únicos muebles eran dos sillas duras de madera en las que Charles Thom y yo estábamos sentados y la mesa y el banco a un lado de la habitación. Un baúl con un fuerte candado, que guardaría los papeles de sus asuntos, supuse, estaba bajo el único ventanuco. No había alfombra ni esterilla en el rozado suelo de madera, ni ningún adorno de ningún tipo: las escudillas y la vajilla que había, eran también de madera, trabajo local, sin pulido ni pintura. Un estante bajo para libros estaba apoyado en la pared, y fue a eso a lo que presté atención. De allí había sido de donde Buchan había tomado su Biblia al irse a descansar, aunque quedaba otra Biblia. La cogí del estante y la abrí. Escritas en su interior con mano débil e insegura, estaban las palabras: «A William, camina siempre con temor al Señor y con la certeza del amor de tu madre, Isabella Farquhar. 1596». El corregidor tendría apenas diez años cuando su madre le había dado aquella Biblia. Pero, aún más, me di cuenta de que quienquiera que hubiese bordado aquellas palabras que le habían condenado a una vida de árida soledad, no había sido su madre. No era aquel el lugar para centrar mi mente en aquel misterio, y en su lugar retomé mi examen de la pequeña biblioteca del corregidor. Las otras obras de la estantería eran, con mucho, como había sospechado. Los Salmos, algunos tratados y panfletos contra los católicos, los jesuitas, el gobierno de los obispos y los peligros de asumir el libre albedrío, todos en lengua vernácula. Todo como yo habría esperado, todo menos una cosa. Porque William Buchan tenía también una edición de las obras poéticas de Craig, idéntica a la que había comprado yo para Charles hacía tan poco en Aberdeen, aunque su copia estaba bien manoseada, bien usada, era evidente que de leerla a menudo.

No era aquel un hombre a quien yo hubiera pensado que le gustara la poesía. Mientras me preguntaba por esto, mi pie tropezó con otro baúl, alargado y pequeño, bajo la estantería. En este no había candado. Me incliné y abrí la tapa tan silenciosamente como pude. Dentro, atados juntos, había pequeños cuadernos de ejercicio como los que yo permitiría tener a los mejores alumnos, como diarios o cuadernos corrientes. Desaté con cuidado el montón de arriba y cogí el primero. Delante aparecía escrito, de la pequeña y firme mano del corregidor, «Sermones, marzo 1624-junio 1625», y dentro había notas y meditaciones sobre cada sermón que había oído en aquellos quince meses. Toda la pila de cuadernos debajo de aquel iba atrás año tras año, mes tras mes, hasta un punto tan en el pasado como mi infancia, y más allá.

La vida de un hombre estaba en aquellos cuadernos, y yo habría dado mucho por la libertad de examinarlos, pero era demasiado consciente de la respiración tranquila y áspera que venía justo del otro lado de la puerta. Sin embargo, no pude evitar abrir el cuaderno de ejercicio más reciente. El corregidor había asistido al sermón en Banff, pero también había viajado alrededor del Presbiterio. Había encontrado mucho que alabar, muchas palabras sabias sobre las que meditar y por las que agradecer al Señor, pero había encontrado más cosas que censurar. Relajación de la disciplina, ignorancia del verdadero sentido de las escrituras, errores en las interpretaciones del plan de Dios. Pero, por encima de todo, había casi furia, furia por la ignorancia, la incompetencia y la hipocresía del reverendo Guild. En nada de lo que él decía sobre la predicación de Guild habría estado yo en desacuerdo. Entonces me golpeó un pensamiento. Pasé hacia atrás las páginas y allí estaba: «Veintidós de junio, año del Señor de mil seiscientos veinticinco. El señor Alexander Seaton, ayudante del maestro en la escuela secundaria de Banff, expectante por el sacerdocio. En Boyndie Kirk».

Sí: él había estado allí. Mientras yo subía al púlpito y miraba a mi última congregación, había visto al corregidor William Buchan, que me miraba con una peculiar intensidad. Sentí que, sin motivo, mi respiración se hacía más pesada y mi mano temblaba un poco mientras mis ojos recorrían la primera línea; después, la segunda; y, después, la tercera. Al principio casi no podía entender lo que leía, no podía asimilar ni encontrar un sentido a las palabras, y tenía que volver otra vez sobre ellas hasta estar seguro de lo que decían. Mi corazón latía acelerado y yo seguía leyendo, incrédulo, hasta que de la nada, llegó un ruido horrible de martilleo, como para despertar a los muertos. Apenas tuve tiempo de cerrar el cuaderno y arrojarlo de vuelta a la pila de arriba del baúl antes de que el corregidor saliera tambaleándose de su cámara, despeinado por la siesta. Cogió su capa de detrás de la puerta y salió dando tumbos hacia las escaleras. A toda prisa cerré la tapa del baúl y me acerqué a Charles, que también se estaba despertando; estaba preparado para defenderlo si hacía falta.

Hubo cierta conmoción abajo mientras la visita se esforzaba en hacerse entender por la vieja, y después para pasar a su lado hacia el corregidor. Debería haberme relajado, pero mi corazón latía más deprisa y mi respiración se hizo más profunda. No podían ser buenas noticias lo que le traía a este lugar, ahora y de esa forma. Hubo gritos, gritos insistentes, y el corregidor intentaba mantener la calma, imponer su autoridad. Por fin se hizo entender, y oí a los hombres subir las escaleras. Charles intentó levantarse, pero su temporada en la prisión le había debilitado mucho y estaba lejos de su fuerza habitual. No fue el corregidor el primero en cruzar la puerta, sino el doctor James Jaffray.

—Alexander —dijo, sin comprender que yo estuviera allí, y después su rostro cambió y su cuerpo se relajó visiblemente al ver a Charles detrás de mí. Dio un paso hacia nosotros—. Oh, mi muchacho, mi querido muchacho —el corregidor le acercó una silla y Charles se arrodilló a sus pies, y cogió sus manos. William Buchan, poco acostumbrado como debía de estar a tales muestras de sentimiento humano, volvió a su cámara y, sin cerrar la puerta del todo, empezó a arreglarse. Le serví un poco de agua al doctor de la jarra que había sobre la mesa.

—Beba esto, James, le tranquilizará.

Él se frotó los ojos con las manos y, mientras el sobresalto de su pecho se calmaba, cogió el vaso que yo le daba y bebió. Cuando su viejo amigo se recuperó, Charles se permitió una sonrisa.

—Bueno, doctor, ¿habrá sido un marido airado, o un acreedor desesperado el que le ha perseguido hasta casa del corregidor con semejante prisa?

El doctor sonrió también y dejó el vaso.

—No, solo dos tipos chalados que no están seguros vagando solos por las calles —movió su cabeza con fingido desánimo—. No tengo más que hacer que buscaros una esposa para que os vigile, porque he trabajado mucho para mantenerme ocupado con esto.

—¿Una sola mujer para los dos? —preguntó Charles.

—Sí, puede ser —replicó el doctor—, y eso con suerte.

Una tos cortante interrumpió sus simpáticas bromas.

—Quizá —dijo el corregidor—, deberíamos tratar el asunto que tenemos entre manos —Charles se levantó y yo me aparté para dejar pasar al corregidor—. El doctor me acaba de contar lo que creo que usted ya sabe, señor Seaton. Me ha contado que por sus pesquisas, y estaría dispuesto a jurar ante Dios y el hombre que es la verdad, Marion Arbuthnott no se suicidó, sino que murió a manos de la misma persona que mató a Patrick Davidson.

Asentí.

—Sí, el doctor me lo ha contado esta mañana.

—De lo que no se habrá dado cuenta —continuó el corregidor—, quizás porque no albergaría usted sospechas de su culpabilidad en primer lugar, es de que esto prueba, en la medida en que pueda ser probado, la inocencia del maestro de música tanto en el primer crimen como en el segundo.

Mi mirada pasó del corregidor a Jaffray, mientras la certeza solo empezaba a aparecer. Ninguno de nosotros había pensado en ello, porque ninguno de nosotros había creído ni por un minuto que Charles hubiera matado a Patrick Davidson. Había sido a solas, en la paz y la quietud de su pequeño cuarto trasero, al mirar por la ventana hacia el jardín de su esposa, cuando el doctor lo había visto por fin. Esta era la prueba que, ante la vista de otras, liberaría a Charles de la prisión y de la soga del verdugo. Charles se volvió a sentar y apoyó la cabeza en sus manos. El peso que había estado llevando aquellos últimos diez días dejaría su marca durante el tiempo que estaba por venir.

Al fin el doctor habló de nuevo.

—Dios no permita que ninguno de nosotros saque placer de algo semejante. La chica debería estar viva y respirando y trabajando aún en la tienda del boticario y cuidando a los hijos del alcalde, pero se ha ido, y no por su propia mano. Ya es demasiado tarde para que prevengamos esa injusticia, pero no otra. Entonces, ¿está usted seguro, Buchan, de que ahora el muchacho puede salir en libertad?

El corregidor asintió despacio. Su cara estaba impasible y no pude adivinar cuáles serían ahora sus pensamientos.

—Sí, doctor, puede salir en libertad. O, por lo menos, consentiré en ponerlo a su cuidado. Tengo la autoridad, aunque sin duda tendré que responder a muchas preguntas por esto ante el Consejo. Pero, escúcheme bien: vigile que no vagabundee solo por las calles o deja la ciudad. Ahora está menos seguro que cuando estaba en la prisión. Haga caso de mi consejo, doctor.

El doctor se levantó, ya recuperado del todo.

—Lo haré —y sin dirigirse más al corregidor, se volvió a Charles—: vamos, muchacho, nos vamos a casa.

Al bajar por la oscura escalera, el corregidor, desde su estrecha puerta, me habló.

—Y usted, señor Seaton, también debería tener cuidado de en qué se mete.

No contesté y pronto estuve contento de haber salido a la relativa luz del pasaje.

La llegada a casa del doctor fue algo muy distinto a nuestra salida de la del corregidor. Después del susto inicial, Ishbel revoloteó por la casa preparándolo todo. El mozo del establo fue enviado en un momento a reunir lo que fuera necesario de casa del boticario; lo demás podría conseguirse más tarde. No daba la sensación de que Charles fuese a volver nunca a su habitación del ático allí, ni, de hecho, por la actitud del doctor o de su doncella, que fuese a dejar alguna vez aquella casa. La satisfacción en el rostro del doctor y la afable turbación en el de Charles no eran nada comparadas con la determinación de la joven porque el maestro de música no sufriera ni un momento más hambre, sed, frío o incomodidad. Que yo era una imposición para ella me quedó muy claro, más para mi diversión que para mi dolor, y también para la de Jaffray. Los dejé prometiéndoles que volvería otra noche a cenar con ellos. Yo tenía otros asuntos que atender.

* * *

Había una cuesta empinada hasta los chamizos, recorriendo Low Street y subiendo Back Path, con sus casas recién construidas: los artesanos jóvenes y prósperos dejaban su marca en el mundo para que todos la vieran, grabando su amor en los dinteles de las puertas de sus nuevas casas. Mi padre me contó una vez, mientras pasábamos por delante de una puerta parecida, que él había querido hacer lo mismo cuando trajo a mi madre a casa desde Irlanda, para decirle al mundo que ella era de él y él de ella. Pero no había letras grabadas sobre nuestra puerta, dije yo. «No, hijo, tu madre pensó que no era correcto. No quería ser como las mujeres de los demás artesanos». Y quizá eso fuera el principio del desmoronamiento de su sueño, cuando ella empezó, quizá sin ser consciente, a castigarle poco a poco por su error. Giré a la izquierda donde Back Path se cruzaba con High Street, lugar en el que algunos artesanos más ricos planeaban sus casas, lejos del bullicio del mercado y de la ciudad, y me encaminé hacia Sandyhill Gate. El viento no me daba en la cara, como ocurría a menudo, y fue un paseo agradable. No tenía necesidad de darme prisa, Charles ya estaba fuera de la prisión, fuera del peligro de ser juzgado por el *sheriff*, y aquellos a los que buscaba no saldrían hasta que anocheciera. Tuve tiempo para descansar un momento donde el camino a Strathbogie rodeaba el pie de Gallowhill, para mirar mi ciudad de nacimiento. Al final de su viaje desde las montañas de Cairngorm, pasados los abundantes bosques de Deerpark y los fértiles campos que los rodeaban, las aguas claras del Deveron llegaban en línea recta como una flecha, como una flecha de elegante plata, al mar, donde se dispersaban para encontrarse con el mundo y con todas las opotunidades del norte, del oeste y del este. Bajo un cielo que era infinito, los grandes promontorios de Tarlair y Troup Head dominaban todo lo que pudiera venirnos desde el este, y miraban al norte y al oeste, donde el largo trecho dorado de los arenales nos invitaba al ocio. Y allí estaba enclavada nuestra ciudad, a orillas de la ribera oeste del río, estirándose hacia las obras del nuevo puerto en Guthrie's Haven.

Calles estrechas, tentáculos de la ciudad estirándose hacia el castillo, Caldhame, el camino de Boyndie y las Sandyhills, donde yo estaba ahora, se encontraban en el corazón de la ciudad. La iglesia y el mercado, la prisión y el palacio de lord de Banff, sus verdes jardines alargándose casi hasta los Greenbanks, donde los estudiantes juegan en estas inesperadas vacaciones. Las altas casas de ciudad de los mercaderes empujan las casas de vecinos repletas de gente más pobre, de artesanos menores, jornaleros, huéspedes. Ciñendo las calles, una red apretada y a veces serpenteante de pasajes y callejones, casas, talleres, patios traseros, encajados en un laberinto en el que solo los nativos podrían abrirse camino. Un laberinto que bordea jardines, rodea pozos, pasa junto a muros bajos de patios, pocilgas, establos, patios de cocinas, estercoleros. Así era Banff, un lugar tan bendecido por Dios en productos de la tierra y del mar, pero con el corazón podrido. Y en aquel corazón estaba yo. Una gran nube empezó a tapar el sol, y en un instante el aire refrescó. Me incorporé y aceleré el paso hacia Sandyhill Gate y los chamizos.

En realidad, no había casas, sino chozas medio caídas y sin ventanas, de madera, turba y techos de paja del tipo de las que el Consejo luchaba por prohibir en la ciudad por miedo a los incendios. Estaban a un buen trecho del camino, en la ladera de la colina por donde corría un pequeño regato entre serbales y zarzas. Nadie de la ciudad se aventuraba en los chamizos. La congregación de la Iglesia y el Consejo despotricaban a menudo contra ellas y sus habitantes, pero nunca las arrasaban, nunca las desalojaban. Llenas de mendigos, ladrones y prostitutas, el detritus de la pobreza que daba nombre a todos los temores de los buenos ciudadanos. El alclade me había contado por qué los toleraba: eran malas hierbas, malas hierbas que ya conocíamos y podíamos controlar, malas hierbas que prevenían que otros hierbajos invasivos vinieran y enraizaran. Malas hierbas que podían ser manejadas. Sí, pero también sospechaba que aquí arriba, fuera de la vista, los chamizos podían ser, en la mente de mis conciudadanos, un lugar donde todo el mal que había en su ciudad podría reposar, razón para que no mirasen la cara de sus vecinos ni sus propios corazones, y en su lugar lo viesen allí.

Según me acercaba al grupo de chozas, un trío de perros sarnosos y hambrientos vino hacia mí, gruñendo despacio. Un crío pequeño y mugriento, quizá una niña, vestido con harapos raídos, corrió hacia una de las casas desde el gallinero donde había estado recogiendo huevos. Enseguida salió un hombre joven, quizá su padre, con un palo largo en la mano. No lo conocía. No llamó a los perros.

—¿Qué quieres? —preguntó.

—He venido a ver a Lang Geordie —dije yo.

Sus sospechas eran ahora mayores.

—Lang Geordie no recibe a nadie. ¿Qué es lo que quieres?

—No es asunto tuyo —dije.

Mantuve mi rostro firme, pero mi corazón palpitaba y los perros lo sabían. Se acercaron más y más, y en cualquier momento, a una palabra del mendigo, se lanzarían a mi garganta.

Había salido más gente de las casas: otros dos o tres hombres jóvenes, una pandilla de niños sucios, una mujer joven con un bebé, otra mujer grande con un crío. Más o menos una docena de pares de ojos me miraba fijamente con fría hostilidad. El perro más cercano dejó escapar un largo gruñido y estaba a punto de saltar, cuando una voz baja y ronca, en alguna lengua, alguna jerga de vagabundos que no entendí, salió de la puerta de la choza principal. El perro se encogió con un lamento, como si le hubieran pegado, y se escabulló con sus compañeros. La reunión de gente en la entrada se separó y allí estaba, vigilándome, mientras se sujetaba con dos muletas, Lang Geordie.

El hombre debía de tener unos siete pies de altura, era casi un gigante. Tenía el pelo revuelto y la barba de un profeta del Antiguo Testamento. Las marcas a fuego de su mejilla, que lo señalaba como «mendigo reincidente», expulsado bajo pena de muerte de alguna otra ciudad, solo servía para inspirar mayor terror en aquellos que se encontraban con él. Me quedé allí, con el pecho aún agitado por el encuentro con los perros, y esperé.

—Pero si es el aprendiz del diablo —dijo por fin, con una ronca risotada. Sus seguidores también rieron, y parte de la hostilidad de sus ojos fue reemplazada por la predisposición a la burla, pero solo en algunos de ellos. Los jóvenes continuaron mirándome con un propósito claro y estudiado. —¿Qué quiere de mí? ¿Está aquí por las putas? En los caminos se cuenta que prefiere en su cama sirenas de más alta alcurnia —de nuevo una carcajada, más real esta vez, de los reunidos.

Así que había hecho de Katharine la comidilla de los mendigos y los ladrones de los caminos y las casuchas del norte. No era de extrañar que su amiga Isabella Irvine me despreciase. No respondí a la pulla.

—He venido a verte a ti.

Toda la jocosidad se había ido ahora de la cara de Lang Geordie. Estaba estudiándome con cuidado, sopesándome. Creo que entonces él ya tenía alguna idea de cuál era mi interés. Susurró algo en aquella jerga a su gente y ellos se dispersaron despacio a los lugares de los que habían salido, todos menos dos de los más jóvenes, que permanecieron de pie cerca de él, a los lados de la única puerta de la casucha. Lang Geordie les dio también algunas instrucciones, y después volvió a mirarme.

—Entonces entre, señor Seaton, entre.

Pasé con cuidado junto a los perros y entre los dos guardias, entré agachado, aunque no tanto como tenía que agacharse Lang Geordie. Una vez dentro, mis ojos apenas podían distinguir nada. La puerta se había cerrado detrás de mí y la única luz venía del agujero redondo para la salida del humo en medio del techo y del fuego. Cuando mis ojos se fueron acostumbrando a la penumbra, pude distinguir figuras, formas acurrucadas en varias partes de la única habitación alargada que constituía toda la vivienda. Una mujer joven removía una olla de algo (una especie de caldo de algas) sobre el fuego; una mujer mayor cantaba, tosiendo mientras lo hacía, en una lengua extraña a un bebé con pañales sucios; dos chicos pequeños escarbaban en un rincón buscando algo, un ratón o una rata. En un camastro en la otra punta de la habitación, yacía otra mujer que también tosía. El suelo era de tierra apisonada y yo no sabía lo que me iba a encontrar al poner un pie delante del otro. La pestilencia y la miseria estaban más allá de mi experiencia: ni siquiera las celdas de la prisión podrían compararse con aquello, donde vivía gente. Lang Geordie ordenó a la mujer que se levantara del camastro, único mueble de toda la vivienda, y mientras él se sentaba allí mismo, vi que ella no era una mujer, sino poco más que una niña, de catorce años quizá. Llevaba un vestido andrajoso que yo sabía que había visto antes, demasiado ancho en el pecho y las caderas. Un vestido de prostituta: el vestido de Mary Dawson. El vagabundo jefe me vio mirar a la chica.

—Puede tenerla por un precio después de que despachemos nuestro asunto —dijo, muy firme sin ninguna insinuación.

—Yo no voy con niñas —dije yo.

—Ya no es una niña —dijo la mujer de la olla con amargura. Geordie le bufó algún reproche y ella no dijo nada más.

Los dos centinelas estaban ahora dentro de la casucha, montando aún guardia en la puerta. Bajé la voz porque yo solo tenía asuntos con Geordie, y era un asunto que él no querría que se supiese entre su seguidores. Mantuve la voz baja.

—Tengo dinero —dije—, pero no es para putas, sino para información.

Él seguía sopesándome, esperando a ver cuál era la oferta y en qué términos. Había jugado este juego antes y esperaría lo que fuera necesario. No había nada más que ir directo a la cuestión.

—¿Quién te pagó anoche? —pregunté.

Siguió mirándome fijamente con sus ojos de profeta.

—¿Anoche? Bien, ¿qué puede haber pasado anoche?

—Soliviantaste a la muchedumbre, a los cazadores de brujas. Los llevaste a la puerta de la casa del doctor, para que echaran mano del cuerpo de esa pobre chica asesinada.

Él siguió mirándome de la misma manera, un poco orgulloso de sí mismo.

—¿Yo? Yo no solivianté a esa gente, señor Seaton. Su devoto pastor y el presbítero manejaron bien todo aquello, no tuvieron necesidad de un pobre mendigo.

Tendió sus manos con modestia, y sonrió, casi con encanto, mientras lo decía. Con gusto le hubiera partido hasta el último diente de su boca.

—Tú los dirigiste —dije yo—. Fuiste tú quien cruzó la puerta de la casa de un hombre honrado cuando te estaba prohibido, tú golpeaste hasta tirar al mozo del establo. Fuiste el cabecilla de la bestia. Tú con tus muletas... todo el camino hasta la ciudad. Debió de ser un gran esfuerzo para ti. ¿Me vas a decir que no lo hiciste por un beneficio? ¿Por qué más lo habrías hecho? ¿Desde cuándo te preocupan las brujas?

La diversión y la alegría se esfumaron ahora de su cara. El aspecto de profeta también desapareció. Sus ojos eran de piedra, su voz, un quedo rugido.

—Desde que vi arder a mi madre —estaba recordando algún lugar de su pasado—. Una gallina que deja de poner, un niño que se pone enfermo, el agua de un arroyo que se estropea. Mi madre había llamado a aquella casa antes, dos veces, desesperada en busca de ayuda para alimentar a sus críos: no le dieron nada —se calló, y casi hubo silencio en la vivienda. Incluso los niños del rincón parecían haber detenido su juego—. Fue hace treinta años y aún puedo oír sus gritos.

De pronto se puso en pie, altísimo y frío en su rabia.

—Así que esa es mi preocupación con las brujas, señor Seaton. Ellos empezaron a hablar de brujas en la ciudad: la tormenta, el hundimiento de los barcos de pesca, el envenenamiento. ¿Y contra quiénes cree que se hubieran dirigido primero los buenos burgueses de Banff? ¡Fui a por ellos antes de que ellos vinieran a por nosotros!

Le sobrevino un ataque de tos y la mujer del fuego le trajo un cazo de agua. Lo calmó y le hizo sentarse otra vez en la cama. El gesto que pude ver en ella mientras volvía a su olla era de miedo encubierto. La respiración de él se calmó y dejó caer su muleta, con la que pensaba que iba a golpearme.

—Y aquella chica ya estaba muerta. ¿Qué importaba? ¿No somos todos polvo? No le haría daño, y ellos tendrían un cadáver para saciar sus pasiones, en vez de un hombre o una mujer vivos. Ahora, salga de mi casa, y no me haga verlo más por aquí, a menos que sea para quedarse —añadió amenazante.

Poco más podía yo hacer. Le creí a medias. Él supo, de eso estaba seguro, que yo había subido hasta allí por el tema de los asesinatos, pero no esperaba que le preguntase sobre la caza de brujas. Así que, ¿qué había pasado? Dijo algo a los dos guardianes. Uno abrió la puerta y, echándome un vistazo cargado de amenaza, me indicó la salida con un gesto brusco de su cabeza. El otro se acercó y se agachó hacia Lang Geordie, que le murmuró algo en su jerga. Sin embargo capté las últimas palabras: Mary Dawson. El hombre me agarró por el cuello y me empujó a través de la oscuridad hasta la puerta. Antes de llegar allí, me paré y me di la vuelta.

—Una cosa más —dije—. Cuando llegué, me llamaste «el aprendiz del diablo». ¿Qué querías decir con eso?

La burla resonaba de nuevo en su voz.

—Porque he visto a otros como usted antes. Los que se esfuerzan, los que tienen una gran meta a la vista. Y según se aproximan, cuando están a punto de tocarla, hacen que se la arrebaten por alguna locura suya. Cuanto más alta es su aspiración, cuanto más cerca han llegado, peor es su caída. Se reconcomen con amargura y resentimiento, y después harán mucho, muchísimo, por saciarse. Pero es peor cuanto más hacen, y es entonces cuando están maduros, bien maduros, para su gran caída. El diablo le ha marcado, señor Seaton: será usted uno de los suyos.

Escupió y comenzó a reír. Sentí que enfermaría si no salía de aquel aire fétido a la luz.

Fuera, los perros me esperaban gruñendo. Evité sus ojos. Alguien me cogió del hombro mientras daba un paso adelante.

—Estuviste en Aberdeen, Seaton. ¿Mary Dawson está allí?

—No —repliqué con convicción—, no está allí.

Así que era eso: él pensaba que yo había ido a interrogarle sobre el aviso a las Dawson para que se fueran, o que sabía algo de lo que ellas sabían. Por fin alcancé aliviado el camino que llevaba de vuelta a la ciudad desde Sandyhill Gate. Los perros me habían seguido cuesta abajo desde el poblado, y se pararon a veinte yardas del camino. Pude sentir que me vigilaban hasta que el camino se salió de su vista. Yo no miré atrás. Me alegré de estar de vuelta en la escuela, y, por la ausencia de mis obligaciones de maestro, del par de horas que tuve para mí, para poner orden en mis pensamientos, hasta que tuviese que aparecer por la puerta de casa del doctor.

* * *

Fue agradable caminar hasta casa de Jaffray. Al fin el aire traía un poco de tibieza, y las tardes iban haciéndose más luminosas: el cielo sobre la ría hasta las montañas de Sutherland era de un suave rosa dorado. La tormenta de la noche del lunes pasado y los horrores que la acompañaron casi podrían ser un recuerdo distante, propio de la agonía final del invierno, de no haber dejado su amarga herencia en todos los sitios hacia los que me volvía. Había caminado con frecuencia a casa de Jaffray en tardes como esa, pero con un ánimo diferente. En estos tiempos, me invadía una temeridad defensiva. Se sabía que yo había caído, que estaba maldito. Yo sabía o imaginaba que me juzgaban con cada mirada. Mi protección había sido una indiferencia fingida que rozaba en cierto modo el desprecio, pero nada más. La tormenta y sus desechos habían dejado desnuda esta ciudad; ningún aumento de la recogida y la limpieza restauraría este lugar a lo que había sido, y yo ya podía mirar a la cara a mis convecinos.

La tarde fue más tranquila que muchas de las que nosotros tres habíamos pasado juntos. Cada uno de nosotros tenía mucho sobre lo que reflexionar. Y había satisfacción en la casa del doctor. Sabía que el vacío que dejaba allí cuando cerraba la puerta tras de mí ya no existiría más. Charles, a menudo taciturno, era el más silencioso de todos, pero lo suyo era una satisfacción silenciosa y el asombro de un hombre que ha empezado a ver cosas que nunca vio antes. Ishbel entraba y salía de la sala con platos humeantes y vajillas. Arenque en escabeche y pan aún templado, una delicada empanada de conejo (el plato favorito de Charles), guisantes, alubias y verduras de cualquier manera que permitiese su conservación, una rica salsa que no debía poco a los contenidos de la bodega del doctor, un contundente flan de huevo con manzanas cocinado con todo tipo de especias dulces. El doctor declaró que estaría en bancarrota antes de que acabase la semana si cenaban así todas las noches. Ishbel se ruborizó de orgullo y Charles ofreció cantar en las calles para pagar a su manera.

Cuando se retiró la comida y se sacó el *uisge bheag,* nos levantamos y tomamos nuestros asientos de costumbre junto al fuego. Charles acercó sus pies y miró las llamas que bailaban despacio. Había mucho escrito en su cara y mucho que no lo estaba, que solo yo podía adivinar. No habría visto este hogar nunca más. No mencionamos a Marion ni los horrores de la última noche durante la comida, dominados por el entendimiento tácito de que no debíamos hablar de ello. Recordé el libro de poesía que le había comprado, con la intención de dárselo como una ayuda para sustentarlo durante su encarcelamiento, y se lo di entonces, junto al fuego. La siguiente media hora o más, mientras el doctor y yo hablábamos de las noticias de Aberdeen, de las eminencias, las universidades, las enseñanzas de las iglesias de allí, Charles se perdió en el libro. Sus labios se movían en silencio mientras nosotros hablábamos, y no oía nada de nuestra charla. Al final empezó a tararear partes de una melodía, y le pidió al doctor un poco de papel.

—Tocaré esto antes de que acabe la semana, lo tocaré para todos vosotros —y tarareó y meditó para sí mismo según garabateaba en el papel. Los fragmentos de la canción que se le escapaban cada vez con más frecuencia, se abrieron camino en mi mente, hasta que casi habría podido cantarlos yo también. Me recordaban algo. Cuando Ishbel entró llevando una cesta con carbones encendidos para el fuego, interrumpí mi charla con el doctor y le hablé a ella de mi encuentro con Sarah Forbes y dónde estaba ella ahora. Ishbel cerró los ojos y murmuró una oración en su lengua: «La piedad de Dios está con ella. Y su gracia con usted, señor Seaton». Cuando se fue, vi que Jaffray me observaba con curiosidad.

—¿Conocías a la chica cuando estaba en el burgo? —preguntó.

Medité la pregunta, y no por primera vez.

—Creo que no. Bueno. Es decir, sé que no asociaba su rostro con su nombre, y no creo que habláramos nunca. No puedo decir que no la viera nunca. La conocía de oídas y sabía por alguna de vuestras charlas que era amiga de Ishbel.

Jaffray siguió observándome, encargándose mientras lo hacía, de algo que tenía pegado en los dientes.

—Fue algo bueno lo que hiciste, Alexander. Ni tú ni tu amigo Cargill tendréis motivo para arrepentiros. Recuerdo bien a su esposa; Gilbert Grant y su esposa le tenían mucho cariño, y aunque era una gran trabajadora, su constitución no es fuerte. Sarah también es trabajadora, y es fuerte. Será buena ayuda y hará compañía a su señora. Y —añadió—, una buena madre para su hijo.

Charles levantó la mirada de sus garabatos.

—¿Qué es esto? ¿Estás hablando de mujeres, Alexander? La señora Youngson va a tener mucho que decir.

Me reí.

—La señora Youngson siempre tiene mucho que decir. No estoy seguro de que Gilbert Grant no oiga perfectamente, solo finge su sordera.

—Sin duda la finge —Jaffray se reincorporó a la conversación—. Porque la conformación de sus oídos, si sabes algo de fisiología, descarta del todo la sordera.

—¿En quién basa su autoridad: en Galeno o en Paracelso? —preguntó Charles, con una sonrisa de especialista.

—Su autoridad no es de nadie más que de James Jaffray —masculló, refugiándome en mi vaso.

A Jaffray no le molestó la pulla. En sus veintitantos años de atender a los enfermos y necesitados de Banff había aprendido tanto como en las clases a las que había asistido o en los libros que había leído. Cuando Charles volvió a su composición, el doctor me presionó más sobre mi viaje a Aberdeen: ¿con quién me había encontrado? ¿Qué cotilleos había oído? ¿Cómo seguían las universidades? ¿Aún tenían buena cerveza las posadas de su juventud?

—Usted mismo estuvo allí no hace mucho, doctor —protesté cuando él se quejó de que mis noticias eran sosas y apenas darían para un escándalo. Y así seguimos hablando, pero cuando mencioné a George Jamesone, su interés se reavivó.

—¿Fuiste a ver a George Jamesone? ¿Por qué?

Le hablé de mi encargo para el pintor de parte del alcalde. Y después, con cierta inquietud, le transmití las preocupaciones de William Cargill sobre mi relación con el pintor. Jaffray frunció el ceño cuando le conté el alcance de los temores de William.

—Me acuerdo de Jamesone. Vino al burgo, como sabes, hace varios años para pintar a Walter Watt y a su esposa. Era un hombre inteligente y también buena compañía. Si bien era reservado —el doctor pensaba, recordaba, veía cosas ahora que no sabía que veía—. Se callaba cosas. No podías leer en él.

Charles había dejado su pluma y ahora escuchaba.

—¿Por qué debería temer un pintor, tan solo porque ha viajado? ¿Qué puede tener que ver eso con el problema de nuestra ciudad?

Jaffray me miró como si yo fuera el más indicado, aunque remiso, para hablar del tema.

—Tiene que ver con los mapas, Charles —dije.

—Los mapas —dijo despacio para sí—, los mapas del corregidor —nos miró, mientras en él se despertaba cierto entendimiento—. Cuando estaba en prisión, el corregidor me preguntaba noche y día sobre mapas: ¿qué sabía sobre mapas? ¿Me habló Patrick Davidson sobre mapas? ¿Había visto mapas en nuestro aposento? ¿Qué tenía que ver Marion con los mapas? Y aún así no me contó nada sobre ellos. Yo no sabía de verdad sobre qué me preguntaba, aunque después de darle vueltas un tiempo, tenía mucho para pensar, supuse que debía de haber encontrado algún mapa entre las pertenencias de Patrick.

—Así fue —dije yo—. No era solo que Patrick Davidson tuviese mapas, sino que eran de esta parte de la tierra, desde la orilla del mar hasta tan lejos como Strathbogie, con marcas en Elgin, Turriff y Aberdeen. De mano de Davidson. Es probable que fueran dibujados, o al menos esbozados, en sus excursiones con Marion para recolectar. Algunos de los que recogían puntos lejanos pueden haber sido hechos (probablemente lo fueron) antes de que él llegara aquí.

Charles me miró con aire de resignación.

—Así que por eso se iban tan a menudo y durante tanto tiempo. Yo no creía que fuera la temporada de tantas plantas, aunque sé tan poco de plantas y de sus temporadas que no preguntaba, por miedo a demostrar mi ignorancia. Por miedo a alejarme aún más de su vínculo —apartó la mirada—. Entonces Marion tenía que saber de esos mapas. ¿Creéis que quizá la mataron también por eso? Pero, ¿por qué debería nadie tener miedo de un mapa, matar por un mapa?

Jaffray meneó la cabeza.

—Oh, Charles. Eres demasiado inocente, estás demasiado perdido en tu música como para saber lo que está pasando a tu alrededor. El resto del país ve invasores en cada ola, con sus libros y sus campanas y sus rosarios.

—¿Papistas?

—Sí, papistas —contestó el doctor—, si les conviene que así sea, como pretexto para invadir nuestro país y derrocar nuestra Iglesia.

—No le hacía a usted tan fervoroso en religión, doctor —no había sarcasmo ni humor malicioso en la observación de Charles, tan solo la apreciación de un hecho que era evidente cada día.

—Oh, no me malinterpretes, chiquillo. No soy un fanático, ni un Cardno o un William Buchan, pero tengo mi fe y sé quién me juzgará cuando el Señor considere apropiado apartarme de mis tribulaciones aquí. La Iglesia, sin embargo, es más que los pastores y la congregación y todas las censuras emitidas desde los púlpitos contra idiotas u hombres santificados. La Iglesia es quienes nosotros somos: es nuestra libertad, y sin ella estamos perdidos.

Nunca le había oído hablar antes de aquella manera, no sobre la Iglesia. Me incliné hacia delante.

—¿A qué se refiere, James?

—Me refiero a que no somos siervos de ningún hombre. Podemos mirar a nuestro rey y saber que es, como nosotros, solo un hombre ante el rostro de Dios. Nuestra nación no reverenciará ni se arrastrará ante ningún hombre ni ningún poder mientras la Iglesia de Escocia esté establecida por ley en esta tierra. Y es por eso por lo que lucharía por ella, lucharía contra los españoles y los franceses que las legiones de Roma puedan enviar contra nosotros y contra Charles Estuardo si es necesario, porque sin esto no somos hombres y no tenemos nación —y entonces entendí lo que había preguntado pero de lo que nunca me había dado cuenta: James Jaffray, que parecía vivir a medias con su mente en las grandes universidades y urbes y ciudades de la Europa de su juventud, solo podía llamar hogar a un sitio, y había sido arrastrado de vuelta a él como un águila a su nido.

Charles habló con tranquilidad, sin mirar directamente a nadie.

—¿Creéis que habrá una invasión?

Jaffray volvió un poco a su ser.

—No lo sé. Sin embargo, lo creo muy probable, y también es probable que el sobrino de Water Watt estuviera metido hasta el cuello en su planificación. ¿Qué dijo Straloch de esto, Alexander?

—Que el trabajo estaba bien hecho, extremadamente bien hecho, y que habría hecho mucho bien a una armada extranjera que tomase tierra en nuestras costas. Pero negó saber de ningún encargo a Patrick Davidson o a cualquier otro por semejante trabajo, y negó cualquier conocimiento de ninguna conjura de este tipo.

Charles sonrió.

—Entonces con seguridad está cortado con el mismo patrón que su maestro, porque ¿desde cuándo no conjura el marqués de Huntly?

—Es verdad —dijo Jaffray—. Pero Straloch es un hombre bueno y honrado. ¿No lo viste así, Alexander?

La pregunta era más difícil de lo que yo hubiera querido, o al menos era más difícil encontrarle una respuesta sincera.

—Yo creo... No lo sé, James. Creo que Huntly tiene algún asunto en marcha. Mi viejo amigo, Mathew Lumsden, con el que me encontré en Old Aberdeen, está en el séquito de Huntly. Ese día tenía que salir por negocios del marqués, y Mathew no es el hombre que usaría para la diplomacia. Incluso Straloch salió ayer temprano hacia Aberdeen y después a Edimburgo por asuntos de Huntly, aunque oí que unos jinetes dejaban el lugar de noche, y me arriesgaría a decir que se dirigían a Strathbogie. ¿Qué necesidad podría haber para cabalgar de noche, qué urgencia repentina más que la información que yo mismo había llevado? Creo que puede que William Cargill tuviera razón. Yo he sido un peón en este asunto, y uno cuya pérdida se podía arriesgar dentro de una estrategia mayor.

—Entonces debemos permanecer alerta —dijo el doctor, y lo dijo en serio—. Pero ahora, ¿conseguiste los cuadernos de Cargill? Porque ese es el tema del que nos tenemos que ocupar aquí. Charles, tú no sabes que... —pero Charles Thom se había quedado dormido en la silla que estaba a la derecha del fuego del doctor, con el estómago lleno y el corazón un poco menos pesaroso, creo, de lo que había estado muchos días. Jaffray miró cómo dormía durante un par de minutos, después se levantó en silencio y me indicó que lo siguiera hasta la mesa que Ishbel había despejado hacía rato. Saqué el cuaderno y el doctor empezó a examinarlo, pasando cada hoja con cuidado, y maravillándose en voz baja por la calidad de los dibujos y la perspicacia de las anotaciones. Aún no habíamos llegado a la página en la que yo estaba seguro que estaba el boceto del *colchicum*, cuando nos llegó una fuerte llamada en la puerta trasera del doctor. Charles Thom se despertó sobresaltado, y el doctor se puso en pie. En un momento Ishbel estaba en la puerta de la sala, Edward Arbuthnott, el boticario, justo detrás de ella.

—Lo siento, doctor —dijo ella—. Yo...

—No estoy aquí por el doctor, sino por el maestro de música —dijo él, adelantándola sin mucha ceremonia. Charles, que aún no estaba despierto del todo, se puso de pie tambaleante. Di un paso hacia él, pero Arbuthnott estuvo frente a él antes que yo—. Charles Thom, por todo lo que le debes a mi familia, que te acogió y te dio comida y un techo, y por el amor que le tenías a mi chica, cantarás por ella, tú y tus alumnos, en su velorio, ¿verdad?

Charles parpadeó con aspecto estúpido, aún no del todo en sí.

—¿Su velorio? Sí... sí, por supuesto.

El gesto del rostro de Jaffray decía lo que también estaba en mi mente.

—Edward —dijo—, no puedes estar pensando en...

—Sí, pero lo pienso —el boticario estaba desafiante—. ¿Por qué tendría mi chica, mi única hija, que descansar sin lo que otros que merecen mucho menos han tenido? Tendrá un velorio y toda la ciudad sabrá lo que ha perdido —se volvió de nuevo a Charles—. Así que tocarás en él, y tus alumnos también, ¿no?

—Sí —dijo Charles, volviendo a sentarse ahora, incómodo—. Lo haré —el boticario asintió con viveza, satisfecho, y nos dio las buenas noches.

Cuando la puerta trasera se cerró de nuevo y oímos a Ishbel echando el cerrojo, Jaffray me miró con cautela, pero yo no dije nada. Por fin, Charles, decidido, me miró también.

—Sé que esto no te gusta, Alexander, pero no es por el dinero esta vez, sino por Marion.

A menudo habíamos discutido sobre esto, no nuestras discusiones humorísticas, ni siquiera discusiones a título personal, sino yo desde el corazón y él desde la cabeza. El velorio, la fiesta para velar al muerto antes de que fuese enterrado, con el cuerpo haciendo su último viaje terrenal mientras el alma empezaba su viaje particular en la vida eterna. Una manifestación de lo mucho que la gente seguía sumergida en la superstición del romanismo, si no paganismo, que la Iglesia tendría que haberse esforzado mucho para erradicar del burgo.

Pero la gente se mantenía aferrada a ello con tenacidad, con tanta tenacidad como mis alumnos lo hacían a ese otro montaje de la idolatría, la fiesta de Nochebuena. A las autoridades cívicas tampoco les gustaba, pero lo toleraban. Había cantos y el maestro de primaria y sus alumnos tocaban: era de ello de donde Charles sacaba una buena parte de su dinero, y por ello detestaba dejarlo. El Consejo sabía que si prohibían a su maestro de música tocar en tales reuniones, tendrían que compensarle por su pérdida, y no se sentían inclinados a hacerlo. Pero lo que no les gustaba, y la congregación también lo censuraba, era el fastuoso entretenimiento organizado por la familia del fallecido y la consiguiente liberalidad de los dolientes en comidas dulces, bebidas fuertes y drogas. Según avanzaba la noche, porque estas celebraciones solían ocurrir de noche, las canciones y la música se iban haciendo más ruidosas y menos devotas, hasta que, cuando la mayoría de los chicos de la escuela primaria se habían ido a casa, se hacían totalmente profanas. Los bailes enloquecían, y los comportamientos lascivos aumentaban ante los mismos ojos de los magistrados y la congregación. Pocos estarían en forma para trabajar con corrección al día siguiente. El corregidor Buchan y otros de su clase habían luchado mucho y con fuerza para que se prohibiese la celebración de velorios en la ciudad, pero en vano, de tan arraigados que estaban en las memorias de la gente. Recordé bien sus palabras, saliendo de las sombras y cayendo en oídos sordos durante la última reunión semejante de la que yo había sido testigo: «¡Esta noche el diablo baila con vosotros en Banff, y se ríe en la cara de Dios mientras se lleva a su casa vuestras almas!» Mi fe había sido puesta a prueba muchas veces y no había dado la talla desde entonces, pero aquellas palabras aún me helaban hasta los huesos. De todas formas, esta noche no discutiría con Charles sobre eso.

—Debes hacer lo que creas correcto, Charles. Y sé que no será por el dinero.

—Creo que me iré ahora a la cama —dijo él—. Ha sido un día largo y extraño.

El doctor esbozó una sonrisa paternal.

—Ten cuidado de no escaldarte los pies. Ishbel habrá puesto un calentador en tu cama. Si no dos, de hecho, pues ahora que estás aquí no me sorprendería saber que el mío está también en tu cama. Tendré que arreglármelas como pueda sin uno, y sin duda moriré congelado. Pero ¿quién lo notará? Ah, la ingratitud de los jóvenes —el doctor estaba feliz: por una vez todo era como tendría que haber sido en su vida.

Charles también sonrió.

—Hablando de gratitud, tengo que ir a darle las gracias a Ishbel. Creo que vi sus manos en aquellas cestas y paquetes que me enviaba usted para sustentarme mientras estaba en prisión.

—Sus manos y su corazón, muchacho —dijo el doctor—. Sus manos y su corazón —Charles parecía un poco avergonzado. Tras coger su libro de poesía de Craig, nos dio las buenas noches y se dirigió a la cocina, donde Ishbel no habría acabado todavía su trabajo nocturno.

—Todo irá bien con él, James —dije yo.

—Sí, gracias a Dios —replicó el doctor—, así lo creo.

Volvimos entonces a la mesa, y al examen del cuaderno de notas de James Cargill. La escritura era pequeña y pulcra, el latín, perfecto, pero los dibujos de por sí eran de una naturaleza exquisita, más que perfectos. Los miré maravillado por unos momentos, mientras mi viejo compañero leía en silencio, moviendo la boca con cada palabra. Sus ojos tenían un aspecto inteligente pero distante. No veía los dibujos, sino las mismas flores, y no leía las palabras, sino que escuchaba la voz. Lo había visto con ese aspecto antes. Se había transportado a otro tiempo, a otro lugar. Prados alpinos y valles de los Pirineos. Un grupo de hombres jóvenes reían, corrían, trepaban con absoluta seguridad, y se detenían, de vez en cuando, pendientes y embelesados de las palabras de su profesor, mientras él les hablaba de cada propiedad, señalando cada pequeño y delicado detalle de alguna minúscula planta o flor. El hombre que estaba a mi lado, ahora cercano a los cincuenta, sentía la calidez del sol estival en su rostro y oía la música de los riachuelos de cristal en sus oídos, mezclándose con la cháchara y las risas de sus compañeros.

—Fueron buenos tiempos para usted, James —dije.

—Sí —replicó al fin—, lo fueron. Pero es hacia el presente a donde tenemos que volver nuestros ojos y nuestras mentes. ¿Dices que crees haber dado con la planta?

—No puedo estar seguro, pero este es el nombre que usted me dijo —tomé el libro de sus manos y pasé las páginas hasta encontrar lo que estaba buscando. Giré el libro hacia él—. Ahí —dije—. ¿Es esta?

Él asintió despacio, con los ojos penetrantes.

—Sí —dijo—, esta es —pasó el dedo por el perfil de la planta y empezó a leer en voz alta—: «Pétalos como el pálido azul agrisado del cielo invernal sobre el mar norteño después de que haya nevado. Cáliz de sépalos de púrpura oscuro, debajo pequeñas brácteas verde pálido. Estigma y anteras amarillas, del color de la paja en septiembre. El conjunto forma una copa grande sobre un tallo blanco y esbelto. Hojas basales largas, oscuras, como verdes asas lustrosas, que emergen después de la floración. Un bulbo produce entre seis y ocho flores sobre tres o cinco hojas. A diferencia de sus parientes benignas, no florece en otoño, sino en primavera». Sí, esta es, esta es; es bastante diferente de los otros *colchicum*, ya sabes —dijo, animándose. Leyó más, usando términos y hablando de propiedades que yo no conocía, hasta que su voz, baja y resuelta, con gran énfasis, entonó—: «El bulbo tiene el aspecto de una pequeña cebolla, alargada y ennegrecida. Totalmente letal, y casi al instante, si se ingiere».

Había más sobre dónde se podía encontrar la planta, las dificultades de su cultivo, la ausencia de cualquier uso medicinal beneficioso conocido. Después, unas palabras no en latín, sino en nuestra lengua nativa: «La Salomé de todas las flores: preciosa y mortal». Jaffray soltó una carcajada corta y sin humor.

—Poco me extraña que nunca se casara. Cada mujer bonita le traería a la mente algún instrumento de muerte botánico. Pero es esto, Alexander, esta es la flor que buscamos. A través del vómito, aún se podía captar el olor a achicoria en los cabellos de ambos.

—¿Y nunca la ha visto por aquí? —pregunté.

—Nunca. Puede que haya algunas bastante similares en apariencia, en el azul al menos, pero el cáliz púrpura y el estigma, esos no los he visto nunca por aquí. ¿Y tú? —hizo la pregunta con la cabeza ausente, pensando que no podría haber más que una respuesta. Cuando no respondí, levantó la vista del libro— ¿Tú las has visto, Alexander? —preguntó.

Yo dudé.

—Yo... No lo sé. Creo que no. Es que... Creo que puedo haberlas visto.

Había algo, algo que revoloteaba ante mis ojos, en mi mente. Un destello, poco más, de azul y púrpura que caía, caía. Busqué con más fuerza. Cerré los ojos contra la cálida luz dorada de la habitación, porque era otro tipo de luz el que buscaba: más oscuro, más frío, más tranquilo. Intenté aclarar mi mente de la casi inaudible respiración del fuego, de la más pesada intrusión de mi compañero, del conocimiento de la vida y el movimiento en la habitación y el poder del mar en la oscuridad de fuera, pero no pude. La imagen, la memoria de la imagen se había ido, y ahora todo lo que tenía era una estructura de mi construcción. Abrí los ojos mientras sacudía mi cabeza con una lenta frustración.

—Lo siento, James —dije—. Se ha ido. Sea lo que sea que creí recordar, se ha ido.

El gesto de esperanza se desvaneció de su rostro para ser reemplazado por uno de disgusto.

—¿Crees que fue aquí en Banff o fuera, en alguna parte del campo, quizá? ¿Crecía salvaje o en un jardín? ¿Crees que incluso pudo haber sido en Aberdeen?

Esta última sugerencia encendió un pequeño brillo de posibilidad en mi memoria. ¿Había sido en Aberdeen? ¿En algún lugar de Aberdeen? Algo había que parecía hacerlo posible, pero no. No pude llegar más lejos en los huecos de mi mente, y después la luz titilante se apagó.

—No, doctor. Lo siento, no hay nada.

—Ah, bueno —dijo él—, puede que alguna cosa haga que vuelva a ti. Al menos con estos dibujos sabemos con qué nos estamos enfrentando, y eso es algo —cerró el libro y volvió a acariciar con la mano la cubierta—. ¿Le contaste a tu amigo William Cargill por qué queríamos esos cuadernos de notas?

—No había otra forma de explicarle mi repentino interés en Botánica, y —añadí—, por nuestra amistad, quise hablar con él del asunto.

Él sonrió.

—Me alegro de que estés permitiendo a tus amigos que vuelvan a serlo. Un hombre que, por naturaleza, se encuentra cómodo en compañía de otros, sin importar lo escaso que sea su número, ni lo selecto que pueda ser, no lucha para estar siempre solo.

—Nunca fui hombre de muchedumbres, James.

—No —concedió él—, pero había quienes te entendían y te querían. Cuando cortaste el trato con ellos, temí que perdieras algo de ti mismo.

Yo sabía eso, aunque hasta ahora él nunca me lo había dicho. Y tenía razón: yo había perdido algo de lo que era. Nunca más podría volver a ser el hombre que una vez había sido, y aún así todavía era Alexander Seaton, y sería lo que la gracia de Dios me concediera ser.

—Usted me ha aguantado mucho tiempo, doctor —dije.

—Sí, y lo haría mucho más tiempo y por cosas peores. Recuérdalo, muchacho, aunque rezo para que nunca lo necesites —fue un momento incómodo, y él lo dejó enseguida—. ¿Y qué pensaba William Cargill de este asunto de aquí, del asesinato, quiero decir, y el encarcelamiento de Charles?

—Su primera preocupación fue que su esposa no llegara a oírlo.

El doctor asintió con sagacidad.

—Bueno, bueno. ¿Y qué más tenía que decir sobre el tema?

Le miré.

—Que debería tener mucho cuidado. Teme por mi papel en todo esto, porque hay señales que apuntan hacia mí para cuando la gente quiera mirar.

Los ojos de Jaffray estaban fijos.

—Tiene razón. Yo mismo lo pensé y nunca lo dije, aunque quizá tendría que habértelo dicho. ¿Temes por eso, Alexander?

Hace un par de meses, incluso hace un par de semanas, habría dicho que ya no temía lo que el hombre (o, en el más negro de mis días, Dios) pudiera hacerme. Pero aquello no era verdad. Había salido de nuevo al mundo de los hombres; yo ya no era una cosa dañada sin utilidad, como había creído durante mucho tiempo. Una vez perdí el respeto por el mundo y, al verlo, también el acceso a Dios.

—Creo que me gustaría guardarme lo que me queda de hombre para mí, y también lo que me queda de futuro.

—Pues tendrás que tener mucho cuidado, Alexander, de quedar a merced de más peligros. Cuando estuviste en Aberdeen, ¿le hablaste a alguien más que a William Cargill de nuestro deseo de ver los cuadernos o de nuestra razón para ello?

—No se lo conté a nadie. Ni siquiera al doctor Dun. Tampoco le di su carta —saqué de mi bolsillo su carta para el rector de la universidad, con su sello todavía intacto. Él la cogió y la echó al fuego; las llamas brillaron debajo y después la engulleron en segundos.

—¿Y hasta ahora no has mostrado a nadie los cuadernos?

—A nadie —afirmé. En Straloch los mantuve bien escondidos entre las cosas que llevé conmigo a la casa, y tuve cuidado de no dejarlos en los establos con mi caballo y otros bienes por miedo al fuego—. ¿Es tan importante?

Él reflexionó.

—Puede que no, pero cuanta menos gente sospeche que te has acercado tanto a la verdad de esto, más seguro estarás.

—¿Se los mostrará a Arbuthnott? —pregunté.

El doctor caviló.

—Quizá lo más inteligente sea no hacerlo. No creo que le haga bien dar muchas vueltas a la forma en que murió Marion. Pero —continuó—, puede que no haya elección, porque él debería tener mejores conocimientos de las plantas que crecen por aquí que ninguno de nosotros, y los dibujos pueden suscitarle algún recuerdo. Pero sería Marion quien hubiera sabido con más seguridad que nadie dónde se puede encontrar.

Poco provecho se sacaba de este tipo de conjeturas: Marion Arbuthnott ya no podía decirnos nada.

—¿Y no tuvo usted ninguna oportunidad de hablar con ella en privado mientras yo estaba fuera?

—Hablé con ella —dijo él—. Solo una vez, porque cuando el corregidor no estaba encima de ella, lo estaba su madre, y Marion no hablaba delante de ninguno de ellos.

—¿Y de verdad no le contó nada de este asunto? —insistí.

Él se dio la vuelta y atizó el fuego.

—Hablamos de otras cosas.

Conocía hacía mucho el tono de voz de Jaffray cuando quería cerrar un tema, y ahora eso le traicionaba. Yo aún no estaba dispuesto a dejarlo.

—¿Cree que ella sabía de las actividades de Davidson, los dibujos de mapas y para qué eran?

Él meditó.

—No podía más que saberlo, al menos lo de los dibujos, porque, ¿cuándo podría él haber hecho sus esbozos más que cuando vagaban por el campo? En cuanto al espionaje, si es que hubo alguno, Marion no era una chica que se dejase envolver en grandes causas o en conjuras secretas. Para ella habrían sido una distracción innecesaria de lo esencial de la vida, o al menos de su vida. Tenía un interés demasiado grande en el oficio de su padre y en otras ciencias como para perder su tiempo en la política y la religión de las naciones. Creo que de haber estado involucrado Davidson en esas actividades, o si hubiera intentado enredarla a ella, su relación habría llegado a un final más rápido y limpio.

Pensé en la chica, con la intención de recordar el par de verdaderas conversaciones que habíamos tenido. Jaffray tenía razón. Fuera de sus horas de trabajo cuidando a los niños del alcalde, ella trabajaba con entrega y gran concentración en comprender la farmacopea del oficio de su padre, y en conseguir un entendimiento de la naturaleza y del propósito de toda planta que crecía por los alrededores. Poco le habrían preocupado invasores españoles o conjuras papistas, y con certeza no habría perdido su vida por defenderlos. Pero, ¿hasta qué punto le dominaba su fascinación por la ciencia? Tuve que volver a preguntar, aunque a él no le gustaría la pregunta.

—Jaffray —comencé—, ¿de verdad no da crédito a la idea de que ella estuviera...?

Su gesto se oscureció y me miró con dureza.

—Adelante, Alexander —dijo.

—¿De verdad no da crédito a la idea de que ella estuviera involucrada en brujería?

Respiró hondo, y soltó un gran suspiro de exasperación.

—¿Otra vez con esto? ¿Me estás diciendo que crees en esa necedad perniciosa, en las incoherencias de Guild y Cardno, en los berridos de la muchedumbre?

—No —contesté sincero y con énfasis—, no lo creo.

—Entonces, ¿por qué...?

—Porque ella fue a todos los lugares, James. Elf Kirk, Ordiquhill, donde se tienen muchas sospechas de que John Philp es un brujo, donde se dice que las aguas tienen propiedades, y Darkwater.

En lugar de continuar con su enfado, Jaffray rompió en una sonrisa y se rio de mí, aunque creo que nervioso.

—Oh, Alexander, vamos. La mitad de los críos de la ciudad están en Elf Kirk precisamente porque sus madres y la congregación les advierten de que no vayan. Y, en cuanto a Ordiquhill y Darkwater, bien, ambos son lugares de importancia para quienes quieren desembarcar o dirigirse tierra adentro desde nuestra costa. Findlater guarda la costa en Darkwater, y Ordiquhill está en el camino de aquí a Strathbogie, por Fordyce. Davidson necesitaría conocer bien ambos sitios para hacer sus mapas.

Me dio la espalda y fue otra vez a atizar el fuego. Yo sabía que me estaba ocultando algo.

—James, ella fue dos veces a Darkwater: una con Davidson y otra ella sola, después de que él muriera. Dicen que fue a ver a la mujer sabia.

Él desvió el tema con ira.

—«Dicen». ¿Quiénes son estos nuevos que «dicen» en los que tienes tanta confianza?

—La muchedumbre lo mascullaba anoche... —empecé a decir.

Jaffray me miró incrédulo.

—¿Qué? ¿Ahora tomas la palabra de una chusma dirigida por un mendigo ladrón? Lang Geordie tendría mucho interés en alejar de él y de sus seguidores cualquier acusación de brujería.

—Sí, lo sé. Él admitió todo eso ante mí. Pero también lo dijo la señora Youngson. Ella no es una cotilla, como usted sabe, y no le deseaba ningún mal a la chica.

Los hombros de Jaffray se hundieron.

—Sí, tienes razón. No se lo desearía —fue hacia la puerta y echó una mirada al pasillo. Nada se movía en la casa—. Sé que Marion fue a Darkwater, con Davidson y sola. Creo saber por qué fue, y no hay ni brujería ni tampoco espionaje en ello —esperé, pero era evidente que él consideraba que había terminado. Sin embargo, no respondí y, poco a poco, el silencio creció demasiado para él— Oh, por el amor de Dios, Alexander. De entre toda la gente, tú debes saber que la vieja no es una bruja. ¿Quién te atendió durante tu delirio el año pasado? ¿Quién te salvó de morir sobre las rocas de Findlater?

Yo lo sabía, lo sabía todo porque Jaffray me lo había contado, pero no tenía recuerdos de nada de eso, nada hasta el día que Jaffray llegó a la playa bajo la roca del castillo para llevarme a casa. Él continuó:

—No es una bruja, Alexander, sino una curandera, una mujer sabia que en su día fue una comadrona experta que trajo a este mundo a muchos que, de otra forma, habrían muerto en su esfuerzo. Pero entonces, hace ahora años, no recuerdo cuándo, se marchó, lejos del mundo, a esa cueva en Darkwater para vivir del mar y de los acantilados y de las plantas que la rodeaban. No la he visto desde entonces, pero se dice que fue porque había visto demasiado dolor y muerte donde debería haber gozo y vida. Hay quien dice que temía a los cazadores de brujas, que están demasiado atentos para culpar de los infortunios de la vida o de la voluntad de Dios a los actos de otros. Y puede que tengan razón: no habría pasado mucho antes de que la culparan de la muerte de algún chiquillo.

Me pregunté si en circunstancias diferentes, en otra vida, Jaffray y Lang Geordie se habrían encontrado. En esta materia tenían una perspectiva similar sobre nuestro mundo, pero dadas las circunstancias era muy improbable que ninguno llegara a saberlo.

—¿Marion y Patrick Davidson fueron a ver a la mujer sabia pidiendo algún tipo de ayuda?

Él asintió con la cabeza.

—Creo que es probable.

—¿Por qué fue ella una segunda vez, después de que él muriera?

—No lo sé. Quizá había algo... —su voz se fue apagando—. Pero sí sé que ella estaba determinada a ir. Le aconsejé que no lo hiciera, igual que Geleis Guild, que me había pedido verla porque sentía que la chica no estaba bien. Fue en vano: no tuve muchas esperanzas de que no lo hiciera, porque saqué muy poca cordura de la chica en todo el tiempo que pasé con ella después de que te marcharas a Aberdeen. Si había una cosa en la que estaba empeñada, era en que debía liberar a Charles; en eso estaba decidida, porque sabía que él no había matado a Patrick.

—Y ella le ha liberado —dije yo.

—Sí, lo hizo, que Dios le dé descanso —una de las velas de la palmatoria se apagó con un chisporroteo. La habitación, por lo común hogareña y acogedora, se llenó de melancolía.

—¿Cuándo fue ella a Darkwater? —pregunté.

—Fue el día antes de su muerte.

Se estaban formando ideas en mi mente, pero amenazaban con escaparse antes de que pudiera hacerme con ellas.

—James, ¿cree que es posible que esta mujer sabia, esta comadrona, pueda tener conocimiento de la planta, del *colchicum*? ¿Que, de hecho, puede que ella tenga más que ver con este asunto de lo que nosotros hemos supuesto?

Pude sentir una agitación creciente mientras hablaba. Yo sabía lo que haría, también Jaffray. Me miró durante un largo rato y empezó a negar con la cabeza.

—Alexander, no puedes estar pensando en esto. No vendrá nada bueno de ahí. Charles está libre. No debes arriesgarte a asumir ese peligro.

—¿Qué libertad hay en esconderse en lugares seguros mientras un asesino se pasea por las calles? ¿Qué descanso puede haber para el hombe que vislumbra el camino correcto pero toma el incorrecto, por el temor a desgarrar su capa con alguna espina? Puedo hacer algún bien en esto, James.

Jaffray no estaba convencido.

—Piensas demasiado en esto, Alexander. Buscas con demasiada severidad un nuevo propósito para tu vida y cargas con demasiadas cosas al hacerlo. Lo que tú ves como una luz que ilumina el camino correcto para ti, puede no ser más que otra trampa. Tienes en mente la idea de que has sido elegido para llevar al asesino de esas dos personas, Patrick Davidson y Marion Arbuthnott a juicio, si es ante Dios o ante los hombres, no sé decirlo. Crees que se te ha llamado para llevar esto a cabo. Pero, Alexander, hay autoridades apropiadas cuyo puesto y función es investigar y probar estas cuestiones, y tú no eres uno de ellos. Cuando esas autoridades acusaron a Charles en falso y le encarcelaron en falso, nos tocaba a nosotros, a sus amigos, hacer todo lo que estuviera en nuestras manos para liberarlo. Pero eso ya ha pasado, y no es asunto tuyo seguir con esto. Te estás entrometiendo en los derechos de quienes están encargados de esto y hacerlo puede acarrear peligro para ti y para otros inocentes.

En sus ojos se veía una pena profunda que podría haberme vencido si no fuera porque había algo más que una pizca de verdad en lo que decía.

—Tiene razón, doctor: siento que se me ha llamado a continuar con esto hasta que el asesino sea llamado a responder ante los hombres, y después ante Dios. No es orgullo, piense lo que quiera, pero no es orgullo: solo es un intento de apaciguar mi vergüenza.

—¿Vergüenza? —preguntó él, distraído por un momento de su tema.

—Sí, vergüenza —dije con tranquilidad— por haber ignorado los gritos de aquel hombre mientras se arrastraba hacia su muerte. Las prostitutas de la ciudad le hicieron el bien que yo rechacé hacer. Lo llevaron a lo que ellas pensaban que era un lugar seguro. Y él murió, solo y en una horrible agonía, mientras yo dormía tranquilo en mi cama. Así que creo que Dios me ha dado esta tarea, que él puso en la mente del corregidor que se me llamara ante el Consejo para lo de los mapas, para que cumpliera mi misión en Straloch. Creo que fue Dios quien me puso en el camino de Janet Dawson cuando estaba siendo desterrada de nuestro burgo, y en el de Mary Dawson cuando huía de Aberdeen. Charles está libre, y doy gracias a Dios por eso, pero creo que se me ha llamado para hallar esta verdad, para hallar alguna recompensa.

—Alexander —dijo él en voz baja —, de verdad no creo que entiendas a qué peligros puedes estar exponiéndote de seguir este rumbo. Eres —buscó por un momento la palabra apropiada—, vulnerable. Tú mismo podrías ser con bastante facilidad el blanco de la acusación de asesinato. No perteneces lo bastante a este burgo; aunque naciste y te criaste aquí, eres casi tan distinto como lo era tu madre, y aún hay quienes se acuerdan de ella. ¿Crees que la noche pasada fue horrible, bárbara? Tienes razón, pero no fue nada que no hayas visto a lo largo de veintiséis años. La barbarie de la caza de brujas, de las torturas, la búsqueda de pruebas, la hoguera con los gritos vivos de un ser humano que surge entre sus llamas están más allá de toda imaginación. No vayas a Darkwater, Alexander, no te servirá de nada, y dudo que sirva de consuelo para los vivos que aún penan por sus muertos.

Nunca antes había sabido que Jaffray pudiera abandonar la lucha. Que lo hiciera, incluso aunque fuera en parte temiendo por mí, me entristeció mucho.

—Pero, James, bien puede ocurrir que la matanza de este asesino no haya acabado. No puedo estar tranquilo conmigo mismo si creo que hay un camino para detener esto y no lo emprendo.

Él no estaba listo para ceder.

—Pero, ¿por qué debería conducir ese camino a Darkwater?

Respondí con sinceridad.

—No lo sé. Pero tengo la confianza de que es así y de que debo seguirlo. Saldré con la primera luz y estaré de vuelta antes del anochecer, amigo mío. No tema por mí.

Cogí mi capa y mi sombrero y le deseé buenas noches. Le dejé solo, más viejo que antes, en las ruinas de su noche.

CAPÍTULO TRECE

LA MUJER SABIA DE DARKWATER

JAFFRAY HIZO UN ESFUERZO FINAL PARA DISUADIRME DE IR A consultar a la mujer sabia de Darkwater. Un poco después del alba de la mañana del jueves, mientras me estaba lavando, apareció en la puerta de mi cámara, y la señora Youngson detrás de él. Vi a la primera que él le había hablado de mi intención. El doctor me observaba mientras yo me ponía el abrigo. Elegí mi capa con cuello de marta, un regalo de lady Hay como premio por mi licenciatura.

—Sigues empeñado en esta locura entonces —dijo el doctor.

—No es locura, doctor, pero esto se ha apoderado de mí y temo que me conduzca a alguna locura, o a la desesperación, si no lo termino. No creo que haya elección.

Fue como si no hubiera hablado.

—Alexander, te ruego que no vayas; no te hará bien y puede acarrearte daño.

Hubiera respondido, pero la esposa del maestro de escuela estaba allí ante mí. Había una frialdad en su voz que nunca había oído antes, pese a los cientos de lecciones de desaprobación que ella había considerado adecuado darme.

—No debe ir, Alexander. Cargará en su cabeza y en su alma cosas que no pueden ser asumidas por un hombre.

De haberla conocido menos, me habría considerado maldecido.

—No tema, señora. Puede que mi fe sea débil y que haya perdido mi vocación, pero el diablo no me tendrá todavía para sí. Y en cuanto al mundo de los hombres, esté segura de que tendré cuidado de no traer problemas a su casa.

Respondió con voz suave y me perforó el corazón.

—Mi puerta ha estado abierta muchas veces a sus problemas, señor Seaton. No es por eso por lo que tengo miedo.

Volvió a bajar las escaleras sin más palabras para mí o para el doctor, pues sus mejores esfuerzos no le habían servido de nada. Me avergoncé ante la visión de la anciana retirándose. ¿Cuántas veces podía haber arrojado mi ingratitud a la cara de una mujer? Jaffray insistió un poco más, pero enseguida se marchó también, con el rostro apenado por el disgusto.

La ciudad que atravesé aún se encontraba en un silencio amenazante. Muchos seguían encerrados en la prisión o fuera, en Inchdrewer, o en las mazmorras del castillo, en espera del juicio del *sheriff*. No tendrían que esperar mucho. Seguramente este regresaría pronto. Había noticias de que la caza de brujas había vuelto a empezar en Fie y también en Ayrshire. Se estaba extendiendo, se extendía con su fuego particular, y sus llamas solo dejaban atrás los restos carbonizados de las almas de los hombres. La estridente locura de la muchedumbre ante la pira no era nada comparada a la silenciosa locura de la mente de un hombre mientras intentaba salvarse a sí mismo dañando a otro. El estallido de Banff debía ser contenido y después había que asegurar el burgo contra incursiones de caza desde el exterior. Nadie mencionaba el miedo, el miedo de un vecino hacia otro, el miedo a las acusaciones falsas o interesadas, a la vuelta a la mente oscurecida. Mencionarlo hubiera sido atraerlo hacia nosotros. Habría poca ley, un gobierno débil y peor comercio si se les permitía tomar las riendas aquí, y Dios abandonaría la ciudad a su corazón desnudo.

El silencio que había empezado a pesarme, fue roto por la voz nítida de Thomas Stewart mientras me acercaba a lo más alto de Water Path en mi camino hacia Boyndie Road.

—Tendrás tus honorarios cuando el trabajo esté terminado, ni un momento antes.

La respuesta la dio una voz más basta.

—Maldito sea el Consejo. Me iban a pagar en Whitsun. No se pude acabar el trabajo si no se me permite continuarlo.

El notario estaba un poco perturbado por la maldición.

—El trabajo tendría que estar acabado ya, y tú habrías tenido tu dinero en Whitsun. Pero ahí está a la vista de todos: el suelo apenas se ha limpiado lo suficiente en algunas partes como para asentar adecuadamente los cimientos. La ciudad no asumirá más gastos por una nueva casa rectoral hasta que se resuelva el asunto del pastor.

—Por mí que lo resuelva el mismo infierno. Tengo jornales que pagar.

—Entonces haz que tus hombres hagan su trabajo a tiempo —contestó el notario—, pero no habrá más trabajo en esta tierra hasta que el Presbiterio decida sobre el destino del pastor y se encuentre un pastor nuevo, si es que llega a ser necesario, como parece que lo es.

—Sí, y puede que pase bastante tiempo antes de que otro charlatán medio inteligente sea forzado a balar desde nuestro púlpito —al no tener más respuesta, George Burnett, maestro cantero y padre del hijo bastardo de Sarah Forbes, apartó tambaleándose su enorme mole del notario y pasó a mi lado dando zancadas para bajar por Water Path. Su acre olor animal se quedó en mi garganta al pasar él, y esperé no verlo nunca más. Para cuando me había recuperado, Thomas Stewart se había ido, y la gran puerta frontal de casa del alcalde se cerró con firmeza sobre su sombra en el brillo de la temprana mañana.

Nadie parecía verme mientras cruzaba por Castlegate y subía por Boyndie Street. Mantuve mis ojos bien al frente al bordear Gallowhill, pues no deseaba ver la horca vacía donde había bailado el niño ladrón Francis Brown hacía cinco días. El vigilante de la puerta de la ciudad solo me preguntó con brevedad mientras trataba de abandonar la ciudad, y a un cuarto de hora de haber dejado la escuela, me encontré de nuevo, y alegre, con el camino por delante.

Había decidido que las dos o tres horas que me podía llevar mi caminata las emplearía como me ordenase mi mente. Aplicaría los principios ramistas[11] de uno de mis primeros profesores en la universidad: destilaría las preguntas esenciales, me ocuparía de sus partes y establacería las conclusiones individuales en un esquema claro y consecuente en mi cabeza. Pero, igual que habían demostrado en la universidad, mis pensamientos no permitirían que los pusiera en orden de tal manera, pues insistían, al principio, en vagabundear por los pasillos laberínticos de mi mente, iluminados apenas por los discernimientos de Aristóteles y menos aún por el método de Ramus. Donde tenía esperanza de que hubiera claridad, la confusión reinaba. Rostros, palabras, frases, llegaban deambulando, a veces a trompicones, a la superficie de mi mente, y traían con ellas, como las sospechas apenas viables e intuidas previamente por mis compañeros, especulación y miedo. Espionaje, brujería, envenenamiento, papistas, amor, miedo, celos, odio. Extra-

---

[11] N. del T.: derivados de las ideas de Petrus Ramus o Pierre de la Ramée (1515-1572), filósofo calvinista francés.

ños mensajeros en la noche, que llamaban a Jaffray fuera de la ciudad, que cabalgaban desde Straloch, tras los pasos de Mary Dawson, huida ahora al otro lado del mar porque sabía... ¿Qué? Frenéticas búsquedas nocturnas de un hombre muerto mientras aún vivía, ¿a causa de qué conocimiento secreto? Flores desconocidas pero conocidas por mí, por el doctor, por el boticario, en el cuaderno de un muerto, pero también en otro lugar y por otro. «James y las flores». ¿James Cardno? ¿James Jaffray? ¿James Cargill? ¿Quién?

Mis pensamientos se fracturaban, vagaban, colisionaban; no se reflejaban entre ellos, se subdividían con cuidado, se reunían de nuevo en puntos de conclusión o entendimiento. Según pasaban las millas, serpenteaban más lejos de donde habían empezado. Yo apenas sabía cuáles eran las preguntas. El viaje a Aberdeen y sus propósitos... ¿Cómo se las arreglarían Sarah Forbes y su criatura en aquella nueva ciudad? ¿Qué había llevado a las vidas de William Cargill, su esposa y su niño aún no nacido? ¿Serían los críos compañeros naturales, o crecerían detestándose y envidiándose el uno al otro? ¿Cómo elige un hombre a sus amigos, o son elegidos por Dios? ¿Qué hubiera sido de mi vida sin Archibald Hay? ¿Habría sido del todo diferente la suya sin mí? ¿Y él, que había tenido una vida tan grande, que había conocido el mundo y había muerto en él, qué pensaría ahora de mí y de la pequeñez de una vida que no me había llevado a ninguna parte? ¿Dónde estaba ahora su hermana? ¿Le había contado todo a la sobrina de Straloch, que me odiaba? ¿Straloch era de confianza? ¿De verdad Patrick Davidson había sido un espía? Y así, sin resolución ni claridad, entendimiento o iluminación, seguí adelante. Para cuando llegué al desvío en el camino en el que tenía que elegir entre ir a Fordyce por una ruta o a Sandend por la otra, casi podía creer que los hermanos aún estaban allí, reunidos en Fordyce, esperando que llegara y me presentase ante ellos para afrontar, una vez más, mi última prueba para el sacerdocio. Pero sabía que la iglesia estaba tan vacía como silencioso el púlpito de Boyndie, y que, aunque fuese allí mil veces, y Boyndie Kirk estuviese vacía durante mil años, Alexander Seaton nunca se licenciaría para predicar como pastor de la Iglesia de Escocia.

El aire húmedo a mi alrededor se enfrió cuando dejé el camino de Cullen y giré a mi derecha, una vez más hacia el mar y los acantilados desde los cuales Findlater atisbaba hacia las montañas del norte. Para cuando coroné la colina en Brankanenthum y empecé a descender hacia Findlater sobre su cuello de roca, la neblina empezaba a elevarse desde el mar. Avanzaba en un desembarco lento y subía por la roca, envolviendo todo lo que tocaba con un manto de impenetrable niebla gris. En medio del acantilado, a unos cuarenta o cincuenta pies, se elevaba el castillo, erguido, un majestuoso palacio en la roca. Poco a poco, la neblina lo ocultó también, hasta que todo lo que quedaba era una sombra fantasmal de lo que una vez habían visto mis ojos. Mi desazón aumentó. Podían pasar horas, incluso días, hasta que la niebla levantara, y yo no debía permanecer lejos de Banff. Por todo lo que me digustaba y temía de la superstición y el exceso del velorio, estaba decidido a que Charles no se expusiera a aquellos riesgos él solo. Tenía que volver a Banff antes de mañana por la noche, pasara lo que pasara.

Mientras Findlater se desvanecía ante mis ojos, me pregunté qué haría un ejército invasor, que fuera a desembarcar hoy, en sus primeros pasos por Escocia, con una mortaja gris de desgracia tendida sobre esta tierra por la que ellos arriesgaban sus vidas. ¿Y qué defensa encontrarían aquí, si es que llegaban hoy a reclamar Escocia para el reino de su Papa? Un pastor fracasado que se encaminaba a consultar a una bruja.

Musité una oración para que, si llegaba el día en que los españoles dirigían la proa de su nave hacia la playa de Darkwater, Dios hiciera descender toda la neblina de los océanos a su camino.

No tenía recuerdo de mi última visita aquí, excepto de cuando Jaffray había venido para llevarme a casa. Antes solo había estado aquí una vez, y hacía muchos, muchos años. Había sido un día de fiesta, cuando mi madre y la esposa de Jaffray, un extraordinario día de verano, me habían sacado de la cama temprano y me habían traído a este maravilloso lugar secreto, para jugar y nadar durante horas. Recordaba muy poco de ellas o de cómo habían pasado ellas aquel día, tan absorto como había estado en mis propios placeres infantiles. Lo cierto era que los caminos por los que había bajado corriendo, las dunas por las que me había dejado caer a la edad de seis o siete años una templada mañana de verano, estaban destrozados y movidos por el viento, y tan cambiados en aquella bruma, que me arriesgaba a romperme las extremidades casi con cada paso. Es más, si caía aquí, desde este precipicio a noventa pies por encima de la playa, nunca me encontrarían o, si me encontraban, nunca sobreviviría para contarlo.

Los ruegos de Jaffray de la mañana y la noche pasada, vinieron a mí a través de la niebla, pero ya era demasiado tarde para hacerles caso. Un par de pasos tambaleantes e hice un alto. No podía ver mi pie delante de mí; cada paso podía llevarme más cerca de morir sobre las rocas. El pesado silencio de la bruma ocultaba los sonidos del mar, el de los pájaros del aire, todo, menos el ruido de mi corazón golpeando en mi pecho. Todo a mi alrededor era un silencio espeluznante y gris. Aunque, a través de ella, a través de la neblina, supe que estaba siendo vigilado. Ya no era posible más movimiento: me quedé inmóvil donde estaba, y llegó aquello. Un brazo me agarró, una mano marchita y huesuda, que llegaba en apariencia del suelo y se cerraba alrededor de mi muñeca.

—No se mueva, Alexander Seaton. Si aprecia su vida, no mueva un músculo.

Esperé, asustado casi hasta para respirar. Era una voz que conocía, pero ¿de dónde? No lo podría decir. Otra mano apareció desde abajo, llevando una linterna amarilla que brillaba a través de la niebla, y a la que seguía un cabello encanecido, gris, despeinado. Despacio, la cabeza se levantó hacia mí y me vi a mí mismo mirando los ojos amarillentos de la mujer sabia de Darkwater. Podía tener cualquier edad entre los cuarenta y los setenta. Se le habían caído casi todos los dientes, y no había humor ni, pensé, humanidad en su cara. Sus ojos buscaron los míos por un momento y pareció satisfecha.

—Camine hacia atrás, tres pasos, y después gire a su izquierda.

Hice lo que me decía, a falta de una alternativa. Una vez que lo había hecho, ella pasó a mi lado sin alterar apenas el aire. Ahora la vi un poco mejor. Incluso sin lo encorvada que estaba, apenas alcanzaría los cinco pies de altura. Desde donde yo estaba ahora, vi detrás de ella, por la luz de su linterna, una empinada caída a través de una grieta en la roca; había estado a un par de pulgadas de despeñarme. Mientras yo luchaba por controlar lo que decía, ella me evaluaba del todo. Sentí que no había encontrado su aprobación total.

—Sigiloso como su madre. Me preguntaba cuándo vendría —giró a su izquierda—. Siga mis pasos, con precisión, atienda, y no se desvíe. Es un mal camino este que ha tomado.

Nos llevó veinte minutos, veinte minutos silenciosos excepto por los ocasionales «cuidado aquí con el pie; manténgase a la derecha; no, esa piedra no» de la vieja, antes de seguir nuestro camino con seguridad por la arena. Una vez allí, ella no se detuvo, ni se giró para hablarme ni para preguntarme; simplemente siguió caminando, y yo sabía que tenía que seguirle. Ahora podía oír el mar que lamía con suavidad la orilla, pero no podría decir a qué distancia estaba de mí.

Recorrimos la playa a lo largo y en su extremo ella empezó a trepar otra vez, dunas arriba, hacia el lejano cabo. Después me pareció que había desaparecido; seguí en la dirección en la que había ido ella, sin tener por un momento nada más que una vaga impresión de la ladera de la colina. Y entonces, no sé si fue una llama que se vislumbraba a lo lejos, o el olor de madera ahumándose lo que me atrajo, pero al fin distinguí justo delante de mí la abertura de una cueva en el costado del cabo.

—Bueno, entre entonces, y cierre con esa tabla de detrás o moriremos los dos de la humedad y el frío.

A mi izquierda había una mampara de trenzado doble, cubierta con cuero estirado, más alta que yo y más ancha que la abertura de la cueva, que solo era lo bastante ancha como para dejar pasar a dos hombres al mismo tiempo. La empujé a lo largo de unos rieles de madera y la amarré con unas correas de cuero a unos pernos de hierro clavados en la pared. Para mi sorpresa, la caverna estaba templada y seca. La vieja había echado al fuego madera traída por el mar, y ardía bien. El suelo estaba cubierto de esterillas de juncos y alfombras de nudos, que parecían hechas de harapos o retales, anudados y tejidos juntos. Había confeccionado una mesa, una silla, una cama y estantes con lo que el mar traía a la playa de Darkwater. Restos de naufragios y basuras de barcos en la ría hacían buen servicio a la mujer. Una polea colgaba encima de nuestras cabezas, suspendida con grandes ganchos de hierro encajados en la roca, y de ellos colgaba una miríada de plantas secándose, de las cuales yo solo conocía algunos nombres. Ella siguió la dirección de mi mirada, bajó la polea y tomó algunos especímenes y los puso sobre el banco de trabajo de detrás de ella. Habló casi sin preocuparse por mí.

—Celidonia menor, para las almorranas —dijo con una sonrisa sombría—. Violeta de olor... Pero creo que usted no tiene problema con su aliento. Álsine, para la piel. Es usted de rostro pálido, pero bastante saludable, me parece. Fárfara... La necesitará si regresa a Banff con este tiempo. Estará en cama con fiebre durante una semana. Pero, quizá esto es lo que necesita —me tendió los tallos largos de una planta coronada por un grupo de pequeñas y pálidas flores rosas— valeriana. Alivia el insomnio, permite dormir, ayuda con las tensiones de la cabeza.

Yo conocía bien la planta. Mi madre la tomaba a menudo en fórmulas esenciales y decocciones que yo recogía para ella en casa de Arbuthnott. No quería acordarme de aquellas cosas.

—No estoy aquí por sus medicinas o sus curaciones —dije—. Hay algo que necesito que me cuente.

Ella dejó las flores y me miró cautelosa.

—Tres veces en estas semanas han venido visitantes de Banff que me han dicho esas mismas palabras. El primero está muerto, la segunda también. He salvado su vida tres veces ya, y preferiría que no fuera usted el tercero.

¿Tres veces? Pensé que la anciana había perdido la cabeza.

—Ahora sería alimento para gaviotas si no le hubiera dirigido en los acantilados.

Me miró con lo que casi podía haber sido desprecio.

—Hum. No sería alimento para nada. Pero dígame por qué ha venido, qué es lo que cree que puedo decirle.

No estaba seguro de que estuviera hablando del verano pasado, pero era evidente que no tenía el humor necesario como para entrar en detalles mayores sobre nuestra pasada relación y yo tenía otro tema en mente, así que lo dejé. Indicó un lugar detrás de mí y me senté en un colchón mediocre, cubierto con un vellón. Una oveja que se aleja del rebaño y va trastabillando por el borde del acantilado como yo casi había hecho, habría sido un buen tesoro oculto para la anciana. Revisé lo que pude de la caverna, pero nada me resultaba familiar en ella. Los frutos de la tierra y los del mar no se habían acabado aquí. Me maravillé por el esfuerzo que algunos hombres hacen para ganar riquezas en un mundo en el que Dios las regala con tanta facilidad. Cuando mesenté, ella ya se había quitado la larga capa de piel de foca que la protegía de elementos como el frío. Sacó un mortero de un nicho en la pared de la caverna y siguió con su trabajo sin mirarme en ningún momento.

—Venga, siga —dijo—. Cuénteme.

—Aquellos visitantes que tuvo, ¿eran Patrick Davidson y Marion Arbuthnott?

Ella se detuvo, dándome aún la espalda. Todo movimiento se paró.

—¿Está aquí por encargo del corregidor? —preguntó ella.

—Estoy aquí por mí mismo —dije—. ¿Responderá a mi pregunta por todo aquello?

Ella lo consideró.

—Entonces, ¿tampoco le tiene miedo a la muerte?

Era una pregunta con la que luchaba casi cada noche, una pregunta que me había robado muchas horas de sueño.

—Tengo miedo del juicio que está por llegar, y de esos últimos momentos de consciencia en que no podré desmentir una vida malgastada. Pero llegarán en su tiempo, y no está en mis manos decir si ese tiempo será hoy o dentro de sesenta años.

Ella volvió a su trabajo.

—Quizá sea eso lo mejor. Aquellos que buscan poder sobre el momento de su muerte pasan los días preocupándose por eso.

—¿Y Patrick Davidson y Marion Arbuthnott estaban entre ellos?

Ella vertió con un cucharón agua de un barril en una olla pequeña que colgaba sobre el fuego. Era muy precisa en cuanto al número de cucharones llenos, y no me contestó hasta que hubo terminado.

—Deseaban el poder sobre la vida, y el conocimiento de la muerte.

—No comprendo —dije yo.

Ella suspiró y, por fin, se sentó frente a mí, al otro lado del fuego, con la olla que hervía despacio entre nosotros. Me miró directamente a los ojos, sin parpadear.

—Alexander Seaton. Le conocía antes de que naciera, antes de que fuese de este mundo. Le conocí antes de que le conociera su padre. Su madre vino a mí como han hecho muchas otras: fue la esposa del doctor quien la trajo.

—¿La esposa de Jaffray? —interrumpí.

—Sí, la de Jaffray. Había estado aquí conmigo antes, la esposa de Jaffray. Desesperada por que pudiera salvar a sus retoños dándole algún compuesto, alguna infusión, incluso algún encantamiento, para que ellos vivieran. Pero estaba fuera de mi poder o de mi conocimiento, como lo estaba de los de su marido, conseguir semejante cosa. Le dimos zanahorias para estimular la concepción, hicimos que bebiera decocciones de jugo salado de salvia, para conjurar el aborto, y le dimos sabina. Tomó el salvaje y apestoso cenizo para curar su matriz. Incluso dormía con una cuna vacía junto a su cama, aunque a su marido no le gustaba: temía que fuera un hechizo. Y cada uno de ellos seguían muriendo poco antes de tomar aliento. Y entonces ella trajo aquí a su madre.

—¿Por qué? —pregunté—. ¿También ella temía perder el niño?

Ella escupió a un lado y me miró de nuevo.

—No, ella temía tener uno. Usted.

Todo el sonido se detuvo en mis oídos, y, en medio de su bramido, supe lo que vendría después. No deseaba oírlo de aquella arpía. Yo mismo musité las palabras.

—Ella quiso que le diera algo para expulsarme de su matriz.

Asintió despacio, y era evidente que sacaba cierto placer de la conversación.

—Pero lo que le dio falló, igual que falló lo que le dio a la esposa del doctor para salvar a sus críos.

—No —replicó ella sin emoción—, no falló, porque no le di nada. No se equivoque, señor Seaton. Hay muchas maneras de ayudar a una mujer a librarse de un niño; no es difícil. Muchas mujeres han venido a mí angustiadas con la misma petición, y las he ayudado, pero no a todas, y su madre fue una de las que rechacé.

La vieja retiró la mampara trenzada un momento, pero la niebla se filtraba incluso en su morada. No se podía ver nada del mundo exterior. Dentro de la caverna, todo estaba quieto y en silencio, excepto el fuego y la olla, que ahora borboteaba. Había regresado al lugar donde se había decidido sobre mi vida. Jaffray sabía lo que aprendería aquí, y eso era el motivo por el que había intentado detenerme. Al final, pregunté:

—¿Por qué la rechazó?

Ella dejó de mirarme y volvió a su olla.

—Porque sabía que se arrepentiría. En realidad no quería hacerlo. Quería que su vida no fuese la que era, y eso no podía ser si estaba ligada a ti. Era a su padre, o su mundo, lo que ella no quería. Quería volver a su sitio, con los que eran como ella, pero no podía irse con usted, así que trató de perderlo, de deshacerse de lo que la ataría aquí. No le dejé hacerlo. Hay decisiones con las que una mujer debe vivir, y su madre tenía que vivir con las suyas hasta el final de sus días. No fue una maldad por mi parte, ojo, porque sabía que en realidad ella no quería. Podía haberlo hecho por sí misma si de verdad hubiera puesto su empeño en ello. Había muchas cosas que podía haber hecho, muchas cosas que podía haber tomado: mercurial o cadillo. Podía haber bebido una tintura fuerte de tanaceto o de alhelíes o de bayas de enebro, incluso podía haber usado nuez moscada, ya se sabe.

—Mi madre no habría sabido semejantes cosas —dije yo.

Ella sonrió con amargura.

—¿Eso cree? Creo que ella sí tenía ese conocimiento... La esposa del doctor no pudo verlo; ella pensó que su madre quería que la trajera aquí en busca de ayuda para concebir un hijo, no para perderlo. Fue un gran engaño, una traición enorme y cruel. No he conocido a muchas mujeres que hayan pisoteado de esa manera el sufrimiento de una amiga. Pero Dios tiene sus razones, aunque yo no pueda entenderlas.

—¿Sus razones? —mis sentidos se desbordaron al saber que mi madre hubiera preferido que yo no respirase; ya no podía prestar atención a lo que aquella vieja decía.

—Sí, sus razones. Para bendecir a uno y torturar al otro —me miró con ojos penetrantes—. Porque es una tortura amar a un niño que, tal vez, no nacerá vivo. He conocido a muchas mujeres que son madres con el corazón, con el alma, pero que nunca han concebido o dado a luz al niño que llevan dentro. He conocido mujeres que van por la vida con el corazón roto por la pérdida de un diminuto pedazo de humanidad que lo era todo en el mundo para ellas.

Dicen que la esposa de Jaffray, y también la del alcalde, Marjorie, la primera, murieron jóvenes por el desgaste de la carga continua de los niños que llevaban y perdían. No fue por eso: fue por desesperación —respiró profundamente, con un suspiro por algo que yo no podía ver—. Hay una desesperación que conduce a la locura. La última vez que vi a Marjorie Black estaba aterrada, al borde de perder la cabeza por el dolor, tan desesperada como estaba porque el niño viviera, como si no pudiera seguir adelante sin él. Aun así, hubo muchas más, como tu madre, que vinieron a mí por si podía sacarles al crío que llevaban dentro. Pero una mujer desesperada no ve lo que otra sufre —hizo memoria mirando las llamas—. Vinieron un templado día de otoño, lo recuerdo. Pero su viaje de vuelta a casa debió de ser tan frío como diciembre, tu madre llena de rencores y arrepentimiento, y la esposa del doctor abandonada a su desolación.

No eran aquellas las mujeres que yo recordaba.

—Está equivocada —dije—. Eran amigas. Incluso me trajeron aquí un día, de eso estoy seguro.

Algo que casi se acercaba a una sonrisa cruzó los labios de la anciana, y había imágenes en sus ojos.

—Sí, le trajeron. La frialdad entre ellas pasó al nacer usted, porque llenó de gozo el corazón de su madre en cuanto ella le vio. Renunció a saber lo que casi había hecho. Sintió mucho arrepentimiento. Elizabeth, la esposa del doctor, no podía mantener el odio por otras criaturas de Dios, así que se reconciliaron. Le trajeron aquí en su sexto cumpleaños, para que yo viera por qué me estaban agradecidas. Así fue cómo lo reconocí a usted cuando lo encontré el año pasado, tambaleándose en su delirio por el camino de Sandend. Todavía es el hijo de su madre.

Casi me reí.

—Pero habían pasado veinte años desde aquellos tiempos.

Ella removió su olla y me miró.

—Aunque hubieran pasado cuarenta le habría reconocido igual. Tiene los mismos ojos y la misma alma. Un hombre no puede cambiar su alma.

—Pero puede perderla —dije yo.

Entornó los ojos socarrona.

—Entonces, ¿se ha vuelto papista?

—No —fui tajante—. Eso nunca.

Ella se sorbió la nariz, cansada de esta conversación. Yo mismo no deseaba seguir: ella me había llevado más allá de lo que yo quería saber.

—¿A qué se refería —empecé con cuidado—, cuando dijo que Marion Arbuthnott y Patrick Davidson buscaban el poder sobre la vida y el conocimiento de la muerte?

Ahora estaba temeroso, aquí sentado en esta caverna, rodeado de hierbas y plantas y pieles de animales. En mi cabeza empezaron a sonar los gritos de los cazadores de brujas.

Me preguntó una vez más:

—¿No está aquí por encargo del corregidor?

Le repetí que no.

—¿Ni siquiera del pastor?

—Ahora no tenemos pastor en Banff.

—¿Y eso? —estaba interesada.

—Desde que... —dudé, pues no quería hablar de brujería en este lugar.

—Desde que quemaron por bruja a aquella pobre chica —dijo ella.

Bajé la cabeza.

—Sí. Robert Guild nunca volverá a predicar en Banff.

Ella escupió otra vez.

—Bien, como no está usted aquí ni por la Iglesia ni por el Consejo, se lo contaré. La chica estaba preñada. El crío era de él, del aprendiz de su padre. Primero vinieron para pedirme algún compuesto o práctica que ayudase a que ella mantuviera al crío un par de semanas más allá del plazo. Querían casarse, pero sabían que antes de que lo anunciaran, su vientre estaría hinchado y se conocería su secreto. No querían esa vergüenza en el nombre del crío, o la humillación para ellos de sentarse ante la parroquia en el banco por el que pasan todos los hipó-critas. También creo que la chica no quería disgustar a su pa-dre. Ella no lo dijo así, pero lo he visto muchas veces, y en sus ojos tenía la mirada que he visto en muchas otras.

El horror de todo aquello me llegó fríamente. Era lo que Jaffray sabía; ese era el secreto de la muerta que había guarda-do frente a todas mis preguntas. Y él tuvo que ver, indefenso, cómo el gentío sacaba de su casa el cuerpo muerto de ella y sumaba barbaridad tras barbaridad. Una madre había sido ase-sinada y, con ella, su hijo, que había sido quemado dentro de su vientre. Yo no sabía cómo encarar el velorio que Arbuthnott quería para su hija. El hecho ya era en sí bastante macabro.

Mi voz sonó ronca.

—¿Pudo usted ayudarles? —pregunté.

La vieja movió la cabeza. Con un movimiento de la mano, indicó los estantes de botellas y tarros detrás de ella.

—Mi habilidad sirve para acortar el plazo de una mujer, o, cuando llega a su fin, para asistir a un niño vivo en brazos de una madre viva, cuando Dios así lo concede. Poco puedo hacer para prolongar un embarazo, excepto decirle a una mujer que coma bien y que evite labores trabajosas. Se lo expliqué a ellos. Ella estaba cansada, él, nervioso. Les dije que muchos habían venido a mí en peores situaciones que la suya; que debían afrontar su castigo y saber que pasaría. Les hablé de quienes habían venido con apuros desesperados... incluso de la tía de él, que casi perdió la cabeza por el miedo y, al final de sus días, iba de acá para allá como hechizada por la pérdida de todos sus niños —removió su olla, meditabunda—. Sí, de hecho estaba hechizada por ellos —no se entretuvo mucho en su ensoñación—. Y así se marcharon, muy agitados. Y después, lo siguiente que supe fue que el muchacho había muerto a manos desconocidas —se detuvo de nuevo a pensar, antes de añadir pragmática—: pudo haber sido el padre de ella.

No respondí a aquello, porque era una distracción para el camino que mi mente seguía ahora.

—Marion Arbuthnott vino a verla otra vez, ¿no es así?

—Sí —respondió cautelosa—, lo hizo.

—¿A qué vino esa segunda vez? —pregunté.

Me miró con atención, sopesándome. Por un momento temí que mintiera, que intentara contarme que la chica había venido a por algún encantamiento o compuesto para librarla de su hijo sin padre. Pero algo encajó en el rostro de la vieja. Una decisión, una resolución. Confiaría en mí.

—Vino a preguntarme por una flor —dijo ella.

—*Colchicum mortis*.

Asintió despacio.

—Sí, esa. Quería saber si yo la conocía. Algo conozco de ella, de su naturaleza y sus propiedades, pero nunca la he visto ni la he usado, ni conozco a nadie que lo haya hecho. Así se lo dije, y ella estaba muy disgustada. Le dije que le preguntara a su padre, pero dijo que no podía exponerse a ese riesgo —se detuvo—. ¿O dijo «exponerle»? No me acuerdo. No le pregunté por qué.

Pero yo sabía por qué: Marion Arbuthnott sabía que el conocimiento de ese mal era casi tan mortal como el veneno de la misma planta. Era el conocimiento lo que le había hecho temer por Charles Thom, y su muerte había confirmado esa convicción. Sin embargo, insistí.

—¿Le contó por qué quería saber sobre esa planta?

—Me costó mucho arrancárselo, porque era una chica reservada y extraña, y estaba asustada. Pero al final me lo contó. El muchacho, me dijo, había estado nervioso, preocupado, todo el camino de vuelta a Banff. Apenas había hablado dos palabras. Pero, cuando subieron Gallowhill y empezaron a bajar hacia la ciudad, él se quedó muerto, como si hubiera tenido una visión. Y entonces dijo despacio aquellas dos palabras: *colchicum mortis*. Las repitió y después solo dijo que debía dejarla, que tenía un asunto urgente que atender. Ella solo lo vio una vez más, la noche siguiente trabajando en la mesa de su padre. Él no comió nada y aún parecía nervioso, casi entusiasmado, pero con una especie de oscuro entusiasmo. Ella me contó que tuvo un presentimiento de algo maligno —se encogió de hombros—. Y puede ser que lo tuviera: era una chica sensible y tenía conocimientos. De todas formas, el chico le había contado que tenía unos encargos entre manos para esa noche, y ella no le preguntó por eso ni intentó seguirle. A la mañana siguiente, estaba muerto.

Acabada la historia, la mujer levantó su olla y la puso en un hueco oscuro a enfriar.

No había nada más que sacar de ella, me levanté y empecé a ponerme la capa. Ella me miró.

—¿A dónde va?

—Vuelvo a Banff —dije yo—. Tengo que irme antes de que anochezca. Tengo muchas cosas que atender.

Ella sonrió.

—No regresará a Banff esta noche. La niebla no levantará hasta la mañana. Se perdería en cinco minutos y moriría en diez.

No era una opinión, sino un hecho. Encendió una pequeña lámpara y la puso junto a mí. Después fue hacia un arcón que había en un oscuro hueco de la caverna y sacó un delgado volumen, viejo y muy sobado.

—Este es mi único libro, sin contar la Biblia. Puede entretenerse con él si lo desea. No busco compañía, y he hablado más en estas últimas dos semanas de lo que hubiera deseado para medio año.

También me trajo una escudilla de mejillones y un trozo de pan. Fue el último intercambio que tuvimos en muchas horas. Me acerqué la lámpara y abrí el libro por la página del título: *Los poemas de William Dunbar.* Dunbar. Una calidez inesperada se extendió por mi cuerpo, recuerdo de tardes de infancia junto al fuego, escuchando a mi padre hablar sobre los esfuerzos del día, contándome historias de su juventud, de sus viajes con el lord de Dalgetty. Aquellas eran noches mágicas, cuando mi madre también rejuvenecía otra vez y recordaba por qué lo amaba. Para mí, no eran las grandes aventuras en el extranjero ni las baladas de amoríos, sino aquellos poemas en nuestro inglés de Escocia, escritos por un clérigo de la corte muerto hacía cien años, lo que me permitía vislumbrar, por una hora escasa, la humanidad de mi padre. No había visto ni oído uno de los poemas de Dunbar desde el día en que me dijeron que estaba muerto. Casi temí hojear más el libro, por los recuerdos que podría encontrar allí. Lo dejé y me acomodé sobre las pieles y los cueros que tenía debajo, con la esperanza de dormir. No llegó el sueño. El silencio del mar en el exterior era más aterrador que toda la furia de sus rugidos. La vieja era ajena a ello. Había estado moliendo unos polvos que puso ahora en un tarro de cristal, y estaba añadiendo agua destilada, gota a gota. Lo olisqueaba cada poco, y después mascullaba para sí antes de añadir unos pocos polvos.

Yo había aprendido lo que quería, y no tenía ganas de demorarme más en ese lugar, pero su consejo era bueno: no

habría tenido sentido intentar alcanzar Banff antes de la mañana. Había muchas cosas que podría haber hecho durante aquellas horas futiles en cualquier otro lugar que no fuera ese. No
tenía ni idea de qué hora del día o de la noche era. Abandoné
el intento de dormir, y abrí el libro de nuevo, esta vez con la
intención de seguir adelante.

La vieja había terminado su trabajo de la noche y se había
ido, por algún asunto necesario, a un lugar en lo profundo de
la cueva que me había enseñado, y yo aún estaba leyendo, perdido en otro tiempo, con la voz de mi padre resonando en mis
oídos. Incluso después de que ella apagara la lámpara y se tum-
bara a dormir en su camastro, las palabras hacían eco en mi
mente a través de la oscuridad, desde quince o veinte años
atrás. Las baladas, las licenciosas canciones de taberna, los di-
chos cómicos sobre la vida en la corte, todo había vuelto otra
vez a la vida en mi cabeza, y me había traído aquella calidez.
Pero ahora, en la oscuridad de esta caverna, con la neblina filtrándose en la silenciosa negrura, la sonora voz de mi padre
dijo por fin las palabras con las que acababan todas aquellas
noches, y me envió a dormir con miedo: *timor mortis conturbat
me.* El temor a la muerte me inquieta. Era la única certeza a la
que ahora me podía aferrar: la certeza de la muerte. Y el conocimiento de la muerte estaba en todas las partes de aquel lugar
donde ahora por tercera vez yo había sido devuelto a la vida.
Recé por dormir, por la paz, y, muy avanzada la noche, el sueño
llegó.

Me despertó una ráfaga de aire fresco en el rostro. Mis
ojos buscaron en vano los objetos familiares de mi estancia en
la escuela hasta que recordé dónde estaba. La vieja había salido. Seguí la luz que entraba hasta la boca de la cueva y yo mismo empujé la mampara. La luz del sol me deslumbró. La neblina había levantado. Un excelente y claro día de primavera

extendía la belleza de la ría delante de mí. Con pocas palabras, la anciana se encargó de prepararme algo para desayunar, y mientras yo comía, ella trabajaba otra vez en sus pociones. Cuando acabé las gachas y me levanté para reunir mis pocas cosas, ella se dio la vuelta.

—Espere. Aún no está listo del todo.

Sin más explicación, volvió a su trabajo, y pasó unos minutos mirando tarros y botellas, para, al final, elegir dos pequeños recipientes en los que vertió diferentes líquidos de los brebajes que había estado preparando la noche previa. Me alargó las botellas.

—Esta —dijo, señalando la que contenía una turbia melaza amarillenta—, se la va a dar al corregidor Buchan. Es el remedio que busca —yo abrí la boca para decir algo, pero ella me hizo callar—. Sabe usted lo que necesita saber. Désela.

La otra botella contenía un tónico claro, casi azul.

—Esta guárdela para usted. Una cucharada por la noche. Dormirá con más facilidad y los sueños no le molestarán.

—¿Anoche hablé en sueños? ¿Grité? —algunas veces, últimamente, me había despertado en la noche por el sonido de mis propios gritos.

—Hace mucho que conozco sus sueños —dijo ella—, y ya los he expulsado antes.

Y era a causa de algún preparado como este, supuse, por lo que yo no recordaba nada de mi última estancia aquí, hacía menos de un año.

—No tengo dinero —dije.

—No busco dinero —replicó ella—. Tómelas y haga como le digo. Vaya con Dios —según salía de la caverna, ella me habló por última vez. Fue como si hubiera estado pensando si contármelo o no—. La chica, Marion Arbuthnott, me preguntó si yo sabía qué aspecto tenía la flor, esa flor que busca.

Como le conté a usted, y a ella, no la he visto nunca, pero vi un dibujo una vez en un herbario, en los venenos. Fui capaz de describírsela a ella, porque tenía buen conocimiento de plantas y de sus partes, y la dibujó bien. La conocía de algún sitio, la había visto. Cuando se marchó de aquí, tuve la impresión de que iba a buscarla.

—La encontró —dije—, y eso la mató.

La anciana asintió con la cabeza.

—Temí que así fuese, de alguna manera. Creo que también usted tiene en mente encontrarla. Tenga cuidado de no bajar tras ella demasiado pronto por el oscuro pasaje de la muerte.

Me dio la espalda y se retiró a las sombras de su morada. Salí con satisfacción de la caverna y me dirigí a casa.

El camino de vuelta a Banff me pareció más corto que el que había hecho ayer. Como era mi propósito, apenas noté que las millas desaparecían detrás de mí. No era aún mediodía cuando seguí por Gallowhill y vi, extendido delante de mí, el viejo burgo. Al bajar por el camino hacia la ciudad, pude ver ante mí aquellas flores azules, tal como había hecho Marion Arbuthnott, cayendo, cayendo. Casi pude tocarlas.

CAPÍTULO CATORCE

EL VELORIO

L A PUERTA DE MI CÁMARA JUSTO ACABABA DE CERRARSE
detrás de mí cuando oí la voz.

—Hola, Alexander —giré en redondo y le vi allí sentado, en la débil luz del rincón de mi cuarto: Thomas Stewart. Él
siguió hablando—. Has estado fuera mucho tiempo.

—No tanto, en realidad —dije, mientras me quitaba el
sombrero, pero permanecí de pie—. No esperaba visita.

Aunque sonrió, tenía cara de preocupación. «Estarás
cansado después de tu viaje, pero tengo que hablar contigo.
Habría sido mejor si hubiéramos hablado antes». Tuve una extraña sensación de vigilancia velada en la ciudad al seguir mi
camino a través de ella; aquellos con cuyos ojos me cruzaba no
me sostenían la mirada, sino que se daban la vuelta deprisa. Y
ahora me sentí inexplicablemente asustado al ver al notario
sentado allí en mi habitación. El fuego no se había encendido
en dos días y todo estaba frío y vacío.

—Pregúntame lo que quieras, Thomas —dije.

Se movió incómodo en su asiento.

—Estoy aquí por una cuestión de formalidad, Alexander,
y quiero que entiendas que es el cargo y no el hombre, quien se

sienta aquí delante de ti. Es la única salvaguardia para la amistad que conozco .

Ahora lo entendí. Entendí que habían enviado al mensajero que salió al verme volver a Banff por la puerta de Boyndie hacía menos de una hora, y entendí que esa visita no auguraba nada bueno para mí. Se movió otra vez sobre el banco y, por fin, se levantó y empezó a caminar por la habitación.

—He venido para hacerte preguntas, sí, pero también para advertirte.

—¿Advertirme? —pregunté.

—Sí —dejó de pasear y se quedó de pie en medio de la habitación, mirándome—. Se rumorea por toda la ciudad que ayer fuiste a Findlater y a Darkwater, y que pasaste la noche en la cueva de la mujer sabia, la vieja. ¿Es eso verdad?

—¿De boca de quién sabes eso? —pregunté.

—De alguien que está libre de toda duda —replicó.

—Entonces sabes que es verdad —dije yo.

—Tenía esperanzas de que no lo fuera —dijo en voz baja. Y entonces se volvió hacia mí con exasperación—. ¿Por qué tienes que buscar controversia, Alexander? ¿Tienes alguna idea de los peligros a los que te expones?

—¿Por qué? ¿Por visitar a una vieja comadrona y refugiarme de la niebla una noche en su cueva? ¿Habría sido mejor para mí arriesgar mi vida en lo alto de los acantilados con la neblina?

—Habría sido mejor si no hubieras ido para nada —dijo él con cierta vehemencia.

—Thomas —dije yo—, no es una bruja, sino una anciana cansada de este mundo y de sus veleidades y violencias.

—¿Crees que importa, Alexander, si ella se entrega a las artes negras o no? En las mentes de algunos ciudadanos está condenada como sierva de Lucifer, y tú por asociarte con ella.

Aunque ella no tenga mancha alguna, una vez que la idea se ha asentado con firmeza en las mentes de la gente, no habrá nada para salvarla, o a ti. La caza de brujas ha dejado el suroeste y se ha extendido hasta Fife. Lo que ocurrió aquí no fue el final, fue solo el principio —me miró por un momento, mientras tomaba una decisión—. Aunque Jaffray nunca lo diría, hay quienes creen que pasaste tus —buscó las palabras—, tus días perdidos, el año pasado, al cuidado de la vieja.

—Tienen razón —dije yo—, aunque no recuerdo nada de aquello.

—¿Y por qué sería eso, Alexander, mas que porque ella te lanzó algún hechizo para hacerte olvidar? ¿Cómo puedes saber entonces lo que hacías o eras aquellos días perdidos?

—Yo era un hombre, Thomas, solo un hombre. Entonces sin vínculos con Dios o con el diablo, sino con mi propio ser, y eso es lo que ella intentaba ayudarme a olvidar. Su hechizo me falló, creo.

—Entonces lo siento por eso, pero no hagas nada más para despertar sus sospechas, Alexander.

—¿Ni sus fuegos? —pregunté.

—No —replicó sombrío—, ni sus fuegos —Se quedó en silencio un momento, pero yo sabía que tenía más que decir. Al final se aclaró la garganta, aún más incómodo que antes—. Creo, y espero equivocarme con esto, y que tú me perdones por ello, pero creo que tienes en mente buscar tú mismo al asesino entre nosotros.

—No te equivocas, Thomas —le contesté.

—¿Puedo preguntarte por tus razones?

Pensé en Patrick Davidson, no en aquella última noche de su vida, cuando me dirigió aquella llamada desesperada que yo decidí desoír, sino en todo el tiempo antes de aquello, en todas las semanas que había estado en Banff antes de su muerte. Yo nunca busqué su compañía en todo aquel tiempo. La había evitado, y lo habría hecho incluso aunque Jaffray no hubiera estado en el sur. La verdad, de la que yo había decidido apartar la mirada este último par de días y semanas, era que la llegada de Patrick Davidson me había incomodado, porque él había sido lo que yo habría aspirado a ser.

Ni de alta ni de baja cuna, había sido educado y había viajado muy lejos en pos de su educación y sus pasiones eran pasiones apropiadas. Había seguido una vocación considerada por muchos inferior a él. Había sido feliz, amable, culto y amado. En otra vida, en otro mundo, en otro tiempo, como Charles Thom, con cuánto orgullo lo habría llamado amigo. Pero aquella vida y aquel tiempo y aquel mundo se habían ido mucho antes de que Patrick Davidson hubiese siquiera regresado al lugar de su niñez. Y así le di la espalda, al final, le di la espalda a él. Estaba decidido a ser capaz de mirarle ahora a la cara, si no en esta vida, después, en la siguiente. ¿Cómo podía hacer que Thomas Stewart entendiese eso? No podía, y no lo intenté. En vez de eso, le conté lo que una vez había sido una parte de la verdad.

—Cuando Charles Thom fue acusado de su asesinato y encarcelado, Jaffray y yo juramos que no descansaríamos hasta que consiguiéramos que lo liberaran. Bien, ahora él está libre, y eso es bastante para el doctor, él tiene suficientes preocupaciones en el mundo, pero yo estoy demasiado cerca como para dejarlo ahora.

Al notario no le gustó lo que oyó. Empezó a hablar despacio, con parsimonia.

—Alexander, debo aconsejarte que abandones esa empresa. Hay trampas por todas partes en este asunto. Si no te atrapan las acusaciones de brujería, bien puedes verte acusado de conjurador y espía.

Yo no esperaba esto.

—¿Espía? ¿Cómo?

Respondió con sobriedad.

—Puede que la gente de la ciudad mantuviera que Marion Arbuthnott era una bruja, y que Patrick Davidson fue víctima de sus artes, pero yo creo mucho más probable que él fuese un espía y ella su voluntariosa ayudante, porque es cierto que si él no estaba involucrado en una cosa, lo estaba en la otra.

—Te equivocas —dije yo—. Él la amaba.

Me miró excéptico, extrañado por cómo yo había llegado a estar tan seguro. Era evidente que él no tenía tiempo para perderlo en estos temas.

—Que la amara o no tiene ya pocas consecuencias. Lo que debería preocuparte es que, entrometiéndote tanto en sus asuntos, puedes llegar a encontrarte implicado en ellos.

—¿Es el cargo o el hombre el que me dice eso? —pregunté. Él respondió con firmeza, tranquilo:

—Ambos.

Cogí la lumbre y encendí la vela de sebo, porque poca luz llegaba a mi habitación a esta hora del día. Quería ver el rostro del notario.

—Thomas, tú mismo estabas entre los que me implicaron en el tema de los mapas de Patrick Davidson. ¿De qué otra forma hubiera sabido yo de su existencia, o del miedo a las conjuras distintas de aquellas que están constantemente entre nosotros? ¿Cómo puedes acusarme ahora de algo que sabes que no tiene que ver conmigo?

—No te acuso de nada, Alexander —dijo—, pero algunos de los encuentros que tuviste en tu viaje a Aberdeen no fueron acertados.

No podía seguirle.

—En Aberdeen me alojé con un viejo amigo, un respetado abogado, conocido en su ciudad y en esta casa, e incluso por ti mismo.

Él asintió.

—William Cargill es un buen hombre.

Yo ya no estaba de humor para cortesías.

—Llevé a cabo los propósitos de mi visita en lo que atañía a esta escuela, y cumplí con los encargos por los que se me envió en nombre de la ciudad. No veo dónde se puede encontrar falta en esto. Y si es cuestión de George Jamesone, el artista, entonces tienes que dirigirte al alcalde, porque yo...

Me cortó en seco.

—No es del artista ni del rector Dun ni del doctor Forbes ni de ninguno de esos ciudadanos de quien hablo. ¿No me dirás, espero, que te encontraste con Matthew Lumsden por el encargo de esta ciudad?

—¿Matthew Lumsden? —estaba del todo perplejo—. ¿Qué tiene que ver MatthewLumsden con esto?

—Eso es lo que querría que me dijeras —contestó el notario, y aquí vi que habíamos llegado al meollo de la entrevista.

La aprensión creció dentro de mí.

—Matthew Lumsden es amigo mío —dije—. Lo ha sido durante muchos años. Habíamos acordado, antes incluso de que Patrick Davidson volviera a poner los pies en Banff, que él y yo nos encontraríamos, además de otros amigos, cuando yo fuese a Aberdeen por el tema de las becas.

—¿A instancias de quién?

—No lo sé —no podía encontrar la relevancia—. De William Cargill, creo. Pero aún no veo...

—Matthew Lumsden es partidario del marqués de Huntly. Ha levantado la cabeza y ha hablado demasiado alto y con demasiada frecuencia sobre materias que habría sido más sabio que se hubiera guardado para sí mismo. Se conocen sus opiniones y se intuye su filiación religiosa. En las circunstancias en que estás, es un hombre cuya compañía sería mejor no frecuentar.

Me levanté, caminé hacia la puerta y la abrí.

—Es un hombre que no ha vendido su honor por un cargo. Yo elegiré a mis propios amigos, señor notario.

Si el notario hizo alguna réplica al salir, no la oí. Al cerrarse la puerta detrás de él, sentí que había perdido un amigo que nunca había apreciado demasiado, sin embargo lamenté, pero no podía retirar mis palabras. Mi ropa aún estaba húmeda de mi viaje de vuelta desde Darkwater, me dolía la cabeza y estaba empezando a temblar. Quité el tapón de la botella que me había dado la vieja y bebí un trago del amargo líquido. Al hundirme con gratitud en mi cama me di cuenta, ya demasiado tarde, de que Thomas Stewart no tendría que haber conocido en absoluto mis movimientos en Aberdeen.

* * *

La voz me llegaba como desde un lugar distante. Entraba en mis sueños y me sacaba de ellos. «Porque, sin causa, escondieron para mí su red en un hoyo, sin causa han cavado un hoyo para mi alma». Clara y pura, la voz se acercaba. Otras voces se le unieron, muchas voces, solemnes, suaves, al unísono, siguiendo con exactitud las palabras. Las voces marchaban sobre mí, cantando. Caí de mi cama, cubierto todavía con la tibia humedad de mi ropa. «Pero ellos se regocijaron en mi adversidad, y se juntaron: sí, se juntaron contra mí gente despreciable, y yo no lo sabía: me despedazaban sin descanso». Las voces aún se acercaron más. Mis ojos no se abrían del todo, salí a tientas de mi habitación hasta el principio de la escalera. Cuatro peldaños más abajo, aún no del todo fuera de mi sueño, pegué la cara al ventanuco que estaba empotrado en el muro exterior de la escalera. La muchedumbre, porque todavía era una muchedumbre, serpenteaba desde su cola, despejando la puerta del cementerio de camino a Low Shore y el lado oeste de la iglesia, la nave lateral de Ogilvy donde los grandes aún estaban tendidos para descansar, alrededor de su cabeza en High Shore, donde pronto pasaría por debajo, muy por debajo de mi ventana. Tras las andas, ella abatida y él desafiante, caminaban el boticario y su esposa, y a la cabeza, muy a la cabeza, como yo sabía que sería, estaba Charles Thom. Su voz, siempre un regalo de Dios, se alzaba sola, alcanzando los cielos: «Señor, ¿hasta cuándo presenciarás esto? Rescata mi alma de sus destrucciones, a mi amada de los leones». Solo, muy por encima de ellos y en voz baja, continué el salmo, palabra por palabra, nota a nota, y me uní a todas aquellas otras voces en el comienzo del velorio de Marion Arbuthnott.

Tuve que encontrar otra ropa, no podía salir en camisón. El calor de mi cuerpo después de salir de la cama se había disipado, y el frío de la ropa cubría cada pulgada de mi piel. Mi otra ropa, que justo el día anterior la sirvienta había lavado en una tina, colgaba todavía delante del fuego de la cocina, y aún despedía vapor hacia el techo, vapor que luego bajaba por la pared. Volví a mi cuarto y bajé la llave de la repisa donde había estado durante nueve meses, sin más molestia que la mano de la señora Youngson, o su sirvienta cuando limpiaba. Me agaché junto a la cama y arrastré hacia fuera el baúl. La cerradura estaba rígida, pero cedió la tercera vez que giré la llave con mi mano. Abrí la tapa con cuidado, temiendo tontamente que me descubrieran haciéndolo. En una media hora estaría de pie delante de muchos que me conocían vistiendo lo que ahora dudaba en sacar de su tumba. Saqué primero los papeles... ¿Por qué había guardado mi sermón? Y allí abajo, inmaculada, hecha con amor y usada solo una vez, estaba la ropa negra como la noche de un hombre de Dios, la capa y el traje de fina tela inglesa, con su cuello de terciopelo, confeccionado para mí por el sastre más elegante de Banff, por encargo de todos mis amables amigos de aquí: Gilbert Grant y su esposa, Jaffray, Charles, que no tenía dos medios peniques que juntar, y los padres de algunos de mis alumnos, que a menudo no tenían ni uno. Estuve vestido con mi excelente ropa nueva delante de los hermanos en el presbiterio de Fordyce aquella noche de junio, y oí al lord de Dalgetty pronunciar mi perdición. Si los hubiese pagado yo mismo, haría mucho que las prendas hubiesen sido arrojadas al fuego, pero como no fue así, habían permanecido allí, bajo llave en el baúl debajo de mi cama, un símbolo oculto de mi caída. Y esa noche, en esta ciudad entregada a su terror de una oscuridad que no se entendía, reunidos en una despedida pagana para una chica asesinada y su hijo no nacido, me las pondría otra vez. Casi era lo apropiado. Me quité mis pegajosos andrajos y empecé a vestirme.

La campana de la ciudad acababa de dar las siete cuando pasé bajo el arco al lado de la tienda del boticario. El canto rítmico de los salmos y el atrayente aroma de las carnes asándose guiaron mis pasos. Hacía una tarde suave, y el sol aún no se había hundido tras las montañas del oeste. El mar estaba calmado. La voz de Charles parecía guiar las olas según llegaban leales a la orilla, y la gente seguía el texto al unísono tras él, sus voces retumbaban como los guijarros que las olas arrastran de vuelta al mar. Muchos de los dolientes se habían desperdigado por el patio, aunque las mujeres aún permanecían en la casa. Sin ser visto, como pensé a mi llegada, recorrí con la vista las caras de la gente que estaba allí reunida; unos iban despacio de una a otra habitación, otros hablaban en voz baja a sus vecinos. Me maravillé, aunque en realidad estaba poco sorprendido, de la hipocresía de mis conciudadanos: ¿cuántos de ellos se habían reunido a menos de trescientas yardas de aquí, apenas hacía dos noches, y habían visto arder el cuerpo de la chica por la que ahora se lamentaban? Cuando empecé a pasar entre ellos, me di cuenta de qué poca gente relevante estaba ausente de la reunión. Los gremios estaban allí, aquellos que no estaban encerrados esperando a la justicia; sus maestros vestían los ropajes de su oficio en honor de su compañero gremial, el boticario. Panaderos, cereros, toneleros, carniceros, zapateros, tintoreros, tejedores, herreros. Qué deslumbrante, qué robusto había visto yo a mi padre muchas noches como esta. Cómo odiaba mi madre la apropiación pública de un dolor tan privado. Ella no lo entendía.

Los grandes y los buenos, quienes tenían entre manos los asuntos del burgo, estaban también allí. El Consejo del burgo estaba bien representado, como también lo estaba la congregación de la Iglesia (más de lo que hubiera sido adecuado, de hecho, dadas sus frecuentes censuras contra estas reuniones). Estaba el corregidor, vigilante. No me sorprendió mucho verlo: a pesar de sus muy repetidas condenas de los velorios como algo propio de papistas, era un hombre al que le gustaba conocer a su enemigo, y el conocimiento de los pecados de su enemigo se guardaba en el arsenal con el que más tarde lo condenaría.

Y allí, no entre la muchedumbre general o rodeado, como era el caso habitual en aquellas situaciones, por los mercaderes más grades y los artesanos de la ciudad, sino solo, en las sombras de la entrada de la casa del boticario, vigilando, estaba el alcalde. Nuestras miradas se encontraron y él me hizo el más breve de los saludos antes de retirarse hacia atrás entre las sombras, donde un espectro blanco flotaba detrás de él: Geleis Guild también había venido a velar a su amiga y ayudante. Al apartar la vista de la entrada, entreví, por el rabillo del ojo, a Jaffray. Estaba en una profunda conversación con Thomas Stewart, el notario, y evidentemente no me había visto. Avancé hacia ellos y entonces el doctor miró en mi dirección. No lo había visto desde que me rogó que no fuera a Dakwater. Levantó una mano para saludarme, pero Thomas Stewart evitó mi mirada. Dolido, me di la vuelta hacia el sitio de donde venía la música.

Como mi atuendo de pastor me abría camino entre mis atónitos vecinos, al final me encaminé hacia el círculo que había al frente de la muchedumbre, el más cercano a donde estaban el maestro de la escuela primaria y sus alumnos. Charles dirigía a los chicos a la antigua usanza, en pie frente a ellos detrás de un atril improvisado, y pasaba las páginas del libro del coro con una mano, mientras con la otra dirigía a los chicos que estaban detrás de él. Lejos de la posada, lejos de casa de Jaffray, lejos de la iglesia, era un hombre diferente. Las cuitas de su mundo y las limitaciones de sus tareas se disipaban de él, estaba en libertad, lo que raras veces se le otorgaba, para disfrutar del todo y ofrecernos los dones que Dios le había concedido.

El salmo que empezó entonces no era, como habían sido los otros, monótono ni desprovisto de todo adorno y ornamentación, sino algo digno de los dones y de la práctica de un auténtico músico. Las voces del maestro y de los chicos se elevaron en una magnífica polifonía, pidiendo al Señor, por Marion Arbuthnott,: «Juzga y venga mi causa». El corregidor Buchan, al que descubrí a un par de pasos de mí, no se movió a lo largo de la interpretación de toda la pieza, aunque su rostro se endurecía con desaprobación ante cada nueva prueba del virtuosismo de mi amigo. Si bien ni una sola vez apartó los ojos de Charles, fue solo después, mientras el maestro y los chicos se pusieron a comentar el salmo décimo octavo, cuando pareció fijarse en mí. No dijo nada, pero se acercó más a mí con lentitud, entregado, era evidente, a vigilar que ni Charles ni yo escapáramos.

En un momento estuvo junto a mi hombro. Yo estaba envalentonado por la luz, que iba disminuyendo progresivamente.

—¿El salmo no es de su gusto, corregidor? —pregunté.

—El salmo es de mi gusto —dijo él—. Las palabras del Rey David, imploradas a gritos a nuestro Señor, afirman la corrección de su causa en un mundo pecaminoso. Pero esta sobreinterpretación, esta decoración y ostentación, nacidas de la vanidad de los hombres, me revuelve las tripas. ¿Qué necesidad tiene el salmista de semejantes perversiones?

—Sin duda, corregidor, la voz de nuestro maestro de música es un regalo de Dios.

Se giró hacia mí con una mirada de gélido desprecio por mis palabras.

—¿Ya no recuerda las palabras de John Knox? ¿O es que él ya no tiene el favor de los grandes episcopalianos de King's College?

En su voz se oía el desprecio de un hombre que no transigía.

—No me resultan extrañas las obras de John Knox —repliqué yo—, ni tampoco a mis maestros —y, de hecho, me acordé de las palabras del gran reformador y su exposición cuando mis compañeros de clase y yo habíamos debatido el lugar de la música en la adoración de Dios. Para el corregidor no existía el debate. Habló tranquilamente.

—Él sabía de las trampas del mundo que acechan a todos los hombres, y prevenía contra las que son como esta: «No hay regalo de Dios tan precioso o excelente que Satán, después de un poco, no haya arrastrado hacia sí y luego corrompido, y así él ha confundido con gran insolencia el notable regalo del canto... desfigurándolo... empleando a los hombres en cosquillear los oídos y cortejar las fantasías». Los dones del maestro de escuela deberían aplicarse en la edificación de la gente, no en hacer ostentación de sus vanidad.

La vehemencia de sus palabras estaba casi más allá de su fuerza para reunirlas, y el corregidor fue vencido por su intensa tos, ahora ya familiar.

Un espetón, con un cerdo que se asaba en él, daba vueltas en una esquina, cerca del pozo del boticario. Cerca de él se habían reunido ya unos pillos harapientos, preparados para arriesgarse a la ira del cocinero por la oportunidad de una comida caliente. Puede que entre ellos estuvieran algunos de los haraganes que habían salido de los chamizos cuando yo estuve allí, pero no podía estar seguro. Tenía hambre, y con gusto me hubiera sentado y habría tomado algo, pues había comido muy poco desde mi regreso de Darkwater y me sentía debilitado por el hambre y la fatiga. Sin embargo, aún no era la hora de comer: las largas mesas de caballetes, tendidas fuera, en el patio, todavía estaban vacías de las delicias que las mujeres de la familia de Arbuthnott habían estado preparando durante todo el día. El tiempo de la solemnidad aún no había pasado; el de la glotonería y el exceso aún estaba por llegar. Mi elegante traje de lana inglesa, con su larga capa y su cuello, no era suficiente para quitarme la humedad y el frío de los huesos. Empecé a sentirme tembloroso, y busqué un sitio junto al fuego. Habría regresado a mi cama de buena gana, porque tenía poco tiempo para velorios y las supersticiones que estos recordaban, pero me sentía incitado a permanecer allí y pasar la noche.

El salmo que estaban cantando los estudiante llegó por fin a su doloroso final, y, casi sin una pausa suficiente para respirar, un nuevo sonido llenó el aire, una melodía dulce y melancólica que yo conocía bien. Uno de los chicos mayores había sacado su flauta, mientras otro tocaba el rabel, sacando de las cuerdas con su arco una tonada lastimera, e incluso Charles empezó a cantar, no un salmo esta vez, sino una canción de un amante dolido: «Quisiera estar donde yace Helen». Las mujeres salieron ahora de la casa. Algunas se quedaron de pie en las escaleras de atrás, mientras las otras se movían en silencio entre los invitados del patio. Y entonces, como desde otro lugar, las notas intemporales de un arpa se unieron a la flauta y al rabel, ajustadas a la voz de Charles.

Volví la cabeza al lugar de donde salía el sonido, pues sabía que Charles no era arpista. Allí, en una banqueta un poco por detrás del estrado de los músicos, estaba sentada Ishbel, la moza del doctor, y sus dedos acariciaban con delicadeza las cuerdas del arpa. El instrumento hablaba de la agonía del amor perdido, de una vida y de unos sueños que se van, y por unos instantes cesó cualquier otro ruido. El mismo Charles quedó en silencio. Según las notas se seguían una a otra por el aire, y la canción llegaba por fin a su conclusión, vi que muchos entre el gentío estaban llorando.

El momento de Marion Arbuthnott había llegado. El doctor fue hacia la chica, irradiando orgullo y amor. En lo alto de la escalera estaba la madre de Marion, desbordada por la desolación, con su cabeza apoyada en el hombro de la señora Youngson, cuyos ojos estaban fijos en sus recuerdos personales. Sin embargo, por encima de todo me fijé en el corregidor. Alejado del lugar y del tiempo en que estaba, él también permanecía pendiente de una imagen de algo que había perdido, algo que se había ido hacía mucho. Nunca antes había visto tanta humanidad en su rostro. El mismo Charles no se movió, continuó mirando a Ishbel un buen rato. Sus labios se separaron ligeramente y, poco a poco, volvieron a juntarse de nuevo. Comenzó a abrir los ojos.

Una vez que se recompuso, el doctor, con Ishbel bien sujeta en un abrazo paternal, me llamó:

—Venga, Alexander, tomemos algo que anime nuestros corazones.

A Charles le llevó unos instantes salir de su encantamiento, pero, sonriente, tomó su arco, dijo una palabra a sus músicos, que cogieron gaita, tambor y tamboril, y los condujo en una cordial tonada. El nuevo sonido era una señal para los dolientes, tanto invitados, como anfitriones. Las mujeres iban de acá para allá y los chicos corrían arriba y abajo desde la cocina al patio, y las mesas enseguida estuvieron llenás de bandejas, escudillas y cestas con todo tipo de comidas imaginables: empanadas rellenas de pichón, pescado o conejo; toda clase de panes, pastas y pudines; cremas, pasteles, confituras de todo tipo. El Consejo y la congregación se habían manifestado una y otra vez contra semejantes festines, y es que eso en realidad era más un banquete de bodas que una reunión de funeral, pero para Marion Arbuthnott ya no habría boda y todo lo que sus compungidos padres pudieran hacer ahora por ella, lo harían.

El sol se había ido por fin, y su brillo ambarino se apagaba. En los soportes de los muros del patio se encendieron antorchas, que arrojaban grotescas sombras de hombres, mujeres y niños en una celebración perversa del paso de un alma, de dos almas, hacia la muerte. Intenté no mirarlas. Quería hablar otra vez con Thomas Stewart: no estaba bien que las cosas entre nosotros hubieran quedado como estaban esa tarde, y era mi labor arreglar las cosas con él. Al levantarme, mi mente se asentó como plomo fundido dentro de mi cráneo, y empecé a mirar a mi alrededor en busca de alguna señal del notario. En ese momento había mucha gente que se movía, sola o en grupos, del fuego a la mesa o al espetón; no podía ver con claridad ni acceder a ningún sitio. Poco a poco empujé y me abrí camino entre ellos hasta alcanzar el lugar en que había visto al notario hablando con Jaffray, pero ya se habían marchado los dos.

El temblor de antes alternaba con olas de calor intenso que recorrían todo mi cuerpo, y culminaban en un ruido sordo en mi cabeza. Conseguí acercarme a un banco y volví a sentarme, temeroso de que mis piernas se doblaran. Antes de que pudiera respirar aliviado por estar de nuevo en reposo, sentí un empujón en el hombro que casi me tiró de mi asiento. Miré rápidamente a mi alrededor, pero no vi nada excepto el andrajoso dobladillo de una capa que se retiraba con destreza.

De alguna manera los hombres de Lang Geordie habían llegado allí esa noche, de eso estaba seguro. No era una noche para sentarse en las esquinas oscuras, en los márgenes: la seguridad estaba en el corazón del gentío. Me forcé de nuevo a ponerme de pie en dirección a las bulliciosas mesas. No sabría decir si era mi propio cuerpo el que se tambaleaba o eran los de aquellos contra los que presionaba, aunque sabía que mis pies no estaban firmes. Maldije a la mujer sabia de Darkwater y su tónico para dormir, y también mi propia estupidez por haberlo tomado hacía menos de siete horas.

Por fin me abrí camino entre el gentío. Me dejé caer en un banco y me pusieron en la mano una fuente de comida: cerdo crujiente, manzana asada con clavo, una salsa oscura y picante, y pan templado. Era Gilbert Grant quien estaba de pie a mi lado.

—Alexander, parece que vayas a desmayarte. Come, muchacho, come. Mi esposa me dice que no has comido nada desde que volviste hoy a casa con nosotros. Te pide que comas.

Acepté el plato y se lo agradecí con un gesto a la señora Youngson, que había sustituido a la sufriente madre en las tareas de anfitriona. También me alcanzaron una copa de vino caliente especiado, y mientras comía y bebía, empecé a recuperarme. Gilbert Grant parecía satisfecho de que comiéramos en silencio, y me miraba de vez en cuando para asegurarse de que no desfallecía. Me alegré, porque no estaba de humor para conversaciones, ni siquiera con el más amable y cordial de los hombres. Allí, esa noche, se estaba preparando un juicio que ni la música ni la comida ni la bebida ni las llamas danzarinas podían enmascarar, y yo estaba dispuesto a verlo cuando llegara. Podía sentir la vigilancia y la espera a mi alrededor.

Charles y sus chicos, los mayores y los mejores músicos, se embarcaron en una *courante,* y algunos de los mercaderes más ricos, junto con los terratenientes, sacaron a sus esposas y a sus hijas y se pusieron a bailar, conscientes de su estatus y su dignidad. Eché un vistazo al corregidor, que se mantenía en su puesto cerca del maestro de música y el estrado. Su cara estaba rígida como una piedra; para el corregidor, un baile, aunque estuviese tan lleno de gracia, alimentaba tanto la hoguera del diablo como la degradación más salvaje. En cuanto a mí, no había visto ningún baile desde las últimas Navidades en Dalgetty, y me sentía atraído a mirar mientras hombres y mujeres se movían cuidadosamente con pasos determinados los unos hacia los otros, giraban, volvían y se cogían de las manos otra vez para avanzar en una procesión majestuosa y amanerada.

Todo era decoro, todo era orden. Los rostros eran como máscaras, pero los ojos, los ojos siempre revelaban algo. La danza llegó a su final, y antes de que me hubiera alejado lo suficiente dentro del gentío, empezó otra. Sin saber cómo y sin quererlo, me encontré en una fila de cuatro hombres. Frente a nosotros había cuatro mujeres, y delante de mí estaba la forma pálida y agotada de Geleis Guild. Miré hacia donde estaba el alcalde: él me miraba sin moverse. ¿Se trataba de una prueba? ¿Debía yo saber que no pondría una mano sobre este adorno, delicado y frágil, de su cargo y posición? Lo sabía ya bastante bien. La música empezó y yo me adelanté y cogí su esbelta mano, porque no había ningún sitio donde esconderme. Geleis

Guild miraba al frente, a la nada, como si no me viera, y la danza progresaba. Ninguna palabra, ningún gesto que significara reconocerme, salió de ella. Yo no la había visto desde aquella mañana en que habíamos llevado a su casa el cuerpo sin vida de Patrick Davidson. La pena redoblada por haber perdido a su amiga casi había acabado con toda su energía vital. Me pregunté que decocción le habría dado Jaffray, porque su aspecto era el de alguien que ya está a medio camino del otro mundo. Pero entonces, cuando la danza se acercaba a su fin y nos cruzamos uno por delante del otro una última vez, su boca rozó mi cabello. Sus palabras se llevaron las pocas fuerzas que le quedaban.

—No les falle —dijo en voz baja; después su mano se había soltado de la mía y ella ya se había introducido de nuevo entre la gente. El alcalde ya no me miraba, no pude verle, pero sí las miradas de muchos otros: del doctor Jaffray, de Thomas Stewart, del corregidor Buchan, todas sus miradas estaban puestas en mí. Habría dado lo que fuera entonces por pasar tranquilamente como un extraño para la compañía. Me dirigí hacia los bordes del gentío y esperé a que me envolviera.

Desde algún sitio en la reunión que iba oscureciéndose, por encima del aroma de la carne que se asaba, por encima del olor espeso y tibio a sudor humano y suciedad, una nueva sensación alcanzó mi mente. No era el humo del fuego del espetón ni el de la hoguera encendida para calentarnos, ni siquiera el del tabaco de Virginia, sino un olor dulce, de alguna otra hoja seca quemada para alterar la mente y el espíritu. Llegaba esa hora de la noche en que se fumaban tales drogas y se tomaban otras, echando sus semillas machacadas en las bebidas. El corregidor y otros de su cuerda se desesperaban por el peligro que para nuestras almas suponían un par de canciones y de bailes inocuos. Cómo se reiría el diablo por su simplicidad mientras se introducía en nuestras mentes y visiones con sus dones paganos del Nuevo Mundo. Quería estar bien consciente esa noche, y me alejé deprisa de la fuente del extraño perfume, dando vueltas a las palabras de la esposa del alcalde. «No les falle».

Algunos de los músicos más jóvenes de la escuela habían sido enviados a casa, con el penique prometido en la mano para dárselo a sus madres, mientras la música y el baile estaban volviéndose menos decorosos. El doctor se acercó con Ishbel cuando los músicos empezaron a tocar un popular compás. Ahora la cítara entró en juego por primera vez en toda la noche, y el tamboril tocaba el ritmo perfecto para la pequeña gaita sobre la que volaban los dedos de Charles, cuyos ojos sonreían mientras los movimientos exagerados del doctor hacían enrojecer a Ishbel.

Por todo lo que había ocurrido ese último par de días, y por toda la pena atroz que había ocasionado esa celebración, aquella noche el doctor se había quitado diez años de encima. Se levantaron voces reclamando una melodía más animada. Yo había evitado los velorios durante muchos de los años pasados: en Aberdeen les estaban prohibidos a los estudiantes, pero Archie siempre había sido un invitado muy sentido. Sabía que siempre llegaba un momento en el que las autoridades, en forma de pastor, presbítero, corregidor o alguacil, pondrían punto final a la fiesta, temiendo por la moral pública y por el orden de la ciudad. Y ese era el momento en el que tendrían que haberlo hecho, el momento en que el beber superaba el comer, cuando las sustancias extrañas empezaban a subvertir el orden de la mente de los hombres, y cuando el buen humor amenazaba con desbordarse en disipación. Sin embargo, esa noche Banff era una ciudad sin pastor ni presbítero; los alguaciles y sus hombres necesitaban todos los recursos para vigilar a los prisioneros, dispersos por la ciudad. Todos los cuidados y la atención del alcalde estaban absortos en prevenir el desmadejamiento de la mente de su joven esposa y el colapso completo de su espíritu. Solo quedaba el corregidor, pero el corregidor, como yo, estaba esperando, vigilaba lo que con seguridad iba a ocurrir.

Tras una mirada dubitativa a William Buchan, que no arrojó ninguna respuesta, Charles cogió su volín y lo dejó volar con las notas de apertura de la canción favorita: «Gallua Tom». El flautín aceptó el reto, y los dos, con el tamboril marcándoles el ritmo y la cítara esforzándose por seguir el paso, volaron el uno contra el otro con velocidad y destreza, como si hubieran entrado en batalla. El patio se convirtió en una masa de cuerpos que subían y bajaban, que giraban, se reían y se empujaban unos a otros. La luz temblorosa de las antorchas se proyectaba sobre sus sombras en contorsión, reflejándose en las cuentas brillantes del sudor que corría por sus frentes, y en sus ojos, que brillaban y centelleaban de entusiasmo, y en sus bocas abiertas con lascivia.

En ese momento, cuando la música alcanzaba su cima y los danzantes apenas podían mantener su ritmo, apareció por allí amenazante, irrumpiendo ante mis ojos, la forma maciza de George Burnett, el maestro cantero, tormento de Sarah Forbes y padre de su hijo. Y, agarrada de su brazo, con una mirada de terror en su rostro, llevaba a Ishbel. Me dio un vuelco el estómago. Me adelanté para agarrar a la chica, pero ya habían pasado y a mí me golpearon y me sacaron de allí los bailarines que venían en sentido contrario. ¿Dónde estaba el doctor? Miré a mi alrededor pero no pude verlo. Busqué a George Burnett y a Ishbel pero la marea del baile los había arrastrado y no tenía esperanzas de alcanzarlos hasta que volvieran otra vez donde yo estaba. Logré vislumbrar los dedos enormes y retorcidos de él sobre el brazo esbelto de la chica, y pensé en aquellas mismas manos forzando con brutalidad a Sarah Forbes. Aún así no la habían machacado, no la habían destruido, y ahora ella y su hijo estaban a salvo en Aberdeen, lejos de él. Pero Ishbel no, Ishbel no tenía aquella fuerza. Él la aplastaría como a una flor bajo sus pies, y eso mataría al doctor. Una flor aplastada, una flor rota, caída. Y entonces, cuando la música amenazaba con llevárselos a todos en un torbellino de locura y cuerpos contorsionados, lo vi. Mientras el humo de extraño perfume volvía a arrastrarse hacia mí, vi como las flores caían al suelo, caían desde una mano abierta, y vi el rostro de la mujer que una vez las había sujetado. Me llamó a través de la música, a través del silencio, a través del tiempo. Janet y Mary Dawson habían oído mal, porque Patrick Davidson no había dicho: «James y las flores».

Empecé a abrirme camino entre la gente a empujones y tirones. Ahora la música sonaba dislocada, discordante y decayó hasta parar cuando Charles Thom saltó desde el escenario gritándole a George Burnett que dejase de agarrar a la chica. En otra noche, en otra época, yo habría estado allí con él, pero entonces no podía hacer más que encomendarlos a él y a Ishbel a Dios. Había otro trabajo del cantero que esa noche tenía que ver. Entre risas y tragos, un grupo de curtidores y tintoreros bloqueaba la entrada al pasaje que llevaba de vuelta a la calle. Enfermo como me sentía, intenté pedirles que me dejaran pasar, pero las palabras salieron en desorden de mi boca.

—¿Cayendo otra vez, señor Seaton? —sus carcajadas eran menos de burla que de diversión.

—Necesito pasar —dije yo.

—No hasta que se tome un trago con nosotros —la voz, que yo no conocía, iba unida a una mano que apenas podía ver. Me acercaron un vaso, y su contenido abrasaba por el calor y las especias. Di un trago grande y rápido, pero un bailarín que salió despedido de la refriega, chocó con mi espalda y la mayoría del líquido caliente me cayó por encima. Hubo más risas, y los artesanos se apartaron para dejarme pasar. Crucé tambaleándome el pasaje y salí a la calle abierta, con los ruidos del velorio aún detrás de mí. Hombres y mujeres, bultos y sombras, emergían de las esquinas, se apoyaban en los muros, se escabullían en portales oscuros y por los pasajes, sin recordar la motivación de la noche: el cadáver quemado y ennegrecido de una chica asesinada. La orgía seguiría su curso.

Maldiciones, gritos y ruido de alboroto me siguieron calle arriba; me giré justo a tiempo para ver cómo expulsaban a George Burnett, que soltaba juramentos por su boca babeante, del portal del boticario, y, detrás de él, le advertía que no volviese. Me desplomé en una entrada para dejar pasar al cantero, que se movía torpemente sobre sus pies inestables mientras la sangre manaba de su nariz. Charles se había llevado la mejor parte e Ishbel estaría bien, gracias a Dios. Burnett pudo verme justo antes de llegar a la puerta de la posada Market. Murmurando otra maldición, abrió la puerta, y la música del velorio flotaba en la noche mientras él cerraba tras de sí de un portazo. Yo apenas tenía ya fuerzas para levantarme, y no habría sido rival para él, por muy bebido que estuviera.

En el cementerio todo estaba oscuro y en silencio: no había hermanas Dawson que me llamaran, o que ayudaran a un extraño caído. Las nubes cruzaban la cara de la luna y, a su luz, las casas del burgo se elevaban como centinelas encorvados. El camino delante de mí estaba vacío, no había ningún otro que escoger. Tenía la garganta seca y me acuciaba una sed atroz, y solo un esfuerzo supremo evitó que dirigiera mis pasos al pozo de la escuela, no muy lejos de allí. Con esfuerzo, puse un pie delante del otro y, de alguna manera, con náuseas, tembloroso y luchando por mantener el control de mi mente, empecé a arrastrarme por High Shore en dirección a Water Path.

Miré otra vez al cementerio: los ladrillos y el mortero que se habían mantenido inmóviles durante cientos de años, empezaron lentamente a moverse y a balancearse ante mis ojos. Las lápidas, grandes, pequeñas, planas, hincadas en el suelo, empezaron a bailar: vi el baile de las lápidas. Me invadió el terror y aceleré mis pasos, pero me tambaleaba demasiado, apenas era capaz de evitar caer al suelo, que se movía bajo mis pies. Me seguían los sones de la música del velorio, pero, perdida ya su melodía, parecían disonantes y, después, cuanto más me alejaba por el camino, se convirtieron en una cacofonía de chirridos. Se unía a ellos un gemido que supe que no era ni de esta vida ni de este mundo. No me atreví a volver la vista atrás hacia el cementerio.

La calle se estrechaba según subía por Water Path. Las fachadas de las casas eran más estrechas, los edificios estaban más juntos. Retorcidos callejones se internaban desde la calle en patios y campos, y emergían más lejos al encontrar y cruzarse con otros. Cualquiera, hombre o mujer, podía seguir mis pasos para adelantarme sin que yo lo viera en absoluto desde la calle. Lejos del calor y el bullicio del velorio, de la intoxicación de sus sonidos y aromas, de la música y el humo, mi mente se despertó a todos los terrores de la noche. Mi garganta ardía desesperada por un trago, pero pararse ahora, volver atrás, habría sido la muerte. Yo lo sabía. Solo podía mirar hacia delante, pero nada era como tenía que haber sido, nada era como yo sabía que era. Donde había dos escalones, yo veía cuatro, que se movían y se me acercaban. Donde sabía que solo había una puerta, veía dos, dando portazos al unísono a causa de un viento que no soplaba. Quise cerrar los ojos para mantener fuera esas visiones, y mirar directamente la única que sabía verdadera, la visión de aquel rostro. Permanecía conmigo. La fijé en mi mente y la mantuve allí con esfuerzo, mientras ella me guiaba hacia el final de su historia. La náusea y la fatiga luchaban por controlar cada uno de mis movimientos, y temí descansar solo un momento, por temor a que la una o la otra me dominaran del todo.

Una ola de dolor tras otra se propagaban por mi cabeza, y solo las controlaba con una voluntad que no sabía que poseía. Por fin alcancé mi meta, justo antes de que Water Path se uniera con Castlegate, justo antes de encontrarme con las altas murallas de los terrenos del castillo. La respiración y los ojos de las sombras estaban ahora más cerca de mí. Podía sentir su frialdad en mi piel. Con un giro tambaleante, entré por un hueco en el muro semiderruido y me encontré rodeado por los escombros y los cimientos de la nueva casa del pastor.

No tenía linterna, antorcha ni candil conmigo, y los grandes robles y castaños de indias, que estaban a punto de echar brotes, solo dejaban pasar manchas fragmentadas de la luz de la luna. Aquello estaba más oscuro, mucho más oscuro de lo que estaba la calle. El sonido del viento en los árboles traía ecos del sonido del mar rompiendo en la orilla; los ruidos de mis semejantes abajo, en la ciudad, no eran más que un recuerdo distante y un murmullo. Este era un lugar desolado y demasiado lleno de fantasmas. Sus dedos estaban en mi cabello. Tras librarme de ellos, me arrastré sobre piedras y zanjas hasta la zona en la que, según me contó Sarah Forbes, y como había confirmado la discusión del notario con George Burnett, aún no se había despejado el viejo jardín. El jardín de ella. Allí, en un rincón alejado, a la sombra de un muro, protegido del mar, apenas se había removido el suelo. En mi cabeza, un coro de voces mortíferas susurraba que ese era el lugar. Tropecé con una rama y me las arreglé para enderezarme justo antes de que mi pie cayese en una zanja. Grité, pero no emití ningún sonido. Nadie oiría mis gritos: una justa venganza por Patrick Davidson.

Me forcé a levantarme una vez más y mis ojos vislumbraron algo que brillaba a la luz de la luna. Me acerqué más; no me habían engañado: era cristal, un cristal grueso y viejo, gastado por el clima. Me agaché pensando al principio que debía de ser el cristal de una ventana que los constructores habían extraviado, una ventana para algún uso desconocido. Pero no era el cristal de una ventana, aunque estuviera puesto en lo que una vez había sido un sólido marco de madera. Dominando mis trémulas manos, deslicé el marco sobre unos rieles medio atascados y allí debajo se encontraba el más pálido de los azules en la pálida oscuridad de la noche, vi la belleza de la muerte, las esbeltas y delicadas flores del *colchicum mortis*. Alargué mi mano con asombro hacia ellas. Una rama crujió, y no fue bajo mis pies, al tiempo que una tos áspera llegó a mis oídos. Me giré justo a tiempo para ver el afilado rostro del corregidor Buchan, mientras una roca se precipitaba contra mi cabeza.

CAPÍTULO QUINCE

LOS FINALES DE VIEJAS HISTORIAS

LA VASTA CONSTITUCIÓN DE THOMAS STEWART BLOQUEA-
ba la puerta. Unas barras de hierro cerraban una ventana solitaria muy por encima de mí. En la habitación no
había más muebles que el camastro sobre el que estaba echado.
Las paredes y el suelo, ambos de piedra, estaban desnudos de
cualquier recubrimiento. Había luz del sol, pero no podría decir qué hora del día era: última hora de la mañana, quizá. No
podía oír el mar. Intenté levantar la cabeza, pero la piedra que
me abrasaba dentro la hizo caer de golpe otra vez sobre el colchón. De inmediato, Thomas Stewart llamó a gritos a un guardia a través de la reja de la puerta. Apareció un hombre, le
dieron un mensaje y la reja se cerró de golpe una vez más. Despacio, el notario se volvió hacia mí. Se acercó más, buscando en
mi rostro señales de vida. Abrí la boca con la intención de hablar, pero no salió de ella más que un graznido. Él hundió una
taza en un cuenco de agua que había al lado de la cama y dejó
caer unas gotas sobre mis labios. Tragué, pero el intenso dolor
de cabeza superaba cualquier alivio que pudiera esperar. Lo
intenté de nuevo.

—¿El corregidor? —pregunté.

—Está aquí.

—¿Y el alcalde? —conseguí decir.

El notario meneó la cabeza.

—No lo han encontrado —hizo una pausa—. Poco antes de que el corregidor llegara a dar la alarma, y en lo que su aviso tardó en llegar al puerto, Walter Watt ya se había ido. Se marchó por la puerta de Sandyhill al galope. Los centinelas de guardia no le pararon, porque ¿quién se atrevería a desafiar al alcalde?

Solo un hombre lo había hecho. La mayor parte de lo sucedido la noche anterior había quedado escondido entre los brumosos recovecos de mi mente a los que aún no podía llegar, y sin embargo podía recordar una cosa: William Buchan me había salvado la vida. Todavía podía verlo, abalanzándose sobre el brazo del alcalde, mientras este apuntaba con la afilada piedra del jardín directamente a mi corazón. Aún podía verlo, empujado hacía atrás por el otro hombre mucho más fuerte que él. Y entonces, lo vi levantarse de nuevo, mientras Walter Watt levantaba su mano por segunda vez. Aquí mi mente se nubló y no pude ver nada más.

—¿Está malherido? —pregunté.

—Tiene la cara magullada y un corte profundo en la mano: no admitirá tener nada más. Pero podría haber acabado mucho peor ante un oponente como aquel, de no mediar la misericordiosa providencia de la tormenta.

—¿La tormenta?

—Sí. La noche en que Patrick Davidson murió, una tormenta había arrancado ramas de los árboles por todo el país. Fue una de esas ramas la que el corregidor levantó y dejó caer sobre el cuello del alcalde antes de que te golpeara de nuevo. De alguna manera el alcalde se puso en pie antes de que lo hiciera el corregidor, y huyó, pero William Buchan no fue tras él hasta que no comprobó que aún estabas vivo y atajó la hemorragia —bajó el tono de voz—. De todas formas, no podría haberlo capturado. Apenas podía caminar cuando nos localizó para dar la alarma. Pero el jardín Alexander, ¿cómo lo supiste?

Miré hacia el agua y él dejó caer un poco más en mi boca.

—Patrick Davidson me lo contó.

Antes de que el notario pudiera responder, la puerta de detrás de él se abrió con lentitud y allí, entre dos guardias, estaba el corregidor Buchan.

¿Cómo podría poner en palabras todo lo que tenía que decirle? Yo casi no tenía fuerzas para hablar, y él no tenía más para escucharme. Su cara estaba aún más cetrina, y los huesos de su cara sobresalían como un frío cráneo.

—Gracias —dije.

Me miró durante un largo y duro minuto, y al final habló.

—Que las gracias le sean dadas a Dios. Él ha revelado la verdad, y usted ha sido su instrumento. Él le ha preservado para su trabajo, y será para mí una gran bendición verlo completado.

—¿Cuándo lo supo? —pregunté.

El corregidor tuvo uno de sus ataques de tos, y Thomas Stewart pidió que trajeran una silla.

William Buchan rechazó la silla con la mano y permaneció de pie.

—Hace ocho años que lo sé —dijo—. Y cada día, desde entonces, he implorado a Dios de rodillas para que otorgara a Helen justicia en este mundo puesto que él la juzgaría en el otro.

—Pero, ¿por qué esperó tanto tiempo? ¿Por qué no lo denunció antes? Si es que lo ha denunciado ya —miré a Thomas Stewart, quien, con los ojos, me llevó de vuelta al corregidor.

—No tenía la prueba, solo tenía la certeza de mi corazón, de mi mente. Con esta base no podía acusar a un hombre de algo así. El diablo tiende muchas trampas para quienes no vigilan sus debilidades, y yo conocía las mías. Tuve que esperar y observar estos ocho años, y él nunca puso un pie en terreno equivocado. Hasta hace dos semanas, cuando volvió a entregarse a esos actos y supe que su día se estaba acercando. Pero, aún no había prueba, y aunque me esforcé como pude, y lo hice, no podía encontrar ninguna. También recé; recé para que el Señor me ayudara en mi esfuerzo. Y lo hizo, con el descubrimiento de los mapas de Patrick Davidson; entonces supe que tenía que buscarlo a usted. Y cuando llegó y demostró que no había sido corrompido por sus fallos como los hombres pensaban, no tuve dudas de que era usted el hombre que podría hacer lo que yo no podía. Muchas veces me preguntaba por qué Dios le había dado tales dones si estaban ahí solo para ser desperdiciados al antojo de sus fallos humanos. Había olvidado que nuestra verdadera vocación no siempre es la que parece más creíble a los ojos de los hombres.

—Yo no tengo vocación de descubrir asesinos —dije yo con frialdad.

—No —replicó él—, pero sí de buscar la verdad. Incluso desde sus días de juventud, yo le había distinguido como tal.

Desde mis días de juventud. Sus palabras me llevaron tres días atrás, a aquella habitación suya desnuda, al cofre que había en el suelo, a las notas de mi sermón en la iglesia de Boyndie. Allí, en mi mano, en el hogar de un hombre que hacía mucho que evitaba, difamado y mal comprendido, leí un testamento a la esperanza defraudada y a la fe traicionada: William Buchan había dado gracias al Señor por los dones que me había concedido, como predicador y pastor para su gente, por preservarme donde otros se habían perdido, como una bendición para mi comunidad y un consuelo para mis amigos. Había agradecido a Dios que la promesa que él había visto en el niño que yo era, se hubiera cumplido en el hombre en que me había convertido. Y cuánta burla había hecho yo de su fe en mí. En aquel momento, me estaba contando que lo que yo había hecho no lo había hecho él: mientras yo me estaba rindiendo, afrontando mi pérdida del camino de Dios y su salvación, él se mantenía firme. Nunca hubiera pensado que podría sentir afecto por William Buchan o desear ser merecedor de su alabanza, pero así me sentía ahora, humilde y honrado por las palabras de alguien a quien tanto había desdeñado.

Él continuó.

—Desde el momento en que el alcalde decidió confiarle los mapas, supe que usted iría a donde yo no podía, que preguntaría y encontraría lo que yo no podía. Así que le vigilé e hice que le siguieran y vigilaran.

Ahora entendí todas aquellas veces que me había sentido observado, que creía haber oído pasos pero no había visto a nadie detrás de mí al darme la vuelta.

—¿Lang Geordie? —pregunté.

Por primera vez en mi vida, oí a William Buchan reír, con una risa plena, llena de júbilo y placentera.

—¿Lang Geordie? —repitió con incredulidad—. No, señor Seaton, yo aún no me asocio con ladrones ni con mendigos holgazanes.

—¿Entonces quién?

—Fui yo, Alexander —dijo Thomas Stewart bajito—, fui yo.

Mi mente se esforzaba por despejar dudas sobre el último par de días, sobre cosas que no había entendido. Sabía que me vigilaban, pero nunca había tenido ni un indicio de quién lo hacía. En Aberdeen, en el camino a Straloch, incluso...

—¿Fuiste tú, Thomas, fuiste tú quien me siguió a Darkwater?

Me sorprendió que el hombre no hubiese hallado su muerte allí.

—No, no fue él —era la voz del corregidor—. El notario no estaba disponible, y temí que se estuviese acercando demasiado, porque el peligro era grande. Fui yo quien siguió su rastro a Darkwater. A la vieja. Por supuesto que ella me vio. Pero yo sabía que no se lo diría a usted. Hace tiempo que ella opina igual que yo.

¿El corregidor y la bruja? Esto quedaba más allá de mi comprensión. Sin embargo, ella lo había visto, de hecho: el tónico que me había dado para él, de Rosa Solis, o atrapamoscas, para sus maltrechos pulmones, ¿de qué otra forma lo habría sabido? Le miré a él:

—Podría no haber sobrevivido a la noche —dije.

—El Señor cuida de mí —replicó él—. A menudo he tenido que ir a Findlater por unos asuntos. En cuanto vi que la mujer lo ponía a usted a salvo, le pedí refugio al guardián del castillo. Con la primera luz, cuando lo peor de la neblina ya había levantado, me prestó el caballo más leal de sus establos, y él me trajo de vuelta a Banff sano y salvo bastante antes que usted. No podía dejar el burgo mientras Charles Thom estuviera aún en la prisión, por miedo a que pudieran matarlo antes de que volviese, y por eso envié al notario para que le siguiera y le vigilara a usted. Pero con el maestro de música en libertad y bajo la segura protección del doctor, ya podía observarle yo mismo —de nuevo le sobrevino una convulsión de la tos y esta vez consintió en sentarse en la silla que le acercaron. Aceptó un trago de agua y, rechazando el segundo, se volvió hacia el notario:

—¿Y el doctor?

—Ya ha sido alertado. Debería estar aquí en menos de una hora.

—¿Dónde estamos? —pregunté. Aún no tenía ni idea de dónde estaba, pero sabía que no era en Banff.

—Inchdrewer. Estamos en Inchdrewer —el majestuoso dominio de los Ogilvy, puede que a unas cuatro millas de Banff, vigilando todo el campo de los alrededores. El simple reconocimiento de aquello me había aterrorizado de niño, y en las imaginaciones de mi infancia, había sido el hogar de los ogros en los cuentos de mi madre. El notario continuó—: El corregidor y yo acordamos que sería más seguro tenerte aquí, del todo fuera de la ciudad, al menos hasta que el *sheriff* llegue. Fue difícil convencer al doctor para que lo permitiera, pero el burgo no era seguro. Jaffray habría estado aquí contigo, pero aún hay temores por el maestro de música, así que accedió a permanecer en la ciudad.

—¿E Ishbel? —conseguí preguntar.

—La chica está a salvo, e intacta —contestó el corregidor—. Y George Burnett nunca más volverá a poner su mano en una muchacha del burgo. El nuevo Consejo y el nuevo alcalde no tolerarán a un hombre semejante en los límites de Banff.

—¿Nuevo Consejo? —pregunté. Las elecciones al Consejo no llegarían hasta San Martín, como cada año.

El corregidor se fortaleció ante la pregunta.

—La mitad del Consejo actual está en prisión o en los calabozos del lord de Banff. El alcalde ha huido. En cuanto vuelva el *sheriff* se elegirán un nuevo Consejo y un nuevo alcalde. Un magistrado devoto desepeñará el gobierno de nuestra ciudad, y los días de Babilonia habrán pasado.

Pero esto no era el triunfo coronado de un hombre sobre un viejo enemigo, de William Buchan sobre Walter Watt, porque el corregidor estaba mirando a Thomas Stewart. Y el notario, que pronto sería alcalde de Banff, se miró los pies y dijo:

—Que se cumpla la voluntad de Dios.

Irrumpió en el silencio un estruendo y después un tronar de cascos de caballo. Thomas Stewart corrió a bloquear la puerta y hubo gritos de guardias por todo el castillo. El corregidor no se inmutó por la conmoción, pero mi mente, agitada con cada latido de mi corazón, fue directa a Walter Watt. ¿Quién podría decir que no se había marchado a por refuerzos? ¿Quién creería la palabra de un desgraciado maestro de escuela y un corregidor amargado, conocido por haber ido contra él durante años, contra el recto, sincero y rico alcalde de Banff?

Los caballos seguían acercándose, el griterío se hizo más urgente y mi mente corría cuesta abajo por avenidas que nunca antes había visto. ¿Era Walter Watt un hombre de Huntly? Los mapas de Patrick Davidson... ¿No podría haber sido su tío el agente que lo había llamado a Banff? ¿Qué había en realidad en la carta dirigida a Gordon de Straloch? ¿Y en la dirigida a Jamesone? Pero no; George Jamesone me trajo de vuelta a lo que sabía que era cierto: que esto no era un asunto de espías y mapas y conjuras papistas. Esto era asunto de un hombre, una mujer, un chico y unas pocas flores, y, por boca de las prostitutas de Banff, que pensaron que habían oído «James y las flores». Patrick Davidson me había contado que era así desde el principio. Mi aprensión se debilitó y se desvaneció del todo cuando oí la voz de James Jaffray encerrada por los muros del castillo. Thomas Stewart había bajado a recibirle.

—¿Y aún está vivo? ¿Está vivo?

El notario intentaba tranquilizar al doctor.

—Está bien, doctor; habla y comprende, y ha tomado un poco de agua. Está vivo.

—¡Dios sea alabado! Nunca debí haber permitido el viaje.

El corregidor se levantó de su silla, sacando pecho para respirar.

—Había pocas opciones, Jaffray. Tuvimos que traerlo a un sitio seguro dentro de la confusión de la noche.

El doctor pasó junto al corregidor sin mirarle y llegó junto a mi cama. La tensión y la bravuconería de su amable rostro aminoraron y sus ojos se suavizaron en una sonrisa.

—Pero bueno, Alexander Seaton. Te has dado un topetazo en la cabeza. Mira que robar manzanas del huerto de casa del cura a tu edad.

La risa hizo que me doliera la cabeza.

—No hay manzanas que coger en abril, doctor. ¿No le enseñaron nada útil en sus estudios de Medicina?

—Muy poco —sonrió—, muy poco —levantó con cuidado algo del cabello de mi frente. Algunos pelos se habían pegado a la sangre reseca de la herida e hice un gesto de dolor cuando tiró para soltarlos. Pronunció una leve maldición para sí—. Habría que cortar todo esto antes de que limpie y cosa la herida. Es hora de que esta ciudad tenga un nuevo doctor. ¡Un viejo con unas copas trabajando con una aguja a la luz de una vela! Podrías haber perdido un ojo. ¿Qué estaba usted atendiendo, William Buchan? Tendría que haberme arrojado a la prisión hace mucho, y haber puesto en mi lugar a un joven médico decente y sobrio.

El corregidor volvió a reírse entre resuellos.

—No hay nadie que pueda ocupar su puesto, James Jaffray, nadie. Quiera Dios, que nos lo envió de vuelta y podamos conservarlo mucho tiempo para nosotros.

—Amén —dije yo.

Los ojos del doctor se estaban humedeciendo y él apartó su rostro de mí con rapidez.

—Sí, bien, vivirás. Y me atrevo a decir que puede que una pedrada en la cabeza te meta algo de sentido, porque otra cosa no lo hace.

Me estremecí.

—He recibido muchas pedradas en la cabeza antes —dije—, pero ninguna ha tenido unas secuelas como esta. Es peor que la peor mañana después de una noche bebiendo. Y sé que no es eso, porque anoche bebí muy poco.

Jaffray me contemplaba con gravedad.

—Bebiste lo suficiente. Un par de tragos más y habrías muerto.

Reí en voz alta, pese al dolor que me producía.

—Doctor, no tomé ni dos copas de vino, y gran parte de una de ellas cayó al suelo. He bebido más con usted en la posada mientras esperábamos nuestra cena.

—Deberías agradecer a Dios por quienquiera que tirara aquella segunda copa de tu mano, Alexander, porque los posos del veneno aún estaban en ella cuando el notario la recogió del suelo.

Miré a Thomas Stewart.

—Estaba detrás de ti. No vi más que la mano que te tendió la copa y después vi que se te caía. Habría ido directo detrás de ti de no haber sido por la pelea que estalló en la pista de baile. Quien pensara que Charles Thom era incapaz de matar no lo vio la noche pasada: hicieron falta cuatro de nosotros para arrancarlo de la garganta de George Burnett. Para cuando el alboroto había terminado, tú ya estabas fuera de la vista. El corregidor me pidió que me quedara en el velorio mientras él iba a buscarte. Cuando encontré la copa tirada en el suelo se la di al doctor. Teníamos miedo de que tu vida pudiera haber estado en peligro.

—Y tenían razón —dijo el doctor—. Allí había abundantes posos de belladona.

—¿Belladona? —pregunté estúpidamente.

—Sí, belladona. Todavía se puede ver en tus ojos. Tus pupilas están dilatadas como platos. Él quiso asegurarse de que quedaras privado de la capacidad del habla antes de que aquello te matara. ¿Tienes sed, Alexander?

—Una sed tremenda —dije yo.

—¿Y qué recuerdas de los acontecimientos después de que dejaras el velorio?

Cerré los ojos y busqué algo en mi memoria. Fugaces retazos de cosas venían a mí, una sensación de aprensión, pero poco más.

—Muy poco —dije al fin. Lo intenté de nuevo. Esta vez había algo más, y la aprensión fue reemplazada por el miedo real. Miré al doctor y tragué con esfuerzo—. Creo que, es confuso, ya sabe, pero creo que en el cementerio —dudé, sin saber cómo reaccionaría el corregidor a lo que tenía que decir.

—Adelante —dijo Jaffray.

Miré al corregidor un momento.

—Creo que vi caminar a los muertos.

Esperaba una atronadora reprimenda, acusaciones de blasfemia, brujería, asociación con espíritus, pero no hubo nada de eso. Buchan miró al doctor y el doctor movió la cabeza.

—Las visiones. Tuviste visiones. Es lo que usan las brujas para ir a sus orgías de comunión con los muertos, para hacer sus vuelos por Satán. Es una fortuna para tu mente y para tu alma que el corregidor diera contigo cuando lo hizo.

—Y también para mi cuerpo —añadí—. No creo que el alcalde tuviera en mente que yo fuese a sobrevivir para contar su cuento.

—No —estuvo de acuerdo Jaffray—. Yo tampoco —se fue y le murmuró algo al notario, que, asintiendo, envió a uno de los vigilantes de vuelta hacia abajo. La sed me abrasaba la garganta, pero el corregidor se había unido a la conferencia con Jaffray y el notario, y por un momento nadie me atendió. Me esforcé por oír sus voces, pero entendí poco. William Buchan preguntó a Jaffray si había noticias del alcalde, pero todo lo que pude oír como respuesta fue «Carnousie». Carnousie. Más cercano a Turriff que a Banff, aunque lejos del mar. Si quería huir, tendría que haberse ido por mar. Dieron algunas instrucciones más para la parte de abajo del castillo y la atención volvió a mí.

—Señor Seaton —dijo el corregidor—. Dudo que el doctor le permita volver a moverse en unos días.

—De hecho no lo haré —interrumpió Jaffray con cierto énfasis.

—Y el notario y yo no podemos demorarnos mucho más lejos de Banff. Hay mucho que atender. Sin embargo, hay muchas cosas que quisiera saber de usted.

—¿Y quizá contarme?

Me miró fijamente por un momento. Su boca apenas se movió.

—Quizá. Pero, primero, le estaría muy agradecido si me dijera lo que le estaba contando al notario cuando entré en la habitación.

Mi cabeza palpitaba más que nunca, y de nuevo intenté recordar. Miré a Thomas Stewart en busca de ayuda y él cogió papel de un estante junto a la puerta y empezó a leer. En mis primeros momentos de consciencia borrosa, no había notado que estuviera escribiendo.

—Cuando te pregunté cómo lo habías sabido, dijiste que te lo había contado Patrick Davidson.

Recordé. Un hombre muerto me había hablado, y yo había escuchado y había oído, y por fin entendí como no lo había hecho mientras él vivía. Y así se lo conté a ellos, y mientras yo hablaba, el notario escribía. Les hablé, con vergüenza, pero con honestidad, de mi asombrosa visión la noche del asesinato, de las prostitutas y del hombre en el arroyo. Les conté que había visto a Janet Dawson expulsada del burgo al ritmo del tambor, y de las desesperadas últimas palabras que me dirigió antes de ser desterrada, de las últimas palabras de Patrick Davidson. No «James y las flores» como ella y su hermana creían haber oído, aquella noche tormentosa y avivada por el alcohol, de labios de un hombre agonizante que vomitaba, sino «Jamesone... las flores». George Jamesone y las flores, el *colchicum mortis,* cayendo de la mano abierta de la tía de Patrick Davidson, muerta hacía ocho años.

Cuando al final me di cuenta la pasada noche en el velorio, habían vuelto a mí las palabras del pintor: «Usted mira, pero no ve». Y había mirado y no había visto. De pie en la gran sala de la casa del alcalde, con el cuerpo de Patrick Davidson tendido en una mesa junto a mí, había visto un retrato colgado de la pared. Era un retrato de un hombre y una mujer, un hombre bien proporcionado y su pálida y afligida esposa, de cuya mano caían flores que yacían aplastadas a sus pies. Sus hijos perdidos, cada promesa perfecta de belleza en esta vida, de esperanza, que se habían alejado de su alcance. Y alrededor de ellos, entre la parafernalia de su riqueza, sus logros y sus aspiraciones, escondidas en un rincón oscuro, casi fuera de la vista, había un laúd, un laúd con una cuerda rota.

Disonancia, un amor que había sido forzado y roto, la visión del pintor de lo que en realidad vio delante de él. Lo terminó solo un par de semanas antes de que Marjorie Black, tía de Patrick Davidson y primera esposa de Walter Watt, alcalde de Banff, muriese. La querida, amada tía; la tía que había sido casi una madre para él. Y el afligido muchacho se había marchado y había estudiado y había prosperado en el mundo. Y en ese mundo había perseguido el amor por la Botánica, creado en él por las conversaciones junto al fuego de su tío entre Walter Watt y James Cargill, médico y gran botánico, conversaciones mantenidas una y otra vez mientras él y su tío paseaban juntos las tardes de sus felices veranos cuando el joven mercader podía dejar la presión del negocio y las clases del muchacho habían terminado. ¿No nos lo había contado así el alcalde? El chico había viajado, y la carrera legal, tan seca, tan carente de vida y sol y agua y aire y color y textura y fragancia, que era lo que él amaba de verdad, había sido arrinconada gradualmente según él iba quedando más y más embelesado por el mundo de la ciencia, el de la medicina, y, por encima de todos, el de las plantas.

Patrick Davidson había encontrado su vocación: estudiaría el arte del boticario. ¿Y dónde mejor iría a aprender que en el lugar de su feliz infancia, donde los primeros estímulos de aquel amor por las diminutas perfecciones de la creación de Dios le habían llegado? Así que regresó a Banff, y fue bienvenido por el alcalde como un hijo perdido, y acogido en el corazón de una nueva familia. Se había sentado a cenar en el gran salón de su tío, y dejó que sus ojos vagaran para descansar por un momento en el rostro pintado de su querida y amada tía, muerta ya hacía mucho. Pero justo por un momento, porque entonces sus ojos viajaron más lejos, a su mano y pasó de sus faldas al suelo y vio lo que no tendría que haber sido capaz de ver. Vio lo que no había razón de Dios para que estuviera en aquel cuadro, o en esta ciudad, o incluso en esta tierra. Vio las flores cuyo único uso, por muy bellas que fueran, era procurar la muerte, la muerte de ella. Pero no se permitió a sí mismo hacer la conexión, no quiso verlo, hasta que fue con Marion Arbutnott a Darkwater.

—¿De qué se enteró él allí? ¿De qué se enteró usted allí? —preguntó el corregidor, con una voz extraña. Él conocía la respuesta, pero no deseaba saberla.

No tenía necesidad de hablarles del hijo del que Marion Arbuthnott estaba embarazada: si no lo sabían aún, no era de su incumbencia. Me vino un recuerdo materno, pero en seguida lo rechacé.

—Se enteró —comencé— de que su tía, Marjorie, había acudido a ella desesperada, después de que todo lo que Jaffray —miré al doctor, y él, con una inclinación de su cabeza, me urgió a que continuara. Respiré hondo—, después de que todo lo que Jaffray o cualquier otro pudo hacer para ayudar a que ella diera a luz un niño vivo, hubiera fallado.

—Hubo muchas otras que hicieron lo mismo —dijo el doctor con suavidad—. Quisiera que, más que ninguna otra cosa, Dios me hubiera concedido la habilidad para llevar eso a cabo.

El esperado reproche por parte del corregidor no llegó. Solo dijo: «Continúe, señor Seaton». Todavía teníamos que llegar al meollo.

— Se enteraron de que hacía ocho años, Marjorie Black, por el dolor y el miedo, casi había superado los límites de su cordura.

El notario apartó su escrito.

—¿Te refieres a que se quitó la vida?

Abrí la boca para contestar, pero el corregidor empezó antes que yo, hablando en voz baja, como para sí mismo.

—No, eso nunca. Se la quitaron.

Thomas Stewart nos miró uno a uno.

—¿La vieja te contó esto?

Empecé a negar con la cabeza, pero el dolor me paralizó.

—No, no me lo contó. Pero creo, casi estoy seguro, que el conocimiento del miedo y la desesperación de su tía, tan cercanos al momento de su muerte, el mismo momento en el que el cuadro, con esas flores en ella, era pintado, convencieron a Patrick Davidson de que su tía había sido envenenada.

El notario se volvió hacia Jaffray.

—Doctor, ¿cómo murió ella?

A los ojos de Jaffray afloraron imágenes de hacía ocho años, y de hacía dos semanas, y de hacía cuatro días. Sus palabras fueron lentas y sopesadas, mientras la revelación llegaba a él.

—Murió deprisa, y en agonía, de una súbita vomitona de la que no tuvo fuerzas para salir. Así fue cómo me lo describieron, porque yo llegué demasiado tarde.

—¿No estuvo usted allí? —pregunté yo.

Ahora él respiraba con pesadez, y cerró sus ojos en un repentino abismo de comprensión.

—Había estado haciendo mi visita de verano a Glenlivet, a la gente de la montaña. Estuve lejos de Banff más de lo que había planeado, porque en mi camino de vuelta a la ciudad fui abordado, quizá a veinte millas de casa, por Lang Geordie y su banda. Me rogaron que tratara sus necesidades, que de hecho eran muchas, antes de volver al burgo, porque en aquella época no se les permitía asomar sus caras por la ciudad. Estuve dos días con ellos. Jaffray se sentó a los pies de la cama, con la cabeza entre las manos. Yo no podía levantar mi brazo para consolarle.

—Ha jugado demasiado fácilmente con su bondad, doctor. Cíñase al bien que ha hecho, no al mal cuyo cambio quedaba más allá de su poder.

Jaffray levantó la vista con cansancio hacia el corregidor.

—¿Y no ha empleado usted su vida en combatir el mal, William Buchan?

—Es mi vocación —fue la simple respuesta que recibió.

El notario bajó su papel.

—Hay algo aquí que no comprendo. ¿Nos estás diciendo, si es que he entendido bien la historia, que Walter Watt mató a su primera esposa, la envenenó, de hecho, y que fue porque su sobrino descubrió esto y se enfrentó a él sabiéndolo, por lo que también él fue asesinado?

—Sí —dije—. Eso es lo que creo.

—Pero él amaba a Marjorie. Aún se lamenta por ella; lo sé, porque yo mismo lo he visto en los momentos en que baja la guardia. No puedo creer que pudiera haberla matado. ¿Por qué habría hecho una cosa semejante? ¿Qué significa en esto el sufrimiento de ella por sus hijos?

Hubo un silencio en la habitación. Pude adivinar la respuesta, pero ahora entendí que los otros dos también lo sabían. Fue una respuesta fría y cortante, y a través de la habitación vi que abría viejas heridas. No me correspondía responder a Thomas Stewart.

—Él la mató —empezó el corregidor— porque no podía darle una dinastía. Y ella lo supo, y pasó los últimos meses de su vida aterrorizada y desesperada —su voz se apagó—. La mató porque no la amaba lo suficiente.

Se hizo un silencio completo en la habitación, y a través de él las palabras del corregidor levantaban ecos de un tiempo y un lugar ya pasados, y de un amor muerto hacía tiempo. Su cabeza cayó hacia su pecho y sus hombros se hundieron mientras él se esforzaba por respirar. El doctor se le acercó y se arrodilló ante él hasta que el esfuerzo se atenuó. Ahora ya sabía quién era la M.B. que había bordado con amor el tapiz de la pared del corregidor, hacía muchos años.

El sonido de caballos y ruedas en el camino lleno de baches se adueñó del ritmo de la respiración y poco a poco fue atronando por encima de esta. Al repiqueteo de los cascos en el patio pronto le siguió un grito que llamaba al doctor, y, después de asegurarse de que la crisis del corregidor había pasado, Jaffray se levantó y marchó en pos de sus próximos pacientes. Observé a William Buchan sin que él se diese cuenta, pero no sabría decir en qué pensaba durante aquellos momentos. Thomas Stewart colocó una silla al lado de mi cama y habló en voz baja.

—Cuéntame otra vez lo de esas flores de las que hablabas, Alexander, y cómo le indicaron el crimen de su tío.

Intenté incorporarme un poco para respirar mejor, y para hablar.

—¿Conoces el retrato de Walter Watt y Marjorie que hay colgado en el gran salón de casa del alcalde?

El notario asintió.

—Lo he visto muchas veces, pero nunca le presté mayor atención.

—En esa pintura, Marjorie tiene unas flores en la mano: son un símbolo de sus deseos, de sus niños. Pero las flores caen de su mano, y muchas yacen pisoteadas sobre el suelo.

—Sus bebés malogrados —dijo el notario.

—Sí. El mismo Jamesone me lo dijo, si yo hubiera tenido la inteligencia para escuchar de manera apropiada. El hecho es que esas flores no crecen... no crecían por estas tierras. El lord de Banff lo intentó hace muchos años y no consigió cultivarlas después de haber traído algunos especímenes al volver de sus viajes por el extranjero. Pero hubo otro que no falló. Walter Watt no falló. Y Walter Watt sabía, es probable que por boca de James Cargill, que esas plantas eran completamente letales en todas sus partes. Y cuando ya no pudo aguantar la tensión porque su mujer perdiese a sus hijos una y otra vez, cuando llegó a darse cuenta de que aquella mujer, a la que se sabe que amaba, no le daría herederos, cogió las raíces de una planta que nadie más que él conocía y la envenenó con ellas. Estuvo seguro hasta el día en que alguien llegó y miró aquel retrato y vio las flores como lo que eran.

—Su propio sobrino —dijo el notario, entendiéndolo por fin—. ¿Y nunca pensó en descolgar el cuadro? ¿No pensó que era posible que lo descubrieran? De verdad, la arrogancia de este hombre fue monstruosa.

—Monstruosa, sí; pero también pienso que, a pesar de todo lo que había hecho, aún la amaba. Y lo mismo que Walter Watt, todo lo que Patrick Davidson veía cuando miraba aquel retrato era el rostro de su amada tía. Hasta que no estuvo en Darkwater y reflexionó sobre las palabras de la mujer sabia, que le llevaron de vuelta al cuadro, pintado las últimas semanas que pasó ella sobre la tierra, y a las flores que ella sostenía en la mano. Creo que se enfrentó a su tío con sus sospechas, pero no sé adónde pretendía llevar el tema desde aquel punto. Al final, fue irrelevante: murió a causa de ello.

Él me presionó más.

—¿Cómo crees que ocurrió aquello?

—Eso no sé decírtelo —dije yo.

—Quizá haya alguien que sí lo sepa —murmuró el corregidor, que había estado escuchando todo el tiempo—. De todas formas, no importa. Continúe, señor Seaton.

Me estiré a por otro trago de agua que me acercó Thomas Stewart.

—No sé si queda algo más que les pueda contar —dije.

Sin embargo, había más cosas que el notario quería saber.

—¿Crees que Patrick Davidson reveló lo que sabía a Marion Arbuthnott?

Su línea de pensamiento era lógica, era lo que temía Marion y lo que Charles Thom enseguida llegó a entender: que la posesión de ese conocimiento sería como una garantía de muerte para quien llegara a poseerlo.

—No —repliqué—. Estoy seguro de que no se lo reveló.

—¿Por qué no? —preguntó el notario.

—Porque ella no habría seguido investigando si lo hubiera sabido —fue el corregidor quien habló. Se había levantado de su silla y ahora empezaba a pasear por la habitación—. Ella no hubiera necesitado continuar buscando la verdad de su muerte de haberlo sabido en ese momento.

Dijo con exactitud lo que yo había estado pensando.

—Fue por eso por lo que volvió a la mujer sabia de Darkwater después de que él muriera —dije yo—. Porque aún no lo sabía. La vieja me lo contó. Que Marion había vuelto a verla, y le preguntó sobre el *colchicum,* y ella, la anciana, había sido capaz de describírselo. Le describió la flor que, a lo largo de sus tareas como niñera para Geleis Guild, la chica tuvo que haber visto, reflejada en óleos y lienzos, una docena de veces al día. Y ahora Marion está muerta. Ella también debió de enfrentarse al alcalde.

De nuevo el corregidor objetó.

—No lo creo. En cuanto regresó de Darkwater envió recado por su padre de que quería verme. Fue justo antes del mediodía. El Consejo se había reunido por un asunto de urgencia: discutir la defensa del burgo en caso de un ataque extranjero. Había que mantener la reunión en el más absoluto secreto, y se había advertido al alguacil de que no debía ser molestado. Eran casi las cinco cuando terminamos con el tema, y, qué idiota fui, en vez de ir directo a casa del boticario, hice mi ronda habitual para inspeccionar la prisión —estaba reviviendo la escena en su mente—. Fue la noche anterior al ahorcamiento de Francis Brown. Yo tenía ciertas esperanzas de que, al final, el lord concediese al muchacho la gracia para que se arrepintiese de sus fechorías, pero, ¡ay!, no iba a ser así: la redención no iba a ser suya.

Recordé las palabras del joven ladrón en sus últimos momentos. Nunca lo había visto antes cuando intenté ofrecerle un último granito de esperanza. Él se apiadó de mi inocencia, y puede que tuviera razón. El corregidor se detuvo un momento a reflexionar sobre el juicio de Francis Brown, luego alejó el pensamiento para examinarlo más tarde, sin duda.

—Para cuando llegué a casa de Arbuthnott, la chica se había marchado. Su madre me dijo que se había ido distraída a encontrarse con Geleis Guild poco después de enviarme su nota. Había vuelto más tarde en peor estado que como se había ido, y a su madre no le contó nada del motivo, solo le dijo que debía hablar conmigo. Un poco después de las cuatro, había llegado un mensajero de casa del alcalde pidiéndole que fuera allí por un asunto de urgencia. Marion partió de inmediato, y su madre ya no volvió a verla con vida. Menos de dos horas después, la encontró Geleis Guild en los terrenos del castillo. Muerta, muerta.

Las imágenes de una mujer joven mirando fijamente hacia las olas desde lo alto de Elf Kirk, de la misma mujer cantando con suavidad a los hijos de Geleis Guild en el jardín de casa del alcalde, de la misma mujer, muerta y quemada en una estaca en el cruce del mercado de Banff ocupaban mi mente. Al final emergieron escenas horribles con el recuerdo indeleble de Patrick Davidson yacente, con hierba en sus manos y su boca, estirado y muerto sobre mi mesa en un charco de su propio vómito.

Aquello no encajaba. Había algo que no podía encajar.

—¿Fue Geleis Guild quien la encontró? —pregunté.

—Sí —dijo el notario—, y sus hijos.

Y sus hijos. Ella no habría hecho eso a sabiendas de lo que iba a encontrar. Y ¿por qué solo anoche, en el velorio, me había urgido en mi búsqueda? El corregidor interrumpió mis divagaciones.

—Algo no le cuadra, señor Seaton.

—Sí, así es. Se trata de Geleis Guild. No la comprendo. Es una mujer angustiada, y aún así ha debido de unirse a su marido en los asesinatos.

—¿Por qué pensaría usted eso? —inquirió el corregidor. Para mí era evidente.

—Porque no veo cómo podría haber matado el alcalde a Marion Arbuthnott mientras estaba con usted en la cámara del Consejo.

La comprensión se reflejó en el rostro del corregidor.

—Pero Walter Watt no estuvo allí. La naturaleza de nuestros descubrimientos sobre las actividades de su sobrino había causado cierta alarma entre los pocos que lo sabían, y se juzgó lo mejor mantener la reunión en secreto ante el alcalde, hasta el momento en que supiéramos claramente y entendiéramos las actividades de su sobrino y sus conexiones con los alrededores. Walter Watt no estaba en la cámara del Consejo cuando Marion Arbuthnott murió. A juzgar por la actitud de su mujer estos últimos días, creo poco probable que ella sea cómplice de las acciones de él.

Una voz dulce fluyó hacia nosotros desde la puerta.

—Se equivoca, corregidor, se equivoca.

Y allí, como un espectro de otro mundo, se encontraba Geleis Guild. Su palidez era absoluta, sus ojos cercados en rojo y después en negro, su cabello suelto y sin brillo sobre los hombros. Tenía el aspecto de quien está más lejos de los vivos que de los muertos. Apenas se mantenía en pie en el umbral, y alrededor de las muñecas tenía gruesas bandas de lino, colocadas, como más tarde supe, hacía un par de horas por el doctor, en un desesperado esfuerzo por detener el daño que ella había decidido infligirse.

Jaffray entró detrás de ella.

—Tome asiento, querida; aún no se encuentra lo bastante bien como para estar levantada.

—Poco importa ya —dijo ella, pero aún así permitió que la guiara hasta una silla. El corregidor la miró con cautela y con una extraña curiosidad en su rostro.

—No puedo entenderlo, señora. De hecho, no puedo creerlo. ¿De verdad quiere hacernos creer que era usted acompañante voluntaria de los actos de su marido?

—Voluntaria no —dijo ella—. No, eso nunca.

Ahora lo veía, pensé.

—Y escribiendo, ¿tampoco? —pregunté.

Me miró con una terrible desesperación en sus ojos, e hizo como si fuera a hablar, pero se detuvo perpleja.

—¿Usted sabía en qué andaba su marido, señora? —preguntó el corregidor.

Ella negó con la cabeza.

—Al principio no. En absoluto. No lo supe todo hasta que Marion me lo contó —bajó la mirada a sus muñecas y empezó a tirar de sus vendajes, hablando casi ausente mientras lo hacía—. Tendría que haberme dado cuenta hace mucho. A veces pienso que tenía que haberlo pensado —ella se fue apagando, y entonces, después de perderse unos momentos en su cavilación, se acordó otra vez del presente—. Yo era poco más que una cría cuando Marjorie murió. En realidad, recuerdo muy poco de ella. Era una mujer casada, esposa de uno de los magistrados con los que mi hermano, Robert, se esforzaba para ganarse su favor; porque ya incluso entonces se podía ver que Walter sería un hombre de importancia, y a mi hermano le gusta que se le cuente entre los hombres de importancia. Mi hermano tenía esperanzas de que yo diera buena impresión a Marjorie, de que me convirtiera en su compañera y la ayudara con los niños; que me convirtiera en lo que, de hecho, Marion se convirtió para mí. Pero Marjorie tenía sus propias amigas, mujeres mayores, como su madre —dijo, mirándome a mí con una amabilidad forzada en sus ojos—. Y, en cuanto a lo de cuidar a los niños, no iba a haber niños —se detuvo y se obligó a dejar de tirar de sus vendajes—. Cuando ella murió, mi hermano dio un gran espectáculo de aflicción, que yo sabía que no era real. Quería imaginar que sería requerido a perpetuidad por la casa de Walter Watt para consolar y aconsejar, pero yo sé que Robert es objeto de desprecio para los hombres honorables e inteligentes, y así pude darme cuenta con claridad de que Walter opinaba igual.

Aun así, a menudo nos llegaban invitaciones del magistrado, y enseguida llegué a entender que no era la compañía de mi hermano, sino la mía lo que Walter buscaba. No podía entender, porque él estaba muy, muy profundamente afligido y enamorado de su esposa. Hablaba poco de ella, pero su rostro siempre estaba en los ojos de él, su nombre siempre a punto de salir silenciosamente de los labios de él. Yo aún no tenía diecisiete cuando él y Robert acordaron que nos casaríamos, que yo debía ocupar el lugar de Marjorie —soltó una breve carcajada sin humor— ¡Menuda burla! ¿Que yo debía ocupar el lugar de ella? Él era amable conmigo, nunca podré negarlo; disfrutaba... él disfrutaba conmigo, y llegué a amarlo sin medida, y aunque le di un hijo tras otro, yo sabía que nunca ocuparía el lugar de Marjorie.

Y así siguió todo, y por la gracia de Dios, como yo pensaba, nuestra familia prosperó y Walter ascendía más y más en el burgo. Yo no conocía a nadie mejor bendecido, aunque aún quedaba un oscuro vacío en él que creo que solo se llenaba de veras cuando miraba el retrato de Marjorie. Yo creía que ella le había encantado, y quizá lo hizo, y el recuerdo de ella le atormentaba.

—Y, en todo este tiempo, señora, ¿de verdad no sospechó nada?

—Nada —contestó ella—. Y entonces Patrick vino a casa. He de confesar —y aquí, por primera vez, se permitió una sonrisa real—, que me sentí un poco ansiosa ante la perspectiva. Él ya nos había visitado en una ocasión, solo un par de días antes de partir hacia el continente, pero esta vez venía para quedarse. Para Walter había sido como un hijo. Una vez me había dicho, antes de poder detenerse, porque siempre tenía cuidado de no herirme, que si hubiera podido tener un hijo semejante, de Marjorie, no habría pedido nada más. Había tal alegría en él cuando oyó que Patrick iba a venir a casa como raras veces había visto, y sé que dejó pocas dudas a Arbuthnott sobre cómo tenía que tratar al muchacho; el boticario quedó impresionado por el honor que suponía para él tener y alojar a un aprendiz semejante.

—Y cuando el chico volvió, ¿cómo fueron entonces las cosas entre ellos?

Se le iluminaron los ojos mientras contestaba al corregidor.

—Fue algo hermoso de comtemplar. Eran como padre e hijo reunidos. Y de verdad, en cuanto a mí, no podía estar celosa. Walter estaba muy feliz y orgulloso de presumir de sus pequeños ante Patrick, que, dijo, sería como un hermano para ellos. Y así era. Raramente he conocido a un joven tan bueno y amable, y sé por Walter y Arbuthnott, y también por Marion, que tenía mucha inteligencia. Nunca había visto a mi marido en tal paz. Que Patrick y Marion se quisieran lo hizo todo aún más dulce para mí. Había verdadera felicidad en nuestra casa.

Yo había conocido una época parecida.

—¿Y después? —dije.

Me miró directamente y habló con rotundidad.

—Y después, llegó su final. Patrick fue invitado a cenar con Walter y el doctor, que justo acababa de volver de Edimburgo y tenía muchas ganas de conocerlo —de nuevo una leve sonrisa, esta vez con humor contenido y sorprendido. Podía adivinar que el doctor no había sido sutil al presionar para que

le invitaran—. Patrick había salido ese día con Marion a Sandend, después a Findlater y a Darkwater, para recolectar plantas como ella me dijo. No volvió a casa del boticario a lavarse o
a cambiarse de ropa cuando regresaron, sino que vino directamente aquí. Algo había cambiado en él: no era su habitual actitud calmada, sino que estaba tenso y agitado. Deseaba por
encima de todo ver a Walter en privado antes de que llegara el
doctor. Le pedí que descansara, o que tomara un pequeño refrigerio mientras esperaba, pero no quiso hacer ninguna de las
dos cosas, y pasó todo el rato mirando con atención el retrato
de la pared, el de Walter y Marjorie.

—¿Y tuvieron esa entrevista en privado? —pregunté.

—Sí —dijo ella—, la tuvieron. Yo no oí nada, estaba en
la cocina, pero media hora después de que Walter llegara a
casa, ya había terminado: Patrick se había ido. Walter parecía
enfermo, conmocionado. Él habría postergado la cena con el
doctor si hubiera podido hacerlo. No quiso decirme lo que pasaba o por qué se había ido Patrick, tan solo que el chico se
había disgustado, pero que se las arreglaría para calmarle y ha-
blaría con él al día siguiente.

—¿Y esa fue la última vez que vio usted al muchacho?
—el corregidor la miraba con mucho interés.

Ella volvió a mirarse las manos y después directamente al
corregidor.

—No —dijo—, no fue la última.

—¿Volvió él a la casa?

—Creo que sí. Es decir —dudó, insegura sobre cómo seguir—, no lo vi llegar, pero lo vi salir.

—¿Cuándo fue? —preguntó el corregidor.

Ella movió la cabeza y empezó a llorar.

—Fue la noche de la tormenta, ¿verdad? —dije yo.

Ella asintió y después empezó a llorar sin ningún control.

—Apenas vi a Walter en todo el día. Pasó gran parte de la mañana en su despacho y después la tarde fuera y recorriendo la ciudad. Estaba empapado y lleno de barro cuando volvió a casa. Dijo que no quería cenar, y que no se le molestara en su trabajo, aunque más tarde le oí bajar a la cocina, donde se había dejado una olla de estofado al fuego.

Tuve mucho jaleo con los niños aquella tarde: tenían mucho miedo de la tormenta. Yo estaba preocupada por Walter, y me senté a tejer todo el tiempo que pude, pero un poco después de las diez me venció el cansancio y decidí retirarme sin haber visto a mi marido. Cuando estaba subiendo por las escaleras de atrás, vi que una figura encapuchada salía del despacho de Walter y dejaba la casa por la puerta lateral que da directamente a Water Path. Pensé que sería Patrick por su altura y su manera de andar. Estaba tan ansiosa por arreglar lo que hubiera ido mal entre él y Walter, que me eché una capa por los hombros y salí sin ni siquiera una linterna para intentar alcanzarle.

No esperaba que en el exterior la tempestad fuese tan mala, y avancé muy poco para encontrarle: las calles estaban bastante cerca de convertirse en ríos. Sin embargo, le seguí con la mirada, pero después empezó a tambalearse, a caerse, se agarraba a los muros, a los bancos, incluso a la hierba. Yo sabía que no estaba borracho, porque caminaba bastante derecho cuando salió del cuarto de Walter y de nuestra casa. Empecé a correr para acudir en su ayuda, y entonces vi...

Se detuvo y se mordió el labio.

—Me vio a mí, ¿no es así?

—Así es, señor Seaton —dijo ella en voz baja—. Le vi a usted. Pensé que le habría ayudado, pero...

—Pero no lo hice —pude sentir los ojos del corregidor y de notario fijos ahora en mí, y no pude mirar a ninguno de ellos.

La mente del corregidor trabajaba con rapidez.

—¿Entonces le ayudó a ir a la escuela, con la esperanza de que la señora Youngson le oyera y le encontrara?

—No —levantó la vista sorprendida, incluso a la defensiva—. De haberle alcanzado, le habría llevado a casa... a casa del boticario o a la del doctor si me las hubiera arreglado. Incluso a la escuela, pero habría despertado a alguien dondequiera que lo hubiera llevado.

—¿Pero no lo hizo? —preguntó el corregidor.

—No —su voz sonó monótona—, no pude. Mientras miraba al señor Seaton pasar, vi dos figuras que venían desde el cementerio, y me vieron.

—Las hermanas Dawson —dije yo.

Ella asintió.

—Esperaron hasta que entró usted por el portalón de la escuela y entonces fueron hacia él. Se las arreglaron para levantarlo entre las dos y lo arrastraron, de alguna manera, por el camino que usted había seguido. Estuvieron fuera de mi vista un par de minutos, y esperé; pensaba que se encenderían las luces de la escuela, pero no. Cuando volvieron a salir, una de ellas miró hacia donde yo estaba. Se dio la vuelta de nuevo cuando tomaron el otro camino que salía de la calle, como para decirme que todo iba bien, que ya podía volver. Y así lo hice.

Hundió la cabeza entre las manos, y me di cuenta de que, durante dos semanas, alguien más había estado cargando con algo de mi culpa.

—Poco podría haber hecho —le dije—. No sabía que ellas no alertarían a nadie. La falta no es suya —en poco la confortaron mis palabras, si es que le llegaron de algún modo.

El corregidor le dio un momento, pero todavía quedaban muchas preguntas que responder, y cada momento desperdiciado era un momento más para que Walter Watt huyera con éxito.

—Después de todo esto —empezó—, ¿aún no sospechaba usted de su marido? ¿Incluso después de oír cómo había muerto Patrick Davidson?

Ella movió la cabeza enmudecida, ahora con el rostro hinchado y enrojecido.

—Cuando, a la mañana siguiente, nos dieron la noticia de la muerte de Patrick, me asustó mucho que su encontronazo con Walter tuviera algo que ver con ello de alguna manera. Pero cuando vi cómo se tomaba Walter la terrible noticia, lo desolado que le dejaba, no pude creer que tuviera nada que ver con aquello. Y él no quería hablar conmigo de lo sucedido, lo pude ver bastante bien.

Sí, lo recordaba. Recordaba lo preocupado que estaba Walter Watt en aislar a su esposa de nosotros aquella mañana en que llevamos el cuerpo muerto de Patrick Davidson sobre unas andas a su casa. Recordaba cómo él enseguida había insistido para que ella se fuese de la reunión a cuidar a los niños. Y también recordaba lo determinado que estaba él, para empezar, a argumentar que yo debía haber estado con su sobrino la noche anterior. Solo con la sugerencia de que Charles Thom fuese merecedor de sospecha por el asesinato, había perdido interés el alcalde en forzar mi posible culpabilidad.

—¿Le contó, o no lo hizo, lo que había visto, y quién la había visto a usted? ¿Y le contó que me había visto a mí?

Ella me miró, un tanto confundida.

—Yo... Sí, lo hice.

Sin querer, sí, pero también sin pensarlo mucho, ella había condenado a Janet y a Mary Dawson a un destierro perpetuo de esta ciudad; incluso, para Mary, de toda Escocia, por la amenaza de los secuaces del alcalde. Y a mí, si no hubiera sido por la casualidad y la mala suerte de Charles Thom, me habría condenado a la soga del verdugo. Yo tenía que haber sido el chivo expiatorio de su marido. Pero, entonces ¿por qué me había hecho él de su confianza, encargándome la misión de los mapas? Vi que mi orgullo me había tendido una trampa. Una vez que él había visto que los papeles encontrados en el cuarto de su sobrino no mencionaban que Patrick Davidson sospechase de él, los mapas en sí mismos poco le importaban. No tenía dudas de que un informe sobre mi encuentro con Janet Dawson, cuando la estaban expulsando de los límites del burgo, habría llegado a sus oídos. No se me había confiado ninguna misión importante en nombre del burgo. Se me había apartado del camino.

Puede que el corregidor hubiese visto a demasiadas mujeres que lloraban alegando ignorancia de las hazañas de sus maridos, o puede que su antipatía por el reverendo Guild se extendiera a su hermana, pero lo cierto era que o no estaba satisfecho, o no había acabado con Geleis Guild.

—¿Sabe algo de flores, señora, de la ciencia de la Botánica?

—Claro que no. No más de lo que es común para el cuidado de los niños y de la casa, pero en realidad, incluso para eso mi conocimiento es escaso, porque cuando Marion me ayudaba, tenía poca necesidad de ocuparme yo misma de esas cosas.

—Pero, ¿su marido tiene esos conocimientos? —insistió él.

Ella movió la cabeza despacio.

—Nunca lo había sabido. Ni una sola vez, en todo el tiempo desde que lo conozco, mostró ningún interés por las plantas. De hecho, el jardín de su primera casa, la que compartía con Marjorie, había sido un lugar esplendoroso, pero enseguida cayó en el abandono tras la muerte de ella, y su gobernanta se encargaba de cultivar lo que se necesitaba para las

LA REDENCIÓN DE ALEXANDER SEATON

cocinas. Ni siquiera parecía preocuparle que el Edén de Marjorie fuese destruido al hacer espacio para la nueva casa de mi hermano.

—El Edén de Marjorie fue destruido hace mucho, señora, y él era la serpiente.

Geleis Guild no respondió a las palabras del corregidor; simplemente se mordió el labio y después dijo:

—Sólo una vez que volvió Patrick y recordaron los viejos tiempos juntos, me enteré de que Walter había amado las plantas y las flores. No le di muchas vueltas a lo extraño que era; únicamente pensé que para él era algo tan íntimamente ligado a Marjorie como para no pensar en aquello sin pensar en ella.

—Lo era, porque fue lo que él utilizó para matarla. Las flores que sirvieron para traerle la muerte a ella, y a su sobrino, y a Marion Arbuthnott aún crecen en el jardín de esa casa.

—Pero Walter donó a la Iglesia la casa y la tierra para mi hermano... y para todos los pastores que vinieran. Su gran deseo era que se limpiase la tierra para la casa del pastor lo antes posible. Solía ir a revisar el trabajo, y estaba muy frustrado por los retrasos que ocasionaba la fornicación de George Burnett con la sirvienta.

«La sirvienta». Lo había dicho como si no tuviera nombre propio. En la situación de Sarah Forbes, ¿cómo se las habría apañado Geleis Guild? Con menos dignidad, me dije, y ninguna capacidad de recuperación en absoluto.

La voz del corregidor era fría.

—Quería que se destruyera la prueba de su crimen antes de que el chico regresara y la viera. Pero no pudo atreverse a destruirla con sus propias manos, por el miedo a necesitarla de nuevo. Creo que quería que alguien tomara la decisión por él, y por eso aún estaban allí, para ser usadas en el asesinato de Patrick Davidson y, después, en el de Marion Arbuthnott.

—No me confunda, corregidor —dijo ella, enérgica de repente—. No discuto que fuera su mano la que los mató, pero todavía no lo comprendo, porque él amaba a Marjorie, aún la ama, y también a Patrick.

—Aun así —replicó él, hablándole a ella, pero mirándome a mí—, para algunos hombres una ambición mundana llenará el vacío dejado por lo que ellos imaginan que es el amor más grande. Él no la amaba en absoluto de verdad.

Había poca comprensión en los ojos de la joven mujer, y la debilidad de su cuerpo se iba haciendo más y más evidente. El doctor había refrenado su lengua más de lo que yo hubiera pensado que fuese posible, pero ya no pudo refrenarla más.

—Debo llevar a la chica a que descanse, corregidor. Podrá usted retomar su interrogatorio mañana.

El corregidor dio su consentimiento, pero dijo: —Tengo que saber una cosa más, señora. ¿Cuándo comprendió al fin lo que estaba haciendo su marido, y lo que había hecho?

Ahora ella estaba de pie, apoyada en el brazo del doctor.

—Cuando Marion vino a mí a contarme lo que sabía. Quiso advertirme que me llevara a los niños lejos. Pero no le creí y fui con sus historias a Walter, que me hizo llamarla de nuevo, que él la tranquilizaría, como dijo. Y yo me conmoví —sonrió con amargura—, me conmovió su preocupación por ella, porque ella parecía enferma de verdad. Me dejó con ella y fue él mismo a traerle algo de caldo de la cocina. Habló con ella un momento, amable, gentil, para calmar sus miedos. Me dijo que él mismo la llevaría sana a casa, pero que, antes que nada, tenía que «dejar que la chica comiera», y así lo hice, y la envié hacia la muerte.

Lo irrevocable de las últimas palabras excluía otras preguntas, y Jaffray se llevó a Geleis Guild a que empezara su condena de desesperación.

Ahora estaba solo con William Buchan.

—Usted temía que Marion hubiese tropezado con la verdad y que la diese a conocer antes de que pudiera haber pruebas o algo para protegerla. Por eso se esforzó tanto en mantener a todos alejados de ella.

—Sí —replicó él—, a costa de ella misma, y de ellos. Si solo me hubiera contado lo que sabía... Entonces le habría tenido a él, y no hubiera podido hacer más daño.

—Puede que no fuera la voluntad de Dios —dije yo, ya sin ser consciente de estar hablando de la voluntad de Dios con este hombre que se esforzaba cada día para verla cumplida en esta tierra.

—Fue el juicio que Dios hizo de mí, de mi orgullo, de mi actitud hacia mis semejantes, lo que hizo que ella no me confiase su carga antes. Y tengo que vigilarlo, tengo que vigilarlo —diciendo esto, se levantó de sus silla, tosiendo, y sin una mirada atrás hacia donde aún permanecía yo, William Buchan, que la última noche había detenido la mano asesina de Walter Watt mientras este se preparaba para asestar un segundo golpe en mi frente.

EPÍLOGO

Agosto, 1626

WILLIAM CARGILL SE RIO MIENTRAS YO INTENTABA ENderezarme después de haberme encaramado al barco.

—Nunca habrías sido un marino, ni siquiera un mercader, Alexander —nadie más había notado mi torpeza: poco les interesaba a los estibadores que el culto hombre de la capa negra no pudiera equilibrarse a bordo del barco. La carga de barriles de salmón para transpotar a Aberdeen casi había terminado, y William y yo nos subimos a la proa del barco para mantenernos fuera del camino de los que tenían que trabajar. Miramos otra vez la ciudad.

—No es una mala vista, teniendo en cuenta el sitio en el que estamos.

—Tú has viajado más que yo, William; eres el más cualificado para juzgar.

—Puede, puede que sea así —dijo él—. Pero mientras yo veo elegantes edificios y casuchas feas, tú ves las historias de quienes los habitan. Yo veo los ladrillos y el mortero, tú ves el tejido de la vida.

—Y a menudo he cerrado mis ojos ante esto, y lo he hecho con mucho gusto —miré más allá de la ciudad, hacia lo alto de Sandyhill Gate, donde un humo negro se elevaba y se rizaba en el cielo. El corregidor y el nuevo alcalde habían empezado su trabajo de limpieza del burgo: los chamizos ardían. Pocos en el muelle se preocupaban de volver su mirada hacia las llamas; había habido ya demasiados fuegos en la ciudad. Me pregunté por los niños, separados de sus madres y llevados a trabajar en el salmón, todo al servicio de Dios y para la estabilidad del reino.

Se había cargado el último de los barriles, y no quedaba más que una cosa que cargar antes de que el barco levara anclas y zarpara. Miré con cierta aprensión mientras los estibadores amarraban con sogas mi gran baúl de roble y hacían la señal a los hombres de a bordo para que lo izaran con su polea. En aquel baúl iba el valor de mi vida en libros, junto con viejas notas, tesis, sermones y una manta de piel que me había ofrecido anoche el doctor. Otro cofre, más liviano, llevaba mis dos mudas de ropa, mi capa de invierno y una vieja manta de piel, y la copa de peltre y el plato que me había dejado mi madre. Alrededor de mi cintura estaba el cinturón y la gran hebilla de plata que habían sido el último regalo que me hizo mi padre, y en el paquete que había a mis pies estaba la vieja forma, familiar y amada, que una vez antes me había llevado conmigo desde Banff ante el umbral de una nueva vida: no era una pelota de fútbol, sino otro de los pudines de la señora Youngson. Esta vez no hubo advertencia para que no le llegase nada al señor de Hay, y pude ver una vieja tristeza en sus ojos por esta causa.

—Preocúpese de alimentarse: me han dicho que la cantina de la universidad está bastante desnuda —fue todo lo que la anciana me había dicho mientras la apretaba contra mis brazos. Después colocó el cuello del elegante traje que no me había puesto desde el velorio de Marion Arbuthnott, unos meses antes—. Y asegúrese de no avergonzarnos; sabré si lo hace por Elizabeth.

William aseguró a mi vieja casera que, de hecho, su esposa la mantendría informada de todas mis desventuras y delitos menores.

En el bolsillo del pecho, mientras soltaban las amarras y la nave empezaba a alejarse por fin de Banff, estaba la carta, la preciosa carta que llevaba el sello del Marischal College de Aberdeen. Mi mano fue al bolsillo y palpó, por centésima vez, el excelente pergamino y la dura cera del sello. Había sido traída a Banff nada menos que por el mismo Robert Gordon de Straloch, por mandato de su señor de Huntly para garantizar al nuevo alcalde y al Consejo de Banff su amistad y buena voluntad. ¿Y a quién habría sido más adecuado enviar en una misión semejante? Porque mientras yo pasaba la noche sin descansar en su casa, Robert Gordon había enviado a sus parientes más jóvenes, en medio de la oscuridad de la noche, a Strathbogie en busca de garantías del marqués de que él nada sabía de mapas o invasiones, ni de un hombre joven, con talento y amor por el arte de la Cartografía, que había muerto antes de tiempo.

Straloch fue a buscarme a mi aula de la escuela, y me encontró explicando un pasaje de Buchan a mis alumnos. El lord no quería oír que interrumpía mi clase, y se sentó tranquilo al fondo del aula, y unas veces asentía, otras anotaba una pregunta, hasta que dejé marchar a los chicos para el almuerzo. Pero la carta que me había dado entonces no trataba de historia, ni de política o conjuras, sino de filosofía, de lógica, de retórica y de matemáticas. En pocas palabras, era una invitación de Patrick Dun, rector del Marischal College en el nuevo burgo de Aberdeen, para someterme a examen ante el rector, los decanos, los magistrados y los pastores de la nueva ciudad para el puesto vacante de decano de Filosofía en aquella universidad. La carta hacía referencia a recomendaciones que hacían de mí el doctor John Forbes de Corse, el obispo Patrick, su padre y del mismo Robert Gordon de Straloch. Al final de la carta del rector Dun había una breve nota del doctor Forbes, solo unas pocas palabras, pero habladas de los Filipenses a mi alma. «El que comenzó en vosotros la buena obra, la perfeccionará hasta el día de Jesucristo».

Mientras la leía y la releía, las cadenas y las ataduras se partieron y cayeron a mis pies. Después de que se fuera el lord, subí los treinta y siete escalones hasta mi cámara y recé como no había rezado en casi un año, recé y supe que se me escuchaba. Aquella noche abrí mis libros, llenos de polvo y maltratados por la humedad de la falta de uso, y empecé a leer una vez más. Y entonces, dos días después de la llegada de Gordon de Straloch, llegó, con alas en los zapatos, William Cargill, que conocía todo lo que pasaba en Aberdeen, a menudo antes de que pasara. Tal era su temor a que yo aún estuviera en mi pozo de autocompasión, que se atrevió a no confiar en mí para la respuesta, y había venido para hacerlo él por mí. ¿Cómo podía decirle que, en el momento en que rompí el sello, supe que aceptaría esta nueva llamada, y que dejaría este lugar sin plantearme volver nunca?

Charles Thom no estuvo allí para despedirme, pues había regresado a su puesto en la escuela primaria, y el corregidor y sus hombres vigilaban desde más cerca que nunca a su nuevo director de coro, tras haber aprendido, por fin, a mirar más allá del rostro de un hombre para conocer su corazón. Tampoco Jaffray estaba allí. Se había despedido de mí la noche anterior, con una botella de *uisge bheag* en su casa. Había arremetido larga y duramente contra mi ingratitud por dejarle ahora, en una casa en la que su sirvienta no se preocupaba ya de si comía o se moría de hambre, tal era su ansiedad por el nuevo inquilino. Me había advertido de la inconstancia de las mujeres y de la debilidad de los hombres; había lamentado la distancia de Banff a Aberdeen y aun se había quejado de mi tozudez por no embarcar rumbo a Europa, donde aún podía hacer una auténtica carrera. Al final, me había contado que no podría dedicarme el tiempo de bajar a la orilla y verme zarpar porque era un hombre ocupado, y qué era yo para él más que el ingrato mozalbete de un honesto herrero y su adorable esposa irlandesa. Y me había abrazado con fuerza y me había llamado hijo.

Y mientras echaba mi última mirada por muchos años al burgo de mi nacimiento, mis ojos bajaron de Gallow Hill, desde donde no hacía un mes que Walter Watt había sido enviado a encontrarse con su creador. Una figura solitaria permaneció quieta entre el alboroto del puerto y mirando hasta que nuestro barco desapareció de la vista. Se quedó allí, inmóvil, en la ciudad donde había nacido y crecido, donde se había enamorado; la ciudad en la que había tenido que retirarse a la sombra y ver cómo la chica que amaba era entregada a un mejor postor, a un hombre con más medios. Había tenido que ver el sufrimiento y la pérdida de ella, y la vio enterrada, muerta a manos de aquel marido. Y había tenido que esperar ocho años para ver que a ella se le hacía justicia en este mundo.

Alcé mi mano en silenciosa despedida, entendiendo ahora; por fin. Pasarían muchos y largos días antes de que volviera a encontrar a un hombre como William Buchan.